滨州学院中国语言文学一流学科资助

U0748991

《聊斋志异》

笺证初编

赵羽 ◉ 著

天津出版传媒集团

天津人民出版社

图书在版编目（ＣＩＰ）数据

《聊斋志异》笺证初编 / 赵羽著. -- 天津 : 天津
人民出版社, 2019.11
　　ISBN 978-7-201-15573-9

　　Ⅰ. ①聊… Ⅱ. ①赵… Ⅲ. ①《聊斋志异》—小说研
究 Ⅳ. ①I207.419

　　中国版本图书馆 CIP 数据核字(2019)第 273033 号

《聊斋志异》笺证初编

LIAOZHAI ZHIYI JIANZHENG CHUBIAN

出　　版	天津人民出版社
出 版 人	刘　庆
地　　址	天津市和平区西康路35号康岳大厦
邮政编码	300051
邮购电话	(022)23332469
网　　址	http://www.tjrmcbs.com
电子信箱	reader@tjrmcbs.com
责任编辑	林　雨
装帧设计	明轩文化·邵亚平
印　　刷	高教社(天津)印务有限公司
经　　销	新华书店
开　　本	710毫米×1000毫米　1/16
印　　张	26.25
插　　页	1
字　　数	300千字
版次印次	2019年11月第1版　2019年11月第1次印刷
定　　价	81.00元

目　录

绪　论 ……………… 1

考城隍 ……………… 60

皂　隶 ……………… 99

汤　公 ……………… 114

鹰虎神 ……………… 131

狐嫁女 ……………… 139

蛙　曲 ……………… 166

狐入瓶 ……………… 179

古　瓶 ……………… 195

研　石 ……………… 209

张不量 ……………… 217

李象先 ……………… 226

李司鉴 ……………… 256

杜　翁 ……………… 261

折　狱 ……………… 275

太原狱 ……………… 287

瑞　云 ……………… 293

焦　螟 ……………… 298

孙　生 ……………… 302

酆都御史 …………… 311

乩　仙 ……………… 339

刁　姓 ……………… 344

大　鼠 ……………… 350

红毛毡 ……………… 356

阿英、阿宝 ………… 380

阎王、刘全、僧孽 … 393

参考文献 …………… 414

绪　论

　　时至今日，蒲松龄所撰之《聊斋志异》，风靡天下已三百余年。晚清孙宝瑄曾将《聊斋志异》与《石头记》《水浒传》《西游记》并提，《忘山庐日记》光绪二十七年（1901）十一月十三日条评曰："《石头记》，儿女史也；《水浒》，英雄史也；《西游记》，妖怪史也；《聊斋》，狐鬼史也。四史皆于小说中各开一境界。"近人杨南邨则将《聊斋志异》与今人所熟悉的"中国古典长篇小说四大名著"并称，《呵冻小记·小说》评曰："说部之书，滥觞于唐，大盛于宋，繁衍至今日而极。然名目虽多，而佳构则绝少。求能脍炙人口者，要不过一《红楼》，一《水浒》，一《三国》，一《聊斋》，一《西游》而已。"作为清代文言小说中思想和艺术成就最高的一部作品，《聊斋志异》渐渐被奉为文学经典，读者既多，研究亦日趋全面和深入，相关成果愈加丰富，前贤时彦高见迭出。虽然如此，只因近年来常常闲读《聊斋志异》，每每有所心得，遂不揣谫陋，仍撰为此书，略抒浅见，犹冀抛砖而引玉。

　　本书名为"笺证"，围绕《聊斋志异》中部分小说篇章进行解说和考证。书中的主要观点，大致包括三个方面：

　　首先，唐宋以前传世文献数量相对有限，《搜神记》《酉阳杂俎》《太平

1

广记》《夷坚志》等书对《聊斋志异》的影响较容易被研究者察觉；元明以来，仅子部之书就已浩如烟海，若在元、明以及清初的文人笔记中仔细查找，亦可以发现《聊斋志异》不少小说作品的故事原型。

其次，蒲松龄是以史家的创作态度来写小说的，"微而显，志而晦，婉而成章，尽而不污，惩恶而劝善"的《春秋》五例，在《聊斋志异》中几乎无一不备。《聊斋志异》在充分借鉴民间传说故事架构形式的基础上，淡化了作品中人、妖之间的二元对立关系，突出了狐鬼花精的人性特征，其具体情节的设计则根植于民间日常生活，增强了小说的现实意义，赋予异闻趣事以深刻的思想内涵。《聊斋志异》是"幽冥之录"，更是"孤愤之书"，书中近五百篇小说作品的时代背景、人物原型，以及现实寓意，都值得深入剖析。

再次，《聊斋志异》"用传奇法而以志怪"，蒲松龄所志之"怪"，继承的是汉唐以来志怪小说艺术传统，用史传笔法叙写明清之际的民间传说。把乡村流传的通俗有趣的故事，用高妙雅致的文言来讲述，《聊斋志异》既洋溢着田野与市井间酣畅淋漓的生活气息，同时也不失古典主义的文化意蕴。《聊斋志异》广泛地反映现实，堪称明清时代社会生活的百科全书，虽然时常衍化晋唐故事，但小说中所述皆是明末清初的风俗人情。蒲松龄所处时代，距离今日毕竟太过久远，《聊斋志异》小说情节和细节中所包含的丰富民俗文化内涵，需要细心发掘和深刻阐释才能更容易被现代人所认识和理解。

一、《聊斋志异》中部分作品题材来源于元明笔记小说

顾颉刚先生曾提出中国古史是"层累地造成的"，而"层累地造成"又

是受胡适小说考证"历史演进"说启发而来①,"历史演进"说和"层累地造成古史"说作为类似的考辨方法,都适用于中国古代叙事文学研究。在中国古典小说名著中有不少世代累积型作品,从《聊斋志异》之于前代文学的互文性关系来看,也应属于这种情况。《聊斋志异》中的众多篇章,有不少是蒲松龄在前人小说作品基础上熔铸改造而来的,也有不少是在对民间传说加以点染润色之后的重新叙述。近年来,探索《聊斋志异》的创作素材来源,搜寻《聊斋志异》中小说作品的蓝本以及故事源流,归纳分析《聊斋志异》中小说作品的故事类型和母题,逐渐成为《聊斋志异》研究中的重要课题和热门领域。

　　关于《聊斋志异》与晋唐以来小说或史传的有机联系,早在清代就为学者所关注,赵起杲《〈聊斋志异〉例言》曰:"先生是书,盖仿干宝《搜神》、任昉《述异》之例而作。"俞鸿渐《印雪轩随笔》卷二曰:"盖蒲留仙,才人也,其所藻缋,未脱唐宋人小说窠臼。"何彤文《西溪偶录·注聊斋志异序》曰:"《聊斋》胎息《史》《汉》,浸淫晋魏六朝,下及唐宋,无不薰其香而摘其艳。"何彤文《西溪偶录·何地山先生注〈聊斋志异〉序》又曰:"留仙氏无书不读,每以其所得见闻,仿晋唐说部而为之《志》。其命意、修词、选字,则皆博取于古而供其笔端。"晚清许奉恩《里乘·自序》曰:

　　　　小说在汉时已称极盛,西京以来,大儒多为此体,类皆光怪陆离,择言尤雅。魏晋六朝踵之,作者愈繁,修洁亦复可贵。厥后,唐代丛书,大放厥词,间多巨幅,放纵不羁,殊具奇气。沿及宋、元,渐流粗率;明

---

　　①　梁韦弦认为:"胡适的历史演进说是他研究历史的重要方法,实际也是顾颉刚'层累地造成古史'说的主要理论认识基础。"详见梁韦弦《古史辨伪学者的古史观与史学方法——《古史辨》读书笔记》,黑龙江人民出版社,2014年版,第56页。

则自郐无讥矣。至我朝，山左蒲留仙先生《聊斋志异》出，奄有众长，萃列代之菁英，一炉冶之，其集小说之大成者乎！

俞鸿渐所谓"未脱唐宋人小说窠臼"，许奉恩所谓"集小说之大成"，都是指《聊斋志异》对中国古代小说传统的继承而言。清代学者对《聊斋志异》本事的研究虽已经开始，但还只是零碎提及，还没有出现系统性的专题之作。如俞樾《春在堂随笔》卷九引述《搜神记》卷一《徐光》，提出："按蒲留仙《聊斋志异》有术人种梨事，即本此。乃知小说家多依仿古事而为之也"。《茶香室三钞》卷七又认为《聊斋志异·姊妹易嫁》之故事原型来自北宋钱易《南部新书》。平步青也发现《聊斋志异》袭用前人小说，《霞外捃屑》卷六《玉树庐芮录·聊斋志异》曰："《画皮》本之《宣室志》（卷一）吴生姜刘氏，又见《鬼董》（卷一）第四条吴生，殆即一事。《天宫》本之《虚谷闲抄》章子厚初赴省试事……说部沿袭，改易人地，不可枚数。"鲁迅对于《聊斋志异》创作素材来源问题也非常注意，所辑录《小说旧闻钞》不仅基本囊括了晚清俞樾等人关于《聊斋志异》本事研究的初步成果，而且有所拓展。

清代后期有一种比较流行的说法是蒲松龄所作小说多采自乡野之谈，邹弢《三借庐笔谈》卷六《蒲留仙》：

> 相传先生居乡里，落拓无偶，性尤怪僻，为村中童子师，食贫自给，不求于人。作此书时，每临晨携一大磁罂，中贮苦茗，具淡巴菰一包，置行人大道旁，下陈芦衬，坐于上，烟茗置身畔。见行道者过，必强执与语，搜奇说异，随人所知，渴则饮以茗，或奉以烟，必令畅谈乃已。

偶闻一事,归而粉饰之。如是二十余寒暑,此书方告葳。①

　　后来,《中国小说史略》否定了此种"强执路人使说异闻"的说法,这主要是因为鲁迅对汉魏六朝小说以及唐传奇非常熟稔,清楚地看到了《聊斋志异》与清代以前古典小说之间的血缘关系。《中国小说史略》第二十二篇《清之拟晋唐小说及其支流》认为《聊斋志异》"亦如当时同类之书,不外记神仙狐鬼精魅故事","书中事迹,亦颇有从唐人传奇转化而出者,如《凤阳士人》《续黄粱》等,此不自白,殆抚古而又讳之也"②。鲁迅《中国小说的历史的变迁》则明确将《聊斋志异》定性为拟古小说,提出《聊斋志异》中的作品"有许多是从古书尤其是从唐人传奇变化而来的,如《凤阳士人》《续黄粱》等就是,所以列他于拟古。"③鲁迅在研究《聊斋志异》时,首先思考和分析了清代以前中国文言小说的发展历程:

　　　　唐人小说单本,至明什九散亡;宋修《太平广记》成,又置不颁布,绝少流传,故后来偶见其本,仿以为文,世人辄大耸异,以为奇绝矣。明初,有钱唐瞿佑字宗吉,有诗名,又作小说曰《剪灯新话》,文题意境,并抚唐人,而文笔殊冗弱不相副,然以粉饰闺情,拈掇艳语,故特为时流所喜,仿效者纷起,至于禁止,其风始衰。迨嘉靖间,唐人小说乃复出,书估往往刺取《太平广记》中文,杂以他书,刻为丛集,真伪错杂,而颇盛行……盖传奇风韵,明末实弥漫天下,至易代不改也。而专

---

① 亦见于易宗夔《新世说》卷六《任诞》。
② 鲁迅:《中国小说史略》,齐鲁书社,1997年版,第167页。
③ 同上,第377页。

《聊斋志异》笺证初编

　　集之最有名者为蒲松龄之《聊斋志异》。①

　　鲁迅先生的学术眼光非常敏锐,已经清楚地说明,宋修《太平广记》和瞿佑《剪灯新话》虽然都是中国古代文言小说发展史上的重要环节,但对《聊斋志异》影响是间接而有限的。对《聊斋志异》发生明显直接影响的,恐怕还是明代嘉靖间唐人小说复出之后兴起的小说创作风潮。作为"小说家之渊海"②的《太平广记》,在北宋纂成之后并未广泛流传,直到明朝嘉靖四十五年(1566)谈恺刻本出现,《太平广记》中的作品才开始渐渐播散③,并大量被改编进入各类明代文言或白话小说中。明初瞿佑《剪灯新话》撰成之后,因为作者对政治风险的顾虑,而迟迟未加刊刻,后来虽然被传抄和刻印,但最终还是在明正统七年(1442)被政府明文查禁,成为中国文学史上第一部禁毁小说。之前曾有学者提出《剪灯新话》是从唐传奇到《聊斋志异》中间桥梁的观点,如周楞伽先生校注瞿佑《剪灯新话》,在此书《前言》中谈道:"这三种传奇小说('三灯'),是上承唐宋传奇,下开《聊斋志异》的桥梁。"④胡士莹先生《话本小说概论》同样认为:"《三灯》的传奇体裁,也是沟通唐宋传奇与清初《聊斋志异》之间的桥梁,在小说发展史上是值得注意的。"⑤《剪灯新话》是沟通唐传奇和《聊斋志异》的桥梁这样的说法,后来又不断有研究者加以进一步分析论证,逐渐被大多数人所接受,成为学术界的主流意见。

---

①　鲁迅:《中国小说史略》,齐鲁书社,1997年版,第166页。

②　《四库全书总目》卷一四二子部五十二。

③　晚明时,冯梦龙又将《太平广记》精简删裁,并加以评点,编为《太平广记钞》。

④　(明)瞿佑等著,周楞伽校注:《剪灯新话(外二种)》,上海古籍出版社,1981年版,前言第1页。

⑤　胡士莹:《话本小说概论》,中华书局,1980年版,第406页。

绪 论

当今多数学者在考察《聊斋志异》对唐传奇的学习和继承关系时，《剪灯新话》往往被视为中间环节，同时也被视为明代文言小说经典之作，被看重和推崇。程国赋先生《唐代小说嬗变研究》一书在讨论唐传奇与明清文言小说之间的内在联系时，就主要以《剪灯新话》和《聊斋志异》作为分析的对象。程先生认为："在文言小说史上，唐传奇和清代的《聊斋志异》是两座雄伟挺拔的创作高峰，代表着中国古代文言小说创作的最高水平，其间于明初出现的《剪灯新话》则是这两座高峰中间起过渡性的桥梁。它上承唐人小说，下启《聊斋志异》，是一部具有相当重要价值的文言小说集。"①近几年来，有不少关于《聊斋志异》与《剪灯新话》之间继承关系的研究，但基本上都延续了《剪灯新话》是唐传奇与《聊斋志异》之间的桥梁这一观点②。在没有全面深入地观察了解明代小说对《聊斋志异》的影响之前，就把《剪灯新话》视为由唐代文言小说向《聊斋志异》过渡的唯一桥梁，应该是不完全准确的。《聊斋志异》是中国古典文言短篇小说的集大成之作，其"一书而兼二体"，"有唐人传奇之详，又杂以六朝志怪者之简。"③从小说题材演进的角度看，《剪灯新话》确实对《聊斋志异》有一定影响④，但"桥梁说"高估了单部作品对《聊斋志异》的直接作用，从唐宋传奇向《聊斋志异》

---

① 程国赋：《唐代小说嬗变研究》，广东人民出版社，1997年版，第172～173页。

② 相关论文有杨小梅：《谈"剪灯两种"对文言小说的影响》，辽宁师专学报（社会科学版），2007年第5期；2007年东北师范大学张晓丹硕士论文《从唐传奇到〈聊斋志异〉的桥梁》；2014年云南大学邢渊硕士论文《〈剪灯新话〉与〈聊斋志异〉比较研究》；2016年新疆大学黄启哲硕士论文《〈剪灯新话〉与〈聊斋志异〉比较研究》。

③ 鲁迅：《中国小说史略》，齐鲁书社，1997年版，第170页。

④ 郑树平在论文《明代传奇小说的重要收获——略论〈剪灯新话〉、〈剪灯余话〉、〈觅灯因话〉》中指出："《聊斋志异》中狐女的形象实导源于《余话》的《胡媚娘传》，而《新话》中《太虚司法传》中的主人公冯大异则是席方平的前身。其他如《聊斋志异》中对阴司的描写也多可从《何思明游酆都录》《令狐生冥梦录》中找到痕迹。"（郑树平：《明代传奇小说的重要收获》，《明清小说研究》，1988年第1期。）

的过渡,绝不是单薄的一部或几部作品所能承载的。与《剪灯新话》相比,明代以来,尤其是明末清初王同轨、冯梦龙、徐芳等人所编著的小说,在题材上对《聊斋志异》的影响也不可小视。《剪灯新话》四卷二十篇,附录一篇《秋香亭记》,而《聊斋志异》全书则收入小说近五百篇,从体量规模上看,《剪灯新话》恐怕也很难成为唐宋传奇向《聊斋志异》过渡的桥梁。只能说《剪灯新话》是明代前期取得了较高文学成就的文言小说集,开启并引领了明清文言小说的创作风气,"剪灯"系列小说对明清志怪传奇小说创作有所刺激,而《聊斋志异》却真正是在明末清初小说创作热潮中孕育而出的。明末弥漫天下的传奇风韵,至清初犹激荡不息,《聊斋志异》实为明末清初志怪群书中的杰出之作。

正如蒲松龄在《聊斋自志》中所言"集腋为裘,妄续《幽冥之录》",《聊斋志异》虽然是文学创作,然而其小说素材也有一个搜集和积累的过程。《聊斋志异》中篇幅较长的传奇类作品多为自撰,而书中的笔记类、志怪类,以及博物类作品,有不少是改编或仿写自明人小说。清末至民国时期,有部分学者对《聊斋志异》文学史地位的评价并不是特别高,一个重要原因就是他们已经发现《聊斋志异》的小说题材在很大程度上是因袭前人,而在相当多的情节内容上也缺乏原创性。清康熙二十一年壬戌(1682),在《聊斋志异》初步结集之后,唐梦赉为之作序曰:"向得其一卷,辄为同人取去;今再得其一卷阅之,凡为余所习知者,十之三四。"作为《聊斋志异》的早期读者,唐梦赉对此书的印象是"所习知者,十之三四",这也就是说《聊斋志异》中相当一部分作品所述故事,在清初文人看来,题材并不新鲜。近人狄平子《小说丛话》认为《聊斋志异》"然虽脍炙一时,究不得谓之才子书,以其非别开生面者也"①。蒋瑞藻《小说考证续编》卷四引《瓶闇笔记》曰:"蒲先生书,千篇一律,予向不甚喜之。"蒋瑞藻于此评论之后加有按语:"此论实得我心,《聊斋》之书,余仅髫龄时卒读一过,至今十二载,绝未寓目也。"郑振铎《评Giles的中国文学史》一文,曾经评论英国汉学家翟理斯所著《中国文学史》②有疏漏、滥收和详略不均等弊病,特别提到:"尤其奇怪的是蒲留仙之《聊斋志异》,在中国小说中并不算特创之作,事实既多重复,人物性格亦非常模糊,而Giles则推崇甚至,叙之至占二十页之多,且冠之于清代之始,引例至五六则以上"③。蒋瑞藻先生淹贯明清说部,所撰《小说考证》研究中国小说戏曲史料,功力极为深厚,此书中已辑得《聊斋志异》小说本事资料数则。郑振铎先生所见明代文献非常之多,曾辑有《玄览堂丛书》,该丛书所收孤本秘籍,尤其以明代史料居多。蒋瑞藻所谓"蒲先生书,千篇一律",郑振铎所谓《聊斋志异》"在中国小说中并不算特创之作,事实既多重复",之所以对《聊斋志异》有如此负面评论,并不是因为蒋、郑二位先生见识偏狭,或审美水平低下,主要是因为他们对明代及其以前的小说材料太过熟悉,所以读《聊斋志异》后,感觉平平,并不惊艳。

《聊斋志异》大量改编前代小说,很多是旧瓶新酒,当然也确实有少数作品是老调重弹,胡适对《聊斋志异》就曾有"取材太滥"④之讥,又有"《聊斋》滥调"⑤之论。张爱玲在随笔《谈看书》中谈到过阅读《聊斋志异》的经验和感受:"譬如小时候爱看《聊斋》,连学它的《夜雨秋灯录》等,都看过好几

① 朱一玄编:《〈聊斋志异〉资料汇编》,南开大学出版社,2012年版,第513页。
② 此书于1900年出版。
③ 郑振铎:《郑振铎全集》(第6集),花山文艺出版社,1998年版,第53页。
④ 胡适:《再寄陈独秀答钱玄同》,《胡适文存》(第1集),首都经济贸易大学出版社,2013年版,第28页。
⑤ 胡适:《胡适文存》(第1集),首都经济贸易大学出版社,2013年版,第93页。

遍,包括《阅微草堂笔记》,尽管《阅微草堂》的冬烘头脑令人发指。多年不见之后,《聊斋》觉得比较纤巧单薄,不想再看,纯粹记录见闻的《阅微草堂》却看出许多好处来。"①少年张爱玲曾经惊异于《聊斋志异》的搜奇抉怪,但五十四岁②时却又评价《聊斋志异》"纤巧单薄"。张爱玲是中国现当代文学史上为数不多的能够继承传统,而又超越传统的小说家,她的都市传奇作品具有中国古典小说的气息与神韵,其小说故事多取自生活真实,与前人作品绝无雷同。对张爱玲这样的已经接触过古今中外海量小说素材,对中国历代小说故事类型都十分熟悉的作家型研究者来说,尤其看重小说故事内容的独创性,若仅从这一点出发来比较优劣,《聊斋志异》将现实生活灌注到传统题材中去的做法,明显不如《阅微草堂笔记》的"纯粹记录见闻"。《聊斋志异》在清代负有盛誉,而蒋瑞藻、郑振铎、胡适、张爱玲等现代学人却又质疑《聊斋志异》的文学价值,之所以出现这种情况,可借用鲁迅先生的话来概括说明:"清蒲松龄作《聊斋志异》,亦颇学唐人传奇文字,而立意则近于六朝之志怪,其时鲜见古书,故读者诧为新颖,盛行于时,至今不绝。"③孙犁先生评论《聊斋志异》时,也提到:《聊斋》所写,很多内容,是古已有之的。"④鲁迅先生在《中国小说的历史的变迁》中又曾说《聊斋志异》"用古典太多,使一般人不容易看下去。"⑤《聊斋志异》以艰涩难懂的文言讲述"古已有之"的故事题材,典故生僻,却流布天下,脍炙人口,这无疑是一个令人费解的文学现象。对此,孙犁先生在《关于〈聊斋志异〉》一文中大致解释说:

---

① 张爱玲:《张爱玲全集》(第1卷),王伟华编,海南出版社,1995年版,第367页。

② 1974年,张爱玲在《中国时报》"人间"副刊发表《谈看书》一文。

③ 见1921年"写印"本《小说史大略·唐传奇体传记(下)》篇末。

④ 盛源、北婴选编:《名家解读〈聊斋志异〉》,山东人民出版社,1999年版,第225页。

⑤ 鲁迅:《中国小说史略》,齐鲁书社,1997年版,第378页。

　　书必通俗方传远。像《聊斋》这部书,以"文言"描写人事景物,在很大程度上,限制了它的读者面。但是,自从它出世以来,流传竟这样广,甚至偏僻乡村也不断有它的踪迹。这就证明:文学作品通俗不通俗,并不仅仅限于文字,即形式,而主要是看内容,即它所表现的,是否与广大人民心心相印,情感相通,而为他们所喜闻乐见……

　　所谓民间传说,民间故事,民间语言,对创作《聊斋》来说,都是宏伟的基础。蒲松龄这个生活根据地,可以说是长期而牢固的了。[①]

　　《太平广记》《夷坚志》等书中所保存的部分小说在长期的民间口传过程中,逐渐俚俗化,人物形象和小说情节更接近底层社会,并且作品内容与人民生活同步发展更新,紧扣时代脉搏,表达普通百姓的喜怒哀乐,表现出较强的现实生活气息,甚至被涂抹上浓厚的地方色彩,艺术风格趋于亲切质朴,还增添了生动活泼的审美趣味。《聊斋志异》所改写唐宋传奇和元明笔记,大多是已经被民间故事化了的叙事作品,使士大夫耳目一新,普通群众喜闻乐见。《聊斋志异》以史家笔法为狐鬼作传,刺贪刺虐,隐喻和批判现实的同时,也描摹市井生活,宣扬因果报应,更加迎合广大读者的心态,终于能够在中国古代小说史上别开生面、独树一帜。清初顺治、康熙时期,经过王士禛、宋荦等人的大力提倡,文言小说的创作重新繁荣,在此背景下,《聊斋志异》应运而生。清徐承烈所撰《听雨轩笔记》书后有悔堂老人[②]跋曰:"康熙间,商邱宋公漫堂、新城王公阮亭,皆喜说部,于是海内

[①]　盛源、北婴选编:《名家解读〈聊斋志异〉》,山东人民出版社,1999年版,第224页,第227页。
[②]　陆林先生在论文《由稀见方志〈越中杂识〉作者缘起》中考证了西吴悔堂老人即徐承烈本人,详见《文献》,2002年第2期。

名士人各著书。今汇集于《昭代丛书》初、二两集者不下数百种,较之前明《百家小说》,已倍蓰矣。然书可等身,值昂而难以卒购,未若单词片帙之易于访求也。故蒲柳泉《聊斋志异》一出,即名噪东南,纸为之贵。"

古人著述,尤其是笔记杂史的撰写,历来就有辗转抄袭的积习,篡录亦为笔记小说著述之一体,如题南宋陆游《避暑漫抄》、明木增《云薖淡墨》、明闵元京等《湘烟录》、明徐𤊽《榕阴新检》、清初赵吉士《寄园寄所寄》、晚清俞樾《荟蕞编》等,皆是此类。元明文人好著书立言,并且在节录前人文字时经常又不注明出处,大量转叙的汉魏六朝小说和唐宋传奇掺杂在文集和笔记中。目前研究者在《搜神记》《酉阳杂俎》《太平广记》《夷坚志》等书中所考索发现的《聊斋志异》各个故事原型,几乎无一例外地都曾被明人笔记大量反复转载或引述。随着元明时期商品经济的繁荣和市民文化的发达,小说出版愈加兴盛,书贾改写和借鉴汉魏六朝小说和唐宋传奇,将其事依附于当代人物身上,翻新成为本朝异闻,偶尔也在原有故事框架的基础上再改动或添加情节,故作奇谈以谋利。蒲松龄创作《聊斋志异》所采择小说素材,直接的来源未必就是《太平广记》这样的大部头类书,更有可能是元明以降书籍传写或口头传说的前代故事。元明小说对《聊斋志异》的影响,长期以来还没有得到研究者的充分重视,孙犁先生《关于〈聊斋志异〉》一文认为:"作为《聊斋》一书的创作借鉴来说,他主要取法于唐人和唐人以前的小说。宋元明以来,对他来说,是不足挂齿的。"[1]孙先生明显轻视元明小说对《聊斋志异》的影响。陈益源先生也曾评价:"《聊斋志异》在中国小说史上占有一席之地,但是文学成就不是一蹴可及的,如果没有前朝文言小说的承前启后,我们很难相信传奇能从唐宋直跨数世纪

---

① 盛源、北婴选编:《名家解读〈聊斋志异〉》,山东人民出版社,1999年版,第225页。

于清代跃为高峰。《剪灯新话》无疑是我国文学发展上的一道重要桥梁。"①

陈益源先生虽然肯定《聊斋志异》对明人小说的继承和发展，但仍旧没有摆脱《剪灯新话》"桥梁"说的论调。过分关注《剪灯新话》，而不是放眼于明代中后期众多的文言志怪和传奇小说对《聊斋志异》的影响，就难免会有一叶障目，不见泰山之弊。乔光辉先生所著《明代剪灯系列小说研究》一书虽然也评论称："在中国小说史上，《剪灯新话》不仅是唐宋传奇向《聊斋志异》过渡的桥梁，且诱发了才子佳人小说的兴起。"②但在对"剪灯"系列小说的具体研究中，除了对《剪灯新话》与《儒林外史》之间的传承关系略加探讨之外，乔先生并没有对"剪灯"系列之于《聊斋志异》创作的影响加以专章分析说明，反而重点论述了"剪灯"系列小说的域外传播情况，尤其强调《剪灯新话》对韩、日、越诸国文学产生了重大影响。由于《剪灯新话》在明代被禁毁，散播而入韩、日、越等国，其文学传播形成了墙内开花墙外香的现象，乔光辉先生虽然主观上沿袭了《剪灯新话》"桥梁"说，但《明代剪灯系列小说研究》一书的研究思路是客观冷静、符合历史现实的。

元明小说才是汉魏六朝以至唐宋小说与《聊斋志异》之间的过渡桥梁，至于《剪灯新话》充其量仅仅是这一"桥梁"的重要构件而已。《剪灯新话》行世不久即被查禁，《明实录》卷九〇《英宗实录》曰："正统七年（1442）二月辛未，国子监祭酒李时勉言：'近有俗儒假托怪异之事，饰以无根之言，如《剪灯新话》之类。不惟市井轻浮之徒争相诵习，至于经生儒士，多舍正学不讲，日夜记忆，以资谈论；若不严禁，恐邪说异端，日新月盛，惑乱人心。乞敕礼部行文内外衙门及调提学校佥事御史并按察司官，巡历去处凡

---

① 陈益源：《〈剪灯新话〉与〈传奇漫录〉之比较研究》，台湾学生书局，1991年版，第195页。
② 乔光辉：《明代剪灯系列小说研究》，中国社会科学出版社，2006年版，第453页。

遇此等书籍,即令焚毁,有印卖及藏习者问罪如律,庶俾人知正道,不为邪妄所惑。'从之。"由《明实录》所载"从之"二字,可见李时勉的建议得到了明朝廷的采纳和执行,此后《剪灯新话》于中国境内很少刊刻流传,市面上的单行本寥寥无几,直到20世纪初才从海外回流,再次出版。《剪灯新话》作为一部禁书,按常理而言,其在明末清初影响应该是较为有限的,但是据《剪灯新话》"桥梁说"的提法,该书居然能在被禁毁二百多年后对《聊斋志异》的创作产生极大作用,这在逻辑上明显是说不通的。另外,蒲松龄虽然博览,其存世诗文集和小说集中的作品数量众多,但是并不曾见有只言片语提及瞿佑《剪灯新话》,蒲松龄甚至有可能并未完整读过《剪灯新话》。目前学术界流行的《剪灯新话》"桥梁"说,把元明小说对《聊斋志异》的影响简单化和笼统化了,即使不是以点代面的轻易结论,也还缺乏深入系统的缜密论证。《聊斋志异》博采众家,融会贯通,而后自成风貌,如果将蒲松龄在《聊斋志异》中开拓性的文学创造暂时搁置不论,仅仅分析《聊斋志异》对前代小说的继承和借鉴,种种迹象表明,《聊斋志异》虽然有六朝志怪和唐宋传奇的基因,但与明人小说可能有更亲密的血缘关系。

关于《聊斋志异》小说的故事来源问题,目前多数学者的注意力主要还是集中在六朝志怪、唐宋传奇与《聊斋志异》的对比分析上,并且论著成果非常多。相对而言,元明小说特别是明代文言小说对《聊斋志异》创作的影响,这方面的研究则显得较为薄弱和缺乏系统性,还有待于充分重视和深入探讨。本书尽力发掘文献,搜罗资料,意在沿波讨源,在探明小说故事源头的基础上,关注和分析其由古至今的流传演化,尤其是试图厘清《聊斋志异》中一些故事类型自元明以来的传播轨迹。

二、《聊斋志异》作品中的时代背景和人物原型以及现实寓意

社会生活是文学创作的源泉,作家、作品是一定的历史阶段的产物,都会或多或少地被打上时代烙印。蒲松龄生于明末,长在清初,其人生见闻和经历渗透在小说创作中,《聊斋志异》中绝大多数作品的时代背景是明初洪武、永乐、宣德年间直至清初顺治、康熙时期这一段历史①。

《聊斋志异》为清初之小说,然书中所记,颇多明朝故事。清代的读者翻阅《聊斋志异》时,难免会引发对旧时代的怀念,生出"身生后世,眼观前朝"的感慨。在对明代轶闻遗事的反复回顾和津津乐道之中,寄托了清初汉族士大夫和一般文人的故国之思,以及对顺治、康熙时期黑暗社会现实不满的孤愤之心。《聊斋志异》以短篇小说集的形态呈现给读者,在许许多多个性化叙事中反映时代风貌,若对全书近五百篇小说加以整体观照,就会发现书中所展示的是明末清初全景式的社会生活。作为一流的小说家,蒲松龄对社会生活有细腻观察和深刻思考,能敏锐地感受到当时社会生活中的各种矛盾,从而在作品中提出很多社会问题,并对提出的社会问题进行讽刺和批判。再者,时值改朝换代,蒲松龄等小说家也敢于在文章中对前朝积弊加以抨击,并借机以古讽今。明清王朝更迭之际一系列的重大历史事件,各种尖锐的社会矛盾,以及形形色色的社会现象,被有机地穿插在《聊斋志异》小说故事情节发展之中。齐裕焜的《明末清初时事小说述

---

① 《阳武侯》中的薛禄是明代洪武至宣德时期的历史人物。《促织》的故事背景为"宣德间,宫中尚促织之戏,岁征民间。"在《夏雪》《化男》两篇小说中,甲子纪年皆为丁亥,此年应为清康熙四十六年(1707年)。

评》①一文,将明末清初时事小说分为党争、反清、农民起义三大类;成敏《明末清初时事小说研究》一书,也将明末清初时事小说分为三类:"剿闯"系列、"斥魏"系列,以及"辽事"系列。②

《聊斋志异》对各类明清时事小说题材都有所涉及,如《杨大洪》《郭生》③提及东林党,《秦桧》提及魏忠贤阉党。《聊斋志异》多处描述了明末"辽事",《王司马》《阿绣》中写到过明末辽东战争,《辽阳军》写明天启元年(1621年)辽阳陷落事,《鬼隶》《韩方》《林氏》以清兵济南屠城为小说背景。明代行政区划与清代有不少差异,辽东都指挥使司在行政建制上隶属山东承宣布政使司,《聊斋志异》中所写明末辽东事,其实相当于是在写山东本省之事。《聊斋志异·钟生》开篇写"钟庆余,辽东名士,应济南乡试。"钟生是辽东人,却远赴济南参加乡试,由此情节,一看便知《钟生》故事发生在明代辽阳陷落以前。④明末农民战争在《聊斋志异》中有反映,《崔猛》《素秋》中都谈到"闯寇犯顺",指的是李自成农民起义,《快刀》《五羖大夫》《诸城某甲》也都写到了明末各地农民起义。除"剿闯""斥魏""辽事"之外,《聊斋志异》还有反映"甲申之变""南明弘光朝江北四镇""姜瓖之变""三藩之乱"的作品⑤。《聊斋志异》对清初山东一带的农民起义也有侧面表现,如

---

① 齐裕焜:《明末清初时事小说述评》,《福建师范大学学报(哲学社会科学版)》,1989年第2期。

② 成敏:《明末清初时事小说研究》,北京语言大学出版社,2013年版。

③ 盛伟:《〈聊斋·郭生〉篇与明天启年间"东林党"之祸》,《中国海洋大学学报(社会科学版)》,1998年第3期。

④ 目前不少《聊斋志异》注释本都将《钟生》中的"辽东"解说为清顺治十年(1653)所置辽阳府,这就容易使人误会《聊斋志异·钟生》故事发生的时代背景。

⑤ 《灵官》《三朝元老》《阎罗》《司文郎》涉及"甲申之变";《黄将军》《采薇翁》涉及"南明弘光朝江北四镇";《狐妾》《汾州狐》涉及"姜瓖之变";《保住》《张氏妇》《男生子》《库将军》《小棺》《潍水狐》涉及"三藩之乱"。

"鲁南王俊起义""谢迁之变""于七之难"等①。

《聊斋志异》有不少涉及海洋题材的小说②,在清初海禁严厉的情况下,这些海外奇谈多是对中晚明"泛海为贾"商人们冒险航海游历的回忆和追述,同时也通过对海外国度的想象来讽喻现实。《聊斋志异》中关于旱灾、蝗灾、雹灾、瘟疫等灾异的叙事也不少③,《地震》《水灾》《夏雪》等篇都是以清初现实事件为小说原型的。即便是在搜奇记异的传奇故事中,也经常会出现对明清时代民间饥馑,尤其是对康熙朝大饥荒触目惊心的描述,如《薛慰娘》中"万历间,岁大祲";《刘姓》中"崇祯十三年,岁大凶,人相食";《小二》中"山左大饥,人相食";《颜氏》中"岁饥";《丁前溪》中"岁大饥";《二商》中"康熙间,岁大凶……后岁大饥,道殣相望。"《水灾》中"康熙二十一年,山东旱,自春徂夏,赤地千里。"蒲松龄笔下看似荒诞不经的狐鬼故事,所表现的却是实实在在的社会问题。就题材而论,《聊斋志异》中

---

① 《九山王》《盗户》涉及"鲁南王俊起义",《鬼哭》涉及"谢迁之变",《野狗》《公孙九娘》《秦桧》涉及"于七之难"。谢国桢先生撰有《〈聊斋志异〉所涉及的清初农民起义事迹补证》一文,见谢国桢著《明末清初的学风》,上海书店出版社,2006年版,第265~277页。

② 目前,已有不少专著和论文对《聊斋志异》中的涉海题材小说进行过研究。倪浓水:《〈聊斋志异〉涉海小说对中国古代海洋叙事传统的继承和超越》,见倪浓水:《中国古代海洋小说与文化》,海洋出版社,2012年版,第136~146页;房珊珊:《"烟涛微茫信难求"——〈聊斋志异〉的海洋想象》,见王烨主编:《海洋文明与汉语文学书写》,厦门大学出版社,2014年版,第181~188页;倪浓水:《从〈聊斋志异〉涉海叙事看蒲松龄海洋人文思想》,《蒲松龄研究》,2016年第3期;王洁:《〈聊斋志异〉中对"海洋迷思"的突破》,《忻州师范学院学报》,2017年第1期;胡炜:《聊斋志异中的海洋故事及其地域文化渊源》,《河北广播电视大学学报》,2018年第3期。

③ 相关研究论文有,王建平:《〈聊斋志异〉中的灾异叙事》,《名作欣赏·中旬刊》,2010年第5期;商志翠:《论〈聊斋志异〉中的灾祸描写》,《大众文艺》,2011年第23期;刘秀娟:《略论〈聊斋志异〉中的灾异现象描写》,《广州广播电视大学学报》,2012年版第4期;赵慧玲:《〈左传〉与〈聊斋志异〉中的灾异预兆比较》,《艺术科技》,2014年第5期;吕晶:《〈清史稿〉灾异卷及〈聊斋志异〉的形象设定》,《淄博师专论丛》,2019年第1期;祁浩南:《〈聊斋志异〉中的自然灾害史料研究》,《赤峰学院学报(哲学社会科学版)》2019年第7期。

的不少作品都是晚明文言小说创作潮流的延续,而在清初的历史环境下,又有所新变。《聊斋志异》有很强的时代感,蒲松龄非常善于借用传统小说的元素和情节,来表现当代故事,一些民间流传已久的故事类型,常常在《聊斋志异》里被润色修饰,而以清初时事的面目重新出现。细读《聊斋志异》文字,会发现小说中部分作品对清初"江南奏销案""通海案""哭庙案""丁酉科场案",以及"明史案"①等大案都有隐晦的表现。《聊斋志异·小谢》等篇章写到了因言获罪的文字狱②,有些小说内容涉及明末清初的"奴变""逃人"③等社会现象,有些作品情节则对明清时期的"粮长制"和"捐纳制"等弊政进行了抨击④。

《聊斋志异》中个别小说甚至影射了康熙朝后期诸皇子参政,如《公孙夏》中结交地方督抚,卖官鬻爵的公孙夏是"十一皇子坐客";又如《席方平》中为席家彻底平反冤狱,扳倒阎王的巨大权力和能量并非完全来自二郎神,真正的幕后推手是那位车中少年,即"上帝殿下九王"⑤。《聊斋志异》贴近社会生活,内容极具现实性,将人民敢怒而不敢言的社会真相,藉鬼狐之荒诞,于嬉笑怒骂之中加以揭露和批判。康熙初年,庄廷鑨明史案发生以后,文网渐严,人人自危,噤不敢言,《聊斋志异》是在此情形之下出现

---

① 《元少先生》涉及"奏销案",《成仙》《蒋太史》涉及"通海案",《聊斋志异·于去恶》曰:"丁酉,文场事发,帘官多遭诛遣",《大力将军》涉及"明史案"。《聊斋志异·大力将军》文末曰:"查以修史一案,株连被收,卒得免。"可见,蒲松龄对庄廷鑨《明史》案的经过,也是大致了解的。徐君慧:《〈张鸿渐〉与金圣叹》一文认为《聊斋志异·张鸿渐》对清顺治十八年的"哭庙案"有所影射,见徐君慧:《聊斋志异纵横谈》,广西人民出版社,1987年版,第59页。

② 《聊斋志异·小谢》写书生陶望三"好以诗词讥切时事,获罪于邑贵介,日思中伤之。阴赂学使,诬以行检,淹禁狱中。"

③ 《田七郎》《成仙》涉及"奴变",《霍女》《仇大娘》涉及"逃人"。

④ 《促织》涉及明清"粮长制",《僧术》涉及明清"捐纳制"。

⑤ 《聊斋志异·顾生》中还写到过一位"九王世子"。

的有胆有识之作,自然引人瞩目,四海流传。清代不少评论家已经注意到了《聊斋志异》强烈的社会批判精神,蒲松龄长孙蒲立德《聊斋志异跋》曰:"其论赞或触时感事,而以劝以惩。"清徐珂《清稗类钞·著述类》:"或云尚有余卷,当日其家以所传多明亡逸事,惧触文网,为删之矣。"近人易宗夔《新世说》卷二《文学第四》曰:

> 蒲留仙研精训典,究心古学,目击清初乱离时事,思欲假借狐鬼,纂成一书,以抒孤愤而谂识者一肆力于古文词,悲愤感慨,自成一家言。其书不为《四库全书》说部所收者,盖以《罗刹海市》一则含有讥讽满人,非刺时政之意,如云女子效男儿装,乃言旗俗,遂与美不见容,丑乃愈贵诸事同遭摈斥也。

《聊斋志异》很善于对传统小说题材加以改造,书中不少作品的故事框架袭取自前人,而小说情节和细节则从蒲松龄个人生活见闻中提炼而来,往往能借题发挥,隐含深意。如《聊斋志异·狐妾》,据赵伯陶先生考证①,此篇改编自清初社会上流传的山西提学张道一鬼妾传闻,清王士禛《居易录》卷五有记载。《狐妾》写狐精"向结伴至汴梁,其城为河伯占据,库藏皆没水中"。蒲松龄藉狐鬼之言,叙述时事,水淹汴梁,寻常文字,一笔带过,其表现的却是明末农民战争波澜壮阔的历史背景②。《聊斋志异》不少小说

---

① 赵伯陶:《〈聊斋〉丛脞录——说〈夜叉国〉、〈狐妾〉、〈公孙九娘〉》,《蒲松龄研究》,2015年第2期。

② "其城为河伯占据",指的是崇祯十五年九月,明军与李自成农民军鏖战期间,黄河决口,结果全河入汴,水淹开封,七朝古都遂毁于一旦。《明史》卷二六七《高名衡传》载:"河入自北门,贯东南门以出,流入于涡水。"

传写明末清初的社会新闻,如暹逻国进贡狮子,粤东老龙津特大抢劫杀人沉尸案的破获,清康熙十三年甲寅(1674)前后河北漳水中发现古墓,《邸报》中所载举人李司鉴杀妻自戕……当这些消息通过各种渠道辗转传到偏僻闭塞的淄川县小村庄时,可能已经被夸张变形,而后又被教书先生蒲松龄改编记录在《聊斋志异》之中。

蒲松龄继承了《左传》"言近而旨远,辞浅而义深"的意趣,其身处明清易代之际,杂记当时社会的各种趣闻轶事,以史家笔法撰小说,记叙与议论相结合,寄托历史兴亡的沧桑之感,成为一代鬼董狐。《过日斋杂记》称蒲松龄"因目击国初乱离时世,官玩民偷,风漓俗靡。思欲假借狐鬼,纂成一书,以纾孤愤而谂识者。"[①]蒲松龄对明清时事的不少观点和评论,并未全部在"异史氏曰"的评论中直言,而是冷静地贯穿于小说叙事之中,不露痕迹地对社会黑暗和民族压迫加以谴责和抨击。前人评论《聊斋志异》"用笔精简,寓意处全无迹相"[②],蒲松龄有些短篇小说,文字极少,却非常耐人寻味,这与小说中所蕴含的丰富现实寓意和文化内涵是分不开的。《聊斋志异》中的不少小说情节,确实也暗藏史家笔法,须透过字面方能看到有趣之处。《聊斋志异》中部分篇章的意蕴不是特别明显,只有精研文本,仔细琢磨,才能在小说平淡如菊、冷静如水的叙事语言中深刻地体会字面之下的思想火焰和情感波澜。

《聊斋志异》中的小说人物包括士农工商、巫卜医药、僧人、道士、小偷、强盗、流氓、乞丐、骗子、赌徒、剑客豪侠、江湖艺人、名门闺秀、小家碧玉、悍妇、贤妻、青楼娼妓、三姑六婆各色人等,小说题材则涵盖了广阔的

---

① 蒋瑞藻著;蒋逸人整理《小说考证》(下),浙江古籍出版社,2016年版,第583页。

② 邹弢《三借庐笔谈》卷六《蒲留仙》,裴毓麟《清代轶闻》卷八。

民间生活,表现了清朝初年的时代特点和社会风气。《聊斋志异》中所述故事几乎都是发生在明代或清初,小说中也多提及明清之际的历史人物。《聊斋志异》基本上继承了传统史传文学的体例章法,小说开篇一般都是介绍人物的出身或来历,本朝人物不书时代,前朝人物则说明其时代。然而《聊斋志异》毕竟是小说而不是人物传记,书中所叙各类人物事迹,很少有真人真事,即便是转述前代人物遗闻轶事,其中也会掺杂虚构情节。例如《聊斋志异·放蝶》中的王岇生,明末历史上实有其人①,关于其荒疏政务,以罚蝶放飞取乐之事,早在蒲松龄之前就有记载。明末李长祥(1609—1673)所著《天问阁文集》卷一《王子凉传》曰:

　　子凉姓王氏,名岇生,山东某县人也,崇祯庚辰进士,令如皋县,居官喜节廉,不畏人。性好鹤,如皋距湖,鹤产之处,令大喜,有罪者罚鹤,鹤满阶矣。又罚蛇,以食鹤也。性又好猫,又罚猫,罚有罪者之猫与鹤等。一日,见猫于草上奔蝶食之,则大异,叫曰:"猫食蝶乎!"于是又罚蝶。猫既多,罚蝶日益多,多者至一斗,而民之捕蝶艰于捕蛇。县官责蝶无已,民闲捕蝶者遍野外,小儿争捕之以鬻罪人。百姓之来入城郭,跻公堂,非输蛇即输蝶,喧哗一县中,然自喜节廉,无所畏。有黄极淑者,如皋民也,惯大言,市廛人憎怨,以他事不相目,合讼之令,凡十余人。缙绅先生或怜之,畏令不敢请,莫可如何。极淑知一旦死尔,及对时,问何业,曰画,极淑实不能解画,但解工人之所谓画。令即欲见其画,则出之怀中,令大称赏,属巾服宾礼,而笞其讼者十余人,又判金各千两,谢讼极淑罪。人人空壁立,本无一有,乃膝行哭极淑所乞命,穷极,令乃肯已。其所为多类此,然卒以是不理于人口,败去云。

李长祥关于王屿生放蝶的记载虽然篇幅相对长一些,但内容较为平实,而《聊斋志异·放蝶》故事虽短,其中却添加了蝶女入梦的幻想情节。蒲松龄擅长"杂取种种人,合成一个"的典型化人物塑造方法,《聊斋志异》中多有真人假事、假人真事、假人假事。所谓真人假事,就是把虚构故事附丽于现实人物身上,这种叙事手段有意无意地模糊了现实生活与文学艺术之间的界限,一方面凸显了故事内容和人物形象的逼真性;而另一方面小说人物的现实与故事情节的超现实本身就是矛盾,很容易引发读者的怀疑和追问,增强其阅读的主动性,对作品所叙离奇之事进行深入解读。《聊斋志异·喷水》写宋琬之母遇鬼身亡事,王士禛与宋琬过从甚密,了解其幼年丧母的身世,于是在《聊斋志异》评语中辟谣:"玉叔襁褓失恃,此事属传闻之讹。"宋琬是清初知名文人,曾因人诬陷,屡陷囹圄,有评论者称:"喷水即诬陷的代名词。"[1]《聊斋志异》之所以记述《喷水》这样的传闻,或许就是意在揭露讽刺宵小之徒陷害良善的鬼蜮伎俩。《聊斋志异·胭脂》文后"异史氏曰"附录施闰章"奖进士子"逸事一则,赵伯陶先生据地方志中的相关记载,认为此事"自有其本事,当非施闰章所亲历"[2],《(民国)重修博兴县志》卷一七《杂志》曰:

《聊斋志异》载有名士入场作"宝藏兴焉"文,误记"水下",录毕而后悟之,料无不黜之理,作词云云。相传其人即博兴之魏基。基,字休

---

① 程凯:《重读宋琬》,《天水行政学院学报》,2010年第3期。

② 赵伯陶:《古典文献数字化与〈聊斋志异〉的诠释》,《蒲松龄研究》,2016年第1期。

庵,惟情事略异,词亦有出入,赘录于后:

> 基早岁游庠,后道念既深,思脱尘俗,尝于学使按临时作"宝藏兴焉"文,领题处故顶"今夫水",知无不黜之理,卷尾系词云:"宝藏在山间,误认却在水边。山头盖了座水晶殿,瑚长峰尖,珠结树颠。这一回,崖中跌死撑船汉。告苍天,饶了俺,从今不在这泥里战。"学使阅文至此,知为异人,仍置高等,并和以词云:"宝藏将山跨,忽然间在水涯,樵夫说了些渔翁话。脉理虽差,文字却佳,亦何妨虎入潭溪斗龙蛇。呆秀才,休害怕,谁肯把你放在他人下。"逾岁,学使易人。入场完卷,后复赘《黄莺儿》二首。学使以为犯规,遂裰其衿。基自此飘然远矣。

魏基为晚明隐士,入清前就已去世,《(民国)重修博兴县志》卷一三《人物》载其生平曰:"魏基,邑庠生,少力学,义命自安,不求仕进。明末,卜居邑东南,结茅数椽,以琴书自娱,朝无暮炊不计也。题壁云:'一文无也只留竹,四壁萧然不卖琴。'号曰休庵,又号一笑叟。尝夜归,路遇贼夺其衣物。基曰:'我魏休庵也。'贼惊曰:'不知是魏师父!'策蹇送至其家。潜德感人如此!"在赵伯陶先生之前,已经有研究者指出《聊斋志异·胭脂》所记"名士入场"为魏基轶事,并对其生平做过考察。魏华凯先生文章《闲云野鹤魏休庵》[①]称:"蒲松龄在文中未提及姓名,因为休庵先生所处的时代相去不远,此事确为他的一段轶事也不无可能。"魏华凯考证魏基谱名魏邦基,"当生于明嘉靖八年(1529年)卒于万历三十四年(1606年)终年78岁。"引《魏氏族谱》:"邦基,字休庵,号方石,生于明嘉靖年间,越隆庆、万历三朝,享寿八秩乃终。"引《休庵先生神道碑》:"先生氏魏,讳邦基,字休庵,方

---

① 中国人民政治协商会议博兴县委员会文史资料委员会编:《博兴文史资料》(第6辑),1993年版,第153~155页。

石其号,生当明季,文章得韩柳之髓,诗词含陶白之音,卜居邑东南三家村,结茅数椽,琴书自乐……点瑟颜瓢,朝无暮炊,泊如也。"《聊斋志异》中的假人真事,多是通过虚构人物来表演社会真实事件,如《三朝元老》中的"某中堂",清初降闯复降清的亡明旧臣大有人在,且多为朝中显贵,蒲松龄将当时社会上流传的"三朝元老"和"忘八"这两条讥刺双料贰臣的笑料集中在"某中堂"身上,着笔于一人,而骂遍群丑。

前人曾对《聊斋志异》真人假事和假人真事的叙事艺术手法有所总结,清徐珂《清稗类钞·著述类》曰:"组织所闻,或合数人之话为一事,或合数事之曲折为一传,但冀首尾完具,以悦观听。"与《聊斋志异》中的真人假事和假人真事相较而言,人与事皆出于虚构的假人假事小说,不用去揣测其中的人物原型,反倒更容易使读者释然。《考弊司》故事显然是虚构的,而小说主人公之名闻人生,似乎是蒲松龄在创作该篇小说时随手取自《初刻拍案惊奇》卷三十四《闻人生野战翠浮庵 静观尼昼锦黄沙巷》。《聊斋志异》中有名有姓之人,若是淄川本地人物,多实有其人,有少部分山东本省人物是杜撰出来的,而虚构外省人物的比例则比较大。在中国古代文人文体区分意识不强,鬼神迷信盛行的情况下,蒲松龄笔下的人与事本来就真假难辨,再加上《聊斋志异》里的小说作品貌似史传,更使人读起来有强烈的真实感。清末朱彭寿曾以严肃的学术态度,以学者考据的工夫研究过《聊斋志异》中的《陈云栖》,最后才发现此篇纯属虚构,《安乐康平室随笔》卷四曰:

> 蒲留仙《聊斋志异》一书,脍炙人口久矣。其文笔固极典雅,至叙事则皆凭空结撰,即人名地名,亦多有不足据者。乙卯冬,余自长沙调任宜昌,偶忆是书中《陈云栖》一则,言真生为鄂之彝陵人,其父曾举

孝廉，云栖所生子，后亦举孝廉云云。因购得《宜昌府志》检之，则科第表内，自明及清初，并无一真氏。然恐真生或系托名，复遍检他姓，亦无祖孙举孝廉者，乃知此条全属虚构。一事如此，其他可类推矣。独怪此老当日下笔时，不知何以弄此狡狯，无端指一地名，致二百余年后，犹令好事如余者，刻舟求剑，甘受其绐。每与同人言及，辄为哑然。

虽然《聊斋志异》中有不少《陈云栖》这样的假人假事小说，但是也有不少小说篇章中的人物具有现实原型，还有一些故事则是出自真人之口。清代《聊斋志异》的注释者和评点者已经开始对小说中所见人物进行专门考察，胡适认为《聊斋志异》吕湛恩注"充分运用了山东各县的方志，注明蒲留仙的朋友、老师、同乡先辈的姓名事略"[①]。清冯镇峦《读〈聊斋〉杂说》评曰："此书多叙山左右及淄川县事，纪见闻也。时亦及于他省。时代则详近世，略及明代。先生意在作文，镜花水月，虽不必泥于实事，然时代人物，不尽凿空。一时名辈如王渔洋、高念东、唐梦赉、张历友，皆其亲邻世交。毕刺史、李希梅，著作俱在。聊斋家世交游，亦隐约可见。"《聊斋志异》小说中所提及的清初顺、康年间的一系列文人儒士，他们之间不仅相熟识，可能还和蒲松龄本人或蒲松龄的友人有过来往。细读《聊斋志异》，可以在小说中排查出一张若隐若现的人际关系网，如《放蝶》中的于重寅与《孙必振》中的孙必振为顺治十六年己亥（1659）科同榜进士；而《诸城某甲》中的"学师孙景夏先生"又是孙必振的从兄[②]；《李司鉴》中的"总督朱云门"对孙必振有知遇之恩，又是《老龙舡户》中朱徽荫的胞兄；朱徽荫是《司训》中朱子青的父亲，《布商》故事的讲述者"赵孝廉丰原"在入仕之前曾长期在朱子

---

① 胡适：《胡适全集 第九卷》，安徽教育出版社，2003年版，第561页。
② 俞阅：《〈聊斋志异〉中"孙景夏"、"孙必振"人物原型考论》，《文教资料》，2015年第11期。

《聊斋志异》笺证初编

青堂兄朱彩家坐馆；朱徽荫与《雹神》中的"唐太史济武"是清顺治五年（1648）山东乡试同榜举人。通过分析《聊斋志异》小说中出现的历史人物之间的关系，可以大致看到清初以山东籍文人为主构成的一个士林交游圈子，蒲松龄亦参与其中，而王士禛、唐梦赉、高珩等无疑是这个文人圈的核心人物。

《聊斋志异》中的有些故事很可能就是流行在这个群体当中的社会传闻，所以才会出现王士禛《池北偶谈》与蒲松龄《聊斋志异》中很多小说篇章取材相同的情况①。鲁迅先生的《中国小说的历史的变迁》认为，《聊斋志异》中的小说素材"多由他的朋友那里听来的"②，这一判断应该是比较准确的。唐梦赉、高珩、王士禛所交游人物，经常出现在《聊斋志异》中。《聊斋志异》所言及部分人物的生平事迹，可以通过唐梦赉、高珩、王士禛传世诗文集中的记载略知其一二。如《聊斋志异·鸲鹆》，开篇称此故事的讲述者为王汾滨，结尾又申明"此毕载积先生记"，也就是说此故事是王汾滨讲给毕际有，再由毕际有转述给蒲松龄的。从王汾滨的名字可推测，此人大概是山西汾水一带人，关于其人其事，之前很少有研究者加以说明③。清唐梦赉《志壑堂文集》卷一《王汾滨〈小儿痘诊医案〉序》曰："王子汾滨，静者也，究性命之旨有年。"据此可知，王汾滨是唐梦赉的友人，安贫守静，精通医学。

《聊斋志异》在蒲松龄一生中屡有增补，历时几十年才最终完成，小说

---

① 据于盛庭、李时人论文：《〈聊斋志异〉与〈池北偶谈〉》统计，《聊斋志异》与《池北偶谈》中有13篇作品取材相同，见《明清小说研究》，1985年第2期。

② 鲁迅：《中国小说史略》，齐鲁书社，1997年版，第377页。

③ 赵伯陶先生：《聊斋志异详注新评》注释《聊斋志异·鸲鹆》之王汾滨曰："人名，生平不详。"见赵伯陶注评：《聊斋志异详注新评》，人民文学出版社，2016年版，第649页。

部分初稿撰成之后,起先是在蒲松龄友人圈子里小范围借阅流传。个别与蒲松龄亲近的友人同时也是《聊斋志异》的第一批读者,甚至还被编排成为《聊斋志异》中的小说人物,如《狐梦》中喜读《青凤》的毕怡庵①,又如《泥鬼》中儿童时敢抠出泥鬼琉璃眼的唐梦赉。蒲松龄的同乡前辈唐梦赉,较早地发现并肯定了《聊斋志异》的文学价值,在《〈聊斋志异〉序》中高度评价了蒲松龄的小说成就,相信其书必定传世②。唐梦赉作为热心读者,甚至还积极引导和参与了《聊斋志异》的创作。《聊斋志异》有三篇小说提到过"唐太史济武",《韩方》"异史氏曰"中回忆康熙三十三年甲戌(1694)前后,晚年的唐梦赉偶然到利津县办事,回到淄川后,将途中见闻讲给蒲松龄听,用"比追乐输"苦涩笑话感喟民生艰难;中山大学藏旧抄本《聊斋诗文集》附录收有唐梦赉"致聊斋"书信一封,信中说:"李左车一案,久不成,亦当有示我矣"③。这句话意在敦促蒲松龄将唐梦赉所遇雹神显灵之事编写进小说,《聊斋志异》中原本已有一篇题为"雹神"的作品,在唐梦赉授意之下,蒲松龄又完成了《聊斋志异》中的第二篇《雹神》。从《韩方》和《雹神》两篇的写作情形可推测,《泥鬼》中所记少年异事恐怕也是蒲松龄根据唐梦赉自述改编。蒲松龄所创作以唐梦赉为小说人物的作品可能还不止《泥鬼》《雹神》《韩方》这三篇,《(乾隆)青城县志》卷一〇《祥异志》曰:

神童范祖禹,华龄子,六七岁时能知未见事。淄川翰林编修唐梦赉以事至青,试之果验,遂以其女字之,淄川蒲松龄以登《聊斋志异》。

---

① 有研究者推测毕怡庵是毕际有子侄辈的毕盛钰或毕盛育,邹宗良先生则考证其为毕际有长兄之子毕盛锡。参见邹宗良:《〈聊斋志异·狐梦〉中的毕怡庵与毕氏家族人物关系钩沉》,《蒲松龄研究》,2013年第4期。

② 唐梦赉:《〈聊斋志异〉序》曰:"正如扬云《法言》,桓谭谓其必传矣。"

③ 袁世硕、徐仲伟:《蒲松龄评传》,南京大学出版社,2000年版,第159页。

《聊斋志异》笺证初编

逾数年，知识不异常人，今国学生怀曾，其子也。

清唐梦赉《志壑堂诗集》卷一〇有诗云："两诣神仙笑颊生，同声许我见昇平。匪关白发经时健，自识黄河转眼清。缘分已超刘子骥，修持宁待管公明。生来曼倩知多少，莫数龙钟蝙蝠精。"此诗前有短序曰："青城范神童八岁射覆，无所不知，问以余尚得见其成立否，即疾应曰：'见。'问：'尚得见太平否？'即连应曰：'见，见。'二语颇合诗以志之。"根据《（乾隆）青城县志》的记载，蒲松龄还把唐梦赉女婿的奇闻写进了《聊斋志异》，然而如今常见的各种《聊斋志异》版本中皆不见有此事。范祖禹小时了了，唐梦赉遂以女妻之，蒲松龄当时欣然将此一段佳话记入《聊斋志异》。但是范祖禹成年后的表现类似王安石散文《伤仲永》中的方仲永，由原先的神童变得"泯然众人矣"。或许是因为唐梦赉择婿不佳，此事有损其英名，作者蒲松龄或别的传抄者自然要将其从《聊斋志异》中剔除，而删稿终于湮没不闻[①]。清代乾隆年间，山东福山人王椷，不知道从什么途径又听说了唐梦赉嫁女之逸事并加以记录，《秋灯丛话》卷一三《合卺后神志顿昏》曰：

> 淄川唐太史梦赉，登第旋里，路过青城，偶憩村塾，见一总角童子，貌颇岐嶷，问之，师曰："此生颖悟非凡，书寓目则不忘。"试之，信。顾其家贫甚，携归亲课之。唐家藏四库，恣其渔猎，无不淹贯。唐深喜，目为远大器，字以女。合卺后神志顿昏，毫无智慧，叩以曩昔所学，茫

[①] 唐梦赉择婿之事或许是《聊斋志异》删稿中之一篇，章培恒先生在《〈聊斋志异〉写作年代考》一文中曾猜测《聊斋志异》在创作过程中有若干篇删稿，然而并未提出具体例证："至于这些删去的篇章，是就此抛弃，还是后来经过改写，编入其后的各册中去了，目前尚无可资推论的资料"。详见章培恒：《不京不海集》，复旦大学出版社，2012年版，第326页。

如隔世矣。

在小说人物原型研究方面，从清代的吕湛恩、何垠，到现代的张友鹤、任笃行、朱其铠、盛伟、于天池、赵伯陶等，《聊斋志异》的历代校勘注释者都付出了很大的努力，《聊斋志异》中所提及的众多明末清初的历史人物大多被一一指出，并在注释中加以说明。有些学者如张崇琛、俞阅、孙启新、陈敏杰等，还都曾有意识地以系列论文或学位论文的形式专门致力于《聊斋志异》小说人物原型研究。张崇琛有关于《聊斋志异》小说人物原型研究的系列论文《〈聊斋志异〉中的张贡士与李象先其人》《〈聊斋志异·遵化署狐〉与丘志充其人》《〈聊斋志异·丁前溪〉中的丁前溪其人》①；南京师范大学俞阅硕士论文《〈聊斋志异〉人物原型考论》从方志和史籍中广泛搜罗材料，对《聊斋志异》中诸多小说人物原型进行了考证；孙启新有关于《聊斋志异》小说人物原型研究的系列论文《王皞迪生平考证》《"邵临淄"考证》《〈聊斋志异校注〉的几点商榷》《王敏入生平补考》《〈聊斋志异校注〉人物补注》《〈聊斋志异校注〉人物补注续》②；陈敏杰有论文《〈黄将军〉的春秋

---

① 张崇琛论文：《〈聊斋志异〉中的张贡士与李象先其人》收入（新加坡）辜美高、王枝忠主编：《国际聊斋论文集》，北京师范学院出版社，1992年版，第138~154页；张崇琛：《〈聊斋志异·遵化署狐〉与丘志充其人》，《蒲松龄研究》，2000年第C1期；张崇琛：《〈聊斋志异·丁前溪〉中的丁前溪其人》，《蒲松龄研究》，2017年第4期。

② 孙启新：《王皞迪生平考证》，《蒲松龄研究》，2013年第2期；孙启新：《"邵临淄"考证》，《淄博师专学报》，2014年第2期；孙启新：《〈聊斋志异校注〉的几点商榷》，《蒲松龄研究》，2014年第3期；孙启新：《王敏入生平补考》，《蒲松龄研究》，2016年，第2期；孙启新：《〈聊斋志异校注〉人物补注》，《蒲松龄研究》，2016年第4期；孙启新：《〈聊斋志异校注〉人物补注续》，《蒲松龄研究》，2017年第2期。

《聊斋志异》笺证初编

笔法》《〈三朝元老〉指斥的对象是谁？》《孙必振其人与〈孙必振〉的本事》①。对于《聊斋志异》小说人物原型研究，还有很多相关论文，如袁世硕《蒲松龄与丰泉乡王氏》、马振方《〈聊斋志异〉本事旁证辨补》、王平《〈聊斋志异·张贡士〉小考》、白亚仁《〈聊斋志异〉中所涉及的"三藩之乱"事迹考》、盛伟《〈聊斋志异〉词语注释补正》、李学良《〈聊斋志异〉中"耳中人"篇的本事考证》、孙荣芳《"五羖大夫"畅体元事迹考稽——兼议〈五羖大夫〉作者毕载积》、李中合《〈聊斋志异〉人物畅体元事迹考略》、姜健《"邵临淄"原型邵嗣尧考》、陈玉华《〈聊斋·安期岛〉中"刘中堂"原型考》、聂廷生等《〈聊斋志异·鬼哭〉中王七襄其人本事考》、高强《〈聊斋志异·番僧〉之灵甃和尚事迹考》等②。赵伯陶编著的《〈聊斋志异〉详注新评》③一书非常值得研究者关注，该书既广泛吸收了现有研究成果，同时也在各种方志、史籍、小说笔记、传世诗文

① 陈敏杰：《〈黄将军〉的春秋笔法》，《蒲松龄研究》，1998年第4期；陈敏杰：《〈三朝元老〉指斥的对象是谁？》，《蒲松龄研究》，1999年第4期；陈敏杰：《孙必振其人与〈孙必振〉的本事》，《蒲松龄研究》，2000年第2期。

② 袁世硕：《蒲松龄与丰泉乡王氏》考证出《聊斋志异》中王心逸就是清初内阁侍读学士王敷政之弟王居正，见《蒲松龄研究》，1986年第1辑；马振方：《〈聊斋志异〉本事旁证辨补》对《聊斋志异》中宋国英、徐白山等小说人物原型进行了考证，见《蒲松龄研究》，1989年第1期；王平：《〈聊斋志异·张贡士〉小考》，《蒲松龄研究》，1998年第3期；白亚仁：《〈聊斋志异〉中所涉及的"三藩之乱"事迹考》对《聊斋志异》中杨辅、库大有这两个小说人物原型进行了考证，见张永政、盛伟主编：《聊斋学研究论集》，中国文联出版公司，2001年版，第191~207页；盛伟在《〈聊斋志异〉词语注释补正》中考证了《聊斋志异》中"叶、缪诸公"指叶向高与缪昌期，见《东方论坛》，2001年第4期；李学良：《〈聊斋志异〉中"耳中人"篇的本事考证》，《十堰职业技术学院学报》，2011年第1期；孙荣芳：《"五羖大夫"畅体元事迹考稽——兼议〈五羖大夫〉作者毕载积》，《史志学刊》，2013年第1期；李中合：《〈聊斋志异〉人物畅体元事迹考略》，详见《袁世硕教授执教五十年纪念文集》，齐鲁书社2004年版，第249~257页；姜健：《"邵临淄"原型邵嗣尧考》，《蒲松龄研究》，2014年第2期；陈玉华：《〈聊斋·安期岛〉中"刘中堂"原型考》，《中华文史论丛》，2015年第3期；聂廷生、聂元硕：《〈聊斋志异·鬼哭〉中王七襄其人本事考》，《蒲松龄研究》，2016年第4期；高强：《〈聊斋志异·番僧〉之灵甃和尚事迹考》，《蒲松龄研究》，2018年第1期。

③ （清）蒲松龄，赵伯陶注评：《聊斋志异详注新评》，人民文学出版社，2016年版。

集中发掘资料,对《聊斋志异》中所涉及各类人物遍加注释,少有遗漏。

　　近年来,《聊斋志异》中部分小说人物原型的研究已经比较成熟,《林四娘》和《金和尚》是《聊斋志异》中较早受到学者广泛关注的两篇小说,相关研究成果较多,研究也较为系统深入。林四娘的故事原本就是清代文人热衷谈论的话题,围绕这一题材出现了很多诗文作品,不少小说戏剧也曾对其加以改编,特别是《聊斋志异》《红楼梦》这两部小说巨著都以之为创作素材,林四娘之事也就愈加为人所留意。清代文人对《聊斋志异·林四娘》的研究还主要是停留在简单评论的层面上,如清末陈恒庆《谏书稀庵笔记·恒府姬》曰:"府中鬼姬之事,《聊斋》记之。"林四娘故事研究真正取得突破则是近四十年来的事情,许珊的论文《近三十年林四娘故事研究综述》已对2011年以前关于林四娘故事的研究情况进行了概括总结①,然而就在该论文发表前后,关于林四娘的研究又出现了不少新的成果,主要包括:王宪明的《衡王府与红楼梦》一书中有专章《林四娘考》②,还有袁世硕的论文《林四娘故事的生成、流变》③、郭峪良的硕士论文《林四娘故事研究》④、白亚仁的论文《〈林四娘〉故事源流再考》⑤、周先慎的论文《从笔记体提升为小说品格:说〈聊斋·林四娘〉》⑥。关于《聊斋志异·金和尚》中的金姓和尚和举人之事,王士禛《分甘余话》卷四《金姓僧假子金举人》也有叙述。清代鲍廷博撰《金和尚附记》一文,清王培荀《乡园忆旧录》卷一和近人邓之诚《清诗纪事初编》卷三《金奇玉》,以及蒋瑞藻《小说考证》卷七转引《花

①　许珊:《近三十年林四娘故事研究综述》,《韶关学院学报》,2011年第9期。

②　王宪明:《衡王府与红楼梦》,中国档案出版社,2007年版,第135~158页。

③　该论文分成上下两篇,分别发表在《古典文学知识》2010年的第5期和第6期。

④　郭峪良:《林四娘故事研究》,辽宁大学2012年硕士论文。

⑤　白亚仁:《〈林四娘〉故事源流再考》,《福州大学学报(哲学社会科学版)》,2012年第1期。

⑥　周先慎:《从笔记体提升为小说品格:说〈聊斋·林四娘〉》,古典文学知识,2014年第5期。

朝生笔记》①，都对《聊斋志异·金和尚》进行过考证，大致已考证出《聊斋志异·金和尚》中的举人即清初诗人金奇玉。张崇琛的论文《聊斋志异·金和尚》本事考》②在《(康熙)五莲山志》中发现了关于金和尚更加具体和确切的材料，同时也对金奇玉的生平事迹进行了详细考证。张崇琛后来又撰有《聊斋志异·金和尚〉的史学及民俗学价值》③一文，从明清之际寺院经济和民俗学研究的角度来审视《聊斋志异·金和尚》的史料价值。近年来，《聊斋志异·金和尚》的研究日趋丰富和完善，相关论文还有李伯齐的《聊斋志异·金和尚〉试析》、袁世硕的《金和尚〉本事、笔法——读〈聊斋志异〉札记》、蓝卡佳的《从〈金和尚〉看〈聊斋志异〉的语言特色》、俞阅的《聊斋志异〉中"金和尚"与"金举人"本事考》、赵伯陶的《聊斋丛脞录〉——说〈罗祖〉与〈金和尚〉》等④。

《聊斋志异》小说人物原型研究，目前仍然有一定的后续研究空间，分析《聊斋志异》小说人物原型有益于充分了解蒲松龄的小说创作艺术。小说家写人叙事时，点窜姓名，变换事迹，是常有之现象。蒲松龄喜欢把自己生活中熟悉的人和事拈入小说，《聊斋志异》中一些看似完全出于虚构的小说人物身上，也有可能会有现实生活人物的投影。《聊斋志异·画壁》是

---

① 朱一玄编：《〈聊斋志异〉资料汇编》，南开大学出版社，2012年版，第198~199页。

② 张崇琛：《〈聊斋志异·金和尚〉本事考》，《兰州大学学报(社会科学版)》，1984年第3期。

③ 张崇琛：《〈聊斋志异·金和尚〉的史学及民俗学价值》，《蒲松龄研究》，2009年第3期。

④ 李伯齐：《封建末世斑驳陆离的社会风情图——〈聊斋志异·金和尚〉试析》，《文史知识》，1987年第10期；袁世硕：《〈金和尚〉本事、笔法——读〈聊斋志异〉札记》，《唐山师专唐山教育学院学报(社会科学版)》，1988年第4期；蓝卡佳：《从〈金和尚〉看〈聊斋志异〉的语言特色》，《遵义师范学院学报》，2002年第4期；俞阅：《〈聊斋志异〉中"金和尚"与"金举人"本事考》，《南京师范大学文学院学报》，2006年第3期；赵伯陶：《〈聊斋丛脞录〉——说〈罗祖〉与〈金和尚〉》，《蒲松龄研究》，2017年第3期。严薇青先生也进行过《〈聊斋志异〉中金和尚和金奇玉丛考》专题研究，见梁自洁主编：《山东现代著名社会科学家传 第1集》，山东教育出版社，1991年版，第354页。

一篇佛教题材的小说，小说开篇便道："江西孟龙潭，与朱孝廉客都中。"清初淄川县有一位俗姓孟，法号"龙潭"的和尚，与蒲松龄曾生活在同一历史时期，并且也曾客居京师。清邵大业《宿迁茶庵记》曰：

> 宿迁县陆家集茶庵创自僧龙潭。龙潭，姓孟氏，山东淄川人。八岁剃发，十八游京师，居十二年。礼上方诸名刹，又谒南海、九华诸胜，翻然出都。念兹集当南北冲，于荒烟蔓草中乞数弓之地，覆茅为屋，冬夏储汤水以饮行人，垂二十余年。已而得顷地，躬自粪植，获常倍于他田。岁积所入购木石，建茶亭五间。又十余年得有力者为创正殿五楹，置佛像；又数年得有力者为建东、西楼各三间。于是，有门，有堂，有寮舍，有庖，有渴，俨然梵宇。而龙潭食糗履草，供冬夏茶水如故，庵仍旧名。噫嘻，余尝谓佛氏之教近墨氏，大要以操苦为本，以利济为心。利济之大者谈空说无，陈因果报应，能使人憬然觉悟，离苦海而登仁寿；其小者拯危扶艰，苟利于物，随所见为之。此其意诚，无恶于天下也。流极既衰，名山净室渺容而悄声，率枯槁寂灭，自矜绝诣，甚且侈金银之气，陈声色之观，止益流荡。而号称苦行者，或兀坐穷庐，或托钵街市，至炙背焚手，拘挛困顿，极生人之难堪，而无足感动。凡彼所为，本无济人之心，则所为操苦者皆伪耳，乌睹真僧耶。余往来淮宿间，常见龙潭质朴，类村野人。今行年七十九矣，犹亲制糒糗以饭游僧。窥其心，盖汲汲乎济人者。济人者，佛之本也。龙潭纵不得其大，庶几无愧其小者乎？乃为叙是庵兴起之始末，而并及龙潭生平，俾有所藉以传于后云。[①]

[①] 《(同治)徐州府志》卷十八下《古迹考》引。

《聊斋志异》笺证初编

邵大业《宿迁茶庵记》一文作于乾隆二十八年（1763）至乾隆三十四年（1769）徐州知府任上，僧龙潭时年已79岁。八岁出家，十八岁赴京的淄川小和尚孟龙潭，是否结识过善于讲故事的老秀才蒲松龄，而且被写入《画壁》成为"江西孟龙潭"，由于文献不足之故，如今已不得而知。《聊斋志异》中有一部分作品，因为有文献佐证，可以较为清晰地认识蒲松龄在小说创作过程中对生活素材的巧妙改编，如马振方先生就发现《聊斋志异·赌符》一篇是由蒲松龄为其高祖蒲世广所作小传改写而来，"荒幻之作以真人真事为本事。"①马振钧先生评论："《赌符》的人物、情节、命意与此小传大同小异，把蒲世广换成道士，把'绝技'改作灵符，把现实神话化了。仔细琢磨，可见作者的构思路数和艺术匠心。"②

分析《聊斋志异》小说人物原型，还可以深化对《聊斋志异》小说作品的解读。《聊斋志异》夹叙夹议中提到的各类人物，多为明末清初时人。只有观察这些人物身后的历史背景，审视和这些人物有关的历史事件，才能在蒲松龄笔下一些看似寻常的人和事上发现不同寻常之处，而《聊斋志异》小说篇章中之深意也方能得以彰显。清人张祥河《关陇舆中偶忆编》曰："小说家如《儒林外史》，臧否人物，隐有所指。可与《聊斋》《谐铎》并传。"《聊斋志异》虽然是较为通俗易懂的小说，但要阅读并理解其中的作品，有时还需要一番知人论世的工夫。"臧否人物，隐有所指"的特点，在《聊斋志异》中也表现得十分明显。例如赵伯陶先生注评《聊斋志异·土化兔》就从分析小说人物原型出发，引生出《聊斋志异》文本深层隐含的微言大义，袁世硕先生为《〈聊斋志异〉详注新评》一书所作序言中对此赞赏有加：

---

① 马振方：《聊斋艺术论》，上海文艺出版社，1986年版，第79页。

② 马振方编：《聊斋志异评赏大成》，漓江出版社，1992年版，第654页。

　　《土化兔》篇不足五十字，记清初战功卓著、官封靖逆侯的张勇镇守兰州时，猎获之兔"中有半身或两股尚为土质"，"一时秦中争传土能化兔"。片言只语，纯属志怪异事，因而不为选评家重视。"新评"由张勇原为明朝副将，降清后追击李自成馀部，为抗击吴三桂进军云南，十分卖力，参照古代"土之怪曰坟羊"（即尚未完全化成羊）之说，认为这是"清初读书人不满于张勇卖身投靠新朝的行径，而造作'土化兔'的'闲话'"，讽刺他是"两截人"。这就发明了这个传说生成的历史底蕴了。①

　　又如《聊斋志异》在《鸽异》《山市》两篇小说中都提到了"孙公子禹年"，被蒲松龄敬称为公子的孙禹年，其父竟是明末清初为天下人所不齿的孙之獬。孙之獬献媚清廷，首倡剃发之议，广大汉族读书人恨之入骨。在谢迁起义中，孙之獬被杀，顾炎武闻其死讯，曾写下《淄川行》加以痛斥："张伯松，巧为奏，大纛高牙拥前后。罢将印，归里中，东国有兵鼓逢逢。鼓逢逢，旗猎猎，淄川城下围三匝。围三匝，开城门，取汝一头谢元元。"据说孙之獬被义军抓捕后，在其身上遍刺针孔，插上毛发，《聊斋志异》中有《骂鸭》一篇，写偷鸭贼满身生长鸭毛，触之则痛，日本学者稻叶君山提出"这故事也许与孙之獬有关"②。然而在《聊斋志异》之《鸽异》《山市》两篇中，孙之獬之子孙禹年却是一位通脱旷达，待人宽厚的翩翩浊世佳公子形象。在谢迁农民军攻打淄川期间，蒲松龄之父蒲槃曾率领族众与村民与之相抗，

---

① （清）蒲松龄著，赵伯陶注评：《〈聊斋志异〉详注新评》，人民文学出版社，2016年版。

② （日）稻叶君山：《清朝全史》，吉林大学出版社，2011年版，第77页。

《聊斋志异》笺证初编

《（宣统）淄川县志》卷一〇《隐逸》载："顺治丁亥屡与谢贼抗，城陷而蒲氏村独完。时槃已五十余。"在与谢迁所部岳正堂义军作战过程中，叔父蒲枳等不幸被杀，蒲松龄站在家族立场之上，或对同样遭遇惨祸的淄川孙氏一门抱有同情，因而对孙禹年并无反感之意。再者，如果读者对孙禹年的生平事迹有所了解，也就不会对蒲松龄的创作态度感到奇怪，《（乾隆）淄川县志》卷六《人物志·续孝友》所载《孙琰龄传》曰：

> 孙琰龄，字禹年，兵部尚书之獬之子，通政司左通政珀龄弟也。国朝开科选拔贡元，截取州同知，养亲不仕。顺治丁亥，有巨寇薄城。公父司马公奋义倡守，屡挫贼锋。后贼伏内应，城溃。率家众力战不克，命公请兵讨贼。公乘夜缒出，只身赴京，匍匐千里。及大兵汇至，克城贼歼，而司马公已节烈殒身矣。公之三侄一子同时饮刃，一妻二女相携入井①，各有传载《通志》。公抱恨刻骨，欲从父死者再，戚族咸以无后为解，乃止。后与兄通政析箸而居。兄宦游京师，以官事系狱，势将叵测，公冒霜雪，间关奔赴，竭力周旋，无不备至。己亥春，通政公减罪东遣，公送出关，恸哭投河，赖救得免。至癸卯，有修工赎罪之令。公欣然变产认工，迎兄归复，室家完聚焉。盖自通政公被累以及回籍，公出囊赀二万余金，变己产七十余顷，省邑巨宅荡然一空，真所谓能笃同气者哉！所著有《石来轩》《似懒园》《柿岩小律》、前后《燕游草》藏于家。

---

① 清初佚名《研堂见闻杂记》载："至丁亥岁，山东有谢迁奋起，攻破州县，入淄川城，首将孙之獬一家杀死，孙男四人，孙妇三人，皆备淫惨以毙。而之獬独缚至十余日，五毒备下，缝口支解。"《清世祖实录》卷三四载："原任招抚江西兵部尚书革职孙之獬被贼支解死，其孙兰滋等男妇九人同时遇害。"

明清之际的历史人物孙之獬，其阉党兼贰臣，人格卑污；率先改装剃发，行径猥琐，为天下人所唾骂。然而，作为孙之獬的儿子，孙琰龄却以淳朴的心性，以及对待父兄纯粹的亲情挚爱，感动乡里，并且最终赢得了时人与后世的尊重。

三、从文化视野和民俗角度来审视《聊斋志异》

《聊斋志异》以怪异取胜，且措辞精简，却颇为耐读，还有一个重要的原因是此书乃蒲松龄长期积累、精心结撰之作。清采蘅子《虫鸣漫录》卷二曰："《聊斋》为蒲柳仙殚精竭虑之作，为本朝稗史必传之书。"清何彤文《西溪偶录·何地山先生注〈聊斋志异〉序》曰："夫作者具一代之才，积数十年之精力，而始成一书。"蒋瑞藻《小说考证拾遗》转录《过日斋杂记》曰："《聊斋志异》之作，历年二十，易稿三数，始出以问世。"按照蒲松龄自己的说法，《聊斋志异》初步成书，至少已花费十年之功。《次韵答王司寇阮亭先生见赠》诗云："《志异》书成共笑之，布袍萧索鬓如丝。十年颇得黄州意，冷雨寒灯夜话时！"蒲松龄长期经营，悉心打磨而成的《聊斋志异》是一部包罗万象，大雅大俗，所涉极多的文学巨制。《聊斋志异》在虚荒诞幻的浪漫书写中，饱含现实主义风格，将古今中外各种各样的文化资源广泛地摄入到小说里，刻画世间百态的同时，又保持了鲜明的乡土气息和民族特色。蒲松龄以文化巨匠创为小说，虽然无意藉小说以显才学，但在《聊斋志异》中各种中国传统文化元素几乎俯拾皆是，应有尽有。于此小说中可见名物制度、典章礼法、伦常名教、风俗习惯、宗教信仰、阴阳灾异、天文历法、山川地理、经史典籍、诗词歌赋、方言土语、俚语俗谚、字谜酒令、八股文章、称谓避讳、琴棋书画、医卜星相、堪舆风水、符咒巫术、武术技击、江湖骗术、歌舞杂技、衣冠袜履、饮食器用、建筑陈设、行旅交通、户籍人口、租税赋役、盐法鹾政、婚丧嫁娶、远国异人、长蛇猛兽、花鸟鱼虫等等。如从文化视野和民俗角度来审视《聊斋志异》，可以发现一片辽阔沃土还有待于研究者耕耘。对《聊斋志异》中的民俗文化，很多前辈学者已经进行了一些开拓性的专门研究，如汪玢玲先生的《鬼狐风情——〈聊斋志异〉与民俗文化》[①]，徐文军先生的《聊斋风俗文化论》[②]，王平先生的《明清小说与民俗文化研究》[③]等。以下再谨从三个方面着眼，探讨从文化和民俗视角进一步拓展和深化《聊斋志异》研究的可能性。

(一)《聊斋志异》中的成语典故和经史典籍以及诗词歌赋研究

《聊斋志异》是一部有着史学家和思想家气质的文化小说，其文化特征首先表现在小说的大量用典上。汪玢玲在《鬼狐风情——〈聊斋志异〉与民俗文化》一书第三章《〈聊斋志异〉中的民间典故》中就专门研究了《聊斋志异》小说用典。蒲松龄不仅是小说家，更是诗人，赋诗撰文长于用典，而其小说则实现了诗文典故与小说情节的完美融合。古代文人熟悉掌握大量典故，作诗时，往往信手拈来，而蒲松龄在写作小说时，则如同作诗用典一般，将典故纷纷转化生发为小说情节。再者，中国诗文典故很多原本就出自稗史小说，其中不乏神仙鬼怪一类题材，例如唐人小说《南柯太守传》《枕中记》中的人物和故事，就发展成为世人耳熟能详的典故，而被后来诗文广泛借用。蒲松龄胸罗万卷，熟知诗文典故，势必为《聊斋志异》的创作提供了主观便利条件。清王之春《椒生随笔》卷二引曾耕楼语曰："《聊斋》

---

① 汪玢玲：《鬼狐风情〈聊斋志异〉与民俗文化》，黑龙江人民出版社，2003年版。

② 徐文军：《聊斋风俗文化论》，齐鲁书社，2008年版。

③ 王平：《明清小说与民俗文化研究》，山东教育出版社，2016年版。

善于用典,真如盐着水中也。"《过日斋杂记》称《聊斋志异》"行文驱遣成语,运用典籍,全化襞袭痕迹,殊得唐人小说三昧。"①《聊斋志异》小说情节取意于典故,典故自然融化进入叙事之中,又使小说具有了诗词的意蕴和品格。

对《聊斋志异》小说用典的研究,首先当然还是要立足于对《聊斋志异》文本的解读,准确诠释小说行文中的典故。赵伯陶先生在论文《〈聊斋志异〉注释问题举隅》中指出,《聊斋志异》典故诠释的研究趋势是"解析词语出典到深度诠释"。《聊斋志异》是文言小说,叙事状物时偶尔会用到较为生僻的典故,如《聊斋志异·采薇翁》中所言"浮云、白雀之徒",前人多以剑侠神仙释之②,赵伯陶先生则认为"浮云、白雀之徒"是"以东汉末形形色色各具奇特名号的农民军比喻毫不知晓军事策略的乌合之众"③,并揭示此典故实出于《后汉书》卷七一《朱俊传》:"自黄巾贼后,复有黑山、黄龙、白波、左校、郭大贤、于氐根、青牛角、张白骑、刘石、左髭丈八、平汉、大计、司隶、掾哉、雷公、浮云、飞燕、白雀、杨凤、于毒、五鹿、李大目、白绕、睢固、苦哂之徒,并起山谷间,不可胜数"。又如《聊斋志异·鸜鹆》中酒令所言:"有一古人是寒山,手执一帚……""寒山",前人一般都注作唐代寒山子,然而寒山何以"执一帚",颇令人疑惑。马振方先生在论文《〈聊斋志异〉语义琐辨》④中指出,明代赵宦光著有《寒山帚谈》,这是一部讲论篆书笔法的书,马先生认为蒲松龄可能熟悉此书,《鸜鹆》文人酒令中所说寒山执帚,

① 蒋瑞藻:《小说考证拾遗》转录,详见蒋瑞藻著,蒋逸人整理《小说考证》,浙江古籍出版社,2016年版,第583页。

② 清何垠注引《剑侠传》、《酉阳杂俎》释"浮云、白雀"。《剑侠传》谓妙手空空儿能隐身浮云,浑然无迹;《酉阳杂俎》载渔阳人张坚曾罗得一白雀,后借其力而登天。

③ 赵伯陶:《〈聊斋志异〉注释问题举隅》,《厦门广播电视大学学报》,2014年第2期。

④ 马振方:《〈聊斋志异〉语义琐辨》,《中国典籍与文化》,2001年第2期。

就是拆解书名而来。马先生所论有一定道理，但也未必尽然，因为古人不乏描述寒山执帚扫地的诗文。如南宋释大观《物初大观禅师语录》收录一篇《寒山扫地赞》："横也扫，竖也扫。七佛之师，狼藉不少。"①南宋法宏、道谦为大慧宗杲禅师编有语录集《大慧禅师禅宗杂毒海》，此书在元明清三代不断重编，广泛增收禅宗诸师之偈颂，清康熙甲午(1714)释性音重编本《大慧禅师禅宗杂毒海》卷一《寒、拾》就收录有宋元诗僧吟咏寒山、拾得执帚扫地的诗句。南宋少室睦诗云："岩前扫尽千秋月，松下吟残五字诗。败阙重重都纳了，五台山月照峨眉。"元代千岩元长诗云："一个帚，拈在手；大地尘，日日有。转扫转多转不休，放下自然清宇宙。"明清以后，由于寒山和拾得渐渐取代万回而被民间奉为"和合二仙"，所以他们在现代人印象中，往往被象征化和民俗化，呈现为手中持有荷花和圆盒的孩童形象。在明清以前，中国古代传世绘画中有不少以寒山、拾得为题材的作品，扫帚常在画面中出现，一般构图都是"寒山展卷，拾得持帚"，但也有寒山执帚扫地的图像，如北京故宫博物院藏南宋马远所绘《寒山子像》。

对《聊斋志异》小说用典的研究，还应该关注经史典故在蒲松龄小说中的情节化倾向。《聊斋志异·董生》将"畏首畏尾"之典故改编为小说情节，该篇写董遐思半夜归家，目睹丽姝在床，"狂喜，戏探下体，则毛尾修然。大惧，欲遁。女已醒，出手捉生臂，问：'君何往？'董益惧，战栗哀求，愿乞怜恕。女笑曰：'何所见而畏我？'董曰：'我不畏首而畏尾'"。《聊斋志异》有些作品的个别情节是由典故演化而来，而有些作品通篇脱胎于诗文典故，如《聊斋志异·书痴》写郎玉柱少时曾讽诵宋真宗赵恒御制《劝学篇》："富家不用买良田，书中自有千钟粟。安居不用架高楼，书中自有黄金屋。

---

① 曾枣庄、刘琳主编：《全宋文》(第343册)，上海辞书出版社；安徽教育出版社，2006年版，第370页。

出门莫恨无人随,书中车马多如簇。娶妻莫恨无良媒,书中自有颜如玉。男儿欲遂平生志,六经勤向窗前读"。《书痴》整篇小说所讲述内容,都是对《劝学篇》诗句的荒诞演绎。《聊斋志异》中有不少依托经史诗文展开故事的情况,其中有些已经被充分解说,而有些还没有被发现。

传统儒家经典对旧时代读书人的影响是深入骨髓的,融化在血液里,蒲松龄平生所习之经史典籍,创作时自觉不自觉地在其作品中发散出来,渗透在《聊斋志异》小说的情节和细节之中。清人孙锡嘏《读聊斋志异后跋》曰:"按法求之,然后知是书文理从《左》《国》《史》《汉》《庄》《列》《荀》《扬》得来。"清冯镇峦《读〈聊斋〉杂说》曰:"读《聊斋》,不作文章看,但作故事看,便是呆汉。惟读过《左》《国》《史》《汉》,深明体裁作法者,方知其妙。或曰何不径读《左》《国》《史》《汉》,不知举《左》《国》《史》《汉》而以小说体出之,使人易晓也。"清王之春《椒生随笔》引曾耕楼评《聊斋志异》之语:"效左氏则左氏,效《檀弓》则《檀弓》,效《史》《汉》则《史》《汉》,出语必古,命字必新。"清代的评论家和后来的研究者都曾先后指出《聊斋志异》与中国古代经史典籍存在继承关系,但多是宏观泛谈,真正的详细论证和具体解说并不多见。近年来,赵伯陶先生发前人之所未发,所著《〈聊斋志异〉新证》第二编《〈聊斋志异〉文化艺术新论》之第四节《〈聊斋志异〉用语的"借鉴"研究》,以及第三编《〈聊斋志异〉与重要典籍关系新证》对《聊斋志异》引成语典故和经史典籍入小说的艺术成就进行了较为切实和细致的研究。赵伯陶先生注意到《聊斋志异》模仿儒家经典中的文章句式行文叙事,如《聊斋志异·野狗》:"忽见阙头断臂之尸,起立如林。内一尸断首犹连肩上,口中作语曰:'野狗子来,奈何?'群尸参差而应曰:'奈何!'"这段描写有意模仿《礼记·曲礼下》句式:"国君去其国,止之曰:'奈何去社稷也?'大

《聊斋志异》笺证初编

夫曰：'奈何去宗庙也？'士曰：'奈何去坟墓也？'"①《聊斋志异》小说中的有些情节设计简直就是对儒家经义的形象化解说，《聊斋志异·萧七》写徐继长纳萧七为妾："女掩口局局而笑，参拜恭谨。妻乃治具，为之合欢。"徐妻"治具"，即备办酒食，酒食合欢是《礼记·乐记》里的说法："故酒食者，所以合欢也；乐者，所以象德也；礼者，所以缀淫也。"②

中国古代经典的传承，不仅仅是通过纸上的固定文献来进行的，还通过百姓寻常生活中的交往礼仪，以及街谈巷语的民间传说，《聊斋志异》小说中一些平淡无奇的叙述或看似荒诞不经的情节，却往往有经史传统的影子笼罩其上。众所周知，《聊斋志异》中有不少"一夫双美"的故事模式③，如《青梅》《莲香》《惠芳》《荷花三娘子》《萧七》《香玉》《葛巾》《小谢》《小翠》《嫦娥》《娇娜》《宦娘》《巧娘》《邵九娘》《阿绣》《阿英》《张鸿渐》《房文淑》《白于玉》《陈云栖》《西湖主》《八大王》《寄生（附）》等。据王枝忠先生的《蒲松龄笔下的"双美图"》一文统计："《聊斋志异》五百来个故事，近百篇婚恋题材作品中有这么十来个。"④

《聊斋志异》中之所以多有"一夫双美"的故事，这或许与蒲松龄所秉持的封建道德礼法观念有关。《聊斋志异》"一夫双美"小说的男主人公一般都是普通士人，而对士人的婚姻形式，儒家典籍中是有规定和约束的。东汉《白虎通义·嫁娶》载："卿大夫一妻二妾者何？尊贤重继嗣也……士一妻一妾者何？下卿大夫，礼也。"东汉蔡邕《独断》载："天子一娶十二女，象十二月，三夫人九嫔；诸侯一娶九女，象九州，一妻八妾；卿大夫一妻二妾；

---

① 赵伯陶：《〈聊斋志异〉新证》，文化艺术出版社，2017年版，第168页。

② 赵伯陶：《〈聊斋志异〉新证》，文化艺术出版社，2017年版，第223页。

③ 近年相关研究论著较多，不再一一列举。

④ 王枝忠：《稗海求知录》，福建省文史研究馆，2011年版，第102页。

士一妻一妾。"中国古代道教有时也认同一男二女是理想的婚姻状态,《太平经》卷三五《分别贫富法》言:"是则且应天地之法也,一男者得二女也。"又曰:"凡人亦不可过节度也,故使一男二女也。"自先秦以来,在中国古代社会现实生活中,一妻一妾就是士绅阶层一种常见的婚姻形式,《孟子·离娄下》曰:"齐人有一妻一妾。"《战国策·秦策一》曰:"楚人有两妻。"《战国策·燕策一》载苏秦所作寓言中,称"邻家有远为吏者",其人有一妻一妾。直到近代,妾在有些地方的民间口语中被戏称为"老二",《(民国)成安县志》卷一〇《风土》云:"说人之妾,曰小婆子,又曰老二。"《聊斋志异·大男》曰:"奚成列,成都士人也,有一妻一妾。"小说中先强调奚成列的士人身份,再叙其有一妻一妾,这种"一夫双美"的家庭结构,既是明末清初中下层读书人真实婚恋生活的艺术写照,也是蒲松龄尊礼奉法的思想表现。

《聊斋志异》穿插了一定数量的诗词歌赋,这些作品在小说中主要是起到了配合情节,塑造人物,以及抒发议论的作用。《聊斋志异》所收录诗赋、判词中往往连用僻典,且旧典与今典参用,是《聊斋志异》小说典故诠释的难点所在。《聊斋志异》中的不少诗文如《酒人赋》《〈妙音经〉续言》《惜余春词》等,出于蒲松龄自著,而有些诗句或文句则是化用前人旧作,须细细考察方能知其出处。《聊斋志异·王桂庵》小说中引古人诗云:"门前一树马缨花。"关于此诗作者,有元代虞集、揭傒斯诸说,赵伯陶先生考证此诗为元代诗人张雨所作①。元陶宗仪《南村辍耕录》卷四曰:

揭曼硕先生未达时,多游湖湘间。一日,泊舟江浒,夜二鼓,揽衣露坐,仰视明月如昼。忽中流一棹,渐逼舟侧,中有素妆女子,敛衽而

① 赵伯陶:《门前一树马缨花》,《中国典籍与文化》,1996年第2期。

起,容仪甚清雅。先生问曰:"汝何人?"答曰:"妾商妇也。良人久不归,闻君远来,故相迓耳。"因与谈论,皆世外恍惚事。且云:"妾与君有夙缘,非同人间之淫奔者,幸勿见却。"先生深异之,迨晓,恋恋不忍去。临别,谓先生曰:"君大富贵人也,亦宜自重。"因留诗曰:"盘塘江上是奴家,郎若闲时来吃茶。黄土筑墙茅盖屋,庭前一树紫荆花。"明日,舟阻风,上岸沽酒,问其地,即盘塘镇。行数步,见一水仙祠,墙垣皆黄土,中庭紫荆芬然。及登殿,所设像与夜中女子无异。余往闻先生之侄孙立礼说及此,亦一奇事也。今先生官至翰林侍讲学士,可知神女之言不诬矣。

《王桂庵》一篇似乎是由《南村辍耕录》所载揭傒斯停船相逢水仙女故事改编而来,《聊斋志异》不是单纯地引用前人"门前一树马缨花"成句,而是将此诗意转化为小说情节,把诗景巧妙地刻画在小说的环境描写之中。

(二)《聊斋志异》中的名物制度研究

《聊斋志异》虽为志怪小说,而其中真正表现的却是明清之际普通百姓的日常生活,所以鲁迅先生在《中国小说史略》第二十二篇《清之拟晋唐小说及其支流》中讲:"《聊斋志异》独于详尽之外,示以平常,使花妖狐魅,多具人情,和易可亲,忘为异类,而又偶见鹘突,知复非人。"①读者有时会忽略《聊斋志异》之鬼狐怪异,而被小说中点点滴滴的生活细节所吸引,并且很容易唤起汉族士大夫对前代社会生活方方面面的回忆。对清初文人来说,明朝已经成为逝去的历史,显得有些遥远而陌生,在《聊斋志异》众

---

① 鲁迅:《中国小说史略》,齐鲁书社,1997年版,第167页。

多真实生动的生活故事中回味前朝遗韵,能体会到故国的真实和亲切。对
《聊斋志异》小说中所表现的历史细节和文化环境一无所知,就很难更深
入地解读作品,无法真正感知作者想要表达的欢乐和痛苦,也很难理解其
思想的鲜活和丰富。

　　清初去明不远, 名物制度与前朝相似, 旧礼遗俗犹有存者,《聊斋志
异》小说中所写又多为明朝旧事和明清之际时事,熟悉明代社会生活历史
对研读《聊斋志异》大有裨益。以名物而言,《聊斋志异》所提及事物名称甚
多,有些明清时期日常生活中的物品对今天的读者来讲已经非常陌生了,
很容易在小说阅读过程中望文生义。赵伯陶先生所著《〈聊斋志异〉新证》
第四编《〈聊斋志异〉丛脞新录》中《说名物》一章对《聊斋志异》中搭帐衣、
高壶、如意钩、参芦、山塑、铁豆等物品进行了专门解说,破除了不少误解,
如指出《聊斋志异·尸变》中的"搭帐衣"又称"搭衣架","乃旧时吊丧者送
给死者陪葬的衣衾等物"①。又如《聊斋志异·鸽异》中提到了很多鸽子品
种,张友鹤先生虽为饱学之士,但毕竟没实际养过鸽子,对鸽子种类不甚
熟悉,标点《聊斋志异》难免大醇小疵。赵伯陶先生在《〈聊斋志异〉注释问
题举隅》文章中指出,蒲松龄在创作《鸽异》时,着意参考了明人张万钟所
撰《鸽经》:

　　《聊斋志异》近现代的校点整理者由于无暇参阅《鸽经》,致使在
标点"又有靴头、点子、大白、黑石夫妇、雀花、狗眼之类"一句时,错标
为"又有靴头、点子、大白、黑石、夫妇雀、花狗眼之类",几十年来递相
沿袭,未予改正。标点有误,正确的注释也就无从谈起了。所谓"黑石

---

① 赵伯陶:《〈聊斋志异〉新证》,文化艺术出版社,2017年版,第323页。

夫妇"，《鸽经》原文作"石夫石妇"，羽色系因雌雄而不同，雄者"黑花白地"，雌者"纯白"，蒲松龄一时疏忽，仅将"黑"置于"石夫妇"之前，竟生歧义，这就难怪此处断句不易了。①

盛伟先生的论文《谈〈聊斋·鸽异〉的写作与〈鸽经〉》也认为张万钟《鸽经》对《聊斋志异·鸽异》有极大影响：

> 蒲松龄在写《鸽异》时，参考张万钟《鸽经》的一个重要的例证是，蒲松龄在写几种名鸽与其他几种普通鸽子时，其排列的顺序先后与张万钟《鸽经》中所介绍的顺序完全一致。②

盛伟先生的在文中将《鸽经·花色》中的鸽名标点为："靴头、点子、大白、黑石、夫妇雀、花狗眼之类。"并解释说："皂子（俗称之黑石）、石夫石妇（即俗称夫妇雀）、狗眼（即俗称花狗眼）。"③明张万钟《鸽经》书中将天下名鸽分为花色、飞放、翻跳三大类加以著录④，每一大类下面分列词条解释鸽名。例如坤星、鹤秀、靴头、点子、大白、皂子、石夫石妇、鹊花、紫腋蝶、狗眼、鞑靼皆收录在"花色"类；"飞放"类解说了皂子、夜游等鸽子品种；"翻跳"是鸽子中一个大类，明张万钟《鸽经·翻跳》曰："总之，翻跳原一种，其名不同，其致则一。"从前辈学者标点《聊斋志异》的情况来看，《鸽异》中"黑""石夫石妇""鹊花""狗眼"这四种鸽子名称容易被错读。张万钟《鸽

---

① 赵伯陶：《义理与考据》，北京时代华文书局，2016年版，第301页。

② 盛伟：《谈〈聊斋·鸽异〉的写作与〈鸽经〉》，《蒲松龄研究》2013年第1期。

③ 盛伟对《鸽异》中鸽名的标点与余宗吾的文章《鸽异：中国最早描写鸽子的小说》一致。（余宗吾：《鸽异：中国最早描写鸽子的小说》，《科学养鸽》，2004年第3期。）

④ 张万钟《鸽经·论鸽·种类》曰："鸽之种类最繁，总分花色、飞放、翻跳三品。"

经·花色》对皂子、石夫石妇、鹊花、狗眼皆辟有专条，"皂子：短嘴，矮脚，形如鹤秀，有菊花凤、纽凤。一种金眼莲花凤，银眼梳背凤者，可称绝品。按凤头惟皂子、芦花二种，各格俱全。""石夫石妇：种出维扬，土人云：'石夫无雌，石妇无雄。'石夫黑花白地，色如洒墨玉；石妇纯白，质若雪里梅，短嘴，圆头，豆眼，鸽之小者，此其一种。""鹊花：银嘴金眼，长身短脚，文理与喜鹊无别，故名。驯顺不减腋蝶，鸽中之良，此其一种。有紫、鹳鸽凤，深紫者佳。尾末有杂毛者，不入格，黑项下有老鸦翎者，不入格。二色。诸鸽嘴俱宜短，惟此种不拘。""狗眼：雀喙鹰拳，宽肩狭尾。头圆眼大，眼外突肉如丹，高于头者方佳。止宜豆眼、碧眼。外肉白者，用手频拭则红。有黑，纯黑如墨。又一种烂柑眼，如蜜罗柑皮，皂黑如百草霜。紫有深紫、淡紫二种。白忌小头，蓝忌尾有灰色。五花毛，五色羽相间如锦。莲花白，自头至项，紫白相间，黑花白地，此种最佳。眼大者品同射宫。鹰背，色最润，背有鳞文者佳。银灰翅，末无皂棱者佳。十色。按狗眼乃象物命名之义。以狗之眼多红，故名。实为西熬（葵）睛，俗多不知，姑仍旧呼可耳。"

鸽子种类甚繁，正如蒲松龄所言："惟好事者能辨之也"。真正能把《鸽异》中的鸽名标点准确的，当数现当代养鸽名家王世襄先生，《锦灰堆·鸽话》中第一篇《鸽话二十则》第十九则《标点鸽名》标点《聊斋志异·鸽异》所列鸽名曰："又有靴头、点子、大白、黑、石夫妇、雀花、狗眼之类，名不可屈以指"。[1]原来"黑"并非修饰词，而是一个单独的鸽子品种名称，也就是《鸽经》里所说的"皂子"。王世襄先生在其所编著的《清宫鸽谱》一书中专门介绍了"黑皂"这一鸽种："全身黑色之鸽曰'黑皂'，或'皂子'，或简称'皂'。

---

① 王世襄：《王世襄集·锦灰堆》（合编本2卷），生活·读书·新知三联书店，2015年版，第630页。

依其形态之异,又被分为不同品种……"①

　　钱钟书先生也曾对《聊斋志异》的名物研究产生过兴趣,《容安馆札记》卷三第七九六则曰:

　　　　《聊斋志异全校会注会评本》:观冯、但诸评,乃知金圣叹、毛宗冈未易几及。吕、何诸注陋谬可笑,如卷一《考城隍》:"檐下设几、墩各二",何注:"平地有堆曰'墩',李白诗犹有'谢公墩'";卷八《吕无病》:"使取通书第四卷",何注:"柳宗元《先友记》:'周子著《通书》四十章。'"夫"墩"者,坐垫;"通书"者,历本。眼前事物,日用不知而傍求之于兔园册子,至以濂溪为柳州父执。村塾师伎俩,举此一例,以概其余。②

　　钱钟书先生发现:《聊斋志异》中所见两件百姓日常用品"墩"和"通书",经何垠引经据典解释一番,反因脱离生活而闹了笑话。《聊斋志异·考城隍》中所说之坐具"墩",是一种典型的明式家具,王世襄先生《明式家具研究》第二章《明式家具的种类和形式·椅凳类》有"坐墩"条:"坐墩不仅用于室内,更常用于室外,故传世实物,石制的或瓷制的比木制的还多。它又名'绣墩',这是因为墩上多覆盖锦绣一类织物作为垫子,借以增其华丽。"该书《附录二·明式家具的"品"与"病"》又称坐墩以"圆浑"为品:"坐墩又称鼓墩,因为它保留着鼓的形状;腹部多开圆光,又有藤墩用藤条盘圈所

---

① 王世襄:《王世襄集:明代鸽经 清宫鸽谱》,生活·读书·新知三联书店,2014年版,第93页。
② 钱钟书:《钱钟书手稿集:容安馆札记》,商务印书馆,2003年版,第2536～2537页。

遗留的痕迹。"①

《聊斋志异》广泛深入地表现了明代至清初的社会生活,小说通过讲述社会三教九流各类人物的人生经历和生活遭遇,从侧面表现了当时的各种社会制度,如科举制度、刑法制度、赋役制度、官僚制度等。对小说中所表现的各类制度加以解说,也应该是《聊斋志异》研究的重要内容之一。《聊斋志异·颠道人》形容殷文屏玩世不恭,着"猪皮靴",跨"独龙车",蒲松龄以小说人物之杖履服饰来表现其气质个性,古代史书中不乏这种写法,《梁书》卷二六《萧琛传》载:"时王俭当朝,琛年少,未为俭所识,负其才气,欲候俭。时俭宴于乐游苑,琛乃著虎皮靴,策桃枝杖,直造俭坐,俭与语,大悦。"孟森先生在《心史丛刊》三集《跋〈聊斋志异·颠道人〉》中曾经从中国古代衣冠制度研究的视角来解读《聊斋志异·颠道人》一篇:

> 殷生着猪皮靴,骑扁杖,少时读之,但觉其奇,不辨是何舆服。后始知明代功令,教坊妓者之夫所服所乘,定制如此。《聊斋》去明未远,当时言此,必人人知为妓夫仪式,故绝不复加诠释。今则仅知绿头巾者为龟奴,犹于流俗口中存教坊贱者之体制,猪皮靴及独龙车,则世罕知者矣。②

孟森先生文中又征引清倪鸿《桐阴清话》中所载《教坊规条碑》,以及明初刘辰《国初事迹》中的相关资料,对"猪皮靴"和"独龙车"进行了较为详细的解说。《国初事迹》中关于"猪皮靴"的记载,明顾起元《客座赘语》卷

---

① 王世襄编著,袁荃猷制图:《明式家具研究》,生活·读书·新知三联书店,2015年版,第35页,第353页。

② 孟森著,秦人路校点:《心史丛刊》,岳麓书社,1986年版,第195页。

六《立院》,明李默《孤树裒谈》卷二等书中皆有引述。孟森先生在《跋〈聊斋志异·颠道人〉》文末考证殷文屏逸事应发生在明朝末年,文中又分析:"《聊斋》去明未远,当时言此,必人人知为妓夫仪式,故绝不复加诠释。"而事实上,"猪皮靴"是明初旧制,中晚明时期就废弛已久,普通人恐怕并不尽知此事。明沈德符《万历野获编》卷一四《礼部·教坊官》载:

> 教坊官在前元最为尊显,秩至三品,阶曰云韶大夫,以至和声郎,盖亦与士人绝不相侔。我朝教坊之长曰奉銮,虽止正九品,然而御前供役,亦得用幞头公服,望之俨然朝士也。按祖制,乐工俱戴青卍字巾,系红绿搭膊,常服则绿头巾,以别于士庶,此《会典》所载也。又有穿带毛猪皮靴之制,今进贤冠束带,竟与百官无异,且得与朝会之列。吁,可异哉!

晚明徐复祚《花当阁丛谈》卷一《娼盗》载:

> 国初之制,伶人常戴绿头巾,腰系红搭膊,足穿布毛猪皮靴。不容街中走,止于道旁左右行。乐妇布皂冠,不许金银首饰;身穿皂背子,不许锦绣衣服,亦所以抑淫贱也。今不知此制矣。

对"带毛猪皮靴",晚明时就已然"不知此制矣",清初时更不可能"人人知为妓夫仪式"。清陈康祺《郎潜纪闻初笔》卷一二《打滑挞》载:"禁中冬月,打滑挞。先汲水浇成冰山,高三四丈,莹滑无比。使勇健者着带毛猪皮履,其滑更甚,从顶上一直挺立而下,以到地不仆者为胜。"满清贵族脚着带毛猪皮履打滑挞,并无被歧视和羞辱之感,"带毛猪皮靴"在明初曾是卑贱的象征,但是到了清末,人们大多已经彻底忘记了此事。《聊斋志异·颠道人》写到"猪皮靴",不仅仅是蒲松龄对明初旧礼遗俗的追忆与留恋,而是另有深意。在中国古代,全部社会成员的社会生活行为都被纳入礼法制度的约束之内,对于官民出行,各朝代也皆有制度规范,出行方式是衡量社会地位的重要标志,以两宋政府对官员乘轿的规定为例,《朱子语类》卷一二八《本朝二·法制》曰:"南渡以前,士大夫皆不甚用轿,如王荆公、伊川皆云不以人代畜,朝士皆乘马,或有老病,朝廷赐令乘轿,犹力辞后受。自南渡后至今,则无人不乘轿矣。"《建炎以来系年要录》卷一○载:"(乾道二年)十有一月丁亥朔,以扬州路滑,始听百官乘轿。"明代舆马等级制度基本延续宋代而稍有变化,《大明会典》卷六二《礼部二十·房屋器用等第》载:

　　(洪武六年)其坐轿止许妇人,及官民老疾者乘之。景泰四年,令在京三品以上许乘轿,其余不许违例,在外各衙门俱不许乘轿。弘治七年,申明两京及在外文武官员,除奉有旨及文武例应乘轿者,止许四人扛抬。其两京五府管事,并内外镇守、守备等项,公、侯、伯、都督等官,不分老少,皆不许乘轿。违例乘轿,及擅用八人者,指实奏闻。①

明陆容《菽园杂记》卷一一曰:

　　古称肩舆、腰舆、板舆、笋舆、兜子,即今轿也。洪武、永乐间,大臣无乘轿者,观两京诸司仪门外各有上马台可知矣。或云乘轿始于宣德

---

① 明俞汝楫编《礼部志稿》卷一八《房屋器用等第·车舆》记载略同。

间,成化间始有禁例:文职三品以上得乘轿,四品以下乘马。宋儒谓乘轿以人代畜,于理不宜,固是正论。然南中亦有无驴马雇觅处,纵有之,山岭陡峻局促处,非马驴所能行。两人肩一轿,便捷之甚,此又当从民便,不可以执一论也。

明代弘治、正德年间,对于官员乘轿,朝廷禁例仍然十分严格。据明王世贞《弇山堂别集》卷九六《中官考七》记载,镇守浙江太监王堂诬告韩邦奇的罪名中就有"僭用乘轿"。随着明中期嘉靖、隆庆、万历时社会经济的发展繁荣,士庶浮侈,出现了悖礼越制的社会潮流,举人、监生、秀才乘轿,逐渐成为普遍现象。明何良俊《四友斋丛说》卷三五《正俗二》曰:

> 尝闻长老言,祖宗朝,乡官虽见任回家,只是步行。宪庙时,士夫始骑马。至弘治、正德间,皆乘轿矣。昔孔子曰:"以吾从大夫之后,不可徒行也。"夫士君子既在仕途,已有命服,而与商贾之徒挨杂于市中,似为不雅,则乘轿犹为可通。今举人无不乘轿者矣。董子元云:举人乘轿,盖自张德瑜始也。方其初中回,因病不能看人,遂乘轿以行。众人因之,尽乘轿矣。然苏州袁吴门(尊尼)与余交,其未中进士时,数来下顾,见其只是带罗帽二童子跟随,徒步而来。某以壬辰年应岁贡出学,至壬子年谒选到京,中间历二十年,未尝一日乘轿,今监生无不乘轿矣。大率秀才以十分言之,有三分乘轿者矣。其新进学秀才乘轿,则自隆庆四年始也。盖因诸人皆士夫子弟或有力之家故也。昔范正平乃忠宣公之次子,文正公之孙也。与外氏子弟结课于觉林寺,去城二十里,忠宣当国日,正平徒步往来,人不知为范丞相子。今虽时世不同,然亦恐非所以教子弟也。

　　明代后期,优伶乘轿出行也很常见,明张大复在《梅花草堂集》卷一三《笔谈·乘》中讽刺道:"潦倒优伶之肩舆,遮袊啮膝,相望于道。可令飞黄围玉之御,泚然无色。"清初不少文人对舆盖制度的演变与崩坏都颇为留心,王士禛《池北偶谈》卷三有《乘肩舆》一篇,记述宋明以至清初的肩舆之制;龚炜《巢林笔谈》卷四载清康熙年间"至优伶之贱,竟有乘轩赴演者"。在《聊斋志异·颠道人》中,周生以章丘地方儒学生员的身份"驾肩而行",也就是乘肩舆而行①,是不合礼法的自抬身价之举。殷文屏故意以与周生同样的生员身份,足着猪皮靴,身跨扁杖,以妓夫伶人之衣着服饰佯狂自侮,既有对王朝没落,礼崩乐坏的愤慨,也有对"以寒贱起家"之徒妄自尊大的嘲弄。蒲松龄自觉地通过小说创作来宣扬遵规守礼思想,《颠道人》表面上是写名士狂态,实则暗藏恢复礼制,拯救世风之意。

(三)《聊斋志异》中的民俗信仰与地域文化研究

　　法国美学家丹纳在其著作《艺术哲学》中指出:"作品的产生取决于时代精神和周围的风俗。"②蒲松龄的小说创作,深受明清时期佛、道二教的

---

　　①　《聊斋志异·颠道人》写周生路遇殷文屏:"周惭,下舆。"此处"舆"是指前文"驾肩而行"中的肩舆而言,下舆,即下轿。《聊斋志异》中《王者》《钟生》两篇文内所言"下舆",皆是下肩舆;而《八大王》篇中所言"下舆",则很可能是下车。在《聊斋志异》小说中,凡是乘轿,必称"肩舆"或"藤舆";《聊斋志异》小说中,若单言"舆"字,一般指的是乘车,如《元少先生》曰:"至日,果以舆来。迤逦而往,道路皆所未经。忽睹殿阁,下车入,气象类藩邸。"清代中期以后,逾制乘轿的现象更为普遍,文人日常生活中所说"舆",往往是轿子,清沈起凤《谐铎》卷八《骡后谈书》曰:"谢生应鸾,客其叔文涛先生临淄县署,继为费县令借司笔札。一日,坐轿拜客,书片纸付下役李升唤舆伺侯。及出视,乃骡车也。生怒叱之。李曰:'适奉明谕,止言备舆,未言备轿。'生曰:'汝真钝汉,舆即是轿。因轿字不典,故通称舆字。'"

　　②　(法)丹纳著,傅雷译:《艺术哲学》,生活·读书·新知三联书店,2016年版,第42页。

影响。佛教中的生死轮回和因果报应思想，以及宿命论和地狱说，弥漫于《聊斋志异》之中；佛教教义和禅理，在《聊斋志异》中也有所渗透；《聊斋志异》小说情节中提及了一些佛教典籍，如《金刚经》《光明经》《楞严经》等；《聊斋志异》叙写了很多僧侣故事，如《僧孽》《丐僧》《西僧》《番僧》《死僧》《药僧》《僧术》《金和尚》《金世成》《紫花和尚》等；《聊斋志异》中不少小说以寺院作为故事场景，还有不少作品有僧尼角色穿插其中；《聊斋志异》所讲述的一些动物故事，如《鸿》《象》等，表现出较强的佛教护生思想；《聊斋自志》中蒲松龄自称是"病瞿昙"转世，其本人佛学修养和佛教信仰对《聊斋志异》的影响，也值得研究者关注。

道教作为中国本土宗教，主张多神崇拜，原本就神灵众多，历代志怪笔记和神魔小说中的虚构人物又不断被吸收进入道教神仙谱系。《聊斋志异》所表现的中国古代各种民间俗神和民间巫术，大多具有鲜明的道教色彩。《聊斋志异》塑造了千奇百怪的道士和仙人形象，还描绘了令人眼花缭乱的神仙法术。据黄洽先生《〈聊斋志异〉与宗教文化》一书统计，《聊斋志异》"近五百篇作品中，直接与道教有关的就近160篇之多，几占全书作品的1/3。"[1]葛兆光先生曾在《道教与中国文化》一书序言中感叹，现代道教研究中常常只有思想与哲学，而传统民间印象中的道教则是斋醮仪式、画符念咒、养气炼功、宫观神像、神仙传说等五彩缤纷的文化现象[2]。《聊斋志异》形象生动地记录了明清之际民间的道教活动，以及各种道教文化现象，如《产龙》中催生婆"焚香禹步，且捺且咒"。《焦螟》中道士捉狐，朱砂书符，筑坛作法，戟指念咒。《胡大姑》写道士李成文"以泥金写红绢作符，三

---

① 黄洽：《〈聊斋志异〉与宗教文化》，齐鲁书社，2005年版，第114页。

② 葛兆光：《道教与中国文化》，上海人民出版社，1987年版。

日始成。又以镜缚梃上，捉作柄，遍照宅中。"《耳中人》里的谭晋玄"笃信导引之术，寒暑不辍"。《聊斋志异》中提到了不少道教宫观庙宇，如济南府东岳庙、淄川天齐庙、劳山下清宫、太原青帝庙、临江府黑帝祠、历城县城隍庙、永年县城隍庙、镇江张老相公祠、会稽梅姑祠等。《聊斋志异》所描述的佛教和道教造像，如《陆判》所言"陵阳有十王殿，神鬼皆木雕，妆饰如生。东庑有立判，绿面赤须，貌尤狞恶。"又如《刘全》中写邹平县城隍庙"内塑刘全献瓜像，被鸟雀遗粪，糊蔽目睛。"

《聊斋志异》中包含着丰富复杂的民俗信仰文化内容，而其中表现最为突出的，是元明以来在儒释道三教合流思潮影响下出现的三大民间宗教信仰：观音信仰、吕祖信仰、关帝信仰。明徐应秋《玉芝堂谈荟》卷一六《观世音》引黄汝良《冰署笔谈》曰："三教殊门，度世则一，在佛教无如观世音，在道教无如吕纯阳，在儒教无如孔、孟二夫子。"儒家原本就有"不语怪力乱神"的思想，孔、孟并不合适作为民间俗信的崇拜对象；中晚明以后，关公信仰在民间的影响力逐渐增强，遂在一定程度上代替孔、孟，与观音、吕祖并列成为中国传统民间信仰中传播最广，信徒最多的三位神明。清顾炎武《菰中随笔》引《五杂俎》曰："今天下祠宇，香火之盛，佛莫过于观音大士，仙莫过于吕公纯阳，神莫过于关公云长。"清刘献廷《广阳杂记》卷四曰："佛菩萨中之观音，神仙中之纯阳，鬼神中之关壮缪，皆神圣中之最有时运者，莫知其所以然而然矣。举天下之人，下逮妇人孺子，莫不归心向往，而香火为之占尽。"蒲松龄《关帝庙碑记》曰："故佛道中唯观自在，仙道中唯纯阳子，神道中唯伏魔帝，此三圣愿力宏大，欲普度三千世界，拔尽一切苦恼，以是故祥云宝马，常杂处人间，与人最近。"观音、吕祖、关帝都是中国古代民间信仰中普度众生的尊神，都极具大慈大悲的入世精神和救苦救难的救世精神，同时也分别被儒释道三教崇拜，成为旧时代广大百姓苦难生活中的精神寄托，被后世称为"三大慈航"。《聊斋志异》中有不少小说分别表现民间对观音、吕祖、关帝的崇信。如《菱角》《乐仲》《鲁公女》《小梅》《张诚》《汤公》等篇记观音菩萨灵验；《刘海石》《吴门画工》《何仙》等篇记吕祖灵验；《考城隍》《公孙夏》《牛同人》《董公子》《大男》《冤狱》《西湖主》等篇记关帝灵验。

　　《聊斋志异》小说的故事题材来源有非常强的民间性，充分表现了中国古代民间信仰中多神并存，以及民间宗教信仰杂糅的情况。除了谈狐说鬼之外，《聊斋志异》小说中对中国下层社会的各种祭祀和神祇有意识地进行了列举。如《岳神》《鹰虎神》《齐天大圣》《灵官》《西湖主》《嫦娥》《青蛙神》《苏仙》《雹神》《雷公》《雷曹》《魁星》《张老相公》《鄱阳神》《罗祖》《刘全》《八大王》《三仙》《五通》《山神》《土地夫人》等篇所呈现的民间众神群像；又如《猪婆龙》《龙》《蛰龙》《产龙》《龙无目》《龙取水》《龙肉》《龙戏蛛》《罢龙》《博兴女》等多篇写龙；《王六郎》等多篇小说提及天地之间的最高主宰神"上帝"；《席方平》提及灌口二郎神；《鄥都御史》《阎罗》《阎罗薨》《阎罗宴》等篇提及阎罗王；《于去恶》《梓潼令》《汤公》提及文昌帝君；《周生》提及碧霞元君；《考城隍》《吴令》《龙飞相公》等篇提及城隍；《五通》提及金龙四大王；《雹神》提及张天师；《于去恶》《桓侯》提及桓侯张飞；《织成》提及许真君、洞庭君和"毛、南二尉"；《韩方》提及孤石大夫；《瞳人语》提及芙蓉城主；《金姑夫》提及梅姑；《竹青》提及吴王神鸦；《柳秀才》提及蝗神和柳神；《牛癀》提及六畜瘟神；《褚遂良》提及春药白兔；《花姑子》《胡大姑》《素秋》等篇提及紫姑；《毛狐》《柳生》提及月老；《绛妃》提及风神；《蝎客》提及虿鬼等，形象地展现了中国古代丰富多彩的民间神灵谱系。除了佛教和道教，原始宗教信仰和自然崇拜在《聊斋志异》中也有反映，《跳神》以写实笔法描写了萨满教的祭祀舞蹈，《柳秀才》中"峨冠绿衣，状貌修伟"的柳树神形象隐含着树木崇拜的意味。《聊斋志异》通过《小二》《白莲教》《邢子仪》《罗祖》等故事,从侧面表现了明末清初白莲教和罗教等民间秘密宗教结社组织的活动。《聊斋志异》中还有不少关于岁时民俗的描写,如清明、寒食、花朝、端阳、重阳、上元节、中元节、上巳,以及演春、赛社、郊祭、斗龙舟、浴佛节、盂兰盆会等。

在现代社会,随着科学日益昌明,民间信仰虽然逐渐淡化,但并未消亡,而是以民俗文化的形式被保留和传承的。诸多的神灵,也逐渐从民间崇拜的对象演变为艺术领域中的审美对象。有一部分民间神灵形象,依附于《聊斋志异》中的具体作品,获得了永恒的文学生命力,成为中国小说史上的经典形象。

短篇小说可以把一个故事讲得很精彩,但由于篇幅所限,很难展开广阔的社会生活画卷。《聊斋志异》虽单篇结集成书,却采用了类似诗歌创作中联章体组诗的形式,最终以血脉贯通艺术有机体呈现出完整的艺术风貌,极大地拓宽了作品的表现范围。

首先,可以从创作动机观照《聊斋志异》小说篇章之间的关联性。李小龙先生在《〈聊斋志异〉异名、异称的嬗递及其意义》一文中曾指出:"若完全把《聊斋志异》当作一个拼凑起来的小说集,只对其中的单篇进行探讨而避开整体观照,或许又遗漏了这部作品集所能展现给我们的更重要的信息,即作者创作的心理动因及历来读者对它的接受状态。"①《聊斋志异》中的很多短篇小说虽看似各自独立、毫无瓜葛,但如果把若干篇目参照阅读,则会发现这些作品在素材来源和创作思路方面存在千丝万缕的联系。例如若将《蒋太史》《元少先生》《狂生》三篇参照同读,则可见满清入关以

---

① 李小龙:《〈聊斋志异〉异名、异称的嬗递及其意义》,《文学遗产》,2018年第5期。

后,通过通海案、奏销案对江南汉族文人的打压迫害,以及入清后整个乡村衿绅阶层社会地位的下降。

其次,可以从作品题材分类的角度,观照《聊斋志异》中单篇小说之间的联系。清乾隆三十二年(1767)王金范刻本仿照《太平广记》"采摭菁英,裁成类例"的方式,选《聊斋志异》中281篇小说,分为"孝、悌、智、贞、义妇、贤妇、梦征、勇、情痴、书痴、炎凉、术、妒悔、糊涂、诡谲、谴报、薄幸、亵报、淫报、杂纪、正神、仙、鬼、狐、妖"25类,辑成十八卷。王枝忠先生《蒲松龄论集》一书指出,铸雪斋抄本等多种版本《聊斋志异》中存在故事内容相近的作品分类编排在一起的现象:"《聊斋志异》中有好几组作品,内容性质相近的几篇恰好排在一起,如《偷桃》与《种梨》,《狐联》与《潍水狐》,《谕鬼》与《泥鬼》,《禽侠》与《鸿》、《象》,《元宝》与《研石》、《武夷》等等。"①

再次,《聊斋志异》中几乎没有虚构地名,书中作品大多标明小说人物籍贯和小说故事发生地,其中所述民俗文化也往往呈现出明显的地域文化特征。整部《聊斋志异》展现了明代以至清初全国各地的民俗文化和风土人情,而散见于《聊斋志异》中的小说篇章,可以根据各自地域文化风貌的相同或相近,分别归类研究②。例如《商妇》《禽侠》《鸿》《小棺》《阎罗宴》等篇故事发生地皆在天津,有学者认为这些小说有明显的津沽文化印记,并进行了专门论证③。又如《聊斋志异》中《巧娘》《粉蝶》两篇故事发生地均

---

① 王枝忠:《蒲松龄论集》,文化艺术出版社,1990年版,第122页。

② 已经有学者对《聊斋志异》中的地名以及小说故事的地域分布进行过专门考察。代表性的论文有王建平:《浅论〈聊斋志异〉中的山东地方特色》,《蒲松龄研究》,2008年第2期;赵伯陶:《〈聊斋志异〉注释中的地名辨析》,《长江学术》,2014年第1期;陈珊珊:《〈聊斋志异〉的地域特点研究》,《湖南广播电视大学学报》,2016年第3期;黄毅、王艳华:《〈聊斋志异〉中的地名来源研究》,《贺州学院学报》,2016年第4期。

③ 林海清:《〈聊斋志异〉与津沽文化》,《蒲松龄研究》,2016年第2期。

为琼州①,即今海南岛,有学者认为"《聊斋志异》对海南的描绘主要源自历史记忆,与现实中的海南有一定差距。"②蒲松龄一生罕有远游,行迹所至,以家乡淄川及周边府县居多③,《聊斋志异》所涉民俗文化以齐鲁地方文化为主,兼及吴越文化、湖湘文化、江汉文化、中州文化、燕赵文化、闽粤文化、江淮文化、三晋文化、陕甘文化、赣文化、滇黔文化、关东文化、津沽文化、巴蜀文化等。

---

① 杜伟、曹艳春:《略论〈聊斋志异〉中的海南故事》,《商业文化(学术版)》,2011年第2期。

② 郭皓政:《〈聊斋志异〉中的海南:历史记忆与象征叙事》,《海南大学学报(人文社会科学版)》,2014年第3期。

③ 康熙十年(1671),蒲松龄应同乡宝应知县孙蕙之邀,有过短暂的游幕生涯,又曾在康熙十一年(1672)登崂山,康熙十三年(1674)登泰山。蒲松龄远赴江南时的沿途经历,以及在宝应、高邮、崂山、泰山等地的见闻,有可能部分成为《聊斋志异》的写作素材。

考 城 隍

　　《聊斋志异》版本颇多，传世诸本一般都是以《考城隍》开篇。后世学者多认为《考城隍》点明《聊斋志异》主旨，是整部小说中开宗明义之作，蒲松龄因此有意识地将其置于全书开卷第一篇。《考城隍》表现了明清时期的城隍奉祀制度，关羽在小说中以科举神的形象出现，其故事情节很可能受到过前代志怪作品的影响，此篇中出现的诗文也值得深入分析探讨。

一、明清城隍奉祀制度在《聊斋志异·考城隍》中的表现

　　清代有些评点家很看重《考城隍》，不仅阐发文中寓意，而且对此篇在《聊斋志异》书中的地位给予高度评价，但明伦评曰："立言之旨，首揭于此……一部大文章，以此开宗明义。见宇宙间惟'仁孝'两字，生死难渝；正性命，质鬼神，端在乎此，舍是则无以为人矣"。何守奇评曰："一部书如许，托始于《考城隍》，赏善罚淫之旨见矣。篇内推本仁孝，尤为善之首务。"但明

伦和何守奇均将《聊斋志异》视作劝善之书,而《考城隍》推许的仁孝之心①,正是善行之始。所谓"百善孝为先",因而以此篇作为《聊斋志异》的开始,再合适不过。作家的创作心理会受其所处时代社会文化环境的影响,蒲松龄《聊斋志异》以《考城隍》为首篇,还可能和明清时期官方倡导城隍崇拜,抬高城隍在民间宗教文化中的地位有关。

城隍原本是中国民间所信奉的守护城池之神,后来逐渐发展为人鬼崇拜,成为人格化的神祇。随着明代中央集权的加强,封建王朝不仅要统治世俗社会,还试图管辖亡灵世界,其实现的具体措施就是将民间城隍信仰规范化和制度化。中国古代统治思想中又有"神道设教"的说法,《周易·观卦·彖辞》曰:"观天之神道,而四时不忒,圣人以神道设教而天下服矣。"封建帝王为了全面彻底地统治臣民,进一步统摄人心,于是在儒释道三教合一的思想文化背景下,以世间官僚机构为模型,有意识地构建起一个受世俗皇权控制的幽冥神权政治系统。朱元璋通过大封天下城隍贯彻实践了"神道设教"这一思想,利用鬼神迷信来树立官府权威,推行儒家教化,同时警诫吏员,震慑民众。据明人余继登《典故纪闻》卷三载,朱元璋曾向宋濂说明其加封天下城隍的用意:"朕立城隍神,使人知畏,人有所畏,则不敢妄为"。明朝初年,城隍神被纳入祀典,作为国家祭祀体系的重要组成部分,带有很强的政治意义和道德意义,被赋予社会神的属性,形成明清

---

① 《论语·学而》曰:"君子务本,本立而道生,孝悌也者,其为仁之本与!"《后汉书》卷六四《延笃传》所载《仁孝论》曰:"盖以为仁孝同质而生,纯体之者,则互以为称。"清代何守奇评曰:"《考城隍》,寓言也。自公卿以至牧令,皆当考之。考之何? 以仁孝之德,赏罚之公而已矣。""仁孝"是儒家最高的道德标准,前人一般都认为《考城隍》一篇的中心思想是"仁孝之德、赏罚之公"。但也有学者提出不同意见,如朱纪敦先生《〈考城隍〉索隐》一文以索隐方法考证《考城隍》暗含反清复明之意,以宋焘隐喻洪承畴,以张生隐喻明末永平巡抚张春。见朱纪敦:《聊斋名篇索隐》,中州古籍出版社,1993年版,第186~196页。

时期最为普及的民间崇祀之一。在《大学衍义补》卷六一中，明丘濬对明太祖以任命地方州县官员的形式来封天下城隍，兼用礼乐和鬼神治理国家的做法进行了评述：

> 国初承前代之旧，洪武元年皆加以封爵，府曰公、州曰侯、县曰伯。三年诏革去封号，止称某府某州某县城隍之神。是年六月二十一日又降旨各处城隍庙屏去闲杂神道，越二日又降命各府州县城隍庙宇俱如其公廨，设公座笔砚如其守令，造为木主，毁其塑像，异置水中，取其泥涂壁，绘以云山，其在两庑如之。京师既以其神祔享于山川坛，又设为庙宇，命京尹主其祭，府州县者守令主之，新官到任则俾其与神誓。按《周礼》有司民之祭，今国初诏封其神为鉴察司民，意或有取于此欤？制词有云"明有礼乐，幽有鬼神"，盖置守令以治民生于昭昭之际，设城隍以司民命于冥冥之中，而加之以鉴察之名，而又俾有司到任之初特与神誓，盖又付之鉴视纠察之任，使有民社者不敢以非礼厉吾民也。我圣祖主典神人，兼用礼乐、鬼神以为治，幽明之间各受其职，其所以克相上帝，宠绥万方者，至矣哉！城隍与山川皆土地之属也，国家祭祀以之附山川，故此以附之山川之祀之后云。

在明清时期民间信仰的神灵体系中，作为冥界地方官员，城隍的地位并不是特别高，如《席方平》中城隍之上就有郡司、冥王、灌口二郎等神明。然而，自从明洪武二年（1369）"封京都及天下城隍神"①开始，督官儆民的城隍所具备的直接社会治理功能，就是其他众神所不能比拟的。明清时

---

① 《明太祖实录》卷三六。

期,各地府县修纂地方志时通常都会专门设立《建置志》或《祀典志》,其中多数都会有当地城隍庙和城隍的相关记载,在明清统治者强制推动之下,城隍神在民间信仰中拥有特殊地位,对民众生活有重要影响。清代礼学家秦蕙田撰有《城隍考》①一文,描述了明代城隍祭祀制度的发展,清代城隍祭祀活动的盛行,以及城隍信仰在社会治理中的现实功能:

> 明初,京都郡县并为坛以祭,加封爵:府曰公,州曰侯,县曰伯。洪武三年去封号。二十年改建庙宇,俱如公廨设座判事,如长吏状。迄于今,牧守县令,朔望展谒,文庙外则唯城隍。偶有水旱,鞠跽拜叩,呼号祈请,实唯城隍;迎神赛会,百姓施舍恐后,亦唯城隍;衔冤牒诉,辨讼曲直,疫疠死亡,幽冥谴谪,丽法输罪,亦莫不奔走归命于城隍。至庙貌之巍峨,章服之鲜华,血食品馔之丰繁,岁时伏腊,阴晴朝暮,史巫纷若,殆无虚日,较之社稷之春祈秋报,割祠系丝,用牲伐鼓,盖什百矣!

武振伟论文《〈聊斋志异〉城隍故事探析》②发现《聊斋志异》中出现的民间神祇,以城隍为最多,"共有十七则城隍故事,有的故事中城隍并没有出现,而仅是被他人间接道出或是城隍属吏出现"。武先生在其文中还提出:"《聊斋志异》城隍故事产生与城隍信仰有极大关系","正是城隍信仰在官民中的广泛性和重要性,《聊斋志异》城隍故事才有了深厚的创作土壤"。除了宣扬仁孝,《聊斋志异》发端于《考城隍》,或许蒲松龄还有另外一

---

① 清魏源纂《皇朝经世文编》卷五五《礼政二·大典上》。

② 武振伟:《〈聊斋志异〉城隍故事探析》,《蒲松龄研究》,2016年第4期。

层考虑,那就是刻意凸显了城隍神在民间信仰中的重要地位。阳世的府县守令与阴间的各地城隍相互对应,共同辅翊封建王朝,《聊斋志异·于去恶》中将明太祖朱元璋所设计的这一套"主典神人"的统治组织形式表述为:"盖阴之有诸神,犹阳之有守令也"。中国古代早就有朝廷官员生前若有德行,死后会在阴间继续为官的说法,《太平广记》卷三二七《鬼十二》引隋萧吉尊《五行记·李文府》载:"太山府君选好人。"五代孙光宪《北梦琐言》卷七《李学士赋谶》曰:"世传云,人之正直,死为冥官。道书云,酆都阴府官属,乃人间有德者卿相为之,亦号阴仙。"

宋明以来,廉洁奉公的地方官员或忠臣孝子去世后,有时会被地方百姓自发地奉为当地城隍,并得到官方承认,这逐渐成为古代政府赞扬官员清廉,表彰士子忠孝的一种手段。《考城隍》中,蒲松龄通过艺术想象把明清城隍奉祀制度和八股取士联系在一起,既然科举考试是世间选拔官僚的主要方式,那么冥府城隍也应由科考产生。在《考城隍》中,宋焘仅仅是一个不起眼的"邑廪生",其人生经历和蒲松龄差不多,然而就是这么一位久困科场的落魄老秀才,却被冥府考试录取为城隍。冥府人才选拔的标准首先为"仁孝",其次是赏罚分明的才干,《考城隍》实际上描述了蒲松龄理想中的科举制度。科举几乎是蒲松龄人生的头等大事,其数十年坚持不懈地忙于"举子业",心中笔下,一时不忘应考,连写小说都要把考试故事放在第一位。在明清时期现实生活中,有很多像宋焘和蒲松龄这样德才兼备却屡试不第的读书人,虽然为功名拼搏奋斗,竭尽精力,然而越是执着,越是失落,终究摆脱不了此生被埋没的命运。《考城隍》中幻想死后世界科举制度的公平合理,或许能给宋焘们带来一点点渺茫的希望和精神上的慰藉。

二、关羽在《考城隍》中的科举神形象

关公崇拜是中国古代传统民间信仰,儒释道三教皆推崇关羽,儒家称其为武圣人,佛教以其为伽蓝护法,道教奉其为伏魔大帝。宋明以后,在历史流传和文化积淀的过程中,关帝信仰"儒家化"倾向愈加明显,典型的表现就是关羽在民间信仰中被奉为科举神,《考城隍》中的关羽就是以冥府科举考试考官形象出现的。

三国历史人物关羽忠勇义烈的品格,与儒家的人格修养追求和道德评价标准相契合,特别是关羽倾心于《春秋左氏传》①,更显其儒雅气质,元明小说戏曲曾对此大加渲染②。元明时期,关羽形象进一步文人化,被塑造成能文善画的儒将形象,元胡琦编《关王事迹》一书,其中收录托名关羽的书信七封③;清康熙年间,孙芑辑《关帝文献会要》卷二《翰墨》著录关羽撰有《读左传》二卷行于世;中国古代绘画史上相传关羽为"画竹之祖",明代即盛行此说,国内多处关帝庙都立有关公竹叶诗画碑,据清叶奕苞撰《金石录补》卷二七《杂记》载,明代宣德初年就已有此类碑刻出土:"徐州有关壮缪竹石刻。宣德四年,僧正广善创建铁佛寺,剧地得之,司徒赵钦汤曰:'侯所写竹,虬枝铁干,其叶错综成文,为五言一绝句:"不谢东君意,丹青独立名。莫嫌孤叶淡,终久不凋零。"'或曰此侯降乩笔也,今石刻在肥城关

---

① 《三国志·关羽传》裴松之注引《江表传》曰:"羽好《左氏传》,讽诵略皆上口。"

② 《三国志平话》《三国志通俗演义》都提到关羽喜读《春秋左氏传》,明代戏剧《三国志大全》有《夜读春秋》一节。

③ 钱钟书先生《管锥编》评析《全三国文》卷六〇,考证"关羽文无只字存者",《关王事迹》中所收关羽书信应皆系后人伪托,详见钱钟书《管锥编》,北京:生活·读书·新知三联书店,2007年版,第1739页。

壮缪庙中。"钱钟书先生《管锥编》评析《全三国文》卷六〇,曾在明清诗文集中留心寻觅关羽画竹之史料,明王九思《渼陂先生集》卷三《张方伯画图歌》:"古人作画铁笔强,汉有关羽晋长康。"清陈邦彦《历代题画诗类》卷八〇收录明陈道永《题孙雪居画朱竹,款云:"自寿亭侯始"》。近人但焘《书画鉴》云:"画史言关、张能画。贵人家藏画一幅,张飞画美人,关羽补竹,飞题云:'大哥在军中郁郁不乐,二哥与余作此,为之解闷。'"①《聊斋志异·考城隍》中宋焘所参加的是冥间科考,担任科举考官,主持考试的是关帝。考官的主要职责是阅卷,明清八股取士,考官所阅皆是八股文章。能文善画的文士型关羽形象无疑是可以胜任八股文的评阅工作的,《考城隍》中武圣关羽担任冥界科举考官的小说情节,在创作逻辑思路上是顺理成章的。

　　《考城隍》中关羽以主考官的面貌出现,还与明末清初正在形成阶段的以关羽为崇拜对象的科举神信仰有关。伴随唐宋以来激烈的科场竞争,考试迷信也愈演愈烈,出现了文昌帝君之类专门的科举神信仰。元延祐三年(1316),元仁宗封梓潼神为"辅元开化文昌司禄宏仁帝君",梓潼神与文昌星合为一神,由地方神演变为科举神。到了明代,关公逐渐被打造为全能神"关圣帝君",并且由于关公形象的儒家化和文人化,关圣帝君被更多的文人所崇信,其在司命禄、护文人、佑科举方面的神异色彩被大大强化。由于当时社会上流传了特别多的关帝"科场默助"的传闻,因而明末清初的文人群体尤其信奉关帝,关帝成为广大文人的科举生涯中的预言神、保护神、救济神和监督神。以明清之际的士林领袖和文坛宗主钱谦益、王士禛为例,两人参加科举时都曾有关公显灵的经历,钱谦益《有学集》卷二七《河南府孟津县关圣帝君庙灵感记》反对一些儒者"破厥因果报应,以为乌

---

① 钱钟书:《管锥编》,生活·读书·新知三联书店,2007年版,第1739~1740页。

有"的无神论思想，极力宣扬关羽真实不虚之神明，该文章末尾自述奇遇："谦益为举子时，梦谒帝北台上，取所乘赤兔马揖送，铴鸾之声，醒犹震耳。厥后洊更阅凶，诏告不绝。"钱谦益早年梦见关帝将赤兔马相送，以此为仕途显达之吉兆。清王士禛《池北偶谈》卷二二《签验》曰：

> 京师前门关帝庙签，夙称奇验。予顺治己亥谒选，往祈，初得签云："今君庚甲未亨通，且向江头作钓翁。玉兔重生应发迹，万人头上逞英雄。"又云："玉兔重生当得意，恰如枯木再逢春。"尔时殊不解。是年十月，得扬州推官，以明年庚子春之任。在广陵五年，以甲辰十月内迁礼部郎。所谓庚甲者，盖合始终而言之。扬郡濒江，故曰江头也。然终未悟后二句所指。至庚申年八月置闰，而予以崇祯甲戌生，实在闰八月，过闰中秋四阅月，遂蒙圣恩擢拜国子祭酒。于是乃悟玉兔重生之义。谚云："饮啄皆前定。"讵不信夫？

不少明清文人都有科考过程中关公托梦和灵签的记述，在一考定终身的考试重压之下，关公的"签灵梦真"有助于考生备考时增强信心，平复等待考试结果时的焦虑心态，成为科举生活中无数读书人的心理依靠。蔡东洲、文廷海在《关羽崇拜研究》一书下卷第七章"关羽敬奉与科举选士"中分析关帝信仰与明清科举之间的关系时说："在明清时期，出现关羽显灵托梦指示闱题，预示科第名次，或签告高中时间，榜放官职等神奇故事，为士子津津乐道，信服不已。""关羽通过梦告示、签语等方式向士子传达科举中的信息，如试题、考中时间、考中名次等等，但这些活动并不能说明关羽的神力灵验，在很大程度上是出于圆梦者、解签者的主观猜测，牵强附会的解释和断章取义的阐说，因此，使关羽与明清的科举活动有了密切

的关系。"①胡小伟先生在论文《关公：明清科举神》中也重点分析过关帝信
仰对明清考生的心理调剂功能，以及关羽成为科举神的群众心理基础，胡
先生在文中谈道："也许正是这些传说鼓舞了士气，使得有些士人在应考
中出色发挥。……更多士人屡试不第时，愿意把关公作为精神上的寄托和
倾诉对象。"②在明清科举传说中，关公还是凌驾于科举考官之上的幕后主
考，会根据考生德行择优汰劣，以其神力扶植正气，影响并监督人间主考
官，从而决定考试结果。清董含《三冈续识略》卷下《淫报》载：

> 宿松令朱维高，江南人。内帘取中一卷，明晨拟首荐。夜梦寿亭关
> 公，谓曰："某人不可中。"因手书一"淫"字。叩其详，曰："奸继母女，已
> 干天谴矣。"次日忘之，以卷呈主司。初加称赏，忽以笔抹"险阻"二字。
> 朱坚请曰："中卷有此字者甚多，似不应弃。"即令洗去，及洗而墨迹透
> 数层矣。竟被摈。

大约从中晚明开始，关羽被渐渐尊崇为科举神，典型表现就是关公与
文昌并祀。文昌帝君是明代以前传统的科举神，关帝与文昌并列奉祀，等
于把关帝也视为科举神来崇拜。明末清初文人大力提倡关公崇拜，常有将
关帝与文昌一起供奉的情况，明周顺昌《忠介烬余集》卷三《募建弥勒阁
文》记载其少时读书山寺中，曾与友人一起筹建关帝文昌阁："每晤对，则
剧谈为乐，辄以文章性命相期许。尝思建关帝文昌阁，因与期曰：'吾辈有
早登仕籍者先成之，即贵无相忘。'咸笑而应曰：'唯唯。'"清李良年《秋锦
山房集》卷二一《伏魔梓潼双像赞》曰："彼二氏之宫，抟土而刻木，见者辄

---

① 蔡东洲、文廷海：《关羽崇拜研究》，巴蜀书社，2001年版，第265页，第271页。
② 胡小伟：《关公：明清科举神》，《清远职业技术学院学报》，2011年第5期。

有祈焉。"文昌帝君与关圣帝君作为科举神,二者都体现出三教融合的特征,被儒释道三教信徒崇拜。明清时期,读书人曾将文昌、关圣配祀于孔子左右,清初释澹归《徧行堂文集》卷一四《孔子文昌关将军同轴》:"有文事者,必有武备,请具左右司马以从,亦无殊于夹谷之会。"在清代很多科举题材的小说情节中,关羽、文昌作为科举神同时出现,如清初董含《三冈识略》卷一〇《补遗·宿生讼师》:"上海庠生曹汇文,挈伴赴江宁应试。于仲秋之七日,骤感寒疾,遍体发热。至十二日,势甚剧,忽有皂衣人追至一处,仰视见文昌及汉寿亭侯列坐殿上。"清袁枚《新齐谐》卷二一《福建解元》曰:"发榜前一日,某梦文昌、关帝与孔夫子同坐。"[1]清徐锡龄、钱泳著《熙朝新语》卷一一载,清乾隆年间状元秦大成殿试前梦至文昌宫,适逢关帝与文昌商议当年的状元人选,秦大成因为有孝行,遂被关帝与文昌定为状元。[2]《(民国)无棣县志》卷二四《丛志》载清乾隆年间无棣文人杨纲在进士及第之前的异闻:"甲辰北上,寓东省会馆,夜闻楼上隐隐有人述先人阴德,异之。比登视,则惟文昌、关帝神像而已,既而榜发,果获隽。"清法式善《槐厅载笔》卷一五引《广新闻》曰:"吴门长邑举人陈尧叟,雍正癸丑年将赴会试,梦至一所,官阙壮丽。遥见殿上坐一王者,两旁随侍甚众,正窥伺间,忽闻呵声隐隐,旋见一伟丈夫须髯若神,从中门进,陈杂于护从中随入。王者出迎,分宾主坐,客问曰:'今岁会墨若何?'王曰:'君少坐,我为诵之。'自第一名至十八名,为'君难'二句题文。陈询之,从人曰:'此文昌帝,来者关圣也。'"[3]在清代一些非科举题材的小说情节中,关帝也是与文昌一起出现,如清李斗《扬州画舫录》卷三《新城北录上》中记萧孝子割肝救母,关帝

---

① 清梁恭辰《北东园笔录初编》卷四《孝心领解》转引。

② 清法式善《槐厅载笔》卷一五引《广新闻》亦载此事。

③ 清郑昌时《韩江闻见录》卷二亦引《广新闻》中所载此事,文字略有不同。

与文昌双双降临,鉴察孝子孝行:"萧二相公祖而执刀自剖其胁,关圣立于右,以袍袖覆其肩,文昌立于左,视之点头,庭下神从雁列,邑神立屋檐。"

　　明清佛教和道教,都将关帝和文昌作为重要神灵加以供奉。佛教信徒有将文昌、关圣作为佛教神来配祀观音菩萨的,清初陈恭尹《独漉堂文集》续编《金紫阁重修记》曰:"昔之祀者,中奉大士,左文昌,而右关公。文昌为文运所系,故左之,以受地脉,微意固有在也。"①清初方中发《白鹿山房诗集》卷九《秋日钱枚一孝廉招饮陟园同黄先民范西汉姚绥仲作二首》(其二)诗后注曰:"宅祀文昌、关圣、观音诸像。"关帝与文昌起先皆为道教神明,二者并祀则有儒家化的倾向,清代中后期道教关帝与文昌并尊的趋势也越来越明显。清代民间信仰将关帝、文昌、魁星、朱衣神、吕祖五位神明合祀,称为"五文昌"。清黄叔璥《台海使槎录》卷二《祠庙》:"南路长治里前阿社祀五文昌:梓潼、关帝、魁星、朱衣、吕祖。"明朝初年,五猖神信仰开始盛行,五猖神与五通神和五显神较为接近,常被文人士大夫看作淫祀邪神②。五文昌很可能就是文人所树立与五猖相对的正神信仰,其神共有五位:梓潼帝君张亚子、文衡圣帝即关羽、朱衣夫子朱熹、孚佑帝君吕洞宾、文魁夫子魁星。五文昌信仰在清初台海地区盛行,慢慢扩展成全国规模的科举神崇拜,后来还发展为教书先生的行业神。在清代道教经典中,出现了将太上老君与关帝、文昌并尊的倾向,《太上感应篇》《文昌帝君阴骘文》《关圣帝君觉世真经》是道教三种重要的劝善之书,清末民国初时,此三种书常

---

　　① 民间妈祖信仰中,有时也以关帝和文昌配祀妈祖。以文昌为辅佐神,以关公为护法神,一文一武,并列于天后宫中。

　　② 宋代民间已有五通信仰,明初又演变出"五昌"或"五道"之神。明田艺蘅《留青日札》卷二八《五道将军》提出五通神是一种盗神信仰,起于先秦《庄子·胠箧》中盗跖"五道",又认为此类神"皆贪淫邪乱之神"。清朱象贤《闻见偶录》曰:"吴俗有五通神,相传为明太祖定鼎后,梦中求封者甚众,由是令各处乡里小庙,每祀五人,以仿军中队伍之意,故俗称五圣。"

被冠以《三圣经》的名称结集刊印。清代善书也有将《文昌帝君阴骘文》《关圣帝君觉世真经》合刊的，如清末张之万所辑《熙朝人鉴》，此书上集为《阴骘文》，下集为《觉世经》。清嘉庆年间，文昌帝君被列入国家祀典，与关帝同尊，《清史稿》卷八四《礼志三》载清嘉庆六年（1801）诏书曰："（文昌）帝君主持文运，崇圣辟邪，海内尊奉，与关圣同，允宜列入祀典。"

由于元明文人的粉饰，关羽的形象已毫无武夫粗鄙之态，而变成了文质彬彬的儒者。明代举人、进士以其科举主考官为师，称为夫子，明王世贞《觚不觚录》曰："（京师）门生称座主，亦不过曰老先生而已。至分宜（严嵩）当国，而谀者称老翁，其厚之甚者称夫子"。明末清初，文人士大夫又把夫子的称呼加在了关羽身上，与万世之师的孔夫子相埒，称关公为"关夫子"或"山西夫子"，将关帝庙比拟为祭孔之黉宫①。清初屈大均《翁山文钞》卷一〇《关壮缪侯赞》称："千秋臣子，以侯为师。"清初王夫之《识小录》曰："唯入太学者于司成，庶吉士于所教习，生儒于教官，则可称师。《汤义仍集》于主考但称举主某公，可见滥称老师，万历中年后之末俗也。崇祯末年乃有夫子之称。尤可笑者，至以关侯与孔子同尊。"清初龚炜《巢林笔谈续编》卷上《山西夫子》："汉儒多以著述训诂为经学，而言乎躬行实践，则无如山西夫子。"明代崇祯末年，文人习惯上把科举主考官称为夫子，称关公为夫子，有尊其为考试神的意味。清初廖志灏曾撰《启关夫子文》，文中把关公比作孔子，并慨叹自己举业之坎坷，以书启的形式向关公祈求佑助，《燕日堂录》卷二《梦余草·启关夫子文》曰："惟是照临下土，谁非恃宰钧衡；要之提拔斯人，未可思议功德。灏愿学未能，管窥有志。花朝月夜，拟从性地得良师；屋漏隐微，每问虚空思帝力。举威灵于三尺，礼天神若礼家

---

① 清孙苣辑《关帝文献会要》卷三《评论》收录明末清初顾开雍所撰《关公赞》曰："壮缪公庙貌徧天下，学士大夫崇比黉宫。"

神;感文武之同原,敬夫子如敬孔子。爰是棘闱七次,几嗟鹿宴之无期;然而天分偶亏,毋怪鹏程之远阻……"《聊斋志异》之《公孙夏》《于去恶》两篇小说中,分别将关羽、张飞皆尊称为"夫子"。

不晚于清初康熙年间,社会上开始流行关羽"司掌文衡"的传说,关羽在清代还被尊奉为文衡圣帝[①]。清初周梦颜《万善先资集》[②]卷一《因果劝(上)·关公护法》引道书《关帝经注》称关羽死后,奉玉皇大帝之命,与文昌帝君一起掌管普天下士人功名禄位,"关公讳羽,字云长,后汉人也。没后奉玉帝敕,司掌文衡及人间善恶簿籍。"周梦颜又有按语道:"二帝现掌文衡,一应科场士子,皆经其黜陟,出天门,入地府,威权如此赫耀",所谓"文衡",就是衡量文章以取士,而"执文衡"或"掌文衡"就是主持科举考试,唐刘禹锡《唐故尚书主客员外郎卢公集纪》曰:"丞相曲江公方执文衡,揣摩后进,得公深器之。""文衡"也是科举制度下的主考官的别称,明王玉峰所撰传奇《焚香记·议亲》:"下官谬司抡选,叨忝文衡,不得稍闲。"可见,"夫子"和"文衡"原本都是对主考官的称呼,明清文人以此来尊称并神化关公。无论是"关夫子"还是"文衡圣帝",说白了都是考官神,关羽在传统民间信仰中原本就是聪明正直之神,以其为考官,可以保证科举考试的公平公正;关羽形象的儒士化和文人化,为其文衡圣帝科举神或考官神身份的形成做了很好的铺垫。蒲松龄曾借小说人物于去恶之口,批评考官的昏聩糊涂使得"陋劣幸进,而英雄失志",考官素质低劣是科举考试埋没人才的主要原因:"数十年游神耗鬼,杂入衡文。"与《于去恶》中瞎眼的师旷和贪财的和峤那两位考官相比,关羽的文衡帝君形象是明清文人所期待的公

---

① 王见川:《清代皇帝与关帝信仰的"儒家化":兼谈"文衡圣帝"的由来》,《北台湾科技学院通识学报》,2008年第4期。

② 《万善先资集》被收入《安士全书》。

平正直科举考官的理想显现，《聊斋志异·考城隍》是在以关羽为主的考官神信仰形成阶段出现的小说作品。相传淄川蒲氏族人与亲戚之中死后被关公选拔为冥官者，还不止宋焘一人，蒲松龄手稿《般阳土著》收有为其叔父蒲枂所作小传："生平敬关圣，绘像于堂，朝夕拜礼焉。会谢迁之党岳正堂等合众来寇。是夜梦关圣召授为官。天明，率众御寇，遂罹于难。"

《聊斋志异·考城隍》中，宋焘赴冥府参加城隍选拔考试，"至一城郭，如王者都。移时入府廨，宫室壮丽。上坐十余官，都不知何人，惟关壮缪可识。"宋焘在考场所见考官并不止关羽一位，其中那位"帝王像者"应为主考官，其身边还有一位捧册的"长须吏"。有学者解说《考城隍》，认为"'王者'即是冥府阎罗，长髯吏便是冥界判官"[①]。然而若仔细分析推理，"帝王像者"虽然负责城隍的考试和任免，但他是冥府阎罗的可能性并不大。《聊斋志异》中多篇小说宣扬了关公灵迹，《考城隍》便是其中一篇，关帝是民间信仰中极为尊贵之神，其地位尚且在"帝王像者"之下，"帝王像者"不像是阎罗王，更像是东岳大帝。除《考城隍》外，《聊斋志异》还有一篇小说中有关于东岳大帝考察任命城隍、土地的记述，《聊斋志异·韩方》："目前岳帝举枉死之鬼，其有功人民，或正直不作邪祟者，以城隍、土地用。"在明清民间传说中，东岳大帝是幽冥之主，阎罗、城隍皆在东岳大帝统御之下。《聊斋志异》中阎罗王的职位经常由人鬼更替[②]并受东岳大帝管辖[③]，东岳大帝有审判和处分阎王的权力，《席方平》中贪赃的冥王受审定罪后就被囚

---

① 刘源：《〈考城隍〉"冥吏"故事新变研究》，《重庆三峡学院学报》，2015年第5期。

② 《聊斋志异》之《李伯言》《阎罗》《上仙》《阎罗薨》等篇中皆有相关描写。

③ 受佛教影响，在隋唐冥界信仰中，阎罗王位居天帝之下，而高于泰山府君。《太平广记》卷二九七《神七》引《冥报记·睦仁茜》载："天帝总统六道，是为天曹；阎罗王者，如人间天子；泰山府君，如尚书令录；五道神如诸尚书。"随着宋元以后道教东岳大帝信仰的兴起，阎罗王在民间神灵谱系中的地位有所下降，这在明清小说中也多有表现。

车"押赴东岳施行",《棋鬼》中写"岳帝使直曹问罪于(阎)王"。《考城隍》不明言东岳大帝,而称其"帝王像者",既是宋焘恍惚精神状态的表现,也是有意隐去东岳大帝之尊,而全力塑造关圣帝君之神。宋焘卧病入冥,途中感觉"路甚生疏",城隍考试结束,归家后感觉"豁若梦寤"。阴曹地府的陌生环境,虚幻而又真实,不是梦境而如同梦境,壮丽宫室里众多高高在上的天神给宋焘留下的都是模糊印象,只有关帝形象清晰可辨,由此凸显了关公信仰的深入人心。

在《考城隍》中,关帝是作为东岳大帝的下属天神出现的,这或许是关羽配祀武庙的历史传统对民间信仰的影响。《新唐书》卷一五《礼乐志》载唐德宗建中三年(782)治武成庙,在颜真卿的建议下,以古今名将六十四人配享武成王姜尚,其中就有关羽。北宋宣和五年(1123),宋徽宗敕封关羽"义勇武安王,从祀武王庙"。明初洪武二十年(1387),武成王庙被罢黜,朱元璋提出:"今建武学又立武成王庙,是近世之陋规也。太公宜从祀帝王庙,其武学武成王庙罢之。"①官方祭典中的武成王封号被明太祖废弃之后,在民间仍有生命力和影响力,虚构出来的小说人物黄飞虎取代姜子牙而成为了民间传说中的武成王。在元代讲史话本《全相武王伐纣平话》中,黄飞虎的爵位还是"南燕王",到了明代《封神演义》小说中就被演绎为殷商重臣镇国武成王,死后封神成为东岳大帝。《封神演义》第九十九回《姜子牙归国封神》讲述:"敕封尔黄飞虎为五岳之首,仍加敕一道,执掌幽冥地府一十八重地狱,凡一应生死转化人神仙鬼,俱从东岳勘对,方许施行。特敕封尔为东岳泰山天齐仁圣大帝之职,总管天地人间吉凶祸福。"

唐宋时代从祀武成王庙的关羽,到了元明时期,演变成了道教传说中东岳大帝武成王黄飞虎的护法元帅,明初道书《道法会元》卷二五九就称

① (清)孙承泽纂《天府广记》卷三《武学》。

关羽神号为"东岳独体地祇义勇武安英济关元帅"。魏晋以来,在道教神灵谱系中,还有一位类似东岳大帝的幽冥主宰神酆都大帝,在酆都大帝信仰中,关公又配祀酆都大帝。元明之际道教典籍《法海遗珠》卷三九《酆都西台朗灵鬛魔关元帅秘法》载关公为酆都主将:"主将,酆都大威德统天御地朗灵煞鬼鬛魔大将关元帅,讳羽,字云长。"明赵弼《效颦集》卷中《酆都报应录》记渝州李文胜拜谒北阴酆都大帝,见酆都大帝坐于殿中,其东西两侧各有一神:"东坐一神,长髯赤面,幞头绯袍;西坐一神,姿仪清丽,锦袍金带。"东坐之神"长髯赤面,幞头绯袍",明显是关公的形象。

"帝王像者"及其身旁的众多神灵,在《考城隍》中其实都是一些可有可无的陪衬,蒲松龄为了凸显关帝科举神的形象,有意无意地淡化了冥府科举考试中主考官东岳大帝的存在。至于《考城隍》中稽查寿籍①的长须吏,更是一个虚化形象,东岳大帝僚佐甚众,其中有不少长须且掌管寿籍的神灵,如道教《东岳大生宝忏》中所载地府崔府君、蒿里丈人、增福相公等皆是。在明代有些文言小说中已有东岳大帝征召凡人入冥为官的故事,明李昌祺《剪灯余话》卷四《泰山御史传》把东岳大帝写成了爱惜人才,求贤若渴的仁君形象,岳帝征召宋珪为泰山司宪御史的诏书称:"备束帛以征贤,朕每艰于得士。"清代有些民间传说则直接把东岳神塑造为科举神,如袁枚就写过一个狐狸精考秀才的故事,给狐狸们出题的考官是泰山娘娘,《子不语》卷一《狐生员劝人修仙》:

---

① 自汉末以来,就有泰山录鬼的传说,汉乐府古辞《怨歌行》诗云:"齐度游四方,名系泰山录。"东汉应劭《风俗通义》卷二《正失·封泰山禅梁父》载:"俗说岱宗上有金箧玉策,能知人年寿修短。"长须吏所捧寿籍也就是《西游记》等小说中所说的"生死簿",是由泰山录鬼簿的传说演化而来的。1935年春,同蒲铁路开工时,在山西忻州出土的瓦盆上有《东汉熹平二年(173)十二月张叔敬镇墓文》曰:"黄神生五岳,主生人录,召魂召魄,主死人籍。"东汉时代主掌生死录籍的五岳黄神,很可能被后世民间当作了黄姓之神,明代东岳大帝黄飞虎民俗信仰的出现或与此有关。

赵大将军之子襄敏公,总督保定。夜读书西楼,门户已闭,有自窗缝中侧身入者,形甚扁;至楼中,以手搓头及手足,渐次而圆,方巾朱履,向上长揖拱手曰:"生员狐仙也,居此百年,蒙诸大人俱许在此。公忽来读书,生员不敢抗天子之大臣,故来请示。公必欲在此读书,某宜迁让,须宽限三日。如公见怜,容其卯息于此,则请扃锁如平时。"赵公大骇,笑曰:"尔狐矣,安得有生员?"曰:"群狐蒙太山娘娘考试,每岁一次,取其文理精通者为生员,劣者为野狐。生员可以修仙,野狐不许修仙。"因劝赵公曰:"公等贵人,可惜不学仙耳。如某等,学仙最难,先学人形,再学人语;学人语者,先学鸟语;学鸟语者,又必须尽学四海九州之鸟语;无所不能,然后能为人声,以成人形,其功已五百年矣。人学仙,较异类学仙少五百年功苦。若贵人、文人学仙,较凡人又省三百年功劳。大率学仙者,千年而成,此定理也。"公喜其言,即于次日扃西楼让之。此二事得于镇远太守讳之坛者,即将军之孙,且曰:"吾父后悔未问太山娘娘出何题目考狐也。"

清代王培荀也写过狐狸生员泰山考试的之事,只不过把考官由泰山娘娘改成了"司生死"的泰山神,也就是东岳大帝,《听雨楼随笔》卷八:

赵襄敏公,大将军忠襄公良栋之子也。总督保定,有西楼历任封闭,公命扫除,夜静秉烛观书,忽有人自窗入,方巾朱履,自认为狐生员,云:"居此百年,公欲居此,则宜迁避,请限三日,如见容则请扃钥。"公笑曰:"尔为狐,安得称生员。"曰:"群狐每岁往泰山考试,取其文理精通者为生员,可以修仙,否则为野狐。"公颔之,次日扃楼让之。泰山不独司生死,且司文衡矣。狐试以文尤奇,戏咏之云:"屏弃时文志早灰,多年考试触尘埃。谁知此是登仙路,岱岳灵狐作秀才。”“当时黜落亦纷纷,几个通才踏白云。漫说金丹成大道,神明毕竟重斯文。”

王培荀是熟读《聊斋志异》的文人,“泰山不独司生死,且司文衡”,这种尊东岳大帝为科举神的观念固然是从狐狸考秀才①的民间传说中感悟而来,但也可能是受了《考城隍》中相关故事情节的启发。

三、《聊斋志异·考城隍》小说故事源流及情节解读

关于《聊斋志异·考城隍》的小说素材来源,叶德均先生在论文《聊斋志异的本事》中认为,《考城隍》本于“明瞿佑《剪灯新话》卷四《修文舍人传》,李昌祺《剪灯余话》卷四《泰山御史传》。”②朱一玄先生亦持此说③。《修文舍人传》与《泰山御史传》都是写读书人德才兼备,生前却难以在人世间求得功名,死后反而被“地下官府”所重用。《修文舍人传》通过冥司选才用人的公正,来衬托人世间文人仕进之路上的种种黑暗:“冥司用人,选擢甚精,必当其才,必称其职,然后官位可居,爵禄可致,非若人间可以贿赂而通,可以门第而进,可以外貌而滥充,可以虚名而攫取也。”《泰山御史传》也强调了地下官府选拔人才的公正无私:“大抵阴道尚严,用人不苟。惟是泰山一府,所统七十二司,三十六狱,台、省、部、院、监、局、署、曹,与夫庙、社、坛、壝,鬼神大而冢宰,则用忠臣、烈士、孝子、顺孙,其次则善人、循吏;

① 天狐参加天庭科举之事,见于唐传奇。《太平广记》卷四四八《狐二》引唐温庭筠《乾𦠆子·何让之》,小说写天狐作《应天狐超异科策八道》,“捷上界之科”。

② 叶德均:《叶德均学术文选》,云南大学出版社,2016年版,第222页。

③ 朱一玄编:《〈聊斋志异〉资料汇编》,南开大学出版社,2012年版,第1页。

其至小者,虽社公、土地,必择忠厚有阴德之民为之。"在抨击科举制度不
合理,痛斥人才选拔缺乏公正性,抒发失意文人愤懑方面,《聊斋志异·考
城隍》小说内在的思想和精神,与《修文舍人传》和《泰山御史传》有明显的
一致性。还有学者认为《考城隍》故事源自南宋洪迈《夷坚志》,蔡斌、王光
福在论文《〈考城隍〉考释》中提出:"《考城隍》是《聊斋志异》第一篇,《孙九
鼎》是《夷坚志》第一篇。这两篇作品有很大的相似性。另外《考城隍》还和
《夷坚志》的其他篇什《城隍门客》、《天台取经》等,有些渊源关系。"①《孙九
鼎》《城隍门客》《天台取经》三篇与《考城隍》题材接近,皆写人去世后为冥
官之事,这类故事在《聊斋志异》以前并不罕见,如唐韩愈撰《柳州罗池庙
碑》,文中写柳宗元自称:"明年,吾将死,死而为神。后三年,为庙祀我。"唐
长庆初年,柳州为柳宗元于罗池畔建庙祭祀;北宋崇宁三年(1104),宋徽
宗封柳宗元为文惠侯;南宋绍兴二十八年(1158),宋高宗又加封柳宗元为
文惠昭灵侯,如此一来,柳宗元实际上就等于被奉为柳州城隍②。唐韩愈
《柳州罗池庙碑》文后附有迎享送神诗,其中所写"侯乘驹兮入庙"表现的
是柳宗元之神灵骑马入庙的形象,或受此影响,后世各类文人死后为城隍
的传说中也多有骑马的情节。北宋以后,文献中关于文人死为城隍的记载
渐渐多了起来,南宋赵与时《宾退录》卷八载:"淳熙间,李异守龙舒,有德
于民,去郡而卒,邦人遂相传为城隍神矣。"元代佚名所撰《湖海新闻夷坚
续志》后集卷二《赵守为城隍》记赵汝澜知澧州,"生为太守,死作城隍神。"
在明代,清官死后为城隍的传说尤其多,明代笔记小说争相传说浙江按察

---

① 蔡斌、王光福:《〈考城隍〉考释——兼谈《聊斋志异》之创作始期》,《蒲松龄研究》,2015
年第2期。

② 清许仲元《三异笔谈》卷三《死后为神》列举历代死后成神之事,首推唐柳宗元罗池庙。

使周新蒙冤被杀后成为杭州城隍①，明陆粲《庚巳编》卷一〇《王贯》记王贯死后为城隍事，明闵文振《涉异志·死作城隍》分别记陈洁和陆引死后为城隍事，明徐咸辑《皇明名臣言行录续集》卷七《陈鼎》引《海上纪闻》载陈鼎死后为杭州城隍事：

> （陈鼎）为浙江宪使，凛凛持风裁，藩臬诸公咸敬惮之。旧都司官与藩臬同出入宴会，公不许，且不为礼，都司官大以为憾。在任廉介正直，门无私谒，禁和买，戢吏奸，上下畏之如神。不久得寒疾，既革，忽起坐榻上，举手望空，拱揖若迎客状。家人问故，曰："杨宪长来请我，交代为城隍也。"言讫而卒。成化中，山西杨承芳先生为浙宪使，廉公正直，后升都御史，卒。相传为杭郡城隍，今公云。然则生为直臣，死为明神，英灵不爽，理固有之也。

明王世懋《王奉常集》卷一四《故归化令二山章侯祠记》载归化章县令死为城隍事：

> 为令以平易宽简得众心，当寇之来，昼夜不解衣，与民生死，民德之甚而重怜其死，故像而事之。或曰死而为城隍神也，故即像之庙中，饮食必以祭。迩稍稍息矣，而父老未死者，犹能指而示人曰："此吾章令君也。"

《喻世明言》第四十卷《沈小霞相会出师表》小说末尾写冯主事与沈炼

---

① 周新死为城隍事，见于《双槐岁钞》卷三《周宪使》、《七修续稿》卷二《国事类·周城隍》《耳谈类增》卷二八《神篇上·杭郡城隍》《西湖二集》卷三三。

死后分别为北京和南京城隍:"冯主事为救沈襄一事,京中重其义气,累官至吏部尚书。忽一日,梦见沈青霞来拜候道:'上帝怜某忠直,已授北京城隍之职。屈年兄为南京城隍,明日午时上任。'冯主事觉来甚以为疑。至日午,忽见轿马来迎,无疾而逝。二公俱已为神矣。"明代的来华传教士利玛窦撰《辨学遗牍》,书中提到了明代社会上各种迷信现象,其中就包括众多人死为城隍的传闻:

> 《三笔》所载某为城隍,某为阎王甚众①。若将信之,其灵魂不在乎其家,子孙童仆犯有过失亦能诲督罚治之乎? 此可谓轻于持论矣。某前生为某家子,某转生为某物,佛书与小说书多有之。然而讹传妄证者至众,往往有载入刻中,传播远迩,而历其地,询其人,乃毫无影响者,是知书传所说未可信也。

城隍祭祀也大量出现在明末清初时事剧中,"诸如《清忠谱》传奇中周顺昌,《合剑记》传奇中南宫县令彭士弘,《喜逢春》传奇中杨涟等在死后皆以城隍受祭。"②清代以前大量文人死后为城隍的传说,一般来说故事情节都较为简单,无非是文人生前为官清正廉明,去世时或见舆从之盛,或闻鼓乐之声,应天帝或岳神之召,由冥使指引,被迎请为某地城隍。③相对前代同类题材小说,《聊斋志异·考城隍》叙事更为曲折婉转,情节也更加丰富。在蒲松龄的讲述中,宋焘之所以被召至冥府赴试,是因为"河南缺一城

---

① 《三笔》是指明释袾宏所撰《竹窗三笔》,《竹窗三笔·赵定宇作阎王》曰:"古称韩擒虎生为上柱国,死作阎罗王;又近代传闻郑澹泉司寇死作阎王,杭太守周公死作城隍,此常事也"。

② 李江杰:《明清时事剧研究》,齐鲁书社,2014年版,第107页。

③ 宋明小说中还有冥司任命文人为土地的故事,南宋郭象《睽车志》卷五所记李升允被城隍召为荆阳坊土地,辞不赴任之事,也采取了与《聊斋志异·考城隍》类似的梦境叙事手法。

隍",在明人文集中也有一篇写阴间城隍出缺的作品,明徐渭《徐文长文集》卷三〇《杂著·祝金事为神于南昌》载徐渭同学友人祝继志死后为南昌城隍事:

> 明年癸丑,成进士,自刑部出佥江西按察事,领道曰南昌。已而役表既还,道病咳血,斋趺七日,起谓其妇曰:"吾病不可药也,然吾将有所之,差胜此,而儿当有立,好为之。"妇惊问所以,俛不答,既而曰:"非久,当自知之。"越数夕,其家人曰某者,闻天乐自西南来,响渐近,已而见一白马神官下而入其堂,马高于窗户,上槛解鞍,鞍高亦几及之。神官南向坐,而呼某令跪,曰:"南昌缺城隍有日矣,帝须尔主急。尔入,好促之行!"

徐渭这篇杂记文章即便不是《聊斋志异·考城隍》直接的素材来源,也是与之极为类似的同题材作品。《祝金事为神于南昌》里的祝继志,在重病之中,见到有神官骑白马而来,下马而入其堂,这段描写与《考城隍》中宋焘"病卧,见吏人持牒,牵白颠马来",大同而小异。《祝金事为神于南昌》与《考城隍》故事最为接近之处,是此二篇中都有城隍出缺的说法。在明清时期世人观念中,虽然阳世府县守令与阴间城隍存在阴阳表里的关系,但是现实世界里的官僚生活与文学艺术中阴曹城隍的形象刻画并非是一一对应的,世间官员职位出缺是明清政界很常见的人事变动,然而关于城隍出缺的事情却在明清民间传说和文人小说中较为少见。城隍出缺的情节在《聊斋志异》中出现了两次,除了《考城隍》有一次,《公孙夏》写保定国学生某行贿五千缗谋得的"真定守",竟然是真定城隍之位,即公孙夏所谓:"此冥中城隍缺也"。"河南缺一城隍"与"此冥中城隍缺也",有可能是蒲松龄灵感迸发之笔墨,也有可能是受了徐渭"南昌缺城隍"构思的影响。徐渭笔下的江西按察司金事祝继志历史上实有其人,《(万历)绍兴府志》卷三三《选举志四》曰:"祝继志,江西金事,为人端谨,有志操,骤卒于官,时论惜之。"明凌迪知《万姓统谱》卷一一一曰:"祝继志,字汝德,山阴人。嘉靖丙辰进士,历江西参议,仪貌俊伟,立志清修,年三十而卒,惜未竟其所究。"明代嘉靖年间的祝继志属于年少有为的高级官员,而立之年就去世,引起当时舆论关注,社会各方面惋惜之余,难免会对其死因产生猜测和议论,于是就出现了诸如"祝金事为神于南昌"的传闻。祝继志死后为南昌城隍神事流传颇广,明王同轨《耳谈类增》卷二八《神篇上·南昌城隍》、明徐昌祚《燕山丛录》卷一〇《奇闻类》、明姚旅《露书》卷一二《谐篇》、清初程哲《蓉槎蠡说》卷一〇皆有转述。假若《聊斋志异·考城隍》的创作对"祝金事为神于南昌"的传说有所借鉴,未必就是受到徐渭文章的直接影响,蒲松龄获知此事的途径有很多,可能从《耳谈类增》《燕山丛录》《露书》等明代笔记小说中读到过,抑或是从王士禛等友人处听闻①。

徐渭《祝金事为神于南昌》与蒲松龄《考城隍》都写阴间城隍出缺,冥帝遣吏召阳间之人赴任,而《考城隍》在这一基本故事框架基础上,又添加了宋焘参加城隍选拔考试,以及因为需要尽孝而不能立刻任职,在关帝的照顾下,由同来考试的张生代理官职等情节。《考城隍》中张生代宋焘为冥官的情节,又可能受了南宋洪迈《天台取经》的影响,蔡斌、王光福《〈考城隍〉考释》文章对此已有考证,《夷坚甲志》卷一《天台取经》曰:

> 绍兴丁巳岁,伪齐济州通判黄塍,死三日复苏,言:"有数人追之往一公庭,见服绯绿人坐云:'差汝押僧五百人至五台。'吾辞以家贫

---

① 程哲为王士禛门人。

多幼累,不可行。左右吏前曰:'可差李主簿代之。'兼它非晚自有差使,复遣元追人送归,故得活。"后两日,本州山口县报帅司差李主簿赴州点视钱粮,舍县驿中,一夕落枕暴亡。塍心知其代己死,为尽送终之礼。居一岁,忽沐浴易衣,告妻子曰:"今当别汝,缘官中差我往天台取经,我平生得力者,缘看了《华严经》一遍。"语迄,瞑目而逝。

中国传统民间文学中,代理城隍的传说并不多见,《聊斋志异·考城隍》之后,清代笔记和地方志中出现过少量类似故事,清钱泳《履园丛话》卷一五《鬼神·城隍》中有一则仿写《聊斋志异·考城隍》的故事,写秀才钱桂芳被东岳神任命为城隍,因有老母尚在世,需人奉养,而被准许推迟三年赴职:

　　钱桂芳者,通州秀才。为人慷慨正直,古之君子也。年四十余,忽与妻子泣别,将为陕西襄城县城隍,言:"明日本州城隍神来拜会相约,吾当去矣。"妻子大哭。桂芳曰:"死生定数,哭之无益。"乃洒扫一室,供设香案,衣冠而待。次日,城隍神果来,仪从甚盛。妻子无所见也。桂芳哀求曰:"我有七旬老母,可稍迟数年否?"城隍神首肯曰:"当代为转详东岳神,其准不准,吾不能主也。"忽不见。越三年,其母卒。未几,桂芳亦死。

《(光绪)湖南通志》卷末七《杂志七》引《善化县志》载:

　　乾隆四十年乙未,溧阳王鸣来守长沙。时方督工修铁佛寺,一夕梦有人请为城隍,梦中答以寺工未毕,可请衡州府邱某去,寤而异之。

> 至三日,邱恩荣果以疾卒。岂冥官交代不异阳官邪!越七年,王亦卒于长沙,似亦受邱交代者。

与《祝翁事为神于南昌》相比,《考城隍》着重叙述了冥司城隍考试的具体过程。《聊斋志异》虽是志怪小说,但情节严密、紧贴现实生活,小说内容经得起推敲,其中写到凡人死后成神的故事时,一般都是根据其世俗身份安排适合的神位。《聊斋志异》中的溺鬼王六郎,没有字号,遂被许渔夫呼为王六郎。根据这一情况分析,王六郎可能并非文人,和许渔夫一样是社会底层百姓,其在冥府只可能担任招远邬镇土地这样的乡间小吏。明代选士,前期是荐举、贡举、科举三途并用,至中后期,科举成为读书人入仕的主要途径。《明史》卷六九《选举志一》曰:"太祖虽间行科举,而监生与荐举人才参用者居多,故其时布列中外者,太学生最盛。一再传之后,进士日益重,荐举遂废,而举贡日益轻。"《祝翁事为神于南昌》里的祝继志,是进士出身领道南昌的佥事,死后所任南昌城隍与其生前官位相当。与祝继志不同,《考城隍》里的宋焘不过是区区一个淄川县廪膳生员,以其阳世之功名肯定配不上城隍神位,然而蒲松龄有一个非常高明的创意,那就是让廪生宋焘在阴间科举及第,而后官授城隍。明代就已经有阴间科举的说法,但主要是讲读书人阴间的科第决定了其阳间的功名,明袁黄《了凡四训》第四篇《谦德之效》写江阴张畏岩梦至一高房,见科试录上多缺名,有人告知其原因:"科第阴间三年一考较,须积德无咎者,方有名。如前所缺,皆系旧该中式,因新有薄行而去之者也。"《聊斋志异》很多科举题材的志怪小说中,都虚构了冥府开科取士的奇幻之说,读书人中试之后,则在阴间担任官职,主持阴间科举的正面考官形象除了关公之外,还有孔夫子和张飞。农历七月是中国传统习俗中的鬼月,《于去恶》里提到在七月十五中元节那一日,冥府举行科举考试:"今冥中以科目授官,七月十四日奉诏考帝官,十五日士子入闱,月尽榜放矣"。于去恶在考试中先是被考官师旷、和峤黜落,经过一番周折,最终由大巡环张飞重新阅卷后录取,官拜交南巡海使。《司文郎》写登州宋生"少负才名,不得志于场屋",死后有幸应考阴间梓潼府司文郎之职,在考官孔夫子据理力争和积极回护之下成功被录取,小说中描写了司文郎考试的具体过程:"宣圣命作《性道论》,视之色喜,谓可司文。阎罗稽簿,欲以'口孽'见弃,宣圣争之,乃得就。"《考城隍》中冥司的用人原则是要有"仁孝之心",《司文郎》也强调冥司衡量人才的标准是德行:"冥中重德行更甚于文学也。"

《考城隍》小说中还有一处值得仔细玩味的情节,河南缺一城隍,宋焘称职,本应即刻赴任,但因其面临"老母七旬,奉养无人"的家庭困难,于是关帝"令张生摄篆九年"。既然宋焘因为需要孝敬母亲不能及时就任,那么河南所缺城隍由张生递补即可,但是冥府的实际人事安排却是给了宋焘九年长假,张生只是代任城隍,并未被授予实职。蒲松龄善于把自己对社会现实生活的了解和感悟不着痕迹地融入小说情节,若对《聊斋志异》中一篇篇简短的故事加以反复揣摩,留心体悟,往往会发现其中的细微精妙。据蒲松龄在小说中自述,宋焘是其"姊丈之祖",也就是蒲松龄姐夫的祖父,按照年龄大致推算,应是晚明时人。《考城隍》又称宋焘"有自记小传,惜乱后无存","乱"指的当是明末清初的战乱,则《考城隍》故事的发生不晚于明末。《考城隍》中描写的"河南缺一城隍"和"张生摄篆九年",是晚明政府严重缺员情况的文学化表现。明万历十四年(1586)以后的长期怠政是中国历史上的奇特政治现象,当时明政府的官吏任免处于半停顿状态,官僚体系已陷入半瘫痪状态,明代历史文献中对此多有记载,《明史》卷一一三《赵焕传》曰:"神宗怠于事,曹署多空。内阁惟叶向高,杜门者已三月。六卿止一焕在，又兼署吏部，吏部无复堂上官。兵部尚书李化龙卒，召王象乾未至，亦不除侍郎。户、礼、工三部各止一侍郎而已。都察院自温纯罢去，八年无正官。"《明史》卷二三七《田大益传》曰："时两京缺尚书三，侍郎十，科道九十四，天下缺巡抚三、布按监司六十六、知府二十五。"明沈一贯曾上书言事，痛陈明万历朝从中央到地方因缺官严重所导致的种种弊端，其中特别提到了各省"知府有缺，佐贰官署管"所造成的恶劣社会影响，《敬事草》卷一五《发天下补官本揭帖》曰："今年大察之后，天下官员多缺。布、按二司，及各知府、运使、运同、苑卿，共缺至一百七十一员。从来官府之空，未有如此之甚者。司道有缺，各道带管。而带管者或遥制千里，或兼摄数道，事多漏遗，其职溺而不举。知府有缺，佐贰官署管。而佐贰官率多举贡监生出身，日暮途穷，官卑望尽，既无为民之念，又乏治民之才。抚理乖方，贪秽不治，民生日蹙，盗贼多起。"万历年间，从中央到地方各级政府缺少正职，佐贰之官代理政务往往消极办公，懒散度日，无意实干，一心捞钱。明代戏曲家汤显祖在多部剧作中都有"权官掌印"的描写，周育德先生在其文章《伤世之语："临川四梦"的独特意趣》中有列举：

> 《牡丹亭》里的胡判官，是因为"十地狱"没有阎王，他才"权管十地狱印信"。《南柯记》的南柯郡，在淳于棼到任之前，也是"阙下正堂"，由幕府录事官"权时署印"。《邯郸记》里卢生流配的崖州，"州无正官，便是司户官儿署掌"。①

明代汤显祖《南柯记》第二十一出《录摄》，就塑造了懒于政事、勤于敛

---

① 见2016年8月12日《光明日报》，第13版（文荟专题）。

财的南柯郡幕录事官形象。这位录事官"文书批点不成行",却"权官掌印坐黄堂",南柯郡的公堂之上"日高三丈,还不见六房站班",原来是代理长官"好睡觉,出堂忒迟,因此告状的候久都散了"。"佐贰官署管"在明末清初社会政治生活中很常见,在戏剧小说中皆有所反映。也许是将生活见闻采入小说,也许是受了前代小说戏曲的影响,《聊斋志异》中也多次提到官员"摄篆"之事,如《李伯言》写阴司阎罗缺,欲李伯言"暂摄其篆耳";《司文郎》写梓潼府中缺一司文郎,"暂令聋僮署篆";《沅俗》写"李季霖摄篆沅江"。在蒲松龄小说中,"摄篆"官吏在任时经常会惹出乱子来,《李伯言》中李伯言代理阎罗之职,在审理案件时发现被告是自己的姻家王某,于是有意偏袒,阎罗殿上徇私枉法的结果是"殿上火生,焰烧梁栋";《司文郎》中,文昌帝君的侍童天聋代理梓潼府司文郎,"文运所以颠倒"。《考城隍》中未写长山张某赴任河南之后,代理城隍九年期间政绩如何,这一片叙事空白留待读者通过想象和思考去填充。蒲松龄在《考城隍》中设置悬念的同时,也安排下线索,张某赠宋焘诗中"有花有酒春常在,无烛无灯夜自明"之句,看似闲笔,却大有深意。于天池先生在《一部大文章以此开宗明义——说〈聊斋志异·考城隍〉》一文中谈道:

> 《考城隍》篇中参加考试的共有两个人,宋公提供的是八股文试卷中的一段话:"有心为善,虽善不赏;无心为恶,虽恶不罚。"是比较严肃的形而上的话题,表达的是蒲松龄的哲学和美学层面的理念;张生提供的是类似于试帖诗中的一联:"有花有酒春常在,无烛无灯夜自明",相对比较轻松洒脱,阐述的是蒲松龄生活层面的趣味和人格

精神。①

正如于天池先生所言，《考城隍》中宋焘所撰文章与张某所作诗句，代表的是两种迥然不同的个性气质和处世态度。清代但明伦点评《考城隍》，亦有类似见解："'有心为善'四句，自揭立言之本旨，即以明造物赏罚之大公；至'有花有酒'二语，亦自写其胸襟尔。"蒲松龄作为一流的小说家，通过嵌入小说中的诗文来表达自己的精神理念或彰显个人的才华，这恐怕还倒在其次，《考城隍》中诗文的主要功能还是配合情节发展和塑造人物形象。古人以诗言志，"花"和"酒"象征文人诗意浪漫的艺术化生活，明代唐寅《桃花庵歌》诗云："酒醒只在花前坐，酒醉还来花下眠。半醒半醉日复日，花落花开年复年。但愿老死花酒间，不愿鞠躬车马前……"由"有花有酒春常在，无烛无灯夜自明"诗句而知，张某看重的是流连花酒，吟风弄月的逍遥生活。《考城隍》小说里长山张某临别赠诗，其实是一段暗示性叙事。试想，一位喜好莳花饮酒的风流才子长期在代理官位上，即便不贪贿渎职，估计也很难全身心地勤于政务。

《聊斋志异》文笔简约而含蓄，《考城隍》虽然篇幅不大，却包含了丰富的故事内容，需仔细阅读，方能体会作者用意。宋焘怀才不遇，以廪生终老，《考城隍》中所写的现实人生，多了些被挤压的窘迫感；而对进入亡灵国度的叙说，又少了些神秘和紧张的气氛。小说末尾道："后九年，母果卒，营葬既毕，浣濯入室而没。其岳家居城中西门里，忽见公镂膺朱幩，舆马甚众。登其堂，一拜而行。相共惊疑，不知其为神，奔询乡中，则已殁矣。"宋

---

① 于天池、王振全：《一部大文章以此开宗明义——说〈聊斋志异·考城隍〉》，《蒲松龄研究》，2006年第2期。

焘在安葬母亲之后心境坦然，举止从容，干干净净地死去了。在明清诸多死为城隍的记载中，当事人对待死亡的态度居然不是恐怖，而是满腔的向往和期待。明代正德年间的昆山县令方豪曾自撰墓志铭，自称死后愿为昆山县城隍，《棠陵文集》卷五《明进士昆山令方豪墓志铭》曰："昔夜尝梦昆氓扶我为城隍神，果尔，吾弗爱生矣！"正因为在明清时代人的观念中，死后成城隍神不仅是官员道德善性的高度达成的标志，而且阴间城隍神位与阳世守令官位是对应的，所以成为城隍也就意味着死后的富贵，《聊斋志异·公孙夏》称之为"冥贵"。《聊斋志异·章阿端》写女鬼阿端死后"将生作城隍之女"，蒲松龄为阿端这位多情的女性也安排了一个死后富贵的结局。

《考城隍》中宋焘死后为城隍神的事迹，是由其"岳家"见证的。清代不少小说在讲述功名不就的失意文人或落魄书生故事时，经常会在其中添上一个势利眼的岳父形象，如《儒林外史》中范进的岳父胡屠户，《红楼梦》中甄士隐的岳父封肃。《考城隍》中的"岳家"，并不是岳父的意思，而是指宋焘妻子的娘家亲族而言。与岳家相比，宋焘的家境恐怕要差一些，对此《考城隍》小说中有专门的情节暗示。《考城隍》写岳家"居城中西门里"，只见到宋焘车马随从来到之后"一拜而行"，惊疑之下，还没来得及问清楚具体情况，便"奔询乡中"。由这一情节可知，岳家居城，而宋焘居乡。中国城乡贫富差距，自古而然，一般来讲，都是居城者富，而居乡者贫，《红楼梦》中的甄士隐原本在姑苏城里住，遭灾破落之后转而乡居，便是明证。《聊斋志异》中不得志的读书人与岳家相处，往往有很糟糕的生活经历，《阿宝》中借阿宝之口讲述贫婿在岳家被歧视的处境："婿不可久处岳家。况郎又贫，久益为人贱。"《仇大娘》中写仇禄入赘范家，不受礼遇，一气之下，"携妇而归"。《梅女》中梅女亦曰："岳家不可久居；凡久居者，尽阘茸也。"《陈锡九》写陈锡九屡遭岳家的侮辱和迫害。《胡四娘》写穷秀才程孝思因家贫位卑,连同妻子胡四娘一起屡次受到岳家众人的嫌弃和嘲笑。待程孝思进士及第,衣锦还乡,终于扬眉吐气。在中国古代,高车驷马是文人显达的标志,《聊斋志异·叶生》写淮阳叶生半生沦落,死后魂魄不灭,考中举人后荣归故里,"结驷于门"。《胡四娘》写程孝思擢第后,"车马扈从如云,诣岳家";《考城隍》写城隍宋焘到岳家辞别,也有"镂膺朱幩,舆马甚众"的描写。只可惜,宋焘向其岳家展示的并不是程孝思那样的生前富贵,而是死后的成功与荣耀,车马盈门的乐景之中充满哀情。

《聊斋志异·考城隍》之后,清代文言小说中又出现过不少关于冥间科举的叙述,主考官一般是关帝、文昌,清法式善《槐厅载笔》卷一五引《淮海录》曰:

> 执丈戴匀斋先生彬,粹学恬淡,乾隆丁酉科未赴省试。八月初一日夜,梦入棘闱,诸生立阶下,上坐朱衣人,有顷一绿衣老者至,与朱衣并坐,语良久,命题。各给一绿玉签,书姓名其上,交签置大簏中,扰乱之。朱衣人向簏中取一签,阶下喧传,榜发唱名……

清代文言小说中模仿《考城隍》,而比较有特色的作品,有清汪堃《寄蜗残赘》卷四《关帝殿考试》:

> 山右王廷修,由进士官中书,谢职家居,以课徒自给。一夜,梦知县来拜,以为邑令也,出见,乃城隍神,向云:"关帝三十年一考,今适届考期,行文州县各保送一人,由郡城隍查勘,不合例者放回,合例者送关帝殿考试。余已将君名保送,故来告知。"问:"考试后作何用处?"神云:"关帝庙宇遍于天下,不能一一查察,恐有妖神邪鬼窃据殿廷,

妄作威福,煽惑民人,故行文各省择取生平端方正直之人,死后令其看守庙宇,享受血食,其繁简迁调之法,悉如人世。"王醒后,自疑将死,预办后事。月余,复梦两吏来邀,引至一处,黄瓦朱甍,巍焕如帝居。门外二百余人,以次报名而入,如过堂之状。遥望殿上,红光焰耀,目不能开。唱名毕,以次引出,因问吏曰:"既来赴考,何不出题命试?"吏曰:"冥司重品谊,不重文艺。二百人中,尽有不明文理之人,岂能一律考试耶?"又问:"既经唱名,大约死期不远?"吏曰:"不然,记名后,仍俟本人命终之日,始来此俟缺耳。"王后又历十余年而终。

《寄蜗残赘·关帝殿考试》的情节结构基本上还是延续了《聊斋志异·考城隍》的小说创作思路,但具体描写又同中有异。在《考城隍》里,堂上考官十余位,而场中考生仅有两名;《关帝殿考试》中的阴间科举则考生众多,考试场面描写更接近于真实生活:"二百余人,以次报名而入,如过堂之状。"《关帝殿考试》把报名的考生比喻成等待过堂受审的囚犯,这又与《聊斋志异·王子安》中关于科举考生点名入场的描写相仿:"唱名时,官呵隶骂,似囚。"清代以来各地民间传说中,也有改编《聊斋志异·考城隍》的情节。娄子匡先生在《台湾俗文学与聊斋志异》第二章《卓肇昌和宋焘等》中认为台湾省凤山县民间传说中,清代乾隆举人卓肇昌死后身骑白马,穿着黄龙袍,去梓宫做第一任城隍爷的故事,是受了蒲松龄《考城隍》小说的影响。①

---

① 详见娄子匡:《台湾俗文学丛话·台湾俗文学与聊斋志异》,东方文化书局,1971年版,第107~112页。娄子匡先生《台湾俗文学与聊斋志异》一书《前言》中谈到:"台湾的俗文学有很多是渊源于大陆的,谁都不会否定这一句话。也就是说:大陆上所有的俗文学资料,曾经有不少是跨海流传到台湾的。"《台湾俗文学与聊斋志异》书中共收录十篇论文,分别把《聊斋志异》中《古瓶》《考城隍》等十篇小说与台湾民间传说联系起来进行比较研究,分析论证了《聊斋志异》对台湾俗文学的影响。

四、《聊斋志异·考城隍》中的相关诗文

《考城隍》中冥府的人才选拔考试,仍然采用的是明清世间科举八股取士的形式,邓云乡先生的《清代八股文》一书中有《八股与小说》一章,对《考城隍》中《一人二人,有心无心》的考题进行过分析:

> 这题目虽然不是出自《四书》,但其文章警句,却完全是八股名句。即题目设想,也还不外《四书》章法。《论语》中"子曰:唯仁者,能好人,能恶人也。"这就是题目"一人二人"的出处。"君子之心公而恕,小人之心私而刻",这又是朱注中的话。题目显而易见是从这种思维规迹设想出来的。在八股文写作中,类似这种一分为二的思路破题、分析是很常见的。①

明清八股文命题一般都是从《四书》《五经》章句中摘取,中晚明以至清代的八股文试题,更倾向于在审题环节上检测考生对《四书》《五经》内容的熟悉程度。写八股文章,首先一步就是"破题",明确考题出处并理解题意,是答题的关键,启功先生曾将八股文破题比作猜谜语:"破题的作法,和作谜语极其相似。有谜面,有谜底。破题两句即是谜面,所破的题目各字即是谜底。进一步讲,整篇的八股文几百字就是谜面,题目那些字即是谜底。"②猜测八股文考题的出处,也如同猜谜,邓云乡先生认为考题《一人二人,有心无心》中"一人二人"出自《论语·里仁篇》,"有心无心"则出自

---

① 邓云乡:《清代八股文》,河北教育出版社,2004年版,第170页。
② 启功:《说八股》,北京师范大学出版社,1992年版,第14页。

朱熹的注释,然而题目文字出自朱注,并不符合八股考题专取《四书》《五经》经文的惯例。刘源《〈考城隍〉"冥吏"故事新变研究》①一文提出考题《一人二人,有心无心》取自《孟子·告子上》:

> 公都子问曰:"钧是人也,或为大人,或为小人,何也?"孟子曰:"从其大体为大人,从其小体为小人。"曰:"钧是人也,或从其大体,或从其小体,何也?"曰:"耳目之官不思,而蔽于物。物交物,则引之而已矣。心之官则思,思则得之,不思则不得也。此天之所与我者。先立乎其大者,则其小者弗能夺也。此为大人而已矣。"

从八股文命题方式方面考虑,《一人二人,有心无心》应该是一道前人所谓的"截搭题",这种题型一般是从一段经文中摘出若干毫不连贯的文字,搭接拼凑而成。《孟子·告子上》"公都子问曰"一段中虽有"大人""小人",以及"心之官则思,思则得之,不思则不得也"等词句,但是与"一人二人,有心无心"在字句上贴合仍不明显。《一人二人,有心无心》之命题很可能出于《孟子·告子上》中的另外一段话:"弈秋,通国之善弈者也。使弈秋诲二人弈,其一人专心致志,惟弈秋之为听;一人虽听之,一心以为有鸿鹄将至,思援弓缴而射之。虽与之俱学,弗若之矣。为是其智弗若与?曰:非然也。"此段中有"一人""二人"的词句,"专心致志"即所谓"有心",而"一心以为有鸿鹄将至"则是无心听讲,也就是"无心",连缀起来就是"一人二人,有心无心"。关于"一人二人,有心无心",字面之下,意蕴无穷,杜贵晨先生提出"一人",即"人"字,"二人"即"仁"字,"一人二人"寄寓《孟子·尽

---

① 刘源:《〈考城隍〉"冥吏"故事新变研究》,《重庆三峡学院学报》,2015年第5期。

心下》所言"仁也者,人也"之句意①。"有心无心"四字,不仅儒家经典中常常出现,佛家和道家的经典中也有此哲学命题。如敦煌出土的《释菩提达摩无心论》就专门讨论了"有心无心"的问题;《列子·仲尼》曰:"亦非有心者所能得远,亦非无心者所能得近。"唐卢重玄解曰:"有心而求之者,自远于道,非道远之也;无心而合道,自近于道,非道近之也。有心无心,人自异耳,道无远近也。"还有一种传统说法,若将"一人二人,有心无心"八股题目看作字谜,"二人"合起来是一个仁字,"一人二人"就是"仁人";"志"字有心旁,"士"字无心旁,"一人二人,有心无心"这一句中暗藏"仁人志士"四字。

南怀瑾先生曾经这样评论《聊斋志异·考城隍》:"过去中国写小说的人,不是随便下笔的,一套传统的中国文化,道德规范的精神,摆得很严谨。"②《考城隍》中,宋焘所作文章里有"诸神传赞不已"的两句:"有心为善,虽善不赏。无心为恶,虽恶不罚。"赏善罚恶是贯穿《聊斋志异》小说始终的主题,清唐梦赉《〈聊斋志异〉序》曰:"今观留仙所著,其论断大义,皆本于赏善罚淫与安义命之旨。"在明清文人的小说观念里,宣扬善恶果报,强调道德教化,是中国古典小说的思想传统和存在价值。明瞿佑《剪灯新话》序言中阐明其小说创作意图:"今余此编,虽于世教民彝,莫之或补,而劝善惩恶,哀穷悼屈,其亦庶乎言者无罪,闻者足以戒之一义云尔。"明人凌云翰《〈剪灯新话〉序》在评价瞿佑的小说创作时亦曰:"是编虽稗官之流,而劝善惩恶,动存鉴戒,不可谓无补于世。"蒲松龄所言"有心为善,虽善不赏",受到了明代"无心之善"观念的直接影响,但从根本上讲,表达的

---

① 杜贵晨:《齐鲁文化与明清小说》,齐鲁书社,2008年版,第485页。

② 南怀瑾:《论语别裁 下》,复旦大学出版社,2016年版,第449页。

还是中国自古以来的"阴德"思想。阴德思想在先秦时期就已经萌芽,《庄子·养生主》曰:"为善无近名。"在汉代逐渐流行,《淮南子·人间训》曰:"有阴德者必有阳报。"阴德追求的是不为人知之善,《隋书》卷七七《隐逸传·李士谦》曰:"所谓阴德者何?犹耳鸣,己独闻之,人无知者。"宋明儒家普遍宣扬无心之善,北宋张载《张子全书》卷四《中正篇》曰:"有心为之,虽善,皆意也。有心为者,立意以求功也。"明高攀龙《高子遗书》卷九《重刻感应篇序》曰:"恶以有心为大,善以无心为诚。有心之恶,祸斯速矣;无心之善,感斯神矣。"明末清初文人格言语录中,无心之善的观念尤其盛行,明屠隆《娑罗馆清言》曰:"作善而求自高胜人,则作善还同作恶。"明袁黄《了凡四训》第三篇《积善之方》曰:"为善而心不着善,则随所成就,皆得圆满。心着于善,虽终身勤励,止于半善而已。"明洪应明《菜根谭·概论》曰:"为恶畏人知,恶中犹有善路;为善急人知,善处即是恶根。"明末清初朱用纯《朱柏庐治家格言》曰:"善欲人见,不是真善;恶恐人知,便是大恶。"《聊斋志异》中有不少行无心之善而终得善报的故事,如《八大王》写冯生将巨鳖放生,得鳖宝之赠;《西湖主》写陈弼教因"恻隐之一念",搭救猪婆龙,而后"竹篮不沉,红巾题句",终结良缘;《小翠》写狐狸报恩:"一狐也,以无心之德,而犹思所报。"《刘姓》写刘姓恶霸因荒年时"用钱三百,救一人夫妇完聚"的义举,而免于冥罚,但明伦评此篇曰:"此所谓无心为善,才是真善。"

蒲松龄所言"无心为恶,虽恶不罚",根源于中国古代儒家"原心论罪"的司法审判原则。西汉董仲舒《春秋繁露·精华》曰:"《春秋》之听狱也,必本其事而原其志。志邪者,不待成;首恶者,罪特重;本直者,其论轻。"西汉桓宽《盐铁论·刑德》曰:"春秋之治狱,论心定罪。志善而违于法者免,志恶而合于法者诛。""论心定罪"就是根据行为人的主观心理动机来判断其是否构成犯罪,儒家这一法律思想不仅对现实社会司法实践有影响,也渗透

《聊斋志异》笺证初编

在中国古代小说的创作构思中。除《考城隍》所述"有心为善,虽善不赏。无心为恶,虽恶不罚"之外,还有一些志怪小说的故事情节中提到冥间断案以"有心无心"论罪。南宋洪迈《夷坚甲志》卷一六《卫达可再生》写冥府审判,以心之善恶为依据,"心善者恶轻,心恶者恶重"。《阅微草堂笔记》卷一六《姑妄听之二》则称:"冥司断狱,惟以有心无心别善恶。"晚明时期,阳明心学在发展流变过程中出现了一些极端化的倾向,如明周应宾《识小编·内篇》引李贽言论:"成佛证圣,惟在明心。本心若明,虽一日受千金不为贪,一夜御十女不为淫也。"①诸如此类过分重视内在思想动机,而完全无视外在言行举止的"略迹论心"之说,对《考城隍》"无心为恶,虽恶不罚"的观点或许有所影响。蒲松龄在罪与罚的层面上讨论了有心与无心;清初李毓秀编《弟子规》则在错与改的层面上讨论了有心与无心,其说法更加平实合理一些:"无心非,名为错。有心非,名为恶。过能改,归于无。倘掩饰,增一辜。"

　　将平生得意诗文嵌入小说中来配合故事,推动情节发展,这是中国古代小说家创作过程中常有之事。《聊斋志异》中就把不少诗文融入小说之中,诗词且不必说,单是整篇收录各种体裁的原创文章就有不少,例如《席方平》《胭脂》《犬奸》《黄九郎》中有专门为小说创作的判词,《沂水秀才》篇末附志"不可耐事"杂纂,《八大王》中收入《酒人赋》,《马介甫》中收入《〈妙音经〉跋》,《续黄粱》中收入"龙图学士包"所上奏疏,《盗户》中收入《匿名状》,《绛妃》中收入《讨封氏》檄文。蒲松龄将毕生精力投入科举,自然是写作八股文章的行家里手,况且《聊斋志异》小说里还有很多科举题材故事,但其全书中却从未通篇收入制艺之作,只是偶尔随着小说情节提到了类

---

　　① 张建业编:《李贽研究资料汇编》,社会科学文献出版社,2013年版,第107页。

似《考城隍》应试文章中"有心为善,虽善不赏"等只言片语,或一些零碎句子[1],这显然是一个有趣的现象。比较合理的解释是,《聊斋志异》在小说形式方面,有意识地在向史书体例和传统靠拢。中国古代史书是大量收录诗赋文章的,例如西汉贾谊文章和司马相如赋作正是依附于《史记》《汉书》中的传记才得以传世。清代学者王韬却曾经明确分析过,《唐书·艺文志》和《明史·艺文志》皆不收应试诗文,按照史书体例要求,地方志中也不应该收录八股文。《瀛壖杂志》卷五曰:"《唐书·艺文志》凡小说家书,无不采录,独不及应制之赋、试帖之诗;《明史·艺文志》不列名家时艺稿。盖史例宜然也。今新修邑志,凡工于帖括者亦得附录,虽曰创格,或于体例不无少乖,盖邑乘固为史之支流也。且此等岂得言文,恐不屑以之覆瓿,糊窗耳。"《聊斋志异》又名《异史》《鬼狐史》《鬼狐传》,蒲松龄以班、马之才作小说,以"异史氏"自命,后世有些地方志径直将《聊斋志异》中的部分小说移入其"异闻志"或"祥异志"中,并无不妥。清人高凤翰《〈聊斋志异〉跋》高度评价了蒲松龄之史学才能:"向使聊斋早脱韝去,奋笔石渠、天禄间,为一代史局大作手,岂暇作此郁郁语。"蒲松龄虽无缘史局,但是照样以鬼狐之史《聊斋志异》而名扬天下。《聊斋志异》中不通篇收录八股文章,这无疑是作者深明史书体例的表现。

关于《考城隍》里的诗句,也值得一说,单单是小说情节中形容舆马的词句,不经意间引用《诗经》就有三处之多。小说中的"白颠马",出自《秦风·车邻》:"有车邻邻,有马白颠。"小说中所言"镂膺朱幩","镂膺"出自《秦风·小戎》:"虎韔镂膺,交韔二弓。""朱幩"出自《卫风·硕人》:"四牡有骄,朱幩镳镳。"《聊斋志异·考城隍》写城隍考试结束后,宋焘将还阳,长山

---

[1] 《聊斋志异》里《司文郎》《仙人岛》等小说中也出现过八股文句子。

张某临别赠诗只记住了两句："有花有酒春常在,无烛无灯夜自明。"张某代宋焘为城隍,不能复生,于是留在了冥府,结合小说情节分析诗句,这两句诗所形容的似乎正是阴间城隍所处环境和日常生活。"有花有酒春常在,无烛无灯夜自明"两句,可能对前人诗作有所模仿和借鉴,如"有花有酒",可能化用了唐白居易《寄明州于驸马使君三绝句(其一)》中"有花有酒有笙歌"一句,也可能是反用北宋王禹偁《清明》中"无花无酒过清明"诗意。"无烛无灯夜自明",类似南宋张镃《南湖集》卷九《记雪三首(其三)》写夜雪诗句:"无月无灯夜自明"。与"有花有酒春常在,无烛无灯夜自明"两句皆似的古人诗联也有不少,如元张可久散曲《[越调·赛儿令]游春即景(其二)》有句云:"有花有酒梁园,无风无雨春天。"①明陈所闻撰有散曲《[南南吕·懒画眉]花月十阙》,其中第十首云:"有花无月寂寥香。有月无花冷淡光。无花无月夜茫茫。多情月出花争放。只饮到花雾空濛月转廊"②。清初陈维崧《迦陵词全集》卷一七《绛都春·乙巳元夜》词云:"无灯无火,有花有月。"

----

① 隋树森编:《全元散曲》,中华书局,1964年版,第836页。
② 谢伯阳编:《全明散曲》(第2卷),齐鲁书社,1994年版,第2509页。

皂　隶

　　《聊斋志异·皂隶》也是一篇与民间城隍信仰有关的小说。明朝初年开始了一场以大封天下城隍为主要形式的封神运动,以神道设教,也就是在皇权统治体系神化的基础上建设国家思想文化,塑造国民精神信仰,这一政治举措对明清两代影响深远。在明清时期,死后封神是朝廷表彰功臣,纪念忠良的一种手段,据明雷礼等所撰《皇明大政纪》卷二记载,明初徐达等功臣二十一人配享太庙,又建立功臣庙,"死者塑像于庙,仍虚生者之位"。明王朝封死者为神的政治活动在明清小说中有所表现,典型的作品如《封神演义》中封神榜上人物都是死后封神。清初的《聊斋志异》也纪录了不少文人死后成神的事迹,最为知名的当数《考城隍》中宋焘死为河南城隍;又如《王六郎》中王六郎死为招远县邬镇土地;《陆判》中朱尔旦死为太华卿;《陈锡九》中书生陈子言客死西安而为太行总管;《张老相公》中张老相公死为水神;《水莽草》中祝生死为四渎牧龙君;《吴令》中某公死为吴县城隍;《阿宝》中孙子楚死为冥府部曹;《酆都御史》中御史行台华公尚未去世,而阎罗署中东首已虚一座以待之。死后能登上神位,化身为祠庙中的土偶泥塑,成了明清时期上至朝廷官员,下至黎民百姓的终极人生梦想。然而,古代文人死后能被当地奉为城隍,非常之不易,一般士大夫都不敢奢望此事。随着明清城隍信仰的盛行,天下四方建立神祠庙宇的热情高涨,有些胆大妄为的官僚出于死后成神的意愿,竟采取了一种比较直接的做法,那就是将自己的形象塑于神庙之中,其中最为臭名昭著的就是魏忠贤生祠。清代李卫在浙江任职期间,建立西湖花神庙,并自塑己像置于庙内,这一行为后来受到乾隆皇帝的严厉斥责,诏命拆毁其神像:

> 朕巡幸江浙,临莅杭州,见西湖花神庙所塑神像及后楼小像,牌字俱书湖山神位。其像大小虽异,而面貌相仿。闻系李卫在浙江时自塑之像,托名立庙。是以后楼并有正夫人及左右夫人之像,甚为可异。李卫于督抚中并非公正纯臣,其在浙江,亦无甚功德于民。并闻其仰藉皇考恩眷较优,颇多任性骄纵之处。设使此时尚在,犹当究治其愆,岂可令其托名立庙,永享祠祀乎?所有庙中原像,著该督抚俱即撤毁,于前殿另塑湖神之像,并于后殿另塑花神花后,以昭信祀。①

魏忠贤生祠和李卫西湖花神像都说明了明清之际权贵阶层对死后封神的追求,这一风气也影响到了下层群众。城隍庙中所供神像,除了城隍之外,还有皂隶。皂隶为封建官府皂、壮、快三班衙役之一,明朱元璋《御制大诰·差使人越礼犯分第五十六》曰:"皂隶系是诸司衙门执鞭,绲镫,驱使,勾摄公事之人。"各地各级衙门中的皂隶,作为介于官民之间的特殊群体,这当中的有些人也有厕身于城隍庙中受人敬仰崇拜的欲念。皂隶自古以来就是贱役,社会地位低下,朝廷只会关注和干涉祠庙中所塑造的城隍

---

① 清张廷玉等编《清朝文献通考》卷一三八《王礼考》。

等主神形象,而对差役或奴婢塑像一般不加过问。趁新建或翻修城隍庙宇之机,衙门皂隶们将个人形象和姓名附着在城隍庙内皂隶塑像之上,并没有太多的顾忌,例如清梁恭辰《北东园笔录续编》卷三《张南珍》载:"嘉善县城隍庙神座傍,分塑书役像,皆生前肖形所为。""为死去的皂隶塑像是明清时很流行的习俗。江浙一带的皂隶一般在新建城隍庙时,就预先出钱,请塑工为自己塑像,高帽皂衣,惟妙惟肖,甚至还挂上写有自己名字的腰牌。"①衙役们在祠庙中为自己塑像,或许是宋元或明初以来就有的传统。《水浒传》小说中就有戴宗死后成神的故事。戴宗原本就是衙役出身,曾任江州两院押牢节级,也就是江州官府监狱看守长。《水浒传》第一百二十回"宋公明神聚蓼儿洼 徽宗帝梦游梁山泊"写戴宗"夜梦崔府君勾唤",自知命不久矣,于是前去探望宋江。辞别宋江后,戴宗"纳还了官诰,去到泰安州岳庙里,陪堂出家,每日殷勤奉祀圣帝香火,虔诚无忽。后数月,一夕无恙,请众道伴相辞作别,大笑而终。后来在岳庙里累次显灵,州人庙祝,随塑戴宗神像于庙里,胎骨是他真身。"清人小说中,皂隶塑像的故事多了起来,有的皂隶塑像的经历与戴宗相仿。清俞蛟《梦厂杂著》卷八《齐东妄言(上)·王皂隶》曰:"翁水城隍庙泥塑皂隶,面黑而髯,躯肥而短。相传王姓,名福,屠豕为业,梦城隍召为隶,因令匠肖其貌而塑之,数日卒。邑人入庙,无不知为新充王隶者。"明清时,依托有些城隍庙中的皂隶像,民间还形成了一种皂隶崇拜。明清城隍庙中的皂隶泥像,多是仿照本地衙门皂隶形象所塑,有些皂隶生前为人忠厚,多有善行,死后为人塑像崇拜。关于自古相传皂隶死后成神仙之说,清初周亮工所撰《警戒衙役示》一文中有所提及:"昔人将以前公门中人做的好事,受的报应,刻作一书,名曰《公

---

① 韩磊编著:《封建衙门流弊多》,中国戏剧出版社,2005年版,第137页。

门修行录》。也有书吏之子中鼎元的,也有皂隶平步成仙的,也有皂快之子中进士子孙科甲绵绵的。"①清代袁铣《广劝捐说》一文中提到皂隶成神:"且此辈亦有人心,独不闻古有皂隶而成神者乎?刑杖在手,一片婆心,千秋血食,公门中好行方便,正谓此也。"②《(民国)龙岩县志》卷二一《风俗志》在描述当地迷信盛行时,特别说到了城隍庙中的皂隶崇拜:"南人好鬼,振古如兹。石或称公,树或能灵;泥塑皂隶,更呼爷爷。"《聊斋志异·皂隶》写历城县城八位皂隶死后,"肖八像于庙,诸役得差,皆先酬之乃行",所表现的其实就是清朝初年山东历城县城隍庙皂隶仿真人塑像,以及相应的民间皂隶神信仰这一类社会民俗文化现象。

清代较为有名的皂隶信仰还有"沈二班头""木龙""阿烬哥""皂役吴太""俞伯伯""聋隶"等。清曾衍东《小豆棚》卷二《义勇部·二班头》写广东揭阳县衙皂隶沈清为人憨直,不贪财货,仗义救人,"死之日,塑其像于城隍庙之东廊,犹左杖右金,青衣爪牙之态,宛肖其生。今邑人有以斗酒豚蹄供其前,提其耳而视之曰:'沈二班头,某事乞为佑之。'事多应云"。明代嘉靖年间,汤绍恩知绍兴府,主持绍兴三江闸水利工程建设,后来绍兴百姓为感念汤绍恩建闸功绩,在三江闸附近建有"汤公祠"。可能是为了纪念当初建闸过程中殉职的皂隶,绍兴汤公祠中专门塑有一尊被称为"木龙"的皂隶像。《(乾隆)绍兴府志》卷七九《艺文志》载:"闸旁有汤公祠。相传建闸时,诸洞已成,惟中洞不能就。绍恩夜梦神告曰:'必得木龙血,事乃济。'不解所谓。适有皂隶名曰木龙,因命往工所,立于中洞柱边,忽失足堕水中,工果就。民咸德之,以汤公建祠,遂塑其像于祠内。后之守令祭汤公者,必

---

① 清胡衍虞辑《居官寡过录》卷三收录。

② 《(光绪)麻城县志》卷四二《艺文志·说》收录。

拜隶，水流乃顺；否则闸启，而水不行。"①清俞蛟《梦厂杂著》卷三《乡曲枝辞(上)·狱卒纵囚记》写广东新会县狱卒阿烬哥为人淳朴好义，善待狱中囚犯，其死后，"诸囚感其义，为肖像于狴犴"。清慵讷居士《咫闻录》卷四《泥皂隶破案》记载："江南之苏松常镇，浙江之嘉兴湖州，凡城隍庙中，装饰皂隶，皆阳间得时皂隶，出资鸠工，自塑形像于旁。高帽皂衣，腰牌书己姓名，望死后可作阴间皂隶也。常州金匮县，乃康熙年间分出，以王乔林知县事。新建城隍庙，装设神像。当时有皂役吴太者，即塑己貌于旁，书名姓于腰牌之上。是皂隶也，平时心极慈祥，见竹板之厚者，必磨刮以薄之；枷之重者，必设法以轻之。迨后王乔林作故，有作城隍之说，而吴太亦相继而亡。庙中皂隶，咸不灵应，惟吴太独见其灵，有求必应。土人因其灵，将其像扛至下旁，南面而立，百余年来，香火独盛。"近人吴双热所著《海虞风俗记》卷四《杂记》记载了江苏常熟民间的"斋俞伯伯"风俗："家偶失物，往往有'斋俞伯伯'之举。俞伯伯者谁？邑城隍庙中泥塑皂隶之一也。庙两楹泥像林立，个中面团团而红者，所谓俞伯伯是矣。意俞伯伯生前殆一著名之捕役，善能捉贼者，及其死，人犹祈祷而仰仗之。又或俞伯伯生前亦一妙手空空儿，人之斋之者，盖欲以贼捉贼，以死贼捉活贼也。不然虞人呼贼曰'伯伯'，何以称俞亦曰'伯伯'乎？"清代城隍庙皂隶信仰中还有一种特殊的"聋隶"，号称"龙阳之媒"，清俞蛟《梦厂杂著》卷二《春明丛说(下)·聋隶》曰："直隶河间府献县城隍庙，泥塑皂隶，昂首注目，状若倾耳而听。相传隶两耳无闻，喜为人作龙阳之媒。焚楮锭，附耳私语者，实繁有徒……岭南潮州揭阳城隍庙，亦有聋隶，人俱呼为'三官'。有调娈童不得者，焚香隶前，以指抉其耳窍，吻近窍，密祷之，事无不谐。谐后，酬以牲醴。肩摩踵接，

---

① 《(道光)安岳县志》卷一六《外纪》亦载皂隶木龙事。

日夕不休，若忘其有城隍神垂绅正笏，危坐于上者。"

清代笔记中还存在与《聊斋志异·皂隶》情节十分相似的作品，《（乾隆）历城县志》卷五〇《杂缀·异闻》引清张希杰《铸雪斋别集》①曰：

> 康熙间，会城城隍相传杨姓，神最灵应。每晚庙祝闭门后，即闻敲扑号呼之声。一日，见梦邑宰，谓案牍甚繁，隶役不足以供使，令可拨八人供役，宰醒异之。翌日，将邑隶八人书名，赴庙焚之。八隶一时俱死，其子孙至今尚时至庙焚楮祭奠。

张希杰文中所言"会城"，即省城之意，明清时期的济南府历城县为山东首府首县。《铸雪斋别集》所载"八隶"之事发生在清初康熙年间，铸雪斋抄本《聊斋志异》卷九《皂隶》的故事背景为明万历年间，两篇小说主要内容大同小异，很可能都是采编自明末清初流传于济南府的同一题材地方民间传说。明清时期的皂隶中有不少好酒之徒，小说戏曲中多有醉皂隶的形象，明代徐复祚所作传奇《红梨记》中就有一位典型的醉皂隶形象，《聊斋志异·湘裙》中写到了两个喜饮酒的皂隶。《聊斋志异·皂隶》小说于"八皂隶死后成阴差"之外，又添加了鬼皂隶沽酒之事②，清慵讷居士《咫闻录》卷四《泥皂隶赊酒》讲述了一个与之近似的故事：

---

① 据《（乾隆）历城县志》卷二二《艺文考》著录："张希杰《铸雪斋集》十五卷，《别集》八卷。"《铸雪斋集》如今尚流传于世，而《铸雪斋别集》八卷恐早已亡佚。从保存在《（乾隆）历城县志》中的部分篇章内容来看，《铸雪斋别集》似乎是张希杰所撰笔记小说，其中多有怪异之谈。

② 清乐钧《耳食录二编》卷一《韩布衣》也记述太仓泥塑皂隶沽酒事，但故事情节与《聊斋志异·皂隶》不同。

皂隶

维扬瓜州,有一庙,中设神像,两旁置判官之外,又塑皂隶,身系腰牌。内有一皂隶,常至酒肆沽酒而饮。肆中人问之,乃曰:"作寓于庙内也。"一日,向肆中赊酒一壶,肆中以常常交易,熟认其面,与之。问其姓名,而记之于簿。次日又赊一壶,三日又赊一壶,自后不来沽酒,亦不还酒钱,携去酒壶,亦不送来。肆人往庙问之,并无其人,心甚异焉。出至神殿,见旁立泥皂隶,面目逼肖赊酒之人,酒壶在于足旁。肆人疑曰:"宁赊酒者,即此皂隶乎?"因视腰牌姓名,与赊酒者相同。提壶启视,酒剩半而皆水矣。喧传一时,惑起群心。于是有烧香点烛者,有以图事而许愿者,求之颇应。自后香烟盛于中座之神。

《聊斋志异·皂隶》写酒肆主人后来发现所收到的钱"皆纸灰也",这一情节袭自唐宋小说。如《夷坚丁志》卷一九《鬼卒渡溪》中就写道:"明日视其钱,皆纸也,始悟其鬼。"仅仅在城隍庙中为皂隶塑像,还不能证明皂隶们死后成为阴差鬼役,鬼皂隶沽酒之事则彰显了泥皂隶的灵异,传闻盛行,日甚一日,自然而然形成了皂隶神的民俗信仰。《聊斋志异》中《鬼隶》为《皂隶》之姊妹篇,该小说以崇祯十二年(1639)正月清军所制造的济南大屠杀为背景,讲述的也是历城县城隍庙鬼皂隶显灵之事。山东济南城隍庙皂隶各种奇怪之事,直到清末仍流传不息,清朱翊清《埋忧续集》卷一《地震》曰:"先是,五月初一日,山东济南知府往城隍庙行香。及庙门,忽然知府皂隶俱各皆迷。有一皂隶之妻来看其夫,见其前夫死已多年矣,乃在庙当差。前夫曰:'庙里进去不得,天下城隍在此造册。'"清代小说中还有很多城隍庙中皂隶显灵或作祟的故事,清袁枚《新齐谐》卷八《蒋厨》,写常州城隍庙中黑面皂隶诈钱作祟;《新齐谐》卷一七《木皂隶》,写京师宝泉局土地祠木皂隶作祟淫人；清代钱泳《履园丛话》卷一五《鬼皂隶》，则写的是城隍庙中泥塑皂隶作祟迷人之事。

《聊斋志异·皂隶》写历城县城隍庙中的皂隶像共有八位，这应为实写，明清县城隍庙中所塑皂隶泥像一般都是八名。据清王韬《瀛壖杂志》卷二记载，上海城隍庙"堂下左右四石隶，传闻自水浮来，亦一奇也。"江苏无锡三皇街城隍庙，"神龛中置城隍神像，旁立一判官，神案前两旁分列八个真人一样大小的泥塑皂隶"①。平襟亚小说《人海潮》第九回《惹草拈花惭愧登徒子 交杯合卺倜傥主人婆》中写到民国初年由城隍庙改造而成的小学校，校舍内还留有旧时的皂隶像，"两傍八个黑面红须，伸拳怒目的泥皂隶"。明清县城隍庙中设置皂隶塑像八位，这是明朝前期以来的传统。据《大明会典》卷一五七《兵部四十·皂隶》记载，明王朝从洪武初年开始对地方各级政府皂隶额数就曾有过限制，正统年间明确规定："布政司、按察司直堂皂隶各三十名，把门各六名……各府直堂皂隶十六名，把门四名；各州直堂皂隶十二名，把门二名；各县直堂皂隶八名，把门二名。"明清城隍庙中皂隶塑像的人数，是按照明代前期现实生活中官府定制而来。直堂皂隶也就是站堂皂隶，明清县官升堂，堂上皂隶分立两旁，吆喝助威，谓之排衙。虽然后来政府冗员数量暴涨，编外吏役人数也随之激增，各地县衙中值堂皂隶人数往往不止八人，但是县城隍庙中的皂隶像却始终保持了八尊之数。明清土地祠中也有皂隶，但规格比县城隍庙低一等，一般塑四名皂隶像。清袁枚《新齐谐》卷一七《木皂隶》曰："京师宝泉局有土地祠，旁塑木皂隶四人。"②不仅明清城隍庙中塑有皂隶，很多佛道神庙大门内两廊也

---

① 刘健华主编：《崇安名胜史话 古韵无锡》，山东画报出版社，2006年版，第14页。

② 清朱翊清《埋忧集》卷一〇《皂隶宣淫》亦曰："京师宝泉局有神祠，门内塑鬼隶四人。"

多有皂隶像,数目也常常是八位。中国古代通俗文艺和民俗艺术中所出现的皂隶群体形象,通常也都是八位。民国印本《孟姜仙女宝卷》曰:"八位皂隶两边站,一对从人左右分。"福建莆田民间迎神赛会中有一种传统民俗舞蹈"皂隶舞"(又称"皂隶摆"),表演者中有八位男子扮皂隶,俗称"八班",两两搭配,作四对而行,舞姿原始粗犷,简易古朴。

还有一点需要说明的是,《聊斋志异拾遗》中也收录了《皂隶》一篇:

> 万历间,历城令梦城隍索人服役,即以皂隶八人书名于牒,焚庙中。至夜,八隶皆死。先是,一隶闻七隶已死,心惧,以口咬手指而亡。庙东有酒肆,肆主故与八隶俱熟。会夜有一隶来沽酒,问:"款何客?"答云:"僚友甚众,沽一尊,少叙姓名耳。"质明,见他役,始知其人已死。入庙启扉,则瓶在焉,贮酒如故,味淡如水。归视所与之钱,皆纸灰也。今遂肖八像于庙,而咬指者,其像宛然如生。各家子孙皆节祀之。诸役得差,必先酹奠;不然,则遭呵责矣。①

现存半部《聊斋志异》手稿中,无《皂隶》一篇。将《聊斋志异拾遗·皂隶》与铸雪斋本《聊斋志异·皂隶》对校,可以发现除了有少量文字差异之外,二者不同之处主要在于《聊斋志异拾遗·皂隶》增加了一个"咬指皂隶"的故事。在清初济南历城城隍庙八皂隶泥塑当中,"咬指者,其像宛然如生"。《聊斋志异拾遗·皂隶》小说专门为造型活泼俏皮、生动传神的"咬指皂隶"塑像创编出一段奇闻。恐怖之夜,在听说七名皂隶的死讯后,第八位皂隶受惊吓,于是"以口咬手指而亡。"在中国古代,咬伤或咬断指头,容易

---

① (清)蒲松龄:《丛书集成初编:聊斋志异拾遗》,中华书局,1985年版,第8~9页。

感染破伤风而致死,所以咬指也是一种自杀方式。南宋宋慈所撰法医学专著《洗冤集录》卷四《二十三·自刑》篇中记载了各种自杀现象以及鉴定方法,其中就包括咬指自杀:"又有人因自用口齿咬下手指者,齿内有风着于痕口,多致身死,少有生者"[1]。有文献记载,明清之际郑成功即死于咬指自杀[2],《清实录康熙朝实录》卷六载耿继茂曾向清廷疏报:"因其子郑锦为各伪镇所拥立,统兵抗拒。郑成功不胜忿怒,骤发颠狂,于(康熙元年)五月初八日,咬指身死。"清林时对《荷牐丛谈》卷四《郑芝龙父子祖孙三世据海岛》曰:"成功骤发颠狂,癸卯(壬寅)五月,咬尽手指死。"清沈云《台湾郑氏始末》卷五曰:"成功益忿怒,狂走。越八日庚辰(初八日),啮指而卒。"古时俗语有云:"一趾之疾,丧七尺之躯。"虽然一些清初官方文献和民间史料都明言郑成功"咬指身死",但今人却对此难以置信。不少学者曾对民族英雄郑成功的死因进行过探讨,一般都将"咬指"当作小伤小痛,而不将其视为自杀举动和致命因素;而实际上,《康熙实录》等清代官修正史已明文记载郑成功死于咬指自杀。以现代医学的观点来分析,郑成功应是因咬指受

---

[1] 中国古代不仅有咬指自杀的案例,还有咬伤或咬断他人手指致人死亡的案例,清许槤撰《刑部比照加减成案续编》卷二二《刑律斗殴》载清道光四年周氏将其姑蒋氏手指咬住,"致蒋氏被咬受伤,溃烂身死。"清祝庆祺等编《刑案汇览》卷四一《殴大功以下尊长》载江西丁添乐咬伤丁焕先手指,丁焕先"手指渗水,溃烂身死。"受害人被咬指而死,法医验尸后,有时会引用《洗冤录》中咬落手指"多致身死"的记载来判断死者死亡原因,清全士潮等编《驳案新编》卷一四《安徽司》载盱眙县李恺将于得水手指"咬至脱落一节",于得水不久即死亡,"据医生孙文英验称,于得水左手小指咬去一节,受有牙黄毒,通膀皆肿,青紫溃烂,破流血水,与《洗冤录》咬伤致死之处一一符合。"

[2] 杨又存、杨纪波所撰论文《两种郑成功死因论考析》提出郑成功"长期悲愤郁悒,心肝受损,外感风寒,引发狂疾,自杀而亡",但并未把"咬尽手指"作为死因,而看作发病后疯狂自残的症状,详见方友义主编:《郑成功研究》,厦门大学出版社,1994年版,第406~409页。郑仰峻的论文《郑成功死因考》曾推测郑成功死因忧郁症自杀,但也没有指明其自杀方式为"咬指身死",详见《高苑学报》,第12卷,2006年7月,第211~228页。

伤，感染破伤风，不治去世。郑成功的病情符合破伤风的特征，主要有三点理由：

一是破伤风在战时较常见，郑成功身处军营之中，用口齿咬下手指，感染破伤风的几率非常大。郑成功病发在手指伤后①，从出现早期症状到最终死亡，其间共计七日②，与破伤风症状相符。破伤风的潜伏期平均为6~10日③，特别是新生儿破伤风一般在断脐后七天左右发病，故民间俗称"七日风"。由于破伤风经过一段潜伏期后才会发作，所以文武官员于五月一日谒见郑成功时，"人莫知其病。"④然而，破伤风又是一种急性感染性疾病，病情发生和发展过程甚为迅速，若抢救不及时很容易导致死亡，郑成功五月八日暴病身亡或许就属于这种情况。

二是破伤风的前驱症状仅仅是"乏力、头晕、头痛、咬肌紧张酸胀、烦躁不安、打呵欠等"⑤，这与中暑或伤寒的临床表现有类似之处⑥。《闽海纪要》和《台湾外记》记载中，皆认为郑成功最初的症状是偶感风寒。破伤风的部分症状与感冒风寒接近，在古代医家的著述中有所记载，明周之干《慎斋遗书》卷七《破伤风》记录了一则患者因手指受伤感染破伤风，用药

---

① 《清史稿》卷二二四《郑成功传》曰："成功方病，闻之，狂怒咬指，五月朔，尚据胡床受诸将谒，数日遽卒。"

② 清夏琳《闽海纪要》卷上曰："五月朔，成功感冒风寒；文武官入谒，尚坐胡床谈论，人莫知其病。……顿足抚膺，大呼而殂。时年三十有九，为五月八日也。"清江日升《台湾外记》卷十二曰："五月朔日，成功偶感风寒，但日强起登将台……初八日，又登台观望……以两手抓其面而逝。

③ 裘法祖主编：《外科学》，人民卫生出版社，1984年版，第172页。

④ 清夏琳《闽海纪要》卷上。清邵廷采《东南纪事》卷一一《郑成功上》亦曰："成功感风寒，月朔受谒，尚坐胡床，诸将不知其病。数日，卒。"

⑤ 裘法祖主编：《外科学》，人民卫生出版社，1984年版，第172页。

⑥ 在当代医疗实践中，稍有经验的医生都不会忽视对患者外伤的观察以及对患者外伤史的询问，所以将破伤风误诊为中暑或伤寒的情况已很少发生。

后被治愈的医案,周之干诊断称:"此破伤风也,作伤寒治必死"。清初李光地《榕村语录续集》卷八《历代》对郑成功的发病和死亡情况有所记载:"马信荐一医生,以为中暑,投以凉剂,是晚而殂。"破伤风在发病时,临床表现为"四肢抽搐不止,全身大汗淋漓"[1],高温中暑后,有时也会出现大量出汗和热痉挛症状。郑成功之死,不排除是马信所荐医生把破伤风当成中暑误诊误治,从而造成的悲剧。

三是文献多记载郑成功死前骤发癫狂,这也可能是破伤风所导致。破伤风在临床表现上有烦躁不安的特征,"恢复期间还可出现一些精神症状,如幻觉,言语、行动错乱等。"[2]早在清代,河南名医王燕昌所撰《王氏医存》卷一七《临证述略》就指出破伤风发病时,可能会出现癫狂或昏迷:"破伤风也。在头为重,须速发汗,避风数日,若迟而见牙关不利,胸中有痰,则死矣。阳盛者发狂,阴盛者发迷。"近年来有医学研究发现,破伤风存在以精神异常为首发症状的案例[3];有的破伤风患者早期症状不典型,精神症状明显,被误诊为精神异常[4];个别破伤风患者在发病过程中,甚至因毒素影响引起器质性精神障碍[5]。破伤风病情加剧时,头晕头疼,面肌痉挛,《鹿樵纪闻》《广阳杂记》等书中记郑成功临死时"面目皆爪破",或与此有关。郑成功身为武将,性格暴躁易怒,又因病陷入极端痛苦,内心过度沮丧,做出以佩剑"自斫其面"[6]的过激行为,也不是没有可能。

---

① 裘法祖主编:《外科学》,人民卫生出版社,1984年版,第173页。

② 黎鳌、黄志强主编:《创伤治疗学》,人民卫生出版社,1982年版,第77页。

③ 任泽华:《首发精神障碍的破伤风2例报告》,《山东精神医学》,1991年第3期。任泽华:《破伤风误诊为精神病2例报告》,《山东精神医学》,1994年第2期。范文辉等:《以精神异常为首发症状的破伤风1例报告》,《第三军医大学学报》,2001年第1期。

④ 午水东等:《破伤风误诊一例》,《山西医药杂志(下半月刊)》,2011年第3期。

⑤ 金炜:《一例破伤风合并器质性精神障碍病人的护理》,《中国护理杂志》,2008年第3期。

⑥ 见《清代官书记明台湾郑氏亡事》。

　　咬指或断指致命之说,在明末清初似乎很盛行,明张所望《阅耕余录》卷五《贪报》曰:"吴中近有一令,贪酷之极,非复人理。及罢官家居,忽得心疾,凡生平有一面识者,辄命其子予之金钱。子少有难色,即椎心顿足,狂呼不已。久之,橐装略尽,乃自啮其十指俱断,痛楚号叫至死,惨不可闻。"明末汤大节父亲去世后,其母亲断指殉夫①,尚在襁褓之中的汤大节被名士陈继儒收养并招为赘婿,明陈继儒《晚香堂小品》卷前有汤大节所撰《小引》曰:"节生二十六日而孤,先慈断指殉烈,蒙先生赘而抚之"。清康熙年间潘月山撰《未信编》卷四《刑名下》曰:"用口咬下指者,齿上有毒,颇能致命。"②清康熙年间黄六鸿撰《福惠全书》卷一六《人命下》,亦有相同之论。郑成功与蒲松龄大致是同一历史时期的人物,在当时人的观念中"咬指"无异于自杀,《聊斋志异拾遗·皂隶》小说里所述皂隶咬指自杀之事,与明末清初现实生活中郑成功"咬指身死",恰好可以相互印证。

　　另外,与铸雪斋本《聊斋志异·皂隶》相比,《聊斋志异拾遗·皂隶》文中又多了"味淡如水"和"各家子孙皆节祀之"两句。《聊斋志异拾遗·皂隶》中"贮酒如故,味淡如水",与清慵讷居士《咫闻录·泥皂隶赊酒》中"提壶启视,酒剩半而皆水矣"情节相似;《聊斋志异拾遗·皂隶》中"各家子孙皆节祀之",又与清张希杰《铸雪斋别集》中"其子孙至今尚时至庙焚楮祭奠"情节相似。这里有两种可能,一种可能是《铸雪斋别集》《咫闻录》中所写的皂隶故事模仿了《聊斋志异拾遗·皂隶》;再一种可能就是《铸雪斋别集》《咫闻录》中所写的皂隶故事,分别根据清代流传的"八皂隶死后入城隍庙服役"和"泥皂隶沽酒"两种民间故事改编而来,而《聊斋志异拾遗·皂隶》的

---

　　①　明清女子断指殉夫之事,不止此一例,清戴熙《习苦斋诗集》卷五《魏英姑断指歌》歌咏清代女子魏英姑断指殉殉未婚夫:"英姑字李,李生死,英姑闻之自断指。三月而殁,殁无辞。"

　　②　清孙震元《疡科会粹》卷八《寸集·人咬》转引。

《聊斋志异》笺证初编

作者则很早就创造性地将"八皂隶死后入城隍庙服役"和"泥皂隶沽酒"两种关于鬼皂隶的经典民间故事采择合并,融为一体。"杂取种种,合为一个"正是蒲松龄所擅长的小说创作方法,《聊斋志异拾遗·皂隶》从选材和构思上看,明显是大家手笔,绝非简单模仿改写《聊斋志异·皂隶》的东施效颦之作。

《聊斋志异拾遗》刊刻于清道光初年,《得月簃丛书》本《聊斋志异拾遗》一卷,共收录小说四十二篇,卷首有清道光十年庚寅(1830)胡定生序,序文中称此书为荣誉得自蒲氏裔孙。鲁迅先生在《中国小说史略》中对《聊斋志异拾遗》评价不高:"出后人掇拾,而其中殊无佳构,疑本作者所自删弃,或他人拟作之。"①所谓"殊无佳构",是从艺术价值的角度来衡量,是与《聊斋志异》中的精品相对而言的。至于鲁迅怀疑《聊斋志异拾遗》是"删弃"和"拟作",则未必是精审之见。《聊斋志异拾遗》并非为蒲松龄本人所删弃,清代荣誉编辑此书,在很大程度上是要为清赵起杲编青柯亭刻本《聊斋志异》拾遗。《聊斋志异拾遗》也不见得是"拟作",其中的作品虽然基本上不见于青柯亭刻本《聊斋志异》,却多见于异史本、铸雪斋抄本、二十四卷本、手稿本。《聊斋志异拾遗》中所辑小说极有可能真的是从蒲松龄后裔处得来,韦乐先生的论文《〈得月簃丛书〉之〈聊斋志异拾遗〉考》判断《聊斋志异拾遗》四十二篇实际上是"写于稿本以前的真作"②。目前,学者大多仍囿于鲁迅先生之成说,对《聊斋志异拾遗》文献和版本价值还缺乏充分重视。研究《聊斋志异拾遗》有助于了解蒲松龄的小说艺术创作,有助于考

---

① 鲁迅:《中国小说史略》,齐鲁书社,1997年版,第169页。范烟桥先生:《中国小说史》对《聊斋志异拾遗》也有近似评论:"殊无佳构,非臆造即为当时所吐弃者。"详见范烟桥:《中国小说史》,长安出版社,1927年版,第167页。

② 韦乐:《〈得月簃丛书〉之〈聊斋志异拾遗〉考》,《红河学院学报》,2008年第3期。

察《聊斋志异》的传播。《聊斋志异》中的不少小说在写成后数十年间,仍可能被蒲松龄不断地修订,甚至重写;而今人所见稿本以外的《聊斋志异》篇章,在清代漫长的流传过程中,也可能被朱缃、张希杰等文人加以修饰、润色、删改。以《聊斋志异拾遗·皂隶》为例来分析,其很可能是蒲松龄在创作过程中所形成的稿本,小说中的"皂隶咬指"与清初历城城隍庙中的咬指皂隶塑像相映成趣,既实有所指,又凭空虚构,无疑是奇思妙想。但是在后来的作品流传过程中,皂隶"以口咬手指而亡"这样的事情却很难被普通读者所理解,因而难以流传,于是蒲松龄主动删去了此篇;当然,也有可能是张希杰等传抄者觉得皂隶以"口咬手指"作为一种自杀手段,实在有些超出常理,未详加体察,就一删了之。

汤 公

　　汤聘(1625？—1674)死而复生之事,清初文人笔记和劝善书中多有记载,内容大同而小异。朱一玄先生已指出,《聊斋志异·汤公》所载汤聘事,亦见于清初陆次云《北墅绪言》与徐岳《见闻录》[①]。清张潮《虞初新志》卷一〇转录清陆次云《北墅绪言》曰:

　　顺治戊戌进士汤聘,为诸生时,家贫奉母。忽病死,鬼卒拘至东岳。聘哀吁曰:"老母在堂,无人侍养,望帝怜之!"岳帝曰:"汝命止此,冥法森严,难徇汝意。"聘扳案哀号。帝曰:"既是儒家弟子,送孔圣人裁夺。"鬼卒押至宣圣处,曰:"生死隶东岳,功名隶文昌,我不与焉。"回遇大士,哀诉求生。大士曰:"孝思也,盍允之以警世?"鬼卒曰:"彼死数日,尸腐奈何?"大士命善财取牟尼泥完其尸。善财取泥,若栴檀香,同至其家,尸果腐烂。一灯荧然,老母垂涕,死七日,尚无以殓。善财以泥围尸,臭秽顿息,遂有生气,魂归其中,身即蠕动。张目见母,呜

　　① 朱一玄编:《〈聊斋志异〉资料汇编》,南开大学出版社,2012年版,第87~89页。

咽不禁。母惊狂叫,邻人咸集。聘曰:"母勿怖,男再生矣!"备言再生之故,曰:"男本无功名,命限已尽,求报亲恩,大士命男持戒,许男成进士,但命无禄位,戒以勿仕。"后聘及第,长斋绣佛,事母而已。迨母死,就真定令,卒于官,岂违勿仕之戒欤! 张山来曰:"大士慨发慈悲,吾夫子独不为裁夺者,以死数日而复生,是为索隐行怪,非中庸之道,故不为耳。"①

清徐岳《见闻录》卷二《汤聘再生》曰:

进士汤聘为诸生时,家贫甚,奉母以居。忽病且死,鬼卒数人拘之到东岳。聘哀吁曰:"老母在堂,无人侍养,聘死则母不得独生,且读书未获显亲扬名,乌可即死? 望帝怜而假之年!"东岳帝曰:"汝命止秀才,寿亦终此。冥法森严,不能徇汝意,益功名寿算也。"聘扳案哀号,声彻堂陛。帝曰:"既是儒家弟子,送孔圣人裁夺。"命鬼卒押至宣圣处。宣圣曰:"生死隶东岳,功名隶文昌,我不与焉。"回遇普门大士,哀诉求生,大士曰:"孝思也,盍允之以劝世?"鬼卒曰:"彼死数日,尸腐奈何?"大士命善才往西天,取牟尼泥,完其尸。善才往,越三日,取牟尼泥来,泥色若栴檀,香不散。因与善才同至家,而尸果腐烂,蝇蚋嘬于外,虫蛆攻其中。见一灯荧然,老母垂涕。是时死既七日,尚无以为殓也。噫! 贫士惨状,可胜悼哉? 善才以泥围尸三匝,须臾,臭秽息,蝇蚋散,虫蛆安,腐烂者完固,尸遂有生气。善才令聘魂归其中②,曰:"我

①　《古今图书集成·明伦汇编·家范典》第三十八卷《母子部》收录。

②　近人李圆净编《新编观音灵感录》第三篇《与福慧》引清徐岳《见闻录》,此句作"善才令聘魂从口入"。

返报大士命去矣。"尸即蠕动。聘张目见母在旁涕泣,亦呜咽不禁。母惊而狂叫,邻人咸集,聘已起坐,曰:"母勿怖,男再生矣。"因备言遇大士,得再生之故,曰:"男本无功名,命限已尽,力求报父母恩。大士命持贪、淫、荤、酒诸戒,与我功名寿算。男惟不能断酒,余俱如所戒。大士许男成进士,但命无禄位,戒勿仕而已。"复顾母曰:"勿怖恐,男实再生也。"后聘举戊戌进士,不茹荤,其于声色货利泊如也。惟长斋绣佛以事母而已。迨母死,就真定某县令,卒于官,岂违勿仕之戒欤?

除《北墅绪言》《见闻录》《聊斋志异》之外,汤聘还魂事又见于《观感录》,以及清初宋曹《汤旌三返魂》一文。清初周梦颜《万善先资集》卷一《因果劝(上)》引《观感录·汤公述冥》曰:

　　溧水汤聘,顺治甲午乡试,出闱疾作。至十月六日夜半,举体僵冷。一生行事,俱现目前。忆童子时,戏藏一鸡于沟中,为黄鼠所伤;又杀蝙蝠一窠;又一仆善睡,燃油纸伤其手。须臾,见蝙蝠等皆来索命,心甚怖之。其余善事,亦丝毫必记。忽思《心经》"无挂碍故,无有恐怖"语,觉心渐安稳。见观音大士杨枝一洒,遂苏。至辛丑,成进士。

清卢湛辑《关圣帝君圣迹图志全集》卷三《灵应考》载明末清初宋曹[①]所撰《汤旌三返魂》文曰:

---

　　① 宋曹(1620—1701),字邠臣,一字彬臣,号射陵,江苏盐城人。南明弘光朝曾任中书舍人,入清后隐居不仕,晚号耕海潜夫。宋曹亦擅长小说创作,清张潮《虞初新志》卷一转录宋曹《会秋堂文集·南坡义猴传》。《会秋堂诗文集》亡佚,近人赵蠕山辑有《会秋堂集》,被收入王春瑜编:《中国稀见史料》(第1辑第19册),厦门大学出版社,2007年版。

汤　公

　　汤聘，号旌三，金陵诸生，修德立品，豁达大丈夫也。世祀圣帝极虔，年几三十，忽然暴死，赴（越）信宿，当心不冷，妻阻勿殓；又二日仍不冷，妻阻勿殓；至七日终不冷，妻复坚阻勿殓，然颊上现烂痕矣。聘初谒冥司，冥司曰："汝善士也，不当死。"命之去，聘不去，请游地狱，冥司许之。会决囚，闻吕真人至，阅狱，释罪囚什之二；居间，圣帝又至，阅狱，释罪囚什之五。聘俯伏帝前，求示休咎，帝曰："汝善士也，当中第八名进士。"复以袖拭聘颊烂痕。是夜果苏，后果得第，著有《返魂篇》行世。事属确据，但年号遗忘，不敢混录。

　　清初王复礼[①]所辑《季汉五志》[②]卷一〇《艺文》，《古今图书集成·博物汇编·神异典》第三十八卷《关圣帝君部》皆载汤聘返魂事，两文中都缺少"事属确据，但年号遗忘，不敢混录"一句，其余内容几乎与宋曹的《汤旌三返魂》完全一致。《季汉五志》与《古今图书集成》所述汤聘事，很可能都是转录宋曹的《汤旌三返魂》。汤聘复生之事，清初文人各有所记，陆次云与徐岳书中所写内容基本一致，但又与《汤公述冥》《汤旌三返魂》所说故事差异较大。就思想倾向而言，陆次云、徐岳所写汤聘事，主要是宣扬佛教观世音信仰，东岳大帝、宣圣、文昌帝君在小说中皆为陪衬；《汤公述冥》强调观音菩萨救苦救难，在形象地展示因果报应的同时，也描述了《心经》中佛教思想对临终之人的安慰和关怀；《汤旌三返魂》则偏重于道教关圣帝

---

　　① 　王复礼生平事迹，可参看何良五：《王复礼及其〈古文未曾有集〉考》，嘉兴学院学报，2018年第2期。

　　② 　清康熙四十一年杭城尊行斋刻本《季汉五志》，书前康熙甲戌方象瑛《序》曰："予友王子草堂辑关壮缪事迹，而并及昭烈、武乡、桓侯、顺平，名曰《季汉五志》。"清王复礼所辑《季汉五志》采录多种书中所记关羽神迹，有些未注明出处。

《聊斋志异》笺证初编

君①和吕祖崇拜。就故事情节而论，陆次云、徐岳写汤聘的灵魂先后在东岳大帝和孔圣人面前哀求，但得不到拯救，最后还是观音大士命善财取牟尼泥，在汤聘尸身腐臭的情况下，将其救活；《汤公述冥》写汤聘在濒死之际回顾平生往事，善行恶行，俱现眼前，随后观音大士"杨枝一洒"，使其复生；《汤旌三返魂》写汤聘虽然暴死，但是"当心不冷"，甚至死后七日尸体已经出现腐烂迹象，心仍旧不冷，魂游地狱，终于得遇吕真人和关帝搭救。统观《北墅绪言》《见闻录》《汤公述冥》《汤旌三返魂》所写汤聘的故事，可以发现《聊斋志异·汤公》虽然篇幅不长，却是匠心之作，蒲松龄几乎全面搜集了当时社会上有关汤聘死而复活的各种传闻，并创造性地捏合为一体。

《聊斋志异·汤公》先写汤公抱病弥留，阳气渐渐离开身体，足冷足死，股冷股死，而胸中之心热难死，这一小说情节与《汤旌三返魂》中"当心不冷"相似，都带有浓厚的佛教色彩②。《聊斋志异·汤公》接着又写汤公心血来潮，全景式地回忆人生，所做过的最大恶迹是"七八岁时，曾探雀雏而毙之"，相比《汤公述冥》中写汤聘所做的那三件坏事，还少了两件。《聊斋志

---

① 明代中后期，依托关帝信仰，有文人死亡多日而复活的故事在社会上流传，如明王同轨《耳谈类增》卷二八《神篇上·关壮缪救张复吾重生》。

② 清代冯镇峦读《聊斋志异·汤公》，曾戏言："一段格物君子所不得知，谁是死过来人也？"汤公濒死体验，并非出于蒲松龄凭空想象，而是小说家依据一定佛教知识来进行的叙述。南怀瑾先生《禅海蠡测》第十二章《中阴身略述》依据佛教经典，描述了在临终状态之下，人之体热感觉逐渐消失的情况："人当临命终时，乃至中阴将生未生时期，依诸经教，其所趣生，可以验知。如由下部渐冷至头面，或眼部热力最后灭者，即生天道或阿修罗道……如心胸部分，热力最后灭者，即生人中，且现象亦佳，于人世间事，大多有留恋意者。如腹部热力后灭者，则生饿鬼。膝部如此，则至旁生（畜生）。足心如此，即入地狱。……若平时于佛法薰修有素，或念佛志专者，临终由顶超出，即随念往生佛国。"详见南怀瑾：《禅海蠡测》，中国世界语出版社，1994年版，第95~96页。王溢嘉先生已发现南怀瑾《禅海蠡测》书中所述相关内容，与《聊斋志异·汤公》小说里汤公逝世一段描写颇为相符，因为汤公秉性善良，善行而有善报，所以当其弥留之际，心胸和头部最后冷却。参见王溢嘉：《聊斋搜鬼》，国际文化出版公司，2007年版，第76~78页。

异·汤公》写汤公拜祷宣圣和文昌的情节，与《北墅绪言》《见闻录》所写十分相像；《北墅绪言》《见闻录》中，观音菩萨是用西天牟尼泥救活了汤聘，而在《聊斋志异·汤公》小说中，观音菩萨撮土为肉，折柳为骨，使善财童子携汤公魂魄来到其肉身停放之处，"推而合之"，于是汤聘再生人世。汤聘以净土为肉，以柳枝为骨的写法，明显是受了哪吒莲花化身传说的影响。明代《三教源流搜神大全》卷七写了哪吒重生的故事："世尊亦以其能降魔故，遂折荷菱为骨、藕为肉、丝为筋、叶为衣而生之。"《封神演义》第十四回《哪吒现莲花化身》曰："真人将花勒下瓣儿，铺成三才，又将荷叶梗儿折成三百骨节，三个荷叶，按上、中、下，按天、地、人。真人将一粒金丹放于居中，法用先天，气运九转，分离龙、坎虎，绰住哪吒魂魄，望荷、莲里一推，喝声：'哪吒不成人形，更待何时！'"

《聊斋志异·汤公》中特意提到了观音菩萨"瓶浸杨柳，翠碧垂烟"。杨柳枝原本是佛教僧侣刷牙刮舌的工具，即"齿木"，后来佛教传说中杨柳枝又有辟邪祛病之功能。南朝梁释慧皎《高僧传》卷九《神异上·耆域传》载耆域为衡阳太守滕永文治疗"两脚挛屈，不能起行"之病："因取净水一杯，杨柳一枝，便以杨柳拂水，举手向永文而咒，如此者三。因以手搦永文两膝令起，即起行步如故。"汉传佛教观音信仰自魏晋以后渐渐兴起，手持杨柳枝的观世音菩萨形象慢慢深入人心，《请观世音菩萨消伏毒害陀罗尼咒经》曰："尔时毗舍离人，即具杨枝净水，授与观世音菩萨。"《千光眼观自在菩萨秘密法经》曰："若欲消除身上众病者，当修杨柳枝药法。其药王观自在像，相好庄严如前所说，唯右手执杨柳枝。"唐人诗文中已出现观音手持杨柳的形象，唐于邵撰《观世音菩萨画像赞》文曰："天衣若飞，杨柳疑拂。"①

---

① 见《全唐文》卷四二九。

《聊斋志异》笺证初编

唐韩偓《咏柳》诗云："玉纤折得遥相赠,便似观音手里时。"所谓"无心插柳柳成荫",杨柳植物原本就具有旺盛的生命力①,观音菩萨手中的杨枝净水更成为救苦救难、起死回生的强大生命力量的象征。在明清小说中,经常有关于观音菩萨杨枝净水的神异描写。在《西游记》第二十六回"孙悟空三岛求方 观世音甘泉活树"中,面对倒伏的人参果树,十洲三岛神仙皆束手无策,只有观音菩萨"将杨柳枝细细洒上,口中又念着经咒。不多时,洒净那舀出之水,只见那树果然依旧青枝绿叶,浓郁阴森。"《汤公述冥》写观音菩萨救汤聘,也是"杨枝一洒,遂苏。"《聊斋志异·张诚》中也有观音菩萨杨枝净水,普救众生的叙述:"菩萨以杨柳枝遍洒甘露,其细如尘;俄而雾收光敛,遂失所在。讷觉颈上沾露,斧处不复作痛……讷死二日,豁然竟苏。"

栾保群先生提出,《聊斋志异·汤公》的故事源头可追溯至唐人小说中所载冥王以西国"重生药"使崔敏壳复活事②,《太平广记》卷三〇一《神十一》引《广异记·崔敏壳》曰:

> 博陵崔敏壳,性耿直,不惧神鬼。年十岁时,常暴死,死十八年而后活。自说被枉追,敏壳苦自申理,岁余获放。王谓敏壳曰:"汝合却还,然屋舍已坏,如何?"敏壳乞固求还,王曰:"宜更托生,倍与官禄。"敏壳不肯,王难以理屈,徘徊久之。敏壳陈诉称冤,王不得已。使人至西国,求重生药,数载方还。药至布骨,悉皆生肉,唯脚心不生,骨遂露焉。其后家频梦敏壳云:"吾已活。"遂开棺,初有气,养之月余方愈。敏壳在冥中,检身当得十政刺史,遂累求凶阙,轻侮鬼神,卒获无恙。其

---

① 清宋永岳《志异续编》卷三《插柳》曰:"木之易生者,无过于柳。凡木亦有可以枝条插土而生者,惟柳则或顺插,倒插,横插,无不立生。"

② 栾保群:《扪虱谈鬼录之二:说魂儿》,上海文艺出版社,2011年版,第237~239页。

汤 公

后为徐州刺史。

《广异记·崔敏壳》中的西国"重生药",很可能就是《北墅绪言》《见闻录》中西天"牟尼泥"的原型①。清袁枚《续子不语》卷二《牟尼泥》、清邓旵《异谈可信录》卷一《灵神·牟尼泥》转述徐岳《见闻录·汤聘再生》②时,都突出了汤聘复活过程中"牟尼泥"这一关键要素,刻意将小说题目标为"牟尼泥"。

《聊斋志异·汤公》中还有一个重要情节,小说写汤聘魂魄正"漂泊郊路间","一巨人来,高几盈寻,掇拾之纳诸袖中"。蒲松龄这一奇异构思,应是源自明代的民间传说,明人笔记中有阴司冥吏能以衣袖摄人魂魄之说,明徐昌祚《燕山丛录》卷七《神鬼类》曰:

> 虞城人某,尝遇一隶于途,异其状而视之。隶人曰:"子疑我非人乎?我实阴府急脚,奉命勾摄某人,而其宅神御我,我不得入,彷徨三日矣。子与彼善,称问疾,彼必纳君。吾得从入,则事济矣。"某曰:"此

---

① 唐传奇中,还提到过不少聚拢魂魄,恢复形体的神药。唐牛僧孺《玄怪录》卷二《崔环》,小说写崔环入冥,有幸被放归,结果魂魄还阳途中误入"人矿院",被大鬼以大铁椎砸得"骨肉皆碎,仅欲成泥"。冥府军将无奈之下,请来濮阳霞,以药物使崔环身体复原:"(濮阳霞)遂解衣缠腰,取怀中药末糁于矿上团扑,一翻一糁,扁槎其矿为头项及身手足,剜刻五脏,通为肠胃,雕为九窍,逡巡成形。以手承其项曰:'起!'遂起来与立合为一,遂能行。"《太平广记》卷三五八《神魂一》引唐牛僧孺《玄怪录·齐推女》,小说写饶州刺史齐推之女,为吴芮暴鬼所杀,得九华洞中仙官田先生救助。虽然齐推女死后尸体腐坏,但冥吏仍奉仙官之命,以"续弦胶"使之"具魂"复活:"生人三魂七魄,死则散离,本无所依。今收合为一体,以续弦胶涂之。……有一人,持一器药,状似稀饧,即于李妻身涂之。"《太平广记》卷三八六《再生十二》引《记闻·李强名妻》写上帝命天鼠使李强名妻尸体重生肌肤,随后复活。

② 《续子不语·牟尼泥》《异谈可信录·牟尼泥》与《见闻录·汤聘再生》文字内容大致相同,但在写汤聘还魂时,都有"魂从口入"一句。

吾好友，岂忍为子作间！"隶人怒曰："君若不行，必为君祸。"某惧而从之。既入，病者忽呼心痛。辞出，及门则闻哭声，乃立门外伺之。有顷，隶人至。问："所摄人可见乎？"曰："可，但见之，当有百日灾。"问："死乎？"曰："不死。"曰："如是，则请一见。"曰："此地人多，且吾欲更之他所摄人，子能偕往，当并示也。"从之，果见木工执斧斫器，隶人过其旁，忽扑地而死。至城外，乃从袖中出某人，则长仅数寸，而形貌不改，有小刃着胸；出木工亦然，其项贯以小翦（剪）。某果得疾，满百日而愈。

清初陆圻《冥报录》卷上《李华宇》写海宁县有朴实农人李华宇患疟症，重病中见冥差前来勾魂。因李华宇平生为人谨厚，冥差"未即行拘"，放其还魂。冥差恐怕李华宇"魂冷，不得返"，"因搓其魂如一粉团状，以纸包裹，纳之袖中。途遇华宇家买棺者，集其间，同归至户外，遥掷之，华宇方醒"。在宋明以来的民间传说中，人之魂魄形似盈尺或盈寸小人，《三遂平妖传》第九回"冷公子初试魇人符 蛋和尚二盗袁公法"写妖人鄑净眼能摄人生魂，"生魂来时，只长一尺二寸，面貌与其人无异"。明王兆云《湖海搜奇》卷上《周恕妻魂妇》写扬州士人周恕亡妻鬼魂返家看望女儿之后，辞别家人，"出门其形渐小，初三四尺，行至东桥，才长寸许而灭"。《燕山丛录·虞城人某》写人的魂魄被纳于袖中后，"长仅数寸，而形貌不改"。《冥报录·李华宇》写李华宇魂魄被冥差"纳之袖中"，也不过是粉团大小。在《聊斋志异·汤公》中，蒲松龄巧妙地转换了一下叙述视角，不写鬼皂隶察看袖中摄取的鬼魂，而是以袖中"长仅数寸"鬼魂的视角去仰望鬼皂隶，这样一来，鬼皂隶就变成了汤聘灵魂眼中"高几盈寻"的巨人形象。

清代康熙以后所流传的汤聘还魂传说中，又增入了汤聘因拒淫奔而延寿命、得功名的传说。清代周广业等编《关帝事迹征信编》卷一六《灵异》

汤　公

转引清初王复礼《季汉五志》所载汤聘事,周广业有按语曰:

> 沈维基①《劝善八编》云:"顺治甲午,溧水汤聘就试省城,病剧而逝。魂自顶出,忽见观音大士指示,令谒文昌。注名禄籍,查某年月日,汤买舟诣皋,舟女美姿善谑,欲就汤,汤正色拒之,当前程远大,亟令还魂。乃告曰:'因汝见色不欺,故来相救。汝宜信心乐善,今日人心险薄,鬼神伺察极严。往昔功名富贵,生来便定;今之善恶册籍,一月一造,无俟后日来生始有果报也!'谕毕即苏。"与王氏所载迥异,谨附于此,以广异闻。

清朱珪《阴骘文注》曰:

> 顺治甲午,溧水汤聘就省试,病剧,忽魂自顶出,见大士指引令谒孔圣、文昌。注名禄籍:"查某年月日,汤某买舟诣皋,舟有少女美姿,意欲就汤,正色拒之,当前程远大。亟令还魂。"且告曰:"因汝见色不淫,故来相救。汝宜信心劝善,今时人心险薄,鬼神伺察更严往古。功名富贵生来即定,今之善恶册籍一月一造,无俟后日来生始有果报也。"汤惊而苏,登辛丑进士。

清冯镇峦评《聊斋志异·汤公》,所引《丹桂籍注》即清朱珪《阴骘文注》。古人以月宫折桂喻科举及第,因文昌帝君掌管天下读书人的功名禄

---

① 沈维基(1706—?),字抑恭,号心斋,又号紫微山人。雍正十年(1732)副贡,历任湖南永兴、福建延平知县,官至山东泰安知府。

位,所以禄籍又称《丹桂籍》,《文昌帝君阴骘文》又名《文昌帝君丹桂籍》。清代后期,直到近现代,各种关帝感应或观音灵验故事里,以及戒淫保命的劝善书中,不断征引例举溧水汤聘"游船拒美色,延寿功名显"之事。清刻本《高王观世音经注解》后附《观世音灵验》载:

> 溧水汤鼎,顺治甲午就试省城,病剧而逝。觉魂自顶出,思求观音大士指引,大士令谒宣圣,继谒文昌。注名禄藉(籍),查某年月日,汤某买舟诣皋,舟人少女美姿善谑,意欲就汤,汤正色拒之,当前程远大,亟令还魂。乃告曰:"见汝遇色不淫,故来相救。汝宜信心乐善,今日人心险薄,鬼神伺察极严。往昔功名富贵,生来便定;近来善恶册籍,一月一造,无俟后日来生始有果报也!"谕毕即苏,遂领乡荐,辛丑科进士。

《观世音灵验》将汤聘易名为汤鼎,或许是为了避免读者将清初溧水汤聘与清代乾隆年间的政治人物湖北巡抚汤聘相混淆[1]。清冯振峦在评点《聊斋志异·汤公》时,就曾将清代两位汤聘错认为是同一人。清光绪八年刻本《关圣帝君宝训像注》卷一《不淫舟女》在故事叙述中也误称汤聘见色不淫,官至巡抚:

> 国朝汤聘,溧水人。病剧将逝,忽魂自顶出,恳求观音大士。大士令谒文昌帝君,查名注禄籍,某年月日,汤聘买舟诣省,舟人少女美姿

---

① 汤聘(1706—1769),字莘来,号稼堂。浙江诸暨人,寄籍仁和。乾隆丙辰(1736)进士,官至湖北巡抚,有《稼堂漫存稿》。

善谑，意欲就汤，汤正色拒之，当前程远大，亟令还魂。乃告曰："因汝见色不淫，故来相救。汝宜信心乐善，今日人心险薄，鬼神伺察极严。往昔功名富贵，生来便定；近来善恶册籍，一月一造，无俟后日来生始有果报也！"谕毕即苏，登辛丑进士，官至巡抚。

《聊斋志异·汤公》中的清初溧水汤聘，历史上实有其人，但并非封疆大吏，仅担任过平山县令。《(康熙)平山县志》卷二《官师·名宦》康熙丙寅(1686)《补志》载：

　　汤聘，江南溧水籍，江宁人，由进士康熙八年任。请蠲荒赔三百二十八顷余亩，豁除逃亡四千余丁，招徕复业逃民一千八百余户。伸九命沉冤，捕越逃巨寇，力行保甲；筑墙濠，修光禄桥□；疏水道，筑永乐堤，以除水患；冗役尽汰，耗派悉除；征轮无扰，讼狱不兴；茕民疾病死亡，多所拯济，士习□□。甲寅夏旱，步祷林山，忧民病逝，民风为之丕变。□□蒙赠平山明宦，江宁乡贤，士庶感德呈志。

《(雍正)畿辅通志》卷六九《名宦·正定府》载："汤聘，上元人，知平山县，刚正廉明，吏民畏怀，事关民社，必尽心措处。又尝纂修邑志，人咸称其信而有征。"《(乾隆)江南通志》卷一三九《人物志》载："汤聘，江宁人，顺治辛丑进士，知平山县。招抚流庸，清丈板荒田，请于上官，蠲其赋。判决疑狱，民惊为神。大旱岁，祷林山中，以暍致疾，卒。"《(同治)上江两县志》卷二二《乡贤》载：

　　汤聘，字旒三，号止庵，上元人，瑞州知府有光孙，顺治辛丑进士。

未第时，曾拒舟人奔女，嗣值剧疾，梦神益寿，著《再生纪略》以志其事。后宰平山，廉能不苛，决疑谳，课农桑，洁己养士，恤孤振寡。其尤著者，请蠲荒赔三百二十八顷，豁除逃亡四千余丁，招徕复业一千八百余户。会大旱，步祷山林，中暑卒于任，士民请祀直隶名宦祠。

综合清代地方志中的记载，汤聘家世生平渐渐清晰。汤聘，字旌三①，号止庵，江宁府上元县人，隶籍溧水，瑞州知府汤有光之孙②。汤聘大约生于明天启五年（1625）③前后，清顺治十一年（1654）举人；顺治十八年（1661）会试会魁④，殿试三甲进士。汤聘中进士之后，长期居乡奉母，迨其母逝世之后，于清康熙八年己酉（1669）冬出任正定府平山县知县。河北平山县，地处太行山东麓，自古以来就是一个水旱频仍、自然环境恶劣的贫

---

① "旌三"之字取自《庄子·让王》："子綦为我延之以三旌之位。"唐陆德明释文："三旌，三公位也。"清刘凤苞《南华雪心编》曰："三公之位，车服皆有旌别。"

② 《（道光）上元县志》卷一五《仕绩》载："汤有光字孟发，先世溧水，后迁上元，万历己卯乡科，历瑞州知府，为政以抚字为先，不事苛察，尝曰：'吾奉命出守，为民，非为名也。'朔望至学宫，延见诸生，讲说经义。一夕，梦郡有火灾，竭诚斋祷；明日，阖境共见火星南飞，得免于灾，事载郡绅所著《去思碑》中。致仕归，年八十三卒。子伯衡，至性孝友，励志绩学，四置乙卷。孙聘，顺治辛丑进士。"清陈作霖《凤麓小志》卷二载："汤有光，字孟发，号熙台，溧水人。万历七年举人，除礼部司务，荐升郎中，出补瑞州知府，存心抚字，不事苛察，尝云：'吾奉命出守，为民，非为名也。'朔望，诣朔宫，延见诸生，讲说经义。以人品学问相勖，擢云南副使，分守迤西。致仕归，筑园于杏花村，年八十二卒。"汤有光所筑熙台园，又被称为"汤太守园"或"汤园"，为南京名园之一，据明王世贞《游金陵诸园记》所载："汤太守熙台园，在杏花村口，地不甚广，而多佳树，亭子外老杏数株，花时红霞映地。"参见陈从周等选编：《园综》，同济大学出版社，2011年版，第144页。

③ 清宋曹《汤旌三返魂》载，汤聘为金陵诸生，"年几三十，忽然暴死。"《观感录·汤公述冥》记载，汤聘顺治甲午，参加乡试，"出闱疾作，至十月六日夜半，举体僵冷。"汤聘濒死而复生，事发在顺治十一年甲午（1654）十月六日，当时其年近三十。由顺治十一年（1654），向前推二十九年，则为明天启五年（1625）。

④ 《（康熙）平山县志》书前有汤聘所撰《〈平山县志〉小引》，《小引》后钤印三枚，印文分别为"汤聘""止庵""辛丑会魁"。

困县①。年逾不惑的汤聘来至平山县时,正值明末清初的战乱刚刚平息,人口锐减,土地荒芜,县内破败不堪,萧瑟凋零,百姓生活困苦,百废待兴。汤聘撰《〈平山县志〉小引》,回忆了他初到平山县就任时之情景:

> 国家定鼎十有余年,始次第就抚。兵戈蹂躏西山百余里,村舍墟烟火渐灭,诗书典籍尽归咸阳一炬。加以康熙戊申洪水为虐,邑当五台巨津,为百川向导之所,滹、冶二水环抱入城,城不没者五版,公私廨舍,城郭楼台,倾圮殆尽;即本朝文卷,皆浥湿之余也。余自己酉冬来守兹土,四郊一望,衰草寒烟,破瓦颓橼。中宵啼,夜泣者,半为茕茕老弱数辈。②

汤聘在平山知县任上,收拢流民,兴水利,修桥梁③,督促和勉励农业生产;争取朝廷政策支持,减免赋税;修整城墙④,巩固城防⑤,建设公署、民

---

① 2018年9月29日,河北省政府印发《关于平山县等25县退出贫困县的通知》,正式批准平山县退出贫困县序列。

② 《(康熙)平山县志》卷前附。

③ 《(康熙)平山县志》卷三《户口·水利》载,康熙九年春,知县汤聘捐资助工,晓谕乡民,修筑永乐堤。《(康熙)平山县志》卷一《地理·桥梁》载:"五龙桥在(平山)县东五里锁光禄之巨流,涧水陡峻,雨发湍急,桥颓废仅存其半,岸尽崩损,行人艰之。康熙十年,知县汤聘捐资,劝谕里民,各鸠工修建。"《畿辅安澜志·滹沱河》卷三《桥渡》亦载汤聘建五龙桥事。

④ 《(雍正)畿辅通志》卷二五《城池》载,汤聘曾重修平山县城墙。

⑤ 《(康熙)平山县志》卷一《地理·兵防》载,汤聘于康熙十年,重修演武场;于康熙十一年,设立鸟枪二十四杆。

房①，缉拿逃犯②，加强治安，繁荣街市；在振兴平山县经济的同时，还注意发展文化事业，重修县志③，恢复县内文化古迹④。在平山县财政经费缺乏的情况下，汤聘于各项建设活动中，都率先捐俸出资，五年知县，囊无余金，两袖清风。康熙十三年甲寅(1674)夏，平山大旱，汤聘心忧民生，不辞辛劳步行赴林山之间祷雨，不幸中暑病逝。汤聘是一位有点迷信思想的封建官吏⑤，但其以宦门子弟，进士出身，苦守山区小县数年，造福一方百姓；

① 《(雍正)畿辅通志》卷二七《公署》载，汤聘在平山县任职期间，曾重修县内各公署，康熙九年，重修南察院；康熙十一年，重修平山县署。《(康熙)平山县志》卷三《户口·街市》："新街，在县衙西，旧系空地。康熙九年，知县汤聘建营房三间，招募居民，置建民房二十余房，今仍陆续起盖，居民凑集。先是，防兵轮宿店房及庙宇，星散，迨营房公集，而兵民无相扰矣。"

② 《(康熙)平山县志》卷五《艺文》收录汤聘所撰《平山县重修城隍庙记》："余自康熙己酉季冬来守兹土，邑有九命沉冤，经年未雪，民心惶异，予亦未及廉其实。庚戌元旦，梦神命余亟剖兹案。时各犯久审晋地，神白其详，遵示捕之，不旬日间，罪人悉得，论如法。惟神启之，诸如祈年、祷雨、追捕、庇卫之应，尤彰彰焉。"

③ 《(康熙)平山县志》书前汤聘撰《〈平山县志〉小引》曰："平山三十年来，兵火水旱播迁之余，旧典遗文残缺失次。余惴惴滋惧，不敢以小邑荒略，致瑕全书。乃询之耆献，参之博雅，搜之荒荆蔓草之中，稽之野老方言之口，爰与邑学博绅士次第甲乙，汇集成帙。"《(康熙)平山县志》前有正定知府张皇谟作序，《序》中评价汤聘："汤令编辑之暇，殷殷图治，是能以良史之材，懋循史之绩者。"

④ 据《(雍正)畿辅通志》卷五〇《祠祀》记载，汤聘在平山县任职期间，曾重修县内祠庙，康熙九年重修金紫光禄大夫祠。《(康熙)平山县志》卷一《地理·坛宇》亦载汤聘捐资重修城隍庙、金紫光禄大夫祠等事。《(康熙)平山县志》卷一《地理·古迹》载，平山县龙吟阁兴建于明万历年间，年久失修，阁基颓圮，"康熙十二年春，知县汤聘捐俸，集生员张其纪等，捐资重修。"王母阁为平山县名胜，其"仙台远眺"为邑中八景之一，然而迭遭风雨，橡栋腐朽，"康熙十二年冬，知县汤聘捐俸金，阖邑绅衿士民输资重修。"

⑤ 汤聘笃信鬼神，其濒死而生还后，曾写《再生纪略》或《返魂篇》自述经历，"汤公述冥"之类的说法，可能正是由此传开。中国古代入冥题材小说中多有主人公死而复生的情节，《太平广记》中"再生门"专门记述各种再生故事，唐代以后还出现了一系列以"再生"或"复生"为题的小说，如题后蜀阆选撰《再生记》、北宋崔公度《陈明远再生传》、北宋廖子孟《黄靖国再生传》、宋佚名撰《黄元弼复生传》等。明代举子张尧文死后复活之事在当时社会上哄传一时，张尧文，字宗钦，号茝吾，江西新淦人，明万历年间任泾县知县，明王懋撰《王奉常集》卷二八《文部·张氏回生说》、明周近泉编《古今清谈万选》卷一《张侯回生》等皆记张尧文"回生"事。包括张尧文"回生"在内的宋明文人再生小说可能在一定程度上影响了《聊斋志异·汤公》的创作。

汤 公

不顾病弱之身,拼尽全力,尽职尽责,鞠躬尽瘁,死于任上。查阅《(康熙)平山县志》所载汤聘事迹,颇令人感动。《聊斋志异》中有不少直接以人名篇的作品,如《孙必振》等。《聊斋志异》小说在称呼明末清初历史人物时,大多以官位称之,有些则直呼其名。偏偏《聊斋志异·汤公》这一篇,不仅题为"汤公",而且通篇皆称汤聘为"汤公",汤聘的名讳"聘"字,小说自始至终只出现过一次。蒲松龄既不直呼汤聘其名,亦不像称呼宋国英为"潞令"一般,称汤聘为"平山令";而是称为"汤公",这无疑是一种极大的尊敬,这种敬意和尊重恐怕不仅是因为汤聘比蒲松龄年长许多,而应是基于蒲松龄对汤聘事迹的了解。

对汤聘生平资料,蒲松龄要比徐岳、陆次云所掌握的更为准确一些,《见闻录》《北墅绪言》皆误以为汤聘为顺治戊戌进士,而《聊斋志异》则记为辛丑进士。蒲松龄所知顺治辛丑科进士的奇怪传闻,还不止"汤聘还魂"一件。《聊斋志异·汤公》小说第一句话为:"汤公名聘,辛丑进士。"《聊斋志异·某公》小说第一句话为:"陕右某公,辛丑进士。"[①]蒲松龄对汤公和某公故事的了解,可能有两个渠道,一是孙蕙,二是高之騊,此二人均为顺治辛丑科二甲进士,与汤聘为同年。孙蕙和蒲松龄的交往无需赘述,高之騊则是曾为《聊斋志异》作序的高珩之长子。《汤公》和《某公》之事,很可能是蒲松龄从孙蕙或高珩父子处听来的。

清初汤聘与马世俊、周亮工、宋琬等有过交游。汤聘与马世俊为同榜进士,曾同游京师报国寺,清马世俊《马太史匡庵诗集》卷一有《同夏邻湘、汤旌三、吴周旌诸年兄坐报国寺松下》诗。汤聘在溧水村居期间,曾与周亮工交往,清周亮工《赖古堂集》卷一〇有《汤旌三约同邓万子登平安山山高

---

① 此辛丑不可能为康熙辛丑,清康熙六十年辛丑(1721),蒲松龄已然去世。

峻巅殊平旷望石臼湖在衣带间》《同汤旌三邓万子集马寅公秀才斋中赠之》诗二首。据清宋琬《安雅堂未刻稿》卷二《香山谶集诗序》记载,康熙六年丁未(1667),宋琬与汤聘等结伴同游南京香山观。

清初汤聘仅有少量诗文存世,《(康熙)平山县志》卷五《艺文》收录了汤聘所撰《平山县重修城隍庙记》《重修王母阁记》。汤聘亦能为诗,《(康熙)平山县志》卷五《艺文》收录其所撰《平山十景诗》,十首诗之前有引文,每首诗前皆有小序,组诗之后又有跋语曰:

> 余性嗜山水,颇历登临,每飘然泉石间,读前人歌咏,怡心者久之,惟恐其去也。已酉冬,令平山,岩岩万山中,兵火水旱,向之绿野青山,已化为寒烟,荡为衰草矣。故诸凡公事之有裨于民者,深山穷谷,必躬必亲,其遗迹皆得而耳目之,多方鼓舞,以为士民倡。近邑治亦次第修举,但才惭作赋,识愧管窥。览胜概以何?心存遗址,其此志尔,谨跋。

鹰 虎 神

  《聊斋志异·鹰虎神》开篇讲道："郡城东岳庙在南郭。"明清时，淄川县属于山东济南府，而历城县则是济南首县，也就是蒲松龄所谓郡城。济南历城南郭天齐庙始建于北宋，是全国范围内较早的一座东岳庙，北宋曾巩任齐州太守时，就在历城岳庙求过雨，《元丰类稿》卷三九有《岳庙祈雨文》。在元代，历城东岳庙曾称为天齐庙，明初改为东岳庙，元于钦撰《齐乘》卷五《天齐山庙》："府城内。按《汉志》，济南国治东平陵，有天山，郡南山也，以其在齐，因曰天齐山，犹临淄渊曰天齐渊者是也。俚俗乃云山高与天齐，不经甚矣。"《(道光)济南府志》卷一八《祠祀·历城》："天齐庙即东岳庙，在南关岳庙街。《史记》：'齐之所以为齐，以天齐也。秦八神之祠，其一天主，祀天齐。天齐渊，在临淄南郊山下。'后世移之于泰山。宋祥符中，遂有仁圣天齐王之封，又进王，为帝。元时，加号天齐大生仁圣帝。明洪武七年，诏去封号，改称东岳泰山之神。《通志》称天齐山神，庙在城内。"《鹰虎神》中所见历城东岳庙是明崇祯十二年己卯（1639）火灾后，在山东提学涂

《聊斋志异》笺证初编

原^①倡议下重修，历经二十年的建设，直至清朝初年始竣工。《鹰虎神》小说中所言"庙中道士任姓"，历史上大约实有其人，此人应是清初历城东岳庙道士任志德。清施闰章《学余堂文集》卷一八《重建东岳庙记》对历城东岳庙历史演变、清初重建后的宏伟规模，以及庙中道士姓名，都有记载：

> 济南府治去泰山百里而遥，所在多祀岳神，城南岳庙为甲，昉自宋元，历明弘治、万历，增修至再。崇祯己卯灾，前提学涂君倡议募修，年阅二十，费累巨万，复其旧而广之。朱甍碧瓦，榱栋巍峨；左右层宫复殿，群神毕祀。余秩满将归，道士任志德及诸父老丐文以记。

《聊斋志异·鹰虎神》描述了历城天齐庙的门神塑像："大门左右，神高丈余，俗名'鹰虎神'，狰狞可畏。"赵伯陶先生在《〈聊斋志异〉详注新评》中对鹰虎神注释曰："当谓道观山门左右的守护神青龙神（孟章神君）、白虎神（监兵神君），如同佛教山门左右的'哼哈二将'。文中'左臂苍鹰'之形象，是否为青龙神，待考。"^②道教祠观确实常以青龙、白虎为门神，典型的例子如北宋范致明《岳阳风土记》载："老子祠曰大皇观，门之左右有二神像，道家所谓青龙、白虎也。"若以左青龙、右白虎合称为"鹰虎神"，那么虎神指白虎监兵神君，尚容易理解；而鹰神指青龙孟章神君，却说不过去。青龙、白虎似应合称"龙虎神"，而不是"鹰虎神"。《聊斋志异·鹰虎神》所述鹰虎神的形象是"一巨丈夫，自山上来，左臂苍鹰……近视之，面铜青色。"根据小说文中所写，所谓"鹰神"也就是臂架苍鹰之神，但是只见鹰，而未睹虎，如何解释"虎神"，又成了问题。

---

① 涂原，四川梁平县人，崇祯四年辛未科（1631）进士，曾任山东提学。

② 赵伯陶注评：《聊斋志异详注新评》，人民文学出版社，2016年版，第179页。

现存济南东岳庙位于历城柳埠镇柳埠村东北端，凤凰山脚下的一个山崖上。《历城名胜古迹》书中收录了赵万山所撰文章《天齐庙》，回忆和介绍了历城天齐庙的历史和现状，文中提到天齐庙"山门左右门旁站立哼、哈二将把守，威风凛凛。""(正殿)殿堂正中是黄飞虎的坐像，两旁为崇黑虎和咤吡虎的站立塑像。"①北京市朝阳区东岳庙内有瞻岱门，两侧供奉哼、哈二将；因瞻岱门又称龙虎门，所以北京东岳庙的哼、哈二将也被称为龙、虎二将。明清时期东岳庙还有以千里眼、顺风耳为护法神的情况，清代吴璿编《飞龙全传》第十六回"史魁送柬识真主 匡胤宿庙遇邪魅"写到赵匡胤夜宿神鬼天齐庙："进了二门，仔细看时，只见那泥塑的从人，身体都是不全：千里眼少了一脚，顺风耳缺了半身。"蒲松龄所写"鹰虎神"不像是哼、哈二将，龙、虎二将，或者千里眼、顺风耳，而很有可能是崇黑虎和咤吡虎。不仅历城东岳庙里有崇黑虎和咤吡虎塑像，陈廷顺等所撰《东岳庙》记述的是江苏淮安的东岳庙："大殿中间塑'东岳大帝'审案判事像，即坐坛像，两旁为崇黑虎和咤吡虎的站立塑像。"②崇黑虎是神魔小说《封神演义》中的人物，其神仙法宝为"铁嘴神鹰"。《封神演义》第三回"姬昌解围进妲己"写崇黑虎背负红葫芦，其中装有千只铁嘴神鹰："葫芦里边一道黑烟冒出，化开如网罗，大小黑烟中有'噫哑'之声，遮天映日飞来，乃是铁嘴神鹰，张开口，劈面突来"。崇黑虎名字中有一"虎"字，又有铁嘴神鹰，合起来便是"鹰虎神"。"鹰虎神"的虎，并非有形之虎神兽，而是神名为虎。崇黑虎的搭档"咤吡虎"，极可能是民俗信仰中凭空捏造出来的神明，名字中也有

① 政协济南市历城区委员会文史资料研究委员会编：《历城文史资料 第8辑 历城名胜古迹》，政协济南市历城区委员会文史资料研究委员会，1997年版，第31~34页。

② 江苏省政协文史资料委员会，淮安市政协文史资料委员会编：《江苏文史资料》（第72辑），江苏文史资料编辑部，1997年版，第117页。

"虎"字,与崇黑虎一起组成"鹰虎神",但不如臂架苍鹰的崇黑虎那么引人注目。咤叱虎也有可能是《封神演义》小说中崇黑虎的部下闻聘。《封神演义》第八十六回"渑池县五岳归天"叙写闻聘手持托天叉大战张奎:"叉迎刀,刀架叉,有叱咤之声。"民间文艺或依托闻聘的"叱咤之声",将其传说为咤叱虎,与崇黑虎共同护持东岳大帝黄飞虎。《封神演义》中写到黄飞虎、崇黑虎、闻聘、崔英、蒋雄五人战渑池时被张奎杀害,死后被封为五岳大帝。中国民间五岳信仰以东岳为尊,供奉五岳时一般以东岳黄飞虎居中,南岳崇黑虎与中岳闻聘列于两侧,具体情形如马生云先生在《甘河东岳庙》一文中所述:"(五岳)大殿高耸巍峨,供台中塑着东岳黄飞虎,左边依次为南岳崇黑虎、北岳崔英,右边是中岳闻聘、西岳蒋雄"①。在《封神演义》中,崇黑虎和闻聘降周之后都成为黄飞虎的部将,民间东岳大帝信仰以此二人为护法神将"鹰虎神",也在情理之中。

明代神魔小说对明清时期民间信仰的影响广泛而深远,道教东岳神系中的哼、哈二将郑伦、陈奇,千里眼桃精高明、顺风耳柳鬼高觉,都是《封神演义》小说中的人物。《聊斋志异·鹰虎神》中东岳庙苍鹰的形象也很有可能来自《封神演义》。神鹰是东岳神将克敌制胜的猛禽,元代话本《武王伐纣平话》卷中有"皂雕爪妲己"的情节:

> 纣王共妲己在于台上,朝日取乐,忽从台下数人笼放出猎之人,驾着鹰雕,打台下过。忽有皂雕飞起,直来台上搁妲己。妲己见了,大叫一声,走入人丛中去了,被雕抓破面皮,打了金冠。左右捉将放雕人

---

① 中国人民政治商会议陕西省户县委员会学习文史委员会编:《户县文史资料》(第13辑),1998年版,第197页。

来，斩了其人，灭了全家。因此后人更不敢架雕打台边过。

《武王伐纣平话》中之"皂雕"，被《封神演义》改编为黄飞虎豢养的"金眼神鹰"，《封神演义》第二十八回《子牙兵伐崇侯虎》中"黄飞虎叫左右："快取北海进来的金眼神莺！'左右忙忙的将红笼开了放出。那神莺飞起，二目如灯，专降狐狸。此莺往下一罩，爪似钢钩，把狐狸抓了一下……且说妲己酒后，元形出现，不意被神莺抓了面门，伤破皮肤，惊醒回来，悔之无及。""皂雕""金眼神鹰"，再加上崇黑虎的"铁嘴神鹰"，汇聚形成了《鹰虎神》中东岳庙苍鹰的形象渊源。

自唐宋以来，民间就流传着一些神鹰传说，如《全唐文》卷九三四收录了唐末五代杜光庭的《东西女学洞记》，文中写长安富平县"东女学山前有神雕一窠，常护洞门。人或侵犯者，神雕击之，立致陨毙。"从此记载可见，神鹰看守门户的传说由来已久。南宋李石《续博物志》卷六载："虎鹰能飞，捕虎豹，身大如牛，翼广二丈。"历城东岳庙鹰虎神高丈余，其"左臂苍鹰"不像是李石所记身大如牛的"虎鹰"，而类似北宋苏轼《江城子·密州出猎》词中所言"右擎苍"。臂擎苍鹰当是猎鹰，《封神演义》中黄飞虎的"金眼神鹰"就是猎鹰。猎鹰凶猛，如禽中之虎，中国古代也将猎鹰的某些种类俗称为"鹰虎"或"虎鹰"。《(乾隆)涞水县志》卷八《艺文志》收录了清人方立经所撰《甘汝来传》，曰："鸦虎者，鹰属，一曰'鹰虎'。善以拳搏兔，以行猎则盘旋空中，伺兔将逸，倏下击之，便滚尘辗转，人得从而射焉。"《(光绪)续修叙永永宁厅县合志》卷四一《食货志五·物产·鸟类》载："鹰：鸷鸟，金眼、钩嘴、铁爪，雄形小，雌体大。巢于木，飞疾如矢，常捕食小鸟及鲜肉。征鸟、苍鹰、五色鹰、虎鹰，皆属此。"猎鹰能捕狐，古代迷信观念中多将狐狸视同妖魅，所以由猎鹰捉狐衍生出不少神鹰的传说。例如明闵文振《涉异志·鹰神》曰："大兴太宰刘公机初为秀才时，畿郡有鹰神，乃一猎鹰也。"明清时期，济南府所辖州县之内多有神鹰传说，《聊斋志异·鹰虎神》记历城东岳庙鹰神绝非偶然，鹰虎神形象的形成与山东当地一些神鹰捉怪的民间传说应该也有着千丝万缕的联系。《(崇祯)历城县志》卷一六《杂志·传疑·神莺》曰："红山在城南五十里，相传洞内有红孩妖洞，上有二皂雕，高数尺，翅若轮。苍狐、狡兔见此，俱不能逃。"①《(道光)济南府志》卷七一《杂记》引《章丘志》："胡山神鹰相传六十年一至，以驱除妖狐。"②

东岳庙鹰虎神信仰还有可能和自古以来的泰山虎崇拜有关。《礼记·檀弓下》"孔子过泰山侧"一章中已载泰山有虎，南宋李焘《续资治通鉴长编》卷六九中写道："大中祥符元年"，"中使自兖州至，言泰山素多虎，自兴功以来，虽屡见，未尝伤人，悉相率入徂徕山，众皆异之。诏王钦若就岳祠祭谢，仍禁其伤捕。"③直到清朝初期，地方志中仍有泰山虎出没的记载，《(康熙)泰安州志》卷一《舆地·灾祥》曰："自孔子过泰山闻有母哭其子被虎食者，自后千余年未闻有虎。顺治十一年，州东转山有虎，嗣后有虎迹出入无常。顺治十六年春，有虎见于城南窦家村，州守曲允斌率百骑往捕之，马见虎皆惊奔不前。"古时泰山多虎，民俗信仰中的泰山虎崇拜因而兴起，泰山中天门有二虎庙，其始建时间不详，清乾隆年间史志和诗文中已有记载。清聂钦的《泰山道里记》曰："再上为二天门坊。自回马岭坊至此五里，峰回路转，是为登岱之半。有庙祀黑虎，俗呼二虎庙。旁为虎埠石，巨石蹲跗如虎。"清唐仲冕的《岱览》卷一一《岱阳上·两崖题勒》曰："倒三盘南上

---

① 红山在今济南长清境内。《(乾隆)历城县志》卷六《山水考·山一》引旧《志》曰："红山在城南五十里，相传洞上有二皂雕，高数尺，翅若轮。苍狐、狡兔见此，俱不能逃。"

② 胡山在济南章丘南部，是山东道教名山，素有"小岱岳"之称。

③ 《文献统考》卷三一一《物异考十七》亦有记载。

为二虎庙,神祠黑虎,旁有虎伏石,蹲踞类虎。其南有坊,额'二天门',则登岱之半也。"清代东岳庙中"鹰虎神"与泰山中天门二虎庙所供奉"黑虎",也许存在文化上的渊源关系。二虎庙之建立,一则出于对泰山虎的崇拜,一则以二虎镇守泰山中天门,清纪迈宜的《俭重堂诗》卷三《岱麓山房稿·二天门》①中有诗句咏及二虎庙:"曾闻虎豹守重阉,亲到方知岳势尊。"东岳庙"鹰虎神"即二位门神"崇黑虎"和"咤叱虎",极有可能是守卫泰山中天门"二虎"之神进一步人格化的结果。东岳庙"鹰虎神"中之"崇黑虎",与泰山中天门二虎庙所祀的"黑虎"也是相对应的。清代泰山中天门二虎庙已毁,现代又加以重建,"1989年恢复二虎庙名,内塑财神赵公元帅手持铁鞭、身跨黑虎,并绘壁画"②,赵公元帅所骑玄坛黑虎虽然也是"黑虎"神,但仅有一虎,而并非二虎,与"二虎庙"之名相配显得不甚贴切。

鹰虎神在明代各类文献中,都罕有记载③。《聊斋志异》流行之后,鹰虎神的形象才随之更广泛地传播开来。鹰虎神作为门神,在后世并非东岳庙所独有,大概是受了《聊斋志异·鹰虎神》的启发,有些地方各种神祠庙宇也都以鹰虎神镇守山门。《(民国)封丘县续志》卷五《建置志·祠祀·诸庙·城隍庙》中记载河南封丘县城隍庙门口两侧的门神为"鹰、虎二将":"民国十二年(1923)夏,又将大殿寝宫两廊皂厅、老君殿,以及门前鹰、虎二将,

---

① 诗前有小序曰:"即二虎庙,由山下至此已极峻,折而下稍平夷,更折而上,则直入云端,缥缈无际矣。"

② 山东省地方史志编纂委员会编《山东省志:72泰山志》,中华书局,1993年版,第155页。

③ 明代刘麟曾经在与友人的书简中,谦称自己在对孔孟和老庄的哲学研究方面并没有特别高深的造诣,同时也并不信仰佛教或道教,《清惠集》卷一〇《与陈栋塘》曰:"第念麟之蠢蠢,学孔不如阳明师友;学老不如慧岩主臣;蝀蝀寥寥,莫有甚于此时。鹰虎二旋,青牛一驾,又非麟所敢知者。""鹰虎二旋,青牛一驾",语义有些费解,"青牛一驾"应是代指道教;"鹰虎二旋"似乎是割肉喂鹰,舍身饲虎之意,以此代指佛教。"鹰虎二旋"指鹰虎二将的可能性不大。

周围墙垣重修。"山西洪洞县供奉药王孙思邈的安乐真人庙内亦有鹰虎神塑像,据扈石祥编著的《洪洞风物名胜》一书介绍:"由(安乐真人庙)山门内进三十多米,为过道式献殿。殿两旁,立有三米多高的鹰虎神,形象庄严,令人起敬。"①

---

① 扈石祥编著:《洪洞风物名胜》,山西省临汾市新闻出版管理局,2006年版,第158页。

狐 嫁 女

《聊斋志异·狐嫁女》的故事基本框架成型于唐代,此后由宋代到清初,情节不断丰富,历经近千年的演变,最终被蒲松龄改编并收入《聊斋志异》。

一、唐宋小说中《狐嫁女》故事的原始面貌

朱一玄先生曾明确指出,《聊斋志异·狐嫁女》故事原本于唐代李复言《续玄怪录》卷三《张庚》:

张庚举进士,元和十二年居长安升道里南街。十一月八日夜,仆夫他宿,独庚在月下。忽闻异香氛馥,惊惶之次,俄闻行步之声渐近。庚屣履听之,数青衣年十八九,艳美无敌,推开庚门,曰:"步月逐胜,不必乐游原,只此院小台藤架,可以乐矣。"遂引少女七八人,容色皆艳,绝代莫比,衣服华丽,首饰珍光,宛若公王节制家。庚侧身走入堂前,垂帘望之。诸女徐行,直诣藤下。须臾,陈设华丽,床榻并列,雕盘

玉樽,杯杓皆奇物。八人环坐,青衣执乐者十人,执拍板立者二人,左右侍立者十人。丝管方动,坐上一人曰:"不告掌人,遂欲张乐,得无慢易耳。既是衣冠,且非异类,邀来同欢,亦甚不恶。"因命一青衣传语曰:"姊妹步月,偶入贵院,酒肉丝竹,辄以自随。秀才能暂出作掌人否?夜深计已脱冠,纱巾而来,可称疏野。"庚闻青衣受命,畏其来也,乃闭门拒之。传词者叩门而呼,庚不应;推,门复闭,遂走复命。一女曰:"吾辈同欢,人不敢望。既入其家门,不召亦合来谒。闭门塞户,羞见吾徒,呼既不应,何须更召?"于是一人执樽,一人纠司。酒既巡行,丝竹合奏,肴馔芳珍,音曲清亮,权贵之极,不可名言。庚自度此坊南街,尽是墟墓,绝无人往。谓是坊中出来,则坊门已闭。若非妖狐,乃是鬼物。今吾尚未惑,可以逐之;少顷见迷,何能自悟。于是潜取支床石,徐开门突出,望席而击,正中台盘。众起纷纭,各执而去。庚趁及奋得一盏,遽以衣系之。及明解视,乃一白角盏,盏中之奇,不是过也。院中香气,数日不歇。其盏锁于柜中,亲朋来者,莫不传视,竟不能辨其所自。后十余日,转观之次,忽堕地,遂不复见。庚明年春进士上第焉。①

《续玄怪录·张庚》已经具备了《聊斋志异·狐嫁女》的故事要素,都是书生月夜独宿,恰好遇到精怪宴饮,酒席散去后获得角盏或金爵,只不过《狐嫁女》突出了婚宴场面。《张庚》与《狐嫁女》有不少情节差异,《张庚》中没有诸生约赌试胆的描写,张庚虽然日后进士及第,但狐鬼并未预言此事。张庚胆怯,不敢参加狐鬼宴会,殷士儋则大胆应邀。张庚石击台盘,惊散酒席,夺得白角盏,而殷士儋窃取狐狸金爵是为了"持验同人"。张庚白

---

① 朱一玄编:《〈聊斋志异〉资料汇编》,南开大学出版社,2012年版,第25页。

角盏得而复失,殷士儋却将狐狸所摄取之金爵物归原主。虽然有诸多情节差异,但是从部分文字细节上还是可以看出,《狐嫁女》或许对《张庚》有直接的借鉴。《张庚》的故事发生在"十一月八日夜",当时张庚独在月下,而小台藤架的院落是赏月的好去处,所以私闯民宅的陌生女子有"步月逐胜,不必乐游原"的感叹。《狐嫁女》故事发生"时值上弦",殷士儋夜宿荒宅,在其登上后楼月台后,小说中也有一两句赏月的描写。《诗经·小雅·天保》云:"如月之恒",唐孔颖达疏曰:"八日、九日,大率月体正半,昏而中,似弓之张而弦直,谓上弦也。""时值上弦"指的是农历每月初八前后,《狐嫁女》中"月色昏黄"的描写正是上弦月相。《狐嫁女》和《张庚》的故事都发生在上弦月夜,《张庚》中"独庚在月下"五字,被《狐嫁女》扩张改写为殷士儋趁着月光,步入深宅,月台赏月的段落。殷士儋"卧看牛女"的情节,是从唐代杜牧《秋夕》中"天阶夜色凉如水,卧看牵牛织女星"的诗句化出。"牛女"的爱情寓意,又隐隐照应了后面小说中殷士儋目睹狐男狐女的喜结良缘。蒲松龄熟知典故,除《续玄怪录·张庚》外,《狐嫁女》还参考了别的唐人故事,殷士儋在谈到朱氏家中金爵不翼而飞时,笑曰:"金杯羽化矣!""金杯羽化"原为"银杯羽化",出自《旧唐书》卷一一五《柳公权传》:

> 公权志耽书学,不能治生;为勋戚家碑板,问遗岁时钜万,多为主藏竖海鸥、龙安所窃。别贮酒器杯盂一笥,缄縢如故,其器皆亡。讯海鸥,乃曰:"不测其亡。"公权哂曰:"银杯羽化耳。"不复更言。所宝唯笔砚图画,自扃鐍之。①

① 明茅元仪《三戌丛谈》卷三转述。

《聊斋志异》笺证初编

古人常以金银制作酒器,正如宋金时期民间谚语所谓:"家虽贫,饮酒须用银。"①筵席之上,人多手杂,喧闹混乱,金杯或银杯这类贵重器皿偶尔会有被盗的情况发生,《北齐书·祖珽传》就记载了祖珽盗金叵罗的逸事。明代小说中也不乏关于酒筵之上丢失金银杯的题材,如明周晖《金陵琐事》卷一《失金杯》、明焦竑《玉堂丛语》卷五《长厚·徐文贞归里》、明陆粲《庚巳编》卷四《郑灏》、明刘宗周《人谱类记·考旋篇》等。《大宋宣和遗事》亨集,曾记载北宋宣和年间元宵节"盗杯不罪"之事:

> 是夜鳌山脚下人丛闹里,忽见一个妇人吃了御赐酒,将金杯藏在怀里,吃光禄寺人喝住:"这金盏是御前宝玩,休得偷去!"当下被内前等子拿住这妇人,到端门下,有阁门舍人具将偷金盏的事奏知徽宗皇帝。圣旨问取因依,妇人奏道:"贱妾与夫婿同到鳌山下看灯,人闹里与夫相失。蒙皇帝赐酒,妾面带酒容,又不与夫同归,为恐公婆怪责,欲假皇帝金杯归家与公婆为照。"

南宋陈元靓《岁时广记》卷一〇《立棘盆》亦曰:

> 仕女观者,中贵邀往赐酒一金杯,当时有夫妇并游者,忽宣传声急,夫不获进,其妇蒙赐饮罢,辄怀其杯,进谢恩词一阕,名《鹧鸪天》:"灯火楼台处处新,笑携郎手御街行。回头忽听传呼急,不觉鸳鸯两处分。天表近,帝恩荣,琼浆饮罢脸生春。归来恐被儿夫怪,愿赐金杯作证明。"上览词,命赐之。

---

① 金王朋寿《类林杂说》卷一四《金银篇第八十九》引里谚。

狐 嫁 女

　　宋人笔记小说中对此事的记述,在元明著作中多有转引,如元阴时夫《韵府群玉》卷三《上平声·赐酒怀杯》、明彭大翼《山堂肆考》卷八《时令·妇人窃杯》、明田艺蘅《诗女史》卷一〇《宣和士女》、明沈沉《酒概》卷三等。《聊斋志异·狐嫁女》中盗金爵的情节,可能受此故事影响,宣和妇人与殷士儋盗取金杯的目的相似,都不是见财起意,而是为了取作凭证。

　　南宋时期出现的"鬼饮谯楼"传说,也可能对《聊斋志异·狐嫁女》有所影响,明王圻《稗史汇编》卷一七五《志异门·祛妖·岳珂除妖》引《夷坚志》:

> 　　岳侍郎珂,武穆王之孙。知嘉兴府,谯楼数夜更鼓不鸣,责问直更者,曰:"每夜一更时分,有五人到楼饮酒,皆金银器皿,罗列珍味,称系侍郎亲眷,所以不敢打更。"太守谓:"今晚若再来,当密通报。"是夜太守坐清香楼,命提振官两人携府印来前,择精兵二十人,各执器械,在楼下伺候。中夜,直更者果来报。守令提振携印而前,曰:"知嘉兴府岳侍郎请相见。"其五人者,即为惊散。守据中坐取视,器皿皆真金银,公使入库公用,邪魅遂息。①

　　和张庾一样,岳珂也是闯入鬼怪的筵席,邪魅被惊散后,遗留下很多金银器皿。《张庾》中的白角盏,在《岳珂除妖》中变成了金银器皿,这与《狐嫁女》中的金爵更为接近了。

---

　　① 元佚名:《湖海新闻夷续志》后集卷二《怪异门·鬼饮谯楼》,元代佚名所辑《异闻总录》卷三,皆转录此事。

二、明清小说戏曲对《张庚》型故事的进一步演绎

众少年比试胆量,以酒饭为赌注,胆大者夜入凶宅,驱散群鬼,取得信物,持以为证,这样的故事情节早在《聊斋志异·狐嫁女》以前,就已经出现在明代笔记小说中。明陆容《菽园杂记》卷三曰:

> 江西南丰县一寺中佛阁有鬼出没,人不敢登。徐生者,素不检,朋辈使夜登焉。且与约曰:"先置一物于阁。翌旦,持以为信,则众设酒饮之,否则有罚。"及暮,生饮至醉而登,不持兵刃,惟拾瓦砾自卫而已。一更后,果有数鬼入自其牖,方上梁坐,生大呼,投瓦砾击之,鬼出牖去。生观其所往,则皆入墙下水穴中,私识之而卧。翌旦,日高未起,众疑其死矣。乃从容持信物而下,众醵饮之。明日,率家僮掘其处。得白金一窖,六十余斤。佛阁自是无鬼。①

明代祝允明《志怪录》、周玄暐《泾林续纪》都讲述过明代苏州府学尊经阁闹鬼的异闻,明祝允明《志怪录·尊经阁》曰:

> 苏郡庠之尊经阁建自宋代,甚弘固。相传阁上有祟,人罕得登。宣德中,有无赖子与人誓约:"夜独寝其上,及明无事,则众当出金畀我。"众从之。其夕,无赖独处于阁。夜半,闻阁下有呵导声。窥之,则五丈夫,冠裳楚楚,从者亦都,二笼烛前引登阁。无赖急伏梁上,视其

---

① (明)施显卿编:《奇闻类纪》卷三《奇遇纪·徐生夜寝佛阁得金》引。

所为。五人者危坐正面，从者即奉酒馔，铺列案上，肴醑果核，丰腴精洁。饮器皆黄白，错落满案，鸡鸣将散，无赖因呼噪以惊之，诸祟一时奔逸，都无所见，器物狼藉案上，不暇收拾。无赖大喜过望，尽怀其器以下。众方来踪迹之，无赖以实告，众乃骇叹。俄传乐桥缘铺钱氏宵间失去金银酒器若干，无赖谓诸人曰："此岂钱氏物乎？"持之诣钱。钱视之，果其家物也。钱富而喜，悉举以归之。[1]

明周玄㫫《泾林续纪》卷三曰：

苏庠有尊经阁，规制雄敞，高侵云汉，每夜有神踞其上，灯光灿烂，歌吹喧阗。有潜窥者，则僵仆欲毙，相戒弗敢登。韩襄毅公雍，少年有胆气，醉中与同侪戏云："吾能登此留宿。"诸人约："尔果能然，吾辈置酒相款，否则罚如之。"公遂奋袂升阁，诸人各散去。时已昏黄，公整襟庄坐于左。方街鼓初动，忽见火光渐近，声势赫奕。奴婢数十人，各携茵褥酒馔，陈设于中央，华腴耀目。少顷，绛衣少年携幼女至。就座传觞间，忽云："安得有生人气？"令从者索之，得公，因请相见，曰："大贵人也。"序宾主礼甚恭，揖公南向坐，举金杯奉酒。公饮釂，执杯不置。闻鸡唱，散去，视杯犹在手，袖之，假寐。黎明，诸友至，怪无影响，谓已毙矣。及见，公方酣睡，蹴之起，询其故。公隐不言，第索酒痛饮。

---

[1]　（明）施显卿编：《奇闻类纪》卷三《奇遇纪·无赖子寝阁获财》引。清初查继佐《罪惟录》卷三二《妖厉》对《志怪录·尊经阁》加以缩略改写："吴郡尊经阁，相传阁上有祟。有少年与其群约，能独夜睡阁中，众敛以醉之。少年腰利器，登阁，伏梁上。久之，五丈夫呵从至，列殽果丰余，器皆黄白。少年梁上大呼，众伺阁下应声，五丈夫疾去。少年裹酒器下阁。俄传钱缣铺夜失酒器若干，质之，果其物，赎归。众服少年胆气，竞捐囊压惊，官府闻之，召见，与以武衔，而尊经阁永无妖属。"

次日,城中喧传富室吴氏夜祀神,失一金杯,疑家奴所窃,揭示访求。公怀杯至其家,求见主人,询失杯之由。云有女病剧,日晡辄昏晕,不省人事,至晓稍苏,抵暮复然。医人束手,据巫为祟所凭。昨禳谢求福,不觉杯失。公佯曰:"我善诊视,能为若疗之。"主延入内室,令启帐,扶女起坐。细视,宛然阁中所睹者。公曰:"无妨,但许我为室,病当立瘳。"主不得已,诺之。遂取笔,大书女臂云"韩雍之妻"。袖出金杯为聘,主大惊,诘所从来。公曰:"第受之,毋多问。"女病果愈,后因公封一品夫人。

与《志怪录·尊经阁》相比,《泾林续纪》中增添了韩雍制止妖孽霸占民女的内容,这一故事情节似部分脱胎自唐牛僧儒《玄怪录·郭代公》[①]。《志怪录》《泾林续纪》所述故事与《聊斋志异·狐嫁女》已经非常相似了,《聊斋志异·狐嫁女》对狐婢上楼的描写为:"一青衣人,挑莲灯,猝见公,惊而却退。语后人曰:'有生人在!'"《志怪录·尊经阁》中妖怪出现时也有灯火和仆从:"从者亦都,二笼烛前引登阁。"《泾林续纪》中的描写则是:"忽见火光渐近,声势赫奕。"《狐嫁女》中,狐婢乍见殷士儋,惊呼:"有生人在!"《泾林续纪》中,绛衣少年忽云:"安得有生人气?"相对于唐代的《张庚》,以及宋代的《岳珂除妖》,《志怪录》与《泾林续纪》都增加了将鬼怪所摄取之贵重酒器物归原主的情节,与《聊斋志异·狐嫁女》更为接近。较之《志怪录·尊经阁》,《泾林续纪》与《聊斋志异·狐嫁女》的相似度更强一些,《志怪录》中的无赖子没有参与鬼怪宴饮,仍然像张庚一样把鬼怪惊散。《泾林续

[①] 《玄怪录·郭代公》,在《古今说海》中改题为"乌将军记",《艳异编》卷三二改题为"乌将军"。《玄怪录·郭代公》写妖魅预言郭元振日后为宰相,并有郭元振假意参加猪妖乌将军婚宴,最终铲除妖怪的描写,但是该小说中没有盗取金杯的情节。

纪》中故事的主人公不再是"无赖子",而是将事件附会在当朝名臣韩雍身上,鬼怪称呼韩雍"大贵人",预见其富贵,奉为上宾;韩雍欣然赴宴,这与《狐嫁女》中殷士儋的经历如出一辙。《狐嫁女》中的殷士儋少年贫贱,狐翁却认为他是殷尚书,并且两次称其为"贵人"。《志怪录》中的无赖子在鬼怪散去后,将金银酒器置于怀中,《泾林续纪》中的韩雍得到的已经不是金银酒器,而是金杯,《狐嫁女》中的殷士儋得到的则是金爵。《泾林续纪》中的韩雍与《狐嫁女》中的殷士儋在酒宴之上窃取金杯或金爵的方式,都是将其藏在袖中,韩雍与殷士儋在各自故事中还都有假寐的情节。韩雍遇怪与殷士儋遇狐,不仅仅是故事轮廓相似,在小说具体情节和细节描写方面,也有近似之处。明代文人于苏州尊经阁遇鬼之事,至清代仍流传不歇,清光绪八年刻本《关圣帝君宝训像注》卷三《鬼避善人》载:"明马僖敏公镒,世积德,微时有善行。苏州尊经阁素有妖,公避暑其下,夜深月朗,微寐,见群妖共饮。一鬼卒嗅公曰:'此人骨香,可作脯。'其上坐者叱曰:'此行善相公也,吾辈岂可侵侮耶!若祸之,罪不小。'因散去。"

　　《张庚》的故事发展到明代中后期,类型化的特征愈加明显。勇敢的少年与朋友们打赌,为了显示胆量并赢得同伴的酒食,在破旧的楼阁或荒凉的宅院中过夜。深夜里偶遇妖怪的宴会,并被妖怪尊称为贵官,少年在赴宴过程中把妖怪酒席上的金杯或金爵偷偷藏在袖子里,作为昨晚遇怪的凭据带回给朋友观看,最终又将得到的金制酒器送还原主,这样的故事套路在明清之际已经广泛传播于民间。明王圻《稗史汇编》卷一七四《志异门·邪魅·文靖辟祟》讲述了明初永乐年间名臣魏骥早年与友人决赌,夜宿萧山城楼,遭遇并驱逐双角青面鬼之事。《稗史汇编·文靖避祟》小说总体情节与《泾林续纪》所叙韩雍故事大致相近,但是没有参加鬼怪宴饮和偷

《聊斋志异》笺证初编

取金杯的情节[1]，魏骥只是得到了友人所赠的醵金：

> 萧山城楼，下邻邑学，以怪物出没，人莫敢登。魏文靖公骥家食时，素落魄，与诸士子决赌，宿此无恙者，醵金若干为寿，诸士许之。公既去，诸士潜于斋中觇望之。二鼓，呵殿声自南来，一青面鬼，首双角，坐肩舆，冠服甚异，从者百许人。去楼数十步，鬼卒窥见，白云："尚书公在此。"魅似不悦，云："家去。"折舆而北，自女墙下，投富民周氏而息。诸士怖甚，掩关不敢喘气。公安寝达旦，不以为意。明旦，告诸生以魅语，乃收其金而出，诸生莫不敬服。潜访周氏："君家所事何神？"主人蹙额曰："小女年及笄，横为妖神所据。夜必一来，来则狂言叫詈。昨云今夕与大王成婚，要具花烛，无如之何。"公曰："我能治此鬼，然何以为谢？"主人曰："君诚能驱祟，当以小女奉侍巾栉。"公请女出房，索笔砚，大书其衾云："魏尚书夫人周氏。"书讫而去。向夕，魅复自城而下，见七大字，惊云："何处得此？"一卒前白："午间老贼以女许魏尚书矣。"魅叹叱而去。女自尔恍如梦醒，问其向来曲折，都不记忆。既

---

[1] 虽然在明清时期各种文人笔记中所记述魏骥"降鬼得妇"的故事中，皆无酒席筵上盗金杯一节；但值得注意的是明代萧山魏氏有家藏酒厄，在当时士林圈子里非常有名，明徐渭有诗吟咏此杯，称其为魏骥所传。《徐文长文集》卷七《魏文靖公厄贮以梓匣辄赋》诗云："魏家名德并恢恢，魏氏宗彝并伟瑰。既有贞观丞相笏，复传文靖钜公杯。金螭百只夸谁氏，火色千陶翠此枚。贯取邻酷赏新购，先浇一滴向西飞。"魏文靖公厄既为世所珍，围绕此酒厄很可能曾经出现过一些传闻，并与魏骥"降鬼得妇"故事相融合，后来又影响了《聊斋志异·狐嫁女》。《聊斋志异·狐嫁女》中所写的金爵"大容数斗"，为肥丘朱姓世守之珍，"此世传物，什袭已久"，而其现实原型或许就是魏氏宗彝"文靖钜公杯"。《狐嫁女》中之金爵，作为关键的"道具"，起到了贯串小说情节和人物的作用。然而蒲松龄小说创作所采用的巨杯金爵物象，却与传统民间传说中少年在妖怪酒宴上将金杯藏于袖中的情节相悖。20世纪初上海有正书局版的《原本加批〈聊斋志异〉》将《狐嫁女》篇中"大容数斗"四字删去，并加批语曰："俗本'酌以金爵'下有'大容数斗'四字，如此大爵何以能纳袖中？加此四字可谓荒谬。"

而公来，具妆，择日，以女配之。公后仕至南京吏部尚书，女封夫人。

明王兆云辑《白醉琐言》卷下《魏公降鬼得妇》曰：

萧山城楼，下瞰邑学，以怪物出没，人莫敢登。魏文靖公骥家食时，素落魄，与诸士子决赌："吾能宿此无恙者，诸公醵金若干，为我寿。"诸士许之，公乞衾褥茶烛而去。月明，读《周易》，贞严自诗。诸士潜于垒中觇望之。二鼓，呵殿声自南来，一青面鬼，首双角，坐肩舆，冠服甚异，从者百许人。去楼数十武，鬼卒窥见，白云："尚书公在此。"魅似不悦云："家去。"折舆而北，自女墙下，投富民周氏而息。诸士怖甚，掩关不敢喘气，云魏生必齑粉于魅吻矣。公安寝达旦，不以为意。明旦，告诸生以魅状，乃下收其金而出，诸生莫不敬服之。公潜访周氏，主人素钦其名，延坐设食。公徐问："君家所事何神？"主人蹙额曰："小女年及笄，横为妖神所据。夜必一来，来则狂言叫詈。昨云今夕与大王成婚，要具花烛，无如之何。"公曰："我能治此鬼，然何以为谢？"主人曰："君诚能驱祟，当以小女奉侍巾栉。"公请女出房，索笔砚，大书其衾云："魏尚书夫人周氏。"书讫告去。向夕，魅复自城而下，帏幔陈设一如人间，成婚之仪，车马杂沓，烜丽莫比。女自起妆梳，笑言迎婚，魅握手交语。请丈人、丈母相见，翁媪不得已，拜延入席，传觞款语，了不畏人。宴毕，携女郎入室，手揭鸳衾，见七大字，惊云："何处得此？"一卒前白："午间老贼以女许魏尚书矣。"魅叹咤齄龋，目光火烈，登舆呼皂，不告主人而去。女自尔恍如梦醒，问其向来曲折，都不记忆。既而公来，主人迎入，为治装送，择日以女配之。后仕至南京吏部尚书，其

《聊斋志异》笺证初编

女封二品夫人。①

《白醉琐言》所载"魏公降鬼得妇"事，较之《稗史汇编·文靖避祟》，文字稍加润色，情节更加丰富，增添了魏骥月下读《周易》等描写。《白醉琐言·魏公降鬼得妇》与《稗史汇编·文靖避祟》的最大不同，是小说中多出了青面鬼欲强娶周氏女而未遂的故事，对鬼怪婚礼宴会场面的描写与《聊斋志异·狐嫁女》中狐狸嫁女的场面倒有几分相似。清王初桐《奁史》卷七七《床笫门》引《闻雁斋笔谈》②也讲述了魏骥遇怪的故事，但内容较为简略：

> 魏文靖为诸生时，夜宿萧山城楼，见青面鬼至云："魏尚书在此，去投周氏息。"明日，公访周氏，周曰："小女为妖神所据，昨云今夜与大王成婚，要具花烛，无如之何。"公曰："我能治，然何以谢？"周曰："君诚能驱祟，当以小女待巾栉。"请女出房，索笔砚，书其衾云："魏尚书夫人周氏。"书讫而去。至夕，魅来，携女入室，手揭罗帏，见衾上七字，大惊而去。女恍如梦醒，周遂以女配魏，后封二品夫人。

明代不少小说作家在创作志人小说时，往往会借助早已流传的《张庚》型民间传说来粉饰当代名流，把小说主要人物改头换面，再加以艺术渲染，进而塑造出韩雍、魏骥这样英武奇异的少年形象。《泾林续纪》成书于明代万历年间，与此同时还有一部小说作品《于少保萃忠全传》，又称《大明忠肃于公太保演义传》《旌功萃忠录》，是明人孙高亮所撰长篇传记体小说。《于少保萃忠全传》第三传《虎丘山良朋偶会，星宿阁妖魅惊逃》的

---

① 清初褚人获《坚瓠秘集》卷一《萧山鬼怪》转引，文字内容大致相同。

② 明张大复撰有《闻雁斋笔谈》。

基本情节也与《聊斋志异·狐嫁女》大体一致,且又在对少年于谦事迹的叙述中被套用。《于少保萃忠传》第三传曰:"闻得宝极观星宿阁屡言有鬼,人不敢独自歇宿。"《聊斋志异·狐嫁女》曰:"邑有故家之第,广数十亩,楼宇连亘。常见怪异,以故废无居人;久之,蓬蒿渐满,白昼亦无敢入者。"与《聊斋志异·狐嫁女》一样,该篇小说也是先写荒宅闹鬼,无人敢住。《于少保萃忠传》第三传与《狐嫁女》都同样写诸生以酒筵为赌注,愿意共同出钱宴请敢独宿凶宅之人,《于少保萃忠传》第三传曰:"'我等素知于廷益最有胆量,若能独宿一夜,我众友当出一两银子,设席湖中,何如?'于公见说,欣然允从。"《聊斋志异·狐嫁女》:"或戏云:'有能寄此一宿者,共酿为筵。'公跃起曰:'是亦何难!'携一席往。"在小说的核心故事内容上,《于少保萃忠全传》第三传与《聊斋志异·狐嫁女》则同中有异。《于少保萃忠全传》第三传曰:

> 待及四鼓,公正欲睡,忽听远远一簇人,从空中而来,将入阁中。于公瞭见,大喝一声曰:"是何妖怪,敢来至此!"鬼怪闻喝,一时惊散。只听得空中有言:"宰相在此,险些被他识破。"少刻寂然无闻。公乃推窗看时,星月明朗,见窗口失落一物,公拾而视之,乃一银杯也。遂袖而藏之,以为执照,心中思忖曰:"未审是何妖怪,乃能移人之物如此。"遂安然睡去。

《聊斋志异·狐嫁女》中,殷士儋是在参加狐嫁女的宴会上,将狐家的一只金爵藏于袖中,而盗窃此金爵的目的是"思此物可以持验同人"。《于少保萃忠全传》第三传中,于谦则是在惊走鬼怪后,拾得银杯,"遂袖而藏之,以为执照"。于谦和殷士儋,虽然得到酒具的过程不一样,但是都将金爵或银杯放在袖中收好,作为遇到狐鬼的证据,准备向同伴们展示。《聊斋志异·狐嫁女》中,狐翁称穷书生殷士儋为"此殷尚书";而《于少保萃忠全传》第三传中,鬼怪称少年于谦为"宰相在此",狐、鬼预知了殷士儋和于谦的功名富贵。狐仙、群鬼或山魈预见文人将来显达,与之相遇时,以其日后的官职称呼,并提前避开,这样的情节在民间传说中较为多见,如《聊斋志异·谕鬼》中就有此类描写。《于少保萃忠全传》第三传和《聊斋志异·狐嫁女》的小说结尾,于谦和殷士儋都将其狐鬼所摄取之酒器物归原主。《于少保萃忠全传》中,于谦与友人正准备在众安桥杨家饭店吃饭,碰巧听说昨夜何颜色家丢失银杯一个,于是赶赴何家,交还宝物:

> 于公闻说微笑,即于袖中取出银杯,递与何老,曰:"此杯是宅上之物否?"何老一见,连声曰:"正是,正是!"

就故事情节的相似度而言,《泾林续纪》卷三所述韩雍遇绛衣少年之事,似乎更近于《聊斋志异·狐嫁女》。但是于谦伏妖得金杯之事,在明末清初可能更加广为人知,清初墨浪子《西湖佳话》卷八《三台梦迹》也讲述了于谦的故事:

> 又一日,许多会友道:"闻知宝极观星宿阁,屡有妖怪迷人,你自负有胆量,若敢独自在阁中宿一夜,安然无惧,我辈备湖东相请,何如?"于公道:"这个何难?"众友遂送他到阁中,锁门而去。于公坐到四更,毫无动静,正欲睡时,忽见窗外,远远一簇人,从空中而来,若官府之状。将入阁中,于公大喝一声道:"于谦在此!甚么妖魔?敢来侵犯。"妖怪闻喝,一时惊散。只听得空中道:"少保在此,险些被他识

破。"少刻,寂然无声。于公推窗看时,见窗口失落一物,拾起一看,却是一只银杯,因袖而藏之,安然睡去。到了天明,众友齐集阁下,喊叫:"于廷益兄,我们来开门了!"于公故意不应,众友见无人答应,互相埋怨道:"甚么要紧,赚他在此,倘被鬼迷死,干系不小。"遂一齐拥上阁来,开锁人去,早见于公呵呵大笑道:"快备东道去游湖,还有好处。"众友道:"东道是不必说的了,还有何好处?"于公袖中取出银杯,将夜间之事一一说了。众人俱惊以为异,但不知是谁家之物,被妖怪摄来。于公道:"须访知人家,好去还他。"众友道:"我们且到众安桥杨家饭店吃了饭,再做区处。"及走到杨家饭店,早闻得有人传说:"昨夜何颜色家,因女儿患病,酌献五圣,不见了一只银杯,其实怪异。"又有的道:"往来人杂,自然要不见些物件,有何怪异?"于公知是何家之物,吃完饭,遂同众友,也不往湖上去,一齐竟到何家来,问何老道:"昨夜府上曾失甚物否?"何老道:"在下因小女有恙,将及两月;服药无效,昨夜酌献五圣,忽失银杯一只,不知何故。"于公听了,便袖中取出银杯,付与何老道,"这可是宅上的么?"何老接了一看,大声道:"正是!正是!先生从何得之?"众友遂把昨夜这事说了一遍,何老大喜,遂备酒厚待众人,深谢还杯之德。

于谦"星宿阁妖魅惊逃"的传说,明清时期还曾被改编为戏剧,明代杂剧与传奇中皆有题为"金杯记"的作品,演绎了明代名臣于谦的事迹。明祁彪佳在《远山堂曲品·金杯》中著录了此剧:"于忠肃公昭代伟人,事功方勒钟鼎,而传之者乃掇拾一二鄙亵之事,敷以俚词,令人肌栗。"杜颖陶先生在《曲海总目提要补编》卷上中对此剧有所介绍:

富人何其有，女曰玉贞，许字高氏子；甥女曰董慧娘，幼抚于家，未字。母携二女游西湖，五通神见而悦之，欲摄二女之魂；以董家大贵，惧不敢魅，遂魅玉贞。玉贞染病卧床，卜者谓邪神作祟，父办茶筵以祷；筵罢，失去金杯一只。谦与友高生及僧西池游湖上。友闻谦不畏鬼怪，语云："宝极观尊经阁人不敢登，能卧一晚，输金治具为乐。"谦卧阁上，夜半神至，张筵与对饮，谦犹以为友及僧也，醉酣筵畔。及醒见神，怒而叱之，神即遁去，遗金杯于地，谦拾得之。杯上镌何其有姓名，谦即持以还何。①

据钱鸣远先生《西湖古剧目汇考》一文统计②，明人讲述于谦故事的《金杯记》戏曲作品共有三种，分别为无名氏、叶泰华（与吴怀绿合作）、汪芗等人所作；另据徐扶明先生《元明清戏曲探索》一书著录③，《金杯记》有两种，分别为叶泰华、汪芗所作。虽然《金杯记》而今已无传本，但近代昆曲仍有演出，翁偶虹先生的《偶虹室秘藏脸谱》第一函册页中有乌鸦神、马神脸谱，其下标明人物出自《金杯记》，又名《三锁怪》。傅学斌先生曾谈及昆曲《三锁怪》曰："为全本《金杯记》之一折。说的是明代于谦先后镇伏五通、鼓精和梅花精等三怪的传奇故事。"④

中国古代各类文艺形式之间的相互渗透和影响，其情形向来都是十分错综复杂的，不可以一语断之。中国古代小说与戏曲的交融互动，在《聊

---

① 北婴编著：《曲海总目提要补编》，人民文学出版社，1959年版，第97页。

② 杭州市文化局戏剧研究室编《湖边谈剧》（第1期），1988年版，第113~114页。

③ 徐扶明：《元明清戏曲探索》，浙江古籍出版社，1986年版，第311页。

④ 傅学斌编绘：《脸谱钩奇》，中国书店，2000年版，第102页。

斋志异·狐嫁女》的故事流传发展上，表现得也十分突出，小说与戏曲之间渗透的具体纽带则很有可能是口耳相传的民间传说。

三、蒲松龄《狐嫁女》对前代故事改编的创造精神与现实寓意

《聊斋志异》此篇题为"狐嫁女"，读者往往一上来就被狐嫁女的主题吸引，狐狸的婚礼成为小说中最引人注目的情景。如同戏剧场面一般，暗夜里散发着恐怖气息的荒宅废墟，转眼间变成狐狸们的华丽舞台，楼上"灯辉如昼"，楼中"陈设芳丽"，老于世故的狐翁、丰采韶秀的新郎、容华绝世的新娘依次上场。狐狸的婚宴奢华热闹，"粉黛云从，酒蒬雾霈，玉碗金瓯，光映几案。"《狐嫁女》本应该和《金杯记》一样，前程远大的勇武少年在妖精酒席上袖取金杯是主要的故事情节，但因为狐狸嫁女儿故事的题材过于新颖，一大半戏份都被嫁女和迎亲的狐狸唱了去，原来的小说主角和主干情节反而被淡化了。这样一来，《狐嫁女》与《金杯记》等前代小说戏曲在故事情节方面的相似性被有效地遮蔽了，使观众看到的是一个让人耳目一新的艺术世界。

宋明作家在重写《张庚》型故事时，小说中的精怪多被写成五通神，如《夷坚志·岳珂除妖》中"五人到楼饮酒"，《志怪录·尊经阁》中"五丈夫，冠裳楚楚"。周玄暐《泾林续纪》中的"韩雍逢妖"，似脱胎于祝允明《志怪录·尊经阁》，却未沿袭五通夜饮的老套，而是把妖怪塑造成了一位绛衣少年的形象。中国大陆地区野生狐狸最主要的品种是赤狐，《泾林续纪》虽没有明言绛衣少年是何妖魔，然其身着绛衣，很容易使人联想起红色皮毛的狐狸精来。虽然难以肯定《聊斋志异·狐嫁女》中的狐精形象是否受《泾林续纪》的启发而来，但《聊斋志异》中一些狐精形象的构思确实参照了相应的

动物属性,典型的例子如狐女辛十四娘,小说中反复提到她一袭红衣。在《夷坚志·岳珂除妖》与《志怪录·尊经阁》中,故事的发生地是南方江浙一带,而殷士儋是北方人,故事的发生地是济南历城,《聊斋志异·五通》曰:"南有五通,犹北之有狐也。"清末程麟《此中人语》卷四《狐》曰:"狐魅惑人,南中不多见,故蒲留仙所志,多属北方。"蒲松龄《狐嫁女》把五通神改成狐精,恐怕还有地域上的考虑。

清赵起杲《刻〈聊斋志异〉例言》曾称《聊斋志异》"初稿名《鬼狐传》",鬼与狐是神魔世界中的芸芸众生,相当于人世中的底层百姓,《鬼狐传》就是通过虚构的鬼与狐来搬演世间百态。"《聊斋志异》十二卷的四百九十一篇中,写了狐精的有七十五篇。"①《聊斋志异》描摹狐狸们的各种日常琐事,充满人间烟火气,志怪题材竟然写出了世情小说的味道。按照蒲松龄的故事设定,殷士儋意外地遇到了狐狸们家庭生活中的一幕,原来狐狸也会办酒席,嫁女儿,操持婚礼,举行仪式。《聊斋志异》部分地颠覆了传统志怪小说中的狐女形象,蒲松龄笔下有一类狐女,她们不再凭借妖术为所欲为,而是像旧时代的世俗女子一样,生活在大家庭里,被礼法所束缚,万般不自由。如同《狐嫁女》里面的狐女一样,在《青凤》《长亭》《婴宁》《娇娜》《辛十四娘》《胡氏》等篇章中,狐女的婚姻无一例外地受到父母、兄长或其他长辈的安排或干涉。

《金杯记》记于谦事,《聊斋志异·狐嫁女》记殷士儋事,这或是对群众所景仰的历史人物或地方文化名人的一种纪念方式。在民间传说中,于谦和殷士儋在少年贫贱时就被狐鬼所敬畏②,之所以出现这样的说法,多少

---

① 林植峰:《〈聊斋〉艺术的魅力》,学林出版社,1995年版,第2页。

② 后世有关明代于谦遇怪驱鬼的传说甚多,如清许秋垞《闻见异辞》卷一就收录《于少保驱鬼》《大头鬼》两篇。

和二人各自的经历有关。于谦和殷士儋皆为明代名臣,二人皆早慧,且自幼好学,志存高远,少年时即为人所看重,都曾被预言将来必有一番作为。明焦竑《国朝献征录》卷三八《兵部一》收录明王世贞所撰之《兵部尚书于公谦传》曰:

> 谦生而颀皙,美容止。七岁,僧兰古春善相,见而大奇之曰:"所相人毋若此儿者,异日救时宰相也。"

明于慎行《谷城山馆文集》卷二八《明故光禄大夫少保兼太子太保礼部尚书武英殿大学士赠太保谥文庄棠川殷公行状》曰:

> 生而渊睿聪哲,神姿迥异,一岁即能言……公生十年能著文论,十四而籍博士……少从里师郭公宁受书,而李公攀龙为诸生,与郭善,一日至郭舍,见公,熟视,伟之曰:"此少年生异日当为大器,吾不及也!"即引公下坐,与揖让。居无何,遂举省试,名第相次,为忘年交。

清褚人获《坚瓠壬集》卷四《童言成谶》曰:

> 历城殷士儋,嘉靖丁未进士,选庶吉士,任编修,在内书堂充教读。一日如厕,将冠带卸于几。学生姜淮冠其纱帽,束其银带,如先生摇摆状。殷猝至,淮急除冠解带,折断带簧,畏殷责,跪曰:"先生免责,后日当以玉带赔偿。"殷喜而释之。淮意渠祖有玉带可赔也。后隆庆四年,殷果入相,赐玉带。文官赐玉为殊恩,童言竟成佳谶。

《聊斋志异》笺证初编

围绕殷士儋的科举和禄位,有不少狐鬼先知的神异传说,这或许与济南殷氏一门以易学著称有关。殷士儋之父殷汝麟博涉百家之学,尤精"邵子易数",据说曾准确地以数术推算出儿子中举的时间和自己的死期。《(乾隆)历城县志》卷二五《金石考三》收录了《赠翰林院检讨殷君暨配太孺人郭氏合葬墓志铭》:"尤精邵子易数,以之占事,往往奇中。庚子乡试前数月,书所居屋壁云:'儿中试必第五,吾数尽当在孟冬,庶几见之已。'果如所言。"明清时期的《张庚》型故事,如《金杯记》《狐嫁女》等,其中通常会有鬼神预言科举功名的情节①,所以此类故事也包含科举题材,小说主人公一般都是科举名人。除了《聊斋志异·狐嫁女》以外,清代还有很多类似《金杯记》的故事流传,清初徐芳《悬榻编》卷三《神告罗文肃公元》特别突出了科举主题:

> 同邑罗文肃公玘,少时,负才豪宕。学官有尊经阁,相传神物所居,无敢辄登者。一友出囊金与赌曰:"能独卧此中者,旦饮尔。"公白:"易耳!"抵阁酣寝,了无他异。逮旦,有哀而博者,循梯彳亍。公疑为学师至,起匿之。哀博者至,顾问:"何人宿此?"有应者曰:"罗解元。"遂隐不见。公以是自喜。文僖张公昇夫人,与公夫人兄弟也,文僖既及第归,公与饮,行酒次,文僖应稍慢,公桮掷之面,曰:"鼎甲恒耳,安知不元我也!"遂去,入北雍,为丘文庄所知,卒冠北闱试,而其历二卿,赠大宗伯,名位与文僖公略等,名加噪焉。士务自奋耳,当挥桮掉首之时,孰不谓生狂哉,卒以名显,角重于世。彼其所挟藏,不偶伐,乃神言

---

① 在明清小说中,狐精预言书生科举的情节也不少,如明周复俊《泾林杂纪》卷一记吏部尚书马文升早年曾夜宿某县公署,于署中遇狐精,狐预言马文升前程远大,后来马公"出入履历一如狐言。"

固先之矣。

清代有些民间传说还把遇五通，得金杯之事，附会在清初状元韩菼身上，清郑光祖《一斑录》杂述五《老鬼丛话》曰：

> 韩宗伯菼，少与人赌胆，夜宿枯庙，饮五通酒，怀其金杯。

《悬榻编》中所提及的张昇是明成化五年状元，罗玘是明成化二十二年乡试解元；《一斑录》中所提及的韩菼则是清康熙十二年状元。在封建时代，读书人一旦科举成功，一般就会走上仕途，拥有权势富贵。在官本位的古代社会，尊敬举人或进士是下层民众的普遍心理。《儒林外史》中，范进中举之后发疯，胡屠户不敢打他，就是这种社会心理的表现。中国古代民间传说，凡是榜上有名的士人都是星宿下凡，胡屠户听斋公们说："打了天上的星宿，阎王就要拿去打一百铁棍，发在十八层地狱，永不得翻身。"清王培荀《乡园忆旧录》卷三评《狐嫁女》曰："蒲柳泉《志异》纪公遇狐娶妇事，甚奇。公固贵人，为鬼狐所畏。"于谦和殷士儋这样的青年才俊，即便暂时身处贫贱，但是他们将来可能有的前途和地位，却使人不敢怠慢，甚至有意结识和攀附。《金杯记》写妖怪躲避于谦，《狐嫁女》写狐翁礼敬殷士儋，《泾林续纪》写鬼怪宴请韩雍，都是现实社会中底层百姓对少年士子态度的艺术幻化。

《聊斋志异·狐嫁女》通过虚构狐狸精们的家庭生活片断，勾勒出中国古代民间的婚俗风情。殷士儋打扰了狐狸的婚礼，反而被奉为上宾，并参与到婚礼中，成为狐翁家欢迎新郎的傧相，执半主之礼。老狐狸好似民间小门小户睿智家长的化身，很会借助贵客来抬高自家身价，壮大女方的声势。《狐嫁女》同时也揭示了明清时期民间嫁娶的大操大办，平民家庭由此背负沉重的经济压力，容易引发"因婚致贫"的社会问题。清人方舒岩在评点《聊斋志异·狐嫁女》时就曾指出：

> 吾见世之嫁女者矣。家非素封，而灯烛辉煌，麝兰馥郁，其玉杯金爵，间有世家莫及者。迨事过而门内空空，一如狐之不能终留矣。偶穷其颠末，或曰：移之巨室也。或曰：得之亲友之转相张罗者也。是岂不可以已乎？此谓之浮糜。①

为了充门面，贫家会想方设法从富贵人家借来贵重酒器，一旦因故丢失，"冥搜不得"，则全家惊惶。在奢靡的社会风气之下，贫家举办婚礼殊为不易，张灯结彩的欢腾喜庆也难掩蓬门之中贫贱夫妻的艰难与辛酸。

《聊斋志异·狐嫁女》写殷士儋举进士之后，曾任肥丘县令，这与史实不合，历史上的殷士儋进士及第后一直在京为官，并无外任县官的经历。《狐嫁女》是小说家之言，虚多于实，其故事情节虽然出于想象，但所塑造的殷士儋艺术形象却与历史原型的精神气质颇有契合之处。蒲松龄借狐翁之口评价殷士儋，"相公倜傥"四字，可谓殷阁老的生平写照。《说文新附·人部》曰："倜傥，不羁也。"山东男子豪放洒脱、耿直倔强的性格，在殷士儋身上表现得尤其明显。殷士儋为人慷慨刚烈，很容易情绪激动，据《明史》卷一九三《殷士儋传》，殷士儋是隆庆皇帝在潜邸时的讲官，在授课时，"凡关君德治道，辄危言激论，王为动色"。明朝隆庆年间，内阁首辅高拱专权横肆，而殷士儋又不肯曲事高拱，于是在政治纷争中深受排挤。明隆庆

---

① 汪庆元、陈光迪：《方评〈聊斋志异〉评语辑录》，《蒲松龄研究》，2000年第1期。

五年(1571)冬,在一次内阁议事过程中,殷士儋再也难以压抑一腔怒火,面对高拱这位道貌岸然的政坛老狐狸,挥拳便要打,同时还把上来拉架的张居正骂了一通。《明史·殷士儋传》载:"奋臂欲殴之。居正从旁解,亦诟而对。"殷士儋此举有些偏激,但也显示了其绝非怯懦书生,而是血性男儿,颇有几分侠气。殷士儋《明农轩乐府》有套曲《写真自嘲》自述平生,在一首《雁儿落》中回忆少壮经历云:"当年时血气方刚。豪气有三千丈。弄精神惹是非。拼性命胡冲撞。"《聊斋志异·狐嫁女》记历城殷天官"有胆略",潇洒赴狐婚宴,以殷士儋的个性气质而论,纵然真有其事,亦不足为奇。

殷士儋辞官还乡后,于济南万竹园旧址上筑通乐园,在此教授生徒,以经史自娱,后世多传言《狐嫁女》故事的发生地就是历城万竹园。《狐嫁女》中的"故家之第"是否为万竹园,虽难以确考①,但读《聊斋志异·狐嫁女》难免会时不时地联想起济南万竹园的兴衰。殷士儋去世后,通乐园很快即归于冷落萧条,明于慎行的《谷城山馆诗集》卷一三《过殷少保先生金舆山房有感》诗云:"相国名园负郭开,朱阑寂寞锁苍苔。泉声故自花间出,山色依然座上来。多士尚疑悬帐日,苍生空想济川才。谁怜廿载平津客,泪洒东风首重回。"至明清之际蒲松龄生活的时代,通乐园荒弃已久,其遗址废为菜圃。清康熙年间,诗人王苹等对通乐园加以重建,然而始终不能恢复当年的盛况。《狐嫁女》中描写"长莎蔽径,蒿艾如麻"的"故家之第",使人读来很容易产生今昔之感,当年"广数十亩,楼宇连亘"的雕梁画栋,终不免为"常见怪异"的狐兔之窟,《狐嫁女》锣鼓喧天的热闹中,透着凄凉。

---

① 王赫:《〈聊斋志异·狐嫁女〉"故家之第"考》,《蒲松龄研究》,2017年第1期。

四、清初济南府"猫嫁女"风俗传说与《聊斋志异·狐嫁女》的创作

蒲松龄《狐嫁女》所描绘的狐狸聚族而居,男婚女嫁的小说图景早已深入人心,可除了《聊斋志异·狐嫁女》外,中国古代文人小说和民间传说中有关狐狸婚嫁的内容并不多见。反倒在邻国日本,狐嫁女是民间文艺和文人创作的常见题材,清末黄遵宪就曾在日本观看过讲述狐嫁女故事的影戏,《日本国志》卷三六《礼俗志·影绘》曰:

> 影戏谓之影绘,纸障一面,淡墨无物,笛响鼓鸣,忽见树阴一人出,右挥铃,左开扇,左顾右旋,应笛扬铃,合鼓翻扇,迷离惝悦,若有若无。人影暂灭,闻赛祭鼓声,殿宇高耸,和表矗立,扬红白帜,大小灯无数,赛人来往抛钱祈福。既而鼓歇,夜深有叱咤声,则狐群排行,徐徐进步,各荷蒲席,衔炬火,担木持竿,俗所谓狐嫁女是也。行过神殿,狐化为人,席化筐筥,火化提灯,竿化鎗,木化舆,奇变莫测。

黄遵宪笔下日本影戏狐嫁女中诡异的灯火景象,与《聊斋志异·狐嫁女》中"青衣人,挑莲灯"的描写颇为神似。日本诗人大须贺履《野狐婚娶图》诗云:"日光斜斜雨萧萧,西郊之狐嫁东邻。"程千帆先生评此诗曰:"东邦嫁狐之传说,殆与我国鼠嫁女相同,皆民间旧俗之可怀者。"[①]蒲松龄《狐

---

① 程平帆、孙望选评,吴锦等注释:《日本汉诗选评》,江苏古籍出版社,1988年版,第374~375页。

嫁女》的创作灵感很可能来自明末清初山东民间"鼠娶妇"或"猫嫁女"的风俗。蒲松龄《聊斋诗集》卷五收录有《壬辰人日》诗一首:"灵辰剪彩古来兴,闺阁讹言笑益增。此日相传猫嫁女,儿啼鸣拍不张灯。"李万鹏先生曾结合此诗研究过山东济南一带的猫嫁女风俗①,指出康熙三十一年《济南府志》应该是较早记载"猫嫁女"风俗的文献,此书卷九"孟春正月"条下说:"董勋问礼俗曰:一日为鸡,二日为犬,三日为猪,四日为羊,五日为马,六日为牛,七日为人,八日为谷,九日为果,十日为菜。是日晴和则吉,阴惨则否,东方朔《占书》甚详;而人日尤重,是夕不张灯,为鼠忌也,俗语谓之猫嫁女。"在"猫嫁女"的民俗传说中,猫是新娘,新郎则是老鼠,蒲松龄《人日》诗所说"猫嫁女",其实就是"鼠娶妇"。鼠嫁之说,在明代就已经出现,《西游记》陷空山无底洞金鼻白毛老鼠精劫取唐僧的小说中,已经包含有鼠婚故事元素,但"鼠嫁女"固化为民俗,大概还是明末清初的事情。马昌仪先生所著的《鼠咬天开》一书在第九章中列举了中国各地方志中关于"鼠娶妇"民俗的资料②,其中较早的记载还是见于《(康熙)济南府志》。

通过分析目前所见的文献,大概可以推测"鼠娶妇"的传说出现在晚明或清初,清康熙年间已形成了全国大范围的民俗,文人诗文和各地方志对此习俗多有提及。据清孔尚任所著的《节序同风录》一书记载,每年正月二十五日晚,"取字娄爆花,遍布隙地,为仓鼠嫁女资,免其作耗。"清屈复的《弱水集》卷一三《变竹枝词(其七)》诗云:"才经鼠嫁女,几日又添仓。"诗后自注曰:"(正月)十七夜,谓老鼠嫁女,宜早睡。"《(康熙)延绥镇志》卷一《天文志(岁时附)》:"(正月)十日,名老鼠嫁女日。是夜,家人灭烛早寝,

---

① 李万鹏:《"猫嫁女"与"鼠娶妇"——蒲松龄〈人日〉诗笺证》,《民俗研究》,1994年第4期。

② 参见马昌仪:《鼠咬天开》,陕西人民出版社,2008年版。

恐惊之,致群相害谷麦,啮衣裳也。"在《聊斋志异·狐嫁女》出现之前,中国古代民间很少有狐嫁女的传说,但明末清初鼠嫁女的民俗却已经流行。由《聊斋诗集·壬辰人日》诗可知,蒲松龄对山东民间"猫嫁女"的习俗很熟悉,《聊斋志异·狐嫁女》中狐狸嫁女儿的情节很大程度上是蒲松龄创造性的想象,也很可能存在由"猫嫁女"或"鼠嫁女"改编的成分。狐、鼠、猫都是极具人性的小动物,鼠与猫与人类伴生,狐狸也在古人日常生活中经常出现,唐代就有"无狐魅,不成村"①的民谚,在古代一些民俗气息很浓的动物故事中,狐、鼠、猫是常见的主人公。狐狸与猫皮毛蓬松,外形接近,猫在古代又别称"狸奴",狸奴也曾出现在《聊斋志异》一些讲述狐狸故事的篇章中。从字面看,"狸奴"有狐狸奴婢的意思,《聊斋志异·辛十四娘》中就有一个小狸奴的仆婢形象。狐与鼠皆有群居和偷窃等相似习性,中国自古就将狐、鼠并称,有城狐社鼠的典故。正因为在中国传统文化与文学中,狐狸与猫和鼠存在多方面的关联性,假设蒲松龄《狐嫁女》是由"猫嫁女"或"鼠嫁女"故事中的主角替换而来,这在小说艺术创作的逻辑思路上是顺理成章的。

在日本的狐嫁女传说和中国的鼠嫁女民俗中,人类活动是被排斥在外的,即便是偷窥也是要尽量避免的。蒲松龄在《人日》诗中提到"此日相传猫嫁女,儿啼鸣拍不张灯。"之所以农历正月初七夜不张灯,就是恐怕惊扰了猫与鼠这些小动物的婚嫁。在古人的文化观念中,人对自然既有敬畏,又有好奇与亲近,蒲松龄《狐嫁女》中的人与狐宛如邻里,和谐相处,殷士儋不仅目睹了狐狸的喜庆婚礼,而且亲身参与其事。《聊斋志异·狐嫁女》之后,清代很少再有以狐狸嫁女为题材的小说,近人郭则沄所著《洞灵

---

① 《太平广记》卷四四七《狐神》引唐张鷟《朝野佥载》。

小志》卷四有一篇《狐嫁女》,其故事情节类似《聊斋志异·小翠》。历史上的殷士儋,不仅是明朝国家重臣,而且在当时也是负有盛名的诗人,清王培荀《乡园忆旧录》卷三称殷士儋"即以诗论,亦足辟易千人。"如今提起阁老殷士儋,很多人或许会感觉陌生,却对"历城殷天官"特别熟悉。明代中期至今,近五百年过去了,殷士儋内阁大学士的功业已渐渐淡去,誉满天下的诗名被慢慢遗忘,却意外地通过《聊斋志异·狐嫁女》在人世间留下来一段永不磨灭的传奇。

蛙　曲

　　《聊斋志异·蛙曲》所述蛙戏,是古人所谓"虫蚁戏"之一种。调教青蛙或蛤蟆进行表演,这种动物杂技可能早在汉晋之际就已经出现了。东晋干宝的《搜神记》卷一记载三国时期葛玄有异术:"指虾蟆及诸行虫燕雀之属,使舞,应节如人。"明王圻的《三才图会》人物十一卷所记文字稍有差异:"指虾蟆及诸昆虫燕雀之属,歌舞弦节,皆如人状。"明佚名所撰《金陵玄观志》卷八引《广列仙传·葛仙公传》亦记葛玄"指虾蟆及诸行虫燕雀之属,使舞,弦节皆如人也。"葛玄指使蛤蟆舞蹈,神仙法术的意味更浓一些,与蒲松龄《蛙曲》中所描述青蛙在细杖敲击之下发出富有音乐节奏的叫声相比,演出内容和形式还都不同。大约在宋元时期,出现了类似《聊斋志异·蛙曲》的动物杂技表演。元末明初陶宗仪称其在杭州时曾见过"虾蟆说法",《南村辍耕录》卷二二《禽戏》曰:

　　　　余在杭州日,尝见一弄百禽者,蓄龟七枚,大小凡七等,置龟几上,击鼓以使之,则第一等大者先至几心伏定,第二等者从而登其背,直至第七等小者登第六等之背,乃竖身直伸其尾向上,宛如小塔状,谓之乌龟叠塔。又见蓄虾蟆九枚，先置一小墩于席中。其最大者，乃踞坐之。余八小者，左右对列。大者作一声，众亦作一声。大者作数声，众亦作数声。既而小者一一至大者前，点首作声，如作礼状而退，谓之虾蟆说法。①

到了明代，出现了"虾蟆教书""读书蟆"和"蛙教授"的驯蛙杂技，明王兆云《湖海搜奇》卷上《虫蚁戏》曰："今北人畜大虾蟆一，小者十余，令其叠塔，一一自下而上，夭矫不坠。又令大者居中，小者两行列，大者一鸣，小者亦一鸣，谓之虾蟆教书。"《湖海搜奇》中所描述的虫蚁戏与《南村辍耕录》中提到的"乌龟叠塔"和"虾蟆说法"类似，但表演者皆为虾蟆。明陈其力《芸心识余》卷六《读书蟆》引《芸心闻见录》曰：

余曾见一胡僧，持竹器，畜虾蟆数十于中，备寸卓数面，名之曰"读书蟆"。每命之读，设一席于上，若师席然，左右各设弟子席。鼓之坐，一巨蟆跳于师座，群蟆随列弟子位；鼓之读，则蟆师先声，群弟子应声而鸣，宛若一堂书声也；鼓之止，则巨者先止；鼓之入，则巨者先入。夫蟆，虫之至蠢者也，知觉机械之若是。凡民子弟每每不受父兄师友之教，以自陷于不肖，终身不识一丁，不济一事，甚而有匪彝灭性，

---

① 明田汝成《西湖游览志余》卷一九《术技名家》、明徐应秋《玉芝堂谈荟》卷九《弄百禽》、明沈宏正《虫天志》卷一〇《奏技部·虾蟆说法》、明冯梦龙《古今谭概》卷三二《灵迹部·虫戏》，清褚人获《坚瓠广集》卷二《虫戏》等皆有转引。清潘永因所辑《宋稗类钞》卷三一《工艺第五十二》中亦记此事，但未注明出处，文字内容稍有差异。朱一玄先生较早地注意到《南村辍耕录·禽戏》与《聊斋志异·蛙曲》之间的故事渊源关系，见朱一玄编：《〈聊斋志异〉资料汇编》，南开大学出版社，2012年版，第141页。

伤风败俗,自底灭亡者。①

明末清初徐芳《悬榻编》卷五《蛙教授》曰:

> 童时见有戏者,以筥盛蛙十数,至人家出之。中有一老大者,南面盘坐,余蛙以次东西班列,相向甚肃。斯须,老蛙发声一叫,余蛙次第应之,已再连叫,则再连应,嘤嘤喀喀,声响大噪。良久,老者收声,众蛙亦止。戏者以筥侧而收之,老蛙蠖蠖徐入,余踵继焉,无一乱者,谓之蛙读书。上坐者,教授先生;傍者,门下士云。今师弟子道丧久矣,师非师,弟非弟也,其废宜不绝一线,尚赖蛙馆留之。其行坐进反秩秩也,传习切切如也,可谓有体矣。或曰:"蛙虫耳,所读何书?"予曰:"今天下师孔孟矣,视其行,若不识一字者,彼其所读又何书也?"

元末明初出现的"虾蟆说法"蛙戏形式,在明代仍有延续,明沈德符《万历野获编》卷二四《戏物》曰:

> 今又有畜虾蟆念佛者,立一巨者于前,人念佛一声,则亦阁阁一声,如击木鱼以次传下殆遍,人又起佛号如前,虾蟆又应声,凡数十度。临起,又令叩头而散,此亦人所时见者。②

驯蛙为戏在明中期以后,愈发常见,明田艺蘅《留青日札》卷一九《禽

---

① 《芸心闻见录》为明陈其力自著之书。明慎懋官《华夷花木鸟兽珍玩考·鸟兽续考》卷一〇《读书蟆》的内容与《芸心识余·读书蟆》大致相同,但未注明出处。
② 又见于明沈德符的《敝帚轩剩语》卷中《戏物》。

鸟戏》曰："虫有蝼蚁、虾蟆、乌龟之戏,余幼时皆及见之。"明戚继光《练兵实纪》附《练兵杂纪》卷五《军器解上》曰："世人有教黄雀汲水、取旗者,有弄猿猴者,有弄蛇者,有教虾蟆读书者……"明吕坤《四礼翼》冠前翼《养蒙礼》曰："虾蟆教书,黄雀奕棋,则人造其灵窍,生有于无耳!"明杨思本《榴馆初函集选》卷二《贯习三》:"又有异者,雀衔字,蚁搏战,蛙教学,非有言语相通也,然而必知之者,习为之也。"明虞淳熙《虞德园先生文集》卷二〇《劝人弗食田鸡说》在形容青蛙灵性时,提到了"虾蟆教书"的蛙戏:"作字象蝌蚪,而审音比鼓吹,将人文之祖,大乐之师乎! 予癸巳筑室湖滨,环沼而居,蛙昼夜聒耳,禁以麻灰,其法不验。因默祷曰:'尔于戏术案上学塾师训蒙,又于玄阴池里幻梵僧作呗,乃搅我诵经读书何也? '越三日,而四围百步寂然无声者二十五年。"明末清初方以智《物理小识》卷一二《物灵可导》曰："今世教鼠,教蛙,教黄雀、画眉者,比比矣! "《蛙曲》故事虽然是蒲松龄从友人王子巽处听来的,但不一定是虚构之说,清初徐岳《见闻录》卷三《奇技》有与《聊斋志异·蛙曲》类似的记载:

> 又见一人,以虾蟆小者二十四只,大者一只,按鼓曲高下缓急,音节不爽纤毫。其虾蟆畜之囊中,用大方桌一张,出纵其上。大者踞中南向,若客在上则北向;小蛙左右各十二,以次就位,其人依曲挝鼓,虾蟆声应拍不乱。

民间驯蛙技术经过长时间的培育和打磨,日益纯熟,在明末清初时达到了顶峰,出现了《聊斋志异》和《见闻录》所描述的蛙鸣似奏乐的"蛙曲"之技。徐岳《奇技》写蛤蟆伴唱,蒲松龄《蛙曲》写以蛙为锣,都是人为控制蛙鸣音调之高低缓急,蛙声节奏复杂多变如同乐曲,其技艺高超,难度更大,显然比"虾蟆教书"略胜一筹。徐岳所记蟾鸣与鼓曲合奏偏于写实,而蒲松龄所写《蛙曲》,在别人口述事实的基础上,又有艺术升华。古人很早就注意到蛙鸣节奏如有旋律,蛙声响亮也有如打击乐器的音效,铸造乐器时就常以蛙或蟾为装饰,明张燮《东西洋考》卷一《西洋列国考·交趾·物产·铜鼓》引晋裴渊《广州记》曰:"俚獠铸铜为鼓,面阔五尺余,鼓脐隐起,或作海鱼,周回有虾蟆十二相对。初因乡里小儿闻鸣蛙之怪,得于蛮酋大冢中。"蒲松龄有很高的音乐修养,其所写木盒孔中十二蛙被敲击发声,似乎是在象征古乐十二律。蒲松龄的《蛙曲》不是简单地描述民间群蛙杂耍,而是给予读者音乐欣赏的愉悦感。清末广百宋斋编绘的《聊斋志异图咏》卷二以诗评论《蛙曲》云:"鼓吹曾经两部夸,池塘青草独听蛙。何人制就翻新曲?韵叶宫商了不差。"《聊斋志异·蛙曲》小说的高明之处还在于巧妙地借助了中国古典文学中青蛙鸣叫与音乐演奏之间的比拟关系,以及由蛙鸣典故而形成的丰厚的文化底蕴,刻意强调蛙戏的音乐性特征。《南史》卷四九《孔圭列传》曰:"门庭之内,草莱不剪。中有蛙鸣,或问之曰:'欲为陈蕃乎?'圭笑答曰:'我以此当两部鼓吹,何必效蕃。'王晏尝鸣鼓吹候之,闻群蛙鸣,曰:'此殊聒人耳。'圭曰:'我听鼓吹,殆不及此。'晏甚有惭色。"唐张祜《题李戡山居》曰:"自以蛙声为鼓乐,聊将草色当屏风。"北宋梅尧臣《次韵和刘原甫紫微过予饮酒》诗云:"所居汴水近,未有鼓吹蛙。"苏轼《赠王子直秀才》诗化用孔稚珪"两部鼓吹"的典故云:"水底笙歌蛙两部,山中奴婢橘千头。"自苏轼以后[①],"鼓吹"就成了形容蛙鸣的常用典故,相关作品数不胜数。蒲松龄《石隐园》诗亦云:"我以蛙鸣间鱼跃,俨然鼓吹小山边。"文人笔记中也常有对"鸣蛙鼓吹"典故的记载和评论,如南宋吴曾

---

① 苏轼好用"两部鼓吹"的典故,如《次韵述古过周长官夜饮》《次韵正辅同游白水山》等诗中皆用此典故。

蛙 曲

《能改斋漫录》卷七《事实·鸣蛙鼓吹》曰：

> 黄豫章《薄薄酒》云："传呼鼓吹拥部曲，何如春水一池蛙。"余按：
> 仆射王晏，尝鸣鼓吹候孔稚圭，闻蛙鸣，晏曰："此殊聒人耳。"稚圭曰：
> "我听卿鼓吹，殆不及此。"出齐阳玠《谈薮》。

在《聊斋志异》以前，古人在诗文中多沿用典故，以"鼓吹"二字形容蛙鸣，而蒲松龄则别出心裁，以"蛙曲"命名小说。"蛙曲"这一题目，与"蛤蟆教书"相比，使人有了艺术审美的感觉，更具文化气息，也更富有文人雅趣。"蛙曲"一词在传统诗文里并不常见，今人小说中倒是偶尔使用，老舍先生名作《老张的哲学》中就写道："一阵阵的热风吹去的柳林蝉鸣，荷塘蛙曲……"

"蛙教授"和"蛙曲"等小把戏，很可能是利用了雄性青蛙或蟾蜍的动物生活习性，再加以训练强化，最终实现了大蛙先叫，既而众蛙齐鸣的音响效果，由此造成了"乱击蛙顶，如拊云锣之乐"这样具有观赏性的蛙戏场面。在明代四川峨眉山黑水寺八音池中，存在过天然蛙鸣奇观。明何镗《古今游名山记》卷一五《峨眉山》收录了明初富好礼《游峨眉记》，文中对峨眉山八音池蛙鸣的记载，生动而神异：

> 闻东有黑水寺，寺前有八音池，一名天乐池。每盛夏，池中有蛙，
> 人鼓掌，则一蛙先鸣，群蛙和之，锵然八音皆备。将止，则一蛙大鸣，如
> 止乐然。僧语符余所闻，信亦异矣！[1]

---

[1] 清来集之《倘湖樵书》卷四《蛙鸣之异》曾引富好礼《游峨眉记》。

《聊斋志异》笺证初编

　　明杜应芳《补续全蜀艺文志》卷五六《行纪》收录了明代陈文烛所撰之《游峨山记》："至黑水寺，访八音池。每盛夏，有水，人鼓掌，则群蛙鸣，其起止俱先一蛙，如金声玉振。"①同卷又收录了明代袁子让的《游大峨山记》："有八音池，池集群蛙。过之者拍掌，则一蛙大鸣，群蛙次第相和，如八音之作。音将终，则一蛙复大鸣，群蛙顿止，作止翕然一律。中嵩之唤鱼池，似不及也。"清初谈迁《枣林杂俎》中集《蛙》："峨眉山天乐池中有蛙，游人鼓掌，则一鸣，群蛙次第相和。将终，则一蛙大鸣，群蛙顿止，宛然一部鼓吹。"清初蒋超《峨眉山志》卷二《池》曰："八音池，在黑水寺。过虎跳桥，游人拍一掌，则一蛙鸣，余蛙次第皆鸣，数皆合八。后一蛙复大鸣一声，众蛙乃止。"《峨眉山志》卷九收清初胡世安所撰《登峨山道里纪》文曰："八音池，一名乐池，池中有蛙。游人鼓掌，则一蛙先鸣，群蛙次第相和。将终，则一蛙大鸣，群蛙顿止，宛然一部鼓吹。"《峨眉山志》卷一四收清初刘道开《黑水寺八音池》诗云："钧天有贻乐，昭彻满丛林。鼓吹笑两部，池塘闻八音。禁喧憎法朗，群洛讶坛阴。吾欲坐明月，临风写素琴。"②峨眉山八音池蛙鸣奇景大约到了清代乾隆初年就已不复存在了，清文曙修，张弘映纂，清乾隆五年（1740）刻本《峨眉县志》卷二《古迹》记载了峨眉山八音池又名乐池，曾特别注明："此古景也。"自然界中，未经人工驯化的青蛙出现类似民间游艺中"蛙教授"的鸣叫现象，还不止峨眉山八音池一处。据唐人小说记载，五台山之南有玄阴池，其池中蛙鸣，声如梵呗，《太平广记》卷四七六《昆虫四》引《宣室志·石宪》曰：

---

　　①　明章潢《图书编》卷六六《大峨山》所记文字略同。

　　②　《（嘉庆）四川通志》卷一七《舆地志·山川·嘉定府·乐山县》引此诗，题为"安馨诗"，又载："八音池在县西南峨眉山，以其中蛙鸣次第合律而名。"

有石宪者,其籍编太原,以商为业,常货于代北。长庆二年夏中,雁门关行道中,时暑方盛,因偃大木下。忽梦一僧,蜂目披褐衲,其状奇异,来宪前,谓宪曰:"我庐于五台山之南,有穷林积水,出尘俗甚远,实群僧清暑之地,檀越幸偕我而游乎。即不能,吾见檀越病热且死,得无悔其心耶?"宪以时暑方盛,僧且以祸福语相动。因谓僧曰:"愿与师偕去。"于是其僧引宪西去,且数里,果有穷林积水。见群僧在水中,宪怪而问之。僧曰:"此玄阴池,故我徒浴于中,且以荡炎燠。"于是引宪环池行,宪独怪群僧在水中,又其状貌无一异者。已而天暮,有一僧曰:"檀越可听吾徒之梵音也。"于是宪立池上,群僧即于水中合声而噪。仅食顷,有一僧挈手曰:"檀越与吾偕浴于玄阴池,慎无畏。"宪即随僧入池中,忽觉一身尽冷噤而战,由是惊悟。见已卧于大木下,衣尽湿,而寒栗且甚。时已日暮,即抵村舍中。至明日,病稍愈,因行于道,闻道中有蛙鸣,甚类群僧之梵音,于是径往寻之。行数里,穷林积水,有蛙甚多,其水果谓玄阴池者,其僧乃群蛙。

清末民初徐珂《清稗类钞·动物类·群小蛙见大蛙》也记载了山西壶关县境内的一处蛙鸣自然景观,与峨眉山八音池颇为相似:

朱霞溪赴山西潞安守任时,道经壶关,息于小亭。亭畔有池,池背大山,山麓有石洞三。俄见一大蛙从中之石洞跃出,踞洞口南面而坐。随有数十蛙,从两旁石洞一一跃出,依次排列,前两足伏地,向大蛙作朝拜状。拜已,均昂首向大蛙注视,寂然不动,若弟子受业于师者然。于是大蛙发声一鸣,诸小蛙辄以次齐鸣。既而大蛙阁阁雄鸣,小蛙亦阁阁鸣不已。少顷，大蛙不复鸣，小蛙亦截然止矣。朱见而异之，不觉吁气有声。大蛙闻而惊，遂耸身跃入洞中，群小蛙亦相继归洞矣。

清代康熙以后，"虾蟆教书"和"虾蟆说法"之类的蛙戏仍旧流行于世，清人笔记中有不少记载。王立先生等所著的《〈聊斋志异〉中印文学溯源研究》一书曾梳理《聊斋志异·蛙曲》的故事源流①，在清代中后期朱象贤、史震林、袁枚、曾衍东、朱翊清等文人笔记中发现了很多蛙戏史料②。清朱象贤《闻见偶录·蛙教书》曰：

向见人畜蛙为戏者，木匣中有一大蛙，数小蛙，开匣则大蛙先出，小者随之。出则大蛙踞中，外向，小者旁列。大者鸣一声，小蛙亦鸣一声；大者鸣三声，小蛙亦鸣两三声。迨后大蛙迭鸣不已，众小蛙亦然。毕则仍如出时次序，自入匣中。谓之"蛙教书"。无知之物，必有异术，阅《辍耕录·虾蟆说法》正与此同，是即其遗法与！③

清黄承增编的《广虞初新志》卷二五收录了清史震林所撰《记书丐》一文记蛙丐有驯蛙奇技：

发匣出巨蛙一，小蛙十，左侍五，右侍五。命曰："讲。"巨者鸣，小者默。命曰："读。"巨者一鸣，小者再鸣。巨者再鸣，小者争鸣。阁阁

---

① 刘卫英另有论文《〈鼠戏〉、〈蛙曲〉故事探源》，见《蒲松龄研究》，2002年第3期。
② 王立、刘卫英：《〈聊斋志异〉中印文学溯源研究》，昆仑出版社，2011年版，第330~334页。
③ 清末民初徐珂：《清稗类钞·戏剧类·蛙戏（第二则）》内容略同。《清稗类钞·戏剧类·蛙戏》引述有关"蛙戏"记载四则，但均未标明出处，现对照文字予以说明。清朱象贤《闻见偶录》全书共一卷，有昭代丛书本。

然耳沸也。

清袁枚《新齐谐》卷二三《虾蟆教书蚁排阵》曰：

　　余幼住葵巷，见乞儿索钱者，身佩一布袋、两竹筒。袋贮虾蟆九个，筒贮红白两种蚁约千许，到店市柜上演其法毕，索钱三文即去。一名"虾蟆教书"，其法设一小木椅，大者自袋跃出坐其上，八小者亦跃出环伺之，寂然无声。乞人喝曰："教书！"大者应声曰"阁阁，"群皆应曰"阁阁"，自此连曰"阁阁"，几聒人耳。乞人曰："止。"当即绝声。①

清曾衍东《小豆棚》卷一三《杂技类·吴门三戏》曰：

　　吴市有丐者，持竹篾，养以青蛙十数头，索钱为戏，名曰"虾蟆说法"。丐先取小蒲团十数如饼，中位一，其次两行，各东西列。其最大者游衍而出，跐跃坐蒲团上，鼓腹一鸣，如呼其类，群蛙依次而出，左右对列坐，寂然不动。大者作一声，众亦随作一声；大者三声，众亦三声。既而大小间作，哄鸣如市。悠然忽止，乃一一至大者前，点首拳曲，作声如号诵佛状。大者于是圈豚离坐，循循然若归方丈去也。群蛙遂嘈嘈杂逯入篾。此其一。

---

　　①　清末民初徐珂的《清稗类钞·戏剧类·蛙戏（第三则）》内容略同。

清朱翊清《埋忧集》卷四《田鸡教书》曰：

> 有人于市上，出一小木匣，启其盖，取横木一条，广半尺余，高寸许，下有四足，横列柜上。向匣中羿羿数声，倏有一虾蟆跃出，以前两足案横木上，南面而踞。随有小蛙十余，一一跃出，依次以两足据横木，北面踞。坐既定，其人取小板拍一下，于是虾蟆发声一鸣，诸小蛙辄以次齐鸣。既而虾蟆阁阁乱鸣，则小蛙亦阁阁鸣不已。久之，其人复取板拍一下，则虾蟆止不复鸣，诸小蛙亦截然而止矣。其人复羿羿呼之，虾蟆仍跃入匣中，诸小蛙亦相随入。谓之田鸡教书。①

清钱泳《履园丛话》卷一二《艺能·杂戏》所列举"禽兽虫蚁"之戏中亦有"虾蟆教学"。清陈其元《庸闲斋笔记》卷一二曰："黄雀演戏、乌龟算命、虾蟆教书、蚂蚁排阵之类，皆不足奇。"清人有些表现民俗风情的诗作中对"蛙教书"之类的蛙戏也有歌咏，清赵翼《瓯北集》卷四四《物性》诗云："信有人心幻，能通物性殊。岂惟猿击剑，兼使蚁穿珠。雀啄牌推命，蛙升榻教书……"诗中自注曰："皆近日所见。"清李调元《童山诗集》卷三八《弄谱百咏并序》组诗中有一首《蛙戏》诗云："官私漫向尔相嘲，无理祇闻闹且譊。攻木撞钟俱不似，课儿直欲倩蛙教。"晚清况澄《西舍文遗编》卷二《孙子教美人战论》曰："天下之物，无不可教者，熊翻筋斗，驴舞柘枝，无论已；甚至于蛤蟆教书，蝇虎舞凉州，金鱼知分队就食，皆由教而成。"在清末的时事风俗画中，有类似"蛙曲"的演艺描绘，光绪年间出版的《点石斋画报》曾载有一幅《蛙嬉》图，并配有题跋文字说明：

---

① 清末民初徐珂的《清稗类钞·戏剧类·蛙戏（第四则）》内容略同。

蛙 曲

　　象山、宁海之间，有养蛙以为戏者。其法畜青苍色蛙每种十余头，
分储两笼中。演时将篾匾三只，位置如品字式，手持尖角小旗二，厥色
黄绿，引蛙出笼，各登一匾。于是演之者随意唱俚歌一二曲，檀板渔鼓
亦娴节拍，鼓声冬冬然，与蛙声阁阁相应答，观者喝采不住口。无何，
鼓停声，蛙亦止鸣，群蛙怒目齐视执旗人。旗招飐，蛙乱跳，此往彼来，
若翻斤斗。观者至是齐出钱，转瞬之间，钱已盈串。执旗人引蛙分队，
各归各匾，次第入笼中，负而去。①

　　据韦明铧所著的《动物表演史》一书记载，在天津杨柳青的传统年画
里，也有一幅题为《玩耍蛤蟆》的作品，画中人均身穿清代服饰，应是清代
的蛙戏图。此年画所附题跋与《点石斋画报·蛙嬉》的文字接近而略简：

　　生意人式，手持尖角小旗一概，色黄绿，引蛙出笼舞跃，于是演山
石之上。随意唱俚歌一二曲，檀板渔歌，亦娴节拍，鼓声咚咚然，与蛙
声阁阁若相应答。观者喝彩不住。鼓声停，蛙鸣亦止。执旗人复招飐，
蛙即乱跳，若翻筋斗势。观者齐笑，皆出钱以赐。钱已盈串，于是执旗
人引蛙归笼而去。②

　　《聊斋志异·蛙曲》的故事发生在清初北京，在相关文献里，中国历史
上最后的蛙戏出现于近代，表演地点也是在北京。清朝灭亡以后，"蛙教
授"和"蛙曲"等驯虫杂技忽然销声匿迹，从此再未见有此类记载，在民间

---

①　黄勇编著：《回眸晚清：点石斋画报精选释评》，京华出版社，2008年版，第130页。

②　韦明铧：《动物表演史》，百花文艺出版社，2015年版，第183页。

《聊斋志异》笺证初编

延续了数百年的绝技终于失传。张次溪先生在《天桥丛谈》第五章《天桥人物考》中记载了"辛亥以来天桥的八大怪",其中有一位无名民间艺人,被称为"耍蛤蟆教书的老头儿":

> 庚子(1900)年前后,在天桥玩意场,有一位六十多岁、凹腮黄须尖头的老者,说话带吴桥口音,还带些哑嗓。他用白土子撒地作一个圆圈,带来一块木板放在当中,他蹲在圈内,大喊学生上学来呀,一会儿围上一群小孩子来看。他徐徐从腰中掏出一个大些一个小些的小瓦罐两个,将一个较大的瓦罐罐口布塞子取下,一只大蛤蟆从罐内跳出,跳上场中那块木板上。那老者又喊道:老师都来了,学生还不上学来,声还未了,从这只瓦罐依次跳出八个小蛤蟆来,一跳一蹲的,跳到大蛤蟆之前,分两排伏着。老者此时又喊:老师该教学生念书了。大蛤蟆哇的一声,八只小蛤蟆也哇地叫了两声,如此一叫一答,大蛤蟆教小蛤蟆念起书来,不断哇哇叫。约十来分钟,这老者又喊放学啦,那八只小蛤蟆又依次跳入瓦罐,大蛤蟆看八只小蛤蟆跳入瓦罐,它才慢慢地跳入瓦罐,当它跳时,不像小蛤蟆那样活泼,十足象征一位教四书的秀才先生。[1]

张次溪先生在文章最后说:"辛亥(1911)年后,这个老者遂不再见。"从庚子事变到辛亥革命以前,无名老者在清朝的最后十一年中于北京天桥所演出的"耍蛤蟆教书",便成为"蛙曲"之绝响。

---

[1] 张次溪《天桥丛谈》,中央编译出版社,2016年版,第128~129页。

狐 入 瓶

　　《聊斋志异·狐入瓶》短短一篇，而叙事之中却融入了不少传统文化和文学元素。狐狸为躲避妇翁，遁匿瓶中，颇有些"白头仙人隐玉壶"的风范。《后汉书》卷八二《方术列传·费长房传》载："市中有老翁卖药，悬一壶于肆头，及市罢，辄跳入壶中。"除壶公外，中国古代还有不少仙人隐于壶瓶的传说。如《太平广记》卷二八六《幻术三》引《河东集·胡媚儿》所写"媚儿即跳身入瓶中"；《明史》卷三九七《方技传·冷谦》载明初冷谦被捕，向押送官吏讨要一瓶水喝，"吏与之，且入瓶中，身渐隐不见。"①明冯梦龙纂辑《古今谭概》卷三二《灵迹部·瓶隐》："申屠有涯放旷云泉，常携一瓶，时跃身入瓶中。时人号为'瓶隐'。"②蒲松龄小说似乎把仙人"瓶隐"的传说嫁接在了一

---

　　①　明清时期，有不少类似冷谦隐瓶的传说，清周广业的《过夏杂录》卷三《魏文昌、韩斗南》："《潞安府志》云：'壶关魏文昌，本农夫，得秘书于神祠，习之能隐形变化。尝有事被逮，挟一瓦，掷之县厅，及笞，瓦碎，而体自若。寻缩入瓶中，呼之应而不出，尹怒碎其瓶，再呼则片片皆应，后尸解去。'又《洞源县志》云：'县人韩斗南于石匣中得异书一卷，皆丹字，习之遂能隐化。县令召而试之，与一坛即缩入其中，碎之无形，呼之片片皆应。后莫知所终。'此二事与嘉兴冷仙绝相类。"

　　②　明王圻的《续文献通考》卷二四三《仙释考》曰："申屠有涯，宋时居宜兴，携一瓷瓶。一日与众共渡，饮酒大吐，众逐之，乃挈瓶登岸，倚杖吟曰：'仲尼非不贤，为世所不容，同舟子不识人中龙。'吟毕跳身入瓶中，众皆骇异，碎其瓶，寂无所见。"

只作祟的妖狐身上。《聊斋志异》故事情节设计和行文选词用句,在不经意之间往往能与古人诗文名篇佳作相照应。万村石氏之妇将装有狐妖的瓶子"置釜中,燂汤而沸之。"釜中狐妖"号益急",又有些三国曹植《七步诗》"豆在釜中泣"的惨痛。

将妖邪吸入葫芦、瓶罐、坛子中禁锢或处死,是中国古代志怪小说中法师术士降妖捉怪的常见手段,《聊斋志异》中就有不少此类故事情节。《画皮》写道士以葫芦捉鬼:"出一葫芦,拔其塞,置烟中,飗飗然如口吸气,瞬息烟尽。《荷花三娘子》写番僧捉狐之法:"归以净坛一事置榻前,即以一符贴坛口。待狐审入,急覆以盆,再以一符贴盆上。投釜汤烈火烹煮,少顷毙矣。""忽坛口飗飗一声,女已吸入。家人暴起,覆口贴符,方欲就煮。"《胡大姑》写术士李成爻为岳于九驱狐,捉狐入瓶:"乃出一酒瓱,三咒三叱,鸡起径去。闻瓱口言曰:'岳四狠哉!数年后,当复来。'岳乞付之汤火;李不可,携去。或见其壁间挂数十瓶,塞口者皆狐也"。《胡四姐》写术士捉狐,其做法也是:"出二瓶,列地上,符咒良久,有黑雾四团,分投瓶中"。《聊斋志异·盗户》中写道:"适官署多狐,宰有女为所惑,聘术士来,符捉入瓶,将炽以火,狐在瓶内大呼曰:'我盗户也!'"胡适等学者曾考证明末清初西周生《醒世姻缘传》小说的作者很可能就是蒲松龄,《醒世姻缘传》第二十七回"祸患无突如之理 鬼神有先泄之机"中也有道士以坛捉鬼的描写:"法师仗剑念咒,将令牌拍了一下,叫:'快入坛去!'只听那两个鬼号啕痛哭,进入坛内。法师用猪脬将坛口扎住,上面用朱砂书了黄纸符咒,贴了封条,叫四个人抬了两个坛到城外西北十字路中埋在地内。"

晋唐时期就已经有讲述以容器收狐捉鬼的志怪小说,晋干宝《搜神记》卷三《韩友驱魅》载韩友捉狐曰:"乃更作皮囊二枚沓张之,施张如前,囊复胀满,因急缚囊口,悬着树。二十许日,渐消。开视,有二斤狐毛。女病遂差。"①《太平广记》卷二八〇《梦五(鬼神上)·王方平》引唐戴孚《广异记》记太原王方平以瓶捉鬼之事:"粥入瓶中,以物盖上,于釜中煮之百沸。一视,乃满瓶是肉。"唐段成式《酉阳杂俎》续集卷二《支诺皋中》载:"元和中,光宅坊百姓失名氏,其家有病者将困,迎僧持念,妻儿环守之。一夕,众仿佛见一人入户,众遂惊逐,乃投于瓮间。其家以汤沃之,得一袋,盖鬼间所谓搐气袋也。忽听空中有声求其袋,甚哀切,且言:'我将别取人以代病者。'其家因掷还之,病者即愈。"鬼物被人追逐,情急之下跳入瓮间,沸水浇沃陶瓮之后,鬼物现出原形,并且悲哀求饶,《聊斋志异·狐入瓶》的基本故事情节,在此则小说中似乎已现雏形。

古人以饮食容器捉妖的思维可能是从现实生活经验中而来,先秦时将肉酱加工处理后置于瓶罐中保存称之为"醢",《周礼·天官·醢人》郑玄注曰:"凡作醢及臡者,必先膊干其肉,乃复莝之,杂以粱曲及盐,渍以美酒,涂置瓶中,百日则成矣"。《说文解字》卷一四《酉部》释"醢"曰:"肉酱也。从酉、盉。"徐铉注曰:"盉,瓯器也。所以盛醢。"醢同时又是古代一种酷刑,将人剁成肉酱后有时也会盛于器皿之中,典型的例子如《史记》卷九一《黥布列传》载:"汉诛梁王彭越,醢之,盛其醢遍赐诸侯。"唐代时,出现过"骨醉之刑"与"请君入瓮"等"瓮刑"。《旧唐书》卷五一《后妃上》载唐武后为报复王皇后与萧淑妃,"令人杖庶人及萧氏各一百,截去手足,投于酒瓮中,曰:'令此二妪骨醉!'数日而卒。"《太平广记》卷一二一《报应二十·周兴》引《朝野佥载》所载酷刑与《聊斋志异·狐入瓶》中的灭狐之法很接近:"取大瓮,以炭四面炙之,令囚人处之其中。"清末广百宋斋《聊斋志异图咏》卷一五《狐入瓶》诗云:"子舍何人避妇翁,敛形常伏小瓶中。岂知一

---

① 《晋书》卷九五《艺术》亦载此事。谭兴戎先生论文《〈聊斋志异〉本事补》认为《聊斋志异·狐入瓶》脱胎于《搜神记·韩友驱魅》,见《河南师范大学学报(哲学社会科学版)》,1991年第4期。

旦罹汤火，入瓮真教酷吏同。"大概是受世俗"瓮刑"的启发，中国古代道教或巫术仪式中经常将瓮、瓶或葫芦之类的容器作为惩治妖魔的法器，拿妖捉鬼置于其中。北宋陈纂《葆光录》卷二记越僧全清降妖事，其方法为："取一瓮侧卧，以鞭驱约草人入瓮中，呦呦有声。缄之瓮口，朱书符印，封以六一之泥，埋于桑林下，戒家人无动之。其妇即日差。经五载，金汉宏士马之际，人皆逃避，兵人见埋瓮处，谓之藏物，遂掘之。打瓮破，见雉突然飞出，立于桑杪，奋迅羽毛，作人语曰：'被这和尚禁却，今方见日光。'"北宋张师正《括异志》卷八《税道士》载利州道士税某善于"符禁之术"，能将人的魂魄或神明拘禁在桶中："为坛于密室，置大桶于前，被发仗剑，追其鬼神入桶，覆之以石，其人乃病。"明初道书《道法会元》卷一九八《玉帅宝瓶捉魈品》记载了道教以"天丁瓶"捉拿山魈木客的仪式和咒语。道教符咒法术又有"瓶狱"之说，明代道书《法海遗珠》卷三九《酆都西台朗灵馘魔关元帅秘法·行持次第》曰："催督事毕，押祟入瓶狱，或备牒发去。"古时丧葬，有"瓮葬"习俗；民间迷信，又有将不祥之人置于瓮中抛江处死的情况，如东汉名臣胡广就有被其亲生父母置瓮投江的传闻，《太平御览》卷七五八《器物部三·瓮》载："《世说》曰：'胡广本姓黄，五月五日生，父母恶之，乃置瓮投于江。'"道教处置邪祟也有类似办法，南宋洪迈《夷坚支志》壬卷九《傅太常治祟》曰：

> 余干许氏，以富甲里中。淳熙初，忽为妖祟所恼，并致群巫，略无一效。闻旁县进贤有傅太常者，法力孤高，能摄制神鬼，延至其家，命设九幽醮祈禳之。降神之夕，植小黄幡数十于中庭，于灯烛荧煌间，有异物循幡上下，互相击搏。傅传叹曰："此祟未易除也。在上帝列真之前，尚尔敢肆，其无所忌惮可见。虽然，亦将有以验吾术焉。"使主家治

小室,极其周密,置窑瓶于中,选四健仆各立一隅,傅作法户外。良久,闻瓶内索索之声,取视之,有虫类螳螂、蜈蚣者且百数,帖伏不动。悉投之溪流,由是怪变渐息,到今无他。

《太平广记》卷二二《神仙二十二·罗公远》中有金刚三藏咒叶法善入澡瓶的描写:"三藏受诏置瓶,使法善敷座而坐,遂咒法大佛顶真言,未终遍,叶身欻欻就瓶;不三二遍,叶举至瓶嘴;遍讫,拂然而入瓶。"《三遂平妖传》第九回《冷公子初试魇人符 蛋和尚二盗袁公法》写妖人郮净眼能将凡人生魂摄入磁坛中,"书符固封,埋之坎方,其人立死"。明代神魔志怪小说中,类似《聊斋志异》所提及的瓶、瓿、葫芦等容器类法宝,数不胜数。如《西游记》中有紫金红葫芦、阴阳二气瓶、羊脂玉净瓶、人种袋、金铙等,《封神演义》中有混元金斗、乾坤袋等,《三宝太监西洋记》中有吸魂瓶。明代神魔志怪小说中,类似《聊斋志异》所叙以瓶、瓮捕捉或禁闭妖怪的故事情节也较为常见。如《说郛续》卷七引明杨穆《西墅杂记》所记"骆堂送鬼"之事:"银工骆堂,馆张氏为甥。张之母疾,以巫言,捉鬼于罂中。加符楮封闭,使堂诣诸野外遣送之。"明焦竑《玉堂丛语》卷八《志异·妖神入瓮》曰:"陶凯微时,夜归,陷于大溪,不能渡。忽有人撑小舟拍岸,即摄衣登舟,人皆无见者,异之。一日,里人家大疫,凯探视病者,见妖神入瓮器中避之,奉纸笔与封识,命弃水中,疫即愈。"明姚旅《露书》卷一二《技篇》:"余斗南住秣陵,能为人治鬼。予乡有两张氏,为鬼中瓦石。余为召入瓮中,以符封之,沉之于水。其瓮两人舁之,不胜其重。"明陆粲《庚巳编》卷六《张道士》写太仓沙头市道士张碧虚施展法术,请红衣王灵官下凡,"将诸鬼一一捽之入诸酒瓶中","伺其每入一鬼,则持瓶来,书一符封之,投于水,便沉下去。瓶投尽,鬼亦尽。"明佚名所撰《梦学全书》卷三《身体声音诸怪第七》写道教符

《聊斋志异》笺证初编

咒将妖怪摄入碗内净水,倾于溪流:"书压怪、镇宅二大符,帖于怪处,三日后其怪化于净水碗内,选于流水溪中,其家自然吉兆也。"明顾起元《客座赘语》卷三《猿妖》曰:

> 张韫甫言:嘉、隆间,一部郎之妻偶出南门梅庙烧香,为物所祟,每至辄迷眩,百计遣之不去。后部中一办事吏谙道篆符水,郎命劾治之。吏设坛行法,别以小坛摄怪。久之,坛内喷喷有声,吏复以法咒米,每用一粒投坛中,其怪即畏苦号叫,似不可堪忍者。问其何所来,怪答曰:"本老猿也,自湖广将之江以北,道过金陵,偶憩于高座寺树杪,而此夫人经行其下,适有淫心,遂凭而弄之耳。"吏以符封坛口,火焚之,怪遂绝。按《宋高僧传》载会稽释全清,工密藏禁咒法,劾治鬼神。所治市侩王家之妇,草为刍灵,立坛咒之,良久妇言乞命,乃取一瓿,驱刍灵入其中,呦呦有声,缄器口,以六乙泥朱书符印而瘗之,即此术也。

清全祖望撰《鲒埼亭集》卷二七《周监军传》收录了明末周元初所作《捉鬼者传》,文中有术士以瓮捉鬼的描写:

> 吾先世有挟捉鬼之术者,每有病者延之家,见为邪魅所中,则掀髯仗剑,挺视书符。视之,若嘘者,若吸者,若吐纳者,若感召者,或如风雨奔赴,雷电飚驰者;或如坐戎车,排甲帐,献俘馘者;或如囊头三木,擢发讯罪状者。乃携之瓮中,仍压以符,甚者竟置之釜而烹之;否则锢之,闻其呼号痛楚之声,而病者以痊。[1]

---

[1] 清史梦兰《止园笔谈》卷一、孙静庵《明遗民录》卷三五《周元初》转引。

狐入瓶

在中国传统医学中,狐狸之类可以入药。明朱橚《普济方》卷四〇《大脏腑门》引《圣惠方》记载治疗大肠风冷等病症之方:"用野狸一头,以大磁瓶一个可容得者,内于瓶中,以厚泥固脐候干。以大火烧之,才及烟尽住火,候冷取出。"明李时珍《本草纲目》卷五一《狐》引《圣惠方》记载治疗鬼疟寒热之方:"野狐肝胆一具,新瓶内阴干,阿魏一分,为末,醋煮面糊丸芡子大。"明代医家将狐貉之类动物作为药物加以瓶装炮制的具体方法,或许对《聊斋志异》等明清小说作品中以瓶治狐的情节构思有所影响。明代文人笔记中多叙瓶、瓮捕狐之事,明郑仲夔《玉麈新谭》隽区卷三《玄隽》写龙虎山张真人作法降妖,以符咒将狐精摄于瓮中:"真人书一符令其持归,斋戒设醮,将符紧覆新瓮上,随埋屋后隙地,过三年开看当有验。其家如其言,覆符时忽闻瓮口作膻气,至三年启视之,惟狐毛满瓮而已。"明王同轨《耳谈类增》卷四七《东岳行宫夫人》写河南固始县奇丝村有狐精毛三姑为祸乡里,"里人邀得灵宝法师治之,纳邪瓮中,号泣有声。埋置十字街心,压以大石,符咒固之。"①明陆粲《说听》卷上写杀狐之法:"乃诱狐入瓿,闭置汤镬内,益薪燃之。"明周玄暐《泾林续纪》卷四记某商人妻为狐所祟,于是请陶真人设计施法,以锡坛捕杀狐妖:

> 商始骇然,求计于邻人,曰:"此怪变幻甚神,非人力所能制。闻陶真人善用符咒驱邪,盍往求之,庶有济乎!"商遂诣陶,具以情告,拜求祛除,陶曰:"此妖未易捕也!汝可密造一锡坛,满中置酒,俟怪来饮罄,令汝妇诱彼入坛内,用吾所授符急掩其口,将索缚紧,携置沸汤中煮之,俟无声响方止,则怪除矣。第恐汝妻不从,稍或泄漏,非惟怪不

---

① 清褚人获《坚瓠广集》卷六《奇丝夫人》引。

可除，且有后祸，秘之，慎之！"遂授以朱篆黄绢符一道，方可尺许，告戒甚严。商即市锡，予工造瓮，完持归舍。其妇出迎，夫操刀诘妻私通状，初讳不承，商详述夜来所见，并召邻人证之，妻俛首无词。商挈瓮与妻，并教以真人法旨，妇犹豫未决，商怒，遂欲砍其胸，邻人共劝止之，妇惧而从命。商复隐于邻家，先启板壁，而虚掩之以俟。置酒坛几上，怪至共饮将尽，妇尚未忍发言。商从壁穴中怒目流盼，举手指画，促之再三，妇不得已，乃曰："尔素善隐，能入隐此坛中否？"时怪已半酣，笑曰："此何难哉？"遂解衣登案，徐以两足插入，渐渐全身俱隐，止露其首。商又从穴中促之，妇曰："尔能并首尽入乎？"怪大笑曰："此亦易耳！"一缩不露。商遽推壁大呼，用符掩坛口，怪从中踊跃，求出不得，呼商哀告求释，许以厚酬。商不从，又呼妇令代求，且叙畴昔情谊："□□赠金帛珠宝无数，奈何与尔夫一旦谋杀我？我死兄弟颇众，必来报雠，决不干休！"商怒甚，促烹之。汤既沸，冤号之声所不忍闻，妇亦悲恸，良久始寂。启视，则血肉糜烂，中有杂毛，验之狐也。

《泾林续纪》卷三又有以瓶杀狐之事：

吴地素无狐。嘉靖丁巳，民间讹传有狐祟，黄昏后即出。人遭之者如梦魇状，或据胸，或扼其吭，愤懑不能发声，甚则啮损面目，爪破肌肤，但不至伤命。有先觉之者，持其杖逐之，则转入邻舍，互相惊恐，彻夜无眠，咸击锣鼓传桫铃以为备。予邻季升夫妇方夜膳毕，妇向厨房洗涤，忽见一怪物，大若猫，黑色，两目眈眈，从梁而下。妇大惊呼，季持棍来索，隐于床边。时比邻俱未寝，闻有警，竟来援。举火细见，怪渐缩而小如鼠，绕屋奔走，无隙得出，值灶塘中有醋瓶未盖，怪遂窜入其中。众取塞掩之,置汤中煮之,数沸启视,仅得故纸一团,铁线一根而已。他处有获者,云其形亦相类,而各黏鸟兽毛少许于背。乃知邪术害民,非真狐也。①

朱一玄先生认为《泾林续纪》卷三中此篇为《聊斋志异·狐入瓶》之小说本事②,狐精为躲避人类追打,慌不择路,窜入瓶中以藏身,最终却因瓶杀身。《泾林续纪》所记瓶、瓮杀狐故事中,狐狸临死前的"冤号之声",以及死后瓮、瓶中残存毛血遗骸的描写,已经与《聊斋志异·狐入瓶》中所写内容相对接近。狐狸是穴居动物,体型纤瘦,骨骼和肌肉有很强的柔韧性和伸展能力,可以穿过较狭窄的缝隙。《(嘉庆)新繁县志》卷四三《外纪》记载了一则狐妖将鸣锣带入瓮中的怪谈:"康熙初年,罗村民家有妖祟,好窃筐筒间物,或穿壁隙,或抵沟渠,主人有言,则遭破碎。延巫劾治,方鸣锣,锣忽不见。已闻瓮内丁丁声,瓮口径寸,破而出之。其为妖异如此,巫不能治,越年自去。"狐妖入筐筒、穿壁隙、抵沟渠等基本上是写实性描述,至于带锣入瓮则是把狐狸钻穴逾隙的自然习性夸张和幻化了。狐、鼠等小动物在逃跑过程中,也可能会钻入酒瓮、醋瓶之类的器皿中,"狐入瓶"故事未必没有生活原型。

明代以至清初,各种文言小说中所讲述的"狐入瓶"之事,或多或少对蒲松龄的小说创作有所影响。如在明代陆采所撰《冶城客论·胡老官》中,《聊斋志异·狐入瓶》的故事已经初具规模:

---

① 明代有些巫师术士常利用社会上的狐祟传闻,装神弄鬼,从中渔利,明张大复的《闻雁斋笔谈》卷五《纪异》等书中对此现象有所记载。

② 朱一玄编:《〈聊斋志异〉资料汇编》,南开大学出版社,2012年版,第27页。

文耀说:太学有淞江士人者,挈妻寓居。一旦,有老翁年六十许,自陈同乡人,姓胡,无妻息,愿为公仆以糊口。士人留之,勤朴甚可人意,久而与其妻有情。每夕,宿米瓮中,殆半夜则在妻榻,而士人乃为移置地上,忽忽不觉,反以胡老官呼之。同列怪其昏聩,问之不答。邻生密告以故,同列皆悚,曰:"此必妖也!"因问胡公何所嗜好,答云:"好烧酒,畏白纸。"乃醵钱市酒,延胡公,语之曰:"吾友甚赖公力,有薄酒相酬,请为尽欢。"胡翁大喜,众友交劝,不觉沉醉,趋米瓮中熟眠。众以白纸封之,外加炽炭火,作号呼云:"我三百年修行,公忍一朝害却?"因呼其妻曰:"娘子独不念旧爱乎,忍坐视吾死?"又云:"蒸杀我!得银簪簪一窍,即出矣。"妻欲往救,众共执缚。良久无声,启之,一老狐烂死于瓮。解其妻,妻犹呼胡老官涕泣,药之,始悟。事在正德中。

然而,蒲松龄的《狐入瓶》更为直接的小说题材来源还有可能是一则与狐狸并不相关的民间传说,讲述者是明代的抗倭名将戚继光。《止止堂集》卷五《愚愚稿(下)》曰:

淮河渡口有牛骨三块,傍有砖一方。偶二人相殴,击破其顶,血出染骨及砖。其人次日遂死,而骨、砖得血俱能祟。三骨变为兄弟,三人姓牛氏,长名天相,次天敕,次天叙,即以砖为妻曰专氏。天相淫迷陈生员之女,其父无计可遣。一日天相谓女曰:"我与你诚善矣,第汝父每延潘教官来,使予无避所。汝为言之,毋再召潘也。"夫潘以贡士为教官,致仕,与女之父同窗友也。其女果以告父,父乃密告于潘,潘为之谋曰:"可用一大坛,杀一黑狗,以肉入坛中,置女子榻边藏之。俟其至,吾持刀大骂追入,彼如问避所,可谕女指坛令入避予。另人持狗皮覆其上煮之。"其父如其计。至日复来,父延潘至,潘即持刀大骂曰:"何处鬼怪,敢来迷人女子,我当径入杀之。"天相窘急,告女曰:"何处避之?"女指坛中,天相遂入坛,家人疾抱狗皮覆坛,置釜中煮之。其坛中始则吟吟,继而大声乞哀。潘问其始末,天相以实告如前所云。煮三日取出,则视坛中惟有牛骨一段,热血数升而已,怪遂绝。潘公亦无他术,无奇行,而其怪畏之,不知何也。乃嘉靖初年事。

戚继光所述牛骨精天相"淫迷陈生员之女,其父无计可遣。"此情节类似于蒲松龄《狐入瓶》中"万村石氏之妇崇于狐,患之而不能遣。"《聊斋志异·狐入瓶》写作祟狐精"每闻妇翁来,狐辄遁匿其中"。蒲松龄在《狐入瓶》中并未交待狐精为何害怕妇翁,而戚继光所述故事里牛骨精也对潘教官充满了无端的恐惧。《聊斋志异·狐入瓶》中的狐精为躲避妇翁而窜入扉后瓶中,戚继光故事中的牛天相则为了躲避潘教官而潜入榻边坛中。《聊斋志异·狐入瓶》写狐入瓶后,"妇急以絮塞瓶口,置釜中,燀汤而沸之。"戚继光写牛骨精入坛之后,"家人疾抱狗皮覆坛,置釜中煮之。"《聊斋志异·狐入瓶》与戚继光故事中的狐精和牛骨精都是被"置釜中"而死,狐精垂死之际"号益急",牛骨精临死前"大声乞哀"。《聊斋志异·狐入瓶》与戚继光故事中妖怪被煮杀后尸骸的描写极为相似,狐精死后残留"毛一堆,血数点而已";牛骨精死后只剩下"牛骨一段,热血数升而已。"《聊斋志异·狐入瓶》与戚继光所记牛骨精传说,不仅在故事轮廓上相近,在小说语言中也使用了相似的句式和词语。戚继光是山东人,其所讲的牛骨精故事可能是明清时期流行于山东一带的民间传说,清初时被蒲松龄撷取改编,写入

《聊斋志异》笺证初编

《聊斋志异》。蒋瑞藻先生的《小说考证》卷七引《花朝生笔记》评论《聊斋志异》曰:"《聊斋》记事,多有所本,不过藻饰之,点缀之,使人猝难辨识耳。"①《聊斋志异·狐入瓶》在创作上就颇显蒲松龄"藻饰点缀"之功力,在保存戚继光所述牛骨精基本故事框架的同时,既承袭了明人小说以瓶治狐的传统题材,又使用改头换面之法,将牛骨精故事中的牛天相改为狐精,陈氏女改为石氏妇,潘教官改为妇翁,捉妖之坛改为瓶,整篇作品焕然一新。

以《聊斋志异·狐入瓶》为代表的中国古代"狐入瓶"类故事,其实是"瓶中妖精"型故事的流传分支。而"瓶中妖精"型故事,则是世界范围内传播的古老民间传说,如古希腊神话中潘多拉的魔盒,《天方夜谭》中渔夫放走瓶中妖魔,德国格林童话《玻璃瓶中的妖怪》等。中国古典小说戏曲中,"瓶中妖精"型故事也较为多见,顾希佳先生在《中国古代民间故事类型》中总结中国古代"瓶中妖精"型故事,包括唐段成式的《酉阳杂俎》续集卷三《支诺皋下·瓶中婴儿》,清钮琇的《觚剩》续编卷三《钟中白猿》等②。佛经故事里,亦谈起过"瓶中妖精",《楞严经》卷九论说"五十阴魔",写人类贪求神力,着魔之后,有时会拥有如同妖精一般的变化能力,"或入瓶内,或处囊中"。中国古代佛教题材小说中还有瓶中神龙的故事,如《太平广记》卷四二四《龙七·费鸡师》写龙女化蛇藏于瓶中;南宋洪迈《夷坚甲志》卷二《宗立本小儿》写胡僧将小龙收于净瓶;据清李佐贤《书画鉴影》卷三《梁待诏十六罗汉卷》著录,南宋梁楷所画第十五罗汉形象为:"袒胸,执手回顾。一童倒瓶,放出伏龙,龙作人形,露尾,拱向尊者,下作云气。"中国古代丰富的"瓶中妖精"故事,可以视为《聊斋志异》中多篇小说中以瓶捉妖情节

---

① 朱一玄编:《〈聊斋志异〉资料汇编》,南开大学出版社,2012年版,第198~199页。

② 顾希佳:《中国古代民间故事类型》,浙江大学出版社,2014年版,第40页。

的文化渊源。

在《聊斋志异》之后，清人小说和民间传说中仍极多以瓮、瓶捕狐捉鬼的情节，如清袁枚《新齐谐》卷六《沈姓妻》写葛道人捉鬼："立门外预设一瓮，向空骂曰：'速入此中！'用符一纸封其口，携去。"《新齐谐》卷九《何翁倾家》写江西道士兰方九捉鬼："兰持小瓶曰：'鬼入，鬼入。'旋封其口。……乃焚灰与小瓶合埋，用石镇之，其祟永绝。"《新齐谐》卷一三《归安鱼怪》写张天师以大瓮囚禁黑鱼精："天师登坛作法，得大黑鱼，长数丈，俯伏坛下。天师曰：'尔罪当斩。姑念作令时颇有善政，特免汝死。'乃取大瓮囚鱼，符封其口，埋之大堂，以土筑公案镇之。"清钱泳《履园丛话》卷一六《精怪·石妖》写道人"仗剑指妖，有气一条如白练，绕剑而上，插于胡芦中，遂不见。"同书卷一六《精怪·投井》写邹姓法官捉妖，"获之，藏其怪于瓮中。"清王椷《秋灯丛话》卷一七写顺治进士李念慈前世为猕猴，与狐精交往，习得导引之术，蛊惑民间女子，而被道士捉拿："道人攫置坛中。坛逼仄不能容，伊唔有声，道人笑曰：'若嫌狭乎？可稍宽。'言未已，即宽数寸许，然无隙可逃。道人命埋深山中。"清许仲元的《三异笔谈》卷四《真人府法官》写张真人府法官捉妖，"捉搦之，纳诸瓶，有声啾啾然。"清俞樾《右台仙馆笔记》卷一〇："俄而有一物，四足而毛，大如羊豕，老翁执之，纳一大缸中。术者先藏一小瓶于桌下，闻童子言至此，即以纸封瓶口，曰：'已得之矣！'于是诸象悉隐，术者曰：'病者所苦，今已除去，不日即愈。'"

《（光绪）栖霞县续志》卷八《祥异志·兵燹·于岸滋事始末》写栖霞于岸中邪之事："其先代善符咒，为人驱逐邪魔，而其祖尤精兼习五雷正法，遇魔有罪大恶极者，纳以罐瓮，符封埋之，制不令出。魔欲报无间，而畏其法。咸丰十年，岸督工锄地，于庄东山脚下，掘得红瓦罐一个。岸细认符记，知为其祖所收妖魔，令工将罐仍埋原处。工误破之，见罐中一团青烟直扑于岸,岸遂昏迷。"《(同治)番禺县志》卷五三《杂记》载番禺人许方来为张天师法官,善捉狐:"有富翁女为狐祟,延许治之。许仰瞻屋宇,命设两缸于阶下。取猛犬十余,以符拌饭喂之,遂驯伏声哑。门户窗牖尽黏以符。日既暮,有二少年飘然而入,许挥剑逐之,少年返身欲遁,犬随其后,发声若雷。所粘之符,飒飒如风雨声。少年辄升辄堕,各趋入瓮,以盖自覆。封以符篆,籧火焚之。越日启视,乃狐也,已烬矣。"清许奉恩的《里乘》卷五《俞寿霍》采用倒叙手法,讲述了东乡农人某"锄地得一坛,敕勒封口,破之,白气一道,上冲十余丈。忽闻空中有人言曰:'闷煞人也!闭我二百余年,不谓再睹天日。'"妖人俞寿霍被农人从坛中释放后,向其托梦陈述往事,其中提及自己被张天师派遣法师捉拿入坛的经历:

> 法官以戒方拍案,喝曰:"妖将何往? 诸神速为予擒之。"诸神果遵法旨将予擒置坛中以付,法官敕勒书符封口,笑谓富翁曰:"幸不辱命,大功告成矣。"予初进坛,懊闷欲死,犹隐隐闻女郎泣而啼曰:"何物妖道? 杀吾郎矣!"予闻之,肝肠寸断。富翁怒甚,将就坛而烹焉,法官止之曰:"不可,是无死罪,遣人埋诸故土,幽囚二百年而后释焉可也。"

有的清代民间传说和志怪小说中,存在模仿《聊斋志异·狐入瓶》的痕迹,其故事往往写鬼怪为躲避贵人,而躲入瓶、瓮藏身,结果反被消灭。《(乾隆)铜山志》卷七《人物志》载明代嘉靖名臣福建东山县游天庭早年逸事:

> 游天庭,字行野,少孤家贫,从母杜浔就外戚居住。当幼时,其外

祖病疟,闻二厉鬼相议曰:"游大人将至,不知何处可以藏身?"一应之曰:"床头瓮里,安然也。"顷之,天庭至,因问:"能写字否?"天庭以能写上大人对,乃命纸笔写讫。将瓮封固,沉之于海,疾立愈。

清汪启淑《水曹清暇录》卷六载清代乾隆年间文人魏攀龙少年时为亲戚驱邪之事:

> 嘉兴魏孝廉攀龙,号松涛,机颖博洽,早年掇高第。方成童时,清明扫墓莘溪时,有中表王姓患邪症。是日狂言:"蛇太爷来,急匿床下瓶中。"家人异之,伺竟日,薄暮松涛往探。中表素知松涛巳年所生,恍然触悟,浼松涛封其床下之瓶,投诸水,而邪病遂痊。

清代王椷《秋灯丛话》中《狐祟》与《李瞳负狐》两篇小说皆写以瓶除狐祟,《李瞳负狐》在清代众多以瓶捉妖的故事中,较为有特色。《秋灯丛话》卷一《狐祟》写安邱纪云会为狐所祟,最终祈求神灵杀死妖狐:"俄见云中有巨掌下垂,大如箕,指粗如截筒,往来摸索,攫取一瓶,作旋绕状,顷置院中,巨掌倏没。纪裂布封瓶口,置沸汤中煮之,唧唧有声,久渐寂然,乃瘗诸郊外,妖遂绝。"《秋灯丛话》卷九《李瞳负狐》曰:

> 豫省李姓者,徙居宿州,贫甚为人佣。一日耕陇上,有美好女子就之,惧祸不敢应。女曰:"实语君,我狐也。凤缘应相从,故不耻自媒耳。"李益惊愕。狐曰:"我非不利于君者,愿无恐。"李疑其幻而悦其美,遂偕之归。居旬余,谓李曰:"力能为君高大门闾,但地素相狎,恐骇听闻。"因另择一村迁焉,为李经营创作。不数年,宅第连云,田禾遍

野,合村仰望,号曰"李瞳"。狐性颇贤,缘已久不育,为李纳妾生子,抚之若己出。居恒与李谈导引术,戒其节欲。及生子后,令独寝。妾不得常侍衾裯,深衔之,煽动李之戚党,谓李曰:"彼异类,乌可恃?一旦触其怒,货物资财将仍摄去也。且逞其蛊媚之术,恐终为性命忧。闻茅山多异人,宜求法驱治之,世世子孙无虑矣。"李惑于众议,从其指,得符藏之。先是,狐常自诩能潜形入微孔中,人莫之害。李一日置酒,款曲饮之致醉,从容谓曰:"子自谓善隐,吾未之见也,能入瓶中为戏乎?"狐醉不疑,遂审入,李遽出符封其口。狐曰:"闷甚,速出我!"李不应,始知其害己也,恳曰:"廿载恩情,何忍心至此?倘不相容,第放我出,当潜踪远遁。后此余生皆君赐也。"李犹豫不能决。众曰:"势成骑虎,纵之,祸立至。"乃置瓶沸水中,移时倾视,血迹点滴耳。李欣然,自谓得计,戚友亦交相贺。不数年,家道零落,与其妾相继殁,子亦夭折。昔年连云第宅,倾颓皆尽,惟李瞳名尚存。

明代马中锡的《中山狼传》,以及《泾林续纪》卷四中讲陶真人设计杀狐,其中都有人类欺骗野兽进入囊或瓶,然后处死的内容。《李瞳负狐》继承了前代故事中诓狐入瓶的情节模式,但把被害的妖狐塑造为善良多情的形象,而除妖的人类则被形容为愚蠢无情、忘恩负义。

古　瓶

　　浚井之时，从中发现异物或财宝，这既是古人日常生活中偶有发生之事，也是中国志怪小说的一类题材。《国语·鲁语下》记载"季桓子穿井获羊"之事，已近乎小说家言。《吕氏春秋·察传》《论衡·书虚》《风俗通义·正失》皆记述了丁公凿井"得一人于井中"的怪诞传闻。晋干宝《搜神记》卷三载上党鲍瑷"浚井得钱数十万，铜、铁器复二万余。"《(嘉泰)吴兴志》卷一八《事物杂志·武康县·金井》载梁代沈传"浚井得铜瓶，中有金五十两。"《聊斋志异·古瓶》基本是"浚井得宝"之类故事题材在明清之际的延续，小说写村人甲、乙淘井时在骷髅口中找到黄金，并在贪念驱使下继续寻觅"含金"，把所发现的骷髅全部打碎，终于遭到恶报。对人类遗骸的尊重和保护，是从古至今在世界很多民族中广泛存在的文化传统。明清时期出现过不少因侮辱骷髅而惨遭报复的社会传闻，清初来集之《倘湖樵书》卷一二《遗骨之异》曰：

　　人之精魂既化，而遗骨未即速朽，浅识者以为冥漠无知之物，然亦有不可亵视者。成化间，宦官来定饭于海子口杨树之下，见树边一骷髅,以生姜一片置骷髅口中,问曰:"辣否?"随闻应声曰:"辣!"定惊惧,跨马即归,随闻"辣、辣"之声入耳不已,卧病数日而卒①。凡江滨沙滋有骷髅暴露于地者,牧竖虐戏,溺小水于其口中,为之作礼,则骷髅随其身而滚行,以石击碎乃已。则安可以其无知而欺之耶?夫"掩骼埋胔",见于《月令》,古之仁王于鸟兽之遗骸尚收掩之,况人为同类,漫不经意,其可哉!

村人甲、乙打碎的骷髅最终被村民们安葬,《聊斋志异·古瓶》借鬼魂附体、报应索命之说,宣扬了中国古代"掩骼埋胔"和"葬之以礼"的思想。淄邑北村的枯井中,除了骷髅,还出土了"磁瓶二、铜器一",《聊斋志异·古瓶》对斑驳陆离的铜器一笔带过,着重描写了两件"古制,非近款"的磁瓶。磁瓶可能是古时战乱中与铜器一起被携入井中的财物;也可能是古人从井中汲水时,不慎落入井底的汲瓶②。袁宣四与张秀才所得磁瓶各有神异,总而言之,两瓶奇特之处有三:一是"可验阴晴";二是"可志朔望";三是"浸花其中,落花结实,与在树者无异。"关于古瓶"可志朔望"的描写过于玄虚,应是蒲松龄受"月有阴晴圆缺"的规律性变化启发,围绕古瓶所进行的艺术想象。中国古代曾以朔望周期来定月,农历原本就是按照月相周期创制的历法,明徐渭的《徐文长逸稿》卷一九《虚室生白斋扁记(代)》曰:"月一月也,晦朔则黑死,弦望则白生。"《虚室生白斋扁记》所述月相朔望黑白变化,近似于《聊斋志异·古瓶》中古瓶"可志朔望"的描写:"朔则黑点起如豆,与日俱长;望则一瓶遍满;既望又以次而退,至晦则复其初。"关于古瓶"可验阴晴",以及"浸花其中,落花结实,与在树者无异",蒲松龄这两

---

① 清末杨凤徽的《南皋笔记》卷二《克梗克梗》中的故事与之类似。

② 唐人诗中就曾歌咏汲瓶堕井之事,如杜甫的《铜瓶》、白居易的《井底引银瓶》等。

处艺术构思或许是以一定的生活见闻为依据，但更可能是对前代小说情节有所借鉴，明沈周撰《石田翁客座新闻》卷一〇《王伽蓝》曰：

> 山西平定州往西，离城十里许，地名唐家。尝有老僧号王伽蓝，在彼结庵坐禅，甚精坚。但坐时，见二青童侍立，僧怪而逐之，去数步，从泉眼边不见。掘之，得二古铜瓶，青绿结秀。僧以供佛，因折野菊花插入瓶，经年花叶不衰。至明年菊开时，始结子八角者，质如青铜。其僧又能于旱时拜土神前求雨，以其瓶置案上，拜久之，瓶中水涌，雨即至。盖其心诚故也。

在沈周小说《王伽蓝》中，老僧两件出土古铜瓶所具有的插花不萎和祈雨水涌的特征，与《聊斋志异·古瓶》中的部分内容颇为神似。蒲松龄笔下古瓶"可验阴晴"，这可能是小说家在其所了解古瓷器鉴赏知识基础上的创意夸张。确实有些古瓷釉面颜色会随着空气湿度的不同而产生细微的变化，例如元青花瓷釉面，元代早中期为影青釉，又称青白釉，用国产青料，莹润透明，其器身胎釉微闪青蓝，温润中略显淡蓝，又"往往显出淡牙黄色，有时显出乳浊白色"，"显色会随空气中的湿度、温度的变化而微显不同"[1]。中国古代陶瓷史上确实也出现过古瓷器"可验阴晴"的传闻，清蓝浦《景德镇陶录》卷一〇《陶录余论》曰：

> 真古窑器，得之无价，尝记少时见有人持湖田窑大方炉一，色素而古雅可爱，云家世珍藏，可验晴雨。请鬻于里淳富宅，富家不辨，数

---

① 卢琼主编：《绝伦瓷器》，新世界出版社，2009年版，第117页。

争价往反,忽失手堕碎,深为可惜。

至于《聊斋志异·古瓶》所言"浸花其中,落花结实,与在树者无异",看似奇谈怪论,其实也并不罕见,是中国古代插花史上时有记载的一种植物自然现象。中国古代插花艺术的早期史料中,就有插花而花朵经久不萎的记载,唐李延寿《南史》卷四四《晋安王子懋传》曰:

> 有献莲华供佛者,众僧以铜罂盛水渍其茎,欲华不萎。子懋流涕礼佛曰:"若使阿姨因此和胜,愿诸佛令华竟斋不萎。"七日斋毕,华更鲜红,视罂中稍有根须,当世称其孝感。

中国自古有"古瓶宜花"①之说,宋代文人使用出土器皿插花,曾经发现过一些奇异的古瓶,其中有的甚至有保温功能,南宋洪迈《夷坚志》卷一五《伊阳古瓶》曰:

> 张虞卿者,文定公齐贤裔孙。居西京伊阳县小水镇,得古瓦瓶于土中,色甚黑,颇爱之,置书室养花。方冬极寒,一夕忘去水,意为冻裂。明日视之,凡他物有水者皆冻,独此瓶不然。异之,试注以汤,终日不冷。张或与客出郊,置瓶于筐,倾水瀹茗,皆如新沸者。自是始知秘惜。后为醉仆触碎,视其中,与常陶器等,但夹底厚几二寸,有鬼执火以燎,刻画甚精,无人能识其为何时物也。

---

① 清姚之骃的《元明事类钞》卷三〇《器用门·瓶》云:"古瓶宜花。"

在宋明时期，文人在插花实践中还发现，以久埋土中的铜器或陶器插花，可以保持花色，延长花期。宋代陶瓷制花瓶的样式常取自古代铜器，文人们喜好将铜器作为花瓶使用，并且已经发现以铜瓶插花，花枝有时可以在瓶中结实。南宋陈昉《颍川语小》卷下云："花有瓶，非古也，盖自释道献花始。今人遂取古鼎彝尊罍之范，强名而用之。"南宋张邦基的《墨庄漫录》卷七记载颜博文谪官岭表时，曾以铜瓶插养茉莉花，有诗云："铜瓶汲清泚，聊复为子勤"。两宋之际王洋《东牟集》卷五《书窗梅花数枝病起再见瓶中盛开因作》有诗云："书堂篱落冷如灰，十日相忘亦自猜。初讶冻枝无艳脉，那知寒室自花开。铜瓶结实元非种，蓊屋迎春似有媒。方信阳和满天地，不须人力费根栽。"南宋赵希鹄《洞天清录·古钟鼎彝器辨·古铜瓶钵养花果》曰："古铜器入土年久，受土气深，以之养花，花色鲜明如枝头。开速而谢迟，或谢则就瓶结实。若水锈、传世古则否，陶器入土千年亦然。"按照赵希鹄的观点，只有生坑绿锈，深受土气的古铜器才适合养花，而曾经沉水，生有水锈的铜器，以及历经藏家保存，表面长期氧化，已经生有包浆的铜器，则不宜作为花器。明代插花艺术盛行，不少文人都精于插花之道，明代知名的书画鉴赏家张丑（原名张谦德）所撰《瓶花谱》等书，对赵希鹄的这段话多有转述①。明袁宏道《瓶史》卷下曰："常见江南人家所藏旧瓿，青翠入骨，砂斑垤起，可谓花之金屋……尝闻古铜器入土年久，受土气深，用以养花，花色鲜明如枝头，开速而谢迟，就瓶结实。陶器也然，故知瓶之宝古者，非独以玩然。寒微之士，无从致此。"②明文震亨撰《长物志》卷七《器具·花瓶》曰："花瓶以古铜入土年久，受土气深，以之养花，花色鲜明，不特

---

① 明王圻《稗史汇编》卷一三七《器用门·什物·古铜瓶钵》转引；明曹昭的《格古要论》卷上《古铜器论·古瓶养花》亦转引，文字稍略。

② 明王路的《花史左编》卷八附录袁宏道的《瓶史》。

古色可玩而已。"明徐充《暖姝由笔》卷一曰:"古铜器出地中,有泥者慎勿倾去,养花不萎。"明屠隆《考槃余事》卷三《花尊》曰:"古铜花瓶入土年久,受土气深,以之养花,花色鲜明,或就瓶结实。陶、玉器亦然。"明末清初孙知伯《培花奥诀录》亦曰:"铜器不拘方圆……惟以有砂斑为上,因得土气深厚贮水不坏,花亦不谢且能结实,可称花之金屋。"张丑《瓶花谱·品瓶》曰:"铜器之可用插花者曰尊,曰罍,曰觚,曰壶。古人原用贮酒,今取以插花,极似合宜……古无磁瓶,皆以铜为之。至唐始尚窑器……尚古,莫如铜器。"古人插花选瓶,以铜瓶为上,固然是因为青铜器富于古雅美感,除此之外,以铜瓶插花还有一定的科学实用性。"植物生理学的研究证明,铜是植物正常生长发育所必需的重要微量元素之一。它是植物体内参与氧化还原过程的多酚氧化酶的辅基。同时它又是影响抗寒性强弱的关键元素。铜素营养充足可使抗寒性增强。另一方面郁而成青的古铜器表面,由于水和二氧化碳的长期侵蚀生成了厚厚的一层铜绿,叫作碱性碳酸铜,这是一种有毒性的物质,可用为杀虫、杀菌和防腐。正由于古铜器具有这些特点,用于插花,瓶水不易变坏,且插花可吸收铜离子做为营养,所以铜器实乃瓶花之'金屋'也。"[1]

　　明代以前,瓷制瓶、壶之类多用作酒器。明清文人插花,偏好古朴自然的审美风貌,喜欢使用古代瓶、壶作为花器。明高濂《遵生八笺》卷一一《燕闲清赏笺上》曰:

　　　　觚、尊、兕,皆酒器也,三器俱可插花。觚尊口敞,插花散漫,不佳,须打锡套管,入内收口,作一小孔,以管束花枝,不令斜倒。又可注滚

---

　　① 周肇基:《中国植物生理学史》,广东高等教育出版社,1998年版,第468~469页。

水，插牡丹芙蓉等花，非此，花不可久。古之壶瓶，用以注酒。观《诗》曰："清酒百壶。"又曰："瓶之罄矣。"若古素温壶，口如蒜椰式者，俗云蒜蒲瓶，乃古壶也，极便注滚水，插牡丹、芍药之类，塞口最紧，惟质厚者为佳。他如粟纹四环壶、方壶、匾壶、弓耳壶，俱宜书室插花。以花之多寡，合宜此五器分置。

明清时，嘉善、泰州、昆山、青浦等地发现有所谓"瓶山"，大量出土一种陶瓷瓶，当地人常捡拾以为花瓶，此种古瓶相传是南宋名将韩世忠犒军所遗之酒瓶，故而被习称为"韩瓶"。《（万历）青浦县志》卷一《山川》曰："酒瓶山在四十五保三区青龙镇，相传宋韩世忠以酒劳军，瓶积成山，今遗址尚存。"宋代酿酒业发达，但限制民间私酿自售，而须由国家专卖，绝大部分州县皆设有官监酒务。宋代地方政府榷酒机构酒瓶的使用量一般都十分巨大，酒务附近所废弃之残破酒瓶陶片甚至可以堆积成山，晚明李日华《紫桃轩杂缀》卷三载："宋时吾郡立酒务于州治后，罂罍之属，陶以给用，所退破甓，隐起成冈陇，所谓'瓶山'者也。"杭州余杭临平镇有一处"瓶山"，明末清初沈谦《临平记》卷一《事记第一》对临平"瓶山"有过考证："天禧初，金承来监临平都酒务。《安平院宝幢碑》记：'临平都酒务金承。'郭绍孔《瓶山辨》：'瓶山，在临平镇广严寺之侧，小小一土阜耳。宋时沽官酒处，碎甓堆积，久成一阜，其傍取土者，犹时有瓶遗也。俗称平山，平当是瓶字，秀水亦有瓶山，可证。'谦曰：'瓶山，旧传钱王犒军于此，垒瓶而成，其说近诞。今以《幢碑》合之郭《辨》，此为榷酤之所无疑矣！'"在宋金对峙时期，大小战事不断，南宋军费开支浩繁，为了筹措军费，赡军酒库随之兴起。南宋各地驻军纷纷将酒水专卖权据为己有，南宋胡寅《斐然集》卷一〇《转对札子》曰："今煮海榷酤之入，遇军屯所至，则奄而有之，阛阓什一之利，半为军人所取。"南宋李心传《建炎以来系年要录》卷八五"绍兴五年二月乙酉"载："酒税，利源也，而诸将侵之。"南宋大将所辖赡军酒库，以韩世忠、岳飞最为典型，据《建炎以来系年要录》卷一四四"绍兴十二年三月庚戌"记载，淮东韩世忠原有酒库15所，鄂州岳飞原有公使、备边、激赏、回易酒库14所。《宋史》卷一二三《韩世忠传》亦载："(韩世忠)拜枢密使，遂以所积军储钱百万贯，米九十万石，酒库十五归于国。"宋元以后，江苏、浙江等省所见"瓶山"，或为宋代州县酒务之旧地，或为韩世忠等南宋将领赡军酒库之遗址。"韩瓶"形制的陶瓷制酒器，伴随两宋州县酒务和赡军酒库的兴盛而大量生产，被百姓和军士用以贮酒或储水，成为宋人日常生活中的常见之物。北宋时，可能就已经出现了军队直接经营酒业的情况，但并不普遍，尚处在临时或局部地区[1]。故宫博物院所藏宋代瓷器中，有一件铭文为"天威军官瓶"[2]的黑褐釉大瓶，其形似通常所言"韩瓶"。北宋曾置天威军，驻防在河北井陉附近，故宫所藏"天威军官瓶"，极有可能是北宋天威军当年酤榷卖酒之物，可以作为北宋军队参与酒业经营的珍贵文物实证。

清代夏荃《退庵笔记》卷七《韩瓶》通过考察泰州宋金古战场，认为"韩瓶"与南宋岳飞背嵬军有关，主张"韩瓶"亦可称为"岳瓶"："泰南门外柴墟镇、南坝桥皆岳鄂王与金人战处，今瓶多出自南郊田野中，他处亡有，其为王军中酒器无疑，当称'岳瓶'。"台湾民间又有一种"国姓瓶"传说，与江浙民间"韩瓶""岳瓶"传说非常相似，这些民间传说中都将出土古瓶与中国古代爱国英雄的盛名联系在一起。娄子匡先生《台湾俗文学与聊斋志异》

---

① 李华瑞先生论文《南宋的酒库与军费》对南宋赡军酒库问题有专门研究，载《人文杂志》，2016年第3期。

② 冯先铭：《宋"天威军官瓶"考》，《故宫博物院院刊》，1995年第A1期。

第一章《国姓瓶和古瓶》①具体讲述了台湾"国姓瓶"传说："福建厦门一带住在海滨的渔民,有人在那筼筜港里渔捞的时候,捕到了海鱼常会掏起陶瓶来,它有一尺高,瓶口直径有两寸多,可是十个瓶就有九个不完整了。因为相传这些瓶和明末英雄郑成功氏有关,它们不是平常的瓶,而是郑氏所统率的水军用以盛火药的瓶子。又因郑氏受赠国姓,那瓶也就冠称为'国姓瓶'了。这个国姓瓶受人珍视,身价百倍……买得的人多视同至宝,当做古玩一样的陈列在厅堂中;有当花瓶使用,这又怪了,据传花枝插在那个国姓瓶里,几天以后,它就会生出根子来呢!"娄子匡先生认为《聊斋志异·古瓶》与台湾"国姓瓶"传说,都属于同一故事类型:"又可以称为同型异式的'非常的古瓶'的故事。"

在清人记载中,以"韩瓶"插花,不仅花期长,而且经常会出现瓶中花枝结实的现象。《(雍正)嘉善县志》卷一二《艺文志》收录清初魏允札《瓶山古瓶歌》诗云:"古瓶埋没出已迟,土蒸水润地气滋。道人得之当军持,供绣佛前插花枝。相传宋行新法时,设官酤酒恒于斯。留余长物因累累,郑泉所化夫何疑。魂而有灵喜可知,从来独醒惯招忌,我将以盛糟与醨。"清陈文述《颐道堂集·诗选》卷九《韩蕲王犒军酒罂歌》诗序曰:"吴淞为宋韩蕲王建牙地,居人往往于海滩掘得犒军酒罂,贮水供花,能耐久不落,土人呼曰'韩瓶'。"清吴省钦《白华前稿》卷二五《韩瓶行》诗序曰:"瓶传是韩蕲王犒军时物,今青浦居人间得之,容酒三升,养花或实。"清沈学渊《桂留山房诗集》卷六《韩瓶歌》诗序曰:"余乡多韩蕲王犒军酒器也,里南地名厂头者,为当时屯军所,土人浚渠营墓往往得之。江湾镇有纛旗石桩二,是为行署,出土尤夥。瓶大者有耳,可贯绳,小者无之。置几案间,古朴可玩,插花经时

① 详见娄子匡:《台湾俗文学丛话·台湾俗文学与聊斋志异》,东方文化书局,1971年版,第104~107页。

不萎,岁久得土气厚也。"清潘衍桐所辑《两浙辅轩续录》卷三二收录了清代屠秉《魏塘瓶山宋瓶歌为外舅黄霁青先生安涛作》,诗中注曰:"平山在(嘉善)县治西南,宋季为官酒库。后因禁酤,所弃瓶盎积成土阜……数岁前,土人取土山侧,获瓶数百枚,售作养花之用,邑宰禁之,后不复可得。"①《(道光)昆新两县志》卷四〇《杂纪》曰:"瓶山在沪滨(即黄浦)江上,莫详其处……山以瓶名,谓蕲王犒军,弃酒瓶成山也。今耕者每于其地得瓶,插花不萎,号'韩瓶'。"清陶煦纂《周庄镇志》卷一《胜迹·质洞村》曰:"乾隆间,南湖水涸,捞得酒瓶甚多,两头尖锐,识者知为韩瓶(即背嵬军所负者)。插桃梅花枝于中,能结实,殆以久沦水底,得地气故欤!"清吴骞《尖阳丛笔》卷二:"瓶山在嘉兴县治西,宋时设酒务于此。贮酒陶瓶,散积日久,穹然如小山,土人因目之为瓶山,竹垞诗所谓'一簹瓶山古木秋'者也。瓶今尚有掘得者,高尺馀,腹迳三四寸,上下直相等。而口微窄,色淡绿,外涂以釉,间有未遍者,制甚朴古。或以养花,花落能结实,但不硕耳。或谓此即岳氏背峟军所用。"清夏荃《退庵笔记》卷七《韩瓶》曰:

> 南门外耕者及送葬家,往往于土中得古瓦瓶,长身两头微锐,浑沦如冬瓜,近瓶口布列四小耳,出土时辄为锄锸所伤,耳多缺。取以养

---

① 清人还有不少吟咏瓶山古瓶之诗,如清叶廷琯《枬花盦诗》卷三《枬花盦诗附录·浦西寓舍杂咏》有诗句云:"酒瓶犒士积如山,晋代遗踪蔓草间……"诗后注曰:"北桥在华泾南二十里,晋袁崧曾驻军其地,有土阜名瓶山,传其下为犒军酒甏积累而成。"又如清朱彝尊《曝书亭集》卷九《鸳鸯湖棹歌(其五)》、清曹溶《静惕堂诗集》卷九《和项东井瓶山诗》、清储方庆《遁庵文集》卷一〇《瓶山》、《两浙辅轩续录》卷三八收录清王诚《韩瓶歌》、《两浙辅轩续录》卷四一收录清贾敦艮《瓶山酒罂歌》、清朱休度《小木子诗三刻·俟宁居偶咏》卷下《冬夜同人题胥山樵瓮中桃花歌》、清黄爵滋《仙屏书屋初集·诗录》卷一六《淮安北门城楼金天德大钟歌为丁俭卿》、清钱钺《壹斋集》卷一三《客自乌江来得韩瓶二枚乃韩蕲王背嵬军所负者误称为淮阴侯物歌以示之》、《晚晴簃诗汇》卷七八收录清钱梦铃《瓶山古瓶歌》等皆是。

花,能耐久不凋,土人呼为"韩瓶"。

邓之诚先生《骨董琐记》卷二《韩瓶》引清孟瑢《丰暇笔谈》曰:

康熙丁亥,苏城大旱,川泽皆涸。有渔人于阳城湖中,掘得瓷罂数
百,小口巨腹,容五升许。好事者取以养花,能结实。或谓此韩瓶也,韩
蕲王所遗,得者遂珍之。见孟瑢《丰暇笔谈》。瑢字樾籁,长洲人。

当代作家汪曾祺先生小说《岁寒三友》也提到过"韩瓶"插花结实之民
间传闻:"阴城是一片古战场。相传韩信在这里打过仗。现在还能挖到一种
有耳的尖底陶瓶,当地叫做'韩瓶',据说是韩信的部队所用的行军水壶。
说是这种陶瓶冬天插了梅花,能结出梅子来。"[①]

明清文人选择出土古瓷瓶插花,不仅仅是美观的考虑,还认为瓷器质
地温润,能使花木"枯根借润"。元袁桷《清容居士集》卷六《溧阳张节妇瓶
中杏枝着花因赋》诗云:

陶人妙合阴阳机,冻壶顷刻回芳菲。盈盈绿房缀冰蘂,玉蝶婀娜
穿帷飞。佳人蓬鬒不下堂,手绣孤凤横匡床。宝刀剪缯试春色,翠袖惨
淡颜无光。乌头可白珠九曲,造物深知怜不足。故应试此一枝春,点缀
扶疏惊众目。君不闻,天上瓢髯龙平陆成波涛;又不闻,壁间壶,两曜
瞬息如跳珠。《齐谐》茫昧不可诘,炯目看朱动成碧。张氏之壶如截肪,

---

① 清人笔记中记载,"韩瓶"之得名也可能和西汉韩信或北周韩雄有关,清郑光祖《一斑
录·杂述一·韩瓶》曰:"汉韩王信好饮,有从潍水中得其瓶者;六朝韩擒虎父雄亦好饮,有从其统
兵处得其瓶者,并称'韩瓶'。惟蕲王年尚近,余乡曾为所经,故其瓶犹易得也。"

真火炼质千年刚。枯根借润表贞志,慎勿语怪归荒唐。

诗中"截肪"意为切开的脂肪,形容瓷瓶颜色洁白如脂,滋润杏枝枯根,使之瓶中着花。古人又认为水中久沉或地下久埋之物,带有水土之气,能够滋养花卉,有不少相关诗作。元王恽《秋涧集》卷一八《谢赵主簿惠古瓶》诗云:"贮藏元气阔重泉,土晕苔滋碧颈圆。枵腹戒贪瞠两餮,佳城见日定千年。茂陵神盉知金重,铜爵澄泥比玉坚。闻说插花多结实,露堂从此得春先。"明戴澳《杜曲集》卷四《山居岁晏无以遣怀赋瓶梅十首聊送残腊》其二诗云:"古瓶出土得坤元,更注名山上品泉。泉作灵根瓶作地,养花方是羽人传。"清皮锡瑞《师伏堂诗草》卷五《铜瓶》诗云:"古瓶何代物,日夜井泉浇。出水成璟宝,栽花苗翠条……"根据古代和当代一些学者的观察,水养花木能够瓶中开花,"就瓶结实",不一定完全是花器材质的因素造成,和水质、气温等关系也很大。清代陈淏子《花镜》卷二《养花插瓶法》就强调了水质对插花的影响,有些瓶中开花是水质营养所致:

> 盖有不宜清水养者,又不可不察也。如梅花、水仙,宜盐水养。而梅更宜腌猪肉汁去油,俟冷插花,且瓶不结冻,虽细蕊皆开。若贮古瓶中,常刺以汤,还能结子生叶。

中国南方云南、广东等地,气候温暖湿润,适宜植物生长,容易出现插花"就瓶结实"的奇观。明姚旅《露书》卷一〇《错篇下》曰:

> 谢君采云:"大理春时,备四时之花。"言尝二月买石榴、芙蓉、菊花插瓶,菊花之朵大如盌,石榴五月在树,半开花,半结子,子大如拳,

可剖食。

　　周肇基先生在《中国植物生理学史》一书中提到了发生在广东佛山的一个当代案例："1987年2月间，广东佛山市陶城大厦大厅内的一个陶制大花瓶，春节前插了一枝桃花，居然结了不少翠绿桃子，目睹者甚感新奇。粤地民俗，春节喜插大枝桃花，其花枝犹如一棵小桃树，直径3~5厘米不算稀罕，还有更粗大者，枝干贮藏营养丰富，花可耐久。花瓶口大，腹粗，有的花瓶高达80厘米以上。联系古籍所云和现今的事实，'就瓶结实'之说是可信的。"①在《聊斋志异·古瓶》之后，清代诗文、小说中仍有不少关于浸花古瓶，落花结实的异闻。如清孙原湘《天真阁诗集》卷二六《王生（希曾）家缾供柏枝，忽生绿珠子，久渐肥大，一绿蝶翩然飞出。生以碧筥笼贮之，绘图索诗，以纪其异》曰："古缾贮水水不死，枯柏经春孕珠子。一珠独灵大如指，包得南华齐物旨。春风微嘘珠眼穿，绿云脱出翩如仙。湘帘过身瞥不见，已在屋角桑阴边。生时世界但一碧，不配寻花配寻叶。东邻粉蜨不相知，道是叶同叶相贴……"诗中歌咏枯柏之所以能孕育蛱蝶，开篇一句就道出了原因："古缾贮水水不死"。清人小说中的古瓶故事，有些明显是在模仿《聊斋志异·古瓶》。清乐钧《耳食录》卷三《古瓶》曰：

　　金溪邮路亭胡姓，有甲乙二人，入山游猎，见一白兔自草间逸出，急引弓追而射之。兔忽不见，相与惶惑。甲谓乙曰："兔也而白，必义也。"盖里巷以得窖镪为义，谓其利以义取也，故谓之义。亦间闻有见白物而得白金者，以其色同而幻化也，故甲意及此。乙亦以为然，谨志

───────────────

　　①　周肇基：《中国植物生理学史》，广东高等教育出版社，1998年版，第469页。

其处。伺人静，往发之，则古冢也。椁槽无存，唯断砖残碣可验。旁得一大缸，中贮古瓶二、古砚一。二人本图大获，见此爽然。甲恚甚，举畚碎其一瓶，乙曰："止！取此聊为养花器，不庸愈于空返乎？"因提一瓶及砚以归。砚乃泥砚，甚平平。瓶置几上数日，觉有气自内浮出，氤氲若云气之蒸，不测其故。试折花木贮其中，无水而花木不萎，且抽芽结实，若附土盘根者然，始讶瓶盖宝物也。一日，风雨大作，雷轰电闪，光耀室中。忽霹雳一声起于柱侧，破屋穿瓦而去。举室皆惊，惊定视瓶，已为雷裂碎矣。[1]

《耳食录·古瓶》中所述"古瓶二、古砚一"，差不多是《聊斋志异·古瓶》中"磁瓶二、铜器一"的翻版，小说篇末写古瓶为雷霆所击碎，倒是平添了"大都好物不坚牢"的感慨。清末李庆辰《醉茶志怪》卷二《古瓶》曰："杨青驿何氏家，有古磁瓶，置案头。一夕，雷电入室，龙攫于地，瓶无少损，化为金色。每天阴晦，则出云气缕缕然，可以验雨。插花则落后成实。何氏宝之。"《醉茶志怪·古瓶》所形容古瓶神异之处，也仍然没能摆脱《聊斋志异·古瓶》的套路。

---

[1]　晚清杜乡渔隐《野叟闲谈》卷三《古瓶》、清蓝浦《景德镇陶录》卷九皆有转引。

研　石

　　《研石》是蒲松龄从王仲超那里听来的故事。在整部《聊斋志异》小说中，王仲超仅在《研石》篇中出现过一次，"仲超"应是此人表字，其籍贯、生平一概不得而知。清初顺、康之际，与蒲松龄同时代词人陈维崧的友人中有一位王仲超，清王士禛《感旧集》卷一一收录了陈维崧所作《赠王仲超》诗云："江左萧萧老画师，酒酣双鬓渐成丝。十年曾看巴陵景，含墨空斋写楚辞。"又据陈维崧《陈迦陵文集》卷六《依园游记》文中提及"真州王仲超昆"可知，王仲超名昆，江苏仪征县人。仪征县距离蒲松龄南下游幕之地宝应县很近，王仲超曾经长时间在湖南岳阳生活过[①]，还有可能是王士禛交游圈子里的人物，从以上三点判断，《聊斋志异·研石》的讲述者未必就是淄川县（今淄川区）本地无名之辈，而很像是陈维崧的老友王仲超。

　　王仲超自称"尝秉烛泛舟"，亲身进入洞庭君山间"深暗不测"的石洞，去开采漆黑研石，"出刀割之，如切硬腐，随意制为研"。唐李贺《杨生青花紫石砚歌》诗云："端州石工巧如神，踏天磨刀割紫云。"蒲松龄《研石》中割

---

　　① 清陈维崧的《赠王仲超》诗云："十年曾看巴陵景。"岳阳古称巴陵。

石为砚的景象,看上去颇似李贺诗意的小说化。《聊斋志异·研石》所描述的研石是一种物理性质很奇特的黑色岩石,"按之而软","见风则坚凝"。古籍所载,世间不少东西都具有"见风则坚"的物性,如清王士禛《香祖笔记》卷八引《岭海见闻》写海底珊瑚"在水则软,见风则坚。"与《聊斋志异·研石》中砚石材质类似的石料,古代志怪小说和文人笔记中都曾有记述,《太平广记》卷九《神仙九》引《神仙传·王烈》曰:

> 烈独之太行山中,忽闻山东崩扣,殷殷如雷声。烈不知何等,往视之,乃见山破石裂数百丈,两畔皆是青石,石中有一穴口,口径阔尺许,中有青泥,流出如髓。烈取泥试丸之,须臾成石,如投热蜡之状,随手坚凝。气如粳米饭,嚼之亦然。烈合数丸,如桃大,用携少许归,乃与叔夜曰:"吾得异物。"叔夜甚喜,取而视之,已成青石,击之琅琅然如铜声。

南宋周去非《岭外代答》卷七曰:

> 静江猺峒中出滑石,今《本草》所谓桂州滑石是也。滑石在土,其烂如泥,出土遇风则坚。白者如玉,黑如苍玉,或琢为器用,而润之以油,似与玉无辨者。他路州军,颇爱重之,桂人视之如土,织布粉壁皆用,在桂一斤,直七八文而已。

南宋范成大《桂海虞衡志·滑石》曰:

> 桂林属邑及瑶峒中皆出。有白、黑二种,功用相似。初出如烂泥,

见风则坚。又谓之冷石。①

　　《神仙传》中王烈所见青泥成石,应该是小说虚构之语;而《岭外代答》和《桂海虞衡志》所言滑石,则很可能是古人地理博物性质的记载。《聊斋志异·研石》关于洞庭研石的描写,虽然奇异,但并非全是无根之谈。在蒲松龄之后,清代以至近代文人笔记和地方志中也提到过不少"见风则坚"的奇石,有些记载虽然有聊斋笔法,但也很难判断其真实性。清汪启淑《水曹清暇录》卷三曰:"山东莱州石,其色深青,然透明光润,即古之莱玉也。人多取为名印,亦有白色者,石未出土时性软,见风即坚,或为铛铫,久堪烹饪,味妙于铜铁器。"清王培荀《听雨楼随笔》卷六《珙县奇石》曰:"珙县出石,有红、黄、黑三种,皆可制器……黑者在城外山岩中,工匠凿洞取携制器。始松脆,雕竣烘以火,敷以蜡,黝然有光,携出洞,遇风则坚凝与石同,亦造物灵气所钟也。"王培荀写四川珙县黑石在加工成器的过程中,需要用火烘烤,这一点很像云南宣威蜡石。《(民国)新纂云南通志》卷六五《物产考》载:"宣威之兴榕保戴德村后产蜡石,俗呼窑泥石,出土时甚嫩,见火则硬。以之刻图章及种种玩具,取之者众。"

　　《聊斋志异·研石》小说所述研石的产地为"洞庭君山间"石洞之中。洞庭君山虽然古称洞府山,历史上的君山岛确实也有过石洞②,如今君山西南侧断崖上仍有一处被称为猴子洞的洞穴,但文献中并无君山石洞中出

----

① 南宋黄震的《黄氏日抄》卷六七《读文集·桂海虞衡志》引,文字稍异。

② 北宋范致明《岳阳风土记》载:"君山虎洞,石穴,夏秋水涨即没,春冬水落即露,朝廷尝遣使投龙于此,岁旱邦人往往祈祷焉。"《石仓历代诗选》卷四七五《明诗次集一百九》收录明陈洪谟《游君山》诗云:"君山四面皆湖水,遥望巴陵十里余。渺渺烟波无客到,阴阴石洞有僧居……"《(乾隆)岳州府志》卷二七《艺文志》收录明代张元忭《巴陵游览记》载:"《志》称君山有穴,潜通吴之包山,岂此地耶?其旁峭壁巉岩,有洞如龛,僧曰:'此龙虎洞也'。"

产黑色石材的记载。蒲松龄所言"洞庭君山间",也或者是指洞庭湖中君山附近群山之间。清朝初年,洞庭湖水域面积远比今日广阔,君山周边不少山岛皆竦峙于洞庭湖中,其中的墨山三面环水①,山上有黑石。墨山,又称玄石山、乌石山、五龙山,北宋范致明《岳阳风土记》曰:"墨山谓之玄石山,《楚词》曰:'驱予车于玄石,步予马于洞庭。'……李华诗序云:'洞庭湖西玄石山,俗谓之墨山。'"又曰:"乌石山在州南,所谓乌头石也。其地五山相峙,亦名五龙山。下有港曰石墨港,水中石如墨,磨咽之,可愈喉膈壅热之疾,或云亦可代墨用。"清彭开勋《南楚诗纪·五龙山》诗云:"五峰连峙处,盘屈五龙如。有石光同墨,临池黝可书。昔人曾步马,今日试驱车。梵刹依松岭,窗摇翠影虚。"诗后自注曰:"五龙山,在县东南五十里,亦名玄石山,俗谓之墨山。"蒲松龄《研石》形容研石"色如漆",彭开勋《五龙山》诗形容墨山石"光同墨",二者在外观上极为相似。虽然目前还未发现文献中有关于以墨山石制砚的记载,但北宋《岳阳风土记》中已有墨山石"可代墨用"之说,而且在明代民间传说中,墨山石黑是被砚水染成之色。《(万历)华容县志》卷一《舆封·山水》载:"俗称唐有陈希烈者,谒选,别其妻,题诗于壁。数载,妻思之,舐字迹成孕,生子,名曰墨子。后仙去。又谓,昔岁大旱,东山寺诵经弗辍。忽一老叟至其侧,乞饮。僧弗与,叟吸砚水数口去。是夕,大雨如注,视之皆黑水也。岁更熟,遂以名山者。"②清代洞庭湖群山之间,不仅有山石如墨的墨山,而且华容县团山上相传还有出产砚材的石洞。清陶澍等修纂《洞庭湖志》卷二《湖山》曰:"团山,在县东南七十里洞庭湖中,与寄山相望。相传中有风穴,犯之则阴风怒号。产赭石,可砚以书。"洞庭墨

① 墨山在明清时期,"东、南、西三面尚环水,或为洞庭湖湖汊,或为龙开河水域。"见徐民权等编:《洞庭湖近代变迁史话》,岳麓书社,2006年版,第173页。

② 北宋陆佃撰、明牛衷增补:《增修埤雅广要》卷三九《气化门·虫化类·龙化叟》亦载类似故事。

山石与团山风穴之传闻综合起来,很可能就是《聊斋志异》中王仲超所言"研石"和"洞庭君山间有石洞"的小说原型。

《聊斋志异·研石》的创作,主要依据是王仲超口述事迹,但也不排除蒲松龄将个人本土见闻掺杂进入小说。《聊斋志异·研石》记述研石取自石洞之中,古代山东很多州县都有出产优质砚石的洞穴,如《(光绪)肥城县志》卷一《方域志·物产》载:"陶山墨涛洞产砚材,唐氏《岱览》以为不减端溪石。"北宋晁载之《续谈助》卷三节录北宋唐询所撰《砚录》,其书品评天下砚石,以青州红丝石为第一。晁载之在对《砚录》书评中说:"询尝自遣青州益都县石工苏怀玉者,求石于黑山之颠。怀玉以为洞穴深险,相传云:'红丝石去洞口绝壁有刻字,乃中和年采石者所记,竟不知取之何用。'"[1]蒲松龄对红丝石很了解,所撰《石谱》曰:"青州红丝石:外有皮表,其理红黄相间。理黄者,其丝红;理红者,其丝黄。须饮以水使足,乃不燥。唐彦猷[2]甚奇此砚,以为发墨不减端石。"淄川县出产淄砚,《聊斋志异·研石》写洞庭君山砚石矿洞处于半水下状态,淄川淄石砚矿坑亦在水中。《(民国)三续淄川县志》卷一《重续物产·砚石》:

　　《旧志》据孙文定廷铨《颜山杂记》,淄石坑在颜神镇城北庵上村,非今县治境矣。邑东北二十五里,洞子沟有石,色黑而质坚,可琢为砚,近之名淄砚者,皆此石也。

---

①　清初倪涛《六艺之一录》卷三〇八《历代书论三十八·器用之二》亦收录了北宋唐询的《砚录》。

②　唐询字彦猷。

《聊斋志异》笺证初编

清初孙廷铨《颜山杂记》卷四《淄石砚》曰：

> 淄石坑在城北庵上村倒流河侧，千夫出水乃可以入，西偏则硬，东偏则薄。惟中坑者坚润而光，映日视之，金星满体，暗室不见者为最精，大星者为下。米元章曰："淄石理滑易乏，在建石之次。"苏子瞻曰："淄石号韫玉，发墨而损笔。端石非下嵓者，宜笔而褪墨，二者当安所去取？用褪墨砚如骑钝马，数步一鞭，数字一磨，不如骑骤用瓦砚也。"不知淄石，顾有发墨而不损笔者，惜二公之未见也。

《聊斋志异·研石》篇末感叹道："中有佳石，不知取用，亦赖好奇者之品题也。"青州红丝石，唐代已经有人开采，然而"竟不知取之何用"，由唐至宋二百余年间，一直鲜为人知。淄石砚有"发墨而不损笔者"，可惜苏轼、米芾均未曾得见，不能予以赞赏。蒲松龄《研石》之中，也或许有红丝石和淄石的影子。

砚是中国传统文房用具，明高濂《遵生八笺》卷一五《燕闲清赏笺中·论研》曰："研为文房最要之具。"清初余怀所著的《砚林》一书，卷前附有涨潮所撰《〈砚林〉小引》曰："文人案头所胪列诸玩物，其为类也不一，然皆不切于日用，徒为观美而已。最适用者，莫过于砚。"《聊斋志异》中不只《研石》一篇写到过砚石和磨墨，在蒲松龄有些小说作品中，砚台作为道具还起到了配合和推动故事情节发展的作用。砚台多为沉重坚实的石制品，是古代文人书斋中案头常有之物，有时在激烈的人际冲突中，砚石会被人在盛怒之下随手拿起，成为杀伤人命的凶器。《聊斋志异·司札吏》中，游击官某就用砚石击杀司札吏，蒲松龄这一小说情节安排也是以现实生活经验为依据的。中国古代有很多以砚石伤人或杀人的案例，比较有名的事件如

《太平广记》卷二六一《嗤鄙四》引《北梦琐言·郑畋卢携》曰："唐宰相郑畋、卢携亲表,同在中书,因公事不协,更相诟詈,乃至以砚相掷。时人谓宰相斗击,以此俱出官。"《明史》卷三〇四《宦官·怀恩传》记载司礼监掌印太监怀恩为保护朝中正直大臣,触怒明宪宗:"帝怒,投以砚。"在蒲松龄之后,曹雪芹在《红楼梦》第九回《恋风流情友入家塾 起嫌疑顽童闹学堂》中更是将砚台称为"砚砖",小说描写私塾顽童斗殴时就有飞砚打人的情节。

《聊斋志异·成仙》中也写到了砚石,该篇小说中有仙人指甲点石成金的描写:"砚石灿灿,化为黄金。"在蒲松龄之前,唐人小说中已经有仙人丹药化砚石为黄金的故事,《太平广记》卷三一《神仙三十一》引《宣室志·章全素》曰:"即于烬中探之,得石砚,其上寸余化为紫金,光甚莹彻,盖全素仙丹之所化也。"清初黄宗羲《四明山志》卷三《灵迹》亦记述丐仙章全素点石成金之事:"发簀,尸失所在。已视其石砚,化为黄金。"《聊斋志异》等中国古代神魔志怪题材的小说中, 之所以会出现砚石被点化为黄金的故事情节, 主要是因为致密坚硬的黑色砚台在中国古代常常被用作试金石来使用。南宋袁文《瓮牖闲评》卷八曰:"余少时见家中一瓦砚,头有一品字,多将其背试金,后因扰攘,遂失所在。"清刘岳云的《格物中法》卷五上金部:"试金之法,以纯黑之石,其石质不同有老有嫩,俗名试金石。"通过在黑色硬物上刻划,可粗略判断黄金的真伪和成色。砚石因其有试金的特殊功能,成为古人日常生活中经常与黄金接触的石质物品,《聊斋志异》等小说中仙人点砚石为金的艺术想象, 应是以生活中砚石试金的常见现象为参照的。中国古代蜀中戎州所产试金石天下闻名,明代曹昭《格古要论》卷下曰:"试金石出蜀中江水内,纯黑色,细润者佳。"戎州试金石又可以制砚,在材质上类似于淄石,北宋朱长文《墨池编》卷六曰:"淄州淄川县青金石出梓桐山石门涧中,其色青黑相参,有文如铜屑遍布于上。亦有纯色者,理极细密,而不甚坚,叩之无声,其发墨略类歙石,而色乃不逮……戎卢州试金石,状类淄州青金石,而又在其下。"南宋高似孙的《砚笺》卷三《戎石砚》亦曰:"戎州试金石,类淄石。"由古人记载可知,淄州青金石也属于试金石一类,蒲松龄对其故乡淄川淄石砚的试金功能可能有所目见耳闻。

张 不 量

　　《聊斋志异·张不量》的故事，与蒲松龄同时代的其他作家也曾讲述过，聂石樵先生认为："蒲松龄所记，与《旷园杂志》完全相同，表现了他福善祸淫的思想。"[1]清初吴陈琰《旷园杂志》卷下《张不量》曰：

　　　花坞僧济水言："顺治十八年，青州一丐者，为神人赦其行雹。避雹者闻空中语云：'毋坏张不量田。'及天霁，他田偃坏，张田独无恙。盖张氏所贷归者，听其自入囷，绝不较，故以'不量'称之。"其事与南宋蒋自量同。蒋，杭人，长崇仁，次崇义，次崇信，兄弟一德，置公量，乞籴者皆令自收米，岁歉亦然，人因目为"蒋自量"。咸淳三年，诏封三蒋为广福侯，至今庙祀盐桥之上。

　　吴陈琰在叙写张不量故事的同时，又指出"其事与南宋蒋自量同"。南宋蒋自量善行流传颇广，南宋吴自牧《梦粱录》卷一四《土俗祠》载："广福

---

　　① 朱一玄编：《〈聊斋志异〉资料汇编》，南开大学出版社，2012年版，第218页。

庙,在盐桥,神姓蒋,世为杭人,乐于赈施,每岁秋成之际,籴谷如春夏价增时,以谷如元价出粜,不图利源。如岁歉,则捐谷以予饥者,神死之日,嘱其二弟曰:'须存仁心,力行好事。'二弟谨遵兄训,恪守不违,里人立祠表其德,凡朝家祈祷,无不感应,遂赐庙额,封爵,及其二弟并进侯位,曰'孚顺''孚惠''孚祐'之美号也。"①明清时期,浙江很多州县都有祠庙祭祀蒋七郎,明田汝成《西湖游览志》卷一六《南山分脉城内胜迹·祠庙》等明清方志中多有所提及。《(嘉靖)仁和县志》卷七《恤政·预备仓》对蒋自量事记载较为详细:

> 广福庙在惠济桥,即盐桥。神姓蒋,名崇仁,杭人,世居兴德坊,喜赈施。每秋成,籴谷预储,贵则贱粜;如原价,仍许籴者自量;岁歉,或捐以予饥者。死之日,嘱二弟曰:"为人须存仁心,力行好事。"里人相与祠其像以报之,人心所趋,灵应如响。咸淳初,赐庙额曰"广福"。六年,安抚潜说友请于朝,封神及其二弟皆列侯,曰孚顺,曰孚惠,曰孚祐。庙屡毁于火,而乡人屡新之。

《(嘉靖)仁和县志》卷七《恤政·预备仓》又附录宋末元初胡长孺为广福庙蒋氏兄弟所作传记曰:

> 按旧《志》,孚顺侯蒋氏,世杭人,生宋建炎间,喜赈施。谷成熟时,籴储,价贵用粜,价贱籴予人;不熟,捐于人者②,自幼逮老不变。告二

---

① 南宋潜说友的《(咸淳)临安志》卷七三,《三教源流搜神大全》卷三《杭州蒋相公》,有类似记载。

② 《(成化)杭州府志》卷三四《坛庙》作"捐予饥者"。

弟："存仁心，力行好事。"言已卒，人相与立祠侯家。后一百三十一年，当咸淳三年，临安尹潜说友以武学生蒋文明若干人之请，奏锡庙名广福。六年，尹为侯暨二弟请赐爵，皆列侯。尚书祠部考行庸定号曰：孚顺侯、孚惠侯、孚佑侯。淳熙间，又为立祠盐桥东北。尹韩彦质过杭，见民群聚，趣坏祠。即日侯降尹治，凭老兵辨数甚力，彦质愧谢，为徙桥上。今庙，韩所徙也，故老相传，不得侯名字，独记其昆弟之次为七郎。当侯籴粜时，使人概，各中其意，因号侯"自量"。

在西汉时期，司马迁就将先秦齐国田氏"大斗出贷，以小斗收"的惠民政策称为"行阴德"。《史记》卷四六《田敬仲完世家》载："田釐子乞事齐景公为大夫，其收赋税於民以小斗受之，其禀予民以大斗，行阴德于民……田常复修釐子之政，以大斗出贷，以小斗收。"唐宋以来，中国民间多有使"粜者自量"的慈善之家，如南宋佚名《苇航纪谈》载，南宋户部尚书沈诜"后致政归苕溪，每值歉岁，公即发已家租米，市中出粜，止依元直。公自斛斗，每倍量与人，或以钱密置米中。乡人不识公，但云：'着青布衫道人量得米好'，其实乃沈公也。"清初冯景的《解春集诗文钞》卷四《三蒋侯祠记》文中在记载南宋蒋自量三兄弟德行后，又追述唐代"李自量"与北宋"黄自量"之事："唐时，广陵有李珏者，以贩粜为业，每斗惟求子钱二资奉父母，凡升斗皆令人自量，后百余岁仙去。又宋尚书张咏守成都，梦诣紫府，有黄兼济者坐其上。明日，召而问之，对曰：'愚无他善，惟每岁秋收，随意出钱粜米，竢来年新陈未接时粜与细民，价例不增，升斗如故。'咏叹曰：'是宜居我上也。'此皆生仁民，而死为神，无疑也。"唐李珏事见于五代南唐沈汾《续仙传》卷中《李珏》："李珏，广陵江阳人也。世居城市，贩粜自业。而珏性迥，端谨异于常辈。年十五，随父贩粜。父适他行，以珏专其事。人有粜之，与籴，珏即授之升斗，俾命自量，不计时之贵贱，一斗只求两文利，以资父母。"宋佚名《灯下闲谈》卷下《升斗得仙》：

> 李相公珏镇扬州日，夜梦长衢而行，见一金字牌屹于路左，观者架肩接踵，遂诣看焉。金书云："淮南道扬子县李珏得仙。"珏遂于牌下久而不去。俄见一羽衣，乘鹤自天下："尔是何人，敢当此立？"珏启曰："是淮南道节度李珏，今观金牌有字，言珏得道，是敢当此而立。"羽衣曰："非子也。淮南道扬子县李珏，三代贩春糠粃，心不忘道，阴功数满，运偶升天，上帝遂降金符金字，预示上下神祇。"言讫升空而去。珏梦觉将旦，令左右遍于坊郭府县寻访，并无李珏；忽示扬子县检旧簿籍，粜籴行有李珏，遂差人访得。李珏年六十，为与府主同名更之，见系粜籴行，相将诣于公府。珏具公裳，命左右策住设拜，恭礼以父兄礼。诰曰："三代贩春糠粃，不弃粜籴，悉令他人执升斗，自致丰盈之因，复振饥寒之人。"公叹曰："三代贩春，阴功犹著，数年茬事，功德蔑闻，莫若自知，尚虞天谴，敢言曷不惭乎！"未逾月，其人白日冲天。是时文儒之士著《李珏白日冲天诗》，十有六七是故相公，诗曰："金字分明见，分明列姓名。三千功各满，云鹊自来迎。要警贪惏息，将萌宠辱惊。知之如不怠，霄汉是前程。"幕吏上相公诗曰："同姓复同名，金书应梦灵。彼行功已满，此得政维馨。中国为元老，遥天是昴星。将知贤相意，不去为时宁。"余诗不录。

明代李贽《因果录注》卷上《贩籴》写唐代李珏以负贩为业，"人与之籴，珏但授之升斗，使其自量。"李珏因此阴功极大，得以尸解成仙，名列华阳洞天。明郑瑄《昨非庵日纂》卷二〇亦载："唐江阳李珏贩籴为业，授人升斗,任自量。"后世出于对唐代李珏的纪念和尊崇,民间出现了以李珏为供奉对象的枭籴神信仰,福建泉州晋江枭籴庙就以唐李珏为主神。《(乾隆)晋江县志》卷一五《杂志·寺院宫观》:"枭籴庙,在府治中华铺,神为唐广陵人李宽,敕封护国圣王。《闽书抄》:'广陵李宽,初名珏,随父贩枭,平粜赈饥,泉人德之。'"北宋黄兼济事见于南宋陈葆光《三洞群仙录》卷三:

> 《忠定公录》:"张乖崖在成都,梦谒紫府真君,接语未久,忽报请到西门黄兼济承事。承事以幅巾道服而趋,真君降阶接之,礼颇隆尽,且揖张公坐黄之下,谕顾详款,似有钦叹之意。公朔旦即遣吏诣西门召黄承事者,戒令具常所衣之服来。比黄既至,果如梦中,公即以所梦告之,问:'平日有何阴德,蒙真君厚遇如此?'黄曰:'无他长,每岁遇米麦熟时,以钱收籴,至明年米麦未熟,小民艰食之际粜之,价直不增,升斗亦无高下。在我者初无所损,而细民得济所急。'公曰:'此承事所以坐某之上也。'乃令吏掖而拜之。"[1]

关于黄兼济平粜感神的传说,元明文集或笔记中也多有记载。明何孟春《余冬录》卷五七《杂述》就将《续仙传》中李珏事与《厚德录》中黄兼济事相提并论:"今城市田里之夫有世业者,如黄、李事有何难效法哉?而学士大夫家有所不能,此李珏、黄兼济所以见重于神明也。"李珏使人"操概自量"的"自量",与《聊斋志异·张不量》中"未尝执概取盈"的"不量",其实是一回事。黄兼济囤粮济困的做法,也与《聊斋志异·张不量》中"张素封,积粟甚富,每春贫民就贷,偿时多寡不校"的描述相类似。黄兼济事迹在后世

---

① 南宋谢维新的《古今合璧事类备要》前集卷二〇《灾异门·凶荒·真君接礼》,南宋李昌龄《乐善录》卷一等书亦载此事。

可能被改编为"黄自量"的民间传说，江苏省海安县曲塘镇有一个名叫"黄自量"的村庄，此地名的形成不晚于清代道光年间，《(道光)泰州志》卷一二《祠祀(坊表附)》在记载地方坊表时提到了黄自量村，却称其村名为"黄自量之"："在曲塘镇东，地名'黄自量之'。"黄自量村至今犹在，经过有些研究者的采访考察，海安县当地确实有黄姓老人在粮食买卖中使人"自量之"的民间传说，"黄自量"地名也因此而来，"为了省手续和取信用，黄老爹就在店堂里放上几个公平升斗，让来买粮食的主顾自己去量，然后如数结账，顾客中有不放心的，回家复量，从未发现短少"①。"由于到黄家粮食可以由顾客自己量，时间一长，人们便给这村子取名'黄自量'，并留下'直奔黄自量'熟语。"②在李珏和黄兼济义举的感召和影响之下，"授之升斗，使其自量"作为一种周贫济困的慈善模式流行于宋明时期，出现了一系列"自量"人物，北宋有"秦自量"，南宋有"蒋自量"和"陈自量"，明嘉靖间有"朱自量"，明末有"苏自量"。《(弘治)溧阳县志》卷四《人物》记载北宋溧阳人秦熹有"秦自量"之称：

> 秦熹，先世有曰泽者，宰金坛，秩满，居溧阳洮湖之南，熹其后人也。熹隐德弗仕，岁收租万余斛。凡输租者，令自行概，因是称为"秦自量"。熙宁、元丰间，频岁饥馑，作糜粥以食往来之人，计升斗以给乏绝之家，全活其众，乡里咸称长者，有司闻而荐之，亦不起。③

《(同治)新昌县志》卷六《祀典志·坛庙》载南宋"陈自量"事：

---

① 白庚胜总主编：《中国民间故事全书 江苏 海安卷》，知识产权出版社，2010年版，第122页。

② 夏俊山：《"长圪头"与"黄自量"》，《海安日报》，2018年1月1日第06版"紫石苑"副刊。

③ 《(正德)江宁县志》卷九《人物》亦载秦熹事迹。

　　盐城福主祠,在城隍殿右,祀盐城福主显忠大王陈德,宋绍定朝敕建。德,县治人,屡征不起,孝敬和睦,周恤乡里,糴则减价,并使糴者自量,时人称为"陈自量"。会大旱,抚按祷雨不验,梦神语曰:"大仓出粟,不由他手。"解者曰:"其陈自量乎!"因通行属县,遍访自量,县宰范洁劝德行,不可,强之乃就道。至省,立坛祈雨,德斋沐浴,登坛焚香叩头,水浆不入口,凡三日夜。忽阴云四布,风雨骤合,众官称庆,登坛谢德,则德已逝矣。因会题请旌,奉旨敕封盐城福主显忠大王,妻胡氏后宫夫人,饬县建祠,依王礼塑像。

《(光绪)武进阳湖县志》卷三〇《杂事·�摭遗》载"朱自量"传说:

　　明嘉靖间大旱,有司斋祷,就宿城隍庙,夜梦神告之曰:"必欲得雨,须孙好天、张大扇、朱自量三人来,方可。"明日,遍索不得,三日后乃皆得之。县官曰:"吾邀公等为一邑请命。"因以梦告之。孙曰:"吾每晨起,必拜天;呼天,必曰'好天'。"张曰:"吾身患疝疾,恐遗溺露体,携大扇自蔽。"朱曰:"吾业米肆,人以金易米,每使自量,人故以之称我等耳。"县官喜,力请升台,半日而霖雨大降。

《(光绪)常昭合志稿》卷二六《人物志五·耆旧》引旧《志》记载明末瞿式耜弟子苏祖荫有"苏自量"之称:

　　苏祖荫,字芑诒。父希式,举乡饮宾,每贷米于贫人,不取息。来糴者,使之自量,里中称为"苏自量"。祖荫少出瞿忠宣之门,仪状秀伟,议论高亮,雄于文辞。顺治壬辰登进士,授户部主事,督理清江粮饷,廉办精强,爬剔利弊。有梗之者,内计镌一秩,补山东藩幕官署泰安州事,强项如故,卒于任。

在《聊斋志异·张不量》以前,"自量"类事迹不断见于南北各地方志记载,如《(顺治)潮州府志》卷六《人物部·程乡县·李隆安传》:"李一桢,字翰台,程乡人。由岁贡授隆安知县,清勤多惠政。邑喜乱,一桢至,帖然。解组归家,居十九年绝迹公庭。每月朔望,恒捐粟以济贫乏,至岁祲,生活益众。卒,祀乡贤。有弟一楫,字巨川,亦由贡任晋江县训导,为侍郎何乔远所重。其家居,发粟赈饥,又平价出糶,即令其人自量,邑人德之。"蒲松龄的《张不量》以历代长期流传于民间的"蒋自量"等"自量"故事为小说基本素材,稍加改编,将"自量"之说变成"不量"之称,同时借助透惩恶扬善的雹神传说,利用"不量"与"不良"的谐音,添加小说情节,将张不量塑造为一位乐善好施,慷慨济贫的乡村慈善家。在清代,《聊斋志异·张不量》在流传过程中又有了发展,《(咸丰)武定府志》卷三八《杂记志》记载"张不量"的人物原型为山东省沾化县张宏弼祖父张守仁:

张守仁,霑化人,户部宏弼祖也,好善乐施,推诚待人。乡里有贷米谷者,偿之即收,不复量其多寡,人因号"张不量"。一日,天大雨雹,佃户刘龙避雨庙中,闻空中语曰:"勿损张不量田!"既而邻禾皆损,而张田独无恙。①

---

① 清联印修,清张会一、耿翔仪纂:《(光绪)沾化县志》卷一六《丛谈》亦载此事,文字基本一致。据《(光绪)沾化县志》卷七《人物》记载,张宏弼字汝翼,号梦谐。崇祯甲戌进士,授高阳令。历任蓟镇推官、南京户部主事等职。明朝灭亡,归乡隐居。清顺治初,征命不起。

张 不 量

《(光绪)东光县志》卷一二《杂稽志下·识余·轶事》引《聊斋志异·张不量》，篇后所加按语则称张不量是河北沧州东光县人，其墓地在东光县城西："不量墓，在城西大龙湾东北里许"。清人所记载的"自量"型故事，受《聊斋志异·张不量》的影响，在叙述过程中行文措辞往往有所变化，一般不再说"令其人自量"，而是称"不复量其多寡"，"自量"改为"不量"。《(民国)重修新城县志》卷一八《人物六·清三》记载清代后期山东桓台毕家"不量"之事曰："毕介远，字贞石，天性纯厚，乐施予。乡邻贫不能给者，资助之；无德色，负债不能偿者，付之券以去。秋成，佃户送租，但籍其数，不复量。即或杂糠秕，亦不责。以善行足式，举乡饮介宾。"

"自量"也就是"不量"，这既是一种建立在平等互信基础上的商业典范，也是中国古代一种充分维护受助者尊严的隐性慈善，有利于诚信、宽容社会环境的形成。《聊斋志异》之所以成为小说经典，原因之一就是蒲松龄有着长期扎实的乡村生活经历，观察和表现社会有相当的深度和广度，在多数情况下，其书中每说一事，必有寄托，令人深省。以《聊斋志异·张不量》为例，虽然本篇小说很简短，但其故事源远流长，情节生动不俗，所蕴含的道德情感更是深入人心。

李 象 先

蒲松龄所写的小说《李象先》主人公为明末清初山东名士李焕章。考察了解李焕章的家世、生平、交游,以及诗文和学术著作情况,有益于深化对《聊斋志异·李象先》的解读。

一、李焕章生平、交游及其著述

李焕章(1615—1690),字象先①,号织斋,山东乐安县李家桥(今山东省广饶县大王镇李桥村)人。李焕章之父李中行,字与之,又字二水,万历庚戌(1610)进士,历官大理评事、镇江知府、贵州布政使司左参政,"母卒,服阕,不赴补,居乡力施解以拯饥岁,筑草桥镇石桥三,卒年五十九,有《浞溪集》《黔中奏疏》行世。"②李焕章共兄弟五人,李中行长子李含章、次子李

---

① 晚明时南京有秀才亦名李象先,其园林称为"遂园"或"茂才园"。明周晖《续金陵琐事》载:"李象先茂才园在古瓦官寺南。"清末民初陈作霖的《金陵园墅志》卷下收录了明顾起元《李象先遂园诗》。

② 《(雍正)乐安县志》卷一二《人物志·李中行》。

焕章、三子李斐章、四子李宪章、五子李玉章。^①李焕章与长兄李含章在清初并称"乘州二李"^②,李含章、李焕章、李斐章三人皆工诗,被后世称为"乐安三李"^③。李焕章早年即以文章闻于乡里,后来周亮工又为之刻集延誉,遂声名大振天下^④。《织水斋集》第一册《己酉南游日记》载康熙八年己酉(1669)四月,李焕章由青州抵达南京,四月七日赴周亮工寿宴,周亮工于酒席上对李焕章赞许有加,并回忆与其相识之往事:

> 夫子意兴勃窣,牵余衣示诸客曰:"此山左李象先也,精古文辞。初见象先为《会稽章含可诗序》,心动,信其必传,后忽遇之法庆寺^⑤,遂订交。诸君向谓白雪楼、水香亭寂寞,视此宁不改语耶!快饮彻旦,

① 李桥李氏族谱至今尚存,见段学虎等《李桥李家:明清两代"一门三进士"》,《黄三角早报》,2014年7月5日第A10版:人文东营。

② 清初张侗《游五莲山赋》中言及"乘州二李",见张崇琛主编:《名赋百篇评注》,三秦出版社,2003年版,第414页。清初曹贞吉《珂雪集》卷一《过杞园斋头赠绘先象先用绘先韵》诗中将李氏兄弟誉为"东园二仲"。

③ 徐世昌所编《晚晴簃诗汇》卷三四载:"李含章,字绘先,号浮玉,乐安人,副贡,有《卢龙杂咏》《遁山堂遗诗》。《诗话》曰:'浮玉与弟织斋焕章、简庵斐章,皆工吟咏,号乐安三李。织斋即以号名其集,简庵有《春晖堂遗诗》。'"

④ 李焕章所撰《织斋文集》一书前有清张昭潜《序》:"康熙元年(1662)壬寅,大梁周栎园先生为青州兵备金事,于署开真意亭,延静子、杞园、渔村,及先生觞咏其中。亟赏先生文,与商邱侯朝宗、南昌王于一、新建陈石庄为四家文刻,于是天下士得略读先生文,而山左右,淮东西,大江南北,无不知有先生者。"《织斋文集》卷三《与邑侯邵公第一书》曰:"谬为诗赋古文辞,受知于滁来安武公、会稽章公、阳城王公、潼关杨公、太康张公,大受知于前侍郎金溪周公。开真意亭,给笔札,才一操觚,浮白击节,与商邱侯朝宗、新建陈右庄、南昌王于一为四家刻,自此海内知有李象先矣。后相国冯公、尚书艾公、方伯施公、太守崔公,日以其姓字游扬公卿间。"《织斋文集》卷四《与陈孝廉友龙书》曰:"四方多以文属公,公给笔札代稿。日坐真意亭,每成,公浮白大叫,声动四座。两岁,除代稿外,有自著十余万言。公携之南中,与新建陈石庄、南昌王于一、商邱侯朝宗为四家而传,数十首刻之《赖古堂文选》;尺牍刻之《藏弁》《结邻》集中。"

⑤ 《织斋文集》卷四《与陈孝廉友龙书》曰:"周侍郎公来刺青,某避之,未随诸交人往谒也。公乃自法庆请入署,奉之客座,俾子弟从之游。"

酷似真意亭雅集时。

在周亮工的提携推重之下，李焕章得以与侯朝宗、王于一、陈石庄三人齐名。周亮工于青州官署开真意亭①，延揽和培养人才，在真意亭诸人中，李焕章与李澄中、安致远、张贞后来被称为"真意亭四子"；李焕章又与安致远、李澄中并称"青州三子"②。

《(雍正)乐安县志》与《(民国)续修广饶县志》皆为李焕章立传，《(雍正)乐安县志》卷一二《人物志》曰："李焕章，字象先，幼颖悟，博极群书。弱冠时，梦星冠紫衣人授以二笔，由是文思日进，所著有《龙湾稿》《老树村集》《织斋集》行世。邑《续志》，其手笔也。"《(民国)续修广饶县志》卷一九《人物志·乡贤》曰：

> 李焕章，字象先，号织斋，参政中行子也。少承家学，博极群书，为邑名诸生，与参军徐太拙相友善，夙以古志洁之士互为期待，鼎革后太拙既赍恨以终，焕章即亦不复应举，益肆力古文词，好太史公书，于唐宋诸家独喜柳州，为文雄杰，有奇气，与寿光安致远、安邱张贞、诸城李澄中齐名。祥符周亮工者，以风雅进退士类，文坛主盟也，其兵备

---

① 《织斋文集》卷一《真意亭雅集诗序》曰："康熙三年甲辰四月十五日，少司农公大会燕享，来集者十二人：潍蔡子漫夫宗襄，殷袁子宣四藩，斟安子静子致远、李子乾一震，渠邱王子国儒翰臣、张子杞园贞，稷下薛子仪甫凤祚、房子枢辅星显，又乔尔桢、杨子辅峭涵，余东武弟渭清澄中，日照弟吉甫惠迪。"清初张贞《杞田集》卷一《白云邨文集序》曰："康熙癸卯，前户部侍郎浚仪周公观察吾郡，尝延诸生四人于真意亭与为游从，先生其前席者也，余为寿光安静子、乐安李象先，弇陋如余亦厕足其末。周公好士如饥渴，四人乐其汲引，日相往来。"

② 《(光绪)益都县图志》卷二五《艺文志下》收录清毕道远为毕元亮诗文稿所作《序》曰："青州三子见赏于周栎园，《安静子文集》言之颇详。三子者，安静子、李澄中、李象先也。当时李象先受知尤深，延入真意亭教其诸子，亦见《织斋文集》。"

青州,尝刊行焕章所著,以与商丘侯朝宗、新建陈石庄、南昌王于一相比,并世所谓"四家刻"者是也。又尝被聘与昆山顾炎武、济阳张尔岐、益都薛逢祚修《山东通志》,一时号为杰作,而各邑志之经其手辑或叙述论列者为尤夥。初,焕章尝梦星冠紫衣人授以二笔,文思由是大进,才名噪一世。当时是,清廷方以人心未附,收招英俊,藉资镇抑。官吏承风,争先罗致,以故有明遗老迫而不得遂所初赋者,未易以更仆数。焕章独峻拒者至再至三,情词愤激,其所遗当道书可覆按也。然亦遂以此被忌,不安其家,因混迹缁流,晚岁居青之法庆寺者为多,著有《龙湾》《老树村》等稿。焕章既殁,澄中订其生平所为文,统曰《织斋文集》,凡八卷,清《四库全书》录其目,详《艺文》。子新命举人,官至宁南州知州。

李焕章死后,葬于青州,《(民国)续修广饶县志》卷四《舆地志·古迹》载:"明李焕章墓,在益都城东北魏七里庄东南隅。清光绪间,益都知县毛澂为之立碑,题曰:'明故处士李公讳焕章,字象先,号织斋之墓。'其后即居于此,藏有《李中行行乐图》,当是李公嫡派。"在目前所见关于李焕章的各类生平传记资料中,以清初李澄中为之所作墓志铭记载最为详实,《卧象山文集》卷二《李太公象先墓志铭》曰:

公讳焕章,字象先,别号织斋,姓李氏。其先枣强人,明初始徙居乐安。李氏自太仆公以会元起家,世以文章显。父大参公,居官有政绩。公具夙慧,能悉三世事。书过目不忘,十五为诸生,躁声齐鲁间,为同郡钟司空龙渊先生、傅民部丹水先生所器。

甲申后,弃儒冠,专工古文词,兼综释典。癸卯岁,少司农周栎园先生来观察青州。先生负人伦鉴，所至拔材贤罗致幕下，公与寿光安静子及予，同受先生知，于是海内人士咸知织斋先生云。公常谓予曰："左氏文，司马氏质，自古质胜文，故当右司马氏。"于八家独喜柳州，以其险峭犹近于古。其为文雄杰有奇气，当其极意所至，雷风驰骤，百物失态。及其乱也，金戈乍敛，万马无声。豫章孙执升谓其近轶庐陵，远追司马。中州练石林又谓其小品短悍警策，文中小李将军也。知言哉！

公为人长身负气概，狷介不妄取与。义所不可，瞪目疾呼，口辨锋起。见者多慑服去。己酉春，弟斐章为怨家所中，徒步二千里往援之，其友爱如此。公中年失偶，遂鳏居不复娶。多寄迹佛寺中，其禅悦盖天性也。平生不耐静，俯仰老树村中，杜门未几，往往游东武、不其、牟娄、斟鄩、稷下、於陵诸邑。先是，戊午岁，朝廷征召海内文学之士，公以性不谐俗，竟无荐之者，士论惜焉。公生于明万历四十三年六月十三日，卒于康熙二十九年六月二十九日，得年七十有六。子一人新命，己酉举人，官知县。

忆与公初相遇真意亭，一见辄合。三十年来，聚则规勉，离则怀思，比于古人鸡鸣风雨之义，可谓克有始终者矣。于其殁也，为之铭以分予痛焉，铭曰："九苞乃以之司晨，骐骥乃以之遂？豹雾龙纹，待时而伸。狗监无人，友道斯沦。文章有真，视此贞珉。久而弥振，莫谓我生之不辰。"

李澄中所撰《李太公象先墓志铭》对李焕章的祖籍、家世、生平，以及道德文章皆有所记，尤其对生卒年有详细记载，其生于明万历四十三年（1615），卒于康熙二十九年（1690），享年七十六岁。李宗文先生所撰的

《〈李诗集遗〉残版简介》一文中考证李焕章"生于明代万历乙卯(公元一六一五年),至清代康熙戊辰(一六八八年),已七十三岁,详细卒年不考"[①]。以往研究者对李焕章的生卒年的推断往往有误,如山东省广饶县地方志编纂委员会编写的《广饶县志》第三十五编《人物》注明李焕章生卒年为"1613—1688"[②]。孙启新先生《〈聊斋志异校注〉人物补注续》考证曰:"李焕章于明万历四十一年(1613)出生,清康熙三十年(1691)因劳累过度病逝。"[③]赵伯陶先生在《聊斋志异详注新评》一书中将李焕章生卒年注为"1614—1692? "[④]

《织斋文集》卷三《与马汉仪书》中,李焕章对自己婚姻和子嗣情况有介绍:"娶于连朝列家,六年得儿。无何,妻告终,儿复殇。势不得已,再娶于曹尚书家,十年妻殁,幸有子,今复有孙,有曾孙,森森济济。视人世之久有妻室者,不过如是。"《聊斋志异·李象先》文中称"子早贵",指的是李焕章之子李新命。李新命,字维周,康熙八年己酉(1669)举人[⑤],与高唐朱緅同科。曾任四川建始县知县[⑥],南昌府义宁州知州。《(雍正)乐安县志》卷一〇《选举·举人》载:"李新命,康熙己酉,宁州知州。"《(民国)续修广饶县志》卷一八《人物志·科贡表三》曰:"李新命,康熙己酉科,江西宁州知州。"《(咸丰)青州府志》卷一八《选举表》载:"李新命,乐安人,江西宁州知州。"李新命在义宁任职时间不长,《(同治)义宁州志》卷一六《职官志》:"李新

① 中国人民政治协商会议广饶县委员会文史资料编辑组:《广饶县文史资料选辑 第3辑》,1983年版,第40~41页。

② 山东省广饶县地方志编纂委员会编:《广饶县志》,中华书局,1995年版,第916页。

③ 孙启新:《〈聊斋志异校注〉人物补注续》,《蒲松龄研究》,2017年第2期。

④ 赵伯陶:《聊斋志异详注新评》,人民文学出版社,2016年版,第3043页。

⑤ 《(民国)山东通志》卷九九《学校·举人表》。

⑥ 《(雍正)四川通志》卷三一《职官》。

命,四十一年五月任,四十二年计罢。"①《(乾隆)义宁志》卷五《官师》又载:"李新命,字维周,山东人。由己酉乡贡授建始令,升知宁州,勤俭刚直,立法不阿,胥吏抵服。壬午年分房典试,校拔得人。虽以考核去官,而攀辕载道,没世有善名焉。"②

李焕章交友甚广,平生至交则有徐振芳、成其谦、陈荀会③,以及张尔岐④、李澄中、安致远、张贞等,其中与《聊斋志异》小说相关的人物则有释灵辔与吴木欣。清顺治十七年(1660),李焕章客青州,在法庆寺附近构建遁山堂长期居住⑤,与寺僧灵辔交好。法庆寺临济宗禅师灵辔,也就是《聊斋志异·番僧》中所提到的"和尚灵辔"。康熙八年己酉(1669),李焕章准备南游,临行前灵辔置办素斋为之送行,《织水斋集·己酉南游日记》曰:"康熙己酉春三月一日,余在法庆寺束装,灵辔大师烧笋相饷。"吴木欣⑥是李焕章的晚辈,二人交往事见于《织水斋集·延陵宝墨序》。

李焕章著作极丰富,其生前,除周亮工为之选文刻集外⑦,友人陈荀会

① 《(同治)南昌府志》卷二四《职官·义宁州·国朝知州》亦载:"李新命,山东人,康熙四十一年任。"

② 又见《(同治)南昌府志》卷二七《职官》,《(同治)义宁州志》卷一八《职官志》。

③ 《织斋文集》卷七《三友人传》。

④ 清初张尔岐的《蒿庵集》卷二《织斋集钞序》曰:"余固陋鲜四方交,唯日闭门拥图书自附尚友而已。一日阅《赖古堂选》,见李君象先文三篇,读而好之。既又知为青之乐安人,抚卷叹曰:'乌有文笔如此君,近在眉睫而不知其人者乎!是后见人自东方来,必曰:'识象先否?'其人苟曰:'识。'必问其里居、家世、年齿、体貌,以及性情、学术,人亦各随所及知为答,不必尽肖。于是敝庐书策笔墨之间,隐隐有一象先位置于其中,而人不知也。今春有《通志》之役,遇象先于藩署,共事者五月……仆鲜四方交,老而交一织斋,亦差不寂寞矣。"

⑤ 参见段学虎等:《李桥李家:明清两代"一门三进士"》,《黄三角早报》,2014年7月5日第A10版:人文东营。

⑥ 蒲松龄与吴木欣亦相识,《聊斋志异》中《鸟使》《姬生》《桓侯》三篇提及吴木欣。

⑦ 清初周亮工所辑《尺牍新钞二集》卷一三《李焕章》小传曰:"象先,山东乐安人,《遁山堂集》《爽韵居集》。"《织斋文集》卷五《忆交记》:"《遁山堂文》三百首,是与南中人士共试,侍郎选刻者。"

也为之刊刻《遁山堂》《学无学堂》《老树村七十老人集》等书百万字[1]。李焕章去世前,整理平生著作统名为《织斋集》,托付给侄子李鼎延,并嘱友人李澄中作序。清李澄中《白云村文集》卷一《织斋文集序》曰:"予兄象先,别号织斋,既命予序其《老树村集》矣。迨殁,乃统名其文曰《织斋集》,侄鼎延复以遗命属予序之。"李澄中为《织斋集》作序并校订后,李鼎延或即将此书选刻为《织斋集钞》,也就是《四库全书》存目之《织斋集钞》[2]。《四库全书总目》卷一八一《集部三十四·别集类存目八》:

> 《织斋集钞》八卷(山东巡抚采进本),国朝李焕章撰。焕章字象先,号织斋,山东乐安人。前明诸生,后弃举子业,专肆力於诗文古词,所著有《龙湾集》《无学堂集》《老树村集》,凡百余万言,后合诸集而刊削之,定为此本。其文跌宕排奡,气机颇壮,而汪洋纵放,未免一泻无余。至于明季忠烈诸臣,多为立传,其表微阐幽,亦可谓留意史学,然所载不能一一审核。如周遇吉妻《周夫人传》[3]载李自成攻宁武,遇吉数大败之,追战陷重围,马蹶,公拔佩刀自杀。夫人贯重铠陷阵,连斩贼骁将,及闻遇吉死,亦自杀云云。案《明史》遇吉巷战被执,为贼丛射而死,实非自杀。其妻刘氏素勇健,率妇女数十人据山巅公廨,登屋而射贼,贼不敢逼,纵火焚之,阖家尽死,亦与焕章所载陷阵及自杀事不合。且佚其姓,但称周夫人。盖草莽传闻之词,随笔纪录,未足据为定论也。

---

① 《织水斋集·送陈君友龙公车北上序》曰:"友龙以余所著《遁山堂》《学无学堂》《老树村七十老人集》百万言刻之枣梨,流传海内,使余一生心力不至泊没于洋溪织水绳床木榻之下。"

② 《织斋文集》卷前清张昭潜《〈织斋文集〉序》曰:"先生既殁,渔村又订其生平所为文为《织斋集》八卷,《四库全书》存其目。"

③ 清俞樾《荟蕞编》卷一五收录李焕章所撰《周夫人》,并加以评论。

《聊斋志异》笺证初编

　　除了李澄中、李鼎延，李焕章另外一些亲友也纷纷将其遗文加以搜集和刊刻。青州法庆寺僧释成榑编录《老树邨遗集》二卷，今尚存世，成榑《序》曰："愚与先生共法庆十八年，见其文如田忌家所谓上驷者，久收之织水之壁中。先生曰：'余有感于汪钝庵太史之言也。'今愚所辑先生甲子来六七分之一，并留其旧文之近于是者三五首，研之、究之、录之，不论先生之自谓上驷与人之上驷先生文者，曰吾行吾意而已。先生之文，不尽于此，吾姑尽先生于此，计其文若干首。"①《续修四库全书总目提要》著录该书曰："按昭潜所选，主观殊深，亦非完善者，今稿尚存其后裔许，仍须慎加选择也。尚有一本名《老树村遗集》计二卷。上卷文十八首，下尝文三十首，与此本不同，乃法庆寺僧成榑编录者，今藏历城刘氏，本德州田氏故物，前有成榑序，谓其所辑焕章甲子以来所为文六七分之一，并留其旧文近于是者三五首，研之、究之、录之，不论先生之文不尽于此，吾姑尽先生于此云云。其所录《游五莲山小记》诸篇最工。奇峭本之柳州而济以诙谐，皆此本所不载，是以昭潜所选，未足以尽焕章之文也。"广东端州崔鼎也得到过李焕章的部分文稿，在李离世后，曾谋划为之刊刻成集，清初毛际可《会侯先生文钞》卷八《李织斋文集序》曰：

　　　　康熙癸酉，余偶游粤之端州。时崔子辅鼎随其尊人杰庵先生于宦邸，以制举艺及诗词杂文相质，察其意，若有所欲言者。一日，踵门请曰："山左有李织斋先生，因鼎革弃诸生籍。膺博学宏辞之征，避不欲就。曩者，晤于济南，得其古文辞，快读之，欲为剞劂，以广其传。虽逡巡未出诸口，然已心许之矣。今织斋溘然长逝，屡更岁序，遗稿尚携之

----

① 徐泳：《山东通志艺文志》（订补6集部第1册），山东人民出版社，2016年版，第353~354页。

行笈中。愿锡以一言,行将与侯朝宗、王于一诸集,合为大家之选。

李焕章诗文在清代不断被重新整理编选,清王苹将李焕章文章与董樵诗合编为《董李集钞》,《蓼村集》卷四《〈董李集钞〉序》曰:"乐安李象先,遗文二百四十七篇,手钞其十四篇,与董樵遗诗二十三篇,排成一卷曰《李董集钞》。象先之文,书论多于各体,识解略类苏氏。少时,闻其文学河东,今集中无有近子厚者,何也? 其得名,始于栎园赖古堂选载其文十许篇。"又曰:"樵诗不逮象先之文,而知樵者众,知象先者希。"①清李克若将李桥李氏家族遗著选编为《李诗集遗》,卷四收录了李焕章的《织斋集》②。清张昭潜在李振甲家藏李焕章遗文的基础上,编选《织斋集钞》八卷,《无为斋文集》卷四《〈李织斋先生文集〉序》曰:"其裔孙振甲奉其家藏巨编,介余及门成子健,求为鉴定……"同书卷五《复于泽春书》曰:"《织斋集》八卷,系上岁新刊,赠一部。是集已收《四库》,向无刊本。存《四库》本,李渔村先生所订,今不可得。前年织斋裔孙乙山抱其全稿十巨册来求鉴定,弟去其嫚骂宋儒者,不成章者,议论过甚者,仅得此数。又为之节其繁冗,删其不经意之字句,乃成斯编。"③清马国翰的《玉函山房藏书簿录》卷二二著录旧钞本《织素堂集》二十四卷(初名《老树村集》),题清李焕章撰,此书未见有传本。杜泽逊先生的《四库存目标注》卷五五《集部六·别集类五》著录李焕章的存世文集有:清益都李北枝钞本《老树村集》(四册不分卷),刘伟沛校钞本《老树村集》(一册二卷),清康熙聂如璋钞本《织斋集钞》(十一册,八卷

---

① 《(乾隆)历城县志》卷二二《艺文考》收录此文。

② 李克若为李中行曾孙。李宗文撰《〈李诗集遗〉残版简介》一文,见中国人民政治协商会议广饶县委员会文史资料编辑组《广饶县文史资料选辑》(第3辑),1983年。

③ 李振甲,字乙山。

附《补遗》一卷），清钞本《织水斋集》（六册不分卷），清钞本李澄中评《织斋集》一卷，清三十六砚居钞《李诗集遗》，清光绪十三年尚志堂刻本《织斋文集》八卷①。

李树棣先生等编《黄河三角洲古代文化名人著述目录》对李焕章存世诗文的情况也有著录，如李焕章撰《法庆寺开山志》（钞本不分卷）等②。《（民国）续修广饶县志》收录了李焕章文章五篇，《遥祭顾宁人先生文》《吊杨云嵋文》《蒿庵集序》《书察将军还女事》《故诗人太拙徐公暨配王安人冯孺人合葬墓志铭》，其中《遥祭顾宁人先生文》罕见于传世文集。李焕章虽以古文名家，然亦能诗歌，清张鹏展所编的《国朝山左诗续钞》卷一收录了李焕章的《竹所独坐》《秋雨闻砧》《郊居》《漫成》诗四首。李焕章擅长史学，有丰富的方志编纂经验，除参与编写《山东通志》之外，又参纂《乐安县续志》《临淄县志》《益都县志》《青州府志》等多部方志③。李焕章不仅是明末清初知名的学者、诗文作家，还是一位有成就的文言小说家。李焕章作文好奇，有些传记文章也传奇而不实，往往被后人视为小说，如《周夫人传》就被清末王葆心选入《虞初支志》卷一。清张潮《虞初新志》卷三收有李焕章所撰小说《宋连璧传》，有些版本的《虞初新志》是标明小说文献来源的，如民国时期上海文明书局《清代笔记丛刊》本《虞初新志》目录中就注明《宋连璧传》出自《爽韵居集》。据《织斋文集》卷六《南园旧地记》记载，李中行得岳

---

① 杜泽逊撰：《四库存目标注 集部 下》，上海古籍出版社，2007年版，第3114~3115页。

② 李树棣等编著：《黄河三角洲古代文化名人著述目录》，齐鲁书社，2008年版，第46页。

③ 《乐安县续志》二卷，（清）欧阳焞修，李含章、李焕章纂，清康熙六年（1667）刻本。《临淄县志》十六卷，（清）邓性修，李焕章纂，清康熙十一年（1672）刻本。《益都县志》十四卷，（清）陈食花修，钟谔、李焕章等纂，清康熙十二年（1673）刻本。《青州府志》二十卷，（清）崔俊俭，李焕章纂，清康熙十五年（1676）刻本。据顾炎武《谪觚十事》所述，李焕章可能还著有《乘州人物志》和《李氏八世谱》。

氏南郭庄,辟为园林,其中有书斋名为爽韵居,陈继儒为之书写匾额。爽韵居是李焕章早年读书之地,《爽韵居集》中所收也应该是李焕章的早期作品,其中或者有不少类似《宋连璧传》的小说作品。清初黄宗羲曾读过李焕章的《宋连璧传》,明黄尊素《黄忠端公集》卷六《说略》所载张思任等人事迹后加有按语:

> 张思任原名宋连璧,山东乐安人。有李焕章,为其传言思任遇异人,能隐身驱风雷,又剪纸为人马、甲盾、器械。崔、魏时与游侍郎肩生同被逮,槛车至于河西务,隐形而遁。又变姓名为李抱贞,匿一宗伯家。崇祯初,走长安,上书劾权要,为逆奄复仇,忤旨,命斩西市,又隐身脱桎梏而去。按天启乙丑,逮游士任并武弁,孟淑孔、张思任俱下镇抚司。淑孔死狱,余释出,未尝遁也。西市脱一斩犯,何以不经见闻,其乌有不言可知。今人大都凭空说谎如此。有对会者尚然,毁誉之道,无复三代矣。

黄尊素卒于天启六年丙寅(1626),李焕章时方年幼,不可能写作《宋连璧传》这样的小说。此段文字应为黄宗羲在为其父编订《黄忠端公集》时所加补注。清初张怡《玉光剑气集》卷二六亦写宋连璧事,其小说情节与具体叙述皆与李焕章所撰《宋连璧传》类似。

二、李象先"寿光之闻人也"辨析

《聊斋志异·李象先》开篇即言:"李象先,寿光之闻人也。"《聊斋志异拾遗》所收《李象先弟》亦曰:"寿光李象先,学问渊博,海岱之清士,能知前世为僧,生而畏乳前已详述矣。"李焕章实为乐安人,入清后久居青州,而《聊斋志异》称其为"寿光之闻人",后世对此有各种解说。民间相传,李焕章与蒲松龄为好友,蒲松龄对李焕章曾许下"不写乐安"的承诺①,《聊斋志异》遍写淄川周边各县怪异之谈,唯独不涉及乐安,故民间至今有"乐安无鬼怪"之说。李焕章年长蒲松龄二十五岁,两人传世诗文集中也未见有交往记载,蒲松龄许诺"不写乐安"之说缺乏文献依据,应只是传闻而已。不仅是乐安,淄川附近不少州县,如昌乐、新泰、沾化、海丰等县,《聊斋志异》中也都未提及。赵伯陶先生在《〈聊斋志异〉注释问题举隅》中提出:"小说谓其为'寿光之闻人',盖乐安与寿光接壤,在其西北,明清同属青州府。"②在中国古代姓氏文化中,以郡望明贵贱,籍贯与身世往往有密切关系,古代文人在自称或称呼别人时,也多在姓字之前注明里籍。李焕章家世显赫,在清初为"闻人",连其子李新命"早贵"的情况,蒲松龄都有所了解,应不至于弄错李氏籍贯。即便蒲松龄记述有误,在《聊斋志异》数十年的成书过程中,李焕章为"寿光之闻人"说,也应该是有机会被人指出并修订的。蒲松龄以春秋笔法作小说,深谙言近旨远、词约意丰之道,"李象先,寿光之闻人"很可能并非笔误,而是有意为之。

　　清朝初年,李焕章与顾炎武之间发生过一次影响颇广的学术论争。事情的起因是李焕章伪称与炎武书,驳正山东古地理十事。顾炎武发现此事后,不得已作《谲觚十事》对李焕章的作伪行为予以揭露,同时也对其所论十事逐条辨证。《谲觚十事》书中一开始就说明了李焕章假托与顾炎武有书信往还,刻成尺牍之事:

---

① 山东省广饶县地方志编纂委员会编:《广饶县志》,中华书局,1995年版,第991页。

② 赵伯陶:《义理与考据》,北京时代华文书局,2016年版,第298页。

　　忽见时刻尺牍,有乐安李象先名焕章《与顾宁人书——辩正地理十事》。窃念十年前与此君曾有一面,而未尝与之札,又未尝有李君与仆之札。又札中言仆读其所著《乘州人物志》《李氏八世谱》而深许之,仆亦未尝见此二书也。其所辩十事,仆所著书中有其五事,然李君亦未尝见,似道听而为之说者,而又或以仆之说为李君之说,则益以征李君之未见鄙书矣。不得不出其所著以质之君子,无俾贻误来学,非好辩也。谅之。

　　李焕章与顾炎武所争十事,其中第一事便是孟尝君封邑所在地的问题,《谲觚十事》载李焕章书信之言曰:"孟尝君封邑在般阳,不当名薛,薛与滕近。《孟子》篇中齐人将筑薛。此足下泥古之过。汉淄川郡即今寿光,今淄川即汉淄川郡所属之般阳。"针对李焕章所谓"汉淄川郡即今寿光"的观点,顾炎武于《谲觚十事》书中进行了有力辩驳,最后得出结论:"今之淄川,不但非薛,并非汉之菑川,乃般阳县耳。以为汉之菑川,而又以为孟尝君之薛,此误而又误也。"《聊斋志异》字里行间的寻常叙述中,往往含有深意,李焕章倡言:"汉淄川郡即今寿光。"蒲松龄戏称:"李象先,寿光之闻人也。"这并非误写籍贯,而是暗地里打趣李焕章学术上的错误见解,婉而多讽自是《聊斋志异》文章的妙处。

　　李焕章以公开信的形式与顾炎武展开论争,当时有些学者也参与到相关学术问题的讨论中来。清初安致远《纪城文稿》卷四《与李象先辩答顾宁人书》曰:

　　昨见足下与顾宁人辨《齐州遗事》一书,手腕遒丽,识议弘博,求之近今,罕有其俪,乃再四寻绎,与正史相抵牾者有数事,敢一一为足下陈之。书中言:"汉淄川郡即今寿光,今淄川即汉淄川所属之般阳。孟尝君国封邑在淄川,即今寿光地。孟尝封邑偶名同薛国耳,非是滕薛之薛。"窃以为足下之言误矣!按《汉书·地理志》:"文帝十八年置淄川国。所属县三:剧、东安平、楼乡也。"是时,已有寿光之名,属北海郡。后景帝中,复以淄川国省入北海,何得谓淄川郡"即今之寿光"耶?且孟尝封邑,自是滕薛之薛。盖湣王封田婴于薛,非既封而始名之为薛也。按《皇览》云:"靖郭君冢在鲁国薛城东南陬。孟尝墓在鲁国薛城中向门外。"足下乃云"孟尝墓在寿光之朱良镇",若然,其父靖郭君墓,果在何所耶?

安致远是寿光人,曾于康熙三十七年(1698)主持编纂过《寿光县志》,对寿光历史地理极为熟悉,对李焕章"汉淄川郡即今寿光"的错误论点,辩驳也就十分有力。在此书信中,安致远还向李焕章提出"望细心考核,勿误后学"的善意规劝。清末邱琮玉《青社琐记》卷四《龙兴寺》曰:"象先鸿才博学,而时有漫不经心及任意之处。其《与顾宁人辩齐州遗事书》,失处非一。安静子与书辩之,有曰:'望细心考核,勿误后学。'是真知象先之言矣。"谢国桢先生在评价清代安致远学术成就时,专门举出《与李象先辨答顾宁人书》:"然其为学,亦有本源,如集中《与李象先辨答顾宁人书》,辨汉之淄川郡即今之淄川,非今之寿光,在汉已有寿光之名,属北海郡,其说皆确凿有据。此事已见于张穆所撰《顾亭林年谱》中。"[1]淄川是蒲松龄的故乡,李焕章未加详考,就轻率判断为"汉淄川郡即今寿光"。寿光既然可以为淄川,

---

① 谢国桢:《江浙访书记》,生活·读书·新知三联书店,2007年版,第201页。

则亦可以为乐安，《聊斋志异》所谓"李象先，寿光之闻人"，其中所含讥刺之意自不待言。

顾炎武的《谲觚十事》一出，天下人皆知李焕章伪托书信之事。"谲觚"犹谲诡，这种欺世盗名之举，既为时人所鄙视，也给后人留下了较为恶劣的印象。清人论学，谈到学术欺诈问题，经常以李焕章为例。清陆耀《切问斋集》卷四《与刘九畹论著述书》曰："昔乐安李象先有《答昆山顾氏辩正地理书》，顾氏实未与往还，因著《谲觚十事》以著其诬。盖象先欲假顾氏以自重，不知适足以招无穷之悔也。"清王鸣盛《蛾术编》卷四《说录四·光被》曰："昔乐安李象先自刻集，内有诡称顾亭林与之书，论地理；象先答以书，辨顾说为非。亭林呼为'谲觚'。"《四库全书总目》卷七七《史部三十三·地理类存目六》曰："《谲觚》一卷，国朝顾炎武撰。时有乐安李焕章，伪称与炎武书，驳正地理十事，故炎武作是书以辨之。"李焕章自视甚高，个性倔强，在学术研究上有欲与顾炎武南北争雄之意，但采取了不恰当的论争方式，遂为人所诟病。在山东地理十事之争后，顾炎武与李焕章之间的学术水平也高下立判。清代学者李慈铭阅读顾炎武《谲觚》后，在读书笔记中评论道："象先诸说，似亦博辨有志于古，而多引别史或近时地志，皆涉无据之谈，又好逞臆武断。"又论曰："（李象先）盖亦当时之矫矫者。亭林于地理为专门，所辨自皆精当，固非象先所能敌也。"①

有可能是由于心虚的缘故，李焕章在编订个人文集时并没有收入那些写给顾炎武的公开信。清张昭潜提出《谲觚十事》中的李焕章书札是好事者冒名之作，《〈织斋文集〉序》曰："而好事者或冒先生名，作为尺牍，竟自刊布，以与亭林辨正地理，此亭林集中《谲觚十事》之所由起，而亭林固

---

① （清）李慈铭撰，云龙辑：《越缦堂读书记》，中华书局，1963年版，第1004页。

不疑其出于先生也。"邓之诚先生对李焕章与顾炎武论争之事,有所关注,曾以安致远《与李象先辨答顾宁人书》为据,否定张昭潜之说:"《与李象先辨答顾宁人书》,颇能中李之失。光绪中,张昭潜选刻《织斋文钞》,乃谓李《答宁人书》,为他人冒作,核以静子之辨,可以知其不然矣。"①《清诗纪事初编》卷二《李焕章》又曰:"(李焕章)尝作书与顾炎武辨正地理,炎武作《谲觚十事》驳之,摧枯拉朽,使无置喙余地。此书似未存稿,近人或谓他人冒作,然语气与集中他文相类。安致远《杞城文稿》,有《与李象先辨答愿宁人书》,则当时实有此书。焕章之学,固远不足以望炎武。然尝与炎武同修《山东通志》,炎武书辞过峻,微嫌其碍矣。"张维华先生撰有《顾炎武在山东的学术活动及其与李焕章辩论山东古地理问题的一桩学术公案》一文,发现《织斋文集》卷六《岱记》有记无字碑一条,与《谲觚十事》第八事李焕章的主张完全相同,从而认为李焕章"确实写过与亭林辩论山东古地理问题的信。"②

在顾炎武去世后,李焕章在悼念顾炎武的祭文中回忆了二人之间的争端,以及后来的交往情况。《(民国)续修广饶县志》卷二四《艺文志·哀祭》收录《李焕章遥祭顾宁人先生文》曰:

> 前年夏四月,於陵涂次,闻先生殁介休,惨失欢累日。然人未来自晋中,幸传闻之误,先生不果死也。客腊之廿五日,遇先生侄司狱君法宁,索先生寄字。司狱君怆然曰:"叔父庚申岁殁矣,族子扶枢,归葬吴

---

① 邓之诚著,邓瑞整理:《邓之诚文史札记》,凤凰出版社,2012年版,第407页。

② 张维华:《顾炎武在山东的学术活动及其与李焕章辩论山东古地理问题的一桩学术公案》,《山东大学学报》(哲学社会科学版),1962年第A4期。

门。"某度岁不得设亡友位而哭,上元日往历下,别今巡抚施公紫薇署中,是昔与先生共笔砚处,不禁悲伤,泫焉出涕,乃为文以祭之。呜呼,此某与先生隔世语也!

先生家苏之崑山,旧朝南礼部侍郎嗣子。明末,以贡当得官,值国变,出走四方。顺治丁酉、戊戌间,至山左,自登、莱吊逢子庆、管幼安、王伟元,而西抵吾郡,某晤之曹懿臣书舍。时先生年方壮,意气雄盛,平昔慕山左圣贤之乡,文学天性之地,必有名公大儒起,而继洙泗、瑕丘之业,如董仲舒、郑康成,不则如辕固、欧阳、梁丘,不则如左太冲、段柯古辈,今皆鲜其人。先生遂傲忽睥睨,谓"齐鲁无一士"。某愤甚,作书缕缕数千言责之。先生怒,亦腾书长安,暴某短。久之,稍稍闻先生见周侍郎公所刻某文,乃自悔艾曰:"吾奈何失李先生!李先生作书,精古文辞,其传记、书序、志表、碑铭出入河东、庐陵,小品大有眉山意,吾奈何失李先生!"癸丑春,艾尚书公荐某于施公,总裁《通志》。比夏,先生亦来共其役,相持大笑:"吾向读先生文,极叹服。吾之来,以山左忠臣义士抗难殉躯,及夫弃妻孥,变姓名出亡于绝徼异国、深山穷谷;隐于缁衣黄冠、牛衣市贩,长往不返,慷慨著书,与墨台之《采薇辞》、文山之《正气歌》、郑所南之《井中心史》、谢皋羽之《西台恸哭诗》、王炎午之《生祭文》,程济、史仲彬之《从亡致身录》相后先,恐其湮没弗彰,亟为阐扬掇拾,使天下后世不忝所生,归于忠孝。吾今日之所望于先生也。"某与先生隔纸帐而居,语笑音响,饮食坐卧共者,两阅岁。如段参议复兴、蔺副宪刚中、高相国宏图、王御史与印、叶工部廷秀、葛吏部含馨、金宪王公印懋、朱公廷焕、侍郎左公懋第、巡抚徐公标、户部王公若之、杜中书凤征、杨行人定国、何太守复、孙太守康周、钱州守祚征、张生旭、王生某,暨照墙诸女子激烈大节,先生托某属稿,稿成则焚香酹酒,拜而读之,悲怆淋漓,乌乌哭失声。更考核景物,铨次山川,与郦道元、沈亚之、李余庆、于钦所纪载相发明。每烛尽更阑,漏残月落,捧襟把袂,共话经史。一时同人济阳张先生蒿庵、金陵薛先生仪甫忽忽而叹,谓先生之于某,始而程苏朱陆之争,终而李杜元白之合也。呜呼,自某取友订交,如徐太拙、陈友龙、王屋山诸君子,生平无间外,有前合而后离,有前离而后合者,《谷风》之什何如《回心》之词? 此某之于先生,不为陈、张之投分结契,而为蔺、廉之回车负荆也。

呜呼,先生以山左右有孔子、尧、舜、司马迁、左丘明道德文章,生民来未有,买田章丘、介休,静乐岁时。往来屡致书织水斋,道某著作之美,寄诗数十首,如《三君咏》《五君咏》,有“性情归元始,文章入上乘”句。又云:“我两人谁后死,墓门之石勿相忘。”今先生物故,某以老病不能如昔人千里赴吊,鸡黍之谊实缺,有负于先生者多矣。

呜呼,先生学大遇蹇,坎壈终身,飘泊羁旅,未正寝于家。又乏五尺之嗣,广柳迢遥,越江淮,数千里茫茫,坏土野火为邻,先生宁无恨?

呜呼,此世俗所为先生悲,非先生所自悲,亦非某所以悲先生者。先生幼忠孝自励,欲大建立,于时当逆闯犯阙,六龙失驭,指天誓日,泣下沾襟,求若宋太学徐公应镳不留一血印,至子息之有无,箕裘之断续,先生不之计也。先生之先人南礼部,天下志乘悉在其家,藏书千万卷,一一诵之,博综之名满海内。迩者博学名儒之选,众谓先生之三甥皆对大廷,位荣显,必应召,余谓不然。先生古逸民者流,以先生袞袞入洛,毕竟不知先生者,后果如余言。先生如王蠋之雉经,申徒之投河,或如士龙之因树为屋,自同佣人以死,先生之志也,何悲之有! 至于攒宫陵寝之恸,黍离麦秀之歌,精魄不散为风霆,为厉鬼,此先生之悲也，某亦为先生悲焉，呜呼！

　　李焕章祭文中写道："先生遂傲忽睥睨，谓'齐鲁无一士'。某愤甚，作书缕缕数千言责之。先生怒，亦腾书长安，暴某短。""缕缕数千言"应是李焕章伪托书信，而顾炎武"腾书长安，暴某短"，则应指《谲觚十事》而言。以常情常理推测，顾炎武与李焕章同为义不仕清的明遗民，对李焕章伪托书信的行为，原本就不便深究。通过周亮工所刻《赖古堂文选》对李焕章有所了解之后，顾炎武对李焕章的态度就改变了。祭文中所言顾炎武对李焕章古文辞的赞誉，其中或许言过其实，有夸张的成分，然而后来顾、李二人之间关系的缓和则应是事实。顺治十四年（1657）顾炎武北游山东，李焕章伪托尺牍与顾炎武争论山东地理十事发生在此年以后，康熙九年（1670）[1]或十二年（1673）以前。康熙十二年（1673），李焕章与顾炎武都参与了《山东通志》的编纂，李焕章《织斋文集》卷一《〈蒿庵集〉序》曰："明年癸丑春，余膺施方伯公省志之役，与稷若同入紫薇署中，昆山顾宁人、益都薛仪甫咸在焉。每花晨月夕，耳热酒酣，白发魃魃，婆娑相向者且四年。友朋聚晤之乐，未有若斯之久者。宁人最核博，古今经史，历历皆成诵，主古迹山川；仪甫通象纬，兼西中法，主天文分野；稷若主济南北人物。"在同纂《山东通志》朝夕相处的过程中，顾、李之间在情感上逐渐亲近，之前的芥蒂也渐渐地消除，二人最终结谊。

　　清初三藩之乱平定后，各地反清势力已经难以再有大的作为，亡明遗老凋零殆尽，年轻士人也纷纷被清廷利诱拉拢而归顺。在清初愈加严苛的

---

　　[1]　邓之诚先生曾见《日知录》八卷稿本，"八卷末《劳山》条后附《与李焕章辨地理书》，今《日知录》不载，别刻入《谲觚》。""按：《日知录》八卷本，刻于康熙九年。"见邓之诚著，邓瑞整理《邓之诚文史札记》，凤凰出版社，2012年版，第763页。

《聊斋志异》笺证初编

政治环境中，越来越多的人开始对抗节不屈的反清名士避而远之。明遗民张岱曾在《〈陶庵梦忆〉序》中自述遭遇："陶庵国破家亡，无所归止。披发入山，骎骎为野人。故旧见之，如毒药猛兽，愕窒不敢与接。"顾炎武当年境遇，估计与张岱十分相似。清康熙二十一年（1682），一代宗师顾炎武去世后，只有李因笃、吕兆麟、王弘撰、屈大均等寥寥数人写诗悼念①。李焕章的《遥祭顾宁人先生文》是世间罕见的一篇对顾炎武的祭奠文章，此文未收入《织斋文集》和《织水斋集》，而是清朝灭亡以后才被收入《〈民国〉续修广饶县志》的。清初顾炎武明知复国无望，却知其不可而为之，以精卫填海之心，南北奔走，誓死抗争，其"天下兴亡，匹夫有责"的呼声至今仍振聋发聩。入清后，李焕章对满清当局也采取了不合作态度，《李诗集遗》摘抄《志不二朝》诗云："志不二朝惟织斋，皇家爵禄视如灰。白头到老披长发，甘作大明老秀才。"②然而，李焕章只是保持个人名节，独善其身而已，反清复明的决心与意志难以与顾炎武相提并论。他为儿子取名为"新命"，并允许李新命出仕新王朝，这说明李焕章大约已经接受了改朝换代的事实，《织水斋集·觚道人诗序》中甚至有颂圣之语："世祖章皇帝，宏慈广大，仁覆宇宙。"据《遥祭顾宁人先生文》记述，在济南修纂《山东通志》期间，顾炎武曾经读过李焕章所撰段复兴、蔺刚中、高宏图、左懋第等山东籍忠臣义士人物传稿。目睹亭林先生面对殉明先烈传记，"焚香酹酒，拜而读之，悲怆淋漓，乌乌哭失声"的悲壮情景，想必李焕章内心也受到极大震动。祭文中所言"迩者博学名儒之选"，指的是康熙十七年（1678）博学鸿词科考试，李焕章坚信顾炎武绝不会应选，后来事情果然如其所言。《遥祭顾宁人先生文》

---

① 周可真：《顾炎武年谱》书后附录"诸友人悼先生诗"，苏州大学出版社，1998年版，第550页。

② 见李宗文《〈李诗集遗〉残版简介》一文，中国人民政治协商会议广饶县委员会文史资料编辑组：《广饶县文史资料选辑》（第3辑），1983年，第42页。

祭文后两段，怀念顾炎武"为风霆，为厉鬼"的不散精魂，有感而发，文字壮怀激烈。李焕章悲悯顾炎武"学大遇蹇，坎壈终身，飘泊羁旅，未正寝于家"的平生遭际；慨叹顾炎武"忠孝自励，欲大建立"的人生志向；以南宋抗元儒生徐应镳毁家殉国的英雄事迹来比拟顾炎武身后无子，彰显蒋山佣"自同佣人以死"的慷慨大节①。李焕章对于顾炎武来说，未必是挚友，但的确是知音。

王士禛于清初负士林重望，在钱谦益之后主盟诗坛，奖掖文人，对其家乡山东地区的文学和文化影响尤其大。王士禛曾对莱阳董樵和诸城刘翼明都倍加推重，却对李焕章似乎有意冷落，清王苹的《蓼村集》卷四《〈董李集钞〉序》中就提到：

> 新城著书累累，于樵指陈叠出，于象先只载其知前生事一语。昔诸城刘子羽语予："生平未一见渔洋山人。"予谓："新城有怀君诗。"子羽泣下。后在京师，酒间偶颂其"千里名山客子魂"句，新城曰："此吾老友。"夫新城之于名士如此，而象先乃不能得其一顾，或曰象先固有由然也。

邓之诚先生认为是因为李焕章傲岸而不肯攀附，才导致其与王士禛关系疏远。《清诗纪事初编》卷二《李焕章》曰："王苹谓新城著书累累，于象先只载其前生事，所谓前生事者，《池北偶谈·谈异》记邵士梅事云。"又曰："王士禛论文不及焕章，曩亦疑之，及读《与陈孝廉友龙书》，乃知士禛招之不往，遂致疏绝。谓与势利人交为危事，为祸阶，平生得一周亮工知己，不

---

① 《后汉书·申屠蟠传》："乃绝迹于梁砀之间，因树为屋，自同佣人。"顾炎武一度化名蒋山佣。

欲再交贵人,盖鄙士禛乡里后进也。"李焕章个性疏狂,很容易因言行瑕疵,而受人轻视,如伪托书信一事,就被顾炎武指斥为"谲觚";又如《织斋文集》卷四《与陈孝廉友龙书》中自称:"无太白、少陵之著篇,而患其受祸于林甫,见辱于严武,其情同也。"李焕章蔑视新贵,在书信中有意无意地把自己比为李、杜,而把朝中公卿比拟为李林甫和严武,这样的言论流传之后,难免招人厌弃。李焕章不求闻达,放弃举业,懒于交游,自甘贫贱,清李澄中的《卧象山文集》卷二《〈老树村文集〉序》曰:"自栎园先生后二十余年,世竟无知之者。兄亦皤然老矣。吾观当世文章之士,以科第为标的,以交游为胫翼,片语雷同,随声傅会。吾兄白首穷途,婆娑衡沁,而姜桂之性,所如不合,宜其饥饿无聊而莫之救也。"康熙十七年(1678)博学鸿词科考试,以李焕章之才学和名望,居然处于无人推荐的尴尬境地。清李澄中《卧象山文集》卷二《李太公象先墓志铭》曰:"戊午岁,朝廷征召海内文学之士,公以性不谐俗,竟无荐之者,士论惜焉。"王士禛对李焕章不仅态度冷淡,而且还屡屡暗中加以贬损。清初毕际有所著《淄乘征》考订史实三十三则,其中第六则"般阳"辩驳李焕章"汉淄川郡即今寿光"之论,《渔洋文集》卷一《〈淄乘征〉序》曰:"说者不察,妄以隋淄川县为汉菑川国地,地理既讹,乃并其人物、古迹而傅会之,丝棼胶牢,不复可解。有识者率知其非,而卒鲜讼言以正之者,此载积毕先生《淄乘征》所为作也。按卷中考证舛误凡数十事,而大旨则在辨菑川、淄川之讹。其据依博而确,其文词辩而核,诚著作之选也。"王士禛文中所言致使"丝棼胶牢"之妄说者,无疑就是李焕章,而《〈淄乘征〉序》通篇未提及李焕章之名。王士禛的《居易录》卷二六又指斥《(康熙)山东通志》之缺失:"吾乡新《通志》修于癸丑,当事既视为具文,秉笔者又卤莽灭裂,不谙掌故。如人物一门,竟将曹县李襄敏公秉、单县秦襄毅公纮、沂州王泰简公景,三巨公姓名、事实削去,不存一字,其余概可见矣。时方伯施泰瞻天裔主其事,聘吴郡顾炎武亭林在局,而不一是正,潦草成书,甚可惜也。"李焕章在《遥祭顾宁人先生文》中说:"癸丑春,艾尚书公荐某于施公,总裁《通志》。"李焕章在康熙年间总裁《山东通志》的编纂,并且还是人物志的主要执笔人之一,正是王士祯所言"秉笔者"。

《聊斋志异》最初只是以抄本的形式辗转流传的小众读物,作者蒲松龄所设定的读者群估计也主要是以王士祯、唐梦赉为代表的邹鲁之士、缙绅先生。王士祯是《聊斋志异》的早期读者之一,并且也是最早的评点者,清王培荀的《乡园忆旧录》卷二曰:"吾淄蒲柳泉《聊斋志异》未尽脱稿时,渔洋每阅一篇寄还,按名再索。来往札,余俱见之。亦点正一二字,顿觉改观。"蒲松龄在创作小说,谈论古今人物时,难免要照顾读者的感受,甚至会有意迎合某些重要读者的心态。蒲松龄所谓"李象先,寿光之闻人也",看似无心之误,实则有心调侃。后来读者须结合清初文坛遗闻,善悟能察,方可领会文意,但当时的读者如王士祯等对此应一读便知。李焕章如今已不为人所知,但在三百年前却大名鼎鼎,是山东首屈一指的古文家①。蒲松龄在世时,《聊斋志异》的读者中不乏有识之士,岂能皆不知李焕章是乐安人,而不是寿光人,无非是看破而不点破而已。"寿光之闻人",是蒲松龄基于乡土情结,对李焕章"汉淄川郡即今寿光"谬说的幽默批评。《聊斋志异·李象先》中称李焕章"福业未修",又将其弟"数月始一动"的隐疾公之于众,小说家之言虽不至于存有恶意,但张扬他人暗疾,毕竟也没有表现出讳而不言的尊重②。"李象先,寿光之闻人也",又套用了《荀子·宥坐》中之

---

① 乔力、李少群主编《山东文学通史(上卷)》评论道:"李焕章的散文成就,不仅在清初山东文坛上首屈一指,而且可以和号称'古文三大家'的候方域、魏禧等人相比并。"见乔力、李少群主编:《山东文学通史》(上卷),山东教育出版社,2002年版,第818页。

② 《谷梁传·成公九年》曰:"为尊者讳耻,为贤者讳过,为亲者讳疾。"《聊斋志异·某公》就将"背上有羊毛丛生"的陕右某公,隐去姓名。

句式:"少正卯,鲁之闻人也。"①"闻人"之称,相当于将李焕章比拟为被孔子所诛杀的少正卯,似乎有明褒暗贬之意。王士禛文人集团对李焕章的看法和评价,甚至偏见,恐怕在一定程度上影响了《聊斋志异·李象先》的创作。

三、《聊斋志异·李象先》所叙李焕章能记前生事

清初,社会上有不少"能记前生事"的传闻②,李焕章有宿命通就是其中较为有名的一例。不仅《聊斋志异·李象先》,清王士禛《池北偶谈》卷二〇《记前生》亦曰:"乐安李贡士焕章皆能记前生事,此耳目睹记之尤著者。"清初周亮工编选《藏弇集》卷二收录段一洁所作《与李象先》曰:"象先不知何等人也,弟发未燥,即闻象先能道前生事,事良奇。"清李澄中《卧象山文集》卷二《〈老树村文集〉序》称李焕章"具金环之慧"③。清安致远《玉碒集》卷四《杂志》亦曰:

> 吾友乐安李焕章象先,前身系一老僧,其门徒曾来省视,君自言之甚悉,云:"但降生时,如投身火坑,片刻昏迷不觉耳。余皆记忆分明。"君之貌则酷肖一老僧,寿七十余而终。闻又降于仇尚书家为子,

---

① 亦见于《孔子家语·始诛第二》。

② 清初李澄中晚年所撰《卧象山文集杂传·李渔村外传》,文中亦自称能记三生,但其事并未广泛流传。详见李澄中著,李增坡主编,侯桂运、王宪明校点:《李澄中文集》,中州古籍出版社,2014年版,第807~808页。

③ "金环之慧"指能忆前生,《晋书》卷三四《羊祜传》:"羊祜五岁时,令乳母取所弄金环。乳母曰:'汝先无此物。'祜即诣邻人李氏东垣桑树中,探得之。主人惊曰:'此吾亡儿失物也,云何持去!'乳母具言之,李氏悲愤。时人异之,谓李氏子则祜之前身也。"

今八、九岁矣。然相去不满二百里，惜不能一住省视云。

李焕章虽然身为儒生，但倾心佛门，精研禅理，自称有宿命通。《织斋文集》卷三《与马汉仪书》曰："某自宿命通来，不欲婚，不欲宦，得一大禅宗为之导师。某性颇聪利，诵襟华，著三宝文字，如刘勰之于定林寺，乃其素志。"《织水斋集·梦中人传》借梦中人之口，自述生平，曰：

> 余游锦秋湖之夕，宿钱伯衡先生读书舍，梦至一山中。登楼，大水灏灏过其前，有一人委蛇而来，就坐曰："吾欲言生平，君肯听之乎？"余笑曰："唯唯。"曰："余生平缙绅家，有宿命通，及少及长，不慕婚宦。父兄命之，勉在诸生中十有八年，父既殁，遭国变，乃弃去，每就僧寮食寝，快如也。"

李焕章中年时曾萌生出家为僧之念，友人成其谦劝解之词中也称李氏"具宿命通"，《织斋文集》卷五《忆交记》：

> 余友曰："兄年二十九，无室家；三十一，罢诸生。悃悃逐逐，南北东西，萧然一苦行头陀。宁必披缁持钵，佛火琉璃，而后为出家也耶？兄才学绝人，当力为古文辞，传之后世。且兄具宿命通，三生石上，精爽依然。乘兹物外闲身，覃精内典，如刘勰之在定林，王维之在香积，作三宝文字，亦所以事空王也。"

知宿命之说，早在东汉时就随佛教传入中国，《四十二章经》第十三章曰："沙门问佛：'以何因缘，得知宿命，会其至道？'佛言：'净心守志，可会至道。譬如磨镜,垢去明存;断欲无求,当得宿命。'"宿命通,即能知前生事迹,是佛教"六通"之一;对宿命的了解达到完全明白的程度,则又是佛教"三明"之一。自魏晋以来,出现过许许多多关于能知宿命之人的传说,而且这些传说一般都带有浓烈的佛教气息。对于李焕章自称知宿命,邓之诚先生有过较为合理的分析,《清诗纪事初编》卷二《李焕章》曰:

> 杂志载焕章此事最详最诞,然焕章《与马汉仪书》云:"某自宿命通来,不欲婚,不欲宦,得一大禅宗为之导师。某性颇聪利,诵法华,著三宝文字,如刘勰之于定林寺,乃其素志。"又云:"吾性命友友龙陈君云:'织斋再来人,不必以常律论。'"……然则再生之事,焕章实自言之,故鼎革不入名场,妻亡不再娶,好游,好读佛书,栖僧舍。归之宿命,或有托而言,欲以解嘲耳。

从年轻时代起,李焕章可能就建立起很强的佛教信仰,"自宿命通来"只不过他逃避世俗生活的借口。明朝灭亡以后,"宿命通"又成了李焕章拒绝出仕清朝,保持名誉和节操的挡箭牌。张崇琛先生的论文《〈聊斋志异〉中的李象先其人》从明遗民心态分析的角度,解释了李焕章之"宿命通":

> 不少遗民之初衷,原本是想有所作为的。但随着时间的推移,他们所看到的是清朝统治的日益巩固,民族对立情绪的逐渐减弱,以及越来越多汉人知识分子的进入仕途。他们的希望破灭了。因此,在极度的失望和困惑之后,不少遗民便由积极而转向消极,纷纷逃禅、归隐。李象先的屡言欲"事空王",多次散布"宿命通"的言论,即为此种心态之反映。究其实质,不过为其赤裸裸的遗民面目及对新朝的强烈

抵触情绪做一掩饰而已。①

《聊斋志异·李象先》写执爨僧圆寂后，灵魂离开肉体，停留在街市牌坊之上，俯视行人，发现"皆有火光出颠上，盖体中阳气也"。道家之说，人体内有阳气，唐传奇《柳毅传》中就提到："人以火为神圣，发一灯可燎阿房。"蒲松龄所写鬼魂所见生人阳气"有火光出颠上"，又与佛教《楞严经》卷九中对凡人着魔后"顶上火光，皆长数尺"的描写非常接近②。执爨僧转世后，发觉自己"身已婴儿"，《聊斋志异》的《席方平》《续黄粱》两篇中也有类似的叙述③。中国古代史传与小说中有很多"前后身"故事，如明彭大翼《山堂肆考》卷一四三《诞育·前后身》中就有丰富的记载，但大多略述梗概，很少有细致的描写。《聊斋志异》生死轮回题材小说中，刻画了死者亡灵以及"自宿命通来"新生儿的心理活动，这种写法在《聊斋志异》以前的小说中就已经出现，明江旭奇所辑《朱翼·志林》载：

> 马把戎谓予言："西山寺有僧，逸其名，见达官游赏至其寺。僧叹曰：'来生得如是，足矣！'其夜，大士见梦，谓僧已起念，当于来日往某家为之子。僧以语其徒，果化去，如黑闇中乘轮而去，有霹雳声，自视手足极小，知转生矣。其徒往讯之，遽能语，命之家具腥秽。儿曰：'吾禁语，勿污吾灵性。'然时诵《心经》，童即能文，举进士，布政王公家谟也。"

---

① 张崇琛：《聊斋丛考》，商务印书馆，2017年版，第156页。

② 蒲松龄对《楞严经》应比较熟悉，《聊斋志异》中的《聂小倩》与《紫花和尚》两篇中，皆有讲诵《楞严经》的小说片段。

③ 《聊斋志异·席方平》曰："惊定自视，身已生为婴儿。"《聊斋志异·续黄粱》曰："开目自顾，身已婴儿，而又女也。"

明清方志所载再世传闻中也有近似情节，《（康熙）曹州志》卷二〇《杂志》载万历年间高中式能忆前世，其出生时"不觉晕眩，及醒，张目自视，手足皆小，知为转生。"或许是受《聊斋志异》影响，清代的《秋灯丛话》《滇南忆旧录》《淞滨琐话》等作品中，都有转生者自视身为婴儿的描述①。《聊斋志异·李象先》写李焕章出生时"见乳恐惧"，而且"至老犹畏乳"，这当然有可能是现实生活中某些人群母乳过敏或乳糖不耐受的小说化表现；然而，《聊斋志异·李象先》中关于李焕章不饮乳的描写，也可能是受佛教僧侣转世传说的影响。中国古代佛教传说中，有很多不舍众生，乘愿再来的大德高僧出生时都不食母乳，其中最典型的例子莫过于唐代禅宗六祖惠能大师，唐释法海所撰《六祖大师法宝坛经略序》载：

> 大师名"惠能"。父卢氏，讳行瑶。母李氏。诞师于唐贞观十二年戊戌岁二月八日子时。时毫光腾空，异香满室。黎明，有二异僧造谒，谓师之父曰："夜来生儿，专为安名。可'上惠下能'也。"父曰："何名'惠能'？"僧曰："'惠'者，以法惠施众生；'能'者，能作佛事。"言毕而出，不知所之。师不饮乳，夜遇神人灌以甘露。

又如唐代道宪法师，《唐文拾遗》卷四四《大唐新罗国故凤岩山寺教谥智证大师寂照之碑塔铭》载道宪出生之后："数夕不咽乳，谷之则号欲嗄。欻有道人过门曰：'欲儿无飞，忍绝荤腥。'母从之，竟无恙。使乳者加慎，肉

①　清王椷《秋灯丛话》卷四写莱阳马某转生："手足顿小，化为婴儿。"同书卷七写山西谷监司再世为人："视手足缩小，已为婴儿，喜曰：'吾今得复为人矣！'"同书卷一七写李念慈转生："骸质顿易，已成婴儿形，卧浴器中。"清张泓《滇南忆旧录·转生异》曰："遥指有镫光处，望镫遄行，不觉至此，自视手足皆小，口不能言，甫悟转生矣。"清王韬《淞滨琐话》卷一〇《梦中梦》曰："自顾则已为婴儿。"

食者怀惭。"再如北宋行本法师，《夷坚支志》癸卷七《合龙山小道者》载其"既加襁褓，不食母乳。"《(雍正)江西通志》卷一〇五《仙释·赣州府》引《传灯录》曰：

> 行本：赣县北百里合龙山，先是荒寂，有僧作草庵于山下。村农姜氏生一男，出胞垂眉长三尺，不食乳，日自长大。父母怪之，寄之僧舍为徒，呼小道者。七岁，犹不能言，召至京师，入宫忽能语。仁宗喜，诏令削发，赐名行本，时年十二。锡赉珍物，并后宫所赐，直千万贯，还乡创为大寺，屡年工甫毕。行本对佛合掌跏趺而逝，寺中金龛罗汉及御书法名尚存，栋宇皆良材，虽厕溷亦椤木。或有欲易为什器者，必遭蛇虎之害，一乡敬事，至今不衰。

唐宋以来，历代皆有不少出胎而不食母乳的僧人传说，同样的传说还发生在一些有佛教信仰的文人身上。明清时，有的文人自称幼时"不唻母乳"，其佛教色彩很明显，明末邝露的《峤雅》卷二《甲辰二月初六甘露降》诗《序》曰："余生日，甘露降于庭槐，不唻母乳。憨师至，命提视，摩顶曰：'天上玉麒麟，岂嗅人间乳气哉？'以露水调米汁唻之。"李焕章传世文集及其相关传记资料中均未见有他"见乳恐惧"的记述，此说大概仅见于《聊斋志异》。

李 司 鉴

  《聊斋志异·李司鉴》改编自清朝康熙四年(1665)邸报所载真人真事。李司鉴在历史上实有其人,《(光绪)永年县志》卷二三《选举》记载李司鉴为顺治八年(1651)辛卯科举人,但是其名下又附注曰:"年不可考,故联缀科名下"。《(康熙)广平府志》卷一六《选举志》则明文记载,永年人李司鉴为顺治八年辛卯科举人,与孙启后、程续南等同榜。《(康熙)畿辅通志》卷一七《选举》所载顺治辛卯科举人名录内,也有李司鉴。《(雍正)畿辅通志》卷六六《选举·举人》亦载:"李司鉴,永年人。"《(光绪)永年县志》卷二〇《杂稽》引旧《志》记载了李司鉴杀妻和自杀事件:"举人李司鉴尝无故杀其妻,一日持屠刀诣府城隍祠,登高处,言为神怒责,遂自残肢体,月余而毙。"

  《聊斋志异·李司鉴》对李司鉴一案记载得非常清楚准确,时间、地点、人物,无一不明。清初,直隶广平府府治就在永年县。康熙四年九月二十八日,李司鉴杀妻案发后,地方上直接向广平府报告,广平府行文批示永年县查办此案。李司鉴在前往永年县府受审之际,冲到县衙附近城隍庙戏台上自残,之后不久死去。广平府永年县李举人杀妻案在当年轰动一时,叙写此事的清初文人笔记不止《聊斋志异》一种,杨式传的《果报闻见录》和董含的《三冈识略》中亦有所记。清初杨式传①《果报闻见录·神罚凌迟》曰：

> 康熙五年，北直广平府永年县举人李司鉴，积恶诈人，连杀三妻，问罪抵偿，监后处决。一日解审过市中，忽夺屠刀，登城隍庙戏楼，口称："城隍罪罚你不该听信乡党是非，令割去耳朵。"即自割两耳掷楼下。"又责罚你不该批手本，签告示，写书帖，诈人银钱，令去其指。"即自割二指掷楼下。"又责罚你不该奸淫妇女，令割去肾囊。"即自割掷楼下。自己活活凌迟而死，事见邸报。

清初董含《三冈识略》卷五《李举人自屠》：

> 永年县举人李司鉴，性狠戾，连杀死妻王氏、张氏、李氏。事发，下狱。一日，听谳过市，忽夺屠肆刀，奔入城隍庙，高声历数平生过恶，先自割两耳，又截二指，随剔去肾囊，当即昏倒。家人扶回，宛转半日而死。

蒲松龄与杨式传均从邸报获悉李司鉴之事，但所记略有差异。《聊斋志异》记李司鉴杀妻事在康熙四年（1665）九月二十八日，《果报闻见录》则记为康熙五年（1666）事。李司鉴杀妻应该发生在康熙四年，由于事情上呈，邸报编印发行，邮寄递送都需要时间，杨式传可能直到次年才看到或听说邸报上的新闻。杨式传的《果报闻见录》并没有照抄邸报内容，而是凭

---

① 《果报闻见录》一卷，《四库全书总目》一四四《子部五十四·小说家类》存目著录曰："国朝杨式传撰。式传字雪崖，鄞县人。是编皆述善恶之报，而大旨归心于二氏……"清初东轩主人的《述异记》卷上《方鱼》称杨式传为"鄞县杨雪崖老塾师"。

《聊斋志异》笺证初编

个人印象在小说中加以重述,所以记为康熙五年事。蒲松龄写李举人"打死其妻李氏",而《果报闻见录》和《三冈识略》则载李司鉴连杀三妻。《聊斋志异》中李司鉴自述罪状,其中一条"神责我不当听信奸人,在乡党颠倒是非",意思是李司鉴受奸人蛊惑,在家乡颠倒是非。这一罪名在《果报闻见录》里被写成:"城隍罪罚你不该听信乡党是非,令割去耳朵。"按此推理,在李司鉴杀妻事件中,可能藏着一个奥赛罗式的悲剧,其听信乡人搬弄是非,结果造成惨案,悔恨之极,割耳自戕。《聊斋志异》对李司鉴杀妻案情的了解,似乎还不如《果报闻见录》和《三冈识略》详细,却记下了案发的确切日期。《聊斋志异·李司鉴》文末所言将李举人案上报清廷的直隶总督朱昌祚,是蒲松龄友人朱缃的伯父,蒲松龄所掌握的小说创作素材不一定完全来自邸抄中,也有可能是从济南朱缃那里获得了一些资料。

明人小说中已经有作恶之人遭受阴谴冥诛,当众自残肢体之事,明陈禹谟《说储》卷八载:

> 屠者潘麒,居檇李新城镇。一日,为冥使所勾,死而复苏,其家且惊且喜。麒曰:"汝曹勿喜,我苦方大耳!冥司谓我生平积恶,将令我先受花报,为世人作榜样;至于果在地狱,又不可说,不可说!"于是先抉两眼,曰:"汝恶俱从眼根入故!"既截两耳,曰:"汝尚荧惑人故!"断一臂,曰:"汝尚殴杀人故!"割其势,曰:"汝尚渔色故!"刖两足,曰:"汝尚蹈非礼故!"时市人就其室而观之者如堵墙焉,其家人丑之,欲麾之去,曰:"汝辈勿草草,冥司方欲以我示榜样,奈何拒观者!"最后,拔其舌而掷之地,曰:"为汝恶俱从舌根出故也!"呜呼,恶如麒者,谓须显婴三尺,顾阳漏之,而阴谴之。以斯知:能逃人非,必不能逃鬼责,揔以

成天网之密也。或云麒殆菩萨之逆行以权度世者,亦似得之。

　　《聊斋志异·李司鉴》中,李司鉴一面自言神责,一面割耳、剁指、自阉。蒲松龄这种写法,像极了陈禹谟笔下的潘麒一边以冥司口吻自述平生罪状,一边抉目、割耳、断臂、自宫、刖足、拔舌。《说储·屠者潘麒》中,潘麒恶有恶报,其惨苦自残是佛教所谓“花报”,也就是当世所获业报,即现世报。《聊斋志异·果报》写某甲因为负心背盟而遭报应,发疯自割,严格来讲,也属于“花报”:“以利刃自割肉,片片掷地……剖腹流肠,遂毙。”某甲自杀惨状与李司鉴相似,《果报闻见录》《三冈识略》等清初小说将此类事件称为神罚“凌迟”或“自屠”,蒲松龄则称之为“冥诛”。《聊斋志异·李司鉴》小说最后写道:“司鉴已伏冥诛矣。”所谓“冥诛”,用《聊斋志异》小说中的原话来解释就是“阴曹兼摄阳政”[1],也就是阴曹代替阳世官府行刑,李司鉴等死于冥间刑罚的诛戮。“冥诛”之说,在清初康、雍两朝颇为流行,甚至在皇帝诏书和大臣的奏折中都被公然提倡,俨然是一种封建王朝正统思想的权威表述。康熙帝的诏令与姚启圣的奏折都将台湾郑经之死称为“冥诛”,康熙二十年(1681)六月谕旨曰:“郑锦(经)既伏冥诛,贼中必乖离扰乱。”[2]清姚启圣《题为设间用谋以济剿抚事本》曰:“查郑经冥诛,长子缢死,幼子承袭。”[3]雍正帝曾称允禵、允禟之死为“冥诛”,《大义觉迷录》卷三收录上谕曰:“不料旬日之间,二人相继俱伏冥诛,实奇事也!”《聊斋志异·李司鉴》故事发生地在城隍庙,赏善罚恶的城隍神虽然没有直接在小说中出

---

　　① 见《聊斋志异·潞令》。

　　② 《清圣祖实录》卷九六。

　　③ 厦门大学台湾研究所、中国第一历史档案馆编辑部:《康熙统一台湾档案史料选辑》,福建人民出版社,1983年版,第259页。

现，但李举人报应之惨，令人触目惊心，愈显城隍惩恶之严酷。李司鉴"神罚凌迟"之事在清代流传不绝，晚清《忠孝节义宝卷·积恶显报》①曰：

> 国朝永平武举人李司鉴，为人横恣，致妻死非命。拟抵罪，以贿赂得脱，出狱将归，扬扬自得。路过城隍庙，忽夺屠刀，跳上戏楼，大呼："城隍罚你好听刁唆，令割去耳朵。"即自割其两耳，掷于楼下。"又罚你诈人钱财，欺侮善良，令去指头。"即割去左手两指。"又罚你谈人闺阃，坏人名节，令去舌头。"即吐舌自割。"又罚你不孝继母，抉去狼心。"即自刺其心，倒地而死，观者如市。此康熙三十五年事，见邸钞。

《忠孝节义宝卷·积恶显报》所述情节与《果报闻见录》相似，其中又给李司鉴添加了"谈人闺阃"和"不孝继母"的罪名。清邓珥《异谈可信录》卷二《灵神·李司鉴》、清末徐珂《清稗类钞》迷信类二《城隍神诛李司鉴》则基本上都是转引了《聊斋志异·李司鉴》的小说内容。

---

① 清刻本《忠孝节义宝卷·积恶显报》附有插图，上文下图。

杜　翁

　　转世投入猪胎,是来自佛经中的故事,《增一阿含经》卷二四《善聚品第三十二》写三十三天有一天子,身形有五死瑞应,其自知"当生罗阅城中猪腹中生,生恒食屎,死时为刀所割",因此愁忧苦恼,捶胸叹息。《法句譬喻经》卷一《无常品》亦载类似故事,只不过天神不是投生为猪,而是死后入驴胎:"昔者天帝释五德离身,自知命尽,当下生世间,在陶作家受驴胞胎。何谓五德:一者身上光灭;二者头上华萎;三者不乐本坐;四者腋下汗臭;五者尘土著身。以此五事,自知福尽,甚大愁忧。自念三界之中,济人苦厄,唯有佛耳,于是奔驰往到佛所。时佛在耆阇崛山石室中,坐禅入普济三昧。天帝见佛,稽首作礼,伏地至心,三自归命佛法圣众。未起之间,其命忽出,便至陶家驴母腹中作子。时驴自解走瓦坏间,破坏坏器,其主打之,寻时伤胎。其神即还入故身中,五德还备,复为天帝。"①人死后转世为猪的故事情节传入中土后,多见于唐人小说中,如敦煌遗书《黄仕强传》中的安陆县黄仕强被四人押送至阎罗王殿前,阎罗王命令把文书人:"得仕强将来,

---

　　① 《法苑珠林》卷八七《受戒篇第八十七》转引。

送置猪胎中。"①在唐陈劭的《通幽记·皇甫恂》②中，虽然皇甫恂为僧胡辨写了一部《金光明经》，并于都市为造石幢，但是僧胡辨仍然免不了要投入猪胎，去畜牲道中走一遭③。小说末尾写"市中豕生六子，一白色，自诣幢，环绕数日，疲困而卒"。僧胡辨托生为小白猪后，在石幢之下，环绕奔走，疲惫困顿，自我了结性命，再次转生，终于摆脱了畜生恶道。《聊斋志异·杜翁》中杜翁发现自己转生为猪后，"大惧，急以首触壁"，小猪颠痫死亡，而杜翁则魂归本体。对比《皇甫恂》和《杜翁》可知，《聊斋志异·杜翁》中猪崽自杀的小说情节构思应源自唐人传奇。

《法苑珠林》中已记有人投入猪胎的故事④，唐代以来转世为猪的冥报故事不乏记载，但误投猪胎的各类传说则在明代才广为流传，典型的例子如《西游记》中猪八戒被贬下界，错投猪胎。《西游记》第八回《我佛造经传极乐 观音奉旨上长安》，猪八戒自述错投猪胎的经历："只因带酒戏弄嫦娥，玉帝把我打了二千锤，贬下尘凡。一灵真性，竟来夺舍投胎，不期错了道路，投在个母猪胎里，变得这般模样。"在明朝人的观念当中，人转世为猪后，如果有人能及时将猪杀死，猪还可以再转世重新做人，明周晖撰《续金陵琐事》卷上《道士误变猪》写周道士误投猪胎，当小猪被打死后，其人得以复活：

---

① 柴剑虹：《敦煌吐鲁番学论稿》，浙江教育出版社，2000年版，第85~86页。

② 《太平广记》卷三〇二《神十二》引。

③ 佛教六道轮回之说，以地狱道、饿鬼道、畜牲道为"三恶道"。相对于地狱道、饿鬼道，投生至畜牲道中受苦要少很多。

④ 《法苑珠林》卷八三《怨苦篇第七十七·伤悼部》曾转述过《增一阿含经》所说三十三天天子将要托胎于母猪腹中的故事；《法苑珠林》卷七一《债负篇第六十五》所载"隋冀州人耿伏生"与"唐潞州人李校尉"感应缘，都写有人转世为猪之事。

正德辛巳，灵应观周道士午间醉卧，夜半不醒，托梦与徒弟云："我之游魂，误堕猪腹中，在山下豆腐铺某家，最后生而左后足白者是也。"徒弟惊醒，如梦往求之，果然。将白足小猪打死，周道士遂复活。

明佚名所撰《广客谈》载：

（吴江沈氏）畜豕数十口。一日豕于圈中语曰："请沈公与我辈相见。"凡两次。因谓沈氏曰："我是前寄金银者。女当速杀我，卖勿论价。必再生人世也。"沈氏如其言。

顾希佳先生在《中国古代民间故事类型》中将《聊斋志异·杜翁》归入"入冥复活"型故事①。蒲松龄所写《杜翁》并非是众多"入冥复活"型故事中简简单单的一篇，类似的凡人随"走无常"入冥，在阴间受诱惑转生为猪，猪出胎即死，魂魄复归人身故事，在明代就已经广泛流传，并且形成了固定的故事模式；包括《聊斋志异》在内的不少明清文人笔记小说中都有重述，在传播过程中保持着基本内容和关键情节的稳定性。明祝允明《祝子志怪录》卷四《走无常》曰：

天顺中，鄞都有王、张二人，同为府学生。王生为人，警敏严正，明法律。一日晏坐，忽瞑然化去，逾时乃苏。家人问之，王曰："此名'走无常'，盖阎罗王以我通晓刑名，请我去议断耳。今后或时去，慎无恐，第

---

① 顾希佳：《中国古代民间故事类型》，浙江大学出版社，2014年版，第90页。

任之无虞也。"已而果时时化去,良久辄返。问之,但言:"冥司有疑狱,须我去耳。"不明言其事也。家人亦不以为怪,友党扣之,王亦不答。张生者与王颇厚,常苦恳求欲挈往一观。王不许,张觇知王方入冥,乃语家人云:"王前去,我当继往即回。恃渠在,必不害事。"家人止之,而张已入室自缢矣。气既绝,便入冥途,行人络绎无万数。张疾奔,以为王在前,且走且呼,迄不闻其答声。问诸人,人对不知。既而见一鬼吏,押数囚来。张又问,其中一囚黯甚,见张之问,知其为误死也,即诳之曰:"'我识王监生,在前往,汝要寻,我当领汝去也。'张即随之而行,至扰攘处,张觅其人,已不见。良久,鬼吏送至一人家,加诸囚以豕皮,诸囚皆变为猪。张执皮不肯披,押吏不顾,迳推之而去。张生竟成猪,与同囚齐生于其家。盖前逸囚应为猪,承张问,绐之,潜易己身,而张不悟也。既经宿,张氏妻孥伺其还魂不得,乃同往王家扣之。则王故无恙在家,察之,则张方去时,王已转归,而张不得值耳。张妻孥因号咎王:"若诱吾夫死,今决当为我往阎王处讨来还我家。不然,当讼于官,偿吾夫命。"王大怒曰:"吾岂使渠死耶!渠强吾,吾固拒之。今与我何事?且吾数到阴府,皆是阎公使来请。今则无故,况我才回,又何可辄去乎?"张家苦累之不已,王无可奈何,亦入室自缢。既到阎君所,阎君驾问来故?王告之,阎君又惊曰:"岂有是事!此地安得误拘人乎?况拟问新鬼中并无此人。"王曰:"他死在昨日之某时,陛下可一检察,必得之矣。"王乃与判官细检察,并不得。方惘然,一判官告曰:"但其时曾发一行猪囚去,恐误在此。"王速命人沿途追究。至其处,有路旁居民寄库王婆者出应命,自陈知情,吏乃逮之,赴王府,王研问之,王婆因述黠鬼诱张生潜代事。王问何以知之?婆言此黠鬼欲赂押吏与卒,无赀在身,为吾借之。吾言无有,但有阳世王婆婆寄库银钱在,因转为料理,分借二千与之,以此知之。王闻之大怒,即召受生库吏问之,对如婆言。王益怒,立唤前押吏审之,吏不能讳。王乃加吏重谴,复令王生还魂,速往某人家,令杀新生猪。王生如戒,至阳世便去杀猪。已而张果生,试访王婆寄库事,果亦不谬。后王复诣阎君谢,阎君慰劳之,且言原黜囚已判从重辟矣。张既生,后数年仕为霍州判官,人皆戏言君是猪人耳,后竟无他焉。(此段后半节忘记。)[①]

明代谢肇淛《麈余》卷二曰:

　　南乐民张亨,常为阴司勾事,俗谓之活急脚。其妻弟韩二,年少不羁,时时求张欲与同往,其父母不可,韩求不已。一日,张赴冥,韩亦随之。行至一城,甚壮丽,守门者呵之,不得入。张语韩:"可少待,予入了公事即出。"张入久不出,韩彷徨无聊,忽见一车载群妇人南行,妇甚丽,以手招韩,韩悦之,遂上车同行。比张出,不见韩,以为归家也。比活,视韩则尸且僵矣,妻父母大诟张。张曰:"毋恐,吾往觅之。"复入冥,至前所立,次问居人,居人有见者,具言所以。亟南行,追之则已入城南民家为猪矣。张复苏,迹至民家,问君:"夜来猪产子乎?"曰:"然,昨得猪十牝而一牡。"张以钱市其牡者,民固不肯,因具言其故,乃与之。张袖猪归,至家将猪口向韩耳畔极力击之,猪大唤一声而死。韩蹶然苏,惊问所以,张出猪示之曰:"此子化身也。"怖悚累日,终身不食豕肉。

---

　　① (明)祝允明著,薛维源点校:《祝允明集》(下),上海古籍出版社,2016年版,第1084~1085页。

《聊斋志异》笺证初编

明释智旭[①]《见闻录》曰:

　　姑苏南濠街,有一人常作阴隶,每数日辄往值班。邻有一人语曰:"能带我至阴间游戏乎?"隶曰:"可,汝但静卧室中,勅家人勿开户,我当带汝去,仍送汝回。"邻人如命卧室中,隶即摄其魂,同至府城隍庙前,嘱令住石牌楼下相待,自乃持文书入中庭去。邻人待久生厌倦心,见一大车,从西过东,载四娼女并二男子。中一娼女,原有旧情,以手招之,遂登车同去。隶出庙觅邻人不见,转问旁人,知登车去。乃回阳,急至傅门外一居民家,见有新产小猪七头,其一即邻人也。以手掷之,猪毙而魂忽不见。次于田岸见大赤蛇仰卧,即知邻人所变,乃打杀之,捏其魂归房掷醒。因问曰:"汝同我游阴府颇适意乎?"答曰:"汝初置我于庙前石牌楼下,入庙经久不出。我方厌倦,幸旧识娼女邀我出傅门外,同至一舍,相与饮食欢乐。忽有人夺我食,打我项。我怒而出外,困而偃息。复闻人呼曰:'赤蛇,赤蛇!'以手攫我,我便惊醒,有何乐乎!"隶笑语其故,黄洪江亲闻其事,乃发心学道(洪江亦予在家时善友)。

清初景星杓《山斋客谈》卷三《畜异(第四则)》曰:

　　苏州一生,明于国律,为冥王署为判司。生读书僧寺,与数友共处,乃不时被召,召则卒仆,移时始苏。中一友,性儇佻,阴祷于生:"于更召时,愿挈我一游?"生笑,辞以"即见召,仆且不知,胡能晓君以行

---

① 释智旭,即明末四大高僧之一藕益智旭(1599—1655)。

邪？"友曰："子不我掣，吾有计矣！"一日，俟仆绝，乃投缳于卧所。俄生反，而友不苏。家人知其事，群哄于生，以为左道杀人，将讼之官。生窘，亦投缳。入冥叩王，王惊曰："无事致君，何事至邪？"生述其故，王命访之。数青衣急足偕生行，曰："非橛至者，不得入关，当于关外求之耳。"因出关，高呼其名，不得，徘徊于道。一市饭妪问故，曰："昨者有某役押猪犯七名出关，遇一书生寻访判司；一犯以金授之役，易以往矣。得非即此人邪？"乃还启王，王召押者，讯状得实，谓生曰："此子误入昆山某家猪胎，先生宜急还，向彼赎取掷死，彼自苏矣。然到时始产，候第七猪灰色者是也。"生既苏，告众以故，乘夜束装而往，循教以行，其友果苏。然自是冥中亦不召矣。

以上谢肇淛、释智旭、景星杓所述故事都有相同的模式：阴司"活急脚"的亲友某人欲游历阴间，遂央求与之偕同入冥，"活急脚"勉强答应。进入冥界后，"活急脚"需要去冥府执行公务，安排某人在外等待。在等候的过程中，某人受到美女或美食诱惑，随之而去。"活急脚"办公完毕，从阴间公署中出来，遍觅亲友不得；还阳后发现亲友某人仍处于死亡状态，于是再次入冥，设法营救。经过寻访得知某人已于某地转世为猪，急忙奔赴某地，杀死小猪，亲友某人得以复活。这一故事类型，以《聊斋志异·杜翁》最为知名，也有一定的代表性，姑且可将其命名为"杜翁"型故事①。蒲松龄对明代"杜翁"型故事做了一些改头换面的加工，将"活急脚"携带亲友入冥，替换成"冥牒误拘"型故事；采用了梦境叙事的手段，"杜忽醒，则身犹倚壁间"，此前入冥转生为猪的经历恍如梦幻，然而到王氏卖酒者之家询问，则

---

① 以著名故事题目来概括民间故事类型，是常用的民间故事分类法之一。

《聊斋志异》笺证初编

"果有一豕自触死"，整个事情又显得无比真实;《聊斋志异·杜翁》还具体标明小说人物的籍贯为沂水和青州，仿佛沂水杜翁和青州张某皆真有其人，从而增强了故事的现实感，小说的山东乡土特色也更加鲜明。

明代戏曲中也有表现"杜翁"型故事的作品。明人祁麟佳[①]曾作《太室山房四剧》[②]，《错转轮》为其中仅存之一种，全剧共有四出，收入《盛明杂剧二集》卷二六。《错转轮》杂剧写秀才王贤因为通晓律例，善究刑名，于是被地府注籍功曹，爨理阴界，"只因阳寿未满，有召方去"。王贤神游冥府之异，被友人张子才得知，其满心好奇，前来访问。王贤正与张子才谈话之间，恰好冥府相召，于是王贤神魂离体入冥。张子才故作聪明，恣意妄为，欲往观地狱，给妻子留书一封，竟在书斋自缢身亡。张子才灵魂去追赶王贤，但还是晚了一步，不幸与王贤失散，进入鬼门后，慌慌张张，东走西撞，结果遭遇黠鬼钱魁。钱魁生前恶贯满盈，阎王罚其变作一猪，在押解途中，买通鬼卒刘旺，让张生的鬼魂代替自己去李贵家里，投入猪胎。张子才妻子在家看守丈夫身体，过了两日，未见苏醒，于是去王贤家求助。王贤在阴司事毕，已返回阳世，然而为了救朋友，在阴司未加召唤的情况下，只能自缢身死，再入冥界。在冥府水判官的帮助之下，王贤查访到张子才的下落，黠鬼和鬼卒也受到了严惩。王贤还魂后，急忙赶到李贵家，尽杀新生猪儿，张子才也就即刻回魂。通过了解祁麟佳杂剧《错转轮》剧情梗概，可以发现此杂剧直接改编自《祝子志怪录·走无常》，剧情与清初景星杓的小说《山斋客谈·畜异(第四则)》内容也基本一致，进一步证明了"杜翁"型故事在《聊斋志异》以前就广泛流传于小说、戏曲之中。

---

① 祁麟佳(1580—1629)，字符孺，号太室，为明代戏曲理论家祁彪佳长兄。参见陈贞吟:《祁麟佳〈错转轮〉的结构特色与思想意蕴》，《高雄师大学报》，2016年第40期。

② 分别为《救精忠》《红粉禅》《庆长生》《错转轮》。

清代还有一种宣扬全真教思想，以王重阳及七子事迹为题材的叙事体道情作品《七真天仙宝传》，四卷三十二回，有些清刊本卷首有康熙壬辰(1712)序①，由此可以初步判断此书清初就已经流行。《七真天仙宝传》卷三第十八回《一贯大道　真修行　众徒参禅》写王重阳化身老人，以诗偈点拨郝太古，偈中略述张剥皮错投猪胎，被志公救回之事：

> 郝太古我看你甚是愚蠢，又何苦在此地装作死人。
>
> 徒参禅怎能够得成神圣，光有道无德行尽是虚文。
>
> 张剥皮五百年死守血性，只坐得满身中一派纯阴。
>
> 遇志公来点化度他不醒，到临头那阴魂入了猪身。
>
> 有志公化猪来摔死复性，指点他立功善方能成真。
>
> 你为何不培功化些缘分，到华山去设教多度原人。

清代佚名所撰《七真祖师列仙传》卷上，小说中也穿插了志公与张剥皮斗法的小故事，比《七真天仙宝传》诗偈叙述得更为清晰：

> 《修仙公案》上面，梁武帝时雪山有个张剥皮，整整坐了五百余年，不语不食。梁武帝请他到庙内，与志公比法。两个暗中出神，志公是阳神，剥皮是阴神。剥皮后投了猪胎，志公大发慈悲，不忍剥皮堕落，把猪牵死，还回本窍，醒来羞的面红过耳。

---

① 车锡伦编著：《中国宝卷总目》，北京燕山出版社，2000年版，第203页。

《聊斋志异》笺证初编

《七真祖师列仙传》中提到的《修仙公案》应为明代或清初仙道小说，其中所言张剥皮"投了猪胎"和《西游记》中猪八戒出身经历一样，都是明代的修道之人错投胎的故事①。明代神仙佛道小说中，仙人因嗜欲未除，而误入猪胎，这样的故事内容可能对"杜翁"型故事有所影响。"杜翁"型故事中，凡人入冥，受食色诱惑而错投的猪胎，与猪八戒因色心未泯而错投猪胎，在情节上很相似。《聊斋志异》小说的具体创作过程，后世读者难以得知，但可以大致推测，蒲松龄曾经有意识地对明末清初大量民间传说进行过搜集整理，并选择典型的故事类型进行改编重述，其中就包括《杜翁》。

"杜翁"型故事在清代继续广为流传，清王椷《秋灯丛话》卷八《邻妇游冥中变猪》曰：

> 钱塘某村老妪，号活无常。每应役冥司，辄晕卧累日。邻妇疑为妄，欲随往以征信，妪怪其痴而允之。白其夫，偕妇卧二日，妪苏而妇体已僵。夫大惊诘妪。妪曰："予入冥司，嘱令伫候无他适，及出不见，疑已回矣。当再往求之。"复卧移时，起曰："可亟向东南十余里，某村民家猪产数豚，内一花色者，速买归，勿较值。"夫如其言。妇命持豚近妇前，高呼妇乳名，遽掷毙之，妇乃蹶然起。夫询其故，妇曰："冥中风景无异人间，第阴晦不见日月。至一衙署前，妪入，命我立俟。俄见角门内舁一彩亭出，鼓乐前导，中设肴馔，香气扑鼻，有数人左右跳踉，若欣嗜状，隶卒数辈，围绕而行。信步随去，至朱门侧，众竞投进，恍惚间，亦为众挤入。回视，已变猪形矣。"妪谓妇曰："冥司罪案，皆比拟伦类。若辈生前贪痴，故罚为猪形。彩亭肴馔，所以顺其生性而利导之

---

① 明周楫《西湖二集》第七卷《觉阇黎一念错投胎》亦属此类。

也。尔虽痴，幸不贪，是以暂入轮回，仍得还阳耳。"①

清末俞樾《右台仙馆笔记》卷五曰：

　　慈溪俞君，以生人而役于冥中，有活无常之名。俞亦能文之士，颇耻之，故隐其名焉。其往役也，僵卧若死者，但胸膈间微温耳。或竟日而醒，或数日而醒，久而习之，亦不以为异也。询以冥中事，则秘不言。俞有友素相狎，求与偕往观冥中景象。俞不可，苦求不已。俞曰："必欲偕往，宜择静室安卧，虽数日不兴，戒家人毋动也。"友如其教。俞引其魂遍游冥中，亦有城市，与人世无异。俄至一官署，俞有事当入，谓其友曰："子待我于此，勿他去，此间究与阳世有别，倘误入迷途，我不能救也。"友曰："诺。"待久不出，意绪无聊。忽见数女子自署出，皆妖艳异常。其友心动，尾之行，入狭巷中。有小户半启，女子咸入，某不觉亦从之入。忽闻大声如霹雳然，惊顾，则已身在豕苙，化为小猪矣。俞自署出，不见其友，寻觅不得，怅怅而归，往探其友，独僵卧未醒。其家人皆咎俞，俞亦皇遽无策，而抚其胸犹温，乃慰其家人曰："此人生机未绝，当再往求之。"于是又赴冥中，一日馀而醒，曰："已得之矣。其魂在数百里外某县某村，业已转世，非我亲往，不能返也。"乃至其地，探知一家有母猪新生小猪，即至猪圈视之。有一白尾小猪，见俞则狗然而鸣，问主人此猪值几何，主人知有异，曰："非银十两不可。"如数与之，携之而归。至友卧室，用铁椎击猪毙之，而其友苏矣。然自此智识稍钝于昔，或由曾堕入猪胎故也。

---

① 清邓旭《异谈可信录》卷八《冥迹》转引此篇，改题为"花色豚"。

《聊斋志异》笺证初编

《聊斋志异·杜翁》写杜翁转世为猪后的心理描写也可能对后世小说有影响，清曾衍东《小豆棚》卷三《报应部·三生赘》曰："背后一推，两耳闻啼豕声，即落一娄猪腹中。"晚清宣鼎《夜雨秋灯录》卷七《离垢园》写贾云章被阴司罚为畜生，投胎为猪，待小猪毙命后，又还魂为人，部分情节与《聊斋志异·杜翁》相似：

> 贾略凝神，鬼卒自后一推，惊醒，则身变作小猪，与老猪众小猪同卧粪汁中。闻人语呼云："猪产豕雏矣！其数六。"贾心中了了，即以头触壁，狂呼不已，闻耳畔低唤曰："醒醒！白日，大人即梦魇耶？"张目四顾，身犹在座，客与僮已杳，唯其子与病奴守于侧。架上鹦鹉如故，曰："茶来，主人醒也。"乃泣告子，使人侦之，邻家栅中，果生六豕，一颗痫遽毙。

《聊斋志异·杜翁》小说中并未交代故事发生的时代，但从青州张某头戴瓦垄冠这一描写来看，《聊斋志异·杜翁》所讲的很可能仍是明朝旧事。瓦垄冠，即瓦楞帽，又称"瓦楞骔帽""瓦垄帽""瓦楞帽""板巾""方笠"，多用牛马尾或鬃毛，草、藤篾等编织而成，常缀以宝石或红缨，帽顶摺叠，形似瓦楞，有四楞、六楞之制，是明代男子所着的一种笠帽。虽然瓦楞帽的样式可能在金、元时期就已经存在，但瓦楞帽之称却出现于明朝，张佳先生在《"深簷胡帽"考：一种女真帽式盛衰变异背后的族群和文化》一文中提出："'瓦楞帽'一名虽迄今未见于任何蒙元文献，却大量出现在明代后期的史料当中。"[①]明范濂《云间据目抄》卷二《记风俗》曰："瓦楞骔帽，在嘉靖

---

① 参见2017年12月5—6日，复旦大学召开"多元视角下的明清中国史"国际学术研讨会，复旦大学文史研究院副研究员张佳提交的论文《"深簷胡帽"考：一种女真帽式盛衰变异背后的族群和文化》。

初年,惟生员始戴,至二十年外,则富民用之,然亦仅见一二,价甚腾贵。皆尚罗帽、纻丝帽,故人称丝罗,必曰帽缎。更有头发织成板,而做六板帽,甚大,行不三四年而止。万历以来,不论贫富,皆用骔,价亦甚贱,有四五钱七八钱者,又有朗素、密结等名。"

明万历年间,物美价廉的瓦楞骔帽大量涌向市场,成为大众服饰,还出现了绉纱材质的瓦楞帽。明蔡献臣《清白堂稿》卷一七《(万历壬子修)同安县志·风俗志》曰:"往时惟有方巾、圆帽二种,今则唐巾、云巾、帽巾,无人不用瓦楞,或用绉纱瓣幅。"而且越是到明朝后期,瓦楞帽在社会底层百姓中也越普及,有些读书人甚至不屑于穿戴此种市井服饰。《国朝畿辅诗传》卷五《李鸿勋》引清杨方晃《磁人诗》曰:"(李鸿勋)明府性豪迈,入泮最晚。明制,年二十不列于庠,服饰即同市井例戴瓦陇巾子。公耻,键户下帷,寒暑无间。余先旧第与君邻,每夜闻公读书楼上,始而读,继而哭,时或掷巾,以足蹴之。"瓦楞帽作为一种明代士庶衣冠,基本上与明朝相始终。清初剃发易服之后,特别是随着顺治九年(1652)钦定《服色肩舆条例》的颁行,瓦楞帽逐渐淡出人们的日常生活,仅有个别明遗民在清朝初年仍坚持戴瓦楞帽出行。清王源《居业堂文集》卷四《李考悫先生传》写清代学者李塨之父蠡县李明性,在明朝灭亡后仍然身着六合瓦棱帽等明代衣冠,引人注目:"甲申变后,遂隐,足迹不履市阓,被紫绵布袍,贼巾夏葛冠六合(俗名瓦棱帽)①,方领博襃,踽踽然偶出,则观者如堵。"清初小说《无声戏》②《聊斋志异》《儒林外史》一般都是在叙说明朝往事时,提到瓦楞帽,如《儒林外史》第二回"王孝廉村学识同科 周蒙师暮年登上第"中夏总甲出场:

---

① "俗名瓦棱帽"为《居业堂文集》书中原有注释。

② 清李渔《无声戏》第三回《改八字苦尽甘来》中提及瓦楞帽。

"外边走进一个人,两只红眼边,一副铁锅脸,几根黄胡子,歪戴著瓦楞帽。"清代小说戏曲讲述前代故事,在描写江湖豪侠外表装束时惯用的套话中,偶尔还会出现瓦楞帽,如清初刘键邦撰《合剑记》传奇第二十二出《野啸》[前腔]云:"村野军师打扮奇,瓦楞帽草鞋而已。"清佚名所撰《善恶图全传》第九回写火汉延"身高七尺向开,头戴随风瓦楞帽。"清佚名所撰《五美缘全传》①第三回《游西湖林璋遇故 卖宝剑马云逢凶》写马云"身高丈二,膀阔三挺,头戴一顶顺风倒瓦楞帽"。

---

① 又题为"绣像大明传"。

折 狱

　　《聊斋志异》中多写折狱的故事,如《冤狱》《胭脂》《郭安》《于中丞》《折狱》《诗谳》《老龙船户》《太原狱》《新郑狱》等,这些小说篇章有些是以清初真实案件为原型创作的, 有些则源于传统民间故事。蒲松龄反对滥施酷刑,《聊斋志异·折狱》记费祎祉未妄刑一人,而以过人才智连破两件疑案,第一件为"淄川崖庄杀贾案",第二件为"淄川无首尸案"①,此二者未必尽为当时真实事件,从前代故事改编而来的可能性比较大。

一、费纬祉生平事迹考述

　　蒲松龄弱冠之年,曾受到时任淄川知县费纬祉的器重和赞许②,《聊斋志异·折狱》中称费纬祉为"浙江费公祎祉"。关于费纬祉之名,赵伯陶先生发现《聊斋志异》与清代《淄川县志》中写作"费祎祉",而《明清进士题名碑

---

　　① 　清末民初徐珂《清稗类钞·狱讼类》转引《聊斋志异·折狱》前后二则,分别题为"淄川崖庄杀贾案""淄川无首尸案"。

　　② 　《聊斋志异·折狱》文后,"异史氏曰:'……松裁弱冠,过蒙器许。'"

录》与清代《宁波府志》《鄞县志》中则皆写作"费纬祉"①。清代鄞县、淄川等地方志中，对费纬祉生平记载一般都较为简略，《（康熙）鄞县志》卷一一《选举考二·举人》载，费纬祉为明崇祯十五年（1642）壬午举人；《（康熙）鄞县志》卷一〇《选举考一·进士》载，费纬祉为清顺治六年己丑（1649）进士，授知县②。《（乾隆）淄川县志》卷四《官师志·秩官》载："费祎祉，字支峤，鄞县人，进士，（顺治）十五年任，以罣误去。"清同治年间，鄞县人徐时栋在主持编纂《鄞县志》时发现清代鄞县旧志中对费纬祉生平事迹少有记载，于是改写《聊斋志异·折狱》为费纬祉立传，以补鄞县"志乘之阙"，《烟屿楼文集》卷一六《记事·记费纬祉》③曰：

> 费纬祉者，鄞人，以慈溪籍中崇祯十五年举人。入国朝，成顺治六年进士，释褐知山东淄川县。或杀西崖贾中野，而其妻缢于家，纬祉往

---

① 赵伯陶注评：《聊斋志异详注新评》，人民文学出版社，2016年版，第2276页。古代人名用字中，"纬""祎""祎"三字时常混淆误用，如唐代玄奘大师俗名陈祎，有时又被误写成"陈纬"或"陈祎"。费纬祉之名，应以"纬祉"为是，"纬"是鄞县费氏之辈分字。清代鄞县费氏"纬"字辈名人，还有费纬祥、费纬裪，《（乾隆）凤翔府志》卷五《职官·麟游县·知县》曰："费纬裪，浙江鄞县人，辛丑会副，康熙二十年任。"清费纬裪著《圣宗集要》八卷，《四库全书总目》卷六十三史部十九有著录。清初文人文集及碑刻中也多写作"费纬祉"，《四明丛书》本《钱清溪公不朽录》收录清初高宇泰撰《公祭高恭人文》所提及与祭之人物中，就有"费纬祉"。清初《海宪王公（尔禄）重修宁波府学碑记》与《宁郡侯崔公（维雅）修学碑》文后附录乡绅名单中，皆有"费纬祉"，详见章国庆编著《天一阁明州碑林集录》，上海古籍出版社，2008年版，第171、177页。然而，费纬祉与其兄费纬祥名字中的"纬"字也确实常被写作"祎"，《聊斋志异》《（乾隆）淄川县志》《（道光）济南府志》《（民国）山东通志》中皆作"费祎祉"，《（乾隆）鄞县志》卷一六《人物》引《费氏家乘》曰："费祎祥，字荣孝，崇祯时，以明经贡太学。明亡，薙发为僧，独居一小楼，凡十余年，足迹未尝下梯。"《（乾隆）淄川县志》载，费纬祉字支峤；《（光绪）慈溪县志》卷三一《列传八·费纬祉传》引《费氏谱》载，费纬祉字锡兹。"纬祉"之名，"锡兹"之字，皆当取自《诗经·周颂·烈文》："烈文辟公，锡兹祉福。"

② 亦见于《（雍正）宁波府志》卷一七《选举》。

③ 钱钟书先生《容安馆札记》卷三第七九六则，研析《聊斋志异》，已发现此资料，但未引全文。详见钱钟书：《钱钟书手稿集 容安馆札记》，商务印书馆，2003年版，第2537页。

检视,集诘里人,盗莫可踪迹者,殓而去之。久之,坐堂皇催科,周成以布袱裹银呈案上。纬祉收受已,从容问里居,又问去西崖几何里。曰:"五六里。""盗所杀某贾识之乎?"色然骇曰:"不识也。"纬祉怒曰:"汝杀之而不识耶?"刑之,尽吐其实。始贾妻假簪珥之姻亚,及归,裹以袱,置诸怀,而道失之,惊告于人,反求之不得。是日,成拾之,而闻贾妻之遗也,而艳其色,夜瞷其夫之亡,踰垣往私之。妻号,示以袱,从之。要后期,不可,曰:"吾夫暴,事发皆死。"成怒以所拾胁之,则曰:"吾夫多病,旦暮死而从汝耳。"乃还簪珥,而袖袱以去。明日,诱贾至野杀之,夜复踰垣,入告其妻,妻大哭,成惊遁。至是,以所留袱纳赋而事觉。或问纬祉曰:"公何以知之?"纬祉曰:"夫亲民之吏,未有一事一物而不当留意者。始吾检贾尸,见衣底有布袱刺卍字,而成袱文色皆如之,吾固疑一妇人作者。及诘以贾,而色骤变,吾是以信知其情也。"

　　冯安与胡成相狎也,而不相能。他日,饮成家,酒酣,成大言曰:"今者吾暴富。昨吾至南山,遇大贾,杀而取其财,投其尸瞀井矣。"安妄之,成入室,出银数百两,粲粲陈几上,曰:"我窭人子也,不杀人,岂有是耶?"明日,安具以状告县,纬祉收鞫之,则醉中妄语也。问安所得银,乃女妹夫郑伦寄成以买田者。诘伦语合,将释之,而往探南山井中,赫然有无头尸。于是成大惊,叩头呼冤,纬祉笑曰:"显证如此,何冤也?"下诸狱,重纳尸井中,尸主来而后敛之。翌日,有妇人投牒,言何甲其夫,负贩将行贾,而成杀之,弃尸井中。纬祉曰:"井中尸,信汝夫耶?"曰:"信。"出之,果其夫也,妇却立以号。将敛,诘成以头,成但哭,不能对。纬祉频顾曰:"是必匆遽乱掷之矣。虽然,乌乎敛?"乃募里中代觅之,令曰:"有能得何甲头者,赏若干。"而以好语慰妇,妇请银,曰:"徐之。"妇呜咽陈孤苦,纬祉意哀之曰:"汝年少无子,苟得敛汝夫,吾归汝银,且判汝改醮矣。"妇谢而出。居无何,里人王五以头来求赏,赏之。既敛,复下令曰:"有愿以何甲妇为妻者,妻之。"一人应而出,则王五也。于是纬祉呼妇前问曰:"汝知杀汝夫者耶?"对曰:"胡成。"纬祉笑曰:"非也,杀汝夫者,乃汝与王五耳。"皆大愕,自辩数。纬祉曰:"吾久得若情,吾惧有万一之失,以迟至今也。夫甲衣皆败絮,岂大贾哉!此非成杀之,明矣。况其银固自有主耶。夫尸在井中,何以信知为汝夫,见尸而惧,哭而不哀,非汝杀之而谁耶?吾知汝杀之,而不能知与杀者,故令得头而敛,敛而醮汝。夫王五岂敢以头至哉?乃汝与五急欲为夫妇,而惧有他变也。夫成杀汝夫,而藏其头,而五能知之耶?"皆服,论如法,释胡成,而坐冯安以诬告,笞之,徒三年。

纬祉后知陕西武功县。(城中廉津桥下有纬祉故宅,门有宁绍台道王尔禄赠扁曰:"甘泉可饮。"旁署费衔如此。)盖国初循吏,而吾乡莫知之。余见其弟子蒲松龄尝记《折狱》二事于《志异》,因撷而文之,以补我志乘之阙。同治戊辰五月,费真甫(光润)来,云纬祉字锡兹,以进士历任山东淄川、陕西武功知县。其兄纬祥,字荣孕,崇祯间进士,官国子监祭酒,入国朝不仕,闭门著书,不下楼者十余年,自号"在家头陀",嘉庆间入祀旌忠庙。又云二人之侄孙,名光业,字景文,康熙甲午,以宛平监生中顺天举人,榜姓张后,拣选知县,考取中书,奉旨改归原籍。又云《家谱》以乱亡失,故所知者仅此。真甫即居锡兹故宅,盖其裔云。①

徐时栋对费纬祉仕宦经历记载稍有失误。《(嘉庆)续武功县志》卷二

---

① 《(光绪)慈溪县志》卷三一《列传·费纬祉传》转引。

《官师志第五》记载："费纬祉，字支乔，进士，浙江鄞县人。"《(嘉庆)续武功县志》卷二《官师志第五》还根据县中所立《关帝庙碑》，考证费纬祉于顺治十三年(1656)已担任武功县知县。《(嘉庆)续武功县志》卷二《旧志阙访官师·费纬祉传》曰："费纬祉，温和俊雅，喜怒不形于色，政简刑清，古之遗爱也。改淄川知县。"由此可知，费纬祉于顺治十三年(1656)之前曾任陕西武功县知县，顺治十五年(1658)改任山东淄川县知县。费纬祉身后只有少数文章传世，《(道光)重修沔阳县志》卷首有《重修沔阳县志原刻石门遗事跋》，文末题曰"壬辰嘉平月古粤费纬祉跋"，此文为清顺治九年壬辰(1652)农历十二月费纬祉所撰①。清全祖望《鲒埼亭集外编》卷四七《答蒋生学镛问湖上三庙缘起》又提及费纬祉所撰《花果园庙记》一文："近有费纬祉者，一村学究，作《庙记》更敷衍其说，谓将军以扈从至鄞，舍于史忠定之园。将军本籍祥符，忠定曾令祥符，故相善。将军卒于是园，因立庙祀之，并有墓在太白山之说……"宁波海曙花果园庙，始建于南宋，原为南宋越王史浩府中花园内土地庙，明中叶该庙改为"奉祀杜恺将军"，全祖望以史学家严肃的学术态度对花果园庙之历史沿革进行了考证；而费纬祉则从文人的角度，辑录有关花果园庙之民间传说，却被全祖望斥为"村学究"。

二、《聊斋志异·折狱》所载"淄川崖庄杀贾案"故事溯源

蒲松龄所撰"淄川崖庄杀贾案"故事，很可能源自金元好问的《续夷坚志》卷四《王子明获盗》：

---

①　《重修沔阳县志原刻石门遗事跋》文中有"余与凤郡为接壤"以及"再经余邑"等语，据此可推测，费纬祉可能在顺治九年(1652)前后已任职于关中。

副枢刚中王公晦，字子明，泽州人。初任长葛簿，一日，行水边，忽见回风逐马行，或前或后，数里不去。子明疑其有异，缓辔从之，回风入水复出者数四。子明召旁近居民，杂骀卒入水索之，得一尸，是近日被害者。检视衣著，于所佩小革囊中得买布单目，及木印一。子明嘿藏之，不以语人。即入县，即召布行赍布来，官欲买之，积布盈庭。子明一一辨视，果有布是本印所记者，因甲乙推之，盗寻获。一县称为神明。事见闲闲公所撰墓志。

《聊斋志异·折狱》所载"淄川崖庄杀贾案"小说中，费纬祉发现被害人与杀人者的银袄上绣有万字文，且同出自一人之手，便以此为线索，缉拿真凶，了结命案，这与《续夷坚志》中王子明凭借比对布商木印文而破案的故事情节类似。元明时期，《续夷坚志·王子明获盗》在民间广泛流传，出现了一系列类似的公案故事。柯劭忞《新元史》卷一八四《姚天福传》载：

又天福按事过景州，有旋风起马前，天福使二卒从之。至大泽葭苇中，得杀死者五人，一人腰间悬小印。天福曰："吾得之矣。"下令括城中布，尽市之，且使吏四出邀行贾。有四人载布五驴，止之，验布上印文相合。讯以杀人事，皆款服。

柯劭忞并未对《新元史·姚天福传》的相关史料来源加以说明，姚天福通过勘察对比木印文断案之事，很可能改编自《续夷坚志·王子明获盗》。《明史》卷一六一《周新传》曰："周新，南海人。初名志新，字日新。成祖常独呼'新'，遂为名，因以志新字。洪武中以诸生贡入太学。授大理寺评事，以善决狱称……初,新入境,群蚋迎马头,迹得死人榛中,身系小木印。新验印,知死者故布商。密令广市布,视印文合者捕鞫之,尽获诸盗。"①明代周新因木印而破案,也可能是本于金元好问《续夷坚志》卷四《王子明获盗》,此故事在明黄瑜《双槐岁抄》卷三《周宪使》中就已经有记载,黄瑜之孙黄佐撰《周宪使传》②时又收入传中,此后一直盛传不衰,曾不断被转述或改写。明邓元锡撰《皇明书》卷三〇《能吏》、明周楫《西湖二集》卷三三《周城隍辨冤断案》、明孙能传编《益智编》卷二七《刑狱类四·迹盗·周新辨劫布贼》、明张萱辑《西园闻见录》卷八六《刑部三》、明余懋学纂《仁狱类编》卷一六《神梦·尾蝇得商冤》、明刊《百家公案》第四十六回《断谋劫布商之冤》、明安遇时《包公案》卷五《木印》、明代题"葛天民吴沛泉汇编"《新刻名公汇集神断明镜公案》卷三《盗贼类·陈风宪判谋布客》、明宁静子《详刑公案》卷六《抢劫类·徐代巡断抢劫缎客》、明陈玉秀选校《新刻海若汤先生汇集古今律条公案》卷三《徐代巡断抢劫缎客》、明张岱《西湖梦寻》卷五《城隍庙》、明冯梦龙《智囊全集》卷一〇《诘奸·周新异政》、清初陈芳生辑《疑狱笺》卷二《买物议盗·周新》、清初牛天宿《百僚金鉴》卷五《周新》、清初张贵胜辑《遣愁集》卷七《剖雪》等,其中都讲述过"木印案"的故事。

马振方先生查阅《淄川县志》,发现《聊斋志异·折狱》第一篇小说中所言"西崖庄"是淄川县真实地名,既而推断此故事有相当的真实性,《〈胭脂〉〈折狱〉虚实辨析——兼谈〈聊斋志异〉中的真人假事小说》一文分析道:

> 查县志,淄川确有西崖庄,作"西厓",在县之正东乡,即旧"仙人

---

① 晚清胡文炳《折狱龟鉴补》卷四《犯盗·验印捕盗》转录。
② 清初屈大均辑《广东文选》卷一四收录。

乡"。青柯亭本在"西"与"崖"之间多一"有"字,当系衍误。文中费问周成:家"距西崖几里",清楚地表明"西崖"乃是庄名,非"邑西有崖庄"之意。此种命案用真实的庄名,应有较强的可靠性。《聊斋》有公案作品多篇,案发地点如此具体者只此一篇。倘无其事,作者不会特写庄名,增添麻烦。①

马振方先生所言,固然合于情理,但即便"淄川(西)崖庄杀贾案"是清初真实的刑事案件,宋明以来广为流传的"王子明获盗"以及周新"木印案"故事,仍然有可能对费纬祉的案件侦破思路有所启发,也有可能对蒲松龄小说创作构思产生过影响。

三、《聊斋志异·折狱》所载"淄川无首尸案"故事溯源

《聊斋志异·折狱》第二则写费纬祉办案有方,从细致入微的观察,到逻辑严密的推理,再到依据事实的决断,颇多精彩之处。如"妇不敢近,却立而号"是费纬祉视角下的故事情节叙述,因见死者妻子坚称从井中打捞上来的是丈夫尸体,然而"见尸而惧,哭而不哀",从而对她产生怀疑。小说中这一描写,并非蒲松龄独创,而是源自《韩非子·难三》所述"子产闻哭"之事:"郑子产晨出,过东匠之间,闻妇人之哭,抚其御之手而听之。有间,遣吏执而问之,则手绞其夫者也。异日,其御问曰:'夫子何以知之?'子产曰:'其声惧。凡人于其亲爱也,始病而忧,临死而惧,已死而哀。今哭已死,不哀而惧,是以知其有奸也。'"②在审理"淄川无首尸案"的过程中,费纬祉

①　马振方:《中国古代小说散论》,人民日报出版社,2016年版,第169页。

②　唐李亢的《独异志》卷下转述。

由死者妻子的异常言行发现疑点："尸未出井，何以确信为汝夫？盖先知其死矣。"马振方先生认为《聊斋志异·折狱》这一关键情节是从南宋郑克《折狱龟鉴》卷五《张昇》中借鉴而来，而《折狱龟鉴·张昇》又转录自北宋沈括《梦溪笔谈》卷一二《官政二》：

　　张杲卿丞相知润州日，有妇人夫出外数日不归，忽有人报菜园井中有死人，妇人惊往视之，号哭曰："吾夫也。"遂以闻官。公令属官集邻里就井验是其夫与非，众皆以井深不可辨，请出尸验之。公曰："众皆不能辨，妇人独何以知其为夫？"收付所司鞫问，果奸人杀其夫，妇人与闻其谋。

　　题北宋彭乘《续墨客挥犀》卷六《奸人杀其夫》①、宛委山堂本《说郛》卷四七引北宋庞元英《文昌杂录》、南宋桂万荣《棠阴比事》卷下《张昇窥井》、南宋张镃《仕学规范》卷一九《涖官》，皆记此事，文字与《梦溪笔谈》稍有不同。《梦溪笔谈》所记张昇智破"井尸案"，作为一个经典破案实例，在明代也被不断转载，明窦子偁《敬由编》卷八《宋·张丞相昇》、明王士翘辑《慎刑录》卷三《张昇窥井》、明吴讷辑《祥刑要览》卷中《张昇窥井》、明孙能传编《益智编》卷二五《刑狱类二·折狱上·张杲卿不辨井中尸》、明冯梦龙编《智囊补》卷九《察智部·得情·张升》等书中均有此事。清初陈芳生所辑《疑狱笺》中，曾总结了一类被称为"何以知夫死"的刑事案件，这一类案件的案情主要有两种情况，《疑狱笺》卷二《何以知夫死·张昇》是第一种案情，祁连休先生将其归纳为"辨尸察奸型故事"："大致写一妇人的丈夫多日不

———————
　　① 近人曹绣君所编《古今情海》卷三二《妇人何独知为夫》转录。

归。当听说菜园井中有死人时，妇人赶去便大哭说是她的丈夫。报官后要认尸，众人都讲井深无法辨认。知州看出破绽，经主管部门审讯，妇人便供认了与奸夫合谋谋害亲夫的罪行。"①《疑狱笺》卷二《何以知夫死·杨评事》则记载了"何以知夫死"类案件的第二种案情：

> 湖州赵三与周生友善，约同往南都贸易。赵妻孙不欲夫行，已闹数日矣。及期，黎明，赵先登舟，因太早，假寐舟中。舟子张潮利其金，潜移舟僻所，沉赵而复诈为熟睡。周生至，谓赵未来，候之良久，呼潮往促。潮叩赵门，呼"三娘子"，因问："三官人何久不来？"孙氏惊曰："出门久矣，岂尚未登舟耶！"潮复周，周甚惊异，与孙分投寻，三日无踪，因具牒呈县。尹疑孙有他故，害其夫。久之，有杨评事者，阅其牒曰："叩门便叫三娘子，定知房内无夫也。"以此坐潮罪，潮果服。②

《疑狱笺·杨评事》很可能改编自明祝允明《枝山前闻·片言折狱》：

> 闻之前辈说国初某县令之能，县有民将出商，既装载，民在舟，待一仆久不至，舟人忽念商辎货如此，而孑然一身，仆又不至，地又僻寂，图之易耳。遂急挤之水中，携其赍归。乃更诣商家，击门问："官人何以不下船！"商妻使人视之，无有也。问诸仆，仆言："适至船，则主人不见，不知所之也。"乃姑以报地里。地里闻之县，逮舟人及邻比，讯之反覆，卒无状。凡历几政莫决。至此令，遂屏人独问商妻："舟人初来问

---

① 祁连休：《中国古代民间故事类型研究》，河北教育出版社，2007年版，第632页。
② 清初张贵胜所辑《遣愁集》卷八《聪慧》，晚清胡文炳的《折狱龟鉴补》卷四《犯盗·沉夫呼妻》转录。

时,情状、语言何如也?"商妻曰:"夫去良久,船家来扣门,门未开,遽呼曰:'娘子,如何官人久不下船来?'言止此耳。"令屏妇,复召舟人问之,舟人语同。令笑曰:"是矣。杀人者汝,汝已自服,不须他证矣。"舟人哗曰:"何服耶?"令曰:"明知官人不在家,所以扣门称娘子。岂有见人不来,而即知其不在,乃不呼之者乎?"舟人骇服,遂正其法。此亦神明之政也。

祝允明所写"片言折狱"的故事,明余懋学纂《仁狱类编》卷一二《烛奸·呼妻知杀夫》、明安遇时编《包公案》第六十九回《三娘子》、明冯梦龙编《智囊补》卷九《察智部·得情·三娘子》中皆有转录。清人陈芳生总结,"何以知夫死"类案件的两种案情虽各不相同,但侦破和审理的逻辑思路却是一致的。若将"何以知夫死"视为一种民间故事类型,那么这一故事类型包括"井尸案"和"呼妻知杀夫"两种亚型,《聊斋志异·折狱》中第二则应属于"井尸案"型故事。

《聊斋志异·折狱》第二则所叙费纬祉巧断"井尸案"故事,在20世纪80年代初被重庆川剧院倪国桢先生改编为川剧《井尸案》[1],1980年由重庆市川剧院二团在重庆首演[2]。川剧《井尸案》中,清官胡图的人物原型就是清初淄川知县费纬祉。倪国桢后来在《井尸案》基础上又创作了《古琴案》和《婚变案》,形成了以"胡图断案"为题材的系列川剧作品。川剧《井尸案》在搬演流传过程中,又不断被移植创作为京剧、昆曲、越剧、汉剧、豫剧、评

---

[1] 川剧《井尸案》剧本原载于《剧作》1980年第3期,1982年由重庆出版社出版单行本。倪国桢编:《井尸案 川剧·高腔》,重庆出版社,1982年版。

[2] 中国戏曲志编辑委员会编:《中国戏曲志:四川卷》,中国ISBN中心出版社,2000年版,第91页。

剧、黄梅戏、蒲剧、吕剧、柳子戏、睦剧、抚州采茶戏、皮影戏等。1985年,宁波电视台拍摄了越剧电视剧《胡图青天》,成功塑造了"胡图青天"这一经典戏剧人物形象。

太 原 狱

　　"二母争子"传说①在世界各地广泛流布,是具有悠久历史的人性题材和心理题材民间公案故事。现代学者在考察《聊斋志异·太原狱》小说题材来源时,一般都认为蒲松龄《太原狱》小说明显受到传统"二母争子"民间故事的影响,特别是对元人李行道《灰阑记》杂剧有所借鉴。钱钟书先生《管锥编》评析《全后汉文》卷三八,曾纵论古今中外"察情断案"之事,其间亦涉及《聊斋志异·太原狱》:"《聊斋志异》卷十二《太原狱》姑媳讼奸,孙柳下命各以刀石击杀奸夫,媳毒打而姑不忍,乃知与此夫通者,姑也。黄霸、安重荣、包拯听讼,断两造中心手狠者为曲;《聊斋》此则翻旧生新,使曲在心手软者,所谓反其道以仿其意。"②也有学者重点关注了《聊斋志异·太原狱》与元杂剧《灰阑记》之间的差异,安国梁先生论文《〈灰阑记〉和〈太原狱〉异同论》认为:"蒲松龄的《太原狱》在'《灰阑记》型'故事系统中算得上

　　①　关于"二母争子"故事的滥觞及发展流变,相关研究成果较多,研究也相对成熟,代表论文有赵兴勤的《〈灰阑记〉本事发微》、梁工的《所罗门断案故事在东西方的流变》等。赵兴勤的《〈灰阑记〉本事发微》发表于《文献》1986年第3期。梁工的《所罗门断案故事在东西方的流变》发表于《中州学刊》2000年第5期。

　　②　钱钟书:《管锥编》,生活·读书·新知三联书店,2007年版,第1586~1587页。

奇军突起,面目翻新,尽管它有着与这类故事相同的深层结构,但就它的人物身份、具体情节、内在意蕴而论,却与这类故事大相径庭。"①

在明清社会生活中,常有"姑妇皆寡"的家庭,《聊斋志异》中《太原狱》与《土偶》都讲述的是"姑妇皆寡"家庭发生的故事。在中国古代的寡妇之家,若主妇不能守节,很容易引发一系列的家庭变乱,甚至造成人伦悲剧。明清小说中有不少相关题材的作品,如《初刻拍案惊奇》卷十七《西山观设箓度亡魂 开封府备棺迫活命》小说写寡妇吴氏私通道士,因嫌儿子阻拦牵制便诬告其不孝,开封府尹李杰廉明聪察,辨清是非,为吴氏之子洗刷冤屈;《二刻拍案惊奇》卷三五《错调情贾母詈女 误告状孙郎得妻》小说入话部分写寡妇马氏与奸夫察凤鸣等人私通,因嫌"那媳妇陈氏在向前走动,一来碍眼,二来也带些羞惭",于是迫害陈氏自缢身亡。明清两代,民间确实不断有恶姑因奸逼死儿媳的案例,以至于清代刑律中都出现了相关法条,《大清律例》卷四四《发配》所载罪名中就有:"奸妇抑媳同陷邪淫,致媳情急自尽者。"《大清现行刑律》卷二三《人命》所载罪行中又有:"尊长与人通奸,因媳碍眼,抑令同陷邪淫,不从,商谋致死灭口者。"《聊斋志异·太原狱》虽然脱胎于"二母争子"民间故事,但明代以来现实生活中一些恶姑因奸诬媳的具体案例也可能启发了蒲松龄的小说创作,明姚旅《露书》卷一一《政篇》简略记载晚明汉阳知县蒋时馨智断"姑媳讼奸"案:

> 汉阳有姑通僧者,为媳所触,因诬媳。令蒋君时馨②讯僧,僧作两

---

① 安国梁:《〈灰阑记〉和〈太原狱〉异同论》,《中州大学学报》,1993年第3期。

② 此"蒋君时馨"并非明代名臣福建漳平县人蒋时馨,而应是明代广西全州县人蒋时馨。清汪森《粤西丛载》卷九《全州蒋氏》所列全州蒋氏举人名单中有蒋时馨。《(雍正)广西通志》卷七四《选举》载:"万历三十一年(1603)癸卯科(举人)……蒋时馨,全州人,汉阳知县。"《(民国)全县志》第五编《选举》载:"万历三十一年(1603)癸卯科(举人)……蒋时馨,昇乡大冈人,汉阳知县。"

可语。乃令姑媳共扑僧,姑颇惜力,即治僧与姑。

《露书·政篇》所载蒋时馨察情断案之法,与《聊斋志异·太原狱》中孙宗元智辨淫妇,二者如出一辙。蒲松龄创作《太原狱》,即便没有受到蒋时馨断奸案故事的直接影响,也很有可能是在明末清初类似传说的基础上改编而成。《聊斋志异·太原狱》在清代还可能曾经被作为指导性案例应用于司法实践,清解鉴《益智录》卷七《陇州三案》写陇州知州马国翰断案故事三则,其中第一则曰:

有乡人宋芳者,娶醮妇杨氏为继室。杨与邻村周旺有私,芳不家,周恒夜来明去。芳死,益无忌惮。芳弟蒲知之,夜执周,以获窃禀于公。公问周,周认奸不认窃。问其所交,供言芳子媳何氏。盖芳有前妻之子,娶妻甫二年,贸易在外,恒数月不归。杨亦以不贞控何氏。公传案对质,杨言周与媳私合,何言周与姑通奸。公问蒲,蒲言闻嫂不贞,未闻侄媳之有他。公曰:"汝等各执一词,不足凭信。候传邻佑问之,第三日巳刻审究,来迟重责不贷。"至三日,役呈点单,言人证已齐。公使心腹人暗窥之,见何负气自居一处,俯首不语。周与杨眉目送情,有时谈笑。午后,周市食物食杨,不顾何。暗窥者复于公。公立升堂听之,杨与何言如故。公曰:"不必互推。周非奸,实为窃,乃伪言为奸,以坏汝家风。可当堂自击之,以泄汝忿。"令役以木杖授杨氏,曰:"即击死不偿命。"杨执杖,重举轻落,若恐伤周。公止之,令役复以杖授何氏。何执杖急起,向周首而击,势将一杖击死之。公令役架其杖,曰:"勿击。"问周曰:"汝星夜入宋室,果何为哉?"周曰:"实为奸。"公曰:"汝果为奸,必与杨,非与何。"周与杨力辨之。公曰:"勿哗,静听吾言。何欲一杖击死汝,盖以与汝心无系怜也;杨氏恐伤汝,盖以与汝情有恩爱也。汝未上堂时,吾使人窥之,汝与杨不时谈笑,且市食物食杨,不及何,不可知汝所私者是杨而非何乎?"周犹强辩。将刑之,周惧而服,杨亦承认。笞周四十,释之。公谓蒲曰:"汝兄已死,杨氏淫行既著,可听其再嫁,不许复入汝门。"使各具结结案。

解鉴称其所记《陇州三案》,是马国翰亲口所言,《益智录》卷七《陇州三案》正文之前小序曰:"公在时,尝言官陇州折狱。余欲择公之用心深微者,叙入余《录》。公嫌自负,不以为可。公丁巳年病故,故追录之。"马国翰是山东济南历城人,作为博览群书的文献学家,其对《聊斋志异》应该是熟悉的,在审理陇州杨氏与周旺通奸案时,极有可能参考了《聊斋志异·太原狱》。在清代,《太原狱》故事随着《聊斋志异》的流传而广泛传播,有学者认为18世纪末19世纪初河内佚名作者撰述的越南汉文小说《传记摘录》中《恶媪传》一篇,仿写了蒲松龄《聊斋志异》中《珊瑚》与《太原狱》两篇的婆媳故事①。清末民初徐珂编《清稗类钞·狱讼类》所收《孙长卿折狱》一篇,也是转录《聊斋志异·太原狱》。

《聊斋志异·太原狱》里巧辨奸案的临晋知县孙宗元,后来历任多处地方官,其生平事迹散见于多种清代地方志中。《(乾隆)淄川县志》卷五《选举志·举人》:"孙宗元,字柳下,顺治乙酉科亚元。"《(乾隆)淄川县志》卷五《选举志·历代仕宦》载:"孙宗元,顺治乙未史大成榜,授临晋知县,升开封府南河同知,调滦州知州,升思恩府同知。"《(康熙)临晋县志》卷一《秩官

---

① 彭美菁:《论〈聊斋志异〉对越南汉文小说〈传记摘录〉的影响》,《广西民族学院学报》(哲学社会科学版),2003年第4期。

表》载,顺治十三年孙宗元任临晋知县。《(雍正)河南通志》卷三六《职官七·各府同知》载,康熙二年,孙宗元任南河同知。《(康熙)永平府志》卷一五《宦绩·滦州知州宦迹》载"孙宗元,字近厚,山东淄川人,由进士以同知降补,(康熙)十年任。廉静有为,留心抚字,虚公礼士,吏畏民怀,有古良吏风。升广西思恩府同知。"①《(康熙)滦志补》②载:"(康熙)十年辛亥⋯⋯八月,知州孙宗元(淄川人,进士)来任。"孙宗元于滦州任上,曾修《滦州志》,书成于康熙十二年(1673),卷首有孙宗元所撰序文。《(道光)济南府志》卷六四《经籍》载:"《燕翼堂遗诗》,淄川人孙宗元撰。宗元,号长卿,顺治乙未进士,思恩府同知。"综合淄川、临晋、滦州等地方志中之记载,可大致了解孙宗元之生平。孙宗元(? —1677),字柳下,又字近厚③,号长卿,山东淄川人。顺治二年乙酉(1645)山东乡试亚元,顺治十二年乙未(1655)科第三甲进士,顺治十三年(1656)任临晋知县。康熙二年(1663),任南河同知;康熙十年(1671),降补滦州知州。康熙十六年丁巳(1677),升广西思恩府同知,

---

① 《(民国)滦县志》卷一〇《人物志乙》转引。
② 《(康熙)滦志补》不分卷。
③ 孙宗元与唐代柳宗元同名,字"柳下",意为略下柳宗元一筹;"近厚",取近于柳子厚之意。

《聊斋志异》笺证初编

同年九月六日于赴任途中,客死杭州,由其族孙孙蕙扶柩回籍,葬于淄川①。孙宗元诗宗杜甫②,著有《燕翼堂遗诗》。

---

① 关于孙宗元之死,袁世硕先生等在其所撰《蒲松龄评传》一书中已有记述:"江苏布政使慕天颜,与孙蕙的族祖孙宗元为同年进士,孙宗元一次路经杭州,死于旅舍,当时慕天颜正任钱塘知县,对同年友自然有所照顾。孙蕙当时尚未入仕,前往杭州扶运族祖的灵柩,曾见到过慕天颜。"(详见袁世硕、徐仲伟:《蒲松龄评传》,南京大学出版社,2000年版,第65页。)孙宗元与唐梦赉有交游,清唐梦赉《志壑堂诗》卷七《吴越同游日记》卷上·余闻孙柳下郡丞讣音》诗后自注曰:"孙以九月六日卒。念东先生《吊孙柳下》诗:'君骑兰摧天可疑,曾要痛饮竟渝期。一官误尔分生死,万里将谁奉简书。便葬西湖原自好,若回北道莫嫌迟。葛洪川畔空留石,身后身前岂易知。'"《志壑堂诗》卷七、卷八为《吴越同游日记》,又题为《丁巳日记》,是唐梦赉康熙十六年(1677)丁巳南游吴越时所作日记。从高珩"一官误尔分生死"诗句分析,孙宗元应是由河北滦州赴广西思恩上任,途经杭州时,不幸病逝。清初邓汉仪辑《诗观二集》卷一三收录金祖诚《天宁寺西园集饮歌》,诗题下注曰:"同集者为孙柳下郡丞、侯容庵明府、程穆倩、邓孝威、白孟新、范汝受、须文娟较书。"诗云:"旅泊维扬已过秋,萧萧黄叶漫盈眸。离弦哀思付闲鸥,上客何来自贝丘。淄水吴淞两地悠,南滇西粤万山愁。无端邂逅各淹留……"从诗中"南滇西粤万山愁","无端邂逅各淹留"二句可知,孙柳下、侯容庵分别前往广西和云南,路经维扬,曾与金祖诚等宴集于扬州天宁寺。蒲松龄曾代毕际有写过一篇《重修普云寺碑记》,于清康熙二十一年(1682)写刻立碑,《碑记》文末募缘善人名录中有沈润和孙宗元,此时二人皆已去世。(详见盛伟编:《聊斋文集》,学林出版社,1998年版,第1013页。)

② 清初吴盛藻《天门集》卷五《寄怀孙柳下临晋》诗中有句云:"学诵黄精诗几遍。"自注曰:"柳下好诵少陵'扫除白发黄精在'之句,故云。"

瑞 云

　　明末冯梦龙《醒世恒言》收录《卖油郎独占花魁》,李玉又将此话本改编为《占花魁》传奇,写市井凡夫与青楼花魁相爱,打破了传统小说戏曲中"才子佳人式"的爱情模式。"卖油郎独占花魁"故事,在明清之际颇为迎合人心,流行一时,但也渐成俗套。清初李渔《无声戏》第七回《人宿妓穷鬼诉嫖冤》小说中戏言:"后来有个才士,做一回《卖油郎独占花魁》的小说。又有个才士,将来编做戏文。那些挑葱卖菜的看了,都想做起风流事来。每日要省一双草鞋钱,每夜要做一个花魁梦。"蒲松龄常援引前人故事作文章,又每每能够自出机杼,翻陈出新。《聊斋志异·瑞云》描写了"家仅中资"的穷踧之士与"色艺无双"的杭州名妓之间的爱情故事,貌似延续了中晚明小说中的妓女爱情题材,实际上别具新意,并未落入"才子佳人"或"卖油郎独占花魁"的窠臼。

　　《聊斋志异·瑞云》小说中,贺生"素仰瑞云",可"美人如花隔云端",销金窟中的花魁娘子,对寒畯书生而言,无异于天空中的云朵,可以仰望,却难于接近。即便是"竭微赀",得以一睹瑞云芳泽,然而随着小鬟一声"客至",仍免不了"仓猝遂别"的狼狈之态。贺生对瑞云"梦魂萦扰",瑞云亦属意于贺生,但二人只能"相对遂无一语",终究难得"一宵之聚",在老鸨"频唤瑞云"的催促声中依依不舍地分离。瑞云"择婿数月,更不得一当",在此情形之下,秀才和生出现在小说中,"一日,有秀才投赘,坐语少时,便起,以一指按女额曰:'可惜,可惜!'遂去。"蒲松龄将小说题为"瑞云",或有所寓意,"云"原本是阴翳之物,所谓"瑞云",即祥云,也就是因遮蔽而变祸为福。和生在瑞云额头上留下的黑色指印,虽掩盖其绝世姿容,却保全了她的处子之身,如同中国古代传说中的"守宫砂"一般,仿佛是贞洁的象征。王立先生在《明清女性保贞术母题及其印度文化溯源》一文中提出:"在男性为中心的文化中,女性的处女身份,对情节发展和人物命运有意义,'大团圆'结局离不开这一前提。"①王立等在《聊斋志异中印文学溯源研究》一书第二十二章《〈聊斋志异·瑞云〉与古代女性保贞术母题》中提出《聊斋志异·瑞云》"就是一个恒久流传的'女性保贞术'母题的新版本。"②

　　《聊斋志异·瑞云》描画青楼女子与妓院生活,表现的是社会特殊生活领域和特殊人群,小说中所写瑞云见客之情形,很可能就是清初妓楼真实生活场景的再现。若通篇解读《聊斋志异·瑞云》,和生"以小术晦其光而保其璞",确实是一则"女性保贞术"故事。瑞云从"色艺无双"到"丑状类鬼",而贺生"真才人为能多情",不改初衷,对心上人珍爱始终。在小说后半部分,和生用仙术成全贺生"以妍媸易念"的一番真情,使瑞云由媸转妍,"艳丽一如当年",完全是奇幻的艺术想象。如果褪去《聊斋志异·瑞云》奇人仙术的神异色彩,单独看小说中瑞云从妍变丑一节,则分明就是余杭名妓毁容的故事:"共视额上,有指印黑如墨,濯之益真。过数日,墨痕渐阔;年余,

---

　　① 　王立:《明清女性保贞术母题及其印度文化溯源》,《宁夏大学学报》(人文社会科学版),2007年第1期。

　　② 　王立、刘卫英:《聊斋志异中印文学溯源研究》,昆仑出版社,2011年版,第486页。

连颧彻准矣。见者辄笑,而车马之迹以绝。媪斥去妆饰,使与婢辈伍,瑞云又茬弱,不任驱使,日益憔悴。贺闻而过之,见蓬首厨下,丑状类鬼。"小说中的虚构情节,有时其实是现实生活的缩影,蒲松龄笔下书生与名妓终成眷侣的大团圆结局背后,或许隐藏着旧时代风月场中妓女毁容的惨剧。古代行院之中,美丽容貌是青楼女子的最大资本,当嫖客与妓女之间出现严重争端时,常常将毁容截发作为报复风尘女子之手段。宋人笔记中有不少妓女被士人毁容的记述,南宋吕本中《童蒙训》卷下载:

范文正公爱养士类,无所不至,然有乱法败众者,亦未尝假借。尝帅陕西日,有士子怒一厅妓,以甆瓦劈其面,涅之以墨。妓诉之官,公即追士子致之法,杖之曰:"尔既坏人一生,却当坏尔一生也。"人无不服公处事之当。

南宋施德操《北窗炙輠录》卷下曰:

富郑公知郓州,有士人出入一娼家久,其后与娼竞,乃挝其面碎之,涅以墨,遂败其面,其娼号泣诉于府,公大怒,立追士人至,即下之狱。数日,当决遣,其士素有才名,府幕皆更进言于郑公曰:"此人实高才,有声河朔间。今破除之,深为可惜。"公曰:"惟其高才,所以当破除也。吾亦知其人非久于布衣者,当未得志,其贼害乃如此,以如斯人而使大得志,是虎生翼者。今不除之,后必为民患。"竟决之。

沈文通来知杭州时,有士人任康敳,即作《薄媚》及《狐狸》者也。粗有才,然轻薄无行,尝与一娼哄,亦墨其面。后文通知杭州,闻其事,志之。一日,文通出行,春燕望湖楼,凡往来乘骑者,至楼前皆步过,惟康敖不下马,乃骤辔扬鞭而过。文通怒,立遣人擒至,即敖也。顾掾吏案罪,即判曰:"今日相逢沈紫微,休吟薄媚与崔徽。蟾宫此去三千里,且作风尘一布衣。"遂于楼下决之。此可为轻薄者之戒。

在古代,黥刑也是一些官员对妓女进行迫害的手段,南宋张端义《贵耳集》卷下载:"杨诚斋帅某处,有教授狎一官妓,诚斋怒,黥妓之面,押往谢辞教授,是欲愧之。"宋末元初蒋正子《山房随笔》载:"湘人陈诜登第,授岳阳教官。夜逾墙与妓江柳狎,颇为人所知。时孟之经守岳,闻其故。一日公宴,江柳不侍,呼至,杖之,文其眉鬓间以陈诜二字,仍押隶辰州伏法。"①明张萱辑《西园闻见录》卷八四《刑部一》载:"有县尹,欲黥妓女之面,以息海淫之风。"②古代墨刑常施之于额,《易经·睽卦》六三爻辞曰:"其人天且劓。"唐陆德明《经典释文》卷二引马融注曰:"剥凿其额曰天。"唐李鼎祚《周易集解》卷八引虞翻注曰:"黥额为天。"《尚书·吕刑》篇中"墨辟疑赦"一句,孔安国传曰:"刻其颡而涅之曰墨刑。"《尚书·伊训》:"臣不下匡,其刑墨。"孔安国传曰:"臣不正君,服墨刑,凿其额,涅以墨。"《聊斋志异·瑞云》中,瑞云额上墨痕,类似古代黥面之刑,宋人笔记中被杨万里和孟之经施加黥刑的妓女,最后都幸运从良,也与瑞云因祸得福的经历近似。刺额墨涅还是明代妇女自毁容貌的常用方法,《明史》卷一九〇《列女二》记载九江欧阳氏夫死守节之事:"父母迫之嫁,乃针刺其额,为誓死守节字,墨涅之,深入肤里,里人称为'黑头节妇'。"蒲松龄熟悉古经典,了解生活,《聊斋志异·瑞云》中和生"以一指按女额"的构思,其故事现实原型也或许就是古代妓女遭受黥刑,或女子为守贞而毁容的惨痛经历。

---

① 邓子勉编著:《宋金元词话全编》,凤凰出版社,2008年版,第1856页。
② 明冯梦龙《古今谭概》卷一《迂腐部·欲黥妓》亦载。

明清小说中还有仙人惩妓的故事,明冯梦龙《古今谭概》卷三二《灵迹部·孙道人》载:"(孙道人)尝至吴中,为小妓所侮。孙顾卖桃人担云:'借汝一桃。'遂拾以掷其面,妓右颊遵赤肿如桃大,楚不可忍。哀祈再四,乃索杯咒之,取下仍是一桃,妓肿遂消。此万历己酉年间事。"《古今谭概》中孙道人使小妓面貌肿而复原的神异描写,与《聊斋志异·瑞云》中和生仙术应属于同一故事类型,其源头可追溯至敦煌《破魔变文》。《破魔变文》写三魔女色诱世尊,被佛法化为丑恶之貌:"于是世尊垂金色臂,指魔女身,三个一时化作老母。且眼如珠盏,面似火曹,额阔头尖,胸高鼻曲,发黄齿黑,眉白口青,面皱如皮裹髑髅,项长一似箭头馉子。浑身锦绣,变成两幅布裙,头上梳钗,变作一团乱蛇。身蜷项缩,恰似害冻老鸦,腰曲脚长,一似过秋谷鹈。浑身笑具,甚是尸骸,三个相看,面无颜色。心中不分(忿),把镜照看,空留百丑之形,不见千娇之貌。"三魔女于是忏悔求饶,佛祖使之恢复原貌:"佛心慈悲广大,有愿克从;舍放前忿,许容忏谢。与旧时之美质,转胜于前;复婉丽之容仪,过于往日。"

焦螟

　　《聊斋志异·焦螟》改编自清初民间传闻,小说中所提及董讷与孙光祀俱为康熙朝之名臣显官。董侍读默庵"为狐所扰"之事,在清初盛传一时,《聊斋志异》之外的文人笔记也有所记载。清吴陈琰《旷园杂志》卷下《附丁文衡说狐·土王》①曰:

　　　　京师多狐,西河沿有空宅一区,董默庵先生在馆职时僦居之。忽有驺舆呵殿而至者,其人金冠巍然,自称土王,署晚生刺谒董,云:"此宅下走居也,老先生宜徙去。"笑谈之顷,有人献茶,董疑不啜。土王劝啜之,极芳香。茶罢,呵殿去,数十步而没。董明旦亟移去,嗣有仕宦数辈来居,皆为所逐。侯官高云客言。

　　《旷园杂志》写董讷遭到自称"土王"之狐精驱逐,被迫移居,《土王》所

　　① 光绪《顺天府志》卷七十一《故事志七》转载此事。朱其铠先生已发现《旷园杂志》所载董讷遭狐祟事,详见(清)蒲松龄著,朱其铠主编:《全本新注聊斋志异》,人民文学出版社,1989年版,第87~88页。

述内容与《聊斋志异·焦螟》虽有相似之处,但差异仍较大。清李光地《榕村续语录》卷一七《理气》亦尝提及一则董讷轶事,该故事情节与《聊斋志异·焦螟》基本一致:

> 鬼神不敬人爵位,以理度之,亦是如此。吾辈略有意见,人尚不以势权人入眼,而有德行学问者加敬焉。况鬼神乎?徐立斋宣麻之日,归第,便见白衣鬼,见于室而不避。董默庵为侍讲时,即被狐精据楼,驱之移居。默庵不平,至面投以瓦石。后默庵忿极,祷于正阳门之关侯庙。其神凭之小奚立楼下,空作捋须举刀势,而狐见奚数其罪,其家人欲击死之。奚摇手曰:"不可。无他罪,斥之而已。"立斋还已,作相气泄。默庵后为学院,为侍郎,为总宪,为尚书,为总督,为总漕,复为总宪,七八任尊位,而狐遽敢如此。可见鬼神所重者,阴德也。然于关神之不令击死狐精,亦可以见鬼神之用刑,称其罪而止。亦惜其修行有年,不轻用诛,此之谓"天刑"。彼虽小人,然诛殛浮其罪,便不是。

《旷园杂志·土王》写了董讷宅中狐精作祟,但并未言及术士捉狐的情节;《聊斋志异》亦写董讷宅中狐祟,小说却题为"焦螟",成功地将读者的注意力集中到捉妖道士身上。李光地所述董讷故事与《聊斋志异·焦螟》较为接近,只不过捉狐人由关东道士焦螟改为被关公附体的小奚;李光地所述董讷故事中,妖狐被捉之后,"家人欲击死之",这一情节与《聊斋志异·焦螟》中"家人受虐已久,衔恨綦深,一婢近击之"的描述十分相似;李光地所述董讷故事中,小奚被关公附体,而《聊斋志异·焦螟》中婢女则被妖狐附体;李光地所述董讷故事与《聊斋志异·焦螟》之中的妖狐都没有被杀死,只是被驱逐而已。董讷与蒲松龄、李光地差不多是同龄人,清初社会上

《聊斋志异》笺证初编

流传的董讷为狐所扰的故事，也许有多种版本，李光地与蒲松龄各有所记，大同小异。李光地《榕村续语录》将董讷遭狐祟与徐元文见鬼相提并论，此外又有"鬼神不敬人爵位"，以及"鬼神所重者，阴德也"之议论，言外之意似乎就是董、徐二人爵显而无德。《清史稿》卷二七九《董讷传》中对董讷颇有好评："为政持大体，有惠于民。"清初之所以会流传董讷遭狐祟这种暗含讥讽的传闻，很可能是因为其在直隶督学任上，将学田所收地租上缴国库，削减了下层读书人的福利①，从而招致非议。清李光地《榕村续语录》卷一八《治道》曰："董默庵为直隶督学，即尽以学租公费入国帑；徐健庵②做尚书，即将外省硃墨之资裁革。此二公居官岂廉者耶？"

京城狐精作祟的说法到乾隆年间仍然盛传不息。清纪昀《阅微草堂笔记》卷四载董讷之孙董曲江③游京师，"独睡斋中，夜或闻翻动书册，摩弄器玩声，知京师多狐，弗怪也。"清代史学家赵翼也有京师狐祟的奇谈怪论，《檐曝杂记》卷二曰：

> 京师多狐祟，每占高楼空屋，然不为害，故皆称为狐仙。余尝客尹文端第。其厅事后即大楼，楼下眷属所居，楼之上久为狐宅，人不处也。尝与公子庆玉同立院中，日尚未暮，忽有泥丸如弹者抛屋而下，凡十数丸。余拾其一仰投之，建瓴之屋宜即抛下矣，乃若有接于空中者，不复下，亦一奇也。余僦屋醋张衙衕，其屋已数月无人居。初入之夕，睡既熟，忽梦魇，若有物压于胸腹者，力挣良久始得脱。时月明如昼，见有物如黑犬者从牕格中出。明日视牕纸，绝无穿破处。先

---

① 《清史稿》卷一二〇《食货志》载："学田，专资建学及赡恤贫士。"

② 徐健庵即徐元文之兄徐乾学。徐乾学，号健庵。

③ 董元度，字曲江。

300

母命余夕以二鸡卵、一杯酒设于案,默祝焉。诘朝,卵、酒俱如故,而
其物不复至。

　　《聊斋志异·焦螟》篇末写京师妖狐的出逃:"俄见白块四五团,滚滚如
毬,附檐际而行,次第追逐,顷刻俱去。"中国古典文学描写狐狸,往往抓住
其绒毛蓬松的特点,来加以形容。《诗经·小雅·何草不黄》云:"有芃者狐,
率彼幽草。"宋元以来的小说戏曲中,经常将禽兽,特别是狐狸称为"毛
团"。《西游记》第七十九回"寻洞擒妖逢老寿　当朝正主救婴儿"写白面狐
狸之死:"把那个倾城倾国千般笑,化作毛团狐狸形。"《聊斋志异·焦螟》描
写狐狸形态,继承了前代文学作品中"毛团"之比喻,却更为生动写实,同
时又充满奇幻色彩。

孙　生

　　《聊斋志异·孙生》写孙生与辛氏婚后感情不睦,后来有老尼至其家,对孙、辛施以厌胜之术,于是夫妇二人琴瑟和好。明人笔记小说中已经出现过类似《聊斋志异·孙生》的故事,明徐复祚《花当阁丛谈》卷四《两奇术》曰:

　　吾邑杨尖朱氏,有女嫁无锡华氏。华子既娟秀,朱媛亦美丽,咸谓佳偶,然既婚之后,辄不相能,寝则各被而覆,适或相值,各回首不相瞩也。两家父母忧之甚,华门客偶谈次,及苏城某道士为人祈禳拜章事,甚异。华即具舟檝往延之,既至,语之故。道士曰:"无忧,当令计日合耳。"乃令洁一室,距其家可二三里,道士扃其中,三日而章醮毕,出语主人曰:"某日某时当合,第不可多使人知。"至时,知者觇之,生忽自书房束身入妇所,妇见生来,随亦起身相迎,皆平日所未睹也。生坐于床,抚妇肩曰:"天寒,何不厚藉?"妇笑曰:"正欲衬茵褥,见汝来,未及耳。"自是遂得谐老,或扣道士,云:"北斗中有神专司人间情欲事,余曾遇异人传其术。"

孙 生

《聊斋志异·孙生》整体故事格局与《花当阁丛谈·两奇术》大体相同，只不过是把向夫妻施术的道士改成了老尼，中间又特别穿插了一段孙生以迷药入酒，趁其妻辛氏醉睡而与之同房，结果导致妻子酒醒恼怒，自缢未遂的故事。马振方先生认为此节故事与《醒世姻缘传》第四十五回《薛素姐酒醉疏防 狄希陈乘机取鼎》绝为相似，在《〈聊斋志异〉本事旁证辨补》一文中指出："连某些细节甚至用语都相同。联系上一篇《江城》的同类情况，应该不是偶然巧合。在明确《醒世姻缘传》产生时代之后，《江城》与《孙生》就非但不是该书的创作依据，反倒是以该书的某些构想和描述为依据了。"[①]《聊斋志异》中《江城》《孙生》两篇，以及《醒世姻缘传》小说中都有化解夫妻孽缘的僧尼形象，如《江城》中以清水一盂噀射江城之面的老僧，《孙生》中施展厌胜术的老尼，《醒世姻缘传》小说结局时出现的高僧胡无翳。《聊斋志异》中僧尼撮合男女方法主要有两种：一是"说因缘"，二是厌胜之术。《水浒传》小说中已经出现僧尼通过"说因缘"等方式调和男女关系的描写，《水浒传》第五回《小霸王醉入销金帐 花和尚大闹桃花村》中鲁智深自称："洒家在五台山智真长老处，学得说因缘，便是铁石人，也劝得他转。"《水浒传》中鲁智深所谓"说因缘"，就是用佛教因缘果报思想来解说俗世间男女关系，有"说和"与"说分"两种情况。《水浒传》中鲁智深向桃花村刘太公许诺以"说因缘"使小霸王周通放弃强娶，属于"说因缘"中的"说分"；《聊斋志异·江城》中梦中老叟说明高蕃与江城之间的夙世冤孽，《醒世姻缘传》中高僧胡无翳为狄希陈和薛素姐指示前生因果，都属于"说因缘"中的"说和"。

古代民俗信仰中也以厌胜之术使男女相爱或相憎，明清文人笔记中

---

① 马振方：《中国古代小说散论》，人民日报出版社，2016年版，第147页。

《聊斋志异》笺证初编

载有使男女相憎之术,明戴冠《濯缨亭笔记》卷三曰:

> 顾参政天锡云为刑部郎时,亦曾鞫一事。有千户娶妾后与其妻如雠,不欲相见。妻族疑其妾之咒诅也,讼于官。天锡召千户讯之,千户亦不讳,但云:"我亦不知何故,见妻则仇恶之,不欲视其面。"乃盛陈狱具以恐其妾,妾辞不知,曰:"恐是吾母所为。"即引其母讯之,母具吐实,云在千户家土炕及卧褥中。令人发之,果得小木人二枚相背,用发缠之,裂其褥,中置纸金银钱面幂相背,复有彩线及丝连络其间,不知何术也。遂论寘于法,而千户与妻欢好如故。

清汤用中《翼駉稗编》卷一曰:

> 保定绳妓定儿,貌美技精,名噪一时。有富户张翁子悦之,欲以为妾,重金唤之。父曰:"我辈游历江湖,鬻艺不辱身也。"张意不能舍,跋涉随之。一日复见奏技,变幻叠出,倍极妖冶,益迷闷如木偶。其父怜而谓之曰"子诚衷情者矣。能随我归,当即奉赘。"张欣然从之,既诹吉成礼。每欲与女狎,辄遍体痛楚不可言,故月馀,犹未尝一脔也。张无怨色,情好弥挚。定儿之嫂怜之,私语之曰:"君诚君子,然知吾翁之意乎?诱子来非真为婿。例于岁除杀人祀神。"张骇极,求救。嫂曰:"无难,但密除睡褥下符及枕中针,即可无楚。定儿既委身于君,彼自有以脱子祸也。"张如其教,鱼水极欢……

《聊斋志异·孙生》中老尼则以厌胜之术使男女和好,具体做法是:"购春宫一帧……乃剪下图中人,又针三枚。艾一撮,并以素纸包固,外绘数画如蚓状，使母赚妇出，窃取其枕，开其缝而投之；已而仍合之，返归故处。"中国古代的媚道或媚术起源甚早，《山海经·中山经》中就记载有媚人固宠之"蓍草"："又东二百里，曰姑媱之山，帝女死焉，其名曰女尸，化为蓍草，其叶胥成，其华黄，其实如菟丘，服之媚于人。"西汉民间巫术中，也有促使夫妻转憎为爱的媚术，马王堆西汉墓帛书《杂禁方》载："夫妻相恶，涂户□方五尺。""夫妻相去，取雄佳左爪四，小女子左爪四，以鍪熬，并治，傅，人得矣。取其左眉置酒中，饮之，必得之。"《聊斋志异·孙生》中老尼实施媚术，所采用的道具主要是从春宫图中剪下的人形、针三枚、艾一撮，将此三物"以素纸包固，外绘数画如蚓状"，放入男女枕中。

明代小说《金瓶梅》第十二回"潘金莲私仆受辱 刘理星魇胜求财"写潘金莲失欢于西门庆，于是请刘理星"回背"："用柳木一块，刻两个男女人形，书着娘子与夫主生辰八字，用七七四十九根红线扎在一处。上用红纱一片，蒙在男子眼，用艾塞其心，用针钉其手，下用胶粘其足，暗暗埋在睡的枕头内。又朱砂书符一道烧灰，暗暗搅茶内。若得夫主吃了茶，到晚夕睡了枕头，不过三日，自然有验。"刘理星"回背"时，放入枕中的"镇物"也有针和艾，并对巫术原理进行了解释："用艾塞心，使他心爱到你；用针钉手，随你怎的不是，使他再不敢动手打你。"《聊斋志异·孙生》中老尼媚术"镇物"中的"针三枚"和"艾一撮"，其用意也应该与刘理星"回背"所用针和艾类似。至于老尼在包裹"镇物"的素纸上"绘数画如蚓状"，刘瑞明先生在《敦煌求爱奇术源流研究》一文中指出："所谓'数画如蚓状'，是画上神秘文化所说的一种作春药的虫，叫砂俘。"[①]清冯镇峦在《聊斋志异·孙生》"外绘数画如蚓状"一句后评曰："类虫也，置酒中饮之，能令夫妇相悦。又捼捼

---

①　刘瑞明：《刘瑞明文史述林》，甘肃人民出版社，2012年版，第1733页。

草中虫,置枕中,亦令男女相悦,昔人诗'拣取捘揆入枕中',何不以此方行之?"刘瑞明先生将"数画如蚓状"释为砂俘,很可能是受冯镇峦评语影响。《太平广记》卷四七九《昆虫七》引《北梦琐言·砂俘》曰:

> 陈藏器《本草》云:"砂俘,又云倒行拘子,蜀人号曰俘郁。旋干土为孔,常睡不动。取致枕中,令夫妻相悦。"愚有亲表,曾得此物,未尝试验。愚始游成都,止于逆旅,与卖草药李山人相熟。见蜀城少年,往往欣然而访李生,仍以善价酬。因诘之,曰:"媚药。"征其所用,乃砂俘,与陈氏所说,信不虚语。李生亦秘其所传之法,人不可得也。武陵山川媚草,无赖者以银换之,有因其术而男女发狂,罹祸非细也。

北宋唐慎微《证类本草》卷二一《虫部中品》曰:"砂挼子,有毒,杀飞禽走兽,合射罔用之。人亦生取置枕,令夫妻相好。生砂石中,作旋孔,有虫子如大豆,背有刺,能倒行,一名倒行狗子,性好睡,亦呼为睡虫,是处有之。"①宋明时期,民间常以砂俘作为令男女和好的枕中"镇物",明代汤显祖《武陵春梦》诗云:"细语春情惜夜红,妒人眠睡五更风。明朝翡翠洲前立,拾取砂挼置枕中。"②明代民间一般又把砂俘称为和尚虫,明谭贞默《谭子雕虫》卷下《和尚虫》曰:"禾又有呼和尚虫者,黑甲红点如漆,走几案间,身正圆如髡顶,大如半粒花赤豆,甲中有翅,腹下八足。《本草》所云'砂磇子',形如豆,一名'瞌睡虫'者是也。又有甲色赭黄,上黑点整对,形如东瓜子,二须六足,即《尔雅》所云'蠸舆父,守瓜',郭注'黄甲小虫,喜食瓜叶'者是也。"

---

① 明李时珍《本草纲目》卷四二《虫部·砂挼子》亦有类似记载。
② (明)汤显祖著,徐朔方笺校:《汤显祖集》,中华书局,1962年版,第897页。

清嵇璜等撰《续通志》卷一七八《昆虫草木略》："砂俘，一名砂挼子，生砂石中，形如大豆，背有刺，能倒行。旋干土为孔，常睡不动，故名睡虫。又名倒行拘子，蜀人号曰俘郁。谭埽①《雕虫赋》注名'和尚虫'。"砂俘，即蛟蜻蛉之幼虫②，其外形并非蚯蚓状，而是"形如东瓜子""形如大豆"，或是"形似蜘蛛"③，所以《聊斋志异·孙生》中素纸上面所绘"数画如蚓状"，并非砂俘。

《聊斋志异·孙生》中，老尼于素纸所绘"数画如蚓状"，实际上就是蚯蚓。中国古代民俗文化中，蚯蚓也具有使男女相爱的神奇魔力。古人有"蚓结"之说，《礼记·月令》曰："（仲冬之月）蚯蚓结"。蚯蚓在生物形象上，给人以缠绕结合的感觉，按照模仿巫术的思维方式，民间俗信中很容易引申出蚯蚓能结合男女的说法来。中国古代的博物学家，以蚯蚓为淫虫，清邵晋涵《尔雅正义》卷一六引《易纬通卦验》郑玄注曰："旧说蚯蚓淫邪。"《太平御览》卷九四七引晋郭璞《蚯蚓赞》曰："蚯蚓土精，无心之虫，交不必分，淫于阜螽，触而感物，乃无常雄。"清郝懿行撰《尔雅义疏》卷下注曰："旧说蚯蚓无心而淫邪。"明戴冠《濯缨亭笔记》卷七载："《本草》云：'螽、蚯蚓二物异类，同穴为雌雄，端午日收取，夫妇佩之，令人相爱。'"唐宋文人又传说蚯蚓能化为百合，唐末五代谭峭《化书》卷一《老枫》："贤女化为贞石，山蚯化为百合。"④南宋叶梦得《岩下放言》卷中曰："余居山间，默观物变固多矣。取其灼然者，如蚯蚓为百合，麦之坏为蛾，则每见之，物理固不可尽解……若蚯蚓为百合，乃自有知为无知；麦之为蛾，乃自无知为有知。蚯蚓在土中方其欲化时，先蟠结如毡，已有百合之状。"百合，顾名思义，是男女结

---

① 谭贞默（1590—1665），字梁生，又字福征；号埽，又号埽庵。撰有《谭子雕虫》。

② 蛟蜻蛉，又名蚁蛉。蚁蛉幼虫，又称蚁狮、金沙牛等，中药多称之为地牯牛。

③ 南京中医药大学编著：《中药大辞典》，上海科学技术出版社，2014年版，第989页。

④ 《二程遗书》卷一八亦有此说。

合的象征之物,后世文人诗词吟咏蚯蚓为男女相爱之媒介,清张塤《竹叶庵文集》卷三〇《水调歌头·蚓》词云:"繄尔开户牖,任窍若呼号。不有龙云蛇雾,无可怨媒劳……"《聊斋志异·孙生》小说中,老尼在包裹镇物的素纸上面绘"数画如蚓状",也是取蚯蚓合欢夫妇之意。

　　《聊斋志异·孙生》写孙生"询之医家,教以酒煮乌头",使辛氏醉睡,《聊斋志异》之后的清人小说中也有以乌头酒为迷药的描写,清和邦额《夜谭随录》卷一《梁生》写汪、刘二生"暗置乌头酒中",使梁生"薰腾大醉,僵如僵尸,仰卧床上。"中药乌头有大毒,其中含有毒性极强的生物碱,但乌头碱的性质不稳定,"经加热处理后,可水解为乌头原碱,其毒性大大降低"[①],故可供药用。乌头对人体有较强的麻痹作用,东汉华佗麻沸散药物组成中很可能就有乌头,"据近人研究,虽然意见很不一致,但一般认为由《神农本草经》记载的麻蕡(大麻)、或乌头、或曼陀罗花等组成。"[②]中国近代医家曹颖甫先生曾亲身试药,体验了解过乌头毒性:"盖乌头性同附子,麻醉甚于附子,服后遍身麻木,欲言不得,欲坐不得,欲卧不得,胸中跳荡不宁,神智沉冥,如中酒状。"[③]《聊斋志异·孙生》写辛氏饮用乌头煮酒,貌似醉睡如泥,"孙生启衾潜入,层层断其缚结。妻固觉之,不能动,亦不能言,任其轻薄而去"。蒲松龄虽是小说家,然亦通晓医药,《孙生》小说中所写辛氏饮用酒煮乌头后"不能动,亦不能言"的药性发作状态,与曹颖甫所言乌头"服后遍身麻木,欲言不得"惊人地一致。《夜谭随录》中汪、刘二人写"暗置乌头酒中",并未提及煮酒或加热的情况,这说明和邦额或许只知道乌头能用作迷药,而忽视了此药物的巨大毒性。乌头虽为烈性毒药,但

---

① 张晶、袁珂主编:《中药化学》,中国农业大学出版社,2015年版,第307页。

② 李经纬:《中国古代麻醉与外科手术略举》,《中医杂志》,1985年第5期。

③ 曹颖甫:《金匮发微》,中国医药科技出版社,2014年版,第79页。

经过长时间煮制,小剂量服用,能使人麻醉,却不致命。《聊斋志异·孙生》写辛氏"取酒煨炉上","满饮一杯,又复酌,约尽半杯许",看似随意之笔墨,却再次点明了辛氏所饮是反复加热的久煮乌头酒,连饮用剂量以及所造成的后果都清楚地说明,这从侧面反映出蒲松龄丰富的中医药知识。

《聊斋志异·孙生》文末"异史氏曰"引先哲之语:"六婆不入门。"元明以来士大夫多将三姑六婆比作"三刑六害",采取反感和排斥的态度,元代赵素《为政九要·正内第三》曰:"官府、衙院、宅司,三姑六婆,往来出入,勾引奇角关节,搬挑奸淫,沮坏男女。三姑者,卦姑、尼姑、道姑;六婆者,媒婆、牙婆、钳婆、药婆、师婆、稳婆,斯名三刑六害之物也。近之为灾,远之为福,净宅之法也。犯之勿恕,风化自兴焉。"①元末明初陶宗仪《南村辍耕录》卷一〇《三姑六婆》曰:"三姑者,尼姑、道姑、卦姑也。六婆者,牙婆、媒婆、师婆、虔婆、药婆、稳婆也。盖与三刑六害同也。人家有一于此,而不致奸盗者,几希矣。若能谨而远之,如避蛇蝎,庶乎净宅之法。"明方弘静《千一录》卷二三《家训一》:"火化,夷俗也。夏变于夷,是而可忍于此,而听妇人为之,何以为士?凡居家能不容三姑六婆及门者,自无此等事……三姑六婆比之三刑六害,昔之闲家者详言之矣。今所谓斋婆者,名为事佛,其实奸盗之徒也。福善祸淫,圣有明训,何用别希功果。佛亦言即心是佛,不欺心,不必佞佛耳。宜时提省,严拒此辈,勿使入门也……先大夫治家,一切僧道、三姑六婆、倡优,不许入门。"

清初褚人获《坚瓠六集》卷四《三姑六婆》引明末沈留侯之言,称三姑六婆为:"必为奸盗之招,故比之三刑六害,不许入门。"清初石成金《传家宝》初集卷三《纂得确·定然富》曰:"门户墙垣坚固,三姑六婆不入门。"清

---

① 明汪天锡《官箴集要》卷上《正内·防出入》亦载,文字内容一致。

《聊斋志异》笺证初编

初陈确撰《新妇谱补·绝尼人》曰："三姑六婆，必不可使入门，尤当痛绝尼人，虽有真修者，亦概绝之。"蒲松龄所引先哲"六婆不入门"之语，出自空青先生《风水论》中所言"阳宅三十六祥"第五条。"阳宅三十六祥"之说，在明清时期流传极广，文人笔记中时常转引，明李诩《戒庵老人漫笔》卷六《论堪舆》①、明许自昌《樗斋漫录》卷一、明刘万春《守官漫录》卷二《空青先生论阳宅》、明龚居中《福寿丹书·清乐篇(六寿)·宅相三十六善》、清初顾炎武《菰中随笔》卷三、清初王铎《拟山园选集》卷八一《阳宅吉祥》等书中都曾加以转录。对于"阳宅三十六祥"的具体出处，清初时王士禛已然不甚明了，经过考证才知道空青先生即两宋之际曾纡②，清王士禛《香祖笔记》卷九曰："余家自高曾祖父已来，各房正厅皆置两素屏，一书心相三十六善，一书阳宅三十六祥，所以垂家训示子孙也。按三十六善见宋吴处厚《青箱杂记》，三十六祥未详所出。"《分甘余话》卷一《阳宅三十六祥出处》曰："吾家祖训，厅事屏风所书'心相三十六善'，余已于《香祖笔记》详其出处，惟'阳宅三十六祥'，不记所出。近始考得之，乃宋曾空青语也。空青名纡，山谷之友，元祐君子也。"

---

① 明张萱辑《西园闻见录》卷一〇四《堪舆》，清初褚人获《坚瓠四集》卷一《宅相》引。

② 曾纡(1073—1135)，字公衮，晚号空青先生，江西南丰人。北宋曾布之子，曾巩之侄，撰有《空青遗文》十卷，今已亡佚。

酆都御史

中国古代神话中原本就有"鬼国"和"幽都"之说，东汉王充《论衡·订鬼》引《山海经》曰："北方有鬼国。"《山海经·海内经》曰："北海之内，有山，名曰幽都之山，黑水出焉。"《尚书·尧典》曰："申命和叔，宅朔方，曰幽都。"《楚辞·招魂》："魂兮归来，君无下此幽都些。"东汉王逸注曰："幽都，地下后土所治也。地下幽冥，故称幽都。"中国古代道教以酆都大帝为幽冥主宰，东晋葛洪《元始上真众仙记》有五方鬼帝之说，其中"北方鬼帝治罗酆山"。南朝梁陶弘景《真灵位业图》于神阶第七中位排有"酆都北阴大帝"，注曰："炎帝大庭氏，讳庆甲，为天下鬼神之宗，治罗酆山，三千年一更替。"在道教传说中，酆都大帝治理酆都六宫以及罗酆地狱，东晋道经《洞真上清开天三图七星移度经》卷下《北帝酆都六宫度死法》曰："酆都山，在北方癸地，故东北为鬼户，死炁之根。山高二千六百里，周回三万里。其山下洞天元在山之下，周回一万五千里。其上下并有鬼神宫室，山上有六宫，洞中又有六宫，一宫辄周回千里，是为六天鬼神之宫。[①]……右六宫，是北帝所

---

① 东晋《真诰·阐幽微》中有类似记载。

主,六天鬼神所治,领人之名,死者莫不由酆都六宫也。"唐段成式《酉阳杂俎》前集卷二《玉格》曰:"有罗酆山,在北方癸地,周回三万里,高二千六百里。洞天六宫,周一万里,高二千六百里,是为六天鬼神之宫。"在唐代,罗酆山作为人类死后魂归之地的观念愈加流行,传说中的酆都渐渐由"六天鬼神之宫"转为亡灵地狱的形象,唐李白《访道安陵遇盖还为余造真箓临别留赠》诗云:"下笑世上士,沉魂北罗酆。"唐皮日休《伤进士严子重诗》诗云:"知君精爽应无尽,必在酆都颂帝晨。"①

　　道教酆都传说,以七十二福地之中第四十五福地平都山②为人间载体,能够最终被具象地确定在四川丰都县,这经历了漫长的演化过程。丰都县始建于东汉和帝永元二年(90),分枳县地置平都县;三国时期蜀汉延熙十七年(254),并入临江县;隋朝恭帝义宁二年(618),由临江县分出,置丰都县。在魏晋南北朝时期,丰都县是天师道的重要活动区域,北魏郦道元《水经注》卷三三《江水注》引《华阳记》曰:"平都县,为巴郡之隶邑矣。县有天师治,兼建佛寺,甚清灵。"唐代忠州平都山建有道教庙宇仙都观,奉祀西汉王方平与东汉阴长生二位真君。唐人诗文中曾提及平都山仙都观,唐段文昌《修仙都观记》文曰:"平都山最高顶,即汉时王、阴二真人蝉蜕之所也。"③唐杜牧《上宰相求湖州第二启》文曰:"忠州丰都县有仙都观,后汉时仙人阴长生于此白日升天。"④唐薛莹《宿仙都观阴王二君修道处》诗句云:"阴王修道处,云雪满高松。洞口风雷异,池心星汉重。"⑤

---

　　①　《松陵集》卷八。

　　②　《云笈七签》卷二七《洞天福地》载。

　　③　《全唐文》卷六一七收录。

　　④　见四部丛刊本《樊川文集》卷一六。《全唐文》卷七五三亦收录此文,其中将"丰都县"写作"酆都县"。

　　⑤　《全唐诗》卷五四二收录。

宋代平都山仙都观更名为景德宫,南宋祝穆《方舆胜览》卷六一《咸淳府》:"景德宫,在平都山,旧名仙都观,即白鹤观也。自丰都县东行二里许,始登山,石径萦廻,可一二里,平莹如扫,林木邃茂,夹径皆翠柏,殆数万株,有老柏十数云,皆千年物也。麋鹿时出没林间,皆与人狎甚,又名禹庙,又名平都福地,乃前汉王方平得道之所,张孝祥为书'紫府真仙之居'。"或许是因为"丰都"县名与道教传说中的"酆都"仅仅一字之差,宋代道教徒将酆都地狱传说落实在四川丰都县,并依托平都山仙都观原有的道教名胜古迹建立起"北阴神帝"信仰。南宋范成大《吴船录》卷下曰:"忠州酆都县,去县三里,有平都山仙都道观,本朝更名景德……碑牒所传,前汉王方平、后汉阴长生皆在此山得道仙去,有阴君丹炉及两君祠堂皆存……道家以冥狱所寓为酆都宫,羽流云此地或是。"南宋范成大《石湖居士诗集》卷一九《丰都观》题下自注曰:"在丰都县后三里平都山,旧名仙都观,相传前汉王方平、后汉阴长生得道处。阴君上升时,五云从地涌出,丹灶、古柏皆其故物。晋隋殿宇无恙,壁画悉是当时遗迹,内王母朝元队仗尤奇。道士云此地即所谓北都罗丰所住,又名平都福地也。"诗中有句云:"峡山逼仄泯江漭,洞宫福地古所铭。云有北阴神帝庭,太阴黑簿囚鬼灵。自从仙都启岩扃,高霞流电飞阳晶……"元代萧士赟补注《分类补注李太白诗》卷一〇《访道安陵遇盖还为余造真箓临别留赠》诗后附南宋杨齐贤注曰:"涪州酆都观,乃北都罗酆所治,名'平都福地'。"南宋洪迈《夷坚支志》癸卷五《酆都观事》曰:"忠州酆都县五里外,有酆都观。其山曰盘龙,山之趾,即道家所称北极地狱之所,旧传王、阴二真君自彼仙去。"

在宋代道教典籍中,罗酆山已从"六天鬼神之宫"明显转变为九幽地狱,南宋初路时中编《无上玄元三天玉堂大法》卷九曰:"九泉者,北都罗酆幽泉,恶狱也。事系天庭,不可轻行。故酆都为天下鬼神之府,专检制魔妖之权行,今宣威莫大于此。凡狱有九,一曰酆泉号令之狱;二曰重泉斩馘之狱;三曰黄泉追鬼之狱;四曰寒泉毒害之狱;五曰阴泉寒夜之狱;六曰幽泉煞伐之狱;七曰下泉长夜之狱;八曰苦泉屠戮之狱;九曰溟泉考焚之狱。"在宋人小说中,酆都狱的观念越来越浓厚,北宋孔平仲《谈苑》卷三写陈靖死后,附婢女之体,与朋友薛向谈话,在其讲述阴间之事时,提到阳世某达官明年三月将死:"酆都造狱,明年三月成矣,不可不戒也。"与此同时,四川平都山也由传说中的道家福地和神仙洞府,一变而为酆都地狱在人世间的显灵之地。清俞樾《茶香室丛钞》卷一六《酆都阴君》曰:"按酆都县平都山,为道书七十二福地之一,宜为神仙窟宅,而世乃传为鬼伯所居,殊不可解。读《吴船录》乃知因阴君传讹,盖相沿既久,不知为阴长生而以为幽冥之主者,此俗说所由来也。至北极治鬼之所,有所谓罗酆者,别有其地,与此酆都不涉也。"①曾任酆都知县的清代学者王培荀认为酆都县名始于宋代,《听雨楼随笔》卷五曰:"道光十六年摄篆酆都,旧名丰都,宋时丰旁加邑,遂为酆都。俗传为冥府,有阴王二仙于此修真,因阴王遂讹为阎王,并云每岁县令制刑具投井中。既至其地,访问无此事,惟平都山上古井在关帝庙前,无水亦不甚深,铁笼罩之。别有阎罗庙,气象森严。"

酆都县名始于宋代之说或许不是很确切,但随着道教酆都传说被附会于丰都县平都山②,仙都观或景德宫在两宋时期已渐渐被改称为"酆都

---

① 晚清陈彝《谈异》卷七《酆都令》亦有类似见解:"余按酆都有平都山,山有五云洞,为道书所传七十二福地之一,宜为神仙之窟宅。乃考《抱朴子·对俗篇》曰:'势可以总摄罗酆。'则酆都治鬼之说,晋世已有之矣。"

② 清俞樾《茶香室丛钞》卷一六《罗酆山》曰:"按罗酆山,为北方鬼帝所治,故有罗酆治鬼之说,而世俗乃以指四川之酆都县。《夷坚志》云:'忠州酆都县有酆都观,其山曰盘龙山,即道家所称北极地狱之所。'盖南宋已有此说。夫酆都县不在北方,何以谓之北极地狱乎?即此可知其非矣!"

观"或"酆都宫",文人题咏甚多①;围绕平都山酆都宫或酆都观,当时出现过不少酆都冥狱故事。北宋释文莹《玉壶清话》卷五曰:"王显,太宗在藩,与周莹为给侍。赤脚道者相显曰:'此儿须为将相,但无阴德尔。'及长,太宗爱之,曰:'尔非儒家,奈寡学问,他日富贵,不免面墙。'取《军诫》三篇,令诵之。咸平三年,使相出帅定州,便宜从事。忽一日,一道士通刺为谒,破冠敝褐,自称酆都观主,笑则口角至耳,乱鬓若刚鬣,谓显曰:'昨日上帝牒番魂二万至本观,未敢收于冥籍,死于公之手者,公果杀之,则功冠于世,然减公算十年,二端请裁之。'显谓风狂,叱起。后日,契丹引数万骑猎于威房军境,即梁门也。会积雨,虏弓皆皮弦,缓弱不可用。显引兵剿袭,大破之,枭名王贵将十五辈,获伪羽林印二纽,斩二万级,筑京观于境上。露布至阙,朝廷以枢相召归,赴道数程而卒。"②《玉壶清话》中,王显所遇道士,既是人间酆都观主,而又掌管冥府生死簿,这明显是道教酆都地狱传说嫁接在忠州丰都县之后,平都山酆都观被神化的表现。宋代的"酆都观主"可能也就是明代的道教经典中所提到的"酆都观王",明朱权编《天皇至道太清玉册》卷下《朝修吉辰章》记载:"(十二月)二十三日,九天采访使、三元考校天官、五方雷部判官、五岳灵官,酆都观王下降考核人间一年罪福。"在宋人小说里,冥司掌管者又被称为"酆都宫使",南宋洪迈《夷坚丙志》卷九《酆都宫使》③写姑苏人林乂被上帝任命为酆都宫使,主掌冥司;《夷坚志

---

① 北宋周敦颐《元公周先生濂溪集》卷六《题酆都观三首刻石观中》、两宋之际郭印《云溪集》卷九《游酆都观二首》、南宋李曾伯《可斋杂稿》卷二六《过忠州访酆都观二首》、南宋苏洞《泠然斋诗集》卷七《忠州酆都观乃平都洞天也题一首》、南宋袁说友《东塘集》卷五《过忠州酆都观》,周敦颐诸人诗中多言王、阴神仙事,并未提及酆都地狱。

② 南宋江少虞辑《宋朝事实类苑》卷五四《王显》、南宋曾慥《类说》卷五五《酆都观主》、南宋佚名编《锦绣万花谷后集》卷二七、南宋赵善璙《自警编》卷八《政事类·兵》、南宋李昌龄传注《太上感应篇》卷九、南宋陈伀《太上说玄天大圣真武本传神咒妙经注》卷四等皆载此事。

③ 两宋之际方勺《泊宅编》卷中已载此事。

补》卷一《续酆都使》写黄经臣忠孝感天,其死后接替林乂为酆都使。

在宋代小说中,已出现城隍神隶属酆都宫管辖的描写,南宋洪迈《夷坚支志丁》卷五《潘见鬼理冥》写术士号称"潘见鬼",其施法为人治病,"移牒城隍,令放置酆都宫"。明朝初年,伴随明太祖"大封天下城隍"之政治举措,与城隍信仰相关的佛道神灵崇拜,以及相关的民间诸神俗信,皆得到大力提倡,酆都地狱信仰因此更加昌盛。洪武四年(1371)朱元璋平定四川,洪武十三年(1380),丰都县名中的"丰"被改为加"邑"旁的"酆"字①。以"酆都"为县名,客观上对道教酆都地狱传说起到了推波助澜的作用,也进一步坐实了酆都县"鬼城"之名。明曹学佺《大明一统名胜志·四川名胜志》卷一七《重庆府二·忠州·酆都县》曰:"丰民洲在平都山下,隋两取之以名县,自丰旁加邑,而罗酆地府之说始行。"②卫惠林先生在《酆都宗教习俗调查》一书中分析了明初丰都县更名"酆都"的起因:"明洪武四年克服丰都,于是乘此时机把北方幽冥之都的酆都的名字,加之丰都。于是本来是一个道教中心的丰都,一变而为幽冥之都的酆都了,而且此时王阴二仙人的传说,在酆都因流传的年代过久,已不甚明晰,只剩下王阴,或阴王之连合名字,或者道家称呼阴长生的阴真君或阴君之名留在酆都人脑中。与道教复兴时代的酆都北阴大帝之名字相连合,或者可产生一种新的神话,认为丰都即幽冥之都,明太祖的政府之所以把丰都改为酆都,或者是根据既成的神话也未可知。或者是当时的朝廷以浓厚的宗教情绪直观的或故意的使

---

① 据《明史》卷四三《地理志》记载,丰都县为重庆府忠州辖县,"元曰丰都。洪武十年五月省入涪州,十三年十一月复置,曰酆都。"明郭子章《郡县释名·四川郡县释名》卷上《酆都县》曰:"汉枳县地,和帝分置,邑名平都以治。东北有平都山,即道书七十二福地之一也。隋改名丰都县。明易丰为酆,邑曰丰陵,里曰丰乐,皆本此山而名。俗谓丰都为地狱,今止有酆都观,亦无他异。"

② 亦见于明曹学佺《蜀中广记》卷一九《名胜记》。

丰都成为幽冥之都的酆都。"①

明初丰都县改名酆都之后,明代前期在讲述佛道酆都地狱故事的小说中,偶尔会提及忠州酆都县道观中所供奉的北阴酆都大帝。明赵弼《效颦集》卷中《酆都报应录》曰:"至正辛卯春正月。渝州士人李文胜氏,好贤乐善,博学能文,尤重玄元之教。尝因母病遥吁北阴酆都大帝,许《玉皇本行经》千部,祈母病痊。既而母愈,乃备香烛,躬诣酆都山玉真观诵之。"《效颦集》的作者明代文人赵弼是重庆府巴县(今重庆)人②,对其故乡邻县酆都县自宋元以来所盛行的酆都地狱传闻应该较为熟悉,《酆都报应录》所言"酆都山玉真观"应是指酆都县平都山中供奉酆都大帝之道观。但总体而言,酆都地狱位于四川重庆府忠州酆都县之说,在明代嘉靖、万历以前似乎还不是特别流行,祝允明《祝子志怪录》卷三《陆稍入酆都》所谓"酆都之山",以及罗懋登《西洋记》所谓"酆都国",皆在海外。明刘万春《守官漫录》卷四《徐文敏误入酆都》所谓"酆都界"亦在海外:

> 正德初年间,吴县人徐文敏公缙为翰林院编修,册封琉球国还,遇海飓大作,楼船飘泊一矶嘴上,人烟断绝,道路芜荟,不知何地。凡经七昼夜矣,文敏久在船,闷甚,颇思闲行,遂命一小吏相随,登岸行百余步。遥望见孤峰秀出其下,隐隐有城阙宫殿之状,文敏欲穷其迹,猛力前驱,入一谷口,约行二里许,觉路渐低俄,及大石牌坊下,榜有金书三字曰"酆都界"。

明李昌祺《剪灯余话》卷一《何思明游酆都录》中所谓"酆都内台",《西

---

① 卫惠林:《酆都宗教习俗调查》,四川乡村建设学院研究实验部,1935年印行,第12~13页。

② 李剑国、陈国军:《赵弼生平著述考》,《文学遗产》,2003年第1期。

游记》第三回"四海千山皆拱伏 九幽十类尽除名"中所谓"幽冥界",明邓
志谟《咒枣记》第十一回"萨真人往酆都国 真人遍游地府中"里的"酆都
国",明余象斗《南游记》第十七回"华光三下酆都"、明方汝浩《东度记》第
三十二回"执迷不悟堕酆都 忤逆妖魔降正法"、《喻世明言》第三十二卷
"游酆都胡母迪吟诗"中所言"酆都",也都与四川酆都县无涉。明代成化、
弘治以后,志怪小说中关于酆都县的题材渐渐多了起来,明邵宝《容春堂
前集》卷一三《〈酆都志〉序》曰:"今天下言酆都者,多神怪之说。"明侯甸
《西樵野记》①卷九《李县丞》写了"酆都鬼市"的故事:

> 酆都县日暮有鬼即出阛阓中交易,谓之鬼市。近彼有李县丞,忽
> 语家人曰:"关帝为酆都县市价不公,以我无私,遣为议断耳。"语讫遂
> 卒,家人异之。一渐暮入其境,见李冠服,处高座,从者数百人,形(刑)
> 械毕列。正窃视间,李数嗅之曰:"此地恶有生人气耶?"家人惊惧,疾
> 趋出,亦幸无虞。②

"酆都鬼市"的传说可能在隋唐就已经出现,唐初王梵志《大有愚痴
君》诗句云:"有钱不解用,空手入都市。"张锡厚先生在《王梵志诗校辑》中
校记:"都市,指酆都,传说为冥司所在地。"③明曹学佺《蜀中广记》卷一九
《名胜记》认为隋代东都洛阳丰都市对四川酆都县地狱之说有影响:

---

① 《西樵野纪》成书于明嘉靖年间,明侯甸《西樵野纪》跋曰:"嘉靖庚子春,二月既望,吴郡
西樵山人侯甸叙。"
② 明施显卿编《奇闻类纪》卷四《丰都鬼市》引。
③ (唐)王梵志著,张锡厚校辑:《王梵志诗校辑》,中华书局,1983年版,第6页。

　　陶宏景曰："此应是北酆鬼王决数罪人住处，其神即经所称阎罗王矣。"《太平广记》曰："东都丰都市在长寿寺东北，初筑市垣，掘得古冢，土藏，无砖甓。棺木陈朽，触之便散。尸上着平上帻，朱衣。得铭曰：'筮道居朝，龟言近市。五百年间，于斯间矣。'当时达者参验，是魏黄初二年所葬也。"然范成大诗："云有北阴神帝庭，太阴黑簿囚鬼灵。"则酆都之说亦不起于近代。

　　隋代东都丰都市，也就是洛阳南市，是隋唐时代重要的交易市场，地下有汉魏古墓，或许道教酆都地狱传说最终落脚在四川丰都县以前，还曾经被短期嫁接在洛阳丰都市。约撰成于晚唐五代的《阎罗王授记经》中，提到十殿阎王，其中第七殿泰山王之得名，明显是吸收了道教泰山府君治鬼之说，第九殿都市王则有可能是隋唐道教传说中以洛阳丰都市为根据地的酆都大帝。酆都市在隋唐洛阳丰都市之说，大概流行于洛阳南市商业中心繁荣之际，随着洛阳南市的衰落①，也就渐渐销声匿迹了。《西樵野记·李县丞》所写"酆都鬼市"，很大程度上是明人小说中对隋代洛阳酆都鬼市传说的残存记忆。唐王梵志《大有愚痴君》全诗云："大有愚痴君，独身无儿子。广贪多觅财，养奴多养婢。伺命门前唤，不容别邻里。死得四片板，一条黄衾被。钱财奴婢用，任将别经纪。有钱不解用，空手入都市。"项楚先生《王梵志诗校注》将"伺命"解说为"迷信中索取人命的鬼卒。"②又引《论

---

　　①　宿白先生《隋唐长安城和洛阳城》论文认为："南市之盛，大约继续到中唐以后。"详见《考古》，1978年第6期。

　　②　（唐）王梵志著，项楚校注：《王梵志诗校注》，上海古籍出版社，1991年版，第34页。

衡》和《杂譬喻经》为证①，将王梵志"空手入都市"诗句中"都市"一词释为"交易市场"②，"空手入都市"即无钱入市，比喻一无所得。从词义分析的角度来看，唐宋诗文中"都市"一词确实可理解为"交易市场"；但"空手入都市"中的"市"字，还可以注释为动词"买卖"③，"空手入都市"可解为两手空空去酆都购物。再联系《大有愚痴君》诗中出现过"伺命"（索取人命的鬼卒），将"都"释为酆都冥府，则诗意更为贯通。《大有愚痴君》诗歌大意是劝人不要太过贪婪，生前不懂得享用钱财，死后在勾魂冥吏的催促之下，来不及辞别邻里，就只得两手空空地前往酆都鬼市，广积财富，而身后无子，家财最后白白落于奴婢之手。《大有愚痴君》诗诙谐幽默，诗中塑造了一个可鄙可悲的吝啬鬼形象，颇有些元代郑廷玉《看钱奴》杂剧的讽刺意味。假设隋唐洛阳酆都鬼市传说确实存在，那么王梵志诗句"空手入都市"中的"都"，既是张锡厚先生所言"酆都冥司"，也是项楚先生所说"交易市场"。隋末唐初王梵志《大有愚痴君》整首诗意，也侧面印证隋唐之际存在过洛阳酆都鬼市传说④。

明代王同轨《耳谈类增》卷五一《雷击逆子》曰："世常谓雷州布鼓、广德埋藏、登州鬼市、酆都地狱，若皆不谬。"从王同轨的叙述来看，在晚明时

---

① 东汉王充《论衡·量知》："手中无钱之市，使货主问之：'钱何在？'对曰：'无钱。'货主必不与也。"《杂譬喻经》卷下："波利国虽众物普有，其空手往者一物匡得。"

② （唐）王梵志著，项楚校注：《王梵志诗校注》，上海古籍出版社，1991年版，第37页。

③ 如北宋张俞《蚕妇》诗云："昨日入城市，归来泪满巾。"

④ 民间似乎一直有洛阳鬼市的传说，近年徐克电影《狄仁杰之通天帝国》中就有一段有关洛阳鬼市的叙述："从周武王建都洛邑开始，洛阳城超过千年，汉代旧城因地陷沉入地底，隋文帝重建新城覆盖其上，地底倒侵成了牛鬼蛇神们做黑市买卖的地方，是为鬼市。"洛阳北邙山汉唐以来墓葬极多，在唐人伤怀叹逝诗歌中，往往将"东岳"与"北邙"并提，刘希夷《洛川怀古》诗云："北邙是吾宅，东岳为吾乡。"白居易《对酒》诗云："东岱前后魂，北邙新旧骨。"隋唐之际，世俗思想观念中将北邙山视为如同东岳的埋骨和魂归之所，这或许在一定程度上也助长了洛阳鬼市之说。

期，四川酆都县地狱已经成为传遍天下的怪异之谈。中国古代志怪小说中，原本就多有入冥或游冥的故事，明代志怪小说中还有以《剪灯余话·何思明游酆都录》《喻世明言·游酆都胡母迪吟诗》为代表的儒者或士人游历酆都地狱的故事。明杨循吉《苏谈·吴都宪胆气》又讲述了一则御史少年时代夜入东岳庙酆都狱的探险故事：

> 福山有东岳祠，塑酆都狱，至为狞恶，又为机括，设伏于地下，人不知，蹑之，则有群偶鬼萃而抱焉。殿堂阒寂，人非携一二伴侣，不敢单身而入也。章与吴约以月黑天阴之时独往，以散饼为验，每鬼前必留一饼。约既定，章私先往福山，匿神帐中。吴持饼诸鬼前，每至一鬼，必云："与汝一个。"次章所匿处，章伸手出乞："我也要一个。"吴遂以饼与之，云："也与汝一个。"殊无惊异。由是章大惊服。后吴仕至都御史，亦多有著述，为时名儒焉。然福山今亦焚毁，余数年前一至，土偶零落，无复向日之可骇者矣。

北宋以前的个别入冥故事中已涉及四川酆都县，唐末五代杜光庭《道教灵验记》卷一二《崔公辅仙都灵验》写崔公辅担任酆都县令时，于仙都观中取《真人阴君宝经》四卷而不归还，被冥使赍帖追捕其生魂，押解至冥府[1]。或者是受文人游历酆都一类小说题材的影响，在明代酆都县地狱传说盛行的背景下，产生了一种讲述御史或县令等当朝官员游览平都山酆都观地狱的志怪小说，明祝允明《语怪·重书走无常》[2]曰：

---

[1] 北宋张君房《云笈七签》卷一一九《崔公辅取宝经不还》转述此事。

[2] 清初褚人获《坚瓠秘集》卷三《走无常》，清初张怡《玉光剑气集》卷二八，清袁栋《书隐丛说》卷三《信道不笃》转引此篇。

　　宣德、永乐间，有江西尤和，以进士来为酆都令。下车，左右请谒酆都观，观在酆都山，居邑外，且山势穹巍岑远，草木蔚密，观奠其阳，殊极雄伟。观之后山阴，复有山殿之，其境益幽诡，丛灌蔽翳，人迹罕到，中亦有宫宇，则所谓北阴也，其下即大狱。凡乡之祷祀者，必之前观，香火极盛，而凡仕于彼者，初莅政，亦必虔谒，与社稷、城隍等耳。尤和初至，闻众请，岸然曰："乌有是哉！吾久闻此语，今来当官政，欲除之以息从前愚惑，尚有于谒祷邪！然固当一往视之，然后毁除。"即命驾以往，初见山门崇焕，已怒；比入，危级甚遥，入中门，广庭修庑，堂殿宏丽，尤略无瞻揖之仪，傲睨四顾，及后室从宇，皆视之遍。返驾，言伺当命工悉去之。及至县，亦无他……①

　　明代祝允明所写酆都县令尤和入酆都观地狱之事，在虚构的小说情节中确认了酆都观地狱的存在，酆都县地狱传闻在此后愈传愈广，愈传愈真。清杨钟羲《雪桥诗话三集》卷四曰："酆都，汉平都县，有平都山，道书七十二福地之一。王方平得道于此，阴长生亦于此成仙，地志误称为阴君上升，世俗遂指为鬼窟。祝枝山《语怪》复备载永乐间尤令事，相沿成俗，有请牒于官，为先灵觅路者。陈成永《送王文在之酆都令》诗谓：'异时倘得题请更名平都，庶可祛愚民之惑，亦君子反经之一道也。'"在祝允明《语怪·重书走无常》之后，明朝官员游览酆都县地狱或死后入酆都县为冥官的各种

---

　　① 明冯可宾辑《广百川学海》戊集收录明祝允明《语怪》。吴曾祺编《旧小说 戊集二 金元明》，商务印书馆，1924年版，第617~618页。清姚之骃《元明事类钞》卷二〇《神鬼门·酆都狱》曾简述明祝允明《语怪·重书走无常》曰："酆都观，香火甚盛。永乐间，江西尤和为令，意欲除之。一日，门子忽倚其靴而僵，越二日始苏，云：'方走无常，始回耳。'问其所摄，则即令之弟也，扣其室庐、相貌，无不合者；命人讯于家，弟果亡，乃入观醮谢，纪其事，而镌之石。"

奇谈怪论纷纷出现,明倪绾《群谈采余》卷八《怪异》写朱拙斋[①]入观酆都县地狱事:

> 朱拙斋翁官四川宪副,尝至酆都县,地狱有阎罗十殿,形像都具,刀山剑树,宛如浮图家画中。一石镜甚巨,人过照之,无影者必死。

清代乾隆年间,山东一带还流传明末山东巡抚徐从治死后赴四川酆都县为冥官的志怪传说,《(乾隆)历城县志》卷五〇《杂缀二》引旧《志》曰:

> 徐中丞名从治,巡抚山东,后中炮死。先是,肥城人刁守京夜梦冥府取造七省轮回册,有黄、黑二卷,色黄造善,色黑造恶。册竣,冥王命守京往莱请徐抚台。至莱,投书徐公,即发牌,往四川成都酆都县到任。徐公未卒,先有此说,已而果卒。

对《聊斋志异·酆都御史》创作影响最大的是明末清初盛行一时的"九蟒御史"传说。明周延申《九蟒亭记》叙说宋代的御史杨公死后成神,显灵于四川酆都县,被尊为"九蟒御史":

> 既而憩息山腰,又睹苍岩削壁,鬼凿丁剜,丹篆薛碑,葛天蓊黉,中有九蟒之亭焉。住持僧云:"御史杨公之神也,宋庆历二载生于西湖,长于洛阳,敕授御史,显异兹土有年矣。梦告里中陈生有,若欲成

---

① 此朱拙斋,很可能是指明代朱篑。朱篑(1489—1576),字守贵,号拙斋,山阴(今浙江绍兴)人,曾任四川顺庆府建昌兵备道按察使副司。"宪副"即按察副使,按察使最初为唐朝官职,原为监察之官,职能近于御史,在明代则为司法官。

名，必日月倒悬之，语及乡闱本生砲经获售，果符月恒日升之验，事之可异不止此。"考其创修圈洞，嘉靖戊午也。既而重饰亭台，隆庆辛未也。①

明清之际四川酆都县"九蟒御史"广为人知，御史杨公之神又被各地民间俗称为"酆都杨老爷"，清初杨式传的小说《果报闻见录·罚咒拔牙》写康熙十四年四月，青浦李友梅病伤寒，发狂语，自称："亏心赌誓，令酆都杨老爷差役来拔牙齿矣。"酆都县"九蟒御史"或许是从有"九蟒相从"的道教酆都北帝御史形象演化而来。明《正统道藏》本《太上三洞神咒》卷一〇《祈禳召遣诸咒·召御史大咒》曰："北帝御史，酆都大雄。玄冥主帅，大魔之尊。颜如蓝靛，统领威权。奉命主令，剪翦妖凶。五灵真老，赐我真文。持九泉之号令，带玄元之真文。剑横斗口，目视乾坤。江神鼓浪，海神翻风。天昏万里，地黑千重。主兵元帅，九蟒相从。随神同降，助我神功。黑令声轰，霹雳威冲。部领众神，上振天门。速离郁绝，降我坛中。急急如律令。"明代的四川酆都县有大蛇出没的传说，明陆粲《庚巳编》卷四曰："酆都熊存为予弟子远说：其乡一村落中，有蛇出为患，不知所从来，其大如盌，长数丈。"明周延申《九蟒亭记》中并没有说明御史杨公之死因，酆都县的大蛇传说可能和御史杨公信仰相杂糅，形成了御史登平都山遭蟒蛇纠缠而死的说法。明江盈科《雪涛小书》闻纪二《纪占梦》②曰：

> 临安张太守讳守刚者，为酆都县尹，言酆都有阎罗庙，其山侧又有九蟒御史祠。传闻前代有御史登此山，偶遭蟒纠缠以死，土人神而

---

① 龙显昭、黄海德主编：《巴蜀道教碑文集成》，四川大学出版社，1997年版，第270页。

② 明潘之恒《亘史外纪》本。

祀之,甚著灵异。本朝嘉靖间,祠傍有扬生者,每过祠下,必下马致揖。忽一日,仓卒径骑而过,御史见梦曰:"尔前过我必步,今乃骑,岂简我耶! 尔若要中,除非日月倒悬。"杨生甚不乐,谓神尤己,已而秋试,其诗经一题,乃"如月之恒,如日之升",遂举于乡。

酆都县民间神灵"九蟒御史",应该是道教酆都北帝御史信仰世俗化的结果。"九蟒御史"的故事在清初继续流行,清初褚人获《坚瓠余集》卷一《九蟒御史》曰:

> 酆都有阎罗庙,山侧又有九蟒御史祠,传有御史登此山,遭蟒纠缠而死,土人神而祀之,甚著灵异。嘉靖间,祠旁有杨生者,每过祠,必下马致揖。忽一日,仓卒竟骑而过,御史见梦曰:"尔前过我必步,今乃骑,岂简我耶! 尔若要中,除非日月倒悬。"杨谓神尤己,甚不乐。已而秋试,诗经一题乃"如月之恒,如日之升"二句,遂得隽。[①]

酆都县"九蟒御史"异事结合相关酆都地狱的传说,最终被蒲松龄采编改写为《聊斋志异·酆都御史》。清初王士禛评《聊斋志异·酆都御史》曰:"阎罗天子庙,在酆都南门外平都山上,旁即王方平洞,亦无他异。但山半有九蟒御史庙,神甚狞恶,事亦荒唐。"从王士禛评语中可以大致了解,蒲松龄创作《酆都御史》所依托的的酆都县本地民俗传说中的故事元素,除了在平都山死后成神的九蟒御史事迹之外,还有酆都县平都山"阎罗天子庙"和"王方平洞"传说。《聊斋志异·酆都御史》小说的第一句话是"酆都县

---

① 清彭遵泗《蜀故》卷七《庙》记载略同。

外有洞,深不可测,相传阎罗天子署。"在道教传说中,酆都地狱在罗酆山大洞之内,《太平御览》卷六六〇《道部二·真人上》引《三洞珠囊》曰:"《高上玉清刻石隐铭》曰:'酆都山在北,内有空洞,洞中有六宫。'"南宋李昌龄传注《太上感应篇》卷一曰:"北都罗酆山,山近水面,有一大洞名曰阴景天宫,周回三万六千里,中有三十六狱……夫酆都者,天地司过之都司也。"四川丰都县平都山上也有"阴君之洞",又称为五云洞,相传是仙人阴长生飞升之地,唐末五代杜光庭《道教灵验记》卷三《段相国报愿修忠州仙都观验》写唐代段文昌被二仙真引导,梦游仙都观:"登江渚之山,及顶,乃阴君之洞门。""阴君之洞"在后世被说成是能与冥府相通的"阴君洞"或"阎君洞",清初方象瑛《健松斋集》卷七《使蜀日记》曰:"紫府真仙之居,不知何时创森罗殿,因附会为阎君洞,以为即地狱之酆都,远近祷祀,求符箓。盖道流惑世,失其实耳。"清康熙年间鲁之裕《式馨堂文集》卷九《答学者问》中写酆都县平都山上之洞口:"酆都四川属邑也,吾友沈星周镐曾至焉[①],其山腰一口大如瓮,邑人日束荆投之,云供阎罗鞭鬼者。戒客过,勿疾言,勿遽步,谓少不慎,谴立至。"鲁之裕所写邑人投束荆于洞,"供阎罗鞭鬼",与《聊斋志异·酆都御史》中的叙述类似:"其中一切狱具,皆借人工。桎梏朽败,辄掷洞口,邑宰即以新者易之,经宿失所在。"清初褚人获《坚瓠秘集》卷三《酆都》中所说更为详细:

> 成都县有酆都山,土人云此阴府决判罪人之所。其山幽冥,不可入,唯余一洞,视之阴黑,不知底极,定昏之际,侧耳而听,隐隐闻笞扑之声,凛然可畏。每半月,土人轮番纳荆条一大束,以供笞扑之用。前

---

① 沈镐,字师昌,号新周,撰有《地学》一书。

所纳者用弊,掷置洞口,视之,必零星破碎矣。冥官云:"如阳世之刑部,唯四方有罪之人,来此听勘,为善者不入也。"今人荐亲,动云阎罗地狱,不论父母平日所为善恶。此司马温公所言"以不肖待其亲",岂得谓孝乎!

向酆都县平都山洞中投入荆条,以备阎王鞭挞罪鬼之用,此种传闻在明代就已经出现了,明严尧皴《槐亭漫录·海市》文末提及:"广德埋藏、雷州布鼓、酆都荆杖。"明徐奋鹏《徐笔峒先生集》卷八《杂著诸文第八集·破天堂地狱》曰:"朱夫子谓燕州之海市,酆都之荆条,为千古不决之疑。"蒲松龄将传说中投入平都山洞中的"束荆",改写为酆都知县在酆都地狱洞口放置新造"狱具"。后来清人笔记对蒲松龄此说多有继承,清丁柔克《柳弧》卷三《酆都》记述酆都知县为阎罗地狱提供刑具:"殿前一井,相传此即阴阳交界。现虽不缴钱粮,而闻县令每月供竹板、皮掌、枷锁等类。不数日,洞口必有用坏刑具堆井上,板上黑血犹涔涔也。"酆都县平都山上也确实有"阎罗天子署",该庙宇兴建不晚于明初,明永乐二十二年(1424),蒋夔撰《重修平都山景德观记》记载,平都山"峰顶有凌虚台……台后乃阎王殿。"①随着佛教地狱观念在社会上广泛流传,佛教十殿阎罗亦被纳入道教酆都大帝神灵系统,宋元时期造作的道书《元始天尊说酆都灭罪经》②中同时出现了酆都大帝和十殿阎罗的名号。明代多地都建有酆都庙,供奉酆都大帝,而以十殿阎罗配祀,例如明查志隆《岱史》卷九《灵宇纪》记载泰山酆都庙始建于明弘治十四年,嘉靖年间重修,书中引明李钦《重修酆都庙记》曰:"其神为北阴酆都大帝,配以冥府十王。"清康熙间陈祥裔《蜀都碎事》

① 龙显昭、黄海德主编:《巴蜀道教碑文集成》,四川大学出版社,1997年版,第188页。
② 《正统道藏》洞真部。

《聊斋志异》笺证初编

卷二也记载酆都县平都山阎罗天子庙,曾提到庙中之井"与海通",以及"岁供桃枝于庙,易旧供者,谓换刑"的传说:

> 世传天下有三怪,浙江水怪、雷州鼓怪、酆都鬼怪。予未亲历,心实疑焉。今居蜀,然后知鬼怪之诬也。酆都县,属川东重庆辖县,城外二里有土山,山上有大庙,正中为天子殿,即俗所谓五殿阎罗是也,衮冕圭藻,居然天子矣。旁列诸鬼,狰狞丑恶,变状百千。殿阶下有一井,云与海通,好事者投以雁鹜,越日从大江中浮出。其山后临平羌江,土岸陡峻,名曰真珠帘,砂土日坠江中,飞洒而下,如珠然。自昔至今,不亏削,江亦不塞,世俗以为有搬沙鬼,每夜仍移故处云。殿前有一石,圆如球,大可径尺,名曰心诚车;又有小石穴在阶上,游人或无意举球就穴,即能加于穴上,并可旋转如磨,倘有意举球,虽大勇亦不能加穴上,殊不可解。传闻昔年邑令岁供桃枝于庙,易旧供者,谓换刑,今无此事。余无他奇,由此观之,鬼怪之说多属荒渺矣。

《聊斋志异·酆都御史》写华御史从平都山洞进入冥府,恰逢酆都大帝大赦幽冥,又幸遇"赤面长髯"神将指引,最终得以出洞生还。"赤面长髯"神将显然指的是关公,关羽在宋代曾被道教尊为"酆都御史"[1],蒲松龄所加小说题目"酆都御史"除了是指误入酆都县地狱的御史华公外,也与关公"酆都御史"神号对照呼应,可见《聊斋志异》中小说篇章命名之丰富内涵。明初道教文献《道法会元》卷二五九《地祇馘魔关元帅秘法》之后,附录

---

① 成书于两宋之际的道教经典《太上大圣郎灵上将护国妙经》假托关帝传经说咒,称"义勇武安王汉寿亭侯关大元帅",受玉帝敕命,为"三界都总管雷火瘟部冥府酆都御史"。详见卿希泰主编,丁贻庄等撰稿:《中国道教》(第3卷),知识出版社,1994年版,第105页。

陈希微所撰《事实》,记载了关羽由东岳护法神将而进入酆都大帝神灵谱系的经过:

昔三十代天师虚靖真君于崇宁年间奉诏旨云:"万里召卿,因盐池被蛟作孽,卿能与朕图之乎?"于是真君即篆符文,行香至东岳廊下,见关羽像,问左右:"此是何神?"有弟子答曰:"是汉将关羽,此神忠义之神。"师曰:"何不就用之。"于是就作用"关"字,内加六丁,书铁符,投之池内。即时风云四起,雷电交轰,斩蛟首于池上。师覆奏曰:"斩蛟已竟。"帝曰:"何神?"师曰:"汉将关羽。"帝曰:"可见乎?"师曰:"惟恐上惊。"帝命召之,师遂叩令三下。将乃现形于殿下,拽大刀,执蛟首于前,不退。帝掷崇宁钱,就封之为"崇宁真君"。师责之要君非礼,罚下酆都五百年,故为酆都将。

在明代,关羽不仅是关圣帝君,同时也作为酆都御史和酆都主帅为人所知。明吴斌《韫玉先生集·题关王神会疏》曰:"神生为汉庭殉节之臣,殁作酆都馘魔之使。"明末清初钱谦益《牧斋初学集》卷七一《万尊师传》描写酆都狱:"狱开八门,关帅主之,韦、刘、王、孟、车、夏、劣、桑八帅分守之。"明邓志谟《咒枣记》第十三回《萨真人游遍地狱 关真君引回真人》写萨守坚真人在酆都地狱得见关羽:"真人一看,乃是关真君。关真君怎的在酆都?只因当初与张道陵天师相挺,天师做了一角公文,叫真君解到酆都,实欲把关真君永堕酆都。途遇着普庵祖师,将公文拆开一看,原来是关云长自己解自己。普庵祖师乃替他改着'永镇酆都',故此关真君在酆都之国镇守。"《咒枣记》小说随后又写萨真人相托关将军将其领出幽冥地府:"关真君亦引着真人、王善从阴山径路而行……行不数里,转过阴山。此处阴风飒飒,黑洞洞的,关将军用刀头豪光照开冥路而行,再行数里,豁然开朗,关将军谓真人曰:'此阴阳界上矣,某不及远送。'遂分别而去。真人乃同着王善回转阳世而来。"《聊斋志异·鄷都御史》中,关公指点御史华公走出鄷都地狱的描写,显然是受了《咒枣记》第十三回"关真君引回真人"的启发。

《聊斋志异·鄷都御史》小说篇末写关公告知御史华公诵佛经可出地狱,"公自计经咒多不记忆,惟《金刚经》颇曾习之,乃合掌而诵,顿觉一线光明,映照前路。偶有遗忘,则目前顿黑,定想移时,复诵复明,乃始得出。"御史华公在鄷都地狱中口诵《金刚经》,而光明照亮前途,最终得救的故事,还可能是受唐人小说的影响。《太平广记》卷一〇七《报应六》引《报应记·鱼万盈》写鱼万盈死后进入冥界,"初见冥使三四人追去,行暗中十余里,见一人独行,其光绕身,四照数尺,口念经。随走就其光,问姓字,云:'我姓赵名某,常念《金刚经》者,汝但莫离我。'使者不敢进,渐失所在。久之,至其家,万盈拜谢曰:'向不遇至人,定不回矣。'其人授以《金刚经》,念得遂还。及再生,持本重念,更无遗缺,所疾亦失"。

清代文言小说集《新齐谐》《秋灯丛话》《咫闻录》中,都有改写《聊斋志异·鄷都御史》的作品。清代袁枚曾改写《聊斋志异·鄷都御史》,在其笔下,鄷都县与冥府相通的不是山洞,而是枯井,这或者是借鉴了唐传奇《博异志·阴隐客》里凿井工人穿井而入地下仙境故事①。

《新齐谐》卷一《鄷都知县》曰:

> 四川鄷都县,俗传人鬼交界处。县中有井,每岁焚纸钱帛镪投之,约费三千金,名"纳阴司钱粮"。人或吝惜,必生瘟疫。国初,知县刘纲

---

① 《太平广记》卷二〇《神仙二十》引。后世小说中也有不少井中仙境故事,如清末王韬《淞滨琐话》卷三《仙井》等。

到任，闻而禁之，众论哗然。令持之颇坚。众曰："公能与鬼神言明乃可。"令曰："鬼神何在？"曰："井底即鬼神所居，无人敢往。"令毅然曰："为民请命，死何惜？吾当自行。"命左右取长绳，缚而坠焉。众持留之，令不可。其幕客李诜，豪士也，谓令曰："吾欲知鬼神之情状，请与子俱。"令沮之，客不可，亦缚而坠焉。

入井五丈许，地黑复明，灿然有天光。所见城郭宫室，悉如阳世。其人民藐小，映日无影，蹑空而行，自言"在此者不知有地也"。见县令，皆罗拜曰："公阳官，来何为？"令曰："吾为阳间百姓请免阴司钱粮。"众鬼啧啧称贤，手加额曰："此事须与包阎罗商之。"令曰："包公何在？"曰："在殿上。"引至一处，宫室巍峨，上有冕旒而坐者，年七十余，容貌方严。群鬼传呼曰："某县令至。"公下阶迎，揖以上坐，曰："阴阳道隔，公来何为？"令起立拱手曰："酆都水旱频年，民力竭矣。朝廷国课，尚苦不输，岂能为阴司纳帛镪，再作租户哉？知县冒死而来，为民请命。"包公笑曰："世有妖僧恶道，借鬼神为口实，诱人修斋打醮，倾家者不下千万。鬼神幽明道隔，不能家喻户晓，破其诬罔。明公为民除弊，虽不来此，谁敢相违？今更宠临，具征仁勇。"

语未竟，红光自天而下。包公起曰："伏魔大帝至矣，公少避。"刘退至后堂。少顷，关神绿袍长髯，冉冉而下，与包公行宾主礼，语多不可辨。关神曰："公处有生人气，何也？"包公具道所以。关曰："若然，则贤令也，我愿见之。"令与幕客李，惶恐出拜。关赐坐，颜色甚温，问世事甚悉，惟不及幽冥之事。李素戆，遽问曰："玄德公何在？"关不答，色不怿，帽发尽指，即辞去。

包公大惊，谓李曰："汝必为雷击死，吾不能救汝矣。此事何可问也！况于臣子之前呼其君之字乎！"令代为乞哀。包公曰："但令速死，免致焚尸。"取匣中玉印方尺许，解李袍背印之。令与幕客李拜谢毕，仍缄而出。甫到酆都南门，李竟中风而亡。未几，暴雷震电，绕其棺椁，衣服焚烧殆尽，惟背间有印处不坏。①

清王椷《秋灯丛话》卷一一《酆都石穴剑》曰：

蜀酆都邑有酆都观，香火甚盛，灵应异常。观在邑外酆都山，山势巍峨，草木蔚秀。观奠其阳，殊为雄伟。山阴亦有宫殿，境益幽。俗传殿后石穴通地府，莫敢入者。有某宦，莱郡人，性刚愎，不信鬼神。过酆都，入穴穷其异，崎岖行数百步，豁然开朗，露宅第，颇崇闳。历门宇数重，悄无人声，信步入室，室内空洞无物，惟一剑悬壁间，剑匣镂刻精工，心爱之，乃携归。行未数武，房宇顿杳，身处昏暗中，惝恍若梦，踉跄趋出，手中剑依然在也。归寓，出匣观之，光如秋月，铓可吹毛，奉为珍宝。居常佩之，夜则置诸枕畔。宦有妾某氏，擅专房宠，后色衰，复嬖一少艾者。妾失宠怨望，宦怒，屡加捶楚。妾兄，庸人也，性凶狠，且愤宦所为，夜逾垣，取其剑，杀之而遁。

清王椷《秋灯丛话》卷一一《孽镜台》曰：

酆都令朱某，浙进士也。性耿介，素以气节自许。闻酆邑有洞可达阴界，疑焉，将试之。公余，携二仆入，初犹清朗，益入而晦。历一坊，阴气飒飒逼人，从者仆地，朱弗顾，毅然独前。昏暗中，约行数里，复露微

---

① 清邓旭《异谈可信录》卷七《冥迹·酆都知县》、清丁柔克《柳弧》卷三《酆都》转引。

光,移时,抵一衙署,闬闳柱础,悉可辨识,而惨惨如将夜。朱纵步入,见堂阶多悬鬼怪形,即世之面具,可以除戴者也。徘徊间,忽闻人声,立而待,众拥一公服人出,则其亡友某。见朱讶曰:"君司阳职,我忝阴曹,幽明异途,何相及耶?"朱告以故,并叩其所主。答曰:"守孽镜台。"朱求观,友不可,坚请之,乃命人导之往。至一台,高可数丈,朱拾级登,旁有联云:"日月森罗殿,风霜孽镜台。"中设大镜,清析毫芒,寒侵肌骨。朱照视,一七品服耳。默念曰:"我殆以县令终乎?"既而再视,则豸衣无首人也,惊而下。友迎谓曰:"以多情故,遂露机缄。然此地不可久留,君宜速返。"将复有所问,而友已挥手去矣,乃循旧路出。至前坊,二仆亦醒,从之归。后朱以御史内擢,出巡江右,颇尚严鸷。怨家素衔朱,又多不法事,惧为所廉,阴结鱄聂辈,欲甘心焉,朱竟中刺客,断其头以去。

清慵讷居士《咫闻录》卷五《酆都府》曰:

酆都县城外三里,平都山顶,有阎罗庙,屋宇巍焕,俗云:"人死必到此地轮回。"入山,石级甚高,有"从此登仙"及"天下名山""总真福地"诸额,殿门有"幽冥九五"额。迤东为关帝庙,门前有铁狮二。殿前枯井,深黑数十丈,行人至此,僧以竹缆燃火烛之,杳不可测,相传能通冥界……又闻山有洞,相传即地府也。

康熙间,有何举人,选授酆都县知县。到任,见须知册内,开载平都山洞,每年官备夹棍、拶子、手铐、脚镣、木枷、竹板各刑具,于冬至前,异置洞内,冥府自能搬去。何曰:"此诞也。阴阳两隔,冥中官岂用阳间刑具也?必丐户携去,易银消化。"吏固请曰:"岁岁皆然,难废旧例。"何曰："既如此,吾当亲往查勘。"越日,吏到平都山,果有一洞,洞口石上,刊"酆都殿"三字。何竟入洞,黑甚,扶壁缓步而进。忽露一隙之光,随光进去,渐渐明亮。逾时,见一井平地,似有行人往来踪迹。随路顺行,至一衙,局面宏敞。何径入。阻曰："子何人,乃擅入也?"何曰:"吾酆都县知县。"曰:"地方官须通报。"须臾,开门邀请。何由二门进,至大堂,见开屏门,一人出,面色斑斓,衣前朝服饰,鞠躬相迎,揖让而坐。何问:"何官?"曰:"吾乃冥府之主。"略通款曲,待茶毕,何辞出。冥府主曰:"既荷光临,当申地主之谊。已设蔬肴,聊作畅叙。"何固辞不允。只见戏具抬来,请何至东厅,庭燎晰晰,绮宴隆隆。逊席上座,即有二旦执笔送帖,请点戏出。见一旦面熟,何问曰:"子何名,何时入此班也?"旦曰:"小人喜儿,去年到此。家有老母,爷归时,求怜老而赏以食。"冥府主曰:"今日敬客,汝须小心服侍,不得以家况在席上相求。"旦乃退。所演之戏,与阳间不同。何曰:"此皆新戏也。"冥府主曰:"戏中多忠臣义士事。若辈均授冥职,不便再演,故另演仇德相报之戏也。"席毕,天已曙矣。何辞谢欲行,冥府主曰:"此间境界不同,请闲玩之。"见刀山剑池,油锅血磨,凡幻想之形,无不齐备;而呼号涕泣者,不知凡几。偶过小屋,见一僧跪地,头顶大锅,锅中尽炭火,呼救。何视之,乃家居邻寺僧也。问犯何事,曰:"上年签捐修寺,僧匿银千两,故受此罪。求信知尊府,令小徒在床下起出办公,庶几可宥。"何诺之。游尽,冥王命侍人送出。归署,已换官矣。问诸属吏曰:"何换之速也?"属吏曰:"此去已一月余矣。地方紧要,是以另授。"何见冥中情形,已看破红尘事,即归家。走至寺中,见僧头顶生疽,昏迷不醒,其徒已张罗后事。何告曰:"某僧偷贮修寺公银,故有此病。银埋床下,尽出之,仍作公事,可期其苏。"其徒掘之,果得银千两。凡寺之修葺未尽者,悉鸠工完之，病乃瘥。后唤小旦喜儿之母到，赏以银米。后何逍遥事外，不题世务。

《咫闻录·酆都府》由《聊斋志异·酆都御史》改写而成，小说后半部分又羼入《聊斋志异·僧孽》的故事。清代民间流传的"酆都御史"型故事，还曾被采入某些地方志和劝善书中，《(光绪)荣昌县志》卷一九《外纪·刘时俊》记载了明代万历戊戌进士刘时俊入酆都洞，死后成仙之事：

先是，里人梦游洞天，见雷神尊君位次虚一座，人问其故，答曰："刘时俊将至矣。"果卒，正与甲子秋时俊游酆都洞口，入阴府，见阎君，行礼交谈，临别请后期何时，阎君答曰："老先生身带仙骨，丙寅春正高登仙位。"实相符。康熙丁酉岁，时俊曾孙懋勋夜梦神人入室，询其姓氏，答曰："我即尔曾。"勋知为俊，叩问曾祖殁后何为？答曰："我未辞世前，里人哓哓之语，尔未闻耶！我现为雷部都督。"言讫而去。

晚清黄伯禄《集说诠真·十殿阎王》引《玉历钞传》载：

十殿在酆都。按酆都在四川忠州酆都县，其地有古殿十重，最上一层在石岩之下，封锁甚固，人不敢开，每夜常有拷鬼声达于外，惨不堪闻。明万历间，巡抚郭公曾开其殿，入内冥黑，把火烛之，见一洞，深不可测，冷风逼人。因命造一木盘，公自坐其中，用绳吊下。至一二十丈，地忽平，执灯出盘，纡行里许，始见天光，别一世界，烟云缥缈，树木阴森。中有金钉朱门，穷极宏丽。进第一殿，会见关圣帝君，礼毕，送进第二殿，每殿有王者出迎。至第五殿，王者赐坐待茶。公因问及幽冥之事。王者曰："人死有魂,魂有大小,大者充塞宇宙,小者布满乡里。冥司所以问罪者,唯诛其魂也。"少顷,仍命送至洞口,循绳吊上。白邑宰,言其状,并立碑在夔府以纪其事。

还有一部分清代小说,虽未直接模仿《聊斋志异·酆都御史》,但其中也多涉及酆都县地狱传说。清郑光祖《一斑录》杂述五《老鬼丛话》曰:"酆都县人鬼杂处,山上有阴阳界。"晚清管世灏《影谈》卷一《酆都县洞》写成都张士英与狐精入酆都县洞,游戏地府之事:"一日,过酆都县,闻城外有洞,可通地府"。四川酆都县平都山不仅是道教福地,也是风景名胜,明清文人多有登临,记游之作不少,例如明杨尔曾《海内奇观》卷八《三峡图说》曰:"酆都县平都山,道书第十八福地,山横峭围邑,后唐断碑五段,书'洞天道山'字置山门。汉王方平、阴长生于此上升,亭塑二仙围棋像,如生。"清汪堃《寄蜗残赘》卷一《酆都庙并无灵异》曰:

　　四川酆都庙,在平都山上,不甚宏厰,额书"幽冥九五",字极古朴。庙内绝顶,塑王方平、阴长生对弈,有"千古一局"匾。嘉庆年间,有县令逃失要犯,向庙叩祷,求示踪迹,得"铜雀春深锁二乔"之句,后于三月暮在双桥镇缉获,始知籤语之验,于楹联间备述其事。庙与关帝庙相邻,门前铁狮二,相传为唐代物。神座前有洞,围径丈许,深约数十丈。洞中泥甚光滑,似出人工所为。余亲至其地,所见仅此,一切灵异之事,半属附会。

清吴仰贤《小匏庵诗话》卷一〇曰：

> 世传地狱有酆都城之说，遂指四川酆都县为滥觞。忆同治乙丑余归自蜀道出酆都榜舟已晚，亟登岸，询所谓森罗天子殿者，系在山巅，迤逦而上，天黑寺扃，打门入，有僧延诣正殿，指殿中一井为地狱门户，爇纸钱投之，余俯身下窥，觉不及寻丈，为木板所隔，了无所见，遂目笑置之。按酆本从丰，改自明初，县有阴王山，即平都山，以阴长生、王方平学道于此得名，为道书七十二福地之一，后世小说因阴王字讹为鬼山。

也许是受《聊斋志异·酆都御史》小说的影响，清代文人汪堃、吴仰贤等所作平都山游记中，往往对传闻中山上与冥府相通的洞穴都特别留心，刻意加以描述。清代后期文人汪堃亲身进入过平都山酆都庙[①]，探测庙内洞穴："神座前有洞，围径丈许，深约数十丈。洞中泥甚光滑，似出人工所为。"清人吴仰贤（1821—1887）亦曾至平都山酆都庙，对庙内洞穴的印象是："俯身下窥，觉不及寻丈，为木板所隔，了无所见。"《蜀都碎事》《新齐谐》《咫闻录》等书中都称酆都县有深井，与汪堃所述情况接近；而吴仰贤所见则为浅井，又与王培荀《听雨楼随笔》卷五所言"平都山上古井在关帝庙前，无水亦不甚深"相符。平都山上阎罗殿等庙宇由清初至今多次毁而复建，清代人所见平都山中之井，历经岁月变迁，现在可能还存在，王家祐、李远国《仙踪鬼迹话丰都》文章中记载："在二仙楼东侧，有一个深不见底的山洞，旧志称它为五云洞，传说是阴长生的炼丹井，因时有五色云气

---

① 汪堃生于清嘉庆戊辰（1808），详见张振国：《晚清民国志怪传奇小说集研究》，凤凰出版社，2011年版，第123页。

从中升起,故而得名。"①

　　大约在1911年前后,刘溥泉游平都山,后凭回忆写下《廿年前之酆都游记》,文中提到平都山上可能有被封闭的深洞:"又上行百余步,见巨碣倚山,积藓护之,谛视得四字曰'万事皆空'。相传碑下有洞,为阎罗拘禁鬼囚之地狱,恐人误入,故建碑封之。上则为大仙岩,岩有九蟒之亭,亭四面塑九蟒蛇像盘绕之,张牙舞爪,状极可怖。中有神像,为明杨御史,佚其名,亭有圈石,为御史墓,即《聊斋志异》中所谓九蟒御史是也。"②《聊斋志异·酆都御史》所写与冥府相通的洞,不像是竖井,倒像是山洞,"酆都县外有洞,深不可测",御史华公与仆役二人不是凭借绳索下探至井底,而是直接秉烛入洞,步行前进,并且"深抵里许"。四川丰都县城外,确实有大型溶洞群。2017年,有多家新闻媒体报道,在距重庆丰都县城96千米的都督乡,有施家嵌天坑,天坑内有长达三十余千米的溶洞群。"天坑底部的玉龙洞,洞高20米、宽36米,溶洞洞厅大,钟乳石雪白、大气,石膏花美轮美奂,里面还有众多古佛像。"③施家嵌天坑是目前世界上发现的7座冲蚀型天坑之一,坑内有183米高的瀑布,坑内溶洞被专家证实为国内第三长溶洞群④。道教酆都洞天以及《聊斋志异·酆都御史》小说中那"深不可测"的洞穴,其现实原型似乎更有可能是四川丰都县施家嵌天坑内的大型溶洞。

---

① 李侃主编:《文史知识》,1985年第9期。

② 刘溥泉:《廿年前之酆都游记》,《旅行杂志》,1931年第2期。

③ 详见2017年07月31日,中国新闻网记者刘贤采写文章《重庆丰都发现183米天坑瀑布 探明30余公里溶洞》。

④ 《都督乡发现183米高瀑布》,《丰都日报》,2017年8月16日,第三版(民生社会)。

乩　仙

乩仙异事，是宋元以来中国古代文言小说中的传统题材。明清文人笔记中以"乩仙"或"箕仙"为题的作品非常之多，如明朱孟震《河上楮谈》卷二《箕仙》、明末徐《徐氏笔精》卷五《诗谈·乩仙》、明末冯梦龙《古今谭概》卷二二《儇弄部·箕仙》①、清初谈迁《枣林杂俎》和集《箕仙》、清初景星杓《山斋客谈》卷三《乩仙（四则）》、清褚人获《坚瓠八集》卷三《箕仙》等。明清小说中，多有乩仙下降，题写诗文，预示吉凶的故事，乩仙所作诗文中不乏名篇佳句，元末明初陶宗仪《南村辍耕录》卷二〇《箕仙咏史》曰："悬箕扶鸾召仙，往往皆古名人高士来格，所作诗文，间有绝佳者。"明杨慎《升庵集》卷七三《箕仙笔诗（其二）》亦曰："宋元小说载箕仙诗多矣。"许地山先生在《扶箕迷信的研究》一书第二章《箕仙及其降笔》第三节《箕仙与人酬唱》中将箕仙诗词分为五类论述："箕仙与人间酬唱既是士子消遣与求长进的一个方法，说来总比聚赌挟娼高尚得多。诗词中可以分为消遣、唱和、猜谜、对对、论文等类。"②《聊斋志异·乩仙》描写的是文人雅集过程中，召

① 清褚人获《坚瓠十集》卷二《箕仙》，记述类似。

② 许地山：《扶箕迷信的研究》，商务印书馆，1999年版，第54页。

来乩仙属对之事。朱一玄先生已经提出《聊斋志异·乩仙》小说本事出自明冯梦龙《古今谭概》卷二九《谈资部·仙对》,以及明俞弁撰《山樵暇语》卷八[1]。聂石樵先生《〈聊斋志异〉本事旁证》又认为:"蒲松龄所记是'章丘米步云'的事,《古今谭概》所记是刑部郎中黄暐的事,人物不同而内容完全一样,可能这种奇谈是当时普遍流传的。"[2]聂先生的推测是非常正确的,与《聊斋志异·乩仙》类似故事散见于多种明清笔记中。《聊斋志异·乩仙》所述故事,大约兴起于明嘉靖初期,主要有两个版本,事情近似,而其中人物不同。第一个故事版本是明俞弁撰《山樵暇语》卷八所记朱近仁事:

> 吴人朱近仁领乡荐,后召仙以会试致问,仙曰:"身且不保,安问功名?"众怪其妄诞,因请对"羊脂白玉天"之句,乩遂书曰:"三日后,至闻德桥,有人自对。"众益笑之。如期,有好事者偕近仁往其处,适见耕者倚锄而立。怪而问之,耕者曰:"蟮血黄泥地,难为锄尔。"众皆惊骇。未几,近仁果卒。

第二个故事版本是《古今谭概》卷二九所记黄暐事,《古今谭概》中的这则故事又有可能是改编自《西樵野纪》《尧山堂外纪》等书。明侯甸《西樵野纪》卷八《乩对》曰:

> 刑部郎中黄公暐亦尝令仙对"羊脂白玉天",乩云:"当出丁家巷田夫口是也。"公明日往试之,见一耕者锄土,恳恳苦之。公问曰:"此

---

① 朱一玄编:《〈聊斋志异〉资料汇编》,南开大学出版社,2012年版,第264页。

② 《聂石樵自选集》,山东文艺出版社,2007年版,第375页。

何土也？"耕者曰："此鳝血黄泥土耳。"公忆之甚捷，始信其果仙也。[①]

明蒋一葵《尧山堂外纪》卷九一《唐寅》曰：

> 刑部郎中黄暐亦尝令仙对"羊脂白玉天"，乩云："当出丁家巷田夫口。"公明日往试之，见一耕者锄土，恳恳问："此何土？"耕者曰："此鳝血黄泥土也。"公始信其果仙降云。[②]

明朱孟震《浣水续谈·奇对》叙说简略，大致是缩写黄暐令乩仙属对事：

> 又有求箕仙者，以"羊脂白玉天"请对，箕仙云："在某处田夫口中。"往讯之，见其人方？地取土。问之，云："此鳝血黄泥土也。"

明人小说中所言"鳝血黄泥土"，是中国古代江南地区，尤其是太湖平原的农民根据长期稻作经验，对一种人工培育而成的肥沃土壤类型的称呼，沿用至今。清康熙间张谦宜撰《絸斋诗选》卷二《题铁园赠邱陶仲》诗中有句云："鳝血易生诸草木，龙身难得此藤萝。"诗中"鳝血"二字下自注曰："鳝血黄泥土，肥壤也。"徐琪在其所著《中国太湖地区水稻土》一书的第三章《太湖地区水稻土的形成特点》中指出："鳝血是指水稻土排水落干后，附着于耕层孔隙或土团结构面上的一种鲜红色胶膜。这是太湖地区，甚至

---

① 晚明梅鼎祚辑《才鬼记》卷一四转引。明王可大《国宪家猷》卷三三，清褚人获《坚瓠集》卷二，亦皆记有此事，文字内容与《西樵野纪·乩对》大体一致。

② 明查应光《靳史》卷二九转引。

是长江中下游地区农民判断肥沃水稻土的指标。凡是耕层出现鳝血的水稻土，水气状况比较协调，耕层结构较好，养分含量比较高，具备爽水水稻土的特征。"①熊毅等所写论文《耕作制对土壤肥力的影响》也指出："鳝血斑是耕层中出现的一种红棕色胶膜，长期以来群众把鳝血作为肥沃水稻土的形态指标，'种田要种鳝血土'，这是当地流行的一种评价土壤肥瘦的谚语。鳝血土是人工培育的结果。"②《聊斋志异·乩仙》通过小说中文人属对之情节，说明"羊脂白玉天"指的是"天上微云"；然而，蒲松龄是北方人，对江南农业生产中所说"鳝血黄泥土"不知何谓，因此在小说中径改为"猪血红泥地"，并增加了"土如丹砂，异之，见一叟牧豕其侧"等描写，尽量使土地与猪扯上关系，保持小说叙事连贯合理。《聊斋志异·乩仙》中文人在乩仙的指引下，遇到的是牧猪老叟；而在明代类似故事中，文人经乩仙指引，找到的是在田中锄土的耕夫。特别值得注意的是《山樵暇语》中所写："适见耕者倚锄而立。怪而问之，耕者曰：'鳝血黄泥地，难为锄尔。'"这一情节描写从侧面表现了鳝血黄泥土的土质特点，鳝血土表层肥沃，需要适当深耕③，较为费力，所以耕者才说："难为锄尔。"

蒲松龄在《聊斋志异·乩仙》改编创作过程中，将联语中的"鳝"字改为"猪"字，虽然削弱了明人小说原作故事情节的自然巧妙性，但就对联本身而言，以"猪血"对"羊脂"，其对仗反而更加精工。清梁章钜、梁恭辰《巧对录》卷八曰："蒲留仙《聊斋志异》所载，事多奇诡，雅俗皆称之。中有数对，

---

① 徐琪：《中国太湖地区水稻土》，上海科学技术出版社，1980年版，第50页。

② 熊毅等：《耕作制对土壤肥力的影响》，《土壤学报》，1980年第2期。

③ 郑慕贤在《关于巩固土壤普查成果的报告》中提出要"看土深耕"："上粘下沙的水田和下层有淌沙的二合土、夹沙土，都不宜深耕，以免漏水或变劣土性。表层肥沃的鳝血黄泥土、红砂土、灰土等，可以适当深耕。表层肥力低的小粉土、白沙土要耕浅些。"（详见农业部全国土壤普查办公室编：《土壤普查鉴定与土壤分类制图问题》，农业出版社，1959年版，第41页。）

颇有巧思。"《巧对录》整理列举了《聊斋志异》小说中多则精巧联语,其中就包括"羊脂白玉天,猪血红泥地。"《聊斋志异·乩仙》小说中嵌入"羊脂白玉天,猪血红泥地"之对句,在清代广为人知,并被文人诗文所借鉴。清代道光年间文人顾燮臣撰《游金华北山记》①,该文中描写金华北山景物时,就化用蒲松龄《乩仙》中之联语:"晓日初出,林霏未开。行不数里,而羊脂白石,猪血红泥,青山面起,铲甲平鳞。"清末丘逢甲《岭云海日楼诗钞》选外集《寄大埔西岩》诗云:"黄金地涌空中阁,白玉天留劫后棋。"可能是化用明人何乔远"白玉天为阙,黄金地作堂"②的诗句,也可能是改写《聊斋志异·乩仙》中之联语。南京东南曾经有一处丹霞地貌"赤石片矶",近现代诗家张通之《金陵四十八景题咏》其三《赤石片矶》诗云:"俯看猪血红泥地,仰见羊脂白玉天。志异聊斋曾载此,不期到我眼帘前。"③

① 清沈粹芬等辑《清文汇》卷六六收录。
② 明何乔远《镜山全集》一〇《寿詹司寇公一百韵》。
③ 《南京文献 第二十三号》,南京市通志馆文献委员会,1948年版,第61页。

刁　姓

据王立先生的论文《〈聊斋志异〉"众人中辨认贵人"的印度母题溯源》①
分析，《聊斋志异·刁姓》小说母题十分古远，故事可溯源至古印度民间故
事和佛经文学；王立先生经过考察还发现，与《聊斋志异·刁姓》类似的"众
人中辨认贵人"故事，广泛分布在古代欧洲法国、意大利、俄罗斯等国的民
俗和民间传说中。《〈聊斋志异〉"众人中辨认贵人"的印度母题溯源》一文
中所列举的古印度民间传说主要有二，第一则讲述达摩衍蒂在选婿大会
上，从与那罗并列的五个天神所变化而成，长相和那罗一模一样的人中，
选出那罗："既不流汗，也不眨眼睛，花环保持新鲜又一尘不染，身体直立，
双脚却不触地。有一个人双脚着地，地上映出同他身形一样的影子，脖子
上的花环枯萎了，还沾染上一些灰尘，热汗淋漓，眼睛频频闪动，啊！辨认
出来了，这就是尼奢陀国王那罗！达摩衍蒂终于区分开了天神和大有福分
的那罗国王。"②第二则讲述王子与魔鬼的美丽女儿相爱，但魔鬼想尽办法

---

① 王立:《〈聊斋志异〉"众人中辨认贵人"的印度母题溯源》,《学术交流》,2010年第7期。

② 薛克翘、张玉安、唐孟生编:《东方神话传说(第四卷)·印度古代神话传说》,北京大学出
版社,1999年版,第384页。

要加害王子，都未得逞，最后一次考验是"必须在我的几个女儿中辨认出你中意的那一个"，王子告诉那姑娘。姑娘说："我们姐妹几个长得一模一样，无法辨认。不过，你放心吧，我到时候在发结上插一朵红花，你就可以认出我来了。"于是王子认出了姑娘。故事补充说这魔鬼是高等种族的，他不愿自食其言，只好同意将女儿嫁给王子[①]。

其实，以《聊斋志异·刁姓》为代表的"众人中辨认贵人"故事未必源自古印度，因为这一故事类型早在中国先秦史传中就已经出现，《战国策》卷一〇《齐策三》载："齐王夫人死，有七孺子皆近。薛公欲知王所欲立，乃献七珥，美其一，明日视美珥所在，劝王立为夫人。""薛公献珥"之事又见于《韩非子·外储说右上》："靖郭君之相齐也，王后死，未知所置，乃献玉珥以知之。一曰：薛公相齐，齐威王夫人死，中有十孺子皆贵于王，薛公欲知王所欲立，而请置一人以为夫人。王听之，则是说行于王而重于置夫人也；王不听，是说不行而轻于置夫人也。欲先知王之所欲置以劝王置之，于是为十玉珥而美其一而献之。王以赋十孺子。明日坐，视美珥之所在而劝王以为夫人。"《淮南子·道应训》亦载："齐王后死，王欲置后而未定，使群臣议。薛公欲中王之意，因献十珥而美其一。旦日，因问美珥之所在，因劝立以为王后。齐王大说，遂尊重薛公。故人主之意欲见于外，则为人臣之所制。故老子曰：'塞其兑，闭其门，终身不勤。'"从《韩非子》的叙述来看，"献珥"的故事在先秦秦汉流传过程中已出现了分化，但后来靖郭君献珥之事湮没不传，而薛公献珥之事在唐魏征等辑《群书治要》卷四一《〈淮南子〉治要》、唐赵蕤《长短经·钓情》等书中仍不断转载。汉代关于汉高祖刘邦的政治神话中有"芒砀云气"之事，吕后曾以云气辨识刘邦之所在，《汉书》卷一《高

---

① 季羡林主编，刘安武选编：《印度民间故事（第一辑）》，中国民间文艺出版社，1984年版，第402页。

帝纪第一上》记载："高祖隐于芒、砀山泽间，吕后与人俱求，常得之。高祖怪问吕后，后曰：'季所居上常有云气，故从往常得季。'"①两汉以来，老子"紫气浮关"、汉高祖"芒砀云气"、汉光武帝"南阳佳气"之类的圣人和帝王传说，正是《聊斋志异·刁姓》中所谓"观贵人顶上，自有云气环绕"望气之术的思想源头。

虽然故事类型可能渊源于"薛公献珥""芒砀云气"，但《聊斋志异·刁姓》小说的具体情节则应是改编自北宋郑文宝撰《南唐近事》卷二所载"江西日者"事：

> 赵王李德诚镇江西。有日者，自称："世人贵贱，一见辄分。"王使女妓数人，与其妻滕国君同妆梳服饰，偕立庭中，请辨良贱。客俯躬而进曰："国君头上有黄云。"群妓不觉皆仰首。日者曰："此是国君也！"王悦而遣之。

元代林坤《诚斋杂记》卷上、文渊阁《四库全书》本《说郛》三九上、明代查应光《靳史》卷一五《五代》、明贺详《留余堂史取》卷七《谲知》、明林兆珂《宙合编》叠集《国君黄云》、明刘仲达辑《刘氏鸿书》卷三《天文部·云》、明陈耀文《天中记》卷二八《假谲·国君黄云》、明冯梦龙《智囊全集》卷二八《杂智部·小慧·江西日者》、明冯梦龙《古今谭概》卷二一《谲知部·日者》、明樊玉冲编《智品》卷一二《谲品二·日者辨良贱》、明俞琳编《经世奇谋》卷四《敏悟类·头上黄云》、清初张贵胜辑《遣愁集》卷八《聪慧》、清王植辑《权衡一书》卷三九《择术》、清王初桐《奁史》卷二六《肢体门二·头面属》、清汪

---

① 《史记》卷八《高祖本纪》亦载此事。

士汉《古今记林》卷一《天文·云·黄云》、清宋宗元《正经·奇谋三十》、清钱德仓辑《解人颐·超群集·敏捷颖悟类》等书中皆记载此事，文字内容大致相同。宋代流传的"江西日者"故事还有一个版本，北宋江休复《嘉祐杂志》曰：

> 江南一节使，召相者，命内子立群婢中，令辩之，相者云："夫人额上自有黄气。"群婢皆窃视之，然后告云某是。柁工火儿杂立，使辩何者是柁人，云："面上有水波纹者是。"亦用前术。①

宋明类书和丛书对《嘉祐杂志》所述"众中辨贵"与"分辨柁人"之事多有转录，如南宋谢维新《古今合璧事类备要》前集卷五五《技艺门·说相·众中辨贵》、南宋祝穆《事文类聚》前集卷三九《技艺门·说相者·众中辨贵》、文渊阁《四库全书》本《说郛》卷三〇上、明彭大翼《山堂肆考》卷一六五《技艺·头上黄气》等。

类似《聊斋志异·刁姓》的"众中辨贵"故事在中国古代民间广为流传，并在情节、主题、人物等方面呈现出明显的类型化倾向。谭达先和顾希佳等学者都曾考察过《聊斋志异·刁姓》的故事渊源，谭达先先生在《中国二千年民间故事史》中将此类故事总结为"命相家以狡计骗财型"②，顾希佳先生在《中国古代民间故事类型》中则将其总结为"相者辨人"③型故事。《聊斋志异》对卖卜看相以牟利，大体持否定态度，《妖术》小说篇末异史氏曰："尝谓买卜为一痴。"《聊斋志异·刁姓》以闲谈口吻叙说乡村趣闻，小说

---

① 亦见北宋江休复《江邻几杂志》卷上，《醴泉笔录》卷上。
② ［澳大利亚］谭达先：《中国二千年民间故事史》，甘肃人民出版社，2001年版，第445页。
③ 顾希佳：《中国古代民间故事类型》，浙江大学出版社，2014年版，第153页。

主人公不是朴实百姓，而是刁滑之辈，马瑞芳先生解说《聊斋志异·刁姓》小说篇名："刁滑是文章精髓，是人物姓氏，也是篇名。"[1]蒲松龄虽然对刁姓不事生产，而以诈慧欺人耳目，赚取金钱之举，非常反感，但也不免赞叹其"亦必有过人之才"。上古时代之巫觋，往往智慧超群，有极强的分析判断能力，《国语·楚语下》曰："其智能上下比义，其圣能光远宣朗，其明能光照之，其聪能听彻之，如是则明神降之，在男曰觋，在女曰巫。"

　　后世的相士在为人看相算命的过程中，也常有精彩表现，清代刘瀛珍撰《〈刁姓〉附记》[2]讲述了一则占卜故事，其中卜者善于推理，具有高超的感悟预知之能。明代《智囊全书》等书曾将战国时薛公故事与南唐"江西日者"之事并列收录，同样是敏锐的观察和分辨能力，既可以应用于宫廷政治，也可以成为江湖术士糊口之计。类似《聊斋志异·刁姓》的捷智故事广为流传，对普通群众启迪心智，锻炼思维颇有裨益。顾希佳先生《浙江民间故事史》评论"相者辨人"型民间故事："这个捷智故事虽然只有三言两语，充其量也不过是说了一个人的'雕虫小技'而已，却居然具有如此旺盛的生命力，这正说明了民众对捷智故事的喜爱。"[3]1993年周星驰主演电影《唐伯虎点秋香》故事源自明冯梦龙编《警世通言》第二十六卷《唐解元一笑姻缘》等明代小说，电影中的部分情节则继承了明清民间戏曲的剧情设计。话本小说《唐解元一笑姻缘》中只是写华夫人"将丫鬟二十馀人各盛饰装扮，排列两边，恰似一班仙女"，允许华安自择配偶；而电影《唐伯虎点秋香》却改编为华夫人故意刁难唐伯虎，限其在一炷香的时间内，从二十个

---

① 马瑞芳：《从〈聊斋志异〉到〈红楼梦〉》，山东教育出版社，2004年版，第58页。

② 朱一玄编：《〈聊斋志异〉资料汇编》，南开大学出版社，2012年版，第264页。

③ 顾希佳：《浙江民间故事史》，杭州出版社，2008年版，第324页。

头盖红巾，身段相仿，装束一模一样的丫鬟中点选出秋香，这一电影情节显然带有"众中辨贵"型民间故事的余韵。

大　鼠

　　中国古代志怪小说中有不少巨鼠传说,旧题西汉东方朔撰《神异经》中就提到过重达百斤和千斤的鼠类。《抱朴子》曰:"南海有白鼠,大者重数斤。"[1]南朝宋刘敬叔《异苑》卷三曰:"西域有鼠王国,鼠之大者如狗。"[2]唐曹邺《官仓鼠》诗云:"官仓老鼠大如斗,见人开仓亦不走。"宋人传奇《开河记》写隋炀帝为巨鼠下凡,其鼠巨大如牛:"铁索二条系一兽,大如牛。熟视之,一巨鼠也。"清初吴伟业《绥寇纪略》卷一二《物异》载:"天启陕西鼠怪,状若狸,长广尺余。"猫是擅长捕鼠的动物,有些古代小说中却通过描写猫对鼠的恐惧与逃避来表现巨鼠可怖形态。明姚旅《露书》卷一〇《错下》曰:"楚新昌银库有鼠数十,大拱把。库吏每日以饭投石上,有声,即群出争食。人戏执之,亦驯习不惊。新携一猫,见之匿第不敢近,且惧而不食者三日。"清初佟世恩《耳书·粤鼠》曰:"粤鼠大于猫,猫见之,徒事眈眈,不敢犯。尝覆之浴盘下,则跳跃负盘而走。"有些中国古代史籍中记载鼠害之严重,竟

---

① 《太平御览》卷九一一《兽部二十三》引。
② 南朝梁任昉《述异记》卷上曰:"西域有鼠国,大者如猪。"

大　鼠

有鼠啮猫之事,《新唐书》卷三四《五行志》曰:"弘道初,梁州仓有大鼠,长二尺余,为猫所啮,数百鼠反啮猫。"明代文人笔记中又出现了一类买异猫斗巨鼠故事,已经具备了清初蒲松龄《聊斋志异·大鼠》小说的基本故事框架和情节。明谢肇淛《五杂俎》卷九《物部一》曰:

> 太仓中有巨鼠,为害岁久,主计者欲除之,募数猫往,皆反为所噬。一日,从民家购得巨猫,大如狸,纵之入,遂闻咆哮声,三日夜始息。开视,则猫鼠俱死,而鼠大于猫有半焉。余谓猫鼠相持之际,再遣一二往援,当收全胜之功,而乃坐视其困也,主计者不知兵矣。

明王兆云《湖海搜奇》卷下收有《猫治鼠怪》一篇小说,然而传世《湖海搜奇》多为残本,卷下相当一部分内容只能见到目录中的题目,而很难观其原文。清初文人所编小说集中对《湖海搜奇·猫治鼠怪》多有转载,清褚人获《坚瓠秘集》卷一《孔廪巨鼠》曰:

> 《湖海搜奇》:"衍圣公庾廪中,有巨鼠为暴,狸奴被啖者不可胜数。一日有西商携一猫至,形亦如常,索价五十金,曰保为公杀此。公不信,商固要文契而纵之曰:"克则受金。"公乃听之。猫入廪,穴米自覆,而露其喙。鼠行其旁嗅之,猫跃起,啮其喉,鼠哀鸣跳跃,上下于梁者数十度,猫持之愈力。遂断其喉,猫亦力尽,俱毙。明旦验视,鼠重三十余觔,公乃如约酬商。[1]

---

[1]　清初来集之《倘湖樵书》卷一二《物有本小而特大者》,清初赵吉士《寄园寄所寄》卷五《灭烛寄》亦引《湖海搜奇》所记孔廪巨鼠事。

《聊斋志异》笺证初编

清初屠粹忠纂《三才藻异》卷八《物类而形胜名者·曲阜猫》应是自《湖海搜奇·猫治鼠怪》缩略而来："衍圣公廪，巨鼠为害。五两买一猫，覆米露喙，鼠过，啮断其喉。猫力毙，鼠重卅勐。项扼矣，力竭矣，能智不能勇，知彼不知己。"明末清初文人小说中还记述鄱阳常丰仓有大鼠与猫相啮之事，清初来集之《倘湖樵书》卷三《珠之所出不同》引《谈林》曰："弘治间，鄱阳常丰仓有大鼠，猫捕之辄被啮死。后入一大猫，两相啮，三日始寂然。及启视，猫鼠皆死，鼠较猫尤大。"蒲松龄在明清之际流传的"太仓巨鼠""孔廪巨鼠""常丰仓大鼠"等故事的基础上，改编创作了《聊斋志异·大鼠》。《聊斋志异·大鼠》与明清之际同题材小说相比，叙事同中有异，小说情节相同之处主要有五点：一是都强调了鼠害之剧烈，《聊斋志异·大鼠》称"为害甚剧"，《五杂俎》称"为害岁久"，《湖海搜奇·猫治鼠怪》称"巨鼠为暴"；二是为害之鼠体型都非常巨大，《聊斋志异·大鼠》称"鼠大与猫等"，《五杂俎》称"鼠大于猫有半"，《湖海搜奇·猫治鼠怪》称"鼠重三十余勐"；三是为害之鼠皆能噬猫，《聊斋志异·大鼠》称"遍求民间佳猫捕制之，辄被噉食"，《五杂俎》称"募数猫往，皆反为所噬"，《湖海搜奇·猫治鼠怪》称"狸奴被啖者不可胜数"，《谈林》称"猫捕之辄被啮死"；四是斗鼠之猫常来自外国，《聊斋志异·大鼠》中的狮猫系异国贡入，《湖海搜奇·猫治鼠怪》中的猫是西商携来，孔府以重金购入；五是谢肇淛、蒲松龄、屠粹忠皆以人类兵法谋略来评论猫鼠相斗①。《聊斋志异·大鼠》与明清之际同题材小说在结局上

---

① 钱钟书先生发现《聊斋志异·大鼠》中"彼出则归，彼归则复"之语袭自《左传·昭公三十年》载伍员论伐楚之语，后世以为兵家名言："按《隋书·裴仁基传》李密问破王世充之计，仁基献策，引'兵法所谓'云云，实出《左传》此节；《孙子·计篇》：'佚而劳之'，李筌及杜牧两注亦皆引伍员语阐释。杜注并举《三国志·魏书·袁绍传》田丰献破曹操之计，却未及裴仁基献破王世充之计。袁绍、李密均不能用也。《聊斋志异》卷九《大鼠》则尤能与古为新，即小见大。"(详见钱钟书《管锥编》，生活·读书·新知三联书店，2007年版，第399页。)

有较大差异,《五杂俎》《湖海搜奇》中所记猫与鼠斗的结果是猫鼠俱死,而在《聊斋志异·大鼠》中,将鼠首嚼碎后,狮猫并未死伤。

《聊斋志异·大鼠》言捕杀大鼠之猫为异国入贡,明清时期有中土猫种源自天竺之说,明代《发微历正通书大全》①卷六收录明代买猫契文曰:"一只猫儿是黑斑,本在西天诸佛前。三藏带归家长养,护持经卷在民间。"清初毛宗岗撰《猫弹鼠文》曰:"尔猫,名虽不列地支,种实传来天竺。"②清阮葵生《茶余客话》卷二〇《猫产天竺》曰:"猫产天竺,不受中国之气,故鼻常冷,惟夏至一日暖。释氏因鼠咬坏佛经,故畜之。唐玄奘始带入中土。"中国古代史书中对外国贡猫罕有记载,明人小说中却有外国贡猫之事,明陆粲《庚巳编》卷九《猫王》:

> 福建布政使朱彰,交趾人,而寓于苏。景泰初,谪为陕西庄浪驿丞。有西蕃使臣入贡一猫,道经于驿,彰馆之,使译问猫何异而上供。使臣书示云:"欲知其异,今夕请试之。"其猫盛罩于铁笼,以铁笼两重,纳着空屋内。明日起视,有数十鼠伏笼外尽死。使臣云:"此猫所在,虽数里外鼠皆来伏死。"盖猫之王也。谢训导瑞说。

明谢肇淛《五杂俎》卷九《物部一》曰:

> 天顺间,西域有贡猫者,盛以金笼,顿馆驿中。一缙绅过之曰:"猫有何好而子贡之?"曰:"是不难知也,能敛数金与我乎?"如数与之,使者结坛于城中高处,置猫其中。翌日,视之鼠以万计,皆伏死坛下,曰:

---

① 元何景祥历法,明顾乃德编集,明罗崇麟增补。

② 清褚人获《坚瓠补集》卷一《毛序始猫弹鼠文》。

"此猫一作威,则十里内鼠尽死,盖猫王也。"

《聊斋志异·大鼠》之创作,很可能是在明代"孔廪巨鼠"等故事的基础上,又吸收了明人笔记中贡猫之事。《聊斋志异·大鼠》称捕杀大鼠之猫为毛白如雪的狮猫,南宋《(咸淳)临安志》卷五八《物产·兽之品》对白色狮猫已有记载:"猫都人蓄猫,有长毛白色者名曰狮猫,盖不捕之猫,徒以观美,特见贵爱。"《聊斋志异·大鼠》中的狮猫也许借鉴了山东临清狮猫的形象,临清狮猫多为白色长毛,有"中国大白猫"之称,《(民国)临清县志·经济志·物产·特产品》载:"狮猫,比寻常者较大,长毛拖地,色白如雪,以鸳鸯眼者为贵……"与蒲松龄笔下能杀大鼠之狮猫不同,明清文人诗文中所提及之狮猫虽然体型较大,外形威猛,但一般都是观赏性的"不捕之猫",并不善捕鼠。明王世贞《弇州山人四部稿》卷一一三《戏为狮猫弹事》、明王廷相《王氏家藏集》卷二五《狮猫述》两篇寓言文章中之狮猫不仅不捕鼠,而且还作恶多端。明边贡《华泉集》卷七《狮子猫》诗写狮猫虽有捕鼠之能,却闲卧食鱼:"异质人所贵,能令鼠窟虚。如何北窗下,闲卧饱溪鱼"。清初时,狮猫较为罕见而名贵,李峄瑞曾在李霨府上见到过不少狮猫,并得到李家馈赠的一只狮猫,《后圃编年稿》卷一〇《狮子猫》诗云:"狮子猫惟燕冀有,龙然大比南方狗。我客京师始见之,鸣时讶是狻猊吼。文勤诸孙畜最繁,赠我一头出寓园……"李峄瑞诗中之狮猫也非捕鼠之猫,"客来见者皆大呵,怪我留此无用何。"在清人记载中,临清狮猫亦不捕鼠,清黄汉《猫苑》卷下曰:"山东临清州产猫,形色丰美可珍,惟耽慵逸,不能捕鼠,故彼中人以男子虚有其表而无才能者,呼之为'临清猫'"。

《湖海搜奇》所载"孔廪巨鼠"在清代中后期仍有流传,清王初桐《猫乘》卷四《捕》曰:

大　鼠

《湖海搜奇》："衍圣公庾廪中有巨鼠为暴,狸奴被啖者不可胜数。一日,有西商携一猫至,索价五十金,曰保为公杀。此猫入廪,穴米自覆,而露其喙。鼠行其旁嗅之,猫跃起,啮其喉,鼠哀鸣跳跃,上下于梁者数十度,猫持之愈力,遂断其喉,猫以力尽俱毙。明旦验视,鼠重三十余觔,公乃如约酬商。"

清黄汉《猫苑》卷下引《新齐谐》曰:

一家有巨鼠为害,诸猫皆为所毙。后西贾持一猫至,索五十金,包可除鼠。因买置仓中,鼠至,猫匿身于谷,仅露其首。鼠过其前,初若不见者,俟鼠稍倦,乃突出衔之,互相持,日许,鼠竟毙焉,猫亦力尽而死,称鼠重三十觔。

清代袁枚所撰《新齐谐》通行本中,未见有此篇。《猫苑》引《新齐谐》所述故事亦改编自《湖海搜奇·猫治鼠怪》,但其中"俟鼠稍倦,乃突出衔之"的情节描写,似乎又受了《聊斋志异·大鼠》中狮猫以逸待劳、避其锐气、击其惰归捕鼠策略的影响。晚清许秋垞《闻见异辞》①卷四《大鼠》小说情节与《聊斋志异·大鼠》相似,应是后来的模仿之作。

---

①　光绪四年(1878)《申报馆丛书》铅印本,四卷。

红 毛 毡

　　《聊斋志异》中不少小说题目都具有多意性特征，如蒲松龄所写"红毛毡"实为红毛国之毡，但读者乍看题目则可能理解为红色毛毡，红毛毡同时还是一种中药材名称。《聊斋志异·红毛毡》讲述红毛国侵略者欺诈中国边帅，请求一毡之地，而后却借助大毡登陆，抢掠方圆数里。何满子先生在《文人臆想的爱情外交》一文中指出："当时殖民者以通商为名，乘海防疏虞之时，杀人越货以去的事情是常有的。蒲氏这则谈片，作为艺术的讽喻，确有其真实性。"①蒲松龄小说中所虚构的红毛毡这一物象尤其令人称奇。红毛毡可顷刻之间覆盖亩许之地，并延展数里，就面积无限增大这一意义而言，其艺术想象可以追溯至上古"息壤"神话②。丁乃通先生所编的《中国民间故事类型索引》第五章《难以分类的故事》中列举了"用牛皮量地"与"用和尚袈裟的影子量地"两种故事类型③，《聊斋志异·红毛毡》的小说创

---

　　① 何满子：《文心世相：何满子怀旧琐忆》，北方文艺出版社，2015年版，第325页。
　　② 《山海经·海内经》曰："洪水滔天，鲧窃帝之息壤以堙洪水，不待帝命。"《山海经》郭璞注："息壤者，言土自长息无限，故可以塞洪水也。"
　　③ 丁乃通编著：《中国民间故事类型索引》，华中师范大学出版社，2008年版，第361页。

作,主要受此二类民间故事的影响。

一、佛教传说与《红毛毡》故事起源

"用和尚袈裟的影子量地"型故事源于古代印度神话和佛教传说。古印度《梨俱吠陀》中叙说了毗湿奴三步跨越宇宙的神话,《百道梵书》中对所谓"三步"有了进一步的描述:"据说,众神与群魔(阿修罗)为争夺对世界的统摄权而鏖战不休,众神接连失利。毗湿奴为仙人迦叶波与阿底提之子,化身为一侏儒,向群魔之首领伯利索取三步之地;结果,两步跨越天界和人间,将地下世界留给伯利。"①佛教典籍中有末田地尊者在罽宾国向龙王求地的故事,西晋安法钦译《阿育王传》卷四《摩田提因缘》载:

> 龙复问言:"欲作何事?"尊者答言:"与我此处。"龙言:"不与。"尊者复语龙言:"佛临涅槃时,记此国当作安隐坐禅之处。"龙问言:"是佛所记耶?"答言:"是佛所记。"龙问言:"欲得几许地?"答言:"欲得一坐处。"摩田提即时现身满罽宾国跏趺而坐。

南朝梁僧伽婆罗译《阿育王经》卷七《末田地因缘》:

> 于是龙王惊恐往末田地所说言:"圣人教我何作?"末田地言:"此处与我。"龙王答言:"不可得也。"末田地言:"此处佛所记,当起最胜坐禅处名罽宾国。"龙王复言:"此是佛所记耶?"末田地答言:"如是。"

----

① 魏庆征编:《古代印度神话》,北岳文艺出版社,1999年版,第511页。

龙王复言："欲得大小地耶？"末田地言："欲得如床处。"龙王言："如是我与。"是时末田地以神通力广其坐处。

日本学者松村武雄在其论文《地域决定的习俗与民谈》中提出，地域决定的习俗与民谈在亚非欧皆有分布和传播；在亚洲大陆，佛经中末田地尊者向龙王求地之事，在唐代演化为六祖慧能向曹溪陈亚仙求地的故事，以及文殊菩萨向孝文皇帝乞地的故事①。唐释法海撰《六祖大师法宝坛经略序》②曰：

师至曹溪宝林，观堂宇湫隘，不足容众，欲广之。遂谒里人陈亚仙曰："老僧欲就檀越求坐具地，得不？"仙曰："和尚坐具几许阔？"祖出坐具示之，亚仙唯然。祖以坐具一展，尽罩曹溪四境，四天王现身，坐镇四方。今寺境有天王岭，因兹而名。③

日本僧人圆仁《入唐求法巡礼行记》卷三载："昔者孝文皇帝住此五台游赏，文殊菩萨化为僧形，从皇帝乞一座具地，皇帝许之。其僧见许已，敷一座具，满五百里地。"在唐人故事中，六祖慧能以展开的"坐具"尽罩曹溪四境，文殊菩萨也是"敷一座具，满五百里地"，"坐具"在后来的"借地"传说中逐渐被改编为袈裟。佛教僧侣袈裟敷地以为坐卧之具，称为"敷具"。

---

① （日）松村武雄撰，白桦译《地域决定的习俗与民谈》，《开展》月刊，1931年第十、十一期合刊"民俗学专号"。

② 《全唐文》卷九一五收录。

③ 《曹溪志》中有类似记载。清初王岱《了庵文集》卷一〇《募六祖袈裟疏》曰："《曹溪志》载六祖至宝林，因堂隘狭，于陈亚仙乞坐具地，亚仙许诺，则展具尽盖曹溪四境。亚仙乃求留祖墓，后人遂传为美谈。"

龙树《十住毗婆沙论》卷九《念佛品第二十》:"金薄帏帐,柔软滑泽,种种天衣,以为敷具。"佛教徒请人布施土地用以兴建庵堂庙宇,常称求"一坐处",又常称求"一袈裟地",例如明吴直撰《书山先生本传》载:"时有僧匡仁求袈裟地安禅,遂施与之。"①明鲍应鳌《瑞芝山房集》卷三《福裕庵记》文中写幻迹老人与程氏兄弟三人友善,向程氏乞地建福裕庵:"程君因请至郡中,老人视七瑞坞山水佳胜,因从程君乞一袈裟地,以茅盖头。"

有佛教信仰的文人买地隐居,有时也称"得一袈裟地",明袁中道《珂雪斋集》卷二三《与刘计部》曰:"弟近来颇有栖隐之志,见玉泉山水秀邃,将遂结庵而老焉。比已买得一袈裟地,山可看,泉可听,即于春初兴工修造,庵名柴紫,阁名堆蓝。"明末清初范凤翼《范勋卿诗集》卷一五《从栖霞寺望摄山巅一首》:"恨不辞家此当住,一袈裟地结团瓢。"佛教以袈裟象征佛法无边,无所不包,一袈裟可容纳大千世界,元刘秉忠《藏春集》卷四《禅颂十首(其二)》诗云:"顶圆肩坦腹中花,老大维摩不出家。玉镜金针休补缀,十方世界一袈裟。"元张昱《张光弼诗集》卷七《冬青轩为天印上人赋》诗句云:"不下禅床迎送拙,大千同是一袈裟。"明末清初诗僧熊开元《浮玉庵》诗云:"袈裟敷半角,世界覆三千。何事五湖广,兹来一粟圆……"②求"一袈裟地"之说与袈裟象征佛法广大的意义相结合,则演绎出六祖慧能或其他菩萨、高僧大显神通,以袈裟借地的神异传说。唐宋以后,六祖借地传说在民间广为流布,故事中慧能大师以袈裟覆盖曹溪四境,元代佚名所撰《湖海新闻夷坚续志》后集卷二《佛教门·佛像·卢六祖》曰:

---

① 明吴会《书山遗集》卷前附录。
② 《(乾隆)震泽县志》卷三三《撰述三》引。

卢六祖,名能,广东新州人。学佛见曹溪水乡,遂于其地择一道场,求之地主,但云:"只得一袈裟地足矣。"地主从之。遂以袈裟铺设,方圆八十里,今南华山六祖道场是也。①

明王圻《稗史汇编》卷六六《方外门·释教杂记上·六祖道场》曰:"卢六祖,名能,广东新州人。学佛,见曹溪水香,遂于其地择道场,求其地主云:'只得一袈裟地足矣。'地主从之,遂以袈裟铺设方圆八十里,今南华山六祖道场是也。"明末憨山德清《憨山老人梦游集》卷三八《示曹溪基庄主》载:"六祖居曹溪宝林,不容广众,乃向居人陈亚仙乞一袈裟地,尽曹溪四境,而山背紫笋庄者乃袈裟一角也。"明清时期,在末田地尊者求地,六祖慧能借地,文殊菩萨借地等佛教传说的基础上,又衍生出新的故事,并分别附着于观音菩萨、地藏菩萨、布袋和尚、济公、明瞻法师、龙化僧等佛教人物之上。中国西南地区自古以来就流传有"观音乞地"的传说,在明代中期,已多载于汉文典籍。傅光宇先生在《云南民族文学与东南亚》一书第七章第二节《〈观音伏罗刹〉与"乞地"传说》中对明代以来"观音乞地"的民间故事传播情况进行了梳理:

杨慎《滇程记》、李元阳万历《云南通志》卷十七、曹学佺《云南名胜志》卷十五及十六均分别引述之,谓出自《白古通》(又作《僰古通》);原系白语,即以汉字记白语语音。及至译为汉语记入书中,往往大同小异。杨慎《游点苍山记》、《重修弘圣寺记》,李元阳嘉靖《大理府

---

① 谭达先先生已发现《湖海新闻夷坚续志·卢六祖》对《聊斋志异·红毛毡》的影响,详见[澳大利亚]谭达先:《中国二千年民间故事史》,甘肃人民出版社,2001年版,第444~445页。

志》卷二、万历《云南通志》卷二,谢肇淛《滇略》卷十,以及康熙《鹤庆府志》卷二十三、《滇释记》、《僰古通纪浅述》、《白国因由》、胡蔚本《南诏野史》诸书所引,或长或短;尤以《白国因由》为最详,计"观音初出大理国第一"、"观音化身显示罗刹第式"、"观音乞罗刹立券第三"、"观音诱罗刹盟誓第肆"、"观音展衣得国第伍"、"观音引罗刹入石舍第六"凡六段,约占全书三分之一,不计标点亦达两万字。这一故事还见于圣元寺隔扇图绘及大石庵韦驮殿天花板版画。近四十年来采录自口传之该神话,不会少于16篇,正式发表、收入集子的亦不下6篇。①

顾希佳先生的《中国古代民间故事类型》将"观音借地"等故事总结为"巧借地"型故事,并在明李浩《三迤随笔·观音收罗刹》、明张继白《叶榆稗史·观音收罗刹》等书中也发现了相关记载②。明代方志和文人笔记中所载"观音借地"故事,除了引自《白古通》外,还多引自《佛祖记》,明徐应秋《玉芝堂谈荟》卷一三《摄鬼子置琉璃钵》曰:

> 《佛祖记》:"珥河昔有罗刹,啖人睛肉,居岁久,族盛,乃王其地,号罗刹国。观音化为老人,乞地藏修,问其广狭,曰:'袈裟一展,犬再跳之地足矣。'罗刹许诺,老人曰:'请立地券。'券成,解所衣袈裟一展,盖其国都;令犬一跃,尽其东西;再跃,尽其南北。老人乃幻上阳溪之石室为金殿玉楼,以螺为人睛,供帐百具以居之。罗刹喜过望,尽携其类而入,已而石室自闭。今其地有僇魔石,相传观音闭罗刹,以此石

---

① 傅光宇:《云南民族文学与东南亚》,云南大学出版社,1999年版,第154页。
② 顾希佳:《中国古代民间故事类型》,浙江大学出版社,2014年版,第263页。

压之。有赤文岛大篆数十,字莫能辨,即地券也①。"

《佛祖记》中所载观音菩萨借地及降服罗刹的故事,与小说《西游记》第七回"八卦炉中逃大圣 五行山下定心猿"中如来佛祖降伏齐天大圣的故事,二者或出于同源。佛祖右手掌似个荷叶大小,齐天大圣筋斗云一纵十万八千里,却始终跳不出佛祖方圆不满一尺的手掌。如来佛祖的手掌和观音菩萨的袈裟,都象征着佛法无边;观音菩萨将罗刹禁闭于石室,与佛祖将五指化作五行山压住齐天大圣相似;观音菩萨以僇魔石与赤文岛大篆镇压罗刹,又与佛祖以六字大明咒"定心猿"相似。

在明代,不少大山名刹都有相关的菩萨与圣僧"借地"故事盛传。关于地藏菩萨驻锡九华,闵公施地之传说,明弘治元年(1488)《重建九华行祠石壁庙记》②中已有记载,明朱国祯《涌幢小品》卷二八《愿得地》亦载金乔觉以袈裟得地:"地藏菩萨,姓金,名乔觉,新罗国人。在池州东岩修习久,土人闵欲斋之。地藏谢不愿,愿得一袈裟地。闵许之。明日以袈裟冒之,凡四十里。闵即付之,举家悉成正觉去。"③明程诰《霞城集》卷六《化城寺四首(其一)》诗句云:"师昔渡海来,乞此袈裟地。"诗中自注曰:"地藏者,新罗国王子也,渡海来中国,诣闵公,乞一袈裟之地,即寺址也。"明戴澳《杜曲集》卷一○《募建登埭寺疏》载布袋和尚以袈裟募地之事:"尝闻布袋师募一袈裟地为岳林寺址,袈裟不欠,寺址有余。"明释大壑撰《南屏净慈寺志》卷五《法胤·道济》中有济公以袈裟罩山之神异记载:"俄火发毁寺,济乃自

---

① 明杨慎《点苍山游记》曰:"又南至赤文岛,云是大士买地券,字如蝌篆,不可辨识。"明李元阳主修《(万历)云南通志》卷二《大理府·古迹》曰:"地券在洱河罗筌寺南赤文岛,有大篆数十字,今莫辨也。"

② 沈培新主编,九华山大辞典编纂委员会编:《九华山大辞典》,黄山书社,2001年版,第199页。

③ 明郑瑄《昨非庵日纂》卷二八《愿得地》亦述此事,文字内容基本相同。

为募疏，行化严陵，以袈裟笼罩诸山，山木自拔，浮江而出。"北宋陆佃撰，明牛衷增补《增修埤雅广要》卷三九《气化门·虫化类·龙化僧》写神龙化为行乞僧人，向邑人借一袈裟之地："既而求一袈裟地，及展衣覆其处，募工匠为巨室。"浙江临安龙塘山流传有南宋高僧释明瞻乞袈裟地与降龙之事，清初姚礼《郭西小志》卷一三《明瞻》曰：

> 宋僧明瞻，於潜徐氏子。幼定慧，喜趺坐，出家西菩提寺。后入龙唐，憩小石龛。度宗后患乳痈，诏师治之。以玉盂盛水，杨枝洒之，立瘥，封七祖大师。帝问师何所愿，曰："但乞得龙唐一袈裟地，以安禅众。"帝许之。于山前解袈裟向空遥掷，覆四十五里，随竖幡焉。咸淳八年，钱唐婆龙为祟，度宗仰天祈祷。见师从空而下，举钵盛龙而去。见《於潜县志》。①

据《唐昌大龙塘山志·传略》记载，明瞻禅师曾在南宋咸淳四年（1268）被敕封为"七祖龙岩禅师"②，明末黎遂球认为龙塘山龙严禅师与六祖慧能传说事迹有类似之处，《莲须阁文钞》卷八《〈龙塘山志〉序》曰："龙塘为龙严道场……然考乞袈裟地与降龙事，乃大类余乡卢师。"

佛教所谓"一袈裟地"，犹言一席之地，即一小片地。在有些寺院建立的传说中，也有称僧人得到"一席之地"的，明末郑元勋《媚幽阁文娱二集》卷三收录明代梁于涘《竹影社记》一文：

---

① 《浙江通志》卷一九八《仙释》，《（光绪）重修於潜县志》卷一三《人物志》亦载此事。

② 马时雍主编：《杭州的寺院教堂》，杭州出版社，2004年版，第149页。

匡庐天下之神岳，琳宫梵刹，记载可按，惟汉阳峰下竹影寺，则传闻耳。野老云，国初高皇帝破伪汉，曾一至，事亦不载国史，说者终惝恍焉。山僧楚中木主西林法席，一时四众云集。有听讲僧亮公，茶次遂谈，乃其先祖慧灯住此山，多年修禅定，每踪迹竹影灵境。一日，偕弟子縢石路折入汉阳峰下，见大石如砥可趺，坐前翠竹一丛，九龙渊其右，五老峙其左，鄱湖坳塘在前，天地澄映于后，遂拂石入定。俄风雷交作，呵叱之声不绝，慧公寂然不动。久之，空中人曰："割一席地与之何妨？"少焉，晴霁，师遂卓茆于此，后率多灵异。

在古代，袈裟、竹席、毛毡、牛皮①都可以作为铺垫坐卧之具，毛毡又称为毡席，西汉桓宽《盐铁论·取下》曰："匡床旃席，侍御满侧"。一席之地，在古人文章中偶尔也写作"一毡之地"，明马世奇《澹宁居文集》卷一〇《与陈补思父母》："其屡不具饘粥者，出亦可借为一毡之地也。"明洪祚永《钞江止庵先生遗集纪事》文曰："自是一毡之地，命之曰祭书草堂。"②古人求一小片地以安居，也称为"求一毡地"，明末清初谈迁《北游录》："丁未过吴太史所，已答李山颜，兼访查汉园，疾良已，求一毡地，猝无以应，奈何！"明末清初徐芳《悬榻编》卷五《与友石室》曰："弟求一毡于吾乡者若干年，然不可得，乃徒而堪舆。"《聊斋志异·红毛毡》所谓"红毛人固请赐一毡地足矣"，是以明清之际文人求地安身的惯用表述来叙述故事。佛教徒以无限延展的袈裟隐喻佛法无边，儒生亦有一毡包容万物的遐想，明孔天允《孔

---

① 清汪森《粤西诗文载》卷一七《西原蛮》："民居苫茅为两重棚，谓之麻栏，上以自处，下畜牛豕。棚工编竹为栈，但有一牛皮为裀席，牛豕之秽，升闻栈罅，习惯之。"

② 明江天一《江止庵遗集》卷前附录。

文谷文集》卷四《青毡独坐卷序》曰："乃坐卧乎一毡,一毡之内,万物不能干其志;一毡之外,四海无以喻其宽。"佛教传说中僧人乞地往往与传法和降魔故事相伴随,求地者代表了真理与正义;《聊斋志异·红毛毡》中红毛毡的艺术想象虽有佛教传说中袈裟之神异,但小说已经基本褪去了佛教色彩,求地的一方变成了贪婪狡诈的外来侵略者。

二、《红毛毡》与"牛皮圈地"占吕宋传说

"用牛皮量地"型故事源自欧洲古老传说,古罗马诗人维吉尔史诗《埃涅阿斯纪》在叙述迦太基起源时,讲述过狄多女王割牛皮占地的故事。傅光宇先生认为"牛皮圈地"故事的源头可追溯到古希腊的希罗多德以前,希罗多德《历史》第一卷、北欧《大埃达》中记载的喜古尔特冒险传说中,都提到过相似的故事①。俄国民俗学家密勒尔在研究中发现②,用割成皮带的牛皮丈量尽可能大的地段以达到占领土地的目的这一情节,广泛存在于印欧语系各民族神话传说中:"维尔吉利所利用过的关于狄东的古希腊传说,三篇印度地方传说,一篇印度支那传说,与在博斯普鲁斯海峡岸上建立城堡同时代的一篇15世纪拜占庭传说和土耳其传说,一篇塞尔维亚传说,关于拉格纳·罗德勃洛克之子伊瓦尔的冰岛'萨迦'(英雄史诗),12世纪语法家萨克森的丹麦故事,12世纪戈特夫里德的宫廷史诗,一篇瑞典记事诗,狄奥尼斯·法布里茨记录的里加建城传说,关于成立基里尔-别洛泽尔斯基寺院的传说(悲剧结尾),关于伊凡雷帝当政时期修建别切尔寺院围墙的普斯科夫民间故事,切尔尼戈夫小俄罗斯人关

---

① 傅光宇:《云南民族文学与东南亚》,云南大学出版社,1999年版,第157页。
② 密勒尔:《世界童话的文化历史观》,《俄国思想》,1893年,第11期。

于彼得大帝的故事,济良卡人关于莫斯科建城的传说,卡巴尔达人关于建立库杰涅特村的传说(主人公是犹太人),北美各部族关于欧洲殖民者骗取土地的许多故事。"①

华涛、龚缨晏等学者研究认为:"早在公元10世纪(最迟在公元11世纪),随着伊斯兰教的传播,牛皮得地故事即已通过陆路传播到了我国西北的天山地区。"②日本学者松村武雄的论文《地域决定的习俗与民谈》提出,"以牛皮量地"故事反映了世界上很多民族"应用于实际的土地测定"的一种方法③,中国古代游牧民族也有以牛皮或绳索测量并圈占土地的各种实例,比较有代表性的是清朝初期的八旗圈地,清奕赓《括谈》卷下曰:"旗人老地曰'圈地',盖当开国之初,凡量民地则用步弓,凡拨给旗人近京五百里内之地,则以绳圈,故曰圈地。"鞠镇东先生在《河北旗地之研究》第一章第二节《圈成的方式》中也根据民间记忆对八旗圈地的具体方法加以描述:"据故都近畿一带父老相传,八旗官兵初入关时,在京畿五百里地以内,任意圈占民田、官庄,名曰'跑马占圈'。其法乃满人二名,骑于马上,各持数条标杆,两骑前后奔驰,遂意插标。皆插好后,绕返起点,再以红绳循绕所立标杆,度量亩分,即以标杆为产权之界限。"④

随着16世纪以来欧洲列强对亚洲的殖民侵略,"牛皮圈地"故事逐渐

---

① [苏]什克洛夫斯基著,刘宗次译:《散文理论》,百花洲文艺出版社,1997年版,第28~29页。

② 龚缨晏:《求知集》,商务印书馆,2006年版,第271页。华涛先生论文《萨图克布格拉汗与天山地区伊斯兰化的开始》在《苏拉赫词典补编》所转引《喀什噶尔史》中发现了纳赛尔以牛皮得地的传说,详见华涛:《萨图克布格拉汗与天山地区伊斯兰化的开始》,《世界宗教研究》,1991年,第3期。

③ [日]松村武雄撰,白桦译:《地域决定的习俗与民谈》,《开展》月刊,1931年第十、十一期合刊"民俗学专号"。

④ 萧铮主编:《民国二十年代中国大陆土地问题资料》(66-91),成文出版社,1977年版,第39549~39550页。

东传。"牛皮圈地"故事之东传过程,与西方列强在亚洲血腥的武装占领,以及海盗式的殖民掠夺之间,似乎存在一种对应关系,近代西方殖民主义的獠牙利齿出现在哪里,"牛皮圈地"故事就流传到哪里。明清时,一般把葡萄牙、西班牙混称为佛郎机。从明代隆庆年间开始,西班牙殖民者逐渐占据菲律宾群岛。此后不久,佛郎机"牛皮圈地"占吕宋传说就开始出现在中国文献记载中。明张燮《东西洋考》卷五《东洋列国考·吕宋》载:

> 有佛郎机者,自称干系蜡国,从大西来,亦与吕宋互市。酋私相语曰:"彼可取而代也。"因上黄金为吕宋王寿,乞地如牛皮大盖屋,王信而许之。佛郎机乃取牛皮蓏而相续之,以为四围,乞地称是,王难之,然重失信远夷,竟予地,月征税如所部法。佛郎机既得地,筑城营室,列铳,置刀盾甚具。久之,围吕宋,杀其王,逐其民入山,而吕宋遂为佛郎机有矣![1]

明茅瑞征《皇明象胥录》卷五《吕宋》载:

> 初,佛郎机从大西来,自称干系蜡国,与吕宋互市。因上黄金为王寿,求地如牛皮大盖屋,王许之。佛郎机乃剪牛皮相续为四围,求地称是,王重失信,竟予地,月征税。因筑城营室,列铳,置刀盾。久之,围宋吕,杀其王,而地并与佛郎机矣![2]

---

[1] 杨宪益先生撰有《明代记载中的罗马史诗传说》,文中转引明张燮《东西洋考》此段记载,提出西班牙殖民者初来菲律宾时,可能重复使用了《埃涅阿斯纪》中牛皮围地的计策来骗当地人,但更可能是后来当地传说里引用了维吉尔的史诗里的故事。详见杨宪益:《去日苦多》,青岛出版社,2009年版,第319~320页。

[2] 清初万斯同《明史》卷四一四《外蕃传·吕宋》记此事,文字与《皇明象胥录》所记相同。

《聊斋志异》笺证初编

明何乔远《名山藏》卷一○七《王享记三·吕宋》载:"初,吕宋王有兄弟二人,武而有信。佛郎机互市其国,利其为西洋诸番通货之会,奉黄金为吕宋王寿,从王乞地,地如牛皮许大,许之。佛郎机归而截牛皮缝长之,方四围。吕宋王有难意,业许之,不得辞,归地于佛郎机。佛郎机有吕宋地,筑城屋,列兵器,久之杀王兄弟,逐吕宋民入山中。凡中国以货来者皆主之,干系腊国使大酋来镇之,数岁则易一王。"①晚明徐昌治《破邪集》卷三收录黄廷师《驱夷直言》曰:"嘉靖初年,此番潜入吕宋,与酋长阿牛胜诡借一地,托名贸易,渐诱吕宋土番,各从其教,遂吞吕宋。"《明史》卷三二三《外国四·吕宋》载:"吕宋居南海中,去漳州甚近。洪武五年正月遣使偕琐里诸国来贡。永乐三年十月遣官赍诏,抚谕其国。八年与冯嘉施兰入贡,自后久不至。万历四年,官军追海寇林道乾至其国,国人助讨有功,复朝贡。时佛郎机强,与吕宋互市,久之见其国弱可取,乃奉厚贿遗王,乞地如牛皮大,建屋以居。王不虞其诈而许之,其人乃裂牛皮,联属至数千丈,围吕宋地,乞如约。王大骇,然业已许诺,无可奈何,遂听之,而稍征其税如国法。其人既得地,即营室筑城,列火器,设守御具,为窥伺计。已,竟乘其无备,袭杀其王,逐其人民,而据其国,名仍吕宋,实佛郎机也。"②

西班牙人占领马尼拉,并非仅仅是要获得大帆船航线上的一个通商

---

① 明末张岱《石匮书》卷二二○《朝贡诸夷考·吕宋》,清初查继佐《罪惟录》卷三六《外国列传·吕宋国》记载类似。

② 清嵇璜等《续文献通考》卷二三八《四裔考·吕宋》、清嵇璜等《续通典》卷一四七《边防·吕宋》、清龙文彬《明会要》卷七七《外蕃一·吕宋》、清印光任、张汝霖撰《澳门记略》卷下《吕宋》、清魏源《海国图志》卷一一《东南洋·吕宋夷所属岛一》、清梁廷枏《粤海关志》卷二四《吕宋国》、《(道光)广东通志》卷三三○《列传六十三·吕宋》、清张穆《殷斋文集》卷二《弗夷贾易章程书后》等皆记此事,文字内容与《明史》大致相同。

据点那么简单,金国平先生在《早期澳门史论》一书中结合相关史料分析称:"西班牙人征服菲律宾的政治目的十分明确:以其为跳板,实现征服中国的野心。西班牙人在远东所遇到的朱明帝国,其文明发展程度远远超出被他们以血腥手段所征服的美洲印第安部落的社会形态,因此他们调整了对华策略。起初,哥伦布准备向'可汗'派遣大使。稍后,美洲的征服者在节节的军事胜利后,一再坚持对中国进行军事征服的观点。"①明清之际,一些先知先觉的中国有识之士已敏锐地预感到西方殖民侵略的迫近,清初鲁之裕《式馨堂文集》卷九《答学者问》曰:"且夫闽广之有隩门、厦门也,中土通海之二大市廛也,洋人构大半宅之。彼其国远处于二万里外,而必汲汲然捐重资以谋宅吾土,此其蓄心岂仅利在通有无而已哉?盖又将吕宋我矣!"在鲁之裕笔下,"吕宋"就是西方列强殖民统治的代名词,《答学者问》一文中曾以一大段对"吕宋我矣"四字加以注释:

> 吕宋国在南海中,西洋通中国水道之所必经,每岁以巧奇器贡吕宋君臣,君臣咸悦之。问所欲,曰:"但得牛皮大许一片地,为停舶安身处,足矣!"君臣皆诺之。西洋人乃出巨牛皮一张,回旋剪之如线,引以围地,约二三里周。君臣始悔焉,然利其货,不忍绝,又自恶其不信也,竟予□。西洋人遂楼其上,高五层,可尽望其国虚实,而又六,其下铸炮大小无算。逾年,以大舶载兵卒万余,泊楼侧,运所铸炮环攻之,破其城,杀老少无遗者,即据之。女今吕宋隶西洋。

鲁之裕(1665—1746),字亮侪,也就是被清代袁枚誉为"奇男子"的鲁

---

① 金国平、吴志良:《早期澳门史论》,广东人民出版社,2007年版,第181页。

② 《小仓山房文集》卷九《书鲁亮侪》。

亮侪②。鲁亮侪是清代前期少数能够开眼看世界的文人之一,《式馨堂集》卷七收录的《台湾始末偶纪》和《台湾又纪》两篇文章对当时的世界形势已经有了初步了解,并特别强调了台湾对中国的重要战略意义,一针见血地指出台湾是中国东南沿海海上交通的咽喉要冲,同时也是中国东南沿海地区的天然屏障。然而极其可悲的是,因曾为友人戴昆所撰《约亭遗诗》作序,鲁亮侪在死去三十余年之后竟仍被一场文字狱所牵连,其所著《式馨堂集》《经史提纲》《书法觳》等书皆在乾隆年间被禁毁,"吕宋我矣"的预警呼声也就随之在清代中后期湮没无闻。

清朝初年,还有文人以诗歌的形式记述了佛郎机"牛皮圈地"占吕宋的传说,清尤侗《西堂诗集·外国竹枝词·吕宋》诗中有句云:"当年失国一牛皮。"自注曰:"佛郎机以黄金求地如牛皮大盖屋,王许之,乃剪牛皮相续为四围,求地称是,筑城居之,遂灭吕宋。"清张煜南《海国咏事诗》专门有一首介绍牛皮地的故事:"托处卑辞借一枝,区区尺地请牛皮。孰知早具鲸吞志,龟豆名城筑水湄。"诗后注曰:"西班牙初到吕宋,请地如牛皮大,旋建城于海滨,名曰龟豆。"①清代史籍文献中,对佛郎机"牛皮圈地"占吕宋传说也多有记载,《皇清职贡图》卷一《吕宋国》:

> 吕宋居南海中,去闽之漳州甚近。明初朝贡,万历中为佛郎机所并,而仍其国名。佛郎机在占城西南,先是灭满剌加,又与红毛中分美洛居,至是破吕宋,益富强。多侨居香山、澳门贸易,夷人居吕宋者,长身高鼻,猫睛鹰嘴,服饰与大小西洋略同。

---

① 吴德铎:《文心雕同》,学林出版社,1991年版,第40页。

《清通典》卷九八《边防·吕宋》曰：

吕宋居南海中，在台湾凤山沙马崎东南，至厦门水程七十二更。闽人以其地富饶，多往商贩，或久居不返，至长子孙。俗淳朴无争讼，出入以刀自卫。明万历中，法兰西袭杀其王，据其国，名仍吕宋。我朝顺治三年，番使至。四年六月，上锡以服物，并颁赐敕谕，遣归本国。康熙五十六年，以吕宋等国口岸多聚汉人，恐寝成寇盗，奉谕禁止南洋贸易。

《(嘉庆)大清一统志》卷五五五《吕宋》曰：

自古不通中国，明洪武五年，始遣使，偕琐里诸国来朝。永乐三年，遣官赍诏，抚谕其国。八年，与冯嘉施兰入贡，自后久不至。万历四年，官军追海寇林道乾，至其国，国人助讨有功，复朝贡，寻为佛郎机所并，然与中国贸易，仍称吕宋。

清徐继畬《瀛环志略》卷二《南洋各岛》曰：

前明隆庆年间，欧罗巴之西班牙国，遣其臣咪牙兰驾巨舰东来，行抵吕宋，见其土广而腴，潜谋袭夺。万历年间，以数巨舰载兵，伪为货船，馈番王黄金，请地如牛皮大，陈货物，王许之。因剪牛皮相续为四围，求地称是，月纳税银。番王已许之，不复校。遂筑城列营，猝以炮火攻吕宋，杀番王，灭其国。西班牙镇以大酋，渐徙国人实其地。①

清王之春《国朝柔远记》卷一曰：

> 隆庆中，遣其臣墨瓦兰驾巨舰东来，抵蛮里喇。艳其土广腴，谋袭取，乃厚贿遗王，乞地如牛皮大，建屋以居，王不虞其诈，许之。乃制牛皮，联属至数百丈，乞如约。王业许诺，遂听之。是班牙渐营室筑城，设守御。万历初，突以兵船袭杀其王，以其地为属藩，遣一酋来镇。

近人刘锦藻《清续文献通考》卷三三三《四裔考三·吕宋》对西班牙攻占吕宋有简短记载，仍旧承袭了佛郎机"牛皮圈地"占吕宋之传说："西班牙初至，厚贿遗王，乞一牛皮大地，筑城列火器。遂杀其王，逐其人民。""牛皮圈地"故事不仅在菲律宾有流传，在印度尼西亚也有流传。据清王大海《海岛逸志》②载，荷兰人以借地暂居为名，袭破万丹，吞并巴国③："华人呼和兰，通称曰段。和兰呼华人为秦，通称曰稽。和兰居西北海，其人隆准赤发，面粉眼绿，不蓄髭须，衣服精洁，短身狭袖，步履佻达。与红毛、佛兰西三国鼎峙。红毛国贫而强，又居咽喉之地，每被其欺凌。和兰占巴国二百余年。始以避风入巴地，见其土地雄阔，可建城池，故假守风，入万丹，卑辞厚币，求于史丹（瓜亚巨魁，镇于万丹），以暂借海滨之地修理舟楫为名。未几，又以设立木栅蔽内外为请，增其岁币。瓜亚愚直无谋，又贪其利，遂被其袭破万丹并巴地。万丹者，巴国门户，必争之地也。乃与巡栏（瓜亚之国

---

① 清杞庐主人《时务通考》卷二《地舆八》记载略同。
② 清王大海《海岛逸志》（不分卷），清光绪小方壶斋舆地丛钞本。
③ 巴国，为葛剌巴简称，即今印度尼西亚。

主处览内）盟约，每年输纳地租，而沿海之地，尽归和兰统辖。建立城池，蚕食附近"。司马文森先生在《一张牛皮——雅加达的故事》一文中搜集并讲述了现今在印度尼西亚仍然广为人知的荷兰殖民者以"牛皮圈地"诡计侵占雅加达的传说，同时将此传说与《聊斋志异·红毛毡》加以对照①。《聊斋志异·红毛毡》小说创作的原始素材很可能是蒲松龄从友人朱缃处听来的。张景樵先生《清蒲松龄先生留仙年谱》在分析《红毛毡》时，认为该篇与"牛皮地"故事有脉络关系："聊斋所记，当系来自'海疆'之传闻，而稍有变化，牛皮演变为毡。"②朱缃之父朱宏祚于康熙二十六年（1687）任广东巡抚，康熙二十八年（1689）摄制两广总督府事，东南沿海一带所流传红毛人"牛皮圈地"故事也许是由朱缃耳闻，而后口传至山东淄川县聊斋之中。

三、《红毛毡》与清代以来中国各地民间之"牛皮地"传说

明代晚期，葡萄牙以非法手段窃居澳门，宝岛台湾被日本、荷兰所侵扰，而"用牛皮量地"型故事在澳门、台湾皆有流传。从20世纪50年代开始，陆续有学者对澳门、台湾等地的"牛皮圈地"传说进行过整理和研究，并将之与佛郎机"牛皮圈地"占吕宋传说，以及《聊斋志异·红毛毡》比较分析。1955年，江肖梅先生编著的《台湾民间故事》春集第一篇就是牛皮地传说③。王文琛先生的论文《〈聊斋志异〉及其作者蒲松龄》在分析《聊斋志异》

---

① 司马文森：《一张牛皮——雅加达的故事》，《人民日报》，1962年11月16日。
② 张景樵：《清蒲松龄先生留仙年谱》，台湾商务印书馆股份有限公司，1980年版，第108页。
③ 娄子匡：《台湾俗文学丛话·台湾俗文学与聊斋志异》，东方文化书局，1971年版，第138页。

故事来源时提出:"'红毛毡'在'台湾府志'上也记载着类似的传说。"①清蒋毓英修《台湾府志》卷一《沿革》载:

> 天启元年,又有汉人颜思齐为东洋日本甲螺,引倭彝屯聚于台,郑芝龙附之。未几,红彝荷兰人由西洋而来,愿借倭彝之地,暂为栖止。诱约一牛皮地即可,倭彝许之。红彝将牛皮剪如绳缕,周围圈匝已有十数丈地,久假不归,日繁月炽,无何而鹊巢鸠居矣。寻与倭约,若舍此地,每年愿贡鹿皮三万张,倭乃以地悉归荷兰。

清高拱乾修《台湾府志》卷一《封域》载:

> 既而荷兰人舟遭飓风,飘此。甫登岸,爱其地,借居于倭,倭不可。荷兰人绐之曰:"只得地大如牛皮,多金不惜。"倭许之。红彝将牛皮剪如绳缕,周围圈匝,已有数十丈地。久假不归,日繁月炽,无何而鹊巢鸠居矣。寻与倭约而全与台地,岁愿贡鹿皮三万张。倭嗜利,从其约。

清金武祥《粟香随笔》卷六《台湾》曰:"旧《志》皆谓荷兰借台湾于倭,不可,则绐之曰:'得一牛皮地足矣,多金不惜。'及许荷兰剪皮如缕,周围圈市至数十丈,因筑赤嵌城。其说与《明史》所载佛郎机绐吕宋相似。"清徐鼒《小腆纪年附考》卷二○曰:"荷兰红毛夷遭风泊台湾,乞于日本以台湾为互市地,不许,则曰:'愿得地如牛皮,多金不惜。'许之,乃剪皮为丝,圈城里许,入居之。"从清康熙年间吴桭臣《闽游偶记》,到清雍正、乾隆年间

---

① 王文琛:《〈聊斋志异〉及其作者蒲松龄》,《文学遗产》,1954年第10期。

陈云程《闽中摭闻》，再到龚柴《台湾小志》，也都记有荷兰以牛皮给地据台之事①。近代连横《台湾通史》卷一《开辟纪》载："先是，海澄人颜思齐居台湾，郑芝龙附之。既去，而荷人来，借地于土番，不可，给之曰：'愿得地如牛皮，多金不惜。'许之，乃剪皮为缕，周围里许，筑热兰遮城以居，驻兵二千八百人，附近土番多服焉。"②荷兰人"牛皮得地"占台湾长久以来只是民间传说，而并非信史，清金武祥《粟香随笔》卷六《台湾》已对"荷兰借居于倭"之说提出质疑。清代朱景英《海东札记》进一步论证："旧志皆谓荷兰借台湾于倭，不可。则给之曰：'则一牛皮地足矣，多金不惜。'及许，荷兰剪皮如缕，周围匝至数十丈，因筑赤嵌城。其说与《明史》所载佛郎机给吕宋相似，夫吕宋王兄弟，记称其武而有信，当佛郎机奉黄金为寿，从乞地如牛皮许大，姑笑许之，后以不欲失信，故归地焉。若倭之狡黠狼贪，恐难以给而得也。且地据一鲲身全岛，何用剪皮周匝，或以所围为镇北方之赤嵌楼，则一皮细缕，何止四十五丈三尺乎！至谓荷兰与倭约，岁贡鹿皮三万张，倭以全台归荷兰，乃传闻之误，荷兰已于万历年据台矣。"③清胡建伟编《澎湖纪略》亦曰："旧云红夷借居，给得一牛皮地者，非也。"④

清代和近代爱国文人又往往将荷兰"牛皮割地"占台湾之事形诸诗赋，清高拱乾《台湾赋》文曰："一自地借牛皮，谋成鬼伎。"清朱景英《畬经堂诗续集》卷二《南园古榕歌》诗云："牛皮地红夷徙，倭奴郑寇互终始。"同卷《海门即目》诗又云："岛夷敢踞牛皮地，闽帅曾乘鹿耳潮。"清郑方坤《全闽诗话》卷九《陈昂》载陈昂所撰《咏伪郑逸事诗》云："金多旧借牛皮地，水

① 龚缨晏：《求知集》，商务印书馆，2006年版，第268页。
② 连横：《台湾通史》，生活·读书·新知三联书店，2011年版，第11页。
③ 吴德铎：《文心雕同》，学林出版社，1991年版，第40~41页。
④ 龚缨晏：《求知集》，商务印书馆，2006年版，第269页。

涨遥通鹿耳门。赤嵌城孤遗故垒,红夷援绝驻新屯……"清朱仕玠《咏赤嵌城》诗云:"红夷诓牛皮,筑城诛茅塞。"清钱玙沙《咏赤嵌楼》诗云:"旧是红彝地,今成勾漏天。"清卓肇昌《台湾形胜赋》文曰:"荷兰一皮,曾挥金而请假。"①近人谢道隆《割地》诗云:"牛皮割地毛难属,虎尾溪流血未干。"连横《登赤嵌城》诗云:"地剪牛皮成绝险,潮迴鹿耳阻重洋。"蔡德辉《台阳怀古》咏郑成功收复台湾诗云:"虎旅千艘开赤嵌,牛皮一席卷红毛。"

1962年,《新民晚报(副刊)》相继刊出卫志的《也说"一张牛皮"》、渺源的《再说"一张牛皮"》两篇文章②,简要探讨欧洲侵略者殖民活动与菲律宾、印度尼西亚,以及中国台湾、澳门等地"牛皮地"传说之间的关系,渺源文中发现清代余文仪《续修台湾府志》也载有荷兰人以牛皮借地故事。娄子匡先生在《台湾俗文学与聊斋志异》第八章"牛皮地与红毛毡"中提出,明末"牛皮地"民间故事对《聊斋志异》的创作有影响:"经历五六十年而为蒲松龄氏所搜集,记在他底聊斋之中,成为同型异式的红毛毡的割地受欺的传说了。"③吴德铎先生的论文《牛皮的故事——个西方传说的东渐》提出,牛皮地故事作为西方的古老传说在17世纪初传入中国后,为各类史籍所反复征引,"但美妙的故事,掩盖不住殖民主义者的狰狞面貌"④。龚缨晏先生的论文《"牛皮得地"故事的流传》考察了"牛皮得地"故事通过海路流传到中国沿海的过程,提出:"'牛皮得地'故事源于古罗马时代的地中海西部地区,进人16世纪后随着西班牙人的东来而传到菲律宾,再由往来于

---

① 朱仕玠、钱玙沙、卓肇昌诗赋,见龚缨晏:《求知集》,商务印书馆,2006年版,第268~269页。

② 新民晚报副刊部编:《夜光杯文粹1946—1966》,上海远东出版社,1999年版,第655~657页。

③ 娄子匡:《台湾俗文学丛话·台湾俗文学与聊斋志异》,东方文化书局,1971年版,第138~141页。

④ 吴德铎:《文心雕同》,学林出版社,1991年版,第37~44页。

⑤ 龚缨晏:《求知集》,商务印书馆,2006年版,第254~271页。

中菲之间的华人带回到中国。"⑤谭达先先生的论文《〈澳门记略〉的"用牛皮量地"型传说初探——兼略谈台湾、北京同型异式传说》对清代印光任、张汝霖撰《澳门记略》所记"用牛皮量地"故事流传情况及特点进行了梳理和分析,而且还发现清末以后北京也流传有"洋鬼子骗地"故事①。王钊芬先生的论文《"牛皮换地"故事来源之探讨:台湾地方传说研究》认为"牛皮换地"故事源自希腊神话,广泛传播于中国、印度尼西亚、菲律宾、尼泊尔等国,流传过程中虽依附各国历史,但并非史家实录,而是强调文学的趣味②。

　　清代以来,"牛皮地"传说在中国很多地区都有分布,除了台湾、澳门、北京以外,此故事在江西、云南、湖北、贵州、四川、西藏、新疆、吉林等地皆有流传。江西庐山有女娲以牛皮量地筑城的传说,清末程颂万《牯岭篇》诗中咏及庐山女儿城:"女娲筑城请于帝(原注:女儿城无征,疑是女娲城之讹),牵牛下天引其鼻。寸裂牛皮与量地,巢林曲曲通灵气。"③傅光宇先生在《云南民族文学与东南亚》第六章第二节《"用牛皮量地"传说的东传》中研究发现,在云南双江拉祜族地区、西双版纳傣族地区、文山苗族地区都存在"用牛皮量地"传说④。现今云南华坪县、石林彝族自治县、维西傈僳族

---

① ［澳］谭达先:《澳门民间文学研究》,广东人民出版社,2006年版,第50~57页。据严错编著的《老北京 轶闻趣事》一书中记述,关于法国教士修建北京宣武门天主教堂也有"用牛皮量地"的传说,详见曲小月主编,严错编著《老北京:轶闻趣事》,北京燕山出版社,2008年版,第40页。

② 王钊芬:《"牛皮换地"故事来源之探讨:台湾地方传说研究》,《光武通识学报》,2004年第1期。

③ 吴宗慈编撰,胡迎建等校注《庐山志(下)》,江西人民出版社,1996年版,第437页。

④ 傅光宇:《云南民族文学与东南亚》,云南大学出版社,1999年版,第136~142页。

自治县,以及湖北谷城县都有"牛皮教堂"传说[1];贵州威宁石门坎流传有英国来华传教士柏格理向彝族土目安荣之求购"一张牛皮"之地的传说[2];四川康定流传有法国传教士向藏族土司购买"一张牛皮大"荒地的传说[3];西藏芒康县盐井乡传说曾有法国传教士向当地头领购买"一张牛皮大的地皮和一牛角壶大小的水源"[4];新疆伊宁和喀什有沙皇俄国向清朝官员索要"一张牛皮的地"兴建领事馆的传说[5];吉林延边朝鲜族自治州有日本侵略军向清朝官员索要"一张牛皮大的领地"在龙井镇修筑日本领事馆的传说[6]。

17世纪世界格局出现了较大变化,西班牙、葡萄牙逐渐衰落,荷兰和英国发展为新兴的殖民国家,走上对外侵略扩张之路。明清之际,中国通常把荷兰和英国称为"红夷"或"红毛番",在明朝末年文人笔记中已经出现有关红毛国掠夺成性的传闻。如明李日华《味水轩日记》卷一载:"近有吕宋国人引致红毛番入东海市易,其人红发黑脸,脚板长二尺余,本罗刹种也。国于西北陲,胡虏戎夷无不畏之,海中为大山限隔,东西不通,近乃造船于山石下,潜渡凡行暗处七昼夜,而后出就明处。其船甚长大,可载千

---

① 侯先缘、万小全主编,四川省攀枝花市仁和区志编纂委员会编:《仁和区志》,四川人民出版社,2001年版,第622~623页。中国人民政治协商会议云南省路南彝族自治县委员会文史资料编纂组:《路南言语史资料选辑 第1辑》,1986年版,第117~118页。刘建华:《香格里拉·远古的呼唤》,四川文艺出版社,2007年版,第116~117页。中国人民政治协商会议湖北省谷城县委员会文史资料研究委员会编:《谷城文史资料 第1辑》,1987年版,第114页。

② 周遐年、苑青松:《柏格理教育思想百年回眸》,吉林大学出版社,2009年版,第21页。

③ 蓝文品先生撰有《天主教进入康区的情况》一文,详见中国人民政治协商会议甘孜藏族自治州康定县委员会编:《康定县文史资料选辑 第3辑》,1989年版,第128页。

④ 熊育群:《灵地西藏》,时事出版社,2000年版,第211页。

⑤ 黄大强主编,伊宁市地方志编纂委员会编:《伊宁市志》,新疆人民出版社,2002年版,第902页。刘学杰编:《新疆荣辱》,新疆人民出版社,2006年版,第161页。

⑥ 谷长春、车书栋主编:《话说吉林》,人民日报出版社,1988年版,第253页。

人，皆作夹板，皮革束之。帆樯阔大，遇诸国船，以帆卷之，人舟无脱者。"随着荷兰、英国取代西班牙、葡萄牙成为中国东南沿海的主要威胁，"牛皮地"传说中的侵略者形象由"佛郎机"变为"红毛国"。《聊斋志异·红毛毡》主要是由明末清初所流行的红毛国"牛皮借地"传说改编而来，将民间故事中的牛皮改为红毛毡，借此渲染红毛国之得寸进尺，狡诈凶残。

清代前中期多数读者恐怕都只是将《聊斋志异·红毛毡》视为小说家谲怪之谈，直到蒲松龄去世一百余年后，中国被西方列强鲸吞蚕食，逐渐沦为半殖民地，华夏大地之上租界林立，才有人读出了《红毛毡》中的警觉与远虑。清末广百宋斋《聊斋志异图咏·红毛毡》诗云："占地无多只一毡，岂知顷刻展来宽。寄言边帅须留意，他日兵戈此肇端。"

阿英、阿宝

　　杨静在其散文《蒲松龄的情人》中曾说过很有趣的话："从前，我养过两只小鹦鹉，一只叫阿英，一只叫阿宝。往来客人们听了这名，都差不多立刻会想到《聊斋》中的那两则故事。还好，只是鹦鹉，如果我养的是两只狐狸，那可热闹了。这就是蒲松龄文字的魅力，能把虚构的形象变成大家心目中的熟人。"①《聊斋志异》中有两则与鹦鹉密切相关的故事，一篇是《阿英》，另一篇是《阿宝》。蒲松龄在《阿英》《阿宝》的创作过程中，不仅充分参考和借鉴了前人作品，而且这两篇小说还很有可能直接改编自前代文人笔记。

一、晋唐以来"鹦鹉警梦"故事与《聊斋志异·阿英》

　　朱一玄先生认为，《聊斋志异·阿英》小说本事或出于唐代牛僧孺《玄怪录》卷二《柳归舜》②，李灵年先生《稀树居丛札——谈〈聊斋〉札记》又以

---

　　① 杨静：《蒲松龄的情人》，《散文》，1997年第8期。
　　② 朱一玄编：《〈聊斋志异〉资料汇编》，南开大学出版社，2012年版，第186~188页。

为南朝梁吴均《续齐谐记》所载杨宝救黄雀的故事影响了《聊斋志异·阿英》的创作①。蒲松龄对中国古代小说掌故烂熟于胸，在小说创作时，不经意间就能加以援引，融入情节，自铸新辞。《聊斋志异·阿英》讲的是鹦鹉精灵与世间凡人相恋的故事，小说一开篇先写群鸟化为三四女郎于庐山僧寺外聚会，当中一女子自述曾有噩梦，不久之后，其梦果然应验：

> 一女曰："前宵一梦大恶，今犹汗悸。"下坐者摇手曰："莫道，莫道！今宵姊妹欢会，言之吓人不快。"……谈笑间，忽一伟丈夫岸然自外入，鹘睛荧荧，其貌狞丑。众啼曰："妖至矣！"仓卒哄然，殆如鸟散。

《聊斋志异·阿英》这一情节是由古代志怪小说中"鹦鹉警梦"故事演绎而来，南朝宋刘敬叔《异苑》卷三曰：

> 张华有白鹦鹉，华每出行还，辄说僮仆善恶。后寂无言，华问其故，答曰："见藏瓮中，何由得知？"公后在外，令唤鹦鹉，鹦鹉曰："昨夜梦恶，不宜出户。"公犹强之，至庭为鹞所搏，教其啄鹞脚，仅而获免。②

《太平广记》卷四六〇《禽鸟一》引唐胡璩《谭宾录·雪衣女》曰：

> 天宝中，岭南献白鹦鹉，养之宫中。岁久，颇甚聪慧，洞晓言词，上及贵妃皆呼为"雪衣女"。……一旦，飞于贵妃镜台上，语曰："雪衣女

---

① 蒲松龄研究所编：《蒲松龄研究》（第4期），《蒲松龄研究》编辑部，1991年版，第19页。
② 南朝梁殷芸《殷芸小说》卷七亦载此事。

昨夜梦为鸷所搏,将尽于此乎?"上令贵妃授以《多心经》,自后授记精熟,昼夜不息,若惧祸难,有祈禳者。上与贵妃出游别殿,贵妃置鹦鹉于步辇上,与之同去。既至,命从官校猎于前。鹦鹉方嬉戏殿槛上,瞥有鹰至,搏之而毙。上与贵妃叹息久之,遂命瘗于苑中,立鹦鹉冢。

北宋何薳《春渚纪闻》卷五《陇州鹦歌》亦曰:

> 明皇时,太真妃得白鹦鹉,聪慧可爱,妃每有燕游,必置之辇竿自随。一日鹦鹉忽低首愁惨,太真呼问之,云:"鹦鹉夜梦甚恶,恐不免一死。"已而妃出后苑,有飞鹰就辇攫之而去。官人多于金花纸上写《心经》追荐之者。

蒲松龄对唐宋笔记中各类鹦鹉典故极为熟悉,以至于在叙事时,遣词造句也有意无意地模仿了前人。例如,北宋释文莹《玉壶清话》卷六曰:"一巨商姓段者,蓄一鹦鹉甚慧。"《聊斋志异·阿英》亦写甘珏之父"蓄一鹦鹉甚慧"。

二、《聊斋志异·阿宝》故事溯源

中国古代有很多与《聊斋志异·阿宝》类似的"因爱离魂"故事,如《幽明录·庞阿》《独异记·韦隐》、唐陈玄祐《离魂记》、元郑光祖杂剧《迷青琐倩女离魂》、明瞿佑《剪灯新话·渭塘奇遇记》、清乐钧《耳食录·萧点云》等。朱一玄先生认为,《聊斋志异·阿宝》小说所写孙子楚魂附鹦鹉,追随阿宝之事,或本于《太平广记》卷三五八《神魂一》引《灵怪录·郑生》①。《聊斋志异·阿宝》所写孙子楚魂随阿宝,"渐傍其衿带间"的小说构思,还很可能取意于东晋陶渊明《闲情赋》所言"愿在衣而为领,承华首之余芳……愿在裳而为带,束窈窕之纤身……"等一系列文句。石麟先生发现明代民歌中也有男子欲化为闺中物品,常伴女子身边的诗句,明冯梦龙所编《挂枝儿·欢部二卷》中有一篇题名"变"的小曲:"变一只绣鞋儿在你金莲上套,变一领汗衫儿与你贴肉相交,变一个竹夫人在你怀儿里抱。变一个主腰儿拘束着你,变一管玉箫儿在你指上调。再变上一块香茶也,不离你樱桃小。"②王洛宾创作的《在那遥远的地方》歌词中唱道:"我愿做一只小羊,坐在她身旁,我愿她拿着细细的皮鞭,不断轻轻打在我身上。"这一首情歌中的浪漫想象,与陶渊明《闲情赋》、冯梦龙《挂枝儿·变》、蒲松龄《阿宝》也是一脉相承的。

《聊斋志异》中有不少因爱自残的描写,如《阿宝》中孙子楚"以斧自断其指,大痛彻心,血益倾注,滨死。"又如《连城》中乔生"自出白刃,刲膺授僧,血濡袍裤。"再如《吕无病》中写王天官女断指以自明心迹:"遂于腰间出利刃,就床边伸左手一指断之,血溢如涌。"《聊斋志异·阿宝》中孙子楚断指求爱的描写,或许表现了晚明时期所流行男女痴情,生死与之的恋爱观念,也很可能受到相关明人言情题材小说的影响。明陆粲《说听》卷上讲述了洛阳王某钟情于妓者唐玉簪,为了与心上人长相厮守,不惜净身而入王府之事:

> 王某,洛阳人,寓祥符,以贩木为业,与妓者唐玉簪交狎。唐善歌

---

① 朱一玄编:《〈聊斋志异〉资料汇编》,南开大学出版社,2012年版,第61页。
② 石麟:《稗史迷踪:另类中国古代小说史》,中州古籍出版社,2012年版,第343页。

舞、杂剧,事某曲尽殷勤,为之迷恋,岁遗白金百两。周府郡王者(谈者失记其封号),人称鼓楼东殿下者(以居址得名),雅好音乐。闻玉簪名,召见,试其技而悦之。以厚价畀其姥,遂留之。某悲思成疾,赂府中出入之妪,传语妓云,倘得一面,便死无恨,盍亦求之。妓乘间为言,殿下首肯,且戏云:"须净了身进来。"妪以告某,某既割势,几绝,越三月始瘥。上谒殿下,命解衣视之,笑曰:"世间有此风汉,既净身,就服事我。"某拜喏。遂使玉簪立门内见之,相向呜咽而已。殿下与赀千金,岁收其息焉。是事无足书,书以发一笑耳。①

明冯梦龙《情史》卷七《情痴类·洛阳王某》曾就洛阳王某净身见妓之事,有过一番感慨,若用冯梦龙论说"情痴"之言,来评价《聊斋志异·阿宝》中孙子楚的情痴,似乎也有几分贴切:

> 相爱,本以为欢也。既净身矣,安用见为?噫!是乃所以为情也。夫情近于淫,而淫实非情。今纵欲之夫,获新而置旧;妒色之妇,因婢而虐夫,情安在乎?惟淫心未除故耳。不留他人余欢之地,而专以一见为快。此一见时,有无穷之情。此一见后,更无余情。情之所极,乃至相死而不悔,况净身乎!虽然,谓之情则可,谓之非痴则不可。

《聊斋志异·阿宝》写朋友们捉弄孙子楚,给他七道极冷僻的考试题目,还谎称是通过贿赂考官而得来的考题,孙子楚不加怀疑,"昼夜揣摩,制成七艺。"事有凑巧,恰逢乡试主考官"虑熟题有蹈袭弊",一改常态,所

---

① 清汪价《中州杂俎》卷一六《净身见妓》转述其事。

出考题正是孙子楚被戏弄而得到的那七个偏僻题目，于是孙子楚高中榜首。明代小说中有不少叙说拙生遭愚弄而得到试题，碰巧科举得中的故事，多与《聊斋志异·阿宝》里孙子楚中举经历类似，可暂将此类事迹命名为"孙子楚抢魁"型故事。明闵文振《涉异志·东山庙》曰：

> 台州东山庙有贫士，日叩神求资以财，逾年守庙者土为金银二锭置城中杨柳桥下，明日贫士叩神，守庙者作神语曰："可到杨柳桥下取金银。"贫士如言，果得金银二锭。他日一士人累举不第，友人戏曰："东山庙曩者贫士叩神得金银，盍叩以试题，当有应。"士人旦拟叩神，友人书三场试题置神案炉下，诘旦士人来叩，友人作神语曰："题在炉下。"士人取之豫制文义，及入试果符其题，遂得第。

明王圻《稗史汇编》卷六七《方外门·释教杂纪下·拙生感神》曰：

> 越有二生者，读书于鉴湖之育王寺。一生巧而多智，一生拙而佞佛。拙者每朝夕焚香忏于大士前，欲求棘试七题，巧者闻而嗤之。一夕，写七题置香几下。拙者忽见，信为大士密谛，遍采坊刻佳者，诸名士窗构者熟之。及就试，果出是题，遂获隽。夫一诚所感，无微不应，岂士有拙诚，彼莲花座上遂假手于儇薄者而显其灵耶？嗟乎，巧为拙用，信矣！

明凌濛初《初刻拍案惊奇》卷四十《华阴道独逢异客 江陵郡三拆仙书》小说入话部分共讲述七则科场故事，其中第三则故事系改写自《稗史汇编·拙生感神》：

宁波有两生,同在鉴湖育王寺读书。一生儇巧,一生拙诚。那拙的信佛,每早晚必焚香在大士座前祷告:愿求明示场中七题。那巧的见他匍匐不休,心中笑他痴呆。思量要耍他一耍,遂将一张大纸自拟了七题,把佛香烧成字,放在香几下。拙的明日早起拜神,看见了,大信,道:"是大士有灵,果然密授秘妙。"依题遍采坊刻佳文,名友窗课,模拟成七篇好文,熟记不忘。巧的见他信以为实,如此举动,道是被作弄着了,背地暗笑他着鬼。岂知进到场中,七题一个也不差,一挥而出,竟得中式。这不是大士供那儇巧的手明把题目与他的?拙以诚求,巧者为用。鬼神机权,妙于簸弄。

明代还流传有因礼敬奎神,在遭到友人戏弄的情况下,阴差阳错地获得科举考题的故事,明陈禹谟《说储》卷八曰:"尝闻有一书生礼奎神虔甚,同侪戏之,以经书文七首置神座前。书生得之,喜曰:'神赐也!'稽首受而读之。及试,命题一如所读,竟登第。"①清卢湛辑《关圣帝君圣迹图志全集》卷三《灵应考·谴赐题目》所述故事也与《稗史汇编·拙生感神》相似,只不过小说中赐给拙生考试题目的神灵,由观音大士、奎神改为了关圣帝君:

江南淮安府沈坤虔奉关帝。是年大比,坤祈祷帝前,赐示闱中题目,诚心哀告。一友诣其家,从背后窃听之,掩口大笑而去。其友即拟七题,潜置香炉座下。次日,坤焚香见之,喜曰:"此帝赐也。"即依题摹拟七篇,心记不忘。中秋进场,主考所出之题,即前日所拟之题,不佯

---

① 明冯梦龙纂辑《古今谭概》卷五《谬误部·误而不误》、清初赵吉士《寄园寄所寄》卷六《焚麈寄》、清初褚人获纂《坚瓠余集》卷一《神助》皆有转引,文字内容大致相同。

而合,不假思维,挥成七艺。及放榜,而坤已中式矣,其友亦进场,未中,后坤状元及第。①

《初刻拍案惊奇》卷四十"华阴道独逢异客 江陵郡三拆仙书"入话部分中的第一则故事写何举人偶然遇到科举考试的泄题事件,在得到试题后,与同寓友人一起拆看,人皆不信,结果最终是信以为真的何举人与安姓举人进士及第:

> 湖广有个举人姓何,在京师中会试,偶入酒肆,见一伙青衣大帽人在肆中饮酒。听他说话半文半俗,看他气质假斯文带些光棍腔。何举人另在一座,自斟自酌。这些人见他独自一个寂寞,便来邀他同坐。何举人不辞,就便随和欢畅。这些人道是不做腔,肯入队,且又好相与,尽多快活。吃罢散去。隔了几日,何举人在长安街过,只见一人醉卧路旁,衣帽多被尘土染污。仔细一看,却认得是前日酒肆里同吃酒的内中一人,也是何举人忠厚处,见他醉后狼籍不象样,走近身扶起他来。其人也有些醒了,张目一看,见是何举人扶他,把手拍一拍臂膊,哈哈笑道:"相公造化到了。"就伸手袖中解出一条汗巾来,汗中结里裹着一个两指大的小封儿,对何举人道:"可拿到下处自看。"何举人不知其意,袖了到下处去。下处有好几位同会试的在那里,何举人也不道是什么机密勾当,不以为意,竟在众人面前拆开看时,乃是六个《四书》题目,八个经题目,共十四个。同寓人见了,问道:"此自何

---

① 又见《古今图书集成·博物汇编·神异典》卷三八《关圣帝君部》引《关帝圣迹图志》,据苏兴《吴承恩小传》考证推测,编造考试题目,戏弄沈坤沈坤的友人,很可能是吴承恩。(见苏兴:《吴承恩小传》,百花文艺出版社,1981年版,第40页。)

来？"何举人把前日酒肆同饮,今日跌倒街上的话,说了一遍,道:"是这个人与我的,我也不知何来。"同寓人道:"这是光棍们假作此等哄人的,不要信他。"独有一个姓安的心里道:"便是假的何妨?我们落得做做熟也好。"就与何举人约了,每题各做一篇,又在书坊中寻刻的好文,参酌改定。后来入场,七个题目都在这里面的,二人多是预先做下的文字,皆得登第。元来这个醉卧的人乃是大主考的书办,在他书房中抄得这张题目,乃是一正一副在内。朦胧醉中,见了何举人扶他,喜欢,与了他。也是他机缘辐辏,又挈带了一个姓安的。

此篇小说也基本属于"孙子楚抡魁"型故事。湖广何举人在酒肆见一伙青衣大帽人宴请大主考的书办,表现的是明代科举考试中贿买试题的情况,也就是《聊斋志异·阿宝》中所谓"某家关节"。

三、清代王初桐《奁史》中所见与《阿英》《阿宝》相似之作

明清文人笔记对民间传说多加采录,《聊斋志异》小说所改编明清之际民间故事,不少是得自前人笔记。有些传世文献中所转录明清文人所记民间故事,内容虽极为简短,仅仅是只言片语,往往为研究者所忽略,却很可能是《聊斋志异》小说创作较为直接的素材来源。清王初桐《奁史》卷九四《禽虫门一》引《荒史》曰:

> 甘玉夜读书,闻窗外有女子声,窥之见三五女郎,皆殊色,内有称阿英者,有称秦娘子者。阿英,鹦鹉也;秦娘子,秦吉了也。

阿英、阿宝

　　《荒史》写甘玉夜里读书，窥见女子，《聊斋志异·阿英》中分明就有这一段故事的翻版，连小说人物姓名都完全相同："（甘玉）适读书匡山僧寺，夜初就枕，闻窗外有女子声。窥之，见三四女郎席地坐，数婢陈设酒，皆殊色也。一女曰：'秦娘子、阿英何不来？'"《奁史》并未标明所引《荒史》是何人所著，存世文献中题为"荒史"之书主要有两部，一是明陈士元撰《荒史》六卷，此书为上古史料汇编；另一部是明末清初陆次云所撰《八纮荒史》一卷，此书为地理著作，遍述海外五十余国之奇闻异事，其中多有小说家言。陈士元《荒史》与陆次云《八纮荒史》中都没有记述过甘玉夜间读书，得遇阿英与秦娘子之事。清王初桐《奁史》引用《荒史》凡三次，除了甘玉之事外，《奁史》卷三五《容貌门四》引《荒史》曰："刘光廷有枣园，果熟时，月夜见红衣女子从墙外飞入，摘纳口中。光廷大喝，红衣者飘瞥扬去，至一土祠而隐。光廷入祠追索，诸土偶积埃盈寸，惟右侧红衫侍女露首如沐，击破其像，获腹枣斗许。"红衣土偶之事亦见于清初钮琇《觚賸续编》卷三《事觚·红衣土偶》。《奁史》卷三六《性情门一》引《荒史》曰："麟州凡育女稍长，暗有期会，家不之问。情之至者，必相挈奔逸于山岩掩映之处，并首而卧，绅带置头，各悉力紧之，倏忽双毙。二族寻见不哭，谓男女之乐何足悲悼，用彩缯包裹，择峻岭架木高丈余，呼为'女栅'，迁尸于上，云于飞升天。"《荒史》所记麟州女栅之事，出自北宋上官融《友会谈丛》卷三。从《奁史》引用《荒史》的内容来看，《荒史》应该是明代或清初的一部笔记体小说，其中辑录了不少宋明文人旧作。

　　清王初桐《奁史》卷六七《袜履门》引《懿林》曰：

　　　　孙子楚想慕琇宝，魂附鹦鹉，飞至女室。女束双弯，脱鞋床上，鹦鹦鹉骤下，衔鞋飞回，后为夫妇。

《懿林》所记孙子楚与琇宝相恋并结为夫妇，只有区区两句话，却是《聊斋志异·阿宝》的基本故事框架。《聊斋志异·阿宝》所写鹦鹉衔履的情形与《懿林》同中有异："少间，女束双弯，解履床下，鹦鹉骤下，衔履飞去。女急呼之，飞已远矣。"清王初桐《奁史》引用《懿林》仅此一次，《懿林》估计也是明清文人笔记。清代有改编《聊斋志异·阿宝》的小说戏曲作品，清守朴翁编《醒梦骈言》第三回《呆秀才志诚求偶 俏佳人感激许身》，叙写明嘉靖间苏州吴县秀才孙寅与刘阿珠恋爱的故事；清钱维乔作《鹦鹉媒》传奇，写孙荆与王宝娘恋爱的故事。《懿林》所记女子之名为"琇宝"，似乎比"刘阿珠"或"王宝娘"更为别致。从《聊斋志异》大量改写前人之作的情况推测，《聊斋志异·阿宝》是由《懿林》所述"孙子楚想慕琇宝"之事改编而来，亦未可知。

清王初桐所撰《奁史》书中也多次引用过蒲松龄《聊斋志异》，如《奁史》卷八〇《饮食门三》引《聊斋志异·翩翩》曰："翩翩取山叶呼作饼，即成真饼"。《奁史》卷九六《禽虫门三》引《聊斋志异·绿衣女》曰："于璟方夜读书，忽有一女子至，绿衣长裙，婉妙无比。于好之，遂与寝处，罗襦既解，腰细殆不盈掬。更尽，翩然去。觇之，乃一绿蜂。"从《奁史》引《聊斋志异》中《翩翩》《绿衣女》之情况看，王初桐并非是一字不改地直接转录前人之书，通常只是截取片段，或是大幅缩写，略去细节，仅粗陈梗概而已。《荒史》所载甘玉故事与《懿林》所载孙子楚故事，原本小说内容应该比《奁史》所引述部分要丰富得多。

清代王初桐（1729—1821）是清代知名藏书家，吴则虞先生《续藏书纪事诗》卷二《王初桐》称清代嘉定藏书家当中，王初桐在校雠学方面的成就可与钱大昕、钱大昭兄弟相提并论："校雠之学允推钱氏昆季，其次则为王初桐。"清人王初桐所纂《奁史》，是一部关于中国古代妇女生活的大型类书，全书共100卷，拾遗1卷，分36门，148子目，13553条，150余万字。《奁史》之编纂，取材范围极为广泛，引书极多，王初桐在《奁史》"凡例"中说："是编于诸书有可引者少，无可引者多。故所引之书三千种，所检之书不下万种。群书若正史、通史、别史、杂史、伪史、经义、类书、说部、书目、书画、物谱、诗话、题跋、诗词、文集、选录、二氏、九流、杂著，广为搜罗，用资博览，偶退抵牾，随事考订。援引群书，但严抉择，不分界限，经史少而子史多，势所必然。即伪书如《天禄阁外史》，俗书如《坚瓠集》之类，原不足录，间有一典半实，从未见于他书者，亦摘取之。稗官野史有其事不确，而慧可解颐，奇可醒世也，丽可为词章家之助者，亦选用之。"据刘詠聪先生的论文《〈奁史〉初探——兼论类书中女性史料之辑录》统计，"《奁史》征引书籍逾3900种。所引典籍，兼包四部。"①《奁史》所引书籍，又以史部和子部之书居多，其中包括不少极为罕见或未能传世的小说著作，如《荒史》《懿林》等，对于明清小说研究有非常高的文献价值。吴则虞《续藏书纪事诗》卷二《王初桐》曾总结王初桐的校勘学和目录学成就："其校勘奏绩最著者，则为《群书经眼录》六十卷，为自记生平所见书，为种一万一百有奇②，为卷二十一万六百有奇，分门录之，略附考证，并记撰人姓名。又《京邸校书录》四卷，应编修王燕绪聘，分校四库书，分经、史、子、集，录成是目。又有《著书纪年》一卷，自乾隆癸酉起，著书六十年，成八十余种。"吴则虞先生又特别加

---

① 明清史国际学术讨论会论文集编辑组：《第二届明清国际学术讨论会论文集》，天津人民出版社，1993年版，第199页。

② 清伊江阿《〈奁史〉序》曰："予尝见《群书经眼》，录经史子集，浩若烟海，为种一万二千，为卷二十万。"

以案语曰:"《群书经眼录》六十卷,古香堂十三种本,然似未印行。"王初桐
所著《群书经眼录》《京邸校书录》《著书纪年》诸书,如今皆不见流传;吴则
虞先生当年似乎就未见其书,而是根据清程其珏修,陆懋宗等纂《(光绪)
嘉定县志》卷一九《文学》的相关记载,加以著录。若有朝一日,王初桐《群
书经眼录》有机会重新问世,则很可能从中发现《荒史》《懿林》等书的著
者、年代;《荒史》《懿林》等书与《聊斋志异》创作之间有怎样的关联,也许
就可以做出较为清晰的判断。

阎王、刘全、僧孽

　　《聊斋志异》的创作，有将前代流传的若干故事合理组合，自然衔接，一气呵成，而为新著的情况，《阎王》一篇就是典型的例子。有时相似的情节单元还被安插在《聊斋志异》的不同作品中，《刘全》和《僧孽》两篇小说就各自有着与《阎王》接近的故事内容。

一、《聊斋志异·阎王》中"妒妇针肠"故事溯源

　　《贤愚经》卷三《微妙比丘尼品》所载佛经故事中，曾讲述毒妇嫉妒家中小妾生子，遂取铁针刺入新生儿囟门，暗地里将男婴杀死之事，而毒妇也在来世遭受惨烈的报应。《聊斋志异·阎王》与《贤愚经·微妙比丘尼品》所述妒妇害妾情形有几分相似①，小说写临朐李久常之嫂悍妒异常，因家中小妾得宠，于是也以阴狠手段加以残害。小说借阎王之口向李久常陈述其嫂罪行："三年前，汝兄妾盘肠而产，彼阴以针刺肠上，俾至今脏腑常痛。

---

　　① 《贤愚经·微妙比丘尼品》写妒妇以铁针暗害丈夫小妾所生之子："取铁针，刺儿囟上，令没不现。儿渐痛瘦，旬日之间，遂便丧亡。小妇懊恼，气绝复苏。"

此岂有人理者！"后来，李久常嫂子改过自新，而小妾也得到了救治："妾再产，肠复堕，针宛然在焉。拔去之，肠痛乃瘳。"关于"盘肠而产"，后来读者多不明其义，赵伯陶先生对此有清楚的解说：

> 所谓"盘肠而产"，即妇女产后"子宫脱垂"症，中医称阴挺、阴菌或产肠不收，此病的最早记载见于隋代《诸病源候论》，为"阴挺出下脱候"之症。发生在妇女产后者，多因难产、产程过长、临产时用力太过或产时处理不当等所致。有注本注释为"一部分肠子从产道流出"，匪夷所思；有全译本译为"子宫下垂"，正确。①

清邓旭《异谈可信录》卷七《冥迹》曾转引《聊斋志异·阎王》，改题为"针刺人肠"，可见"针刺人肠"是该小说的核心情节之一。《聊斋志异·阎王》中所说"以针刺肠"的害人手法，并非是蒲松龄个人杜撰，而很可能是依据明人笔记小说的记载改编而来，明周晖所撰《续金陵琐事》卷下《妒妇针肠》曰：

> 一吏部无子，妻极妒，妾方坐蓐，乃盘肠生。妻暗将针刺于肠上，妾生子，觉肠有时刺痛难忍。收生婆私告于妾，妾与吏部言之。诸医束手，访于一全真，曰："我能治之。"用磁石大块，从痛处引之，引至于脐，针从脐中出，妾竟无恙。黄蛰南公谈。

当然，《聊斋志异·阎王》中"妒妇针肠"的情节，不一定就是直接对《续

---

① 赵伯陶：《〈聊斋志异〉注释问题举隅》，《厦门广播电视大学学报》，2014年第2期。

金陵琐事》的重述。有些明人笔记小说以口头故事的形式长期流传于民间,而后又被《聊斋志异》等采录。虽然《聊斋志异·阎王》以文言叙述,但是其中也有民间文学的色彩,如李久常嫂子的自我辩解之言:"便曾不盗得王母筹中线,又未与玉皇案前吏一眨眼",很有些民间俗语或戏曲唱词的风味。

二、中国古代旋风中有鬼神传说与《阎王》和《刘全》故事溯源

世界上很多民族都流传着旋风中有鬼神的说法,英国人类学家弗雷泽在《金枝》一书中说:"格兰查科的伦瓜印第安人把旋风说成是妖精路过,他们向它投掷棍棒,好把它吓跑。"①中国古代旋风中的鬼神之说,早在战国晚期或秦代就已经盛行,1975年湖北省云梦县睡虎地秦墓中出土的秦简日书《诘咎篇》中有数处提到了如何对付风中鬼怪:"野兽若六畜逢人而言,是票(飘)风之气,击以桃丈(杖),释履而投之,则已矣。""寒风入人室,独也,它人莫为,洒以沙,则已矣。""凡有大票(飘)风害人,择(释)以投之,则止矣。""票(飘)风入人宫而有取焉,乃投之以屦,得其所,取盍之中道;若弗得,乃弃其屦于中道,则亡羞矣。"②飘风,即回风,也就是旋风,《诗经·大雅·卷阿》云:"有卷者阿,飘风自南。"《毛传》曰:"飘风,回风也。"《尔雅·释天》曰:"回风为飘。"晋郭璞注曰:"旋风也。"佛教传说中,旋风总是与鬼相伴,《佛说佛名经》卷二三以及《佛说优婆塞五戒相经》等佛教经典中都提到过"旋风土鬼"。《佛说杂藏经》记载有一鬼向目连尊者说:"常有旋风回转我身,不得自在随意东西。"到了唐代旋风中有鬼神的记载越来

---

① (英)弗雷泽著,汪培基等译《金枝》,商务印书馆,2013年版,第144页。

② 释文参考刘乐贤论文《睡虎地秦简日书〈诘咎篇〉研究》,《考古学报》,1993年第4期。

越多地出现在诗文、小说中，唐元稹《生春》二十首之十三诗云："乱骑残爆竹，争唾小旋风。"此诗中的爆竹和唾沫皆为驱鬼镇妖之物。古人以爆竹驱鬼，南朝梁宗懔《荆楚岁时记》载正月一日，鸡鸣而起，"先于庭前爆竹，以辟山臊恶鬼。"古人又以唾沫祛除不祥，晋干宝《搜神记》卷一六载宋定伯以唾镇鬼事。从"争唾小旋风"诗句可见，在唐人的观念中，已经认为旋风中藏有鬼物。唐代咏旋风鬼之诗，又如唐陈陶《赠别离》诗句云："山妖水魅骑旋风，魇梦啮魂黄瘴中。"唐代李贺《神弦曲》诗云："西山日没东山昏，旋风吹马马踏云。"清人王琦注曰："旋风，风之旋转而吹者，中必有鬼神依之。低三尺以下，鬼风也；高丈馀而上者，神风也。旷野中时有之，遇者呕避焉。"《太平广记》卷三六五《妖怪七》引《酉阳杂俎·河北军将》也记述旋风中藏有妖怪之事：

> 湖城逆旅前，尝有河北军将过。行未数里，忽有旋风如斗器，起于马前。军将以鞭击之，转大。遂旋马首，鬣起竖如植。军将惧，下马观之。觉鬣长数尺，中有细缏，如红线。马时人立嘶鸣。军将怒，乃取佩刀拂之。因风散灭，马亦死。军将剖马腹视之，腹中已无肠。不知何怪。

宋辽时期，旋风中有鬼神已经是尽人皆知的通俗之谈，南宋叶隆礼《契丹国志》卷二七《岁时杂记》曰："旋风，契丹人见旋风，合眼，用鞭望空打四十九下，口道'坤不刻'七声。"[①]北宋王安石《破冢二首（其一）》诗云："埋没残碑草自春，旋风时出地中尘。"南宋李璧注曰："俗言旋风，鬼所为也。《后汉·王忳传》：'主人云："被随旋风，与马俱亡，卿何阴德，而致此二物？"'忳

---

① 《说郛》本宋王易《重编燕北录》中亦有类似记载。

自念有葬书生事,因说之。'"南宋马纯《陶朱新录》曰:

> 旋风中必有鬼神,盖有是理。仆顷年作河南司录,因行县至渑池,道中有旋风自西山来,卷尘埃上干霄汉。仆念俟此风近,当下马避之。既而相去百余步,忽转而之北,行一里许,又转由西北,绝山而去。然所转诘曲,皆由径路,真其中有物。

元明戏曲、小说中,鬼神特别是冤魂出现,往往伴有旋风,元杂剧《窦娥冤》第四折写魂旦窦娥上场,"慢腾腾昏地里走,足律律旋风中来"。明安遇时所撰《包公案》第六十九回《旋风鬼来证冤枉》写旋风鬼:"忽案前一阵狂风过处,那阵风云:拔木飞沙神鬼哭,冤魂灵气逐而来。"明周楫《西湖二集》卷三三《周城隍辨冤断案》写冤鬼道:"忽然旋风一阵,将一片大树叶直吹到堂上案桌边,绕而不散,其风寒冷彻骨,隐隐闻得旋风中有悲哭之声,甚是凄惨。"清初《聊斋志异》中也有鬼神旋风的描写,如《王六郎》写王六郎魂魄显灵,旋风乍起:"祝毕,焚钱纸。俄见风起座后,旋转移时始散"。《聊斋志异》中的《阎王》和《刘全》两篇小说的故事情节则都是借助中国古代旋风中有鬼神的传说来展开的。《阎王》写李久常"壶榼于野,见旋风蓬蓬而来,敬酹奠之。"《刘全》写邹平牛医侯某"至野,有风旋其前,侯即以杓掬浆祝奠之。"清袁枚《续子不语》卷一《露水姻缘之神》曰:"有旋风当道,疑是鬼神求食者。"唐人小说中就有饥渴已久的鬼魂化为旋风而来,享用酒馔钱物等祭品的故事情节,《太平广记》卷三四〇《鬼二十五》引《河东记·韩弇》:"忽有黑风自西来,旋转筵上,飘卷纸钱及酒食皆飞去。"李久常与侯某都因为浇奠在野外遇到旋风,从而得以结识阴司神明,《阎王》和《刘全》中的这种故事模式在明代文言小说中就已经出现了。明谢肇淛《麈

《聊斋志异》笺证初编

《余》卷一曰：

霸州王吏部乐善，为诸生时，倜傥不羁。一日清明，携鸡酒上祖茔，行至中途，有旋风扑马首，王命以酒浇之，立止。是夜梦一丈夫，衣冠甚伟，来谢曰："道中渴甚，蒙君杯酒之惠，无以为报。"王问何神，不答。要欲与相见，良久曰："可于次月朔日四鼓，至城隍庙中觅我。"既觉，密不以告妻子。如期，盛衣冠至庙，寂无所睹。步入庙后数楹，闻履声橐橐，俄有丈夫从内出，即梦中所见也。与揖让久之，有僮出，附神耳语，神即入内，且诫王勿妄有所窥。王彷徨久之，见墙东案头有文卷堆积。试取视，皆人姓名，下注爵位、生死月日，又番数纸，得己名，下大书："壬辰岁举进士，授行人，转吏部主事而卒。"年月皆具，观竟而神适至，怒曰："语君勿妄窥，何故违约！"王逊谢久之，且语以故，哀祈求改。神曰："此天曹处分已定，安可移易？"良久曰："惟有阴德可以转移万一，余则非予所知。"王遂辞出。至壬辰，果成进士，授行人，即移病家居，不欲出。其父大司马遴怒，不之信，趣之入亨。甲午遂转吏部，乙未五月卒，一如神言。

明陆粲《庚巳编》卷八《杨宽》曰：

真定之咸宁县学，有斋仆杨宽者，尝因公宴掌酒，见墙角旋风二团，回环不已。宽意旋风中多有鬼神，试沥瓢酒酹之，一风顿息，又酹一瓢亦然。他日，宽与同辈四人诣东岳烧香，遇二卒山下，青衣白襦，邀而揖之曰："我受君惠久矣，未有以报，能同过酒家少饮乎？"宽罔识其人，意必误也，漫应之，同入肆饮罢别去，并不曾询其姓名。同辈问之，宽以不识对，皆笑之。既而登山游观虎下，至一神祠，二塑卒状貌俨如向所见者，相顾大骇。宽自以遇鬼，悒悒不乐。还故处，仍见二卒，谓宽曰："君毋庸疑我，我非祸君者。颇忆往岁事乎？我二人岳帝座下从者也，奉使贵县，行路饥渴中，得君二瓢之赐，甚惬所愿。昨有事西山，偶获相遇，故以杯酒答谢耳，非有他也。"言讫，瞥然不见。宽归，亲为人说。

《聊斋志异》里的《阎王》和《刘全》，不一定就是直接从《麈余》或《庚巳编》中相关小说改编而来，但明代流传的凡人浇奠旋风从而结交冥府神明这种故事类型①，肯定对《聊斋志异》的创作有所影响。《聊斋志异》中还有一篇《阎罗宴》，小说写贫穷的邵生为母亲寿辰准备了盛宴，却被道路饥渴的仵官王及随从所享用；因为邵生无意中祭奠冥王，所以日后能够谒见"王者"，并得到了丰厚的报偿。《阎罗宴》的小说情节与《阎王》和《刘全》接近，也应属于"祭奠鬼神而获酬谢"型故事。

三、唐宋以来"阴刑阳受"传说与《阎王》和《僧孽》故事溯源

受佛教地狱观念的影响，六朝隋唐小说中的入冥故事繁盛起来，并且形成了很多故事亚型，"阴刑阳受"②就是其中之一。在唐宋以来"阴刑阳受"型故事中，通过游冥者在地狱和人间所见所闻的相互对照，试图说明

---

① 可暂将此类故事称为"浇奠旋风而获鬼神酬谢"或"祭奠鬼神而获酬谢"型。

② 栾保群先生将以《聊斋志异·僧孽》为代表的一类作品总结为"阴刑阳受"型故事："此种生人之魂在地狱受刑的故事，自唐代以来即成一类型，概括来说就是'阴刑阳受'。"见栾保群：《扪虱谈鬼录之二 说魂儿》，上海文艺出版社，2011年版，第84页。

《聊斋志异》笺证初编

人类在阳世罹患的种种恶疾,经常是由于不修善积德,而遭受阴间酷刑所致。佛教文献《三世因果文》中所言"欲知前世因,今生受者是",这样的表述最晚在元代刘谧《三教平心论》卷上就已经出现,明末凌濛初《二刻拍案惊奇》卷二十四《庵内看恶鬼善神 井中谭前因后果》开篇就引用了《三世因果文》:"《经》云:'要知前世因,今生受者是;要知来世因,今生作者是。'"在"前因今受"以及现世报应思想的影响之下,明代民间出现了相当多的"阴刑阳受"传闻,清初《聊斋志异》中的《阎王》和《僧孽》也都叙说的是"阴刑阳受"之事。此外,由于明清时期官方强化城隍信仰,使得"阴刑阳受"迷信之说愈加流行,甚至医书都不免受到影响,明陈实功《外科正宗》卷四《杂疮毒门·阴毒第一百三十三》记载病例曰:"一人夜梦城隍拘见,责打二十,喊叫,其妻唤醒。随后受刑处焮肿作疼,青紫急胀,视之真棒毒也,用针刺破,流瘀血碗许,外肉腐烂作疼,调理两月而安。"

明清小说中,"阴刑阳受"故事更是不计其数,仅《聊斋志异》中就有不少小说情节。《聊斋志异》小说中经常写到一些"鬼病",也属于"阴刑阳受",如《霍生》中霍生梦中被女子"以掌批其吻","惊而寤,觉唇际隐痛,扪之高起,三日而成双疣,遂为痼疾。"《梅女》中典史某被鬼妪杖击中颅,"至署患脑痛,中夜遂毙"。《李伯言》中王某在阴间受笞,还阳后股生脓疮,病愈后"臀肉腐落,瘢痕如杖者"。《王十》中高苑肆商在阴间被王十用蒺藜骨朵敲打,回到人世后,被打之处"皆成巨疽,浑身腐溃,臭不可近"。《王大》中赌徒李信入冥聚赌,被城隍捉住,"令以利斧斫去将指,乃以墨朱各涂两目",死而复苏后,"目眶忽变一赤一黑,大呼指痛。视之筋骨已断,惟皮连之,数日寻堕。目上墨朱,深入肌理"。《聊斋志异·库将军》写库大有梦至冥司,"冥王怒其不义,命鬼以沸汤浇其足。既醒,足痛不可忍。后肿溃,指尽堕"。《聊斋志异·梦狼》写贪官白甲之生魂在冥间化为猛虎,被金甲猛士

"出巨锤锤齿,齿零落堕地"。而阳间白甲的肉身则"门齿尽脱",却原来是"醉中坠马所折",其身受冥刑而不自知。《聊斋志异·邵九娘》①写柴廷宾妻金氏虐待邵九娘之后,"患心瘊,痛起,则面目皆青,但欲觅死",只能通过针灸的方式缓解病痛。金氏梦中进入庙宇,被鬼神斥责,方才明白自己所患疾病以及痛苦的"创伤疗法",实为不可逃避的冥府刑罚,于是呻吟忍受"一烙,二十三针",最终痊愈。《聊斋志异·珠儿》写珠儿泄露冥间事,被鬼神责罚,"暴病,体肤青紫"。《聊斋志异·阎王》写李久常进入阴司后,"见一女子手足钉扉上。近视,其嫂也"。而李久常嫂子在阳间也被病痛摧残,"臂生恶疽,不起者年余矣"。《聊斋志异·僧孽》②写张某入冥,见其兄"扎股穿绳而倒悬之,号痛欲绝"。而张某之兄在阳间的情况是"疮生股间,脓血崩溃,挂足壁上,宛冥司倒悬状"。蒲松龄非常熟悉佛教文化,"倒悬"在佛经中象征着地狱之苦,《盂兰盆经》之"盂兰盆"为梵文音译,意为"救倒悬"。唐代入冥题材小说中已有游冥者见到作孽僧人在阴司受苦之故事,如《太平广记》卷一三三《报应三十二(杀生)》引《儆戒录·僧秀荣》曰:"蜀郡金华寺法师秀荣,院内多松柏,生毛虫,色黄,长三二寸。莫知纪极,秀荣使人扫除埋瘗,或弃于柴积内,僧仁秀取柴煮料,于烈日中晒干,虫死者无数。经月余,秀荣暴卒。金华寺有僧入冥,见秀荣荷铁枷,坐空地烈日中,有万万虫咂噬。僧还魂,备说与仁秀,仁秀大骇。遂患背疮,数日而卒。"栾保群先生在唐传奇中发现了《聊斋志异·僧孽》一篇的"前身本事"③。

《太平广记》卷三〇二《神十二》引唐陈劭《通幽记·皇甫恂》曰:

---

① 又题为"邵女"。

② 清邓晅辑《异谈可信录》卷二一《僧道》转引此篇,改题为"僧倒悬"。

③ 栾保群:《扪虱谈鬼录之二:说魂儿》,上海文艺出版社,2011年版,第85页。

皇甫恂,字君和。开元中,授华州参军。暴亡,其魂神若在长衢路中,夹道多槐树。见数吏拥篲,恂问之,答曰:"五道将军常于此息马。"恂方悟死耳,嗟叹而行。

忽有黄衣吏数人,执符,言天曹追,遂驱迫至一处。门阙甚崇,似上东门,又有一门,似尚书省门,门卫极众。方引入,一吏曰:"公有官,须别通,且伺务隙耳。"恂拱立候之。须臾,见街中人惊矍辟易。俄见东来数百骑,戈矛前驱。恂匿身墙门以窥。渐近,见一老姥,拥大盖,策四马,从骑甚众。恂细视之,乃其亲叔母薛氏也。恂遂趋出拜伏,自言姓名。姥驻马问恂:"是何人?都不省记。"恂即称小名,姥乃喜曰:"汝安得来此?"恂以实对。姥曰:"子侄中唯尔福最隆,来当误尔。且吾近充职务,苦驱驰,汝就府相见也。"言毕遂过。逡巡,判官务隙命入。见一衣冠,昂然与之承迎,恂哀祈之。谓恂曰:"足下阳中有功德否?"恂对曰:"有之。"俛而笑曰:"此非妄语之所。"顾左右曰:"唤阍割家来。"恂甚惶惧。忽闻疾报声,王有使者来,判官遽趋出,拜伏受命。恂窥之,见一阍人传命毕,方去。判官拜送门外,却入,谓恂:"向来大使有命,言足下未合来,所司误耳。足下自见大使,便可归也。"数吏引去,西行三四里,至一府郡,旌旗拥门,恂被命入。仰视,乃见叔母据大殿,命上令坐,恂俯伏而坐,羽卫森然。旁有一僧趺宝座,二童子侍侧,恂亦理揖。叔母方叙平生委曲亲族,诲恂以仁义之道,陈报应之事。乃曰:"儿岂不闻地狱乎?此则其所也,须一观之。"叔母顾白僧:"愿导引此儿。"僧遂整衣而命恂:"从我。"恂随后行。

北一二里,遥望黑风,自上属下,烟涨不见其际。中有黑城,飞焰赫然。渐近其城,其黑气即自去和尚丈余而开。至城,门即自启,其始入也。见左右罪人，初剥皮吮血，砍刺糜碎，其叫呼怨痛，宛转其间，莫究其数，楚毒之声动地。恂震怖不安，求还。又北望一门，炽然炎火，和尚指曰："此无间门也。"言讫欲归，忽闻火中一人呼恂。恂视之，见一僧坐铁床，头上有铁钉钉其脑，流血至地。细视之，是恂门徒僧胡辨也。惊问之，僧曰："生平与人及公饮酒食肉，今日之事，自悔何阶。君今随和尚，必当多福，幸垂救。"曰："何以奉救？"僧曰："写《金光明经》一部，及于都市为造石幢，某方得作畜牲耳。"恂悲而诺之，遂回至殿，具言悉见。叔母曰："努力为善，自不至是。"又曰："儿要知官爵否？"恂曰："愿知之。"俄有黄衣抱案来，敕于庑下发视之。见京官至多。又一节，言至太府卿贬绵州刺史，其后掩之。吏曰："不合知矣。"遂令二人送恂归，再拜而出。

出门后，乃问二吏姓氏，一姓焦，一姓王。相与西行十余里。有一羊三足，截路吼噭，骂恂曰："我待尔久矣！何为割我一脚？"恂实不省，且问之，羊曰："君某年日，向某县县尉厅上，夸能割羊脚。其时无羊，少府打屠伯，屠伯活割我一脚将去，我自此而毙。吾由尔而夭。"恂方省之，乃卑词以谢，讬以屠者自明。焦、王二吏，亦同解纷。羊当路立，恂不得去。乃谢曰："与尔造功德可乎？"羊曰："速为我写《金刚经》。"许之，羊遂喜而去。二吏又曰："幸得奉送，亦须得同幸惠，各乞一卷。"并许之。更行里余，二吏曰："某只合送至此，郎君自寻此迳。更一二里，有一卖浆店，店旁斜路，百步已下，则到家矣。"遂别去。

恂独行，苦困渴，果至一店。店有水瓮，不见人。恂窃取浆饮，忽有一老翁大叫怒，持刀以趣，骂云："盗饮我浆。"恂大惧却走，翁甚疾来。恂反顾，忽陷坑中，怳然遂活。而殓棺中，死已五六日。既而妻觉有变，发视之，绵绵有气。久而能言，令急写三卷《金刚经》。其夜忽闻敲门声,时有风欻欻然。空中朗言曰:"焦某、王某,蒙君功德,今得生天矣。"举家闻之。

更月余,胡辨师自京来,恂异之,而不复与饮。其僧甚恨,恂于静处,略为说冥中见师如此,师辄不为之信。既而去至信州,忽患顶疮,宿昔溃烂,困笃。僧曰:"恂言其神乎?"数日而卒。恂因为市中造石幢。幢工始毕,其日市中豕生六子,一白色,自诣幢,环绕数日,疲困而卒。今幢见存焉。恂后果为太府卿,贬绵州刺史而卒。

《僧孽》和《皇甫恂》中的小说主人公都是因为阴司误捉而入冥①,都在冥官的引导和陪伴之下游历冥狱,都见到了所熟识之僧人在地狱受苦的场面,而阳世间的僧人也正在被与阴间酷刑类似的疾病所折磨。《聊斋志异》中《阎王》《僧孽》《刘全》在创作上或许有很强的关联性,主要体现在三篇小说都明显有受到《通幽记·皇甫恂》影响的痕迹。首先,《僧孽》《阎王》与《皇甫恂》一样,小说主干皆为"阴刑阳受"型故事;其次,《僧孽》《刘全》中,与《皇甫恂》一样都安插了"冥牒误拘"型故事;再次,《刘全》中牛医侯某入冥后,曾"有一马相讼"②,这与《通幽记》中皇甫恂在阴间被三足羊拦路控诉的情节相似。宋金时期,"阴刑阳受"型故事屡见于文人笔记,小说中在阴间受刑的也有不少是僧道之流,北宋孔平仲《谈苑》卷一《云台道士》曰:

华山下有南岳行宫,祈祷甚盛,云台观常以道士一人主之。有一

---

① 郭则沄《洞灵小志》卷八曰:"冥牒误拘,事所恒有。"可将此类故事称为"冥牒误拘"型。在《通幽记·皇甫恂》等中国古代游冥故事结构框架中,又经常以"冥牒误拘"为重要构成环节。

② "有一马相讼"也是《聊斋志异·刘全》中的重要情节,清邓㬎《异谈可信录》卷八《冥迹》转引《聊斋志异·刘全》,改题为"马讼"。

道士以施利市酒肉,畜妇人。巡检姓马者知而持之,共享其利。一夕,道士梦为官司所录,送五道将军殿中,并追马勘鞫。狱具,各决杖七十。既寤,觉脊间微疼,溃而为疮,自知不祥,亟往诣马,马已在告矣。问其梦中所见,皆同。马亦疽发于背,二人俱卒。

北宋张师正《括异志》卷八《明参政》:

　　明参政镐,器识恢敏,才学优赡。第进士,出入台阁,累历显要。庆历中,自京尹入参大政。未久,疽发于背。遣使致祭于岱宗,以祈冥佑。使者驰至岳庙,祭讫,是夜宿庙下。睡中大魇,从者呼觉,曰:"梦神呼我,立殿庭,见百余人拥一荷校者,熟视乃参政也。既而杖背二十,驱出我,不觉大呼。"遂奔骑而归。明已沉困,召使者问:"祭之夜,梦中奚睹?"具述所以,明曰:"然。"

南宋洪迈《夷坚支志》壬卷九《杨廿一入冥》写杨廿一在冥府之所见:"德化桥上开磁器铺张小五者,逮押至前。令决臀。杖讫领过,数卒随后牵拽,如觅索钱贿之状。"杨廿一还阳后,听说张小五"以疽发于臀而死"。金末元好问《续夷坚志》卷一《张童入冥》曰:

　　寺有一僧吕姓者,年未四十,仪表殊伟,曾上州作纲首。张童即前问僧:"师亦还魂耶?"吕云:"何曾死?"张童言:"我在冥中引问次,见师在殿角铜柱上,铁绳系足,狱卒往来以梧撞师腋下,流血淋漓。及放归时,曾问监卒:'吕师何故受罪?'乃云:'他多脱下斋主经文,故受此报。'"吕闻大骇,盖其腋下病一漏疮,已三年矣,儿初不知。吕遂洁居一室,日以诵经为课,凡三年,疮乃平。赵长官亲见之。

明人小说中"阴刑阳受"型故事特别多,其中以嘉定龚弘系列传说对《聊斋志异》的影响最大。明闵文振《涉异志·兖州城隍》曰:

> 嘉定龚公弘由郎署擢兖州知府,将之任,舟阻北河旁。近舣有官舰,询之,答曰:"兖州知府赴任也。"公惊曰:"岂有一府除两知府者?或假冒以害人者也。"使人通问,舰中冠袍贵人即造公舟拜谒,公怪之。答曰:"知府虽同,幽明则异尔。"公曰:"得非城隍之神乎?"曰"然",公曰:"鄙人何得获之神遇?"曰:"以公正直,故相见也。"公曰:"到任后可许再见乎?"曰:"公入庙时,第止驺从于门外,公独登堂,则相见矣。"他日,公谒庙,果如教相见。一日,公入,语及案牍之劳,答曰:"吾检勘阳间事更劳也。"公曰:"神所司,可使鄙人见之乎?"曰:"公第闭目即见矣。"公果闭目,则见堂上囚徒纷纭,哀告百状。有一妇人乃公同僚推官妻也,以铁钉钉一指,望见公,哀鸣乞救。公询于神,且为营救。神曰:"此妇妒悍,杀妾子三四人,致推官绝嗣,故受此报。奉公教,稍宽指钉,但死则不可免也。"又见府中工房某吏俱钉,公问之神,曰:"此人先为刑房,屈法杀人,今当抵罪。"公还府,会推官妻指疮十余日,痛不可忍。公入问疾,推官曰:"顷者指疮稍宽,方熟睡也。"又使人问吏,吏方两掌疮甚。公谕推官当豫后具;令吏外徙。甫三日,推官妻与吏俱死……[①]

---

① 明施显卿编《奇闻类纪》卷一〇《龚弘遇赴任城隍神》、明王圻的《稗史汇编》卷一三三《祠祭门·百神类(下)》引。清王椷的《秋灯丛话》卷一六《神泄雷击殿宇被焚》、清邓旭的《异谈可信录》卷一《灵神·禄尽则夺算》所述故事与《涉异志·兖州城隍》有相似之处。

明陆粲《庚巳编》卷一《兖州岳庙》曰：

兖州府岳庙素著灵迹。弘治中，吾苏龚元之知府事，尝于中夜闻有鞭扑声，以问左右，左右有知者，具言庙之神异，元之弗信也。凌晨往谒庙，无所睹，召言者责之。其人言："但须至诚，乃得进见。"明日斋沐更衣，以夜往，祭祷良久，门启而入。见五人冕服如王者出迎，延坐宾位。元之辞让，王者曰："公阳官，予阴官也，于职事无统摄，请坐。"已而进茶，元之未敢饮，神曰："此斋筵中茶也，饮之无害。"元之请曰："闻有十王，彼五位安在？"曰："已赴斋矣。"求观狱，辞曰："狱禁严，不得入，有一事当以奉观耳。"命舁一僧至，炽炭炙其背，云是此地某寺僧，平日募缘所得，皆供酒食费，不修殿宇，故受罚如此。问曰："犹有解乎？"曰："今改过则可免也。"遂辞出。既归，使人密访其僧，正患背疾且死。告以所见，僧悔惧，倾赀修建，病即愈。①

马振方先生在《〈聊斋志异〉本事旁证辨补》一文中指出，《聊斋志异·阎王》之本事为明闵文振的《涉异志·兖州城隍》，《兖州城隍》小说后半部分推官妻的所作所受"与《阎王》李久常嫂几乎全同，很像同一传说的衍化和分支"。②嘉定龚弘是明代成化、正德间名臣，《聊斋志异》中《阎王》和《僧孽》的故事大约都是由明清时期关于龚弘的民间传说演化而来的。从现有资料来看，明代嘉定龚弘传说主要有"兖州城隍"和"兖州岳庙"两个分支。《聊斋志异·阎王》是由"兖州城隍"传说衍生发展而来的，故事中受冥罚的

---

① 明施显卿所编《奇闻类纪》卷四《龚元之遇岳神》引，《（康熙）嘉定县志》卷二四《杂识》亦述此事。
② 马振方：《中国古代小说散论》，人民日报出版社，2016年版，第142页。

《聊斋志异》笺证初编

是残害姬妾的悍妇;而《聊斋志异·僧孽》则是由"兖州岳庙"传说衍生发展而来,故事中受冥罚的是广募金钱而不守戒律的和尚。另外,在明代有些民间传说中,龚弘所结识的阴官既不是城隍,也不是地府十王中的五位,而是阎罗王,《(万历)湖广总志》卷六八《宦迹十三》曰:

> 龚弘字元之,嘉定人,成化戊戌进士,历官南京吏部郎,出知兖州府,为政以廉明精敏称。尝一夕处斋所,谒阎罗王,亲与之揖让。既出,见松间一僧鬼,方刲其背,不胜痛楚。明日,弘问僧何为,则夜来已疽发背死矣。自是得尽知民间阴事,发摘如神,人比之包孝肃。

在《聊斋志异》的《阎王》和《僧孽》小说中,李久常和张某入冥后所拜见的都是阎王,很可能就是受到明代龚弘谒阎罗王的传说的影响。与《涉异志·兖州城隍》《庚巳编·兖州岳庙》中所载龚弘事迹相比,有的明代笔记小说虽然改换了主要人物,但故事情节基本相似,明王同轨《耳谈类增》卷二九《西安两太守》曰:

> 严两山永浚为户部,弘治初,冢宰三原王端毅公嘉其志操,擢守西安。行至潼关,遇一贵官仪从甚都,问之,则西安太守也。公大惊异,以为已有他故褫职,或代治耳。弗获已,与偕行。途间再三叩之,官云:"某奉上帝命,与公同事。公至任有疑事,第问我。"盖西安城隍也。公曰:"何以得见?"曰:"吾与公墨。公第于后殿左楹研墨三呼,吾即出。"已而果然,故西安称公神明。数载,公以事叩神,见其门隶左股贯铁钉壁上,浼之。神曰:"是不应秽吾殿门,姑为公释焉。"时门隶方病股,有顷愈,来谒公。公告以故,且令具羊豕入庙谢。自后,神绝弗与会。公

满九载，当奏绩，叩神至流涕。神弗获已，出，怒公泄其事。公谢罪，问休咎。神曰："公此行当参大藩，然弗可去。吾亦不久迁矣，此座亦公位也。"已公果升浙参政。甫至，卒。公为人公正廉洁，其素行固已合乎神明，事或然也。具邑乘。①

除了龚弘系列传说，明代文言小说中类似《聊斋志异》中《阎王》和《僧孽》的"阴刑阳受"型故事还有很多。明沈周撰《石田翁客座新闻》卷九《芮灵公显应》曰：

景泰间，四川资县有芮灵公庙甚灵。其乡三月，连村跨邑，群聚赛愿。忽该科举年，其近县有秀才某，偶遇一友，称是资县过江某处姓芮，作伴赴举，相与甚密。一路讲题，寝食皆同。二人不第，分别，芮友嘱曰："若经敝处，可一下某所。"后其人至其处，遍访无踪，乃盘桓，借路次人家作午炊，饭未熟，因假寐。梦至一大官府，见其人出迓，欢语留饭。送出，见廊庑间一妇人，以铁钩钩其舌，其人认是乃妻，其求免于芮友，遂释之。又赠一驴，且言勿令涉水，过渡须舡装之则可。其人失记，牵之涉水，驴遂化为泥。醒起，始知芮友是庙神也。至家，妻于舌上患疔方瘥。

明冯梦祯《快雪堂漫录·陆俨山》：

陆俨山先生自辰卧至晚，不醒，其弟候见不得，渡黄浦归矣。已而先生瘳，呼其子某曰："事甚奇，言之涉怪，不言事若实有者。初至一

① 《(万历)华容县志》卷八《志余》亦载此事。

司,见某同年,问曰:'兄已死,奈何在此?'云:'此非阳间,阴府也,弟居此,掌善恶簿。'先生曰:'可得见乎?'曰:'此亦秘事,不当相示,以年兄故,当出示也!'检至先生姓名,生平事具在纪录,独三事自谓无之。同年云:'兄心上曾转念不?'沈思曰:'有之。'同年曰:'心上既转,便当纪录,何论行不行哉!'次及其弟,有三大事最恶。既出,见其弟钩挂其背,悬于廊下,大呼:'兄救我!'遂苏。问汝叔生平,果有如此三事不?无令汝婶闻也。"既至,见其婶,问叔何在?云自城中归,大发热,卧床上。婶同入房,辞之令出,私问其叔,叔大惊起云:"此三事,汝婶尚不知,汝父何由知也!"遂归报先生,先生曰:"汝叔当不起矣!"后果以疽发背死。①

明钱希言《狯园》卷一〇《灵祇·紫阳真人》写苏州军士进入紫阳真人洞府,见到"中庭设大木架,一人悬于架下,有铁钩钩其背,流血殷地。逼视之,乃城东何指挥也。西头跪一妇女,首戴大铜盘,盘中燃炽炭飞焰。"后来,军士返回尘世,"奔赴何宅,则指挥疽发于背,宿夕困笃;夫人亦病暴头火丹。"明陆延枝《说听》卷一:

> 相传太监郑和下洋时,吾乡蒯门有卫卒王老者,其舟被风飘至一岛,散步岛上。忽见城门大书"酆都"二字,亟回。适值一人出,乃其故友也,怀置簿籍若曹吏者,谓曰:"何为来此?"卒告以遭风,吏曰:"来此亦是因缘,可随吾观狱。"引入一处,王者据坐堂上,两傍侍从狞怪。庭中一官人,被钩悬其背,一妇跪戴火炉,并有惨苦之貌。……月余抵

---

① 明刘万春《守官漫录》卷四《陆俨山》亦载此事,文字相同。

家,访问何指挥者,正患背疽,其妻首发火丹,咸困顿欲死。

在《聊斋志异》之后,清代有许多"阴刑阳受"型故事流传,清袁枚《新齐谐》卷五《洗紫河车》是其中值得注意的一篇。《新齐谐·洗紫河车》写四川酆都县皂隶丁恺"至一古庙,神像剥落,其旁牛头鬼蒙灰丝蛛网而立。丁怜庙中之无僧也,以袖拂去其尘网"。丁恺过鬼门关,误出阴阳界外,结果在冥界遇到牛头鬼,牛头鬼对丁恺颇为感激:"(丁恺)实于我有德。我在庙中蒙灰满面,此人为我拭净,是一长者"。牛头鬼又设法将丁恺送出鬼门关,《新齐谐·洗紫河车》小说中写道:

> (牛头鬼)手持肉一块,红色臭腐,曰:"以赠汝,可发大财。"丁问故,曰:"此河南富人张某之背上肉也。张有恶行,阎王擒而钩其背于铁锥山。半夜肉溃,脱逃去。现在阳间,患发背疮,千医不愈。汝往,以此肉研碎,敷之即愈,彼此重酬汝。"丁拜谢,以纸裹而藏之。遂与同出关,牛头即不见。丁至河南,果有张姓患背疮,医之痊,获五百金。

《新齐谐·洗紫河车》中丁恺为牛头鬼塑像拭净灰尘蛛网,受到牛头鬼感谢的故事,与《聊斋志异·刘全》中侯某为刘全神像涤除雀粪之污,受到刘全报答的故事,明显属于同一故事类型,可暂且称之为"清除神像污垢而获善报"[①]型故事。《新齐谐·洗紫河车》中河南富人张某在阴司受钩背之

---

① 古人将为佛像或神像拂拭污垢视作行善积德之举,南宋郭彖《睽车志》卷六写河朔刘先生"日携一竹篮,中贮大小笔、棕帚、麻拂数事,遍游诸寺庙,拂拭神佛塑像,鼻耳窍有尘土,即以笔挑出之,率以为常。"明清时期,民间流传有不少"清除神像污垢而获善报"型故事,如明陈禹谟《说储》卷八曰:"又荆溪周处祠(土人号处周王),有见像蒙垢者,盥手拂拭之。其人素羸,忽觉神王(旺),后以勇闻,人谓得周王助云。"

刑,而在阳间患发背疮,此事又和《聊斋志异》中的《阎王》和《僧孽》一样,都是"阴刑阳受"型故事。刘守华先生在探讨印度佛经故事在中国的蜕化演变时曾说:"某些母题,因其格外奇巧精致,常常从原故事中脱落下来,被中国民间故事家取来构造另一些故事,就像在工业产品中,把个机器零部件拆散,再去组装另外许多件产品那样。"①《聊斋志异》小说创作,也如同用零件拼装机器一般,选择民间故事中流传已久的情节单元,采取不同组合方式,从而形成了眉眼相似,却面貌各异的故事。可以通过下面的表格来理解《聊斋志异》中《阎王》《僧孽》《刘全》,以及《新齐谐·洗紫河车》的小说情节构成:

小说篇目	情节单元的搭配组合		
《聊斋志异·阎王》	浇奠旋风而获鬼神酬谢	妒妇针肠	阴刑阳受
《聊斋志异·刘全》	浇奠旋风而获鬼神酬谢	清除神像污垢而获善报	冥牒误拘
《聊斋志异·僧孽》		冥牒误拘	阴刑阳受
《新齐谐·洗紫河车》		清除神像污垢而获善报	阴刑阳受

直到清代中后期,"阴刑阳受"型故事仍然流传不息,如清末许奉恩《里乘》卷一〇《某甲》等。近人郭则沄《洞灵续志》卷一《阴刑阳受》曰:

> 语云:"欲知前世因,今生受者是。"余广之云:"欲知冥司刑,阳间受者是。"里人言:曩有曾氏女,病瘵濒殆,魂先入冥司,已逝亲属咸见之。又于地狱中见其兄倒悬于壁,巨钉贯其胸,冥卒复鳞割之,血肉狼

---

① 刘守华:《佛经故事与中国民间故事演变》,上海古籍出版社,2012年版,第349页。

藉,惨不忍睹。讶兄未死,胡至是? 导者云:"冥王以人心狠诈藐法,故以冥罚移阳间行之。是虽未死,魂已在地狱矣。"及苏,为人言之。是夕女卒。又月余,其兄亦卒。先是,其兄患肚疗,痛澈心腑,惟举足倒挂稍安。渐至四体溃烂,动如刀割,宛然女所见也。冥冥之刑而昭昭揭之,孰谓地狱不在人世哉!

郭则沄的《洞灵小志·续志·补志》被誉为"民国的聊斋,最后的搜神"①,原著中的小说皆未加标题,《阴刑阳受》题目是栾保群先生整理《洞灵续志》时所加。

---

① 见栾保群所撰书序《民国的聊斋,最后的搜神》,郭则沄:《洞灵小志·续志·补志》,东方出版社,2010年版。

参考文献

（清）蒲松龄著、张友鹤辑校：《聊斋志异会校会注会评本》，上海古籍出版社，2011年版。

（清）蒲松龄著、任笃行辑校：《全校会注集评聊斋志异》，人民文学出版社，2016年版。

（清）蒲松龄著、朱其铠主编：《全本新注聊斋志异》，人民文学出版社，1989年版。

（清）蒲松龄著、于天池等注译：《聊斋志异》，中华书局，2015年版。

（清）蒲松龄著、赵伯陶注评：《聊斋志异详注新评》，人民文学出版社，2016年版。

（清）蒲松龄著、盛伟校注：《聊斋志异》，河北大学出版社，2004年版。

（清）蒲松龄：《铸雪斋抄本聊斋志异》，上海古籍出版社，1979年版。

（清）蒲松龄著、盛伟编：《蒲松龄全集》，学林出版社，1998年版。

（晋）干宝撰、汪绍楹校注：《搜神记》，中华书局，1979年版。

（唐）段成式撰、方南生点校：《酉阳杂俎》，中华书局，1981年版。

（宋）李昉等编：《太平广记》，中华书局，1961年版。

（宋）洪迈撰、何卓点校：《夷坚志》，中华书局，1981年版。

（明）陶宗仪编：《说郛三种》，上海古籍出版社，2012年版。

（明）瞿佑等著，周楞伽校注：《剪灯新话（外二种）》，上海古籍出版社，1981年版。

（明）冯梦龙著、魏同贤编：《冯梦龙全集》，凤凰出版社，2007年版。

（清）王士禛著、袁世硕主编：《王士禛全集》，齐鲁书社，2007年版。

（清）张潮辑、王根林校点：《历代笔记小说大观：虞初新志》，上海古籍出版社，2012年版。

（清）王文濡编：《说库》，广陵书社，2008年版。

江苏广陵古籍刻印社编辑：《笔记小说大观》，江苏广陵古籍刻印社，1983年版。

新兴书局编：《笔记小说大观丛刊索引》，新兴书局有限公司，1981年版。

叶德均：《叶德均学术文选》，云南大学出版社，2016年版。

朱一玄：《〈聊斋志异〉资料汇编》，南开大学出版社，2012年版。

聂石樵：《聂石樵自选集》，山东文艺出版社，2007年版。

汪玢玲：《蒲松龄与〈聊斋志异〉研究》，中华书局，2015年版。

马振方：《中国古代小说散论》，人民日报出版社，2016年版。

王立、刘卫英：《聊斋志异中印文学溯源研究》，昆仑出版社，2011年版。

赵伯陶：《〈聊斋志异〉新证》，文化艺术出版社，2017年版。

徐小梅：《聊斋志异与唐人传奇的比较研究》，（台北）黎明文化事业股份有限公司，1983年版。

[新加坡]辜美高：《聊斋志异与蒲松龄》，天津古籍出版社，1988年版。

袁世硕、徐仲伟：《蒲松龄评传》，南京大学出版社，2000年版。

[澳大利亚]谭达先：《中国二千年民间故事史》，甘肃人民出版社，

《聊斋志异》笺证初编

2001年版。

祁连休:《中国古代民间故事类型研究》,河北教育出版社,2007年版。

顾希佳:《中国古代民间故事类型》,浙江大学出版社,2014年版。

陈寅恪:《元白诗笺证稿》,生活·读书·新知三联书店,2001年版。

周绍良:《唐传奇笺证》,人民文学出版社,2000年版。

许政扬:《许政扬文存》,中华书局,2015年版。

李剑国:《唐五代志怪传奇叙录》,中华书局,2017年版。

李剑国:《宋代志怪传奇叙录》,中华书局,2018年版。

程毅中:《程毅中文存续编》,中华书局,2010年版。

陈大康:《明代小说史》,人民文学出版社,2007年版。

占骁勇:《清代志怪传奇小说集研究》,华中科技大学出版社,2003年版。

陈国军:《明代志怪传奇小说研究》,天津古籍出版社,2006年版。

张振国:《晚清民国志怪传奇小说集研究》,凤凰出版社,2011年版。

康韵梅:《唐代小说承衍的叙事研究》,里仁书局,2005年版。

张学忠:《"聊斋"作品及其本末考论选》,《蒲松龄研究》,1991年第2期。

谭兴戎:《〈聊斋志异〉本事补》,《河南师范大学学报》(哲学社会科学版),1991年第4期。

冯伟民:《〈聊斋志异〉本事琐证》,《蒲松龄研究》,1995年第2期。

冯伟民:《〈聊斋志异〉本事琐证(续)》,《蒲松龄研究》,1996第1期。

王立:《近半世纪〈聊斋志异〉的渊源研究及其意义》,《东南学术》,2007年第5期。

袁世硕:《〈聊斋志异〉的再创作研究》,《蒲松龄研究》,2010年第3期。